Reader's Digest
Auswahlbücher

Reader's Digest Auswahlbücher

Verlag DAS BESTE
Stuttgart · Zürich · Wien

Die Kurzfassungen in diesem Buch erscheinen
mit Genehmigung der Autoren und Verleger

578
PRINTED IN GERMANY
ISBN 3 87070 137 4

Inhalt

DER WEISSE

EINE KURZFASSUNG
DES NEUEN ROMANS VON

HANK SEARLS

NACH DEM FILMDREHBUCH
VON HOWARD SACKLER
UND DOROTHY TRISTAN

UND EINER IDEE
VON PETER BENCHLEY

INS DEUTSCHE ÜBERTRAGEN
VON OTTO BAYER

ILLUSTRATIONEN VON HARRY SCHAARE

HAI 2

Der amerikanische Ferienort Amity am Long-Island-Sund soll zum Las Vegas des Ostens werden. Nachdem der „Schlamassel" mit dem (großen) weißen Hai vor vier Jahren nun endgültig vergessen ist, hat man die Absicht, den Fremdenverkehr durch den Bau eines Spielkasinos stärker zu beleben. Die einstige Geisterstadt sieht einer rosigen Zukunft entgegen.

Dann aber ereignen sich seltsame und erschreckende Dinge: Eine Motorjacht, die zwei Tauchern gehört, wird verlassen auf offener See aufgefunden; ein Wasserskiboot explodiert vor dem Strand; ein Hubschrauber stürzt ins Meer ... Anfangs kennt allein der Drogist des Ortes den Grund der Unglücksfälle. Anstatt aber sofort zur Polizei zu gehen, versucht er, sein Wissen in klingende Münze umzuwandeln, und bringt dadurch viele Menschen in Gefahr.

ERSTER TEIL

1. Kapitel

HART voraus ging blutrot die Sonne auf und warf ein mattes Licht auf das Meer.

Das weiße Motorboot mit dem Namen *Miss Carriage* bog, von Sag Harbor kommend, um Montauk Point. Beim Verlassen des Long-Island-Sunds wurde es von der stärkeren Dünung des offenen Meeres erfaßt. Die beiden halbbekleideten Sporttaucher auf der Brücke suchten einen sicheren Stand.

Der größere von beiden, ein Gynäkologe vom Astoria-Krankenhaus auf Long Island, löschte die Fahrtlichter. Sein Partner war Anwalt in Manhattan. Außer ihrem Interesse am Tauchen, das mit zunehmendem Alter allerdings nachließ, und dem Boot, das ihnen zu gleichen Teilen gehörte, hatten sie wenig miteinander gemein. Außer an den Sommerwochenenden kamen sie so gut wie nie zusammen.

Jedes Frühjahr fürchtete sich der Arzt von neuem vor dem ersten Tauchgang. Anfangs fühlte sich die Ausrüstung immer fremd an. Das Wasser würde kalt und trübe sein. Und hier vor Amity ging ein Gespenst um.

Das Untier war tot. Der Arzt hatte die Geschichten in der *Long Island Press* so gut wie vergessen. Der Anwalt dachte nur noch selten an die Bilder in der *Times*. Trotzdem schwamm in ihrem Unterbewußtsein ein undeutliches graues Phantom herum.

Dem Arzt wurde plötzlich kalt. Er warf einen Blick auf den Tiefenmesser. Sie suchten nach einer bestimmten Felsengruppe auf dem Meeresgrund, aber die Linie auf dem Bildschirm war so flach wie die Hirnstromkurve eines klinisch Toten. Der Arzt stellte sich unten nichts als Treibsand und Schlick vor.

Frierend kletterte er von der Brücke. Im Cockpit zerrte er das Oberteil seines Neoprenanzugs hinter einem Kanisterständer hervor und zwängte sich hinein. Er hatte zugenommen.

Aber auch nachdem er endlich drin steckte, fror er noch. Er ging durch die Kabine in die edelstahlblitzende Kombüse und nahm zwei Tassen vom Haken. Er goß einen doppelten Whisky in seine, einen einfachen in die Tasse seines Partners und füllte beide mit Kaffee vom Herd auf. Dann setzte er sich in die Ruderplicht und trank.

Die Grunddünung, die schuld an seinem Unwohlsein war, sagte ihm, daß sie der Küste zu nah waren. Er nahm das Fernglas vor die Augen und sah zum Steuerbordfenster hinaus. Die grauen Sommerhäuschen von Napeaque, Amagansett, East Hampton und Sagaponack schlummerten höchstens achthundert Meter entfernt. Ein Kind tapste im Watt herum, spielerisch verfolgt von einem großen wolligen Hund. Der Arzt fand sonderbaren Trost im Anblick der Häuser und beschloß, seinen Partner nicht zu einer Fahrt aufs offene Meer zu animieren. Das Motorengeräusch wurde plötzlich leiser. Sicher war die Kurve auf dem Tiefenmesser zum Leben erwacht.

Der Arzt zögerte kurz, dann trank er auch noch die Tasse leer, die er eigentlich für seinen Partner oben eingeschenkt hatte. Er ging nach vorne und ließ den rostfreien Anker ins Wasser baumeln, bis er in knapp zehn Meter Tiefe Grund fühlte. Während sein Partner langsam zurücksetzte, gab er Kette und Seil nach. Schließlich machte er das Seil an einer Bugklampe fest und gab Zeichen, daß der Anker gegriffen hatte.

Während er sich an der Kabine vorbei nach hinten zwängte, schaute er zur Küste. Die Dörfer, die dort Schulter an Schulter auf den Dünen von Long Island standen, hatten für ihn schon immer gleich ausgesehen, aber heute war er ziemlich sicher, daß sie genau vor Amity ankerten.

Der große weiße Hai schwamm sechs Meter unter der Wasseroberfläche nach Süden, links an Block Island vorbei. Jetzt wendete er und schwamm genau auf Montauk Point zu.

Der Hai war ein weibliches Tier, und die Jungen in seiner Bauchhöhle machten es rasend vor Hunger. Gestern abend hatte er sich vor Nantucket an einem Dorschschwarm gütlich getan, dann war er die ganze Nacht hindurch in südwestlicher Richtung an der Küste von Rhode Island entlanggeschwommen. Die zwei Meter hohe Schwanzflosse trieb seinen massigen Leib stetig und kraftvoll voran.

Vor ihm fegte ein unsichtbarer Kegel der Angst das Meer von der Oberfläche bis zum Grund leer. Bis weit über tausend Meter voraus wich alles Leben aus dem Ozean. Robben, Tümmler, Wale,

Kalmare – alles flüchtete. Alle waren mit Sinnesorganen ausgerüstet, die sie elektromagnetisch, akustisch, durch Aufnahme von Schwingungen oder psychisch vor dem nahenden Hai warnten. Sobald er vorbei war, füllte sich das Meer hinter ihm wieder mit Leben.

Der Mensch würde auf seine Sensoren, falls er noch welche besaß, nicht achten und sich statt dessen auf seine Intelligenz verlassen. Aber der Mensch war für ihn normalerweise keine Beute.

Zum Ausgleich für die scharfen Sinne seiner Opfer war der Hai schneller als jedes Lebewesen, das er jagte, und er jagte so gut wie alles von lohnender Größe, was im Meer schwamm, trieb und kroch. Aber das Weibchen mit den fast ausgetragenen Jungen im Bauch war jetzt schwerfälliger und langsamer als sonst.

Und mit jedem Kilometer wurde es hungriger.

Auf halbem Weg nach unten legte der Doktor eine Pause ein. Sein keuchender Atem donnerte ihm, verstärkt durch den Druckregler, in den Ohren. Er war überzeugt, daß sein Partner, der in einem Schwall grünlicher Blasen drei Meter unter ihm in die Tiefe tauchte, jeden seiner schweren Atemzüge hören konnte. Er hielt sich an dem zentimeterdicken Ankertau fest und versuchte, sich zu entspannen. Wenn sein Atem nicht ruhiger wurde, hatte er nach zehn bis fünfzehn Minuten keine Luft mehr in der Flasche und mußte auftauchen. Er verstand dieses Angstgefühl nicht, das ihn so keuchen ließ.

Als sein Atem sich etwas beruhigt hatte, arbeitete er sich weiter hinunter. Die Sicht war besser als erwartet – vier, fünf Meter oder weiter. Als er unten ankam, versuchte der Anwalt gerade, den Anker gegen die auslaufende Flut zu verhaken. Der Arzt half ihm, und nach einer Weile hatten sie die Ankerflunken fest im Boden.

Der Anwalt warf einen Blick auf seinen Armbandkompaß, wies mit dem Daumen nach Norden, von wo sie gekommen waren, und schwamm davon, um die Felsen zu suchen. Der Arzt folgte seinem Partner auf der linken Seite. Allmählich fühlte er sich hier wieder zu Hause. Die drei Frühstückswhiskys machten sich bemerkbar; sie hatten eine wunderbar beruhigende Wirkung.

Er schaute kurz zu seinem Partner und mußte lächeln. Der kleine Anwalt hatte sich mit allem behängt, was es für Geld zu kaufen gab. Seine Tauchermaske hatte eine optisch geschliffene Scheibe, damit er darunter keine Brille zu tragen brauchte. Er hatte eine brandneue Druckausgleichsweste an. Da es ihre Jungfernfahrt war, mußte er immerzu auf und ab schwimmen, um den richtigen Druck herauszufinden. Am linken Handgelenk hatte er den Kompaß und am rechten eine Taucheruhr. An seinem Hals baumelte eine Nikonos-Unterwasserkamera. Der Arzt fühlte sich an Dustin Hoffman erinnert, der sich in einem seiner Filme im elterlichen Swimming-pool vor den Festgästen versteckte.

Das Morgenlicht schimmerte schon schwach bis zu ihm hinunter, als er an Montauk Point vorbeischwamm. Seine flachen schwarzen Augen verliehen ihm in ihrer Starrheit einen Ausdruck unergründlicher Weisheit. Selbst in der Finsternis hier unten sah er ausgezeichnet. Doch er kreuzte weiter blind und ohne Ziel dahin wie ein Computer, gesteuert von den elektrischen Sensoren, den *Ampullae,* die seinen Kopf bedeckten.

Vor zwei Jahren war das Weibchen nicht weit von hier einem Männchen begegnet, das nicht viel kleiner war als es selbst. Trotz der überlegenen Kraft des Weibchens hatte das Männchen es geschafft, es irgendwie auf den Schlammboden hinunterzudrücken. Dort hatte es, auf dem Rücken liegend, widerstandslos seine beiden meterlangen, wurstförmigen Haftorgane in seine beiden Kloakenöffnungen aufgenommen. Schon vor seiner Tragezeit hatte das Weibchen jedes andere Lebewesen im Meer an Gewicht übertroffen, mit Ausnahme einiger Wale und seiner Verwandten, Riesenhai und Tigerhai. Mit seinen neun Meter Länge und fast zwei Tonnen Gewicht war es länger als ein Mörderwal und anderthalbmal so schwer.

Jetzt stand es kurz vor dem Ende der Tragezeit, und sein Umfang war gewaltig. In seinem linken Uterus zappelten drei Junge. Im rechten waren es fünf, drei Weibchen und zwei Männchen. Das kleinste war ungefähr einen Meter lang und wog nur zehn Kilogramm. Dennoch hatte es schon knapp zwei Jahre im Uterus überlebt, indem es Tausende von unbefruchteten Eiern und gemeinsam mit den übriggebliebenen Geschwistern etwa dreißig schwächere Junge gefressen hatte.

Der Kleine war selbst noch nicht außer Gefahr. Diese drohte ihm vor allem von seinen Schwestern, die, wie fast alle Haiweibchen dieser Art, größer waren als die Männchen. Wenn die Mutter in den nächsten Tagen erfolgreich jagte, konnte sie mit ihrer Eierproduktion wahrscheinlich die Jungen sättigen, und dann hatte der Kleine eine gute Überlebenschance.

DER Anwalt wurde plötzlich langsamer, und der Arzt wäre fast auf ihn aufgeschwommen. Der Anwalt zeigte nach links. Sein Partner wandte sich um. Er sah etwas, aber es war nicht die Felsengruppe, zu der sie voriges Jahr hinuntergetaucht waren. Diese Form dort war regelmäßiger, kantiger, von Menschen gemacht.

Aufgeregt schwamm der Anwalt darauf zu, der Arzt ihm nach. Aus der Finsternis tauchte das Heck eines zerstörten Fischerboots auf. Es war ein überaus robustes altes Gefährt. Die Seepockenkruste auf den verzogenen Planken verriet, daß es schon lange hier unten liegen mußte.

Der Arzt entdeckte ein schweres Tau im Sand. Es lief unter dem halb eingegrabenen Teil des Bootskörpers hindurch. Er schwamm ums Heck herum, um zu sehen, wo es endete. Der Anwalt blieb bei ihm und versuchte, seinen Auftrieb zu regulieren.

Der Arzt fand das andere Ende des Taus. Mit einem gewaltigen Schäkel war eine blecherne Zweihundertfünfziglitertonne daran befestigt, die unablässig gegen den Bootskörper schlug. Die Tonne war zerbeult und plattgedrückt, aber die Reste der gelben Farbe verrieten, daß sie einmal als Schwimmer gedient hatte. Die Strömung ließ sie plötzlich heftig und mit dumpf-metallischem Klang gegen den Bootskörper krachen, und mit diesem Schlag wich plötzlich der Whisky aus den Adern des Arztes. Ihm war furchtbar kalt.

Der Anwalt machte sich an den Seegrasbüscheln am Heck zu schaffen. Plötzlich riß er sein Muscheleisen aus der Scheide am Bein und schabte einige Seepocken ab, sofort umhüllte ihn eine Schlickwolke. Als das Wasser wieder klar wurde, konnte der Arzt die blassen orangefarbenen Buchstaben lesen: *Orca.* Der Name weckte eine ferne Erinnerung in ihm.

Auf einmal schlug der Anwalt sich mit der Faust auf die flache Hand. Aufgeregt zeigte er auf den Namen am zerschmetterten Heckspiegel. Dann hielt er beide Hände vor sich, die Finger wie Zähne gekrümmt, und bewegte sie wie große zuschnappende Kiefer.

Der Doktor verstand. Die halbvergessene Geschichte von einem Haifischer, einem Dorfpolizisten und einem Ozeanographen, die er in der *Long Island Press* gelesen hatte, tauchte in seinem Gedächtnis wieder auf.

Es gefiel ihm hier gar nicht mehr. Sie waren auf der Suche nach Muscheln gewesen, nicht nach Schiffswracks, und alles, was hier einmal irgendeinen Wert als Souvenir gehabt hatte, war sicher längst weggeholt worden. Nein, wenn er sich's richtig überlegte, interessierten ihn heute nicht einmal mehr Muscheln. Sein Atem keuchte wieder, und sein Herz hämmerte.

Er zeigte nach oben, aber sein Gefährte schüttelte den Kopf, zeigte auf seine Kamera und zog ihn zum Heck. Der Anwalt schwamm ein paar Schritte rückwärts und richtete die Kamera auf den Heckspiegel.

Gehorsam zeigte der Arzt mit der Hand auf die Schrift und versuchte, mit dem Mundstück idiotisch zu grinsen. Das Blitzlicht flammte auf und tauchte alles für einen Augenblick in gleißende Helle.

Ganz plötzlich hörte er ein Dröhnen, das sich schnell von hinten näherte, wie von einem U-Bahn-Zug. Sein Partner stemmte sich mit tänzelnden Schritten im Sand gegen die Strömung und spannte die Kamera wieder, aber plötzlich hielt er inne. Er starrte nach oben, wo sich etwas dem Arzt von hinten näherte. Er verlor sein Mundstück.

Der Arzt duckte sich instinktiv und klammerte sich an eine zerbrochene Planke. Er konnte den Blick nicht von seinem Partner losreißen, aus dessen Mund eine große Luftblase quoll. Der Anwalt riß schützend einen Arm nach oben. Dabei verfing er sich im Riemen seiner Kamera, und das Blitzlicht zuckte wieder auf. Der Arzt fühlte sich hilflos.

Der grüne Schimmer von oben verlosch. Ein riesenhafter Leib fegte ein paar Handbreit über den Kopf des Arztes hinweg und verdunkelte die tanzenden Sonnenstrahlen. Es dauerte eine Ewigkeit, bis er vorbei war. Das Ende des Körpers bildete eine Schwanzflosse, die größer als der Arzt war. Sie machte eine Schlenkerbewegung, die ihn fast vom Schiffswrack wegriß und eine Schlammwolke aufwirbelte, die ihm die Sicht auf seinen Partner versperrte.

Dann Stille. Die Tonne dröhnte.

Der Arzt klammerte sich an seine Planke und starrte in die Finsternis. Eine Schwimmflosse seines Partners trudelte vorbei, vom Ebbestrom seewärts getragen. Er hätte danach greifen, sie fassen können, aber er rührte sich nicht vom Bootsheck.

Angst trieb ihn schließlich aus seinem Versteck. Die Angst, hier an Luftmangel zugrunde zu gehen, überwog seine Angst vor Entdekkung. Zögernd bewegte er sich ein paar Meter weit fort und wartete. Nichts geschah. Da faßte er Mut und schwamm los.

Er wußte, daß er nicht schneller aufsteigen durfte als seine Luftblasen, wußte, daß er langsam und stetig paddeln mußte und nicht in Panik geraten durfte, denn was immer in der Tiefe lauerte, wartete nur darauf. Er dachte auch daran, vom Atemgerät auf den Schnorchel überzugehen, als er die Oberfläche erreichte und ins goldene Sonnenlicht auftauchte. Und eine Zeitlang bedachte er auch, daß er mit behutsamen, weichen Schlägen schwimmen mußte, um nicht mit seinen Schwimmflossen auf die Oberfläche zu klatschen.

Behutsam hob er den Kopf aus dem Wasser. Kaum dreißig Meter vor ihm lag das Motorboot schaukelnd vor Anker. Die Freude, daß er der Überlebende war, schoß ihm heiß in die Adern. Langsam glitt er aufs Boot zu, kaum daß er dabei die Wasseroberfläche teilte. Einmal hielt er inne und schaute nach unten. Er sah nichts als smaragdgrüne Sonnenstrahlen in der Tiefe tanzen.

Er hob den Kopf. Jenseits des Bootes, kaum tausend Meter weit weg, schliefen die Häuser in den Dünen. Zwei winzige Gestalten hüpften im Watt umher. Es schien ihm eine Ewigkeit her zu sein, daß er die beiden von der Kabine des Motorboots aus gesehen hatte, aber es war dasselbe Kind, derselbe wollige Hund.

Plötzlich überlief es ihn kalt. Tief im Herzen fühlte er neuen Schrecken nahen. Er beschleunigte seine Flossenschläge. Zuerst klatschte er mit der einen laut aufs Wasser, dann mit der andern. Aber er hatte höchstens noch zehn Meter vor sich. Er ertrug das langsame Tempo nicht mehr. Noch sechs Meter, und er paddelte und strampelte wie wild.

Noch drei Meter, und auf einmal fühlte er, wie etwas seinen linken Oberschenkel packte, etwa eine Handbreit oberhalb des Knies. Es geschah plötzlich, aber eigentlich nicht heftig. Zuerst dachte er, sein Partner habe irgendwie doch überlebt und ihn nun eingeholt und auf sich aufmerksam machen wollen. Er legte das Gesicht ins Wasser und sah nach unten.

Es wunderte ihn sehr, als er ein halbes, neoprenumkleidetes menschliches Bein in die Tiefe taumeln sah. Es kam kaum Blut heraus, obschon es glatt vom Oberschenkel abgetrennt worden war, trotzdem breitete sich von woanders eine Blutwolke aus. Die Amputation war sauber ausgeführt, der Schnitt glatt wie von einem Skalpell.

Eine plötzliche Trägheit überkam ihn. Er ließ sich treiben, fasziniert von dem Bein, das da in die Tiefe torkelte. Auf einmal war ihm, als ob sich unterhalb des Beins etwas ungeheuer Großes bewegte, aber es war außerhalb seines Gesichtsfeldes. Das Bein wurde wie von einer unsichtbaren Kraft noch einmal hochgewirbelt, dann verschwand es.

Er fühlte sich ganz schwach in der linken Seite. Ob er einen Schlaganfall erlitten hatte? Er wurde zu alt zum Tauchen. Am besten verkaufte er sogar seinen Anteil am Boot. Träge begann er weiterzuschwimmen. Und wieder dieses Dröhnen wie von einem U-Bahn-Zug. Es kümmerte ihn nicht. Er hörte auf, sich zu bewegen, zu müde, um gegen seine Schläfrigkeit noch anzukämpfen, obwohl jetzt das Boot nur noch einen Meter weit weg war.

Dann wurde er in die Höhe geschleudert. Er fühlte, wie seine Rippen, Lunge, Milz, Nieren, Därme und sein Magen wie von einer großen hydraulischen Presse zusammengequetscht wurden. Schmerzen fühlte er nicht.

2. Kapitel

Martin Brody, Polizeichef von Amity, saß an seinem Schreibtisch und beobachtete die Uhr an der Wand. Sie sprang auf zwölf, knarrte einmal kurz und verstummte. Ein Lämpchen an seinem Telefon begann zu blinken. Er funkelte Polly Prendergast an, die auf der anderen Seite des Büros an der Telefonvermittlung saß. Sie sollte doch in der Mittagsstunde grundsätzlich keine Gespräche durchstellen! Er starrte sie förmlich nieder und nahm den Hörer nicht ab.

„Wer ist es?“ fragte er.

„Nate Starbuck“, antwortete sie. „Falschparken.“

„Verflucht“, stöhnte er. Um sie zu ärgern, ignorierte er das Telefon immer noch. „Sagen Sie ihm, ich komme auf dem Heimweg mal rasch bei der Drogerie vorbei.“

Plötzlich fiel ihm ein, daß er seit über einem Jahr keine Beschwerden mehr wegen dieses Deliktes bekommen hatte. „Falschparken? Es scheint ja aufwärtszugehen.“

Er nahm ein Heftchen mit Strafzetteln und trat aus dem Rathaus in die helle Frühlingssonne. Das sah doch Polly wieder mal ähnlich – ihm schnell noch etwas aufzuhalsen, wenn er nach Hause wollte. Senil wie die Stadt, der sie diente. Doch während die Stadt einer Wiedergeburt entgegensah, stand für Polly dergleichen nicht in Aussicht.

Er setzte sich hinters Steuer von Wagen eins und fuhr die nahezu leere Hauptstraße hinunter in Richtung Küste. Vor vier Jahren hätten hier noch Autos auf beiden Seiten die Straßen gesäumt, selbst jetzt,

Anfang Juni. Heute stand nicht einmal ein halbes Dutzend Wagen an den Parkuhren, und das an einem Samstag.

Als er sich der Ortsmitte näherte, hob sich seine Stimmung beim Anblick des Bauwerks vor ihm. Die Chase Manhattan Bank hatte die Spar- und Darlehenskasse von Amity aufgekauft, und nun bekam die Fassade der neuen Filiale einen frischen weißen Anstrich. Mehr noch, man baute zur Zeit sogar in samstäglichen Überstunden einen Autoschalter ein. Der ganze Bankparkplatz war von Baufahrzeugen vollgestellt.

Er parkte vor Marthas Konfektionsgeschäft und ging in Starbucks Drogerie, wo es dunkel und kühl war. Selbst Starbucks Laden schien wieder zum Leben zu erwachen. Nate war während des „Schlamassels", wie man jene schreckliche Zeit jetzt in Amity nannte, beinahe bankrott gegangen. Er hatte seinen eigenen Neffen entlassen, der hinterm Laden im Fotolabor gearbeitet hatte, und den Laufjungen und das Mädchen hinter dem altertümlichen Getränkeautomaten hatte er ebenfalls gefeuert. Über ein Jahr lang hatte Nate nun zwischen dem Verkaufen seiner Waren die Filme selbst entwickelt. Hauszustellungen machte er nicht mehr, und hinter den Automaten hatte er seine dürre Frau Lena gestellt.

Jetzt hatte er, wie Brody bemerkte, wenigstens dafür wieder ein junges Mädchen: Jackie Angelo, die fünfzehnjährige Tochter eines seiner Streifenpolizisten. Jackie war schon etwas ganz anderes als Lena. Sie hatte himmelblaue norditalienische Augen und honigblondes Haar. Wenn sie lächelte, was selten vorkam, tanzten ihre Augen, ihre Nase zog sich kraus, und ihre Hand fuhr rasch zum Mund, um die auffallendsten Zahnspangen der Stadt zu verbergen.

Starbuck, schlaksiger Nachkomme einer langen Reihe von Walfängern aus Bedford, stand vor dem Arzneimittelschrank und füllte ein Etikett aus. Ein Bilderbuch-Drogist mit grünem Augenschirm und allem Drum und Dran; und obwohl es mit seinem Geschäft jetzt wieder leicht aufwärtsging, war er so verdrießlich wie eh und je.

„Morgen, Nathaniel", brummte Brody.

Starbuck sah nicht einmal auf. Er klebte das Etikett betulich auf ein Fläschchen und stellte es auf die Theke. „Ihre Frau hat gestern angerufen. Ihre Pillen für die Schilddrüse."

„Wer hat sein Auto falsch geparkt?"

Starbuck wies mit dem Daumen zum Seiteneingang. „Casino del Mar." Er sprach das Wort voll Verachtung aus, mit Betonung auf der ersten Silbe, um seine Abneigung gegen fremdländische Namen zu demonstrieren. „Gleich neben meinem Lieferwagen. Hab gesehen, wie Peterson ihn hingestellt hat. Er ist in der Bank." Er sah Brody finster an. „An einem Samstag!"

„Meinen Sie, er will sie ausrauben?"

„Wundern würd's mich nicht – aber nicht mit einem Schießeisen. Für mich macht die Bank am Samstag jedenfalls nicht auf."

„Vielleicht schulden Sie ihr nicht genug Geld."

Starbucks Blick wurde kalt. „Hat nicht jeder Schulden? Außer denen", fügte er bedeutungsvoll hinzu, „die ihren Grund und Boden verkauft haben?"

„Fast jeder hat verkauft, Nate. Aber sehen Sie, der Bankparkplatz ist voller Baustellenfahrzeuge. Peterson konnte dort nicht parken. Ihrer ist leer. Was macht's Ihnen denn aus?"

Starbucks Lippen wurden noch dünner. „Vorschrift ist Vorschrift, nicht? Nur für Kunden der Drogerie. Haben Sie etwa Angst, ihn aufzuschreiben?"

Brody machte auf dem Absatz kehrt und ging zur Seitentür hinaus. Petersons Auto mit dem Wappen von New Jersey und der Schrift „Casino del Mar" in diskretem Gold auf den Türen stand unmittelbar neben Starbucks Lieferwagen. Brody sah an der Hausmauer empor. Nichts zu machen. Das Schild NUR FÜR KUNDEN DER DROGERIE – WIDERRECHTLICH PARKENDE FAHRZEUGE WERDEN ABGESCHLEPPT war frisch gestrichen. Starbucks Beitrag zur allgemeinen Ortsverschönerung.

Er wollte gerade den Strafzettel ausschreiben, als er Peterson, einen behenden, energischen Mann mit der Figur eines Bantamgewichts, näher kommen sah.

„Ist Amity so knapp bei Kasse?" Peterson grinste.

„Hören Sie, Pete, gehen Sie rein, und kaufen Sie dem alten Habicht was ab, ja? Ein Päckchen Kaugummi oder so was."

Peterson bedankte sich und ging in die Drogerie. Brody steckte den Strafzettelblock wieder weg und ging zu seinem Wagen. Er warf noch einen Blick die Straße entlang.

Das sah wirklich ganz gut aus. Wenn die Glücksspielgenehmigung durchging, wenn Amity ein zweites Atlantic City wurde und die reichen New Yorker wieder hierherkamen, dann hatte dieser Peterson die Stadt gerettet, und solche Idioten wie Starbuck schienen das nicht einmal zu wissen.

Er hatte Ellens Pillen vergessen, aber der Tag war zu schön, um sich Starbucks Gesicht gleich zweimal anzusehen. Er stieg ein und fuhr nach Hause zum Mittagessen.

„SEAN", seufzte Ellen, „möchtest du deine Bohnen nicht allmählich aufessen?"

Brody kippte seinen Stuhl zurück und blickte auf den Teller seines jüngeren Sohnes am andern Tischende. Elf Bohnen, die Buffalos, hatten sich in Abwehrreihe vor ihrem Tor aufgebaut, während ihnen die Jets in Gestalt von elf Maiskörnern in Angriffsformation gegenüberstanden. Die Buffalos schienen in der Defensive zu sein. Aber nicht lange. Fasziniert beobachtete Brody, wie einer der bedrängten Verteidiger, bewegt von einer Gabelzinke, im grandiosen Alleingang davonzog. Er schien sich seiner Sache schon ganz sicher zu sein, als ihn aus heiterem Himmel das Schicksal in Gestalt der Gabelspitze ereilte. Erschrocken schoß er über den Tellerrand hinaus.

„Aus!" sagte Brody.

Ellen fand das gar nicht lustig. „Wenn er endlich gewonnen hat, möchte ich nämlich seinen Teller spülen." Sie nahm dem protestierenden Sean sein Spielfeld mitsamt Spielern weg. „Und du vergiß nicht, mit Mike zu sprechen", sagte sie zu Brody.

Er hatte es nicht vergessen, nur aufgeschoben. Zuerst hatte Mike seine Mutter beschwatzt, im Bootsclub von Amity im Komitee für das Juniorenrennen mitzuwirken. Dann hatte er seinen jüngeren Bruder dafür begeistert, ihn am nächsten Sonntag bei der Regatta zu begleiten. Und dann hatte Mike alles hingeschmissen. Seine Takelung mußte neu verspannt werden, sein Hauptsegel hatte einen Riß, und er war den Törn zum Cape North seit vorigem Sommer nicht mehr gesegelt.

Brody erhob sich schwerfällig. Sean stand ebenfalls auf. Brody machte seinen Gürtel weiter. Sean machte es ihm nach. Plötzlich ging Brody in die Hocke, bis er mit den Augen auf gleicher Höhe mit Sean war. „He, wie wär's, wenn wir heute abend ein bißchen schwimmen gingen? Im städtischen Schwimmbad?"

Sean grinste. Ihm fehlte ein Zahn. Selbst die Zahnlücke war schön. „Nix drin", sagte der Junge und tat, als wolle er beißen. Plötzlich gab er Brody rasch einen Kuß und sprang zur Tür hinaus.

Wenigstens das, dachte Brody, als er widerstrebend die Treppe hinaufging.

Brody stand neben Mikes Tisch am Fenster und blätterte in einer Sporttaucherillustrierten, dieweil er seinem zornig auf dem Bett liegenden Sohn Gelegenheit zum Abkühlen gab.

Es hatte also nichts geholfen, daß sie ihm bei der Anschaffung des Boots unter die Arme gegriffen hatten.

Die Illustrierte hatte zuoberst auf einem kniehohen Stoß ähnlicher Hefte gelegen, aufgeschlagen bei einer zweiseitigen Farbanzeige. Ein Supertaucher, glitzernd von Meerwasser, mit blitzender neuer Ausrüstung. Daneben ein Fotomodell, das aussah, als ob ihm sein Gummianzug auf den Leib gesprüht worden wäre. Die Frau strahlte den Mann mit lustvollen feuchtglänzenden Augen an. Ihr Gauner, dachte Brody, ihr wißt, wie man den Leuten das Geld aus der Tasche zieht . . .

„Hast du vor, sie zu verbrennen?“ beschwerte sich Mike, zur Zimmerdecke gewandt. „Es sind keine Pornos.“

Brody musterte seinen älteren Sohn. Mike wirkte müde. Er hatte das Mittagessen übersprungen, und das nicht nur heute, sondern auch schon gestern. Bei dem Hungerstreik ging es um ein Einverständnisformular, das Mikes Freund Andy Nicholas vom Aquasport-Tauchzentrum geholt und Mike gebracht hatte. Andys Vater hatte so ein Formular für ihn unterschrieben, und Andy steckte jetzt wahrscheinlich mittendrin in einem Sporttaucherlehrgang. Bevor Brody so etwas für seinen Sohn unterschrieb, müßte erst die Hölle einfrieren.

„Nimm's nicht so tragisch, Mike“, sagte er. „Sieh mal, wenn du schwimmen möchtest, kannst du ins Schwimmbad gehen. Dein kleiner Bruder hat mehr Verstand als du. Und der war vor vier Jahren nur am Strand. Du warst im Meer!“

„Im Meer“, quiekte Mike, „und zwar zum letztenmal! Ich kann schwimmen wie ein Aal! Ich wohne auf einer Insel! Und ich darf nicht mal –“

„Du kannst ja segeln.“

„Und das nach einem Theater wie im Kongreß! Diese blöde Laser-Jolle soll mir . . .“

„Du bist der beste Segler in der Stadt.“

„Und ich möchte nun mal statt dessen der beste Taucher in der Stadt sein, klar? Mein Leben hängt dran! Ich bin's leid, von dir hingehalten zu werden. Und der Spitz steht mir bis hier.“

„Wer ist Spitz?“

„Mark Spitz.“ Mike weinte jetzt richtig. „Der große Olympiaschwimmer. ‚He, Spitz, komm runter zum Strand, du wirst nicht naß ...‘ ‚Willst du mir nicht Schwimmen beibringen, Spitz? ...‘ ‚Spitz, he, zieh dein Handtuch weg, die Flut kommt.‘“ Er seufzte aus tief gequälter Seele. „Spitz, das bin *ich*.“

„Mike –“, begann Brody hilflos.

„Dad, der Hai ist tot!“

Brody streckte die Hand aus und strich seinem Sohn die Haare aus dem Gesicht. Er nickte. „Der Hai ist tot.“

Er konnte Mike überreden, nach unten zu gehen und ein Sandwich zu essen. Dann faltete er das Formular zusammen, steckte es in die Tasche und ging aus dem Haus.

Das dicke kleine Mädchen versuchte einen Tunnel nach China in den Sand zu graben. Neben ihr der hagere, muskulöse Mann, den sie Daddy nannte – aber er konnte offensichtlich nicht ihr richtiger Vater sein, sonst wäre sie ja nicht so dick –, schien hinter seiner spiegelnden Sonnenbrille zu schlafen.

Er schlief aber nicht. „Hast du Onkel Brian in letzter Zeit gesehen?“ fragte er plötzlich.

Ihre Mammy hatte ihr eingeschärft, solche Fragen nicht zu beantworten, aber wenn sie es nicht tat, wurde er am Ende noch böse und brachte sie früher nach Hause.

„Nein“, log sie. „Schau mal, Daddy, da ist eine Ameise ins Loch gefallen!“ Es war keine Ameise weit und breit, aber sie mußte etwas sagen, und über Onkel Brian oder Onkel Jerry oder Flip oder andere Leute überhaupt durfte sie nicht reden.

Ihr Vater drehte sich um und sah in das Loch. „Eine Ameise?“

Sie errötete. „Es war eine da, Daddy! Eben war eine da!“

Er knurrte etwas und drehte sich zurück. „Was habt denn du und Mammy so gemacht? Immer noch derselbe Babysitter?“

Eine Falle. Sie nickte. Nach Graben war ihr nicht mehr zumute. Sie beobachtete statt dessen einen Schwarm von fünf Pelikanen, die ziemlich nah am Strand nach Fischen tauchten.

„Sieh mal die Pelikane, Daddy!“

Er rührte sich nicht und brummelte nur, daß er sie schon vorhin gesehen habe. Sie wartete auf die nächste Frage. Sie beobachtete den Anführer des Schwarms, der sich eben ins Wasser stürzte wie ein niedergehendes Flugzeug im Fernsehen. Er klatschte auf die Wasseroberfläche, daß es nur so spritzte.

„Ist sie mit dir zum Zahnarzt gegangen, wie ich gesagt habe?“

„Ja.“ Sie faßte nach ihren Zähnen. „Da!“

Eine glatte Lüge. Sie konzentrierte sich auf das Wiederauftauchen des Pelikans, der noch nicht wieder aus der Tiefe hervorgekommen war. Wenn sie ihn doch nur für diese Tauchvögel interessieren könnte, würde er's vergessen. „Daddy, die fressen noch alle Fische weg!“

„Jeder will leben. Hattest du Löcher?“

Jetzt war sie dran. Woher sollte sie wissen, ob sie Löcher hatte, wenn ihre Mutter – mit ihrer eigenen Hilfe – vergessen hatte, sie zum Zahnarzt zu bringen? „Daddy, der Pelikan ist noch immer nicht aufgetaucht!“

„Vielleicht hat ihn ein Fisch gefressen. Also, hattest du Löcher, Schatz?“

„Nein.“ Jetzt machte sie sich aber ernsthaft Sorgen um den Pelikan. „Wie lange können die denn unter Wasser bleiben?“

„Keine Ahnung. Ziemlich lange, glaub ich.“ Er sah auf die Uhr, und sie hatte ein würgendes Gefühl im Hals. Noch nicht, noch immer nicht ...

Er drehte sich auf den Bauch. Sie war erleichtert. Also nur das. Zeit zum Umdrehen.

Der Pelikan mußte woanders aufgetaucht sein, wo sie nicht hinschaute. Sie zählte die Vögel, die über der Brandung kreisten. Nur noch vier. Ein weiterer schoß aufs Wasser hinunter.

Und auch dieser tauchte nicht wieder auf. „Daddy, *Daddy!*“

Er schlief oder tat so. Glauben würde er ihr sowieso nicht.

Ärgerlich stieß sie mit den Füßen Sand in ihren Tunnel nach China. Wenn eine Ameise darin gewesen war, war sie jetzt jedenfalls tot.

Brody parkte vor Andrews' Aqua Center, einem neuen, großen grünen Bauwerk, eine Straße vom städtischen Anlegeplatz entfernt. Den ganzen Winter über hatte Tom Andrews darin herumgesägt und -gehämmert, und nun glänzte alles in dunkelgrüner Farbe. Hinter der Fensterscheibe waren um einen alten kupfernen Taucherhelm Preßluftflaschen, Wasserskier und Windsurfer gruppiert, die Andrews vor den windigen Dünen von Amity populär zu machen hoffte.

Brody war ihm erst einmal begegnet. Er kam aus Kalifornien, ein Schwimmer gegen den normalen Völkerwanderungsstrom, der von Osten nach Westen ging. Was für Pläne er auch immer haben mochte, sie verrieten jedenfalls ein grenzenloses Vertrauen in die wirtschaftliche Zukunft Amitys. Brody gefiel der Mann immer besser.

Er trat in den Laden. Andrews hatte soeben einem fröhlichen jungen Paar eine Wasserskiflagge verkauft. Als sie gegangen waren, streckte Andrews eine Hand von der Größe eines Baseballhandschuhs aus.

„Hallo!" Er grinste. Seine Augen funkelten zwischen Fettwülsten hervor, aber sogar das Fett wirkte durchtrainiert. Brody schätzte ihn einschließlich Bart auf über zweieinhalb Zentner.

„Womit kann ich Ihnen dienen, Chef?" fragte der Hüne.

„Lassen Sie den ‚Chef', Tom. Ich komme mir sonst Gott weiß wie vor. Dabei besteht mein Laden bloß aus mir und noch drei Figuren. Sagen Sie einfach Martin oder Brody, klar?"

„Gut. Und was führt Sie zu mir?"

Brody nahm Mikes Formular aus der Tasche. Die Wirkung war verblüffend. Andrews schwang sich flink wie ein Leichtathlet um die Theke. Er schlang einen Arm, so dick wie ein Ast, um Brodys Schultern und drückte kräftig zu.

„Prima! Wunderbar! Wie hat er das geschafft?"

Brody sah ihn entsetzt an. „He, ich hab das Ding nicht unterschrieben, ich will nur mit Ihnen darüber reden."

Die Begeisterung wich aus Andrews' Gesicht. Er ging hinter seine Theke zurück und begann einen Druckregler auseinanderzunehmen. „Na gut", meinte er. „Also, der Kurs für Jugendliche dauert vier Wochen. Am Ende steht eine amtliche Taucherprüfung. Ohne die kriegen Sie nirgends eine Preßluftflasche gefüllt, also hat dieses Stück Papier schon etwas zu bedeuten."

Er erklärte Brody, daß der Kurs aus je zwei Stunden samstags und sonntags bestehe. Zuerst würden die Schwimmfertigkeiten geprüft, dann folgten Schnorcheltauchen, Einführung in die Geräte, Partnerhilfe und Notaufstieg.

„Im städtischen Schwimmbad?" fragte Brody. Sein Mund war trocken.

„Soweit ja. Dann kommt eine schriftliche Prüfung." Andrews tippte auf einen Stapel Lehrbücher auf seiner Arbeitsbank. „Erlaubte Tauchzeiten. Dekompressionskurven, Stickstoffeffekte im Blut. Nur wer alles richtig hat, kommt durch."

Brody schöpfte Hoffnung. Mike mochte ja schwimmen wie ein Aal, aber er würde nie die Konzentration für eine theoretische

Prüfung aufbringen. Schön, er würde unterschreiben. Dann hatte er wenigstens seine Ruhe. Er griff nach dem Kugelschreiber, als Andrews fortfuhr: „Dann kommt die Abschlußprüfung. Für den ersten Kurs ist sie morgen. Im Meer."

Seine Hand begann zu zittern. Wie dumm, wie dumm, wie dumm! Er brachte es nicht mehr fertig zu unterschreiben und legte den Kugelschreiber wieder hin. „Wieviel ... wieviel kostet das?"

Andrews lächelte. „Für Mike nichts."

„Na na, Tom!" Als Polizeichef war ihm immer unwohl, wenn ihm jemand eine Gefälligkeit anbot, obwohl er bei seinen sechshundert Dollar Monatsgehalt wahrhaftig jeden Cent brauchte, den er irgendwo sparen konnte. „Das geht nicht."

Der Hüne setzte den Druckregler wieder zusammen. „Eigentlich hab ich's ja schon gemacht."

„Was?"

Er öffnete eine Schublade, holte einen Aktendeckel heraus und entnahm ihm ein Zeugnis. Oben stand in sauberen Druckbuchstaben Mikes Name, sauberer als auf allen Schulzeugnissen, die er bisher nach Hause gebracht hatte. Brody las einige von den Fragen: Erkläre das Boylesche Gesetz ... Stickstoffgehalt der Luft ... Darüber hatte Andrews geschrieben: 100 Prozent. Und das bei einem Burschen, der in Algebra nur mit Ach und Krach mitkam?

Er wurde zornig. „Wozu will er denn noch meine Unterschrift haben? Er scheint's doch auch ohne mich geschafft zu haben!"

Andrews sah ihm voll ins Gesicht und sagte ruhig: „Ich hab den Kurs vorigen Monat angefangen. Zwölf Jungs. Alle mit dem unterschriebenen Formular in der Hand. Alle im Taucheranzug und ganz verrückt vor Freude. Und ein Junge sitzt mit Badehose am andern Ende vom Schwimmbecken – Mann, war das kalt! Kein Taucheranzug. Aber er hört zu. Tut so, als ging's ihn nichts an, hört aber zu. Nach dem Unterricht erzählt er mir, daß Sie diesen Komplex haben und warum. Er darf nicht ins Meer. Aber ob er wenigstens ein bißchen zuhören darf, im Schwimmbad? Er hat Geld genug gespart, falls ich's bezahlt haben will."

Andrews zuckte mit den Schultern. „Und ich hab mir gedacht, Teufel, was soll's! Wenn ich's umsonst mache, kann mich keiner belangen, und vielleicht kann er Sie vor der Abschlußprüfung im Meer doch noch beschwatzen, und er sieht mich an mit seinen großen blauen Augen ..."

„Schon gut", sagte Brody abrupt, „schon gut!" Er war wütend, nicht auf Andrews, nicht einmal auf Mike, sondern auf sich selbst, weil er seinem Sohn dieses Versteckspiel aufgezwungen hatte. Das ganze Jahr über kurvten Leute vor der Küste von Amity herum. Sie schwammen und segelten, fuhren Wasserski und ritten auf Surfbrettern, und keinem passierte was. Der Hai von Amity war tot. Statistisch gesehen würde nie wieder einer hierherkommen – in seinem Leben jedenfalls nicht, vielleicht nicht einmal mehr in Mikes.

Er dankte Andrews. Er kaufte Mike einen Taucheranzug und Sean zum Ausgleich ein Taschenmesser. Schließlich nahm er wieder das Formular zur Hand. Er zückte seinen Kugelschreiber. Diesmal zitterte seine Hand kaum.

An diesem Nachmittag beendete Brody den Dienst fünf Minuten früher. Er war auf dem Heimweg, als er Sean sah, der die Water Street hinaufsprintete und es offenbar sehr eilig hatte, nach Hause zu kommen. Er hielt und öffnete die Wagentür.

Der Junge schwang sich hinein. „Fische! Ich muß nach Hause, meine Angel holen. Dorsche im ganzen Hafen! Riesengroße!"

Brody schaute die Water Street hinunter. Es stimmte. So viele Menschen hatte er noch nie um die städtischen Anlegestellen herum gesehen. Die Hälfte hatte schon Angeln, die übrigen standen vor Hymans Anglerladen Schlange, um sich welche auszuleihen.

„Los schon, Daddy!" Sean zappelte auf dem Sitz herum.

„Anschnallen."

Sean stöhnte und klinkte den Sicherheitsgurt ein. „Schalt die Sirene ein!"

„Von wegen Sirene!" Er fuhr an und sah im Rückspiegel noch einmal zum Hafen zurück.

Merkwürdig. Er hatte noch nie von einem Dorschschwarm in Amity gehört.

BRODY hatte eigentlich Mike einen Vortrag über Lüge und Heimlichtuerei halten wollen. Aber er hatte ja gegen kein Familiengesetz verstoßen, indem er ins städtische Schwimmbad gegangen war. Und als er ihn jetzt mit traurigem Gesicht vorm Fernseher sitzen sah, konnte er nicht länger warten. Ellen, die froh zu sein schien, daß das Meeresverbot aufgehoben war, packte den Taucheranzug in der Küche als Geschenk ein. Sean war zum Hafen gelaufen mit einer Angel, die dreimal so lang war wie er selbst.

Brody goß sich seinen Feierabenddrink ein und ging ins Wohnzimmer, Ellen folgte mit dem Geschenk. Mike drehte sich um. „Was gibt's?"

„Wir geben was", meinte Ellen grinsend.

„Heute ist nämlich dein Geburtstag", erklärte Brody. „Wir haben's dir nie gesagt, aber du bist zweimal zur Welt gekommen."

Mike nahm die Schachtel. Vor einem Jahr noch hätte er sich in den Karton hineingewühlt wie ein Hund in den Karnickelbau. Jetzt knüpfte er betulich das Band auf, schlug das Papier auseinander – und erstarrte.

„Aquasport", hauchte er. „Aquasport, Dad?"

Er nahm den Deckel ab, holte aber den Anzug nicht heraus. Eine ganze Sekunde lang strich er nur darüber. Dann lag er plötzlich Brody in den Armen und rieb sein Gesicht an dessen Stoppeln. Sean küßte seinen Vater immerzu, aber es war gewiß zehn Jahre her, daß Brody zum letztenmal die Wange seines älteren Sohnes gefühlt hatte. Verlegen riß Mike sich wieder los.

„Für morgen", sagte Brody leise.

„Du hast unterschrieben!" flüsterte Mike.

„Probier ihn mal an", sagte Brody. „Wir wollen was sehen."

Mike riß sich die Hose herunter und schlüpfte in den Taucheranzug. Er war fünfzehn Jahre alt, aber ganz wie ein kleiner Junge mußte er in seinem neuen Taucheranzug zu Abend essen. Und als Brody abends beim Zubettgehen an Mikes Zimmer vorbeikam, sah er ihn darin vorm Spiegel stehen.

Für einen glücklichen Jungen wirkten seine Augen sonderbar gehetzt. Aber das mußte an der Beleuchtung liegen.

3. Kapitel

Um sieben in der Frühe schob der junge Ingenieur sein leuchtendgelbes Wasserskiboot vom städtischen Anlegeplatz, stieg hinein und übernahm von seiner Frau das Steuer. Er schob den Gashebel vor und kurvte nach links um eine große Motorjacht herum, die eben von der Küstenwache in den Hafen geschleppt wurde. Dann gab er Gas.

Der Bug hob sich aus dem Wasser, das Heck tauchte tiefer ein, und sie rasten aufs offene Meer zu. Erst hier atmete er richtig tief

AMITY

durch. Welche Wohltat, aus dem Geruch nach Dorsch und Teer herauszukommen in die frische Seeluft.

„Skier klar?“ fragte er seine braungebrannte, langbeinige Frau.

„Alles klar, Captain“, seufzte sie. „Schwimmwesten an Bord, Warnflaggen griffbereit, Leuchtkugeln und -pistole . . .“

„Hör mal“, schrie er gegen den Lärm des Motors an, „wenn unser Motor aussetzt oder sonst was ist, bist du froh darum.“

Sie rieb sich das Gesicht mit Sonnenöl ein. „Was hab ich vergessen, Captain?“

„Die Funkverbindung.“ Er arbeitete bei einer großen Flugzeugfirma in der technischen Kontrollabteilung und vergaß nie etwas.

Sie griff unter die Abdeckung, holte das Mikrofon heraus und sagte: „Küstenwache, Funkstation Shinnecock. Hier *Overtime*. Verständigungsprobe. Ende.“

Sofort krächzte Shinnecock Bay zurück: „Verstehe Sie laut und deutlich, *Overtime*. Guten Morgen. Shinnecock. Ende.“

Er lehnte sich entspannt zurück und ließ den Bug über die flachen morgendlichen Wellen springen. Er hatte das beste Boot der Welt, die beste Frau und zwei Wochen Urlaub. Wie schön war das Leben!

„WENN's vom Fisch ist“, wollte Sean wissen, „wieso bin ich dann nicht auch krank?“

Brody blickte auf seinen älteren Sohn hinunter, der auf der Kunstledercouch im Wintergarten lag. „Na klar war's der Fisch“, ächzte Mike. „Deine verdammte kleine Elritze –“

„Mike“, warnte Brody, etwas lauter werdend. „Jetzt reicht's.“

Mike versuchte sich aufzurichten, aber ein neuer Krampf packte ihn, und er legte sich bibbernd wieder hin. „Warum hat er das Biest denn fangen müssen? Und warum mußte sie es uns braten? Zum Frühstück!“

„Es war ein ganz normal großer Fisch! Und ich bin auch nicht davon krank geworden – oder Dad oder Mom!“ Sean stolzierte hocherhobenen Hauptes von dannen. Ellen kam, ruhig und umsichtig wie immer in schwierigen Situationen, und schlug ein Fieberthermometer herunter. Das steckte sie Mike in den Mund und fühlte ihm den Puls. Er brummelte etwas durch die geschlossenen Lippen.

„Puls achtzig. Ein bißchen hoch für ihn“, meinte Ellen. „Er will wissen, wieviel Uhr es ist.“

Brody sah auf die Uhr. „Zwanzig nach neun.“

Mike fuhr hoch wie elektrisiert. Das Thermometer fiel ihm aus dem Mund. „Zwanzig nach neun? Ich muß um zehn am Anlegeplatz sein! Im Taucheranzug!"

Brody drückte ihn sanft zurück. „Du gehst heute nirgends hin, Cousteau. Wo du jetzt schon Krämpfe hast."

Das Telefon klingelte. Es war Len Hendricks, der sonntags Pollys Platz an der Telefonvermittlung einnahm. „Chef?"

„Brody", seufzte Brody. „Oder Martin. Oder Marty."

„'tschuldigung, Chef. Wir haben ein Problem."

„Am Sonntag um zwanzig nach neun?"

„Das ist es ja. Die Fähre kommt in zehn Minuten, und die Anlegestelle wird von einer großen Jacht blockiert."

An seinen Schläfen begann es zu klopfen. „Dann sagen Sie denen, sie sollen das Ding wegfahren."

„Das ist ja das Problem, Chef. Es ist keiner an Bord."

Ein tiefer Heulton wehte über den Süden Amitys. Er sah zum Fenster hinaus. Die Fähre von Cape North kam auf ihn zu geschaukelt, zum erstenmal seit Menschengedenken pünktlich.

„Len?"

„Ja?"

„Wollen Sie Chef werden?"

„He, he", machte Len hoffnungsvoll. „Soll das ein Witz sein?"

Brody legte auf. Während des Schlamassels hatten alle seinen Rücktritt gewollt, als er versucht hatte, den Strand zu sperren. Selbst Ellen hätte ihn gern den Dienst quittieren sehen und wünschte es heute noch.

„Was hat Len denn darauf gesagt?" fragte Ellen. „Will er Chef werden?"

„Ich glaube, ja", knurrte Brody.

Hendricks war noch dümmer, als er geglaubt hatte.

Der junge Ingenieur wartete, bis seine Frau ihm mit aufwärts gerichtetem Daumen das Zeichen gab; er überzeugte sich, daß die Warnflagge am Heck aufrecht stand und gab behutsam Gas, bis das Zugseil gespannt war. Dann sah er nach vorn, ob ihre Bahn frei war, und gab Vollgas. Graziös erhob sich hinter ihm seine Frau aus dem Wasser, wie eine Meerjungfer aus der Tiefe, auf einem Ski.

Das Meer war noch immer glatt wie Glas, mit nur einer ganz leicht angedeuteten Dünung. Sie wedelte im Kielwasser hin und her und her und hin, übermütig wie immer. Boshaft riß er das Steuer herum, wodurch das Boot fast stehenblieb und sie langsamer wurde, dann gab er in der neuen Richtung volle Kraft voraus. Sie überstand dieses Manöver, wenn auch wild schwankend, aber mit dem nächsten erwischte er sie. Sie klatschte ins Wasser, daß es nur so spritzte. Er riß nach steuerbord herum, nahm das Gas zurück und schleppte das Seil in ihre Nähe. Er hatte das Seil wieder auf Spannung, und sie hatte ihm zugenickt, als er plötzlich erstarrte.

Hundert Meter hinter ihr winkte träge eine riesige Rückenflosse. Sie sah nichts davon, und während er noch schreckensstarr dastand, setzte sich die Flosse in Bewegung und kam langsam auf sie zu.

Sein erster Gedanke war, daß dies ein Mörderwal sein mußte. Griffen Mörderwale Menschen an? Dann fiel ihm der Hai von Amity ein, aber das konnte nicht sein, dieser Hai war doch tot...

„Dee!" schrie er.

Sie lächelte ihm übers Wasser zu, nahm eine Hand vom Griffholz und winkte zurück. Die Flosse kam jetzt geradewegs auf sie zu, ihrer bisherigen Spur folgend. Sie war einfach gigantisch.

Er stieß den Gashebel vor, etwas zu hastig, so daß er sie aus dem Gleichgewicht brachte. Das Lächeln verging ihr, und sie schüttelte unwirsch den Kopf. Einen Moment fürchtete er, sie werde kopfüber ins Wasser stürzen, wenn sie wieder hochkam, doch wenn er jetzt Gas wegnahm, stürzte sie vielleicht erst recht, weil sie aus dem Gleichgewicht kam. Laß es so laufen, sagte er sich, und bete, daß sie hochkommt. Wenn sie erst oben war, fuhr er jedem Fisch im Meer mit Leichtigkeit davon.

Sie befand sich jetzt in der Hocke, halb aufgerichtet, und jetzt taumelte sie. Die Flosse kam schneller, als er geschätzt hatte, aber so schnell auch wieder nicht. Sie war jetzt auf dem Ski und richtete sich auf...

„Gewicht zurück!" schrie er, aber im Gebrüll des Motors konnte sie natürlich nichts hören.

Sie schaffte es und machte ihm mit Daumen und Zeigefinger und einem verzeihenden Lächeln das „Alles-klar"-Zeichen.

Er stand aufrecht und suchte das Kielwasser nach der Flosse ab. Das Ding mußte untergetaucht sein, das war's. Er hatte es hereingelegt. Jetzt mußte er nur noch zum Strand. Wenn er ihr das entsprechende Zeichen gab, konnte sie mit dem Ski bis aufs Trockene reiten.

Er suchte das Ufer nach einer sicheren Stelle ab. Dort, wo das Kasino gebaut wurde, waren Menschen, und er hatte plötzlich das Bedürfnis, in der Nähe von Menschen zu sein, aber der Strand stieg sanfter an in der Nähe eines alten, verwitterten Häuschens etwas abseits der Stadt.

Ohne den Blick von seiner Frau zu wenden, begann er eine weite Kurve auf dieses Häuschen zu. Sie wedelte wieder und sprang jedesmal übermütig über die Heckwelle. Er machte ihr Zeichen, sie solle das nicht tun, nur fahren, und schließlich verlangsamte er das Boot so, daß sie nicht mehr wedeln konnte, und dann sah er wieder die Flosse, die sich schnell von hinten näherte.

Seine Hand war so feucht, daß er kaum noch den Gashebel festhalten konnte. Aber er schob ihn wieder vor, und die Flosse verschwand. Wieder begann sie zu wedeln, von rechts nach links und links nach rechts, den Kopf zurückgeworfen, mit wehendem Blondhaar. „Dee!" kreischte er. „Nicht, nicht!"

Ihm fiel das Funkgerät ein. Er bückte sich danach, aber sowie seine Hand das Steuerrad losließ, drehte sich das Boot auf die Seite und riß sie fast ins Wasser. Er überlegte wie rasend. Vielleicht konnte er sie abkappen, kehrtmachen und sie aus dem Wasser fischen.

Er wagte es nicht. Wenn das da hinten, ob Hai oder Wal, schnell genug war, um mit dem Boot Schritt zu halten, war es auch schnell genug, um schneller als er bei ihr zu sein. Er sah sich um. Sie ließ sich jetzt brav ziehen, vielleicht zu müde für ihre Mätzchen, bis er sie in Sicherheit hatte. Bitte, Liebling, flehte er. Nicht mehr hin und her, laß dich nur ziehen.

Er fuhr jetzt geradewegs auf das verwitterte Haus am Strand zu. Es waren vielleicht noch drei Kilometer, vielleicht auch weniger. Nicht mehr allzu weit jedenfalls.

Plötzlich stockte ihm das Blut in den Adern. Auf halbem Weg zwischen ihm und dem Strand war die Flosse. Er verstand das nicht. Er machte leicht zwanzig Knoten", schaffte das Ding denn dreißig? „Mein Gott", stöhnte er und drehte wieder seewärts ab. Die Flosse verschwand.

Er war Ingenieur. Es mußte doch eine Möglichkeit geben. Plötzlich hatte er's. Er würde stoppen, daß die Leine erschlaffte, seine Frau vor der Gefahr warnen, die Leine einholen und Dee, wenn sie nah genug war, ins Boot ziehen.

Aber nicht jetzt. Die Flosse war wieder da, wenn auch noch gut hundert Meter hinter ihr. Er mußte warten, bis sie wieder verschwand, bevor er stoppte. Der Gashebel war schon bis zum Anschlag durchgedrückt, aber er ertappte sich dabei, wie er ihn noch weiter vorschieben wollte. Plötzlich brach er ihm unter der Hand ab. „Nein!“ schrie er.

Kein Abbremsen mehr möglich, auch kein Stoppen. Sie ins Boot zu holen war also nicht mehr drin. Er sah sich nach seiner Frau um. „Nicht!“ brüllte er.

Sie war nicht etwa müde gewesen, sie hatte nur nachdenklich an den Lippen gekaut, wie sie es immer tat, wenn sie irgend etwas ausprobieren wollte. An ihrer Körperhaltung erriet er, was es war.

Er hatte gelernt, sich umzudrehen und rückwärts zu fahren. Drei Sommer hatte er dafür gebraucht, und sie hatte es bisher noch nie geschafft. Jetzt wollte sie es wieder versuchen.

„Nein, Dee, nicht!“ schrie er aus Leibeskräften. Sie schien ihn zu hören und wandte den Kopf, wäre beinahe gestürzt. Er hielt den Mund. Die Flosse war wieder in ihrem Kielwasser. Knapp hundert Meter hinter ihr. Und holte auf, o ja, sie holte auf!

Seine Frau schwankte, setzte zum Schwung an – und drehte sich. Bei Gott, sie hatte es geschafft! Sie fuhr jetzt rückwärts, und wenn sie sich nun auch wieder umdrehen konnte . . .

Die Flosse kam näher. Die Frau erstarrte plötzlich. Sie hatte die Flosse gesehen. Irgendwie schaffte sie es, wieder herumzuwirbeln, ohne zu fallen. Das Entsetzen stand ihr im Gesicht geschrieben. Sie schrie, und sie torkelte . . . Ruhig bleiben, Dee, halt dich auf den Beinen! Es ist nicht mehr weit bis zum Strand!

Sie schien sich zu entspannen, ganz als ob sie ihn gehört hätte. Behutsam manövrierte sie aus dem Kielwasser hinaus in ruhigeres Wasser. Die Flosse verschwand. Er wagte einen Blick zum Strand. Noch knapp tausend Meter. Ein weißer Fleck auf der verwitterten Veranda, ein Mensch, jemand, der sich um sie kümmern konnte, wenn sie auf den Strand glitt. Er würde schon klarkommen. Ohne sie im Schlepptau konnte kein Fisch im Meer es mit *Overtime* aufnehmen . . .

Aber als er zurückblickte, wußte er, daß sie verloren hatten. Die Flosse kam rasch näher. In Sekundenschnelle ragte sie hoch über ihr aus dem Wasser. Instinktiv griff er nach der Leuchtpistole, stieß eine Patrone hinein und schoß in die Luft. Die Leuchtkugel jagte in elegantem Bogen in die Höhe, doch ihr orangefarbenes Licht war vor dem strahlenden Himmel kaum zu sehen. Er würde Hilfe brauchen, schnell – ärztliche Hilfe, wenn sie Glück hatte und den ersten Angriff überlebte.

„Dee!"

Ein Riesenmaul hob sich drei Meter hinter ihr aus dem Wasser. Er konnte seine Größe nicht fassen. Ein häßlicher Schlund mit weißem Rand öffnete sich hinter ihr, legte sich auf die Seite, schloß sich um sie, schüttelte sie, schleuderte sie hoch und sank zurück in einen Schaum von Blut und Fleisch und langen, goldenen Haaren. Und dann war sie verschwunden. Er schaltete die Zündung aus. Sofort verstummte der Motor und schleuderte ihn nach vorn. Er lud die Leuchtpistole nach. „Komm her, du Bastard!" schrie er.

Die Schnauze tauchte auf und kam auf das Boot zugeschossen. Er taumelte zurück, die Leuchtpistole schußbereit, stolperte und schoß. Den schrecklichen Bruchteil einer Sekunde wußte er es: Er hatte in den Ersatzkanister geschossen. Seine Welt explodierte in einem orangefarbenen Feuerball.

Achthundert Meter weiter hielt Minnie Eldridge, Amitys alte Posthalterin, ihren Schaukelstuhl an. Sie scheuchte die Siamkatze von ihrem Schoß, legte die *Sunday Times* fort und schaute zum Meer. Hinter der sanften Dünung qualmte eine schmutzige Rauchwolke.

Sie humpelte ins Haus, um zu telefonieren.

4. Kapitel

BRODY und sein Streifenpolizist Dick Angelo zerrten an Tauen von der Mole aus die Jacht weit genug an die Kaimauer heran, damit die Fähre anlegen konnte.

„Die Küstenwache hat sie hiergelassen", berichtete Yak-Yak Hyman vom Anglerladen unaufgefordert. Der gestrige Dorschsegen mußte ihn geschwätzig gemacht haben. Er hatte sogar guten Morgen gesagt.

„Einfach hiergelassen?" fragte Brody.

Yak-Yak sah ihn nur an. Schon recht, dachte Brody. Das hast du mir ja gerade gesagt. Nichts für ungut, Yak-Yak.

„Hat die Küstenwache gesagt, wann sie wiederkommt?"

Yak-Yak schüttelte den Kopf. Kaum merklich – man mußte schon schnell hinschauen, wenn man es sehen wollte –, aber Brody ging zu Starbucks Drogerie und rief Shinnecock Bay an.

Die Küstenwache hatte laut Auskunft des Diensthabenden in Shinnecock gestern die Jacht bemerkt, die über dem Wrack der *Orca* ankerte. Gestern nacht hatte sie keine Ankerlichter gesetzt, und ein Hummerfischer wäre fast dagegen gefahren. Heute morgen war die Küstenwache eine Stunde bei der Jacht geblieben, falls Taucher unten waren und wieder hochkamen. Dann hatten sie die Stelle markiert und die Jacht in den nächsten Hafen geschleppt.

Sie hatten sich gerade mit der Frau eines der beiden Jachtbesitzer in Verbindung gesetzt. Sie war unterwegs. Sie würden später einen Suchhubschrauber losschicken und alles tun, was in ihrer Kraft stehe, aber Brody als der nächste erreichbare Polizeichef müsse alles weitere veranlassen – Taucher runterschicken und den Papierkram besorgen, klar?

„Moment mal", bettelte Brody. „Ich habe keine Taucher!"

„Hören Sie, wir kriegen gerade noch einen Anruf. Ein Rennboot ist explodiert. Wenn Sie noch Fragen haben, wenden Sie sich an den Chef, ja?"

Mittlerweile brummte Brody der Kopf. Er ging wieder hinaus ins Sonnenlicht und sah hinunter zum Anlegeplatz mit der blitzenden Jacht. Auf einem schmucken Heckspiegel aus Plastik las er *Miss Carriage,* Standort Sag Harbor.

Er kletterte an Bord. Hier waren Taucher gewesen, das stand fest. Im Cockpit befand sich ein Ständer mit Preßluftflaschen. Er schwang sich hinunter in die Kabine. Teppichboden, Stereo-Boxen. Eine Flasche Whisky und zwei Kaffeetassen auf der Anrichte. Er nahm eine der Tassen und roch daran. Whisky. Er roch an der anderen. Ebenfalls Whisky, nur noch stärker.

Nun ja, soviel er wußte, gab's kein Gesetz gegen Trunkenheit beim Tauchen. Nur das Gesetz des Überlebens.

Er stieg wieder auf die Mole. Eine Prozession von Jugendlichen marschierte darauf zu Tom Andrews' Boot, der *Aqua Queen.* Alle im Taucheranzug: Andy Nicholas, Chip Lennart, Larry Vaughan jr., der Sohn des Bürgermeisters. Angeführt wurde der Trupp von dem Hünen selbst. Und am Schluß – Brody durchzuckte es – trottete Mike und sah sehr blaß aus.

Er wurde noch blasser, als er seinen Vater sah. „Kein Fieber", erklärte er rasch. „Mom hat gesagt –"

Brody ignorierte ihn und holte Andrews an der *Aqua Queen* ein. „Tom, wieviel kostet Ihre Zeit?"

Der Notfallfonds der Gemeinde war klein, aber Brody würde das Honorar für Andrews schon noch später vorm Gemeinderat ausfechten können. Er erklärte ihm die Situation mit dem Whisky und allem Drum und Dran.

„Schnaps", stöhnte Andrews. „Himmel noch mal! Das passiert doch immer wieder. Kostet nichts, Brody. Gehn wir."

„He", rief Larry. „Was ist nun –"

Andrews hob die Hand. „Nächsten Samstag, Leute", grollte er. „Gleiche Zeit, gleiche Welle. Bringt die Preßluftflaschen zum Laden zurück. Klar?"

Alles stöhnte, auch Mike, aber aus irgendeinem Grunde hatte er plötzlich wieder Farbe im Gesicht.

DER dicke Mann erwachte schon wieder. Das reinste Tollhaus hier! Er zahlte einen Haufen Geld in der Woche für diese Bruchbude. Es war Sonntag, und am Strand bellte sein Hund und lärmte sein Sohn.

Wie im Urwald, in einem blödsinnigen Urwald, war es hier am Meer ...

Er schwang die Beine über den Rand des zerwühlten Betts und rieb sich den Kopf. Im Mund hatte er noch den Geschmack von Whisky, schalem Bier und dem, was seine Frau für ein Samstagabendfestmahl hielt: Würstchen mit Sauerkraut.

Er sehnte sich nach ihrer Wohnung in Queens und dem beruhigenden Grollen des Verkehrs auf der Main Street.

„Ruhe!" brüllte er.

Seine Frau wälzte sich herum wie ein sterbender Wal. Das käme sicherlich als nächstes auf ihn zu – ein toter Wal. Mit wabbligem Hängebauch über der Pyjamahose rannte er zur Tür hinaus, über den dreckigen Sand zum Strand hinunter.

Schon wieder ein Seehund, mit dem Hinterteil zum Wasser, die hinteren Flossen von jeder Welle aufs neue überspült. King, der zottige Schäferhund, bellte ihn aus sechs Meter Entfernung an. Als er Verstärkung nahen hörte, ging er ein paar Zentimeter näher.

Der Seehund sah ihn mit sanften braunen Augen an.

„Hau ab!" knurrte er. Die sanften Augen brachten ihn in Wut. Er trat dem Tier mit aller Kraft in die Seite und verstauchte sich die nackten Zehen. Der Seehund schüttelte nur einmal den Kopf und spritzte ihn naß. Der Mann entdeckte ein Stück Treibholz von der

Größe eines Baseballschlägers. Er hob es auf und ging auf das Tier zu. Der Seehund seufzte, wich zurück und machte kehrt. Er robbte ins flache Wasser, drehte sich noch einmal vorwurfsvoll um und verzog sich in die Brandung.

Der Mann atmete schwer. Da holte man sich ja einen Herzinfarkt. „Das nächstemal", sagte er leise zu seinem Sohn, „das nächstemal bindest du den Hund an und kommst mich wecken. Ganz leise."

„Was willst du dann tun?"

„Dann knalle ich das Miststück ab!"

Er stapfte schwerfällig durch den Sand zurück. Seit Jahren wurde er Sommer für Sommer für zwei Wochen nach Amity verbannt. In all diesen langweiligen Sommern hatte er noch nie einen Seehund am Strand gesehen. Und gestern waren es gleich zwei gewesen, und der hier war heute auch schon der zweite.

Brody ignorierte das Funkgerät auf Andrews' Boot und konzentrierte sich auf die Luftblasen, die er im Auge zu behalten versuchte. Er stand auf der Steuermannsbank, um sie besser zu sehen, und lenkte mit den Füßen. Dabei versuchte er sich vorzustellen, wie es sein mußte, da unten den schlammigen Boden abzusuchen. Es war ihm einfach unbegreiflich, wie einer sich freiwillig in so eine feindliche Umwelt begeben konnte. Wenn er schwimmen ging, tauchte er nicht mal das Gesicht ins Wasser.

Sie waren aus dem Hafen von Amity ausgelaufen, um nach der von der Küstenwache gesetzten Boje zu suchen. Sie mußte in der Nähe des *Orca*-Wracks sein. So waren sie von Amity aus in südsüdöstlicher Richtung losgefahren, und schließlich hatte Andrews – zu Brodys Bedauern – ihm das Steuer übergeben und angefangen, seine Ausrüstung anzulegen.

Brody hatte die orangefarbene Boje gefunden. Ihm gefiel es hier überhaupt nicht, aber er hatte sein Unbehagen hinuntergeschluckt und das Gas zurückgenommen. Andrews war jetzt unter Wasser. „Folgen Sie immer meinen Luftblasen", hatte er gesagt. „Ich beginne beim Wrack und schwimme zuerst nach Norden, dann nach Osten, dann nach Westen, dann nach Süden. Dann ein Stückchen weiter und dasselbe noch mal. Verstanden?"

Er habe verstanden. Und nun hatte er beim Träumen die Spur verloren. Er rannte an die Bootsseite und suchte verzweifelt das Wasser ab. Zum Teufel, wo steckte er nur?

Er hörte ein Geräusch hinter sich und fiel fast ins Wasser. Er fuhr herum. Andrews stand auf der hinteren Taucherplattform und hielt eine kleine schwarze Kamera mit sehr großem Blitzlicht in der Hand. „Entschuldigung“, meinte er. „Hab ich Sie erschreckt?“

Brody nahm die Kamera. Seine Hand zitterte. „Ja.“

„Da unten ist es auch irgendwie nicht ganz geheuer.“ Er nahm die Maske ab und schüttelte sie. „Komisch ...“ Seine tiefliegenden Augen wirkten besorgt. „Ich hab die Kamera sofort gefunden. Keine zehn Meter vom Heck der *Orca*.“

„Sonst nichts?“

Andrews schüttelte den Kopf. „Mann, die sind hops. Alkohol, Stickstoffrausch, ‚Tiefenkoller‘, was weiß ich?“

Brody fühlte sich seekrank. Er wollte nach Hause. „Lohnt sich weiteres Suchen?“ fragte er. „Mit mehr Tauchern, meine ich.“

Andrews hob die Schultern. „Wenn sie da unten sind, leben sie schon lange nicht mehr.“ Er zeigte mit der Hand aufs offene Meer. „Und wenn sie da draußen sind, sind sie erst recht tot. Fünfzehn Grad Wassertemperatur. Unterkühlung. Maximal acht Stunden, mit oder ohne Taucheranzug.“

Sie setzten sich über Funk mit der Küstenwache von Shinnecock Bay in Verbindung. Brody meldete das Tauchergebnis. „Danke, Chef“, krächzte Shinnecock. „Wir haben da noch was ...“ Der Idiot, der sein Rennboot in die Luft gejagt habe, meldete Shinnecock, habe sich vor der Südküste von Amity aufgehalten und einen Wasserskifahrer im Schlepp gehabt. Ob Brody sich darum kümmern könne?

„Ja, schon gut“, stöhnte Brody.

Sie tuckerten zurück zum Anlegeplatz. Andrews, der alles zu wissen schien, hatte die Kamera in Augenschein genommen und festgestellt, daß zwei Aufnahmen geschossen worden waren, dann hatte er behutsam den Film herausgenommen. Brody gab ihn in Starbucks Drogerie ab.

Vielleicht gab der Film einen Hinweis auf das, was geschehen war. Für die Hinterbliebenen.

ER LENKTE den polizeieigenen Strandbuggy hinter Minnie Eldridges Grundstück und ging über den mit Steinplatten ausgelegten Weg zwischen wunderbaren Rosenbeeten hindurch zum Haus. Auf der andern Seite donnerte ein Hubschrauber der Küstenwache über der Brandung hin und her.

Er klopfte laut an die Küchentür, obwohl er wußte, daß es keinen Sinn hatte. Schließlich ging er hinein. Die Küche blitzte wie immer. Schon hier drin zu stehen machte ihn hungrig. Er glaubte sogar schon den Plätzchenduft aus dem Backofen wahrzunehmen.

„Minnie!" rief er. Keine Antwort.

Er ging ins Wohnzimmer. Sie saß am Fenster und genoß das Himmelsschauspiel, das sie in ihre Einsamkeit geholt hatte. Sie wußte noch immer nicht, daß er da war. Ihre Siamkatze blickte zu ihm hinüber.

„Minnie!" schrie er.

Sie drehte sich um, schraubte an ihrem Hörgerät und musterte ihn boshaft. Sie warf einen Blick auf die Kuckucksuhr in der Ecke, neben der eine Urkunde von Postminister Farley mit einem Dank für zwanzigjährige treue Dienste hing. Sie war von 1940.

„Gut, daß keiner ertrunken ist, oder vielleicht doch? Und bevor du dich jetzt aufführst wie ein Fernsehpolizist, gehst du mal da raus an den Schrank, links oben, du weißt ja, wo die Kekse immer sind, und –"

„Geht nicht, Minnie. Es ist einfach zuviel los zur Zeit."

„In Amity?" Sie setzte sich bequem zurecht, während er seinen Notizblock zückte.

„Len hat Ihren Anruf um fünf nach halb elf notiert. War das die Zeit, als Sie die Explosion gehört haben?"

So war es. Und es stimmte mit der Aussage des Wachmannes am Kasino-Neubau überein, der zwar nichts gesehen, wohl aber um diese Zeit einen Knall gehört hatte, als er sich gerade in seiner Bude einen Kaffee machte. Er hatte geglaubt, es sei ein Düsenjäger vom Marinefliegerhorst Quonset gewesen. Es mußte eine gewaltige Explosion gewesen sein, daß sie bis in Minnies abgeschiedene Welt vorgedrungen war.

Brody klappte sein Buch zu, nahm einen Keks an, noch einen für unterwegs und zum Schluß eine ganze Tüte voll für die Jungen. Dann stieg er in den Strandbuggy, schaltete auf Vierradantrieb und holperte an Minnies Haus vorbei hinunter zum Strand, um nach Trümmerteilen zu suchen. Er fürchtete sich davor, etwas zu finden. Nach Wasserleichen suchen zu müssen hatte er schon immer gehaßt, auch schon vor dem Schlamassel.

Aber das war ja nun alles schon lange vorbei.

So etwas Schreckliches wie damals würde er heute kaum finden.

Der dicke Mann hatte nicht wieder einschlafen können. Er lag angespannt in der tiefen Kuhle, die er in die ausgeleierte Matratze drückte, und hörte sich das dröhnende Geschnarche seiner Frau an.

Nächstes Jahr, das versprach er sich, nächstes Jahr würde es kein Amity geben. Eher würde er sich in eine Zelle im Polizeigefängnis einsperren lassen. Amity: Schon der Name der Stadt erregte seinen Haß.

Er schüttelte grob seine Frau. „Hör mal, willst du den ganzen Tag verpennen? Ich verhungere bald."

Sie öffnete vorwurfsvoll die großen Kuhaugen. „Hä?"

„Ja, ‚hä', verdammt noch mal! Es ist fast Mittag, draußen machen die Seehunde den Jungen und den Hund verrückt, und du liegst einfach da und –"

„Seehunde?" wiederholte sie.

„Seehunde! Und nächstes Jahr, verlaß dich drauf, da gehe ich mit dem Chef auf Rotwildjagd!"

Die großen braunen Augen füllten sich mit Tränen und gaben ihrem Gesicht diesen leidenden Ausdruck, der ihn rasend machte. Draußen am Strand fing der Hund wieder zu bellen an. Die Schlafzimmertür knarrte, und der kleine Junge kam auf Zehenspitzen hereingeschlichen.

„Schon wieder ein Seehund!"

Der Mann sprang aus dem Bett und torkelte zum Schrank. „Wo ist mein Gewehr?"

Er wühlte im Schrank herum, steckte fünf Schuß Hochleistungsmunition ins Gewehr, packte den Jungen beim Handgelenk und stürzte zur Tür hinaus. Die Frau heulte hinter ihnen her.

Brody hielt den Strandbuggy an und blinzelte in die blendenden Wellen. Da im Schaum schwamm etwas Gelbes, das aussah wie ein Stück von einem Boot. Er fuhr den Buggy ein Stückchen vom Wasser weg, zog Schuhe und Strümpfe aus, schnallte seinen Revolver los und legte ihn auf den Beifahrersitz.

Er ging zum Wasser. Er hörte ein donnerndes Dröhnen näher kommen. Der Hubschrauber der Küstenwache blieb keine zwei Meter über der Brandung in der Luft stehen und erzeugte einen kleinen Taifun. Einen Augenblick schwebte er so. Dann zuckte der Pilot bedauernd mit den Schultern und flog, einen Sandsturm auf Brody loslassend, über den Strand davon.

Brody fluchte, bis ihm wieder wohler war, dann watete er in die Brandung. Er barg ein Stück Fiberglas aus den kleinen Wellen und kehrte damit aufs Trockene zurück. Eine vorbeifliegende Möwe lachte ihn aus. Er blieb noch ein Weilchen im Sand stehen, um seine Füße trocknen zu lassen, bevor er Strümpfe und Schuhe wieder anzog.

Peng ... peng-peng ... Drei Schüsse, sehr laut und sehr nah. Sie kamen aus den Dünen in westlicher Richtung.

Barfuß, wie er war, sprang Brody hinters Steuer und jagte in Richtung der Schüsse davon. Er raste über die nächste Düne, trat hart auf die Bremse und wäre fast auf einem dicken Mann und einem kleinen Jungen gelandet.

Der Mann kniete auf einem kleinen Hügel und wollte gerade wieder schießen. Der Junge stand hinter ihm und hielt sich die Ohren zu.

Auf dem Strand lag ein kleines, beigefarbenes Fellknäuel und kläffte kläglich.

Der Mann drehte sich um, Gewehr im Anschlag. Brody stand im Jeep mit lang ausgestrecktem Zeigefinger, den Revolver auf dem Beifahrersitz hatte er vergessen. „Gewehr fallen lassen!“ befahl er.

Der Mann ließ das Gewehr nicht fallen, aber er nahm es unter den Arm. „Hallo“, sagte er und streckte die Hand aus. „Ich bin Charlie Jepps. Sergeant im vierten Revier, Flushing.“

Brody griff nach unten und riß ihm das Gewehr weg. Dann wies er mit dem Daumen auf den Beifahrersitz. Sein Revolver fiel ihm ein, und er tastete nach ihm. „Einsteigen!“ befahl er. „Sie sind festgenommen.“

„Was heißt hier festgenommen?“

„Zunächst mal wegen Störung der öffentlichen Ordnung.“ Er sprang aus dem Buggy und lief zum Wasser. Ein Seehundjunges sah verwundert zu ihm auf. Blut quoll ihm aus einer Wunde an der Schwanzwurzel. Es hustete höflich; seine großen feuchten Pupillen waren glasig vor Schmerz.

Er nahm den Kleinen auf den Arm, wankte mit ihm zum Buggy zurück und legte ihn auf den Rücksitz. Der Mann war noch nicht eingestiegen.

Brody zog seinen Revolver. „Rein hier!“ schrie er. „Einsteigen, los!“

„Finden Sie nicht“, meinte der Dicke, „daß Sie lieber mal Ihren Chef anrufen sollten?“

Brody richtete zum erstenmal in seinem Leben eine geladene Waffe auf einen Menschen. Nichts geschah. Er spannte den Hahn.

Der Junge heulte los, der Hund bellte, und auf der Veranda begann eine dicke Frau zu flennen.

Der Mann stieg ein. Er roch nach Whisky und Bier.

5. Kapitel

Brody versuchte Ordnung in das Chaos zu bringen, das über seine Dienststelle hereingebrochen war, während der dicke Mann ihm im Schlafanzug am Schreibtisch gegenübersaß und ihn böse anfunkelte.

Sie hatten die Gefängniszelle im Laufe der Jahre zum Lagerraum für Akten des Schulausschusses gemacht, und nun war Henry Kimble dabei, sie leer zu räumen. Brody ging zur Telefonvermittlung, wo Hendricks in einer zerfledderten Tierschutzverordnung blätterte.

Hendricks wies ihn auf einen Paragraphen hin. „Wenn er einmal eingebuchtet ist, kann Norton ihn, soweit ich weiß, nicht mehr gegen Kaution freilassen. Zumindest nicht ohne den zuständigen Staatsanwalt."

„Gut." Willy Norton war der Friedensrichter hier. Brody wandte sich an Dick Angelo. „Na, was ist, Dick? Kommen Sie klar?"

Dick Angelo hatte die Kärtchen für die Fingerabdrücke gefunden. Jetzt saß er unter dem Porträt von Bürgermeister Larry Vaughan und studierte die Gebrauchsanweisung – vor den Augen des Festgenommenen!

„Ich nehme die Abdrücke schon, Dick. Gehen Sie zu Henry, er soll sich einen Schlips umbinden. Ich brauche ihn als Zeugen beim Verhör." Brody setzte sich und spannte ein Protokollformular in die Schreibmaschine ein.

„Das Vieh hat meinen Hund angegriffen", sagte der Dicke.

„Wie lautet Ihre ständige Adresse, Sergeant?"

Der Dicke gab verächtlich eine Adresse in Flushing an. Dann fuhr er in seinem Monolog fort: „Ich hab nur versucht, ihn zu verjagen. Ich bin ein guter Schütze, da können Sie sich bei der Polizei in Flushing erkundigen. Wenn ich ihn hätte töten wollen, hätte ich ihm den Kopf weggeschossen!"

„Zu schade, daß Sie nicht vorbeischießen konnten. Hiesige Adresse? Ach, schon gut, die kenne ich."

„Sie dürfen mich nicht festhalten! Sie haben mich nicht schießen sehen!“ Und dann meinte er noch, wenn der Vorfall in der Polizeidirektion bekanntwürde, und das sei spätestens morgen früh um neun, könne Brody von Glück sagen, wenn er demnächst die Seehunde im Zoo von Bronx füttern dürfe.

Brody lächelte freundlich. „Sie haben gegen ein Bundesgesetz verstoßen, mein Lieber. Und zwar gegen das Gesetz zum Schutz der Meeressäugetiere von 1972. Ein Jahr und zwanzigtausend Dollar. Der Kleine war nämlich ein Seehund und keine Konservendose.“

Den Dicken rührte das überhaupt nicht. Seine kalte, monotone Stimme veränderte sich nicht. Sein Junge habe am Strand gespielt. Kleinkinder spielten dort. Und Seehunde hätten immerhin Zähne.

„Der hatte noch keine großen Zähne“, sagte Brody. „Der Tierarzt meint, er ist höchstens drei Wochen alt.“

Hendricks vor der Telefonvermittlung versuchte Brody auf sich aufmerksam zu machen. „Chef?“ rief er. „Miranda? ... Miranda!“

Er hatte vergessen, den Mann über seine Rechte zu belehren! Er holte es rasch nach, las den Spruch von einem Zettel ab, den er in der Brieftasche trug.

Hendricks kam an seinen Schreibtisch. „Doktor Lean hat gerade angerufen. Dem Seehund geht's gut, er jagt die Hunde die Wände rauf. Er sagt, wir sollen ihn holen.“

Die Tierklinik von Amity war einen Häuserblock weit entfernt, und von dort klang es herüber wie ein Hundechor. Der Seehund war ein Beweisstück, aber offenbar konnten sie ihn nicht dort lassen. Er rief Ellen an und bat sie, ihn abzuholen und in die Garage zu sperren.

„Na bitte, Sie hören das ja“, meinte der Dicke einlenkend. „Bin gespannt, wie Sie dabei schlafen wollen. Was hätte ich denn tun sollen, meinen Hund erschießen? Das war der dritte Seehund heute morgen.“

„Der dritte?“

„Der dritte heute. Gestern waren's zwei.“

So ein Lügner. Am Strand von Amity waren noch nie Seehunde gewesen. Sie blieben schön auf Abstand und bellten und lachten die Sommergäste an. Der Kleine hier war ein verlorengegangenes Junges, vielleicht von einer Welle gepackt ...

Oder vor der Küste abgeschossen und von der Brandung hereingespült worden?

Es überlief ihn kalt bei dem unaussprechlichen Verdacht, der ihn plötzlich befiel.

Unsicher wandte er sich wieder dem Festnahmeprotokoll in der Schreibmaschine zu. „Haben Sie auch auf die andern geschossen?“ fragte er, ohne allzu großes Interesse zu verraten. „Gestern?“

„Nein.“

„Das finde ich aber komisch. Wer so gern auf Seehunde schießt, sollte es doch eigentlich bei jeder Gelegenheit tun. Sogar im Wasser. Warum sie erst an Land kommen lassen?“

Die kleinen grünen Augen sprühten vor Haß, aber der Dicke antwortete nicht.

Brody fuhr von der Schreibmaschine herum.

„Ein paar kleine Schießübungen, gestern, von der Veranda aus?“ Seine Stimme wurde lauter. „Sie sind ein guter Schütze, wie Sie sagen. Und ein guter Schütze trifft, Mann! Und wie gut sehen Sie? Gut genug, um einen Seehund von einem Taucher mit Taucherkappe zu unterscheiden?“

Die grünen Augen wurden groß. „Sie werfen mir vor, ich hätte auf Taucher geschossen?“

„Ich weiß es nicht.“ Er erhob sich bebend. „Wenn sie da sind, finden wir sie. Und wenn wir sie finden, buchten wir Sie ein, bis Sie schwarz sind!“

Der Mann zeigte aufs Telefon. „Ich möchte anrufen.“

Brody zuckte die Achseln. „Bitte sehr.“

Der Sergeant rief seine Frau an. „Ruf den Polizeipräsidenten an. Sag ihm, er soll mir den besten Anwalt im Staat New York besorgen.“ Er schwieg eine Weile, dann lächelte er kalt. „Keine Sorge. Ich kenne hier einen, der wird das bezahlen.“ Sein Blick blieb auf Brody ruhen. „Er scheint es nur noch nicht zu wissen.“

Die Seehundmutter wog fast zwei Zentner. Sie hob den Kopf aus dem Wasser und suchte den Strand ab. Schon fast eine Stunde war sie hier, obwohl ein innerer Instinkt sie fortdrängte, irgendwohin.

Sie beobachtete den zottigen Hund, der am Ufer herumschnüffelte. Ihre Schnurrbarthaare zitterten, aber sie war hier hinter der Brandung sicher – sicher vor jedem Feind an Land ...

Ab und zu entfuhr ihr ein leises Wimmern. Sie fühlte, daß ihr Junges ihr nicht von See aus weggeholt worden war. Es mußte ihre Angst gespürt haben und auf den Strand gerobbt sein, während sie, weil sie es in ihrer Nähe glaubte, parallel zur Brandung geschwommen war, auf den Wellenbrecher zu, wo es in Sicherheit gewesen wäre.

Sie gehörte zur Gattung Gemeiner Seehund. Vor drei Wochen hatte sie weit von der Küste ihr Junges geboren. Sie hatte es fern von ihren Artgenossen gesäugt, war mit ihm allein durchs Wasser gezogen und hatte es gelehrt, zu tauchen und Krebse und Hummer vom Meeresgrund zu holen. Sie hatte es zwischen ihre Brustflossen genommen, wenn es müde wurde, obwohl sie dabei selbst nicht satt wurde, denn sie konnte fünfundvierzig Minuten unter Wasser bleiben und es nur fünfzehn.

Eine Robbenmutter von einer anderen Gattung, etwa eine Seebärin oder eine Seelöwin, hätte das Junge vielleicht jetzt aufgegeben, weil sie die Gefahr kannte und vielleicht auch fühlte, daß sie weiter nördlich in der Sommerkolonie schon in wenigen Wochen ein verwaistes Junges zum Bemuttern finden konnte. Die Seehundmutter aber hatte nie eine Kolonie gesehen, und für sie war der Kleine das einzige Junge im Meer. Und als er nicht zum Wellenbrecher gekommen war, war sie wieder ins Wasser geglitten, obwohl sie wußte, daß es für ihre eigene Sicherheit noch viel zu früh war.

Die Signale von seewärts, die ihr sagten, daß ein schneller weißer Tod in der Gegend war, waren immer noch sehr nah. Sie hatte sie ignoriert und war wieder am Strand entlang zurückgeschwommen, mit den Flossen schlagend und mit dem Schwanz steuernd.

Als sie endlich an diesen Platz hier gekommen war, hatte sie gewußt, daß er hier an Land gegangen war. Der Hund scharrte immer noch im Sand herum.

Mit einem Schlag ihrer Flossen entfernte sie sich ein paar Meter weiter vom Strand. Im grellen Licht der untergehenden Sonne konnte sie ihn nur schlecht übersehen. So wartete sie, ob sie ihr Junges vielleicht schreien hörte.

Die Vorvernehmung, die im Zimmer des Bürgermeisters stattfinden mußte, weil Amity keinen Gerichtssaal hatte, war vorüber. Friedensrichter Willy Norton legte die Füße auf Bürgermeister Vaughans Schreibtisch und lehnte sich im Bürgermeistersessel bequem zurück.

„Na schön, Brody“, sagte er, indem er ihn mit besorgten braunen Augen fixierte. „Er ist wahrscheinlich morgen wieder draußen, aber Sie haben ihn erst mal eingesperrt.“

Brodys Magen führte einen Tanz auf. Wenn er nun doch voreilig gehandelt hatte? „*Wir* haben ihn eingesperrt", erinnerte er Norton.

„Ich glaube nicht, daß man einen Friedensrichter belangen kann", brummelte Norton. Er war Pfadfinderführer, saß in der Handelskammer und war Elternbeiratsvorsitzender. Er war ein junger, aufstrebender Geschäftsführer einer Kundendienstwerkstatt.

„Keiner wird irgendwen belangen", sagte Brody im Aufstehen. „Er hat gegen die Schußwaffenverordnung der Gemeinde und gegen ein Bundesgesetz verstoßen. Himmel, womit soll er irgend jemand belangen können?" Er wünschte, er wäre so sicher, wie er redete.

Er schloß das Gewehr als Beweisstück ein und ging zur Zelle, um einen letzten Blick auf den Gefangenen zu werfen. Wie Willy Norton gesagt hatte, würde er morgen wahrscheinlich wieder draußen sein, wenn er mit seinem Anwalt gesprochen hatte. Es mußte doch irgend etwas geben, womit sie ihm das Wochenende verderben konnten!

Plötzlich fiel ihm ein, daß er ganz vergessen hatte, den *Amity-Anzeiger* von der Festnahme zu unterrichten. Er sah auf die Uhr. Harry Meadows, dessen Gefräßigkeit nur noch von seiner Arbeitswut übertroffen wurde, war jetzt sicher in der Redaktion, um die morgige Ausgabe vorzubereiten. Er rief die Zeitung an. Mit lauter Stimme, damit Sergeant Jepps sich schön ausmalen konnte, wie die Nachrichtenagenturen die Geschichte übernehmen würden, gab er Harry das Material für den ersten Polizeibericht dieses Sommers.

„Ist das alles, worauf er geschossen hat? Einen Seehund?" fragte Meadows enttäuscht.

„Ein Seehundbaby", verbesserte Brody. „Hör mal, Harry, am Montag hast du eine halbe Seite vollgejammert, weil die Leute junge Muscheln sammeln!"

„Am Montag war auch sonst nichts los. Heute haben wir zwei ertrunkene Taucher und ein explodiertes Motorboot, und wenn ich nicht mindestens drei Spalten über die Jugendregatta am nächsten Sonntag bringe, spricht deine Frau kein Wort mehr mit mir, das hat sie mir schon angedroht –"

„Nimm mal an", meinte Brody, „daß ein und derselbe Idiot die Taucher und das Boot auf dem Gewissen hat ..."

Sofort erwachte sein Interesse. Es war lange still. „Hast du was in der Hand?" fragte Meadows endlich.

Er hörte Jepps aufstehen und an die Zellentür kommen.

„Nun", sagte Brody, „zumindest den starken Verdacht."

„Kann ich mich auf dich berufen?"

Brody trommelte mit den Fingern auf den Tisch. Wenn er sich mit Verleumdung und übler Nachrede doch nur besser auskennte! „Du kannst schreiben, daß diesem Verdacht nachgegangen wird."

„Das reicht schon", sagte Meadows und legte auf.

Brody lächelte Jepps süßlich an, der ihn nur haßerfüllt wie ein wildes Tier anstierte.

DER Seehund war in Brodys Garage. Er hieß Sammy. Sean war bereits sein Spielgefährte und Lehrer. Er hatte vor seinem Schützling eine Schüssel Ölsardinen und eine Schale Milch aufgebaut. Jetzt hatte er das Tier, das immerhin vierzig Pfund wiegen mußte, auf dem Schoß. „Daddy, er *weint* immerzu. Sieh dir doch seine Augen an!"

Sean hatte recht. Die großen braunen Augen waren tränennaß.

„Ich rede mal mit Doktor Lean darüber", versprach Brody.

„Und den Verband will er nicht anbehalten."

„Die Natur weiß sich am besten zu helfen." Brody juckte es in der Nase. „Pfui Teufel, was ..."

Sean sprang auf, ganz rot im Gesicht. „Das war nicht seine Schuld! Er hat es nur noch nicht gelernt!"

„Du bist ganz voll Seehunddreck, mein Lieber", sagte Brody sanft. Er fand eine saubere Stelle an der Nasenspitze seines Sohnes und küßte ihn darauf. „Zieh deine Sachen an der Küchentür aus, und geh gleich in die Badewanne." Sean flitzte weg. Brody nahm sich einen Eimer Wasser und begann die Garage zu säubern. Sammy kam zu ihm gewatschelt und verschlang ihn fast mit seinen braunen Augen.

Brody hoffte, daß der dicke Sergeant lebenslänglich kriegte.

Später am Abend ging Ellen Brody in den kleinen Abstellraum, wo der Wäschetrockner geduldig ächzend bei der Arbeit war. Sie glaubte Sammys tranigen Fischgeruch noch immer wahrzunehmen, aber sicher war sie nicht.

Sie hielt die Maschine an und nahm Seans Hose heraus. Sie roch daran. Da hörte sie ihren Mann an der Tür. „Alles weg?" fragte er.

Sie zuckte mit den Schultern. „Kommt drauf an. Nach Parfüm haben sie ja nie gerochen."

„Sean sagt, daß es ihm leid tut", versuchte er einen Vorstoß.

„Ist doch nicht seine Schuld."

„Sammy tut's auch leid."

„Der kann auch nichts dafür."

„*Mir* tut's leid", sagte Brody.

„So?“

„Sieh mal, Ellen, der Seehund ist ein Beweisstück.“

„Dann soll die Stadtverwaltung ihn in Verwahrung nehmen.“

„Wo denn?“

„In der Schulturnhalle, im städtischen Schwimmbad, in Larry Vaughans Badewanne. Ist doch mir egal“, fauchte sie. „Jedenfalls könnt ihr nicht mein Haus in einen Zoo verwandeln!“

Sie mußte nur ihrem Ärger Luft machen. In Wirklichkeit mochte sie den Seehund. Er war so hübsch und rührend mit seinen großen braunen Augen, und sie freute sich, daß Sean so schnell Freundschaft mit ihm geschlossen hatte und daß der Kleine anscheinend Brody als seine Mutter ansah. Vielleicht war das aber auch das Verkehrte daran. Der Seehund, wie Mike und Sean und alles, was Brody anfaßte, verliebte sich in ihn, und sie blieb draußen in der Kälte stehen.

„Ich werde mal Doktor Lean fragen, wohin wir ihn tun können“, versprach Brody.

„Na, laß nur. Es geht ja auch noch um Sean.“ Jetzt tat es ihr leid, und sie sah ihm um Verzeihung bittend ins Gesicht. „Ich meine ja nur – du hast die Sachen nicht waschen und spülen und spülen und waschen müssen, um den Gestank wegzukriegen.“

„Nächstes Mal tu ich's.“

Nein, er würde es nicht tun. Irgend etwas würde in der Stadt wieder los sein, oder einer der Jungen würde ihn mit wichtigeren Dingen in Anspruch nehmen – ein Boot streichen etwa, oder einen Taucheranzug kaufen.

„Schon recht, Brody“, meinte sie sanft. „Ich bin wohl ein bißchen aufgeregt.“

Er half ihr beim Leeren des Wäschetrockners. Sie ließen die Sachen auf dem Bügeltisch liegen und gingen Hand in Hand nach oben. Sie wußte, was sie erwartete, und fühlte eine angenehme Wärme in sich aufsteigen. Wenigstens das war jetzt in Ordnung, nachdem es einmal schiefgelaufen war.

Während er sein Hemd auszog, schnippte er plötzlich mit den Fingern. „Ach ja, Sean hat mich gebeten, dich zu fragen –“

„Was?“

„Wegen der Sache mit den Mädchen . . .“

„Halt dich da raus“, warnte sie. „Die Mädchen kriegen ein Kanu und fahren das Rennen mit, basta!“

„Hör mal, ich hab schon bei dem kleinen Moscotti nachgegeben ...“

„Mit gutem Grund.“ Johnny Moscotti war der einsame kleine Sohn eines Gangsters aus Queens, der seine Sommer in Amity verbrachte. Brody hatte die Sünden des Vaters auf den Sohn übertragen und gefragt, ob es klug sei, ihn in Seans Pfadfindergruppe zu lassen. Er hatte ins Feld geführt, daß die Moscottis Sommergäste seien, die Pfadfindergruppen aber nur für Einheimische da wären. Sie kriegte immer noch die Wut, wenn sie daran dachte.

„Was du hier daherredest, ist verfassungswidrig!“

„Das mit den Mädchen ist was anderes. Sean meint –“

„Die Mädchen nehmen am Rennen teil“, bekräftigte sie, „und zwar in einem Boot der Pfadfinder.“

„Sean meint –“

„Sean ist ein verdammter Egoist.“ Die Ungerechtigkeit ließ ihre Stimme eine Oktave höherspringen. „Die Jungen kriegen alles, von Sportveranstaltungen bis zum Besuch bei den Marinefliegern, und die Mädchen dürfen daheim sitzen und Plätzchen backen. Mir hängt das zum Hals heraus, und ich sage dir, wenn die Pfadfinder ein Rennen fahren, sind die Pfadfinderinnen auch dabei!“

„Und wenn nicht“, vollendete Brody grimmig den Satz, „dann fährt überhaupt keiner, stimmt's?“

„Du hast es erfaßt, Brody“, sagte sie.

Sie zog sich schweigend aus und ging zu Bett. Sie drehte ihm den Rücken zu und tat, als ob sie einschlafen wollte.

NATHANIEL STARBUCKS Frau klopfte an die Dunkelkammertür. Dreißig Jahre hat's gedauert, dachte er, aber wenigstens hat sie's jetzt begriffen. „Ist gut, das Licht ist an“, rief er.

Sie trat ein. „Nate? Die Fischfrikadellen sind fertig.“

„Schon recht“, brummte er. „Der Film ist fertig zum Trocknen.“

„Der von Brody?“ fragte Lena. „Was ist drauf?“

Er warf einen Blick auf den Umschlag, dem er den Film entnommen hatte. „Polizei Amity“ stand darauf – „eilig“ –, und er hatte es nicht mal gemerkt. Wenn Brody recht hatte, waren das die letzten Bilder, die irgendein jetzt toter Taucher geknipst hatte. Neugierig faßte er das Filmende an und zog es zu sich herüber, so daß das Licht durchscheinen konnte, und schüttelte den Kopf. „Nichts drauf. Der hat gar nichts aufgenommen.“

„Moment! Da, an deinen Fingern!“

Er sah hinunter. Sie hatte recht. Die ersten beiden Bilder waren belichtet. Er drehte den Film um und betrachtete die durchscheinenden Stellen. Plötzlich rückte er seine Brille zurecht.

Die erste Aufnahme zeigte einen Taucher unter Wasser beim Wrack der *Orca.* Er sah sich das andere Bild an.

Er hörte das Wasser im Waschbecken tropfen. „Lena“, sagte er heiser, „das Vergrößerungsglas! Über der Entwicklerdose!“

Sie reichte es ihm an. Er betrachtete das Bild noch einmal, aber er wußte schon Bescheid. Er wollte nur sichergehen.

„Nate“, rief seine Frau, „was ist?“

Das Bild war stark verkantet und unterbelichtet, als ob die Kamera bewegt worden wäre. Die Buchstaben am Heck der *Orca* waren rot statt gelb und die Zähne des Ungeheuers grau statt weiß.

„Nate!“

Das Vieh trieb sich immer noch vor Amity herum! Sie hatten es nicht getötet; Brody hatte gelogen. Der Schlamassel war wieder da. Er hatte nie aufgehört. Er glaubte, sich übergeben zu müssen.

Und wenn Brody auch gelogen haben mochte, als er sagte, sie hätten ihn getötet, bei seiner Größe hatte er nicht übertrieben. Das war garantiert der größte weiße Hai, den je ein Mensch gesehen hatte.

Er hob den Filmstreifen hoch, damit sie ihn sehen konnte. Sie sah die Aufnahmen lange an. Dann richtete sich ihr Blick auf ihn. In ihren Augen stand wilde Angst. „O Gott“, ächzte sie. „Was machen wir jetzt?“

Er zwang sich zu einem Lächeln. „Verkaufen“, meinte er achselzuckend. „Zumachen und verkaufen. Was sonst?“

ZWEITER TEIL

6. Kapitel

DER große Weiße war gestern nacht von Amity zum Leuchtturm vor Fire Island geschwommen. Er hatte sich vor Sagaponack einen jungen Seehundbullen geholt und vor der Great South Beach einen Schwarm Sägebarsche getroffen. Im Laufe der Nacht hatte er dreihundert Pfund lebendes Eiweiß verzehrt, und dennoch war er, als er im Morgengrauen nach Amity zurückkehrte, wieder rasend vor Heißhunger.

Vor zwei Tagen hatte er einen Schwarm Dorsche in den Hafen von Amity gejagt, jetzt fand er wieder einen und jagte ihn in den Amity-Sund. Er näherte sich der dichtesten Stelle im Schwarm, als das rhythmische Tuckern der Halb-zwölf-Uhr-Fähre seine Sensoren durcheinanderbrachte und den Schwarm zerstreute. Mittlerweile war er so hungrig, daß er drauf und dran war, den fremdartigen, eckigen Schatten anzugreifen, der über ihm vorbeizog, aber im allerletzten Moment drehte er doch ab. Niemand an Bord sah ihn, obwohl Williwaw, der Hund des Kapitäns, der vorn vor den sechs Autos auf dem Hauptdeck lag, aufgeregt bellte.

Im rechten Uterus des Hais ging das kleinste der Jungen auf das größte los und wehrte es damit von sich ab.

Brody parkte den Strandbuggy oberhalb der Hochwassermarke, etwa dort, wo er den kleinen Sammy gefunden hatte. Auf der Veranda des Hauses, das den Smiths gehörte, saß die dicke Frau des Sergeants und funkelte ihn kurz an, dann packte sie ihren kleinen Jungen und verschwand mit ihm nach drinnen. Brody half Tom Andrews beim Anlegen der Taucherausrüstung.

Der bärtige Hüne hatte sich überreden lassen, Geld dafür zu nehmen, daß er nach dem zerstörten Rennboot suchte. Er streifte seine Schwimmflossen an die Füße und watschelte mit übertrieben großen Schritten aufs Wasser zu. Er sah aus wie Rübezahl in Schwarz. Als er am Wasser war, drehte er sich um und ging rückwärts in die Brandung.

Brody griff nach dem Mikrofon. „Wagen drei. Ich bin an Smith' Strand, Polly."

„Verstanden, Chef", antwortete Polly. „Ellen hat angerufen. Sie sagt, Sie sollen Dosenmilch für Sammy mitbringen."

Er schrieb es in sein Notizbuch. Sammy hatte alles, was Sean ihm heute morgen gegeben hatte, wieder ausgebrochen, um seinem nächtlichen Verschönerungswerk an der Garage den letzten Schliff zu geben. Was dem armen Kleinen fehlte, war die mütterliche Pflege; wahrscheinlich schwamm die Mutter irgendwo da draußen herum und wartete darauf, sie ihm zu geben. Brody beschloß, die Wunde zum Beweis zu fotografieren, so daß sie Sammy freilassen konnten, sobald er wieder gesund genug war, um zu schwimmen. Sean würde es das Herz brechen.

Phil Hooples Taxi kam über den Strandweg geholpert. Jepps

kehrte in sein Feriendomizil zurück. Heute morgen war ein runzliger Gerichtsschreiber aus Flushing angekommen und hatte der Gemeindekasse von Amity fünfhundert Dollar Kaution übergeben. Eben stieg Jepps aus dem Taxi aus, sah Brody im Strandbuggy, stockte kurz und ging nachdenklich ins Haus.

Eine halbe Stunde wartete Brody schon auf Andrews. Immer häufiger sah er auf die Uhr, und langsam bekam er es mit der Angst zu tun, als plötzlich der zottige Hund über die ostwärts gelegenen Dünen gerannt kam. Ihm folgte Jepps, dessen Bauch über ein winziges Badehöschen quoll. Er kam lächelnd auf den Strandbuggy zu, doch sein Blick war kalt wie eh und je.

„Hören Sie, Brody", begann er. „Ich bin hier, um Ferien zu machen. Eure Stadt ist auf jeden Touristen angewiesen –"

„Nicht wenn sie an unsern Stränden herumballern."

„Das war unrecht von mir, Brody! Das will ich Ihnen ja gerade sagen."

Brody belehrte ihn, daß er ihm das nicht zu sagen brauche und daß er gerade einen Mann unten im Wasser habe, um festzustellen, wie falsch es von ihm gewesen war. Sie schauten zum Meer. Eben stieg Andrews aus der Brandung wie ein vorgeschichtliches Ungeheuer. In der Hand hatte er etwas, das aussah wie die Überreste eines Benzinkanisters. Es war rot.

Er kam an den Strand gewatschelt, zog die Schwimmflossen aus und legte den Kanister auf die Motorhaube des Strandbuggys. „Keine Taucher. Aber das hier hab ich gefunden."

Brody betrachtete den Kanister von allen Seiten. Er war kein Experte für so etwas, aber dieser Kanister war wirklich sehr merkwürdig. Die eine Seite war völlig zerfetzt, die andere hatte ein klaffendes Loch, wie von einem einschlagenden Geschoß. Er sah zu Jepps.

Der Dicke starrte den Kanister an. Ein kleiner Muskel an seinem Kinn begann zu zucken. Er fuhr zu Brody herum.

„In Ordnung, Chef. Ich weiß, wann mich jemand reinzulegen versucht." Er tippte auf den Kanister. „Machen Sie nur weiter so, und wir machen Sie fertig!" Er machte kehrt und ging.

„Was hat denn der?" knurrte Andrews.

„Er muß sich übers Wochenende betrunken haben", meinte Brody. „Hat unsern Strand als Schießstand benutzt. Und hat dabei mehr Enten erlegt, als er wollte." Ärgerlich warf er den Kanister auf den Rücksitz des Buggys.

Nate Starbuck warf einen heimlichen Blick vom Arzneimittelschalter zu seiner Frau Lena. Sie staubte immer noch das Regal mit den Kosmetika ab. Seit einer Viertelstunde werkelte sie so schon herum, im Gesicht einen leeren, dümmlichen Ausdruck. Sie war mit den Gedanken offenbar woanders, und das beunruhigte ihn.

„Lena! Komm mal her!"

Er ging mit ihr in die Dunkelkammer und schaltete das Kein-Eintritt-Lämpchen ein.

„Lena, was hast du? Vergiß doch, daß du es gesehen hast."

„Ich hab's aber gesehen, und du auch." Sie sah ihn voll an. „Es könnte noch jemand umkommen!"

„Hoffentlich Brody."

„Nate!"

„Nur daß er dem Wasser nie zu nah kommt, nicht wahr?" fuhr er boshaft fort. „Weder er noch seine Kinder."

„Er ist nie ins Wasser gegangen. Auch vorher nicht."

Er ignorierte ihre Antwort. „Er wird sich noch als Held feiern lassen!" Er begann auf und ab zu gehen, die Fäuste geballt. Er hatte ihr das schon gestern abend erklärt, aber anscheinend wollte es nicht in ihren blöden Schädel.

Das Ganze war ein Komplott. Von denen, die an der Quelle saßen, gegen die andern. Bürgermeister Larry Vaughan mußte es gewußt haben und Willy Norton, der große Friedensrichter, und die Gemeinderäte. Weil sie wußten, daß der Hai noch lebte, hatten sie sich von Peterson und seinem Syndikat aufkaufen lassen und das Geschäft mit dem Kasino gemacht. Na ja, jedenfalls würde auch er jetzt verkaufen, bevor es zu spät war.

„Ich will nicht verkaufen!" flüsterte Lena.

„Wir werden aber verkaufen. So teuer und so schnell wie möglich. Und dann werden wir so weit wie möglich von Amity wegziehen."

„Wir haben schon damals während des Schlamassels keinen Käufer gefunden."

„Damals, während des Schlamassels? Wir sind noch mittendrin im Schlamassel! Er war nie vorbei! Und er wird nie vorbeigehen."

Es hatte keinen Sinn, ihr das zu erklären. Sie verstand nichts von Haien und vom Meer. Aber sein Urgroßvater, der achtundneunzig Jahre alt geworden war, hatte Nate Geschichten aus seinen Walfängertagen erzählt. Nate hatte von Kindesbeinen an aufmerksam zugehört – nicht nur mit den Ohren, sondern mit jeder Pore seiner Haut.

Vor Sydney in Australien hatte ein großer Weißer eines der Walfängerboote des Alten angegriffen und fast zum Kentern gebracht. Das war 1897 gewesen. Und zwei Jahre später hatte derselbe Hai, keine tausend Meter entfernt, einen aufgeschnittenen Walkadaver angefallen.

Bei der Insel Tonga hatte einmal ein Weißer das Wasser rot gefärbt mit dem Blut eines Pottwals, den sie 1896 gefangen hatten, und derselbe Hai hatte 1898 wieder einen angefallen. An derselben Stelle.

Haie hüteten eifersüchtig ihr Gewässer. Und sie verließen es nicht. Wozu sollten sie auch, wenn sie dort Nahrung fanden, die ihnen zusagte?

„Und wenn wir nun nicht verkaufen können?" flüsterte sie. „Wenn keiner es haben will?"

„Ich glaube schon", sagte Nate mit dünnem Lächeln, „daß es jemand haben will."

Nachdem er sie beruhigt hatte, öffnete er eine neue Filmpackung. Er kam sich komisch vor, als er den Film unters helle Licht hielt. So eine Verschwendung! Dabei ging es nur um einen Dollar dreißig Einkaufspreis. Was machte ein Dollar dreißig, wenn es um seine ganze Drogerie ging?

Er entwickelte den leeren Film und hängte ihn zum Trocknen auf.

BRODY fand eine Lücke in den Sanddünen um den Südstrand von Amity und schaltete den Buggy herunter. Er kroch die Anhöhe hinauf, um zur Uferstraße zu kommen. Er fühlte Andrews' Hand auf seinem Arm. „Moment mal . . ."

Brody hielt an und folgte seinem Blick. Weit hinten am Strand hatte eine Gruppe junger Burschen ihre Handtücher auf dem Sand ausgebreitet. Die meisten von ihnen hatten Taucheranzüge an, wahrscheinlich gehörten sie zu dem Taucherkurs. Andrews beobachtete sie eine Weile. „Wollte mich nur vergewissern, daß keiner von denen sich irgendwo eine Preßluftflasche besorgt hat, um anzugeben. In Ordnung, fahren wir weiter."

„Moment noch", sagte Brody jetzt. Sein Blick hing an dem Jungen, der ihnen am nächsten war. Es war Mike. Auch er hatte seinen Taucheranzug an. Ein Stückchen weiter sprang soeben Larry Vaughan jr., der Sohn des Bürgermeisters, von seinem Handtuch hoch, rannte ins Wasser und stürzte sich in eine auflaufende Welle.

Mike beobachtete die Welle, ging in die Hocke und ließ das Wasser bis zu seiner Hüfte steigen. Larry winkte ihm von jenseits der Brandung zu. Mike winkte zurück, machte ein paar Schritte hinaus, gähnte verlegen – plötzlich griff er sich ans Bein und humpelte aus dem Wasser.

Der Hüne sah Brody an. „Kriegt er öfters Krämpfe?"

„Er kommt schon klar", sagte Brody gepreßt. Er war nicht bereit, sich für Mike bei irgendwem für irgendwas zu entschuldigen.

Oder, da Mike es offenbar nicht getan hatte, jemandem zu erzählen, was der arme Junge einmal mit angesehen hatte.

BRODY sah den Drogisten über die Theke an. „Was heißt hier Malheur?"

Nate sah ihn aus blaßblauen Augen an. „Eigentlich ist es gar nicht mir passiert. Lena hat die Dunkelkammertür aufgemacht."

„Und auf dem Film ist *nichts* mehr zu sehen?" Brody konnte es nicht glauben.

Starbuck zog eine Schublade auf und nahm einen Film aus einem gelben Umschlag mit der Aufschrift „Polizei Amity – eilig." Er hielt den Film in die Höhe. Er war von Anfang bis Ende leer.

„Verdammt!" zischte Brody.

„War vermutlich von Anfang an nichts drauf. Wie man hört, waren die betrunken."

„Und jetzt werden wir's wohl nie erfahren. Himmel noch mal, Nate, das war das letzte Foto, das der Mann je gemacht hat. Was soll ich seiner Frau sagen?"

Starbuck zuckte mit den Schultern. Er schien einen schweren inneren Kampf zu bestehen. Plötzlich griff er, als habe er das Problem gelöst, ins Filmregal. „Sagen Sie ihr, wir geben ihr einen neuen Film."

Brody sah in die blauen Yankee-Augen, die so leer waren wie das Meer. „Ich werde ihr sagen, daß Sie sich entschuldigen. Den Film können Sie sich sonstwohin stecken."

UM DIE Mittagszeit schwamm die Seehundmutter den Strand von Amity entlang. Fast die ganze Nacht hatte sie nahe der Stelle zugebracht, wo sie ihr Junges verloren hatte. Schließlich war sie sogar an Land gegangen, trotz des Hundegeruchs. Dort hatte sie gefühlt, daß sie der Stelle sehr nahe war, wo ihr Kleiner gewesen war. Sie durchschnüffelte den trockenen Sand. Sein Blutgeruch erregte sie sehr.

Aber der Kleine war nicht mehr da, und als es Morgen wurde, war sie wieder ins Wasser gegangen. Eine Stunde lang war sie unschlüssig vor dem Strand herumgeschwommen. Dann war sie parallel zur Küste bis zum Wellenbrecher geschwommen und auf die Steine geklettert, wo sie vor der Gefahr sicher war, die sie immer noch im Meer fühlte. Als sie dort vereinsamt lag und sich sonnte, fühlte sie sich plötzlich wieder von irgendeiner Macht ins Wasser gezogen. Sie durchquerte den Hafeneingang, schwamm um die Landzunge herum und wandte sich in den Amity-Sund.

Es war ein fremdes, beengendes Territorium. Normalerweise bevorzugte sie das offene Meer. Aber sie fühlte, daß ihr Kind hier irgendwo in der Nähe war, und so blieb sie etwa hundert Meter vor einem weißen Schindelhaus im Wasser und suchte Trost in seiner Nähe. Sie konnte ihn weder sehen noch riechen, noch hören, aber sie fühlte, daß er nicht weit war, und darum blieb sie hier.

BRODY trank sein Mittagsbierchen und sah seinen Söhnen zu, wie sie ihre Sandwichs aßen. Sean betrachtete stirnrunzelnd den *Amity-Anzeiger,* der vor ihm ausgebreitet lag. Plötzlich schob er ihn seinem Vater zu. „Lies mir das vor, Dad", forderte er. „Das handelt von Sammy."

Brody schüttelte den Kopf. „Lies du es mir vor."

Sean zog die Stirn kraus, doch er begann mit monotoner Schuljungenstimme:

> „Amity. Ein Polizeibeamter auf Urlaub wurde gestern unter dem Verdacht festgenommen, auf dem Strand von Amity ein Seehundjunges beschossen und verletzt zu haben. Vorgeworfen wird ihm eine Zu-wi-der-hal-tung ..."

„Zuwiderhandlung", verbesserte Mike. Er verrenkte den Hals, um in die Zeitung zu sehen, riß sie an sich und fuhr im schnellen Stakkato fort:

> „Vorgeworfen wird ihm eine Zuwiderhandlung gegen das Gesetz zum Schutze der Meeressäugetiere und gegen die Gemeindeverordnung für das Schießen mit Feuerwaffen innerhalb der Gemeindegrenzen. Der Festgenommene wurde als der 54jährige Polizeisergeant

Charles Jepps aus Flushing identifiziert. Er verbringt den Sommer in Amity.

Wie Polizeichef Martin Brody mitteilte, war das Opfer ein drei Wochen alter Seehund. Brody gibt an, daß er weitere Ermittlungen führt, um festzustellen, ob die Schießerei des Beschuldigten im Zusammenhang mit den beiden vermißten Tauchern und der Explosion eines Motorboots vor dem Strand von Amity steht."

„Junge, Junge", stöhnte Ellen, „du hast wohl keine Angst, dir die Finger zu verbrennen, was?"

„Na ja, ich war eben sauer. Aber keine Angst", sagte er voll gespielter Zuversicht. „Schließlich hat er auf den Seehund geschossen."

„Und du hast ihn eingesperrt, nicht?" half Sean nach.

„Er will's ganz genau wissen", seufzte Mike, „damit er's Sammy weitersagen kann."

Brody nickte. „Ich hab ihn eingesperrt, Sean. Aber jetzt ist er wieder draußen. Gegen Kaution."

Sean riß die Augen auf. „Das ist nicht richtig! Nur eine Nacht?"

„Sag Sammy, ich geb mir alle Mühe, ihn wieder einzubuchten."

Sean sauste zur Garage. Brody musterte seinen älteren Sohn. Mike war immer noch reizbar und nervös und hatte seit Tagen diesen gehetzten Blick. Brody beschloß, ihn beiseite zu nehmen, denn er hatte einen Verdacht, was da los sein könnte.

Vor vier Jahren, als der Schlamassel losging, waren Mike und Sean im Wasser zu Hause gewesen wie die Frösche. Die ersten Haiüberfälle hatten auf beide nicht den mindesten Eindruck gemacht. Er hatte nur mit Mühe dafür sorgen können, daß sie nicht ins Meer gingen. Er hatte angeordnet, daß sie nur vor dem Schlammstrand im Amity-Sund baden durften, der hinten an ihren Garten grenzte.

Auf dem Höhepunkt der Panik war es dann passiert: Während Mike in einem Gezeitentümpel schwamm und Sean in der Nähe im Sand spielte, war der weiße Hai unter der Eisenbahnbrücke durchgeschwommen und hatte einen Mann angegriffen, der sich keine fünfzehn Meter von Mike entfernt auf einer Luftmatratze sonnte.

Die Wirkung auf den Jungen war katastrophal gewesen. Man hatte ihn im Schockzustand aus dem Wasser geholt; er hatte keine Kratzer am Körper, aber eine tiefe, häßliche Wunde an der Seele.

Sie hatten hinterher nie mehr darüber gesprochen.

Nach dem Mittagessen ging Brody mit Mike in den Wintergarten, und sie setzten sich auf die Treppe zum Garten und blickten übers

Wasser zu dem schwachen Lichtpünktchen des Leuchtturms vom Cape North auf der anderen Seite des Amity-Sunds. Mikes Segelboot saß einsam an Land auf einem Gestell.

„Wirst du am Sonntag gewinnen?" fragte Brody.

Mike hob die Schultern. „Wenn ich mitfahre."

„Hör mal, das hast du Sean versprochen. Du kannst jetzt nicht einfach kneifen!"

„Schon gut, schon gut, ich fahre ja mit. Ist ja nichts weiter."

Brody sah ihm ins Gesicht. „Hast du Schwierigkeiten, Mike?"

„Schwierigkeiten?" Mike mochte ihm nicht in die Augen sehen. Er reckte den Hals, um auf Brodys Uhr zu sehen. „Wieviel Uhr ist es? Jackie –"

„Vergiß mal Jackie einen Augenblick. Ich glaube, wir sollten mal vom Schwimmen im Meer reden. Hast du's getan?"

„Hab meinen Taucheranzug ausprobiert", meinte Mike achselzukkend. „Heute früh."

„Hält er dich warm?"

Mikes Blick war unruhig. „Unheimlich."

„War's schön, wieder mal im Meer zu sein? Keine... Bedenken?" Brodys Stimme wurde leiser. Jetzt wurde es gefährlich.

„Nein!" Mike sah ihn wütend an. „Hör mal, du haßt das Wasser! Aber ich liebe es! Von was für Bedenken sprichst du da?"

Aus der Garage ertönte ein durchdringendes Bellen und unmittelbar darauf Seans helles Schreien. Beide rannten rasch über den Rasen.

Die Garage stank noch immer fürchterlich nach Seehund. Sean lieferte sich einen Ringkampf mit Sammy, der aus der Garage zu entwischen versuchte. Beide brüllten hysterisch.

Brody hockte sich vor dem Seehund hin, der den Kopf schüttelte und ihn aus dem Weg zu drängen versuchte. Zu dritt konnten sie ihn wieder in die Garage scheuchen. Der Seehund bellte kläglich, immer noch waren seine Augen tränennaß. Unmöglich, ihn noch viel länger hierzubehalten. Aber ebenso unmöglich wäre es, Sean zu trösten, wenn er fort wäre.

„Wir haben nur gespielt", erklärte Sean, „und er hat abzuhauen versucht."

Brody brachte Sean nach draußen und schloß die Garagentür. „Gönn ihm ein bißchen Ruhe." Bedauernd sah er auf die Uhr. Im Winter gingen seine Söhne in die Schule, und im Sommer hatte er nie Zeit genug für sie. In einer halben Stunde sollte er im kriminaltechnischen Labor von Bay Shore sein. Er wandte sich an Mike. „Also, was hast du für heute nachmittag vor?"

Mike hob die Schultern. „Ein bißchen mit Jackie herumbummeln; sie hat heute ihren freien Tag. Vielleicht gehen wir schwimmen."

Sein Sohn wirkte plötzlich größer, schlanker und klüger. Und Jackie war ja wirklich hübsch, wenn man von den Zahnspangen absah. Er hoffte fast, daß Jackie Mike vom Wasser fernhalten würde. Aber das war natürlich Blödsinn. Der Schlamassel war vorüber.

Larry Vaughan, Bürgermeister von Amity und Chef des Immobilienbüros Vaughan & Penrose, konnte es nicht leiden, wenn jemand zu ihm ins Rathaus kam, um über Grundstücksgeschäfte zu reden. Solche Kunden wurden an sein Immobilienbüro in der Scotch Road verwiesen. Er fürchtete nämlich, daß der Gemeinderat das Gehalt für seine Sekretärin Daisy Wicker streichen würde, wenn er in den Amtsräumen privaten Geschäften nachging.

Aber Starbuck hatte sich irgendwie an Daisy vorbeigeboxt und saß ihm nun am Dienstschreibtisch gegenüber und funkelte ihn an.

„Die Drogerie wollen Sie verkaufen?" wiederholte Vaughan ungläubig. Er wollte den wahren Grund herausbekommen, den der Mann hatte, denn was ein Verhandlungspartner als Grund angab – besonders bei geschäftlichen Verhandlungen –, nahm er grundsätzlich nie für bare Münze.

„Genau", sagte Starbuck. „Das will ich."

„Also, Nathaniel", sagte Vaughan langsam, „da bleibt mir ja zunächst mal die Spucke weg, aber natürlich übernehme ich den Verkauf. Ihr Preis kommt mir ein bißchen hoch vor, aber vielleicht in einem Monat, wenn die Glücksspielgenehmigung erst durch ist –"

„Ich spreche nicht von demnächst, in einem Monat oder so. Ich will jetzt verkaufen."

Irgendwo in Vaughans Kopf schrillte eine Alarmglocke. Sein Verstand sagte ihm natürlich, daß Vaughan & Penrose und die Stadt Amity einem nie dagewesenen Wachstum und Wohlstand entgegengingen, aber der Schlamassel damals hatte seine Sinne geschärft.

Er klopfte mit dem Kugelschreiber auf den Schreibtisch. „Reden wir jetzt mal nicht vom Preis, Nathaniel. Was mich so schockiert, ist, daß die Starbucks nun schon seit – wieviel, drei? – Generationen die pharmazeutischen Bedürfnisse von Amity befriedigen, und da müssen Sie doch verstehen –"

„Die Gesundheit", sagte Starbuck. Seine Augen zuckten nicht. „Lena. Krebs."

Vaughan überlief es kalt. Vor ungefähr vierzig Jahren war Lena, damals ein magerer Teenager mit vorstehenden Zähnen, sein Babysitter gewesen. Sie war nett und freundlich gewesen und hatte ihm Patiencelegen für zwei beigebracht. „Nein!" rief er. „Nicht Lena!"

„Sie muß nach New York ins Memorial-Krankenhaus. Sechzig bis hundert Dollar am Tag, und das wer weiß wie lange."

Vaughan trommelte mit den Fingern. Wenn das Kasino erst fertig war und das Gesetz durchging, war alles, was südlich der Scotch Road lag, ein Vermögen wert. Möglich, daß Starbuck vom künftigen Wert seines Besitzes keine Ahnung hatte. Er wollte fünfzigtausend Dollar dafür haben; Vaughan war sicher, daß er ihn für fünfundsiebzigtausend losschlagen konnte. Oder ihn selbst behalten und warten . . .

„Sagen Sie ihr, daß ich sehr betroffen bin, Nathaniel. Und ich nehme die Drogerie für fünfzigtausend Verhandlungsbasis ins Angebot. Wir werden sie sicher verkaufen können."

„Das möchte ich Ihnen auch geraten haben", sagte Starbuck. Er stand auf, setzte sich den Hut fest auf den Kopf und ging.

Was, zum Teufel, meinte er nun damit wieder? Komischer Kauz.

Vaughan nahm sich vor, ihn eine Woche zappeln zu lassen, dann um Lenas willen fünfunddreißigtausend anzubieten und selbst zu kaufen.

Das Lämpchen an seinem Tischapparat blinkte. Es war Clyde Bronson, Amitys Abgeordneter in der Volksvertretung des Staates New York in Albany. Er habe soeben Besuch vom Staatspolizeipräsidenten bekommen, der seinerseits von einem Anwalt aufgesucht worden sei. Dieser vertrete einen Polizeisergeanten namens Jepps, gegen den die Polizei von Amity zur Zeit wegen Verstoßes gegen eine Schußwaffenverordnung und ein Bundestierschutzgesetz ermittle.

Das Polizeipräsidium, erklärte Clyde, sei ohnehin gegen die Glücksspielgenehmigung, und wenn Vaughan glaube, es werde dieser Genehmigung förderlich sein, sich mit denen anzulegen, dann sei Vaughan sehr im Irrtum. „Verstehen Sie, was ich meine, Larry?"

Er hörte den Abgeordneten angestrengt atmen. Doch, sagte Vaughan, er habe verstanden. Er legte den Hörer auf und ging über den Flur zur Polizeidienststelle von Amity. Brodys Tisch war leer.

„Wo ist er?" fragte er Polly.

„Im kriminaltechnischen Labor in Suffolk County. Ist was?"

„Nichts, was nicht durch Brodys Entlassung zu reparieren wäre."

„Das können Sie gar nicht", antwortete sie hochnäsig. „Wir sind Beamte."

Brody parkte Wagen eins vor der Polizeidirektion von Suffolk County und nahm Jepps' Gewehr, die Papiertüte mit der Munition, die er im Magazin gefunden hatte, und den zerfetzten Kanister des Rennbootes heraus. Er kam sich ziemlich dämlich vor mit diesen Beweisstücken unterm Arm – als ob er in einer Schulaufführung den Sherlock Holmes spielte.

Der junge Sergeant am Empfang hieß ihn sich ins Besucherbuch eintragen, ließ sich dann durch einen andern Beamten vertreten und führte ihn die Treppe hinauf. Brody kramte in seinem Gedächtnis nach dem Namen des jungen Mannes, denn er glaubte von ihm einmal einen Vortrag über Fragen der Polizeiverwaltung gehört zu haben. Genau, das war er: Sergeant Pappas.

Sie gingen etliche Flure entlang, in denen es vor Eifer nur so summte. Polizisten in Uniform und Zivil sowie Verwaltungsangestellte eilten emsig durch die Gänge. Funkgeräte knisterten, Telefone schrillten.

„Das reinste Rattenrennen", brummte der Sergeant. „Können Sie bei sich noch 'n Mann brauchen?"

„Sie würden sofort Chef", sagte Brody, „und dürften von meinem Gehalt verhungern."

„Führen Sie mich nicht in Versuchung", meinte der Sergeant. Er führte Brody ins kriminaltechnische Labor, wo er das Gewehr, die Munition und den Kanister eintrug, und ging dann mit ihm weiter durch einen überfüllten Raum zu einer Tür mit der Aufschrift: BALLISTIK-LABOR.

Eine Waffensammlung bedeckte eine ganze Wand; hier gab es alles, von niedlichen Handtaschenpistolen bis zu einer schweren 50er-Browning, die Brody aus seiner Militärzeit kannte. Über dem Arsenal hing ein Schild: VERGLEICHENDE BALLISTIK – VERSUCHSABTEILUNG.

An der angrenzenden Wand hing eine weitere Sammlung: Totschläger, Schlagringe, Schrotflinten mit abgesägtem Lauf. Darüber stand mit feiner Zierschrift: DAS RECHT DES VOLKES, WAFFEN ZU TRAGEN, SOLL NICHT ANGETASTET WERDEN.

Eine hübsche junge Schwarze mit fülligem Haar betrachtete soeben zwei Geschosse unter einem binokularen Mikroskop. Als sie die beiden eintreten hörte, schwenkte sie auf ihrem Drehstuhl herum.

„Brody“, sagte der junge Sergeant, „das ist der Stolz von Suffolk County. Lieutenant Swede Johansson. Lieutenant, das ist Chef Brody aus Amity.“

Sie schien in ihrem Gedächtnis nach irgend etwas zu kramen. „Amity . . .“

„Das neue Las Vegas des Ostens“, half Brody nach.

Sie schüttelte den Kopf. „Nein, das war’s nicht . . “.

„Letzter ständiger Wohnsitz des großen weißen Hais“, gestand Brody. Er haßte das und mußte doch immer wieder darauf zurückkommen. Über die Geschichte würde wohl nie mehr Gras wachsen.

Der Lieutenant schnippte mit den Fingern. „Rrrrichtig“, rollte sie. „Und Sie waren der Köder, nicht?“

„Ich war da“, gab Brody zu.

Die junge Frau schüttelte sich. „Sie waren wohl nicht bei Trost.“

„Sagen wir, ich war nicht ganz in meinem Element“, sagte Brody, indem er ihr das Gewehr reichte, „genau wie jetzt.“

„Das tut gut“, meinte sie mit einem Blick auf das Gewehr. „Sie sind seit einem Jahr der erste Polyp, der hier reinkommt und sich nicht einbildet, von Ballistik mehr zu verstehen als ich.“

„Er möchte wissen“, sagte der Sergeant, indem er Gewehr, Munition und Kanister auf den Tisch des Lieutenants legte, „ob diese Kanone mit dieser Munition dieses Loch gemacht hat. Ausführlicher Bericht. Und Kostenvoranschlag.“

Brody wurde es unbehaglich. Theoretisch mußte Amity dafür bezahlen, wenn es die Dienste der Polizei von Suffolk County in Anspruch nahm, aber Brody wußte nicht, welches Budget er dafür hätte anzapfen können. Er leckte sich über die Lippen. „Ich dachte, Sie könnten vielleicht . . . sozusagen als . . . kollegiale Gefälligkeit –“

Der Lieutenant lächelte. „Na gut. Laden Sie mich irgendwann mal dafür zum Mittagessen ein“, meinte sie. „Polizeikantine? Ein Dollar fünfunddreißig das Tagesmenü, Dessert à la mode?“

„Abgemacht.“

Swede wandte sich wieder dem Mikroskop zu. „Bis Mittwoch etwa dürfte ich das vorläufige Ergebnis haben. Rufen Sie mich an.“

„Danke, Lieutenant“, sagte Brody.

„Lieutenants gibt’s hier sieben“, meinte sie. „Verlangen Sie Swede.“

Um sechzehn Uhr fuhr der Zerstörer *Leon M. Cooper* südwestlich an Block Island vorbei. Der Oberleutnant auf dem Steuerbordnock der Brücke übergab die Wache seiner Ablösung, dem Artillerieoffizier. Bei der Wachübergabe salutierte der Oberleutnant. Der Artillerist salutierte nicht zurück.

Sauhaufen, dachte der Oberleutnant. Er war von der Marineakademie Annapolis, Jahrgang 1973, und er ärgerte sich, daß auf diesem Schiff selten etwas so lief, wie man es ihm beigebracht hatte.

Der Oberleutnant war der Aufklärungsoffizier an Bord und hatte wenigstens seinen eigenen Laden in Ordnung gebracht. Den wollte er jetzt mal aufsuchen, um zu sehen, ob alle sich auch schön auf die Übung von heute abend vorbereitet hatten, die darin bestand, das amerikanische U-Boot *Grouper* aufzuspüren, das sich irgendwo in den unermeßlichen Wassern seewärts herumtrieb.

Bevor er in die abgedunkelte, fluoreszierende Kühle des Funkaufklärungsraums trat, warf er noch einen Blick nach steuerbord. Das Wetter war dunstig, aber er konnte querab vorm Bug Montauk Point erkennen. Für einen Augenblick gab er sich seinem wohlvertrauten Tagtraum hin: Aus dem Nebel tauchte ein Flugzeugträger auf, genau auf Kollisionskurs mit der *Cooper*. Alle andern hatten ihn übersehen. Der Oberleutnant stürzte auf die Brücke, packte das Ruder und riß es herum, und um Zentimeter entging das Schiff dem Zusammenstoß, während der Kapitän aus seiner Kajüte getaumelt kam, Tränen der Dankbarkeit in den Augen ...

Oder er entdeckte einen russischen Torpedo, der sich aus der Tiefe anschlich ...

Er war einfach zu spät geboren, sogar für Vietnam.

Eine Zeitlang beobachtete er den Hubschrauber, ihren Partner im Räuber-und-Gendarm-Spiel, wie er hundert Meter backbord achtern sein Sonargerät ins Wasser hängen ließ. Es war noch zu früh für den *Grouper*. Wahrscheinlich testete er nur sein Gerät.

Er ging hinein und blieb kurz hinter dem Radarmann stehen, um zu sehen, ob er auch jede Reflektierung aufzeichnete. Er erkannte Montauk Point auf dem Radarschirm und wies darauf hin. Das weckte die ganze Besatzung auf. Der Sonarmann schaltete sein Gerät ein, obwohl das U-Boot vor einer Stunde nicht zu erwarten war. Der Luftaufklärer malte unbekannte Flugobjekte auf, die vom Marinefliegerhorst Quonset kamen. Der Funker wärmte das Funkgerät auf.

„Sir?" rief der Sonarmann. „U-Boot-Kontakt auf zwei-zwei-null, Entfernung sechs Seemeilen. Näher kommend."

Des Oberleutnants Herz machte einen Sprung. Es war zu früh für den *Grouper,* und er wußte von keinem anderen U-Boot in diesem Bereich. Von keinem amerikanischen U-Boot ...

Er nahm die Kopfhörer des Sonarmanns. Er konnte das Knattern des Hubschraubers backbord achtern hören, ein so lautes Hämmern unter Wasser, daß man mitunter annahm, es könne Haie anlocken. Als Kontrapunkt dazu hörte er dann das vertraute *Ping* ihres eigenen Verstärkers. *Ping* ... und dann das schwächere Echo: *Ping. Ping* ... *Ping.*

Es kam in der Tat näher. Und zwar schnell. Zu schnell für einen Fischschwarm. Zu schnell überhaupt für alles, höchstens ein U-Boot der *Keschnow*-Klasse, das zum Spionieren geschickt worden war. Zum Spionieren oder schlimmer.

„Barsche, Sir?" fragte der Sonarmann.

„Zu groß für einen Schwarm Barsche", sagte der Oberleutnant. Er nahm die Kopfhörer ab und ergriff das Mikrofon zur Brücke. „Aufklärungsraum an Brücke!" Keiner antwortete. Das paßte wieder mal – dieser elende Äppelkahn!

Der Sonarmann hatte die Kopfhörer wieder aufgesetzt. „Für den *Grouper* ist es zu früh", überlegte er. „Für alles andere ist es zu groß." Plötzlich schnippte er mit den Fingern. „Ein Wal! Ein Blauwal! Dasselbe Echo hab ich schon mal beim Sonarlehrgang gehört. Es ist dumpfer als von einem U-Boot."

„Ein Wal?" Der Oberleutnant stand unentschlossen, das Mikrofon in der Hand.

„Ein Wal", antwortete der Sonarmann im Brustton der Überzeugung.

„Brücke an Aufklärungsraum", kam es endlich aus dem Lautsprecher. „Sie haben gerufen?"

Der Oberleutnant zögerte. Er setzte noch einmal den Kopfhörer auf und lauschte. Der Kontakt bewegte sich auf die Küste zu. Es mußte ein Wal sein. Auf jeden Fall würde er sich auf das Urteil des Sonarmanns berufen können. Er war ein Offizier, kein Sonarexperte. „Schon gut", antwortete er der Brücke. „Ende."

Als er den Aufklärungsraum verließ, um sich zum Abendessen umziehen zu gehen, hörte er den Hubschrauber auf die Küste zu knattern.

Der Hunger hatte ihn am Morgen wieder in den Amity-Sund getrieben. Er hatte sein Bestes gegeben, ihn von allem zu reinigen, was sich bewegte, und hatte fast einen Zentner Makrelen gefressen. Er schwamm die Wellenbrecher entlang und steuerte dann wieder ins offene Meer hinaus.

Er hatte nichts gefunden, bis die Sonne schon schräg im Westen stand und das Licht in zehn Meter Tiefe zu verblassen begann, und plötzlich fühlte er von fern her das langsame Hämmern eines niedrig fliegenden Hubschraubers. *Tack ... tack ... tack,* und dahinter, viel weniger aufregend, ein schwaches, rhythmisches *Ping ...*

Blind schwamm er auf das *Tack-tack* zu. Wie jede rhythmische Schwingung regte es seine Verdauungssäfte an. Mit jedem Schwanzschlag wurde er heißhungriger. Er folgte dem Knattern des Hubschraubers auf die Küste zu.

Larry Vaughan jr. hatte sein Moped auf der Küstenstraße angehalten, als sie die Fahrräder an den Zaunpfahl angekettet sahen. Andy Nicholas, der dickste Junge von Amity, stieg vom Sozius. Sein Hinterteil tat ihm weh, und er fürchtete, daß der Straßenstaub sein Asthma wieder hervorrufen könnte.

„Mann, laß mich nach Hause fahren, setz du dich mal da hinten drauf."

Larry schaltete die Zündung aus. „Du würdest die Gabel verbiegen, Pausbäckchen." Er betrachtete die Fahrräder. „Das ist tatsächlich seins. Aber wer ist das Mädchen?" Er suchte unter der Lenkstange des Damenfahrrads nach einem Namen. „Mary Detner? Sue Jacobs?" Er musterte das Fahrrad eingehend. „He! Jackie Angelo? Ich wette, das ist Silberzähnchen persönlich."

„Meinst du?" fragte Andy, halbwegs interessiert.

„Den alten Angelo trifft der Schlag, wenn er das rauskriegt", versprach Larry. „Der schießt ihn mit seiner Pistole über den Haufen."

„Ach was", sagte Andy. „Die schwimmen doch bloß. Er will mit seinem Taucheranzug angeben, weiter nichts."

Larry schüttelte den Kopf. „Spitz doch nicht! Das ist das Meer da draußen, nicht das Schwimmbad."

Er kletterte die Düne hinauf und suchte den Strand von den Sandhügeln aus ab. Andy folgte ihm mit großem Lärm. Larry bedeutete ihm mit einer Geste, sich zu ducken. Der Dicke ließ sich auf Hände und Knie fallen, obwohl er fürchtete, daß der Staub in Bodennähe seinem Asthma den Rest geben würde. Vorsichtig spähten beide zwischen den Dünen umher. Nebelbänke schichteten sich am südöstlichen Horizont auf. Andy fühlte, wie Larry ihn anstieß. Er lauschte und hörte leises Flüstern aus der Vertiefung hinter der nächsten Düne. Er erkannte Mikes Stimme und das heisere Glucksen Jackies.

Sein Blut begann sich zu erwärmen, aber zugleich fühlte er einen kalten Schauer seinen Rücken hinaufkriechen. Mike war dreißig Pfund leichter als er, aber sehnig, schnell und kräftig. „Nichts wie weg hier", flüsterte er.

Larry sah ihn ungläubig an. „Mann, bist du verrückt?"

Larry begann den Hang hinunterzugleiten, indem er sich mit den Ellbogen vorwärts zog. Andy zögerte, dann kroch auch er, von einer unwiderstehlichen Kraft gezogen, den Hügel hinunter.

Er atmete schwer. Unten angekommen, mußte er eine Pause einlegen. Ein Stückchen vor ihm war Larry bereits auf dem Weg die nächste Düne hinauf, hinter der sich das Pärchen verbarg. Sand kam Andy in die Augen, aber nichts auf der Welt hätte ihn jetzt noch aufhalten können.

Mike Brody drehte sich auf Jackies Badetuch um. Er schaute in das Engelsgesicht, das nur eine Handspanne von seinem entfernt war. Zwei himmlisch schöne Grübchen erschienen an den Winkeln des verlockendsten Mundes der Welt. Zögernd streckte er die Hand aus und strich ihr mit dem Finger eine schimmernde Haarsträhne von einem vollkommenen Ohr.

Er kitzelte ihr Ohrläppchen. Brachte das Frauen in Stimmung? Er kramte in seinem Gedächtnis und konnte sich nicht erinnern. Sie war so nett. Er wollte nur bei ihr sein und auf immer ihre Schönheit in sich hineintrinken. Sogar ihre silbernen Zahnspangen liebte er.

„Mike, das ... das kitzelt." Sie streckte ihrerseits die Hand aus und begann mit seinem Ohrläppchen zu spielen.

Allerdings, das kitzelte, und mehr als das. Pfeile der Wonne und des Verlangens durchzuckten ihn. Er ertrug es nicht länger, wenn sie so weitermachte, aber er ertrug es erst recht nicht, wenn sie aufhörte.

„Ich liebe dich", platzte es aus ihm heraus.

Sie zog ihre Hand weg und setzte sich auf. Warum hatte er das nun gesagt? Jetzt hatte er bestimmt alles verdorben.

Aber er liebte sie doch wirklich, mehr als seine Mutter, sogar mehr als seinen Vater, und viel mehr als Sean.

Sie blickte hinaus aufs Meer. „Das wird bald neblig", sagte sie leise. „Wir könnten uns auf dem Heimweg verlaufen."

„Jackie", flüsterte er enttäuscht, „du willst doch noch nicht nach Hause?"

Sie lächelte auf ihn herab. „Ich möchte überhaupt nie mehr nach Hause."

Er zog sie in die Arme.

Chef Brody wischte sich die Stirn ab. Es war heiß im Immobilienbüro Vaughan & Penrose. „Die Sache fallenlassen?" wiederholte er ungläubig. „Was meinen Sie mit ‚fallenlassen'?"

Vaughan erhob sich, rot im Gesicht, und ging zu der großen Bezirkskarte, die das winzige Büro beherrschte. Er tippte auf den Kasinobauplatz.

„Fallenlassen, sonst geht uns das Kasino durch die Lappen. So einfach ist das."

„Was hat denn Jepps mit dem Kasino zu tun?"

„Er hat mit dem Staatspolizeipräsidenten zu tun –"

„Sagt er", warf Brody dazwischen.

„Er hat. Der Polizeipräsident ist bei Clyde Bronson gewesen. Bronson hat mich angerufen, und jetzt rede ich mit Ihnen."

Bronson war nicht nur ihr Abgeordneter in Albany, er war auch Miturheber des staatlichen Glücksspielgesetzes.

„Himmel!" grollte Brody. „Der Mann steht unter Totschlagsverdacht!"

„Vergessen Sie's", seufzte Vaughan. „Da ist doch ohne Leiche sowieso nichts zu machen. Lassen Sie's einfach fallen."

Brody fühlte, wie die Wut in ihm hochkochte. Verbittert knurrte er: „Erinnert Sie das nicht an etwas, Larry?"

„An was?" Der Bürgermeister machte kein glückliches Gesicht.

„Wie der Schlamassel anfing. Wie das Mädchen umgekommen ist. Und wie ich den Strand sperren wollte. Und wie in der Stadt keiner mehr mit mir reden wollte. Und wie es den kleinen Kintner erwischte und sich herausstellte, daß ich recht hatte. Wir haben dann den Strand gesperrt – aber da war's zu spät."

Vaughan kehrte an seinen Schreibtisch zurück und setzte sich schwerfällig hin. „Das war was anderes. Der Hai hatte keinen einzigen Freund in Albany. Ich sag's Ihnen, Brody – lassen Sie die Sache fallen!"

Brody sah dem Bürgermeister in die Augen. Sie waren rot gerändert von zuwenig Schlaf oder zuviel Alkohol. Aber sie hielten seinem Blick stand. Er schlug mit der Hand auf den Tisch des Bürgermeisters.

„Diesmal nicht, Larry! Und in tausend Jahren auch nicht."

Er verließ die Baracke und ging in die Sonne hinaus. Bald würde Nebel hereinkommen, das fühlte er. Auch das Nebelhorn an der Spitze des Wellenbrechers von Amity wußte es schon, denn es heulte plötzlich los.

Er liebte Amity. Wenn er von hier fortmüßte, hätte er keinen Ort, wohin er gehen könnte. Aber er würde um keinen Preis noch einmal nachgeben.

7. Kapitel

ANDY NICHOLAS lag neben Larry Vaughan jr. hinter einem Busch auf der Düne und litt Qualen. Der Staub von dem Busch sengte in seiner Brust und schnürte ihm die Kehle zu. Er wußte, daß er besser hier verschwinden sollte, bevor er zu keuchen anfing, aber er konnte sich nicht losreißen.

„Los schon, Spitz!" hörte er Larry flüstern.

„Still!" grimassierte Andy. Wenn Mike sie hörte, war er es, der es auszubaden hatte, denn Larry rannte hundert Meter in zwölf Sekunden. Larry würde ausreißen und Andy im Sand enden.

Sein Atem kam schon in wohlbekannten, halberstickten Stößen. Er mußte jetzt zurück, die Düne hinunter und verschwinden, sonst schaffte er's nie mehr. Er riskierte einen letzten Blick.

Er fühlte, wie Larry ihn am Ellbogen packte. „Sei still!" zischte Larry entsetzt. „Still, verdammt noch mal!"

Andy schüttelte hilflos den Kopf. Eine wohlvertraute rote Welle schlug über ihm zusammen. Er tönte wie eine defekte Heizung, wie ein erschöpftes Pferd ...

Die Szene unter ihm erstarrte. Einen Augenblick war es, wie wenn ein Film angehalten würde, wie eine Zeitlupenwiederholung im Fernsehen. Dann erwachte alles explosionsartig zum Leben. Mike kam aus der Mulde heraufgerannt, Larry war aufgesprungen, und Jackie schrie vor Zorn. Andy wälzte sich im Staub und versuchte auf die Beine zu kommen.

Mike erreichte den Kamm der Düne, bekam irgendwie Larry zu fassen und schleuderte ihn zu Jackie hinunter, dann holte er mit dem nackten Fuß aus und trat Andy voll in den Magen. Das noch zu seinem Asthma – er glaubte, sterben zu müssen. Es wurde ihm schwarz vor den Augen. Dann sah er Jackie neben sich knien und fühlte, wie sie nicht gerade liebevoll seine Wangen bearbeitete.

„Geht's wieder, Andy?" Er nickte mit Mühe.

Sie erhob sich und sah wütend auf ihn hinunter. „Ihr dreckigen kleinen Schweinchen", sagte sie.

Sie sah aufs Meer hinaus. Er folgte ihrem Blick. Am Rande einer Nebelbank ließ ein Marinehubschrauber irgendeinen Gegenstand ins Wasser hängen. Andy wandte den Blick näher zum Ufer hin.

Wenn Spitz Angst vorm Meer hatte, wie Larry immer behauptete, dann war er schnell darüber hinweggekommen. Larry strampelte seewärts, etwa fünfzig Meter jenseits der Brandung, aber dreißig Meter hinter ihm nahte die Rache, und sie nahte schnell.

„Er bringt ihn um", sagte Jackie betrübt, „und dann kommt er ins Kittchen. Er wird die Laus einfach ersäufen."

Wahrscheinlich hatte sie recht. Andy hatte das Gefühl, daß er jetzt da draußen sein und seinem Freund zu Hilfe eilen müßte. Aber wenn Mike erst mal mit Larry fertig war, würde er womöglich auch noch ihn ersäufen. Da trollte er sich lieber nach Hause.

Der große Weiße kreiste ziellos umher. Das rhythmische Knattern der Hubschrauberblätter, das ihn so erregt hatte, blockierte auch seinen Computer. Das Knattern schien überall und nirgends zu sein. Nach seinem Ursprung jagen zu wollen erschien sinnlos, aber er konnte sich auch nicht aus seiner Faszination lösen. Einmal schwenkte er ab und griff sich einen großen Kalmar, aber die meiste Zeit drehte er sinnlose Achten.

Und die ganze Zeit blieb er der Geräuschquelle so nah, wie er eben konnte, obwohl diese sich auf die Küste und das flache Wasser zu bewegte.

Der Pilot des Marinehubschraubers schaute seewärts zur Nebelbank und dann landwärts zu den Dünen. Sein Auftrag lautete, den Bereich zwischen dem Wasser, das für den *Grouper* nicht tief genug war, und der von der *Leon M. Cooper* weiter draußen bewachten Zone abzuhorchen.

Er sah auf die Uhr an seinem Instrumentenbrett. Der *Grouper* war wohl inzwischen längst aus New London heraus und näherte sich unter Wasser dem Übungsgebiet. Wenn das U-Boot sich nicht beeilte, würde der Pilot seine Mission abbrechen und nach Quonset zurückkehren müssen, bevor ihn der Nebel erfaßte.

Wäre keine schlechte Idee. Noch käme er rechtzeitig zum bunten Abend im Club. Er warf einen flüchtigen Blick zu seinem jungen Sonarmann. „Zu neblig", unternahm er einen Versuch.

„Kommt mir nicht so schlimm vor, Sir", sagte der Sonarmann.

Der Pilot gab's auf. Der Junge war so eifrig und an dem Einsatz derart interessiert gewesen, daß er ihn die Sonarkugel schon früh hatte ins Wasser hängen lassen, um sie auszuprobieren. Aber jetzt, nachdem dem Piloten der ganze Einsatz langweilig wurde, war ihm der junge Mann lästig.

„Was hören Sie alles?" fragte er ihn.

„Makrelen, Garnelen, das Übliche. Ich höre alles mögliche, nur nicht den *Grouper*. Versuchen wir's mal etwas näher auf die Küste zu."

Der Pilot nickte und schob den Knüppel vor. Er fühlte die Hand des Sonarmanns auf dem Arm. „Augenblick mal, Sir! Ich habe einen Schrei gehört. Da ist jemand im Wasser, der schreit."

Sie suchten den Ozean vor ihnen ab. Plötzlich sah der Pilot sie. „Sehen Sie die zwei Burschen dort?" fragte er. „Vor der Brandung?"

„Ja, Sir. He, der eine ertrinkt. Oder sie kämpfen."

„Kugel hoch", befahl der Pilot. Er hörte ein Weilchen die Kabelwinde singen, vergewisserte sich auf der Instrumententafel und flog auf die beiden zu.

Er war in zehn Meter Tiefe nach Nordosten geschwommen, immer noch hypnotisiert von diesem ursprungslosen Knattern von oben und völlig ausgehungert. Er hätte jetzt ein Boot, eine leere Flasche oder eine Boje angegriffen, wenn er eine in der Nähe ausgemacht hätte.

Aber nichts war in der Nähe, und so schoß er wahllos da- und dorthin.

Plötzlich hörte er über das Knattern hinweg ein Klatschen auf der Wasseroberfläche, das seine Sinne elektrisierte. Es war, als ob zwei große Fische an der Wasseroberfläche miteinander kämpften oder zwei Seehunde sich paarten.

Eine Saite war angeschlagen. Er warf sich herum, kehrte seinen gewölbten Bauch nach oben und machte kehrt. Das geheimnisvolle Knattern trat jetzt völlig hinter diesem neuen, erregenden Signal zurück.

Mike Brody war außer sich vor Wut. Er ließ Larry Vaughan jr. zwar wieder auftauchen, hielt ihn aber weiter fest. „Mike!" kreischte Larry. „Du Hund! Bist du übergeschnappt?"

Mike starrte wassertretend in das tränenüberströmte, sommersprossige Gesicht. Er mußte ihn fast ertränkt haben. Zeit, daß er aufhörte, aber er hatte ihnen gezeigt, daß das Meer keine Zuflucht für sie war, wenn Mike Brody sie verfolgte. Er stieß Larry grob von sich weg, legte sich auf den Rücken und ließ sich treiben. „Schwein", sagte er verächtlich. „Du perverses Schwein!"

Beide lagen keuchend auf dem Wasser und wurden von der Grunddünung auseinandergetrieben. Mikes Blick fiel auf einen Marinehubschrauber, der auf sie zu geflogen kam. Der Hubschrauber bäumte sich nach hinten und ließ schließlich eine schwarze Kugel ins Wasser. Mike wußte, daß sie auf U-Boote aus New London lauschten.

Eine große Welle der Freude überflutete ihn. Er könnte dieser Hubschrauberpilot sein, wenn er wollte, oder einer von den Männern in dem U-Boot, das sie suchten, oder ein Marineinfanterist.

Er fürchtete sich nicht mehr vor dem Meer noch vor sonst etwas.

Der Pilot gähnte. Der Sonarmann hatte das Fernglas von den Augen genommen und gesagt: „Denen fehlt nichts, Sir. Sind nur ein paar übermütige junge Kerle."

Und der Pilot hatte ihnen zugewinkt und den Knüppel zurückgenommen. „Machen wir für heute Feierabend?" fragte er den jungen Mann.

„Wie Sie meinen, Sir", antwortete sein Begleiter, aber es klang so enttäuscht und – meine Güte, der Junge hatte wahrscheinlich noch nie im Leben U-Boot-Kontakt gehabt, und der *Grouper* mußte jeden Moment kommen.

Er kapitulierte. „Spielen Sie noch ein bißchen mit dem Ding im Wasser rum."

Der Sonarmann grinste, ließ die Kugel wieder ins Wasser und setzte den Kopfhörer auf. Der Pilot lehnte sich zurück und gähnte wieder.

Er war nicht weit hinter dem Geknatter, aber jetzt beschäftigten ihn die Ziele an der Wasseroberfläche.

Das kleinste männliche Junge zappelte im rechten Uterus des Hais. Noch ein paar Stunden ohne Nahrung, und seine stärkeren Schwestern würden über es herfallen; es fühlte das und versuchte seinen Körper in dem vollgepackten Organ so zu drehen, daß es sich besser wehren konnte. Seine Mutter erhöhte ihr Tempo, als ob sie diese Gefahr kannte.

Vor sich hörte der Hai unter dem allgegenwärtigen Geknatter ein plötzliches *Platsch*. Im Zwielicht sah er etwas Schwarzes herabsinken. Er warf sich herum, riß das Maul auf und packte das Ding mit den von mehreren Reihen sägeartiger Zähne besetzten Kiefern. Einen Augenblick fühlte er von oben heftigen Widerstand, dann hatte er das Ding los. Er zermalmte es zwischen den Kiefern und spie es als ein Gewirr von Draht und Metallteilen mitsamt den ausgebissenen Zähnen wieder aus.

Einen Augenblick ließ er sich einfach treiben.

Er hörte nichts mehr von dem Klatschen an der Oberfläche, und selbst das Knattern entfernte sich. Der Hai machte kehrt und wandte sich seewärts, um zu jagen.

Der Sonarmann zitterte immer noch, und auch der Pilot hielt den Steuerknüppel mit bebenden Händen. Er ließ seine Wut an dem Sonarmann aus. „Verdammt, wie tief hatten Sie denn das Ding?“

Der Junge schüttelte hilflos den Kopf. „Drei, höchstens vier Meter, Sir.“

Der Pilot ließ den Hubschrauber steigen. Er hatte nur einen Wunsch, nämlich hoch genug zu kommen, um durch Autorotation noch sicher landen zu können, falls die unglaubliche Beanspruchung der Maschine sich als katastrophal herausstellen sollte. Aus ihren knapp zwanzig Metern Flughöhe würden sie abstürzen wie ein Stein, wenn die Konstruktion brach oder ein Rotorflügel zu flattern begann. Er hatte in seinen fünfundzwanzig Flugjahren mit achttausend Flugstunden noch nie einen so heftigen Ruck an einem Kabel erlebt wie vorhin.

Während er höher stieg, lauschte er auf verräterische Dissonanzen der Rotorblätter, die einen Konstruktions- oder Motorschaden angezeigt hätten. Aber nein, alles schien in Ordnung.

„Sie haben den Boden gestreift“, wiederholte er.

„Nein, Sir!“ begehrte der Sonarmann auf. „Die Sonarkugel ist dem Grund bis auf höchstens acht Meter nah gekommen. Das hört man, wenn sie auf dem Boden schleift. Das war irgendwas anderes. Ich hab so etwas wie ein Rauschen gehört, wie – ich weiß nicht, was. Meinen Sie, wir sind vielleicht an einen Riesenkraken oder Riesenmanta geraten?“

„Nein“, höhnte der Pilot. „Sie hatten die Kugel zu tief; wir sind an einem Riff oder einem Wrack hängengeblieben!“ Er stieg noch immer weiter, bis er sechshundert Meter hoch war. Alles schien in Ordnung zu sein, aber ganz wohl war ihm noch immer nicht.

„Mein Gott, Junge, wissen Sie, was so eine Kugel kostet?“

„Zwölftausend Dollar.“ Der Junge sah aus, als ob er gleich weinen müsse.

„Den Schaden am Hubschrauber gar nicht mitgezählt“, brummte der Pilot. Er hörte ein hohes, rhythmisches Zwitschern der Rotorblätter. Das gefiel ihm gar nicht. Er drückte den Knopf des Kehlkopfmikrofons, um die *Leon M. Cooper* zu rufen und sich aufgrund seines Problems von der Übung abzumelden. Doch bevor er Verbindung hatte, begann der Knüppel in seiner Hand zu vibrieren. Er hätte die Maschine notwassern sollen, als er diesen Ruck fühlte.

„Pan!“ rief er. „Das ist ein Pan-Ruf!“ *Pan* war eine Stufe unter *Mayday,* ein Notruf. „Marinehubschrauber eins-vier-sieben-acht an *Leon M. Cooper.* Breche Mission ab. Kehre zurück nach –“ Plötzlich war es da ... Als junger Mann hatte er in Korea verwundete Marineinfanteristen von den Bergen über Pjöngjang geholt. Vor zehn Jahren hatte er Marinepiloten aus dem Golf von Tongking gefischt. Plötzlich wußte er, daß es nach all den durchgestandenen Gefahren hier zu Ende sein konnte, hier vor der Küste eines blöden kleinen Seebads, dessen Namen er sich nie merken konnte.

Er drückte erneut den Knopf. „Mayday! Mayday! Marinehubschrauber eins-vier-sieben-acht ruft Mayday! Ich befinde mich acht Kilometer südlich von ...“ Plötzlich fiel es ihm wieder ein – hier war doch mal dieser Hai gewesen – „... Amity. Amity auf Long Island. Ich verliere ein Rotorblatt. Beginne mit Abstieg.“

Das Rotorblatt flog mit einem Ton wie von einer gerissenen Gitarrensaite davon. Der Hubschrauber taumelte und torkelte, und die Welt stellte sich auf den Kopf. Der Pilot sah die Nebelbank durch den Kabinenboden zwischen seinen Füßen. Er hörte den Sonarmann schreien. Dann konnte er sich nur noch festhalten.

Brody saß auf einem baufälligen Gartenstuhl auf der vorderen Veranda und sah seinen Sohn die Bayberry Lane heraufgeradelt kommen. Als er da war und das Fahrrad abstellte, kam er ihm wie verwandelt vor. Mike hatte die Schultern zurückgenommen, sein Blick war fest, und ein heimliches Lächeln spielte um seine Lippen.

„Schönen Tag gehabt?“ fragte Brody.

„Ich war mit Jackie ein bißchen schwimmen.“ Er grinste.

Brody sah seinem Sohn in die Augen. „Schwimmen?“

Mike wurde rot. „Hör mal, Dad, sie ist ein nettes Mädchen.“

„Das weiß ich. Weswegen regst du dich so auf?“

„Du regst dich doch auf, nicht ich. Bloß weil ich mal mit einem Mädchen zum Schwimmen gehe, müssen wir's darum gleich irgendwo treiben?“

Aber irgend etwas war geschehen. Ein Gewicht war von Mikes Seele genommen.

Für einen Augenblick sahen sie sich fest und unverwandt an. Das Nebelhorn von Amity tutete, und unmittelbar darauf erklang ein mißtönendes Orchester kleinerer Hörner. Mike machte ein verwundertes Gesicht. Er hatte die Neuigkeit wohl noch nicht erfahren. Sein Vater teilte sie ihm mit. „Ein Hubschrauber ist im Nebel abgestürzt. Dick Angelo ist gerade draußen. Und die halbe Belegschaft von Quonset Point. Gefällt mir gar nicht, die Vorstellung, daß Dick da draußen im Nebel zwischen Kriegsschiffen herumkurvt.“

Mike lauschte tief in Gedanken den Nebelhörnern. „Ich überlege gerade ... Da ist doch ein Hubschrauber gekommen, als Larry und ich beim Schwimmen waren. Wir haben uns hinter der Brandung ein bißchen herumgebalgt.“

Das hörte Brody gern. Wenn Mike sich über die Brandung getraut hatte, war seine Angst überwunden.

Hoffentlich übertrieb er's nun nicht und versuchte gleich bis nach Neuschottland zu schwimmen ...

„Dieser Pilot hat eine Art Anflug auf uns gemacht“, sagte Mike. Seine Stimme zitterte merkwürdig. „Ich hab ihn sehen können, durch die Windschutzscheibe hindurch. Vielleicht hat er geglaubt, wir wären in Schwierigkeiten – Ertrinken oder so.“

Brody zuckte mit den Schultern. „Möglich.“

„Und dann hat er gewinkt. Meinst du, er ist umgekommen, Dad?“

Brody war überzeugt davon, nach allem, was man ihm über den letzten Funkspruch des Mannes erzählt hatte, aber es führte ja zu nichts, den Jungen jetzt aufzuregen. Er faßte ihn um die Schulter und zog ihn an sich.

„Er hat gewinkt, und dann hat er diese Kugel fallen gelassen, weißt du, die sie immer durchs Wasser ziehen, um nach U-Booten zu lauschen ...“ Mike verzog nachdenklich das Gesicht. „Komisch ... das mit dieser Kugel. Lassen sie die immer im Wasser, wenn sie wegfliegen?“

Brody schüttelte den Kopf. „Das glaub ich nicht.“

„Er hat's aber getan. Ich hab noch das Seil gesehen, an dem sie gehangen hatte. Es baumelte einfach so runter, weißt du ..., und nichts war dran.“

Das hörte sich wirklich komisch an, aber vielleicht ließen sie die Kugeln wirklich zurück und kamen sie später holen. Oder vielleicht hatte Mike sich auch geirrt. Sie gingen zum Essen ins Haus.

Ellen Brody war, wie üblich, als einzige Mutter zur Versammlung der Pfadfindergruppe mitgekommen. Sie zwängte sich auf ihren Platz in Miß Farleighs Klassenzimmer. Die Pulte waren für Schüler der sechsten Klasse und nicht für Erwachsene gedacht. Willy Norton, Friedensrichter, Elternbeiratsvorsitzender und Pfadfinderführer, hatte den einzigen anständigen Sitzplatz – hinter Miß Farleighs Pult.

Sie kam sich in dieser Umgebung richtig klein vor und ertappte sich dabei, daß sie sich mit erhobener Hand zu Wort meldete wie eine Achtjährige. „Mr. Norton? Willy? Die Regatta ...“

Norton nahm ihre Wortmeldung nur zögernd zur Kenntnis, ganz wie einer, der dieses Thema doch schon zur Genüge durchgekaut hat und sich nicht noch einmal damit befassen möchte. Hinter sich hörte sie Seans warnendes Flüstern: „Mut-ter!“

„Ja, Ellen?“ sagte Norton müde.

„Es geht um Martha Lindens Mädchen“, begann sie. Hinter ihr ertönte ein Chor von Seufzern, Pfiffen und Buhrufen. Willy Norton hob die Hand. „Schon gut, Jungs! Ellen, wir haben vorige Woche abgestimmt. Wir haben nur drei Boote und drei Gruppen, stimmt's? Und da haben wir beschlossen, den Mädchen die Kanus vor oder nach dem Rennen zu leihen. So kommt jeder zu seinem Recht, oder?“

„Die Mädchen wollen mit den Jungen um die Wette fahren. Um den Pokal.“

„Dann sollen sie sich selbst ein Boot besorgen!“ piepste jemand.

„Richtig!“ sekundierte Sean.

Ellen fuhr herum und warf ihm einen Blick zu, der ihn sofort verstummen ließ. Jetzt wurde es offenbar Zeit, die Samthandschuhe auszuziehen. Sie wandte sich wieder an Norton. „Da gibt es nur noch ein Problem, Willy. Ich bin Schatzmeister der Gemeinschaftskasse, und wenn die Mädchen nicht am Rennen teilnehmen dürfen, kann ich es vor meinem Gewissen nicht verantworten, Geld für irgendwelche Erfrischungen bei der Regatta zur Verfügung zu stellen. Also keine Würstchen, kein Cola. Der ganze Klimbim fällt flach", fügte sie grob hinzu.

Willy Norton war zwar Leiter einer Kundendienstwerkstatt, aber er war auch Politiker. Er wußte, wann er verloren hatte und wie er in diesem Fall die Aufmerksamkeit der Massen ablenkte. „Also los, Jungs", sagte er mit einem Blick auf die Uhr über der Tafel, „eine halbe Stunde Basketball. Gruppe eins gegen Gruppe zwei, der Sieger gegen Gruppe drei. Die beiden besten Gruppen kriegen am Sonntag ein Boot. Der Verlierer muß anfeuern. Alles klar?"

Es erfolgte ein heulender Ansturm auf die Tür, und sie beide waren allein.

„Tut mir leid, Willy", sagte Ellen. „Ich weiß, daß es dumm von mir ist, so ein Aufhebens davon zu machen –"

„Nein", antwortete er achselzuckend. „Und Sie haben ja gewonnen." Er wirkte geistesabwesend. „Anders ist es mit der Sache, in die Ihr Mann sich so verbeißt."

Sie wollte wissen, was er damit meinte.

„Jepps", sagte er, indem er sie lange ansah. „Die Geschichte gleitet uns aus der Hand."

„Aus der Hand?" fuhr sie auf. „Hören Sie mal, dieser Trottel hat zumindest auf ein hilfloses Seehundjunges geschossen. Und vielleicht hat er auch diese beiden Taucher umgebracht und ein Rennboot in die Luft gejagt –"

„Vielleicht genügt nicht." Willy Norton seufzte. „Es kommt einem so vor, als ob diese Stadt jedesmal, wenn es mit ihr vorwärtsgehen soll, über den Polizeichef stolperte."

„Was soll das heißen?" fragte sie. „Ein Hai macht sich über die Badegäste her, und er sperrt den Strand, bis das Tier erlegt ist. Ein Irrer ballert am Strand herum, und er steckt ihn ins Gefängnis! Heißt das, die Stadt stolpert über den Polizeichef?"

Sie funkelte ihn an, aber er wich ihrem Blick nicht aus. „Brody hatte recht, als er den Strand sperrte. Das wissen alle", sagte Norton.

„Er hat wahrscheinlich auch recht, wenn er Jepps vor Gericht bringen will. Aber wenn er's tut, gibt's hier kein Spielkasino, und dann nimmt man uns beim Wickel. Erstens Brody, und dann wahrscheinlich auch mich, weil ich Jepps eingebuchtet habe."

„Wer ist ‚man'?"

Er lächelte betrübt. „Das Kasino."

„Peterson ist mit Brody befreundet."

„Peterson ist nur ein Strohmann."

„Nein!" Sie starrte ihn fassungslos an. „Ihm gehört doch das alles!"

Norton ließ die Stimme sinken. „Sie werden es sowieso von Brody hören, da kann ich es Ihnen auch gleich sagen. Hinter Peterson", flüsterte er, „stehen einige der besten Familien New Yorks."

„Na also, ist doch schön", meinte sie erleichtert.

„Tuciano", sagte er gepreßt. „Di Leone und der Daddy von unserm kleinen Freund Moscotti –"

„Moscotti!" murmelte sie mutlos. Im Ort ging das Gerücht, daß Shuffles Moscotti einer der brutalsten Gangster auf Long Island sei.

Sie stand immer noch mit aufgerissenen Augen vor Norton, als die Jungen wieder hereinkamen.

BRODY erhob sich und brachte Pete Petersons leeres Glas in die Küche, wo er ihm und sich selbst noch einen Whisky einschenkte. Dann ging er mit den Getränken wieder ins Wohnzimmer.

„Pete", sagte er vorsichtig, „es tut mir leid. Ich mag Sie. Mir gefällt, was das Kasino für die Stadt alles tut. Aber einen Strafzettel wegen Parkens vor der Drogerie zerreißen und eine Anklage gegen diesen Schweinehund fallenlassen, das ist zweierlei."

Peterson bewegte sich kaum. Brody mochte ihn wirklich, obwohl er immer ein wenig zu tadellos aussah, etwas zu elegant, zu selbstsicher war. Jetzt wirkte sein Gesicht angespannt, doch seine grauen Augen blickten ruhig.

„Brody, ich habe nicht genug Kapital."

„Wem geht das nicht so?"

„*Sie* können einen Kredit aufnehmen."

„Das sind reine Vermutungen", brummelte Brody. Plötzlich verstand er die Betonung. „Meinen Sie, Sie können das nicht?"

„Nicht mehr von der Bank. Keine Sicherheiten."

Brody war schockiert. Seine Vision von der Wiedergeburt Amitys verblaßte. „Werden Sie die Bauarbeiten einstellen?“

Nein, er habe gewisse Arrangements getroffen. Aber wenn es mit der Glücksspielgesetzgebung Schwierigkeiten gäbe, würden diese Abmachungen platzen. „Und es gibt offenbar Schwierigkeiten, wenn Sie die Anklage nicht fallenlassen.“

Brody sah ihm lange ins Gesicht. Der Mann war aus New Jersey gekommen – still, bescheiden und unbescholten wie der Papst. Brody wußte das, denn er hatte sich bei allen zuständigen Polizeidienststellen eingehend erkundigt. Er hatte drei Tage dafür gebraucht und war sich die ganze Zeit vorgekommen wie Sherlock Holmes.

„Pete, ich kann die Anzeige nicht fallenlassen. Das kann ich einfach nicht.“

Peterson wirkte verlegen. Seine eigene Rolle gefiel ihm offensichtlich nicht. „Sie sind ein netter Mensch“, sagte er leise. „Darum will ich Ihnen mal ein paar Tatsachen nennen.“ Er ging ans Fenster des Wintergartens. Brody folgte ihm. „Ich habe ein paar Partner ins Geschäft genommen“, sagte Peterson.

Brody merkte auf. „Partner?“

Peterson schien es nur unter Schwierigkeiten aussprechen zu können. „Ich sag Ihnen doch, ich habe keine Sicherheiten. Was glauben Sie wohl, was das für Partner sind?“

Brody klopfte das Herz bis zum Hals. „Kredithaie?“

Peterson nickte.

„Wer ist es?“

„Di Leone. Tuciano.“ Diese Namen hatte Brody noch nie gehört. „Und Moscotti“, fügte Peterson rasch hinzu.

„Moscotti?“ stöhnte Brody. Shuffles Moscotti war der einzige Gangster, den er je leibhaftig gesehen hatte, ein massiger, wortkarger Mafiaboß mit Fledermausohren und einem blitzenden Goldzahn. Er hatte seit Jahren einen Sommersitz auf „Vista Knoll“, einer sturmerprobten Villa, die einmal dem früheren Arzt der Stadt gehört hatte. Als Clyde Bronson das Glücksspielgesetz eingebracht hatte, hätte Moscotti beinahe über Vaughan das Gasthaus von Amity gekauft. Brody hatte Zeter und Mordio geschrien, bis Vaughan das Geschäft stoppte. Ansonsten hatte Moscotti, außer daß er seinen Sohn zu den Pfadfindern hatte gehen lassen, sich vom eigentlichen Amity so weit ferngehalten wie alle andern Sommergäste auch. Und so mußte es bleiben.

„Warum erzählen Sie mir das jetzt?"

Peterson sah ihm in die Augen. „Weil ich Sie mag. Weil ich Ellen mag. Wenn das Gesetz nicht durchgeht, dann ... verdammt noch mal, Brody, lassen Sie die Anzeige fallen!"

„Sie meinen, wenn ich es nicht tue, könnte uns etwas zustoßen?"

Peterson zuckte nicht. „Das weiß ich nicht."

Brody hörte Ellen den Kombiwagen parken, hörte Sammy freudig kläffen, hörte Sean in die Garage stürzen. „Raus", sagte er leise. „Verlassen Sie mein Haus."

Brody öffnete die Wintergartentür, ergriff ihn am Arm und schob ihn hinaus. Draußen wandte Peterson sich mit düsterer Miene um. „Bitte, Brody. Tun Sie's?"

„Gehen Sie schon!"

Er kehrte ins Wohnzimmer zurück und sah Ellen unruhig an der Küchentür stehen. „Wo ist er hin?"

Sie hatte Petersons Wagen vorn stehen sehen. „Raus. Hinten. Ellen, ich muß dir etwas sagen."

„Das von der Mafia? Das hat Norton mir schon gesagt. Brody, was passiert jetzt nur? Du mußt zurücktreten. Morgen!"

Sie setzte sich auf die Couch und schlug die Hände vors Gesicht. Er setzte sich neben sie. Unbeholfen legte er ihr den Arm um die Schultern.

„Ellen, nicht weinen."

„Du wirst damit nicht fertig! Du hast dafür nicht die Ausbildung, nicht die Leute, nicht ..."

„Den Mut?" fragte er leise.

„Doch, den Mut hast du! Aber nicht den Killerinstinkt."

Ihm wurde übel. Sie hatte recht. „Sieh doch mal, Moscotti wohnt hier schon Jahre. Es ist auch nichts passiert, als ich ihm sein Geschäft mit dem Gasthaus vermasselt ..."

„Da brauchte nichts zu passieren! Er wußte genau, daß er den Fuß schon zwischen die Tür bringen würde. Aber jetzt bist du ihm wirklich im Weg!" Sie wischte sich über die Augen. „Wegen eines Seehunds!"

„Und wegen eines ballerwütigen Bullen, der vielleicht zwei Taucher und zwei nette junge Leute umgebracht hat."

„Vielleicht", wiederholte sie.

„Nun, bis Donnerstag wissen wir's."

Er hatte die suchenden Kriegsschiffe gefunden, als der Abend sank und das Wasser tintenschwarz wurde.

Er kannte keine Angst, selbst dafür fehlten ihm die Anlagen, und so drängte es ihn, in dieser Umgebung zu bleiben. Bei einem Säugetier würde man von Neugier sprechen, aber das war es bei ihm nicht: Jahrtausende hatten ihn gelehrt, daß dort, wo etwas los war, Nahrung auf ihn wartete.

In zehn Meter Tiefe drehte er unter den hin und her wandernden Schrauben der Zerstörer und dem höheren Singen kleinerer Patrouillenboote seine großen Achten. Immer wieder drang das Tuten irgendeines Nebelhorns in seine Tiefe hinunter. Er ignorierte solche Ablenkungen, wie er die wirbelnden Schrauben über sich ignorierte, aber die Nebelhörner leisteten einen Beitrag zu dem allgemeinen Lärm und Durcheinander, das ihn an diesen Ort fesselte.

Seine flachen Ebenholzaugen waren selbst bei schwachem Licht sehr empfindlich, aber jetzt war es pechschwarz, und optisch nahm er seit Anbruch der Nacht nichts mehr wahr. Aber seine Sehkraft war ohnehin von allen seinen Orientierungshilfen die unbedeutendste. Seine *Ampullae de Lorenzini,* winzige fläschchenartige Gebilde mit einer glasklaren Flüssigkeit, die um seinen Kopf gruppiert waren, empfingen elektromagnetische Energie, die auch von der kleinsten Beute ausging. Durch seinen Nahrungsbedarf sensibilisiert, verarbeiteten seine *Ampullae* jede Frequenz, die er passierte.

Sein Gehör war ausgezeichnet. Obwohl seine Ohren nur winzig kleine Gänge waren, hatten sie sich nach Jahrtausenden der Entwicklung zu den vielleicht wirksamsten Hörorganen der Welt entwickelt. Im Niederfrequenzbereich hörte er besser als die Sonargeräte der großen Schiffe über ihm.

Aber alle diese Rezeptoren zusammen konnten es seinem Geruchssinn nicht gleichtun. Siebzig Prozent seines Computergehirns wurden von Geruchszentren eingenommen. Wenn er den winzigsten Hauch von Blut aufnahm, rechnete sein Gehirn sofort Geschwindigkeit und Richtung der Strömung aus, die ihn zu ihm getragen hatte, und er fand zur Quelle, ohne sie zu sehen.

Er hatte sich seit der letzten halben Stunde konstant in zehn Meter Tiefe aufgehalten und mit stetigen drei Knoten fortbewegt. Plötzlich durchlief ein Zittern seinen ganzen Körper. Er drehte ab und stieg allmählich höher.

Den jungen Sonarmann aus dem Hubschrauber verließen schnell die Kräfte. Als er die ersten Suchgeräusche hörte, hatte er sinnlos geschrien und Kräfte verschwendet.

An den eigentlichen Absturz erinnerte er sich nicht. Er sah nur noch ein kaleidoskopisches Bild von wirbelnden Wolken, kreisendem Meer und hörte seine eigenen Schreie. Er hatte keine Ahnung, was aus dem grauhaarigen Piloten geworden war.

Er hatte sich in dichtem Nebel wiedergefunden und von dem Helikopter nichts mehr gesehen. Sein rechter Arm war verletzt. Automatisch hatte er seine Schwimmweste aufgeblasen. Und dann die Hoffnung, als rings die Nebelhörner ertönten, und die Verzweiflung, als sie sich entfernten.

Als es dunkel wurde, hatte er das Lämpchen an seiner Schwimmweste angeknipst, und er hatte noch die Trillerpfeife an der Fliegerjacke. Sein Arm, obwohl verletzt und blutend, war gefühllos geworden, und das war eine Erleichterung.

Irgendwo über dem Nebel hatte er einen Hubschrauber knattern gehört, aber das gefiel ihm gar nicht. Er hatte einmal irgendwo gelesen, daß die niedrige Frequenz des Hubschraubergeräusches Haie anlocke. Er war von unten her verwundbar. Als sich schließlich das Geräusch der Rotorflügel entfernte, fühlte er sich eher erleichtert als verlassen. Jetzt hörte er plötzlich ein Nebelhorn, das viel näher war als die andern. Er tastete nach der Trillerpfeife an seiner Jacke und pfiff aus Leibeskräften.

Der Oberleutnant stand auf der Steuerbordnock der *Leon M. Cooper* und starrte hinaus in die neblige Finsternis. Er hoffte, daß ihn der Kapitän dort gesehen hatte, denn es war nicht seine Wache, und er war der einzige subalterne Offizier, der sich bemüßigt gefühlt hatte, während der Suche an Deck zu erscheinen.

Das hatte ihm schon gleich zu Anfang leid getan, als die Kälte durch seine dünne Sommeruniform drang. Aber er wollte sichergehen, daß er gesehen wurde, also blieb er.

Das Nebelhorn ließ fünf Meter von seinem Kopf entfernt ein markerschütterndes Signal ertönen. Er dachte an die Gefahr eines Zusammenstoßes mit der *Pritchett,* der *Kane* oder einem andern der Zerstörer, die backbords oder steuerbords von ihnen suchten. Er schauderte. Ein furchtbarer Gedanke durchzuckte ihn. Wenn plötzlich zum Beispiel die *Pritchett* aus dem Nebel auftauchte und mit ihnen kollidierte, konnte er dann dafür zur Rechenschaft gezogen werden, auch wenn es gar nicht seine Wache war?

Auch an so was mußte man denken, und er wollte soeben die Brücke verlassen, als er einen schwachen Pfiff aus einer Trillerpfeife vernahm.

Er stürzte ins Ruderhaus. Der Kapitän saß mit einer Kaffeetasse in der Hand auf seinem Thron, der vom Licht des Kompaßhauses rötlich angeleuchtet wurde, und starrte in den Nebel hinaus. Der Oberleutnant meldete den Pfiff, und der Kapitän ließ sofort alle Maschinen stoppen. Zusammen gingen sie auf die Brücke. Diesmal hörten beide das Pfeifen, ganz schwach von steuerbord voraus.

„Suchscheinwerfer!" rief der Kapitän zur Signalbrücke.

Der Scheinwerfer flammte mit einem Heulen auf, aber sein Strahl fiel nur auf eine blendende Nebelwand. „Suchscheinwerfer aus!" schrie der Kapitän. Sie konnten jetzt nur noch dastehen und horchen. Aber sie hörten nichts mehr.

Der junge Sonarmann im Wasser hatte von fern die Maschinen stoppen hören. Er fühlte durch eine ankommende Bugwelle von irgendwo jenseits des Nebels, daß die Rettung nah war. Er pfiff noch einmal wie verrückt. Adrenalin pulsierte in seinen Adern und fegte die Müdigkeit hinweg.

Er sah durch den Nebel ein weißes Glimmen ein paar hundert Meter weit fort. Er hob die Hand, um zu winken, und fühlte einen stechenden Schmerz vom rechten Ellbogen her, wo etwas Scharfkantiges im Hubschrauber ihn ins Fleisch geschnitten hatte. Seine Wunde blutete schneller. Gott sei Dank waren die Retter nah. Lange würde er nicht mehr durchhalten.

Urplötzlich überkam ihn die schreckliche Gewißheit, daß er von unten bedroht war. Das Meer wurde zum Feind. In wilder Angst sah er sich um. Er versuchte, sich zu beruhigen. Nur keine Panik jetzt. In wenigen Minuten würde er in Sicherheit sein.

Eine ungeheure Kraft hob ihn aus dem Wasser, schleuderte ihn hoch empor. Er zappelte mit Armen und Beinen.

Es war ihm, als sähe er sich selbst von oben, umhüllt von einem dunklen Schatten aus dem Meer. Der Gedanke an einen Hai kam ihm nicht mehr zu Bewußtsein; er hatte irgendwie gesündigt, und dies war die strafende Hand Gottes. Zerquetscht und zerrissen, wußte er's nicht besser.

Der Oberleutnant schlug den Vorhang am Eingang zur Offiziersmesse zurück und trat ein. Die Rettungsboote und das Gigboot des Kapitäns, zu Wasser gelassen, um nach dem Urheber der Pfiffe zu suchen, waren noch draußen, schoben sich langsam durch den Nebel.

Er hatte sein Teil geleistet, indem er den Pfiff gehört hatte. Jetzt würde er nicht riskieren, noch etwas falsch zu machen, indem er oben blieb.

Er ging in seine Kajüte, zog sich aus und kroch in die obere Koje.

Dieser dämliche Hubschrauberpilot hatte ihnen mit seinem Absturz die ganze Übung vermasselt. Da konnte er jetzt wenigstens schlafen.

8. Kapitel

Bürgermeister Larry Vaughan sprang schnell hinter seinem Schreibtisch auf und schloß die Tür zu seinem Büro. „Brody, Sie pfeifen wohl wirklich darauf, was Sie sagen oder wer Sie hört, wie?"

Brody zuckte mit den Schultern. „Ich dachte, das weiß sowieso schon jeder."

„Ich hab's nicht gewußt, Brody. Und ich verbitte mir den –"

„Immer mit der Ruhe, Larry. Wenn ich vor zwei Jahren nicht so laut geschrien hätte, hätten Sie Moscotti das Gasthaus verkauft."

„Kann sein, aber von der neuen Sache wußte ich nichts!"

Gelogen, dachte Brody. Um seine Theorie zu testen, sagte er: „Ich möchte, daß Sie Petersons Baugenehmigung aufheben."

Vaughan schnaubte: „Sie sind ja nicht bei Trost!"

„Widerrufen Sie seine Baugenehmigung", wiederholte Brody, „sonst gehe ich zum Gemeinderat."

„Der Gemeinderat dieser Stadt", sagte Vaughan langsam, „wird sich das nicht durch die Lappen gehen lassen, nur weil ein kleiner Beamter meint, er wird mit einem Dreigroschenganoven nicht fertig."

„Ich werde nun mal nicht mit ihm fertig", sagte Brody gereizt.

„Dann wird der Gemeinderat wohl jemand suchen müssen, der damit fertig wird."

Brody hatte plötzlich die größte Lust, sein Abzeichen abzureißen und dem Bürgermeister auf den Tisch zu knallen. Ellen wäre überglücklich gewesen.

„Klar", meinte er. „Vielleicht können Sie Jepps nehmen . . ., wenn ich ihn von der Angel lasse."

„Nach allem, was Sie mir erzählt haben, sollten Sie das recht bald tun!“

Noch ehe er Vaughan fragen konnte, was er damit meinte, klopfte es, und Len Hendricks trat ein. Er salutierte vor Brody wie ein Rekrut in Fort Benning. Eben sei, eine Straße von hier, ein Marinehubschrauber gelandet, mitten in der Grünanlage. Ob das denn nicht verboten sei?

Brody ging nachsehen. Wenigstens vorerst war er noch im Dienst.

Brody drängte sich durch die Menge um den unansehnlichen, blaugrauen Hubschrauber, der mitten auf dem Rasen stand. Er hatte eine von Minnie Eldridge im Frühling 1958 angepflanzte Reihe Azaleen zur Hälfte zerdrückt. Brody baute sich vor einem kraushaarigen Marinepiloten auf, an dessen Khakihemdkragen zwei goldene Eichenblätter prangten.

Brody schüttelte den Kopf. „Hören Sie mal, Major, oder was –“

Der Pilot streckte die Hand aus. „Kapitänleutnant Chip Chaffey, Sicherheitsoffizier der Hubschrauberstaffel Quonset Point.“

Brody übersah die Hand und fragte, was ihm einfalle, hier mitten im Stadtpark zu landen.

„Ich bin dienstlich hier, um etwas mit der Polizei von Amity zu besprechen –“

„Würden Sie auch im Central Park landen, wenn Sie etwas mit der New Yorker Stadtpolizei zu besprechen hätten?“

„Nein, Sir.“

Nachdem somit vor den Augen und Ohren der Einheimischen die Rangordnung geklärt war, beschloß Brody, ihn nicht festzunehmen.

Der Offizier wollte die Polizei von Amity bitten, eine Strandpatrouille nach den Leichen der beiden gestern verlorengegangenen Marineflieger suchen zu lassen.

Brody belehrte ihn, daß er in diesem Augenblick fünfzig Prozent der Polizei von Amity vor sich sehe, nämlich ihn und Hendricks, und ob es nicht einfacher gewesen wäre anzurufen, statt die halben Grünanlagen von Amity plattzuwalzen?

„Tut mir leid, Sir“, sagte der Pilot, ihn weiter entwaffnend, „aber ich möchte versuchen, jemanden zu finden, der den Hubschrauber vielleicht vom Strand aus beobachtet hat, vor dem Absturz.“

„Mein Sohn“, sagte Brody entgegenkommend.

Er schickte den Offizier mit Len Hendricks zu sich nach Hause und setzte sich in den Strandbuggy, um nach Absturzopfern, Tauchopfern, Explosionsopfern und was nicht sonst noch alles zu suchen.

Wenn das so weiterging, wurde dieser Sommer blutiger als damals im Jahr des Schlamassels.

WÄHREND Ellen Brody dem Kapitänleutnant und Len Hendricks Kaffee einschenkte, versuchte sie ihrem älteren Sohn in die Augen zu sehen, aber Mike wich ihrem Blick aus. Merkwürdig. Sie war sicher, daß Mike etwas vor diesem leutseligen Offizier mit den goldenen Eichenblättern verbarg.

„Nein, Mike", sagte der Pilot, „das glaube ich nicht. Wegen zwei balgender Jungen im Wasser wäre er nicht näher gekommen. Allenfalls wenn er den Eindruck hatte, daß einer von euch am Ertrinken war oder so was Ähnliches."

„Ein völlig unsinniger Gedanke", spottete Ellen. „Die kommen hier mit Kiemen zur Welt und können schwimmen, bevor sie laufen können."

Der Offizier warf ihr einen Blick zu. Er versuchte anzubändeln, das hatte sie vom ersten Augenblick an gemerkt, als er und Len Hendricks hier hereinkamen. Sie war daran gewöhnt, aber es tat ihr immer gut, zu wissen, daß man sie noch ansah.

„Also du und dieser komische Larry", sagte der Offizier, „ihr wart die einzigen, die ihn gesehen haben?"

Mike errötete. „Na ja, auch noch Andy Nicholas."

„Und Jackie", half Ellen nach.

„Ach ja, Jackie Angelo, die hab ich vergessen", brummelte Mike. „Ihr Vater ist 'n Bulle."

„Polizist", sagte Ellen automatisch. Sie warf einen neugierigen Blick zu Mike. Hatte er Angst vor Jackies Vater? Hatte sie nicht mit ihm schwimmen gehen dürfen? Oder was hatten sie da draußen vielleicht sonst getrieben?

Aber der Offizier war zufrieden. „Na schön. Die wollen wir nicht belästigen." Er klappte sein Notizbuch zu. „Mike, weißt du, wo das Wrack der *Orca* liegt?"

„Das wird er wohl wissen!" hauchte Ellen.

„Mein Vater war darauf", sagte Mike stolz, „als sie unterging."

Der Offizier hatte eine Theorie. Der verunglückte Pilot war mit ihm in Vietnam gewesen. Er war ein guter Pilot. Der Sonarmann war unerfahren. Wenn der etwas falsch gemacht und die Kugel zu tief heruntergelassen hatte, war sie vielleicht an der *Orca* hängengeblieben, dem einzigen Wrack in der Umgebung.

Die Kugel zu finden und festzustellen, worin sie sich verfangen hatte, würde eines Tages einem andern Piloten das Leben retten können.

Mikes Gesicht hellte sich auf. Er berichtete dem Piloten von seinem Tauchkurs. Vielleicht werde Andrews, ihr Lehrer, sie das Wrack untersuchen lassen.

Der Pilot schüttelte den Kopf. Er konnte sich kaum das Lachen verbeißen, als er meinte, sie würden doch lieber eine Gruppe Marinetaucher einsetzen.

Ellen brachte ihn zur Tür. Als sie ihn fragte, ob er glaube, daß die Hubschrauberbesatzung noch lebe, sagte er ohne Umschweife: „Nein. Jetzt nicht mehr. Zu lange im Wasser gewesen, selbst wenn wir sie noch finden sollten."

Dann war also das freundliche Winken zu Mike hinunter das letzte Lebenszeichen des Piloten gewesen. Vielleicht war es das, was Mike so niederdrückte.

Als Len mit dem Offizier wegfuhr, erschien Mike apfelkauend auf der Veranda. „Marinetaucher, sind das Froschmänner?" fragte Ellen ihn.

„Kampfschwimmer", verbesserte Mike herablassend. Er starrte mit großen Augen die Bayberry Lane hinunter. „Hui!"

Sie folgte seinem Blick. Ein flacher gelber Sportwagen, blitzend wie ein Spiegel und bedrohlich wirkend, hielt vor ihrem Haus am Straßenrand.

„Ferrari zwei-sechsundvierzig", dozierte Mike. „Das sind zwanzigtausend Dollar auf Rädern."

Aus dem rechten Seitenfenster des Wagens ragte eine wohlbekannte Angelrute. Ihr jüngerer Sohn sprang heraus und zog die Angel hinter sich her. Dann ging die Fahrertür auf, und ein breitschultriger, dickbäuchiger Mann in Bermudashorts stieg aus. Es dauerte eine Sekunde, ehe sie begriff, wer da auf ihr Haus zugeschlurft kam.

Sean nahm keine Notiz von ihr, warf nur die Angel auf den ungepflegten Rasen und eilte zu Sammy in die Garage. Mike ging, um sich den Wagen näher anzusehen. Der Mann kam heran.

„Mrs. Brody?" Er lächelte und entblößte gelbe Zähne. Moscotti. Er streckte die Hand aus. Sie griff automatisch danach, und ehe sie wußte, wie ihr geschah, starrte sie in die ausdruckslosen schwarzen

Augen des Mannes wie ein von der Schlange hypnotisiertes Kaninchen.

„Ist der Chef zu Hause?" fragte er.

„Nein. Doch. Er muß jeden Augenblick kommen."

„So? Sean und ich hatten eine nette Fahrt miteinander. Haben uns über die Pfadfinder unterhalten, die Regatta und was sonst so läuft in der Stadt."

Sie konnte ihre Hand fortziehen. Sie fühlte sich schmutzig an. Er beobachtete sie und lachte leise. „Ich wollte nur Ihrem Mann etwas sagen, ihm einen guten Rat geben. Als ich anhielt, ist Sean sofort eingestiegen. Lassen Sie Ihre Kinder nicht in fremde Autos steigen."

Das wußte Sean, er *wußte* es. Es wäre ihm nie passiert, wenn ihn dieses Auto nicht so geblendet hätte.

„Das tun sie auch sonst nicht", brachte sie heraus. „Das dürfen sie nicht."

„Freut mich." Er machte kehrt, ging zu Mike am Wagen, gab ihm einen spielerischen Klaps auf den Arm und setzte sich hinters Steuer. Er schlug die Tür zu, steckte das breite Gesicht zum Fenster heraus und rief etwas lauter: „Man weiß nie, bei *wem* sie einsteigen."

Er fuhr an und nahm die Ecke glatt wie ein Modellrennwagen mit guten sechzig Stundenkilometern.

Jetzt brach es alles aus ihr heraus. „Sean!" schrie sie. „Komm her!"

Er erschien in der Garagentür, einen Eimer in der Hand, Angst im Gesicht. Er wußte Bescheid.

Sie ging ihm entgegen. „Kannst du denn nie, nie –"

„Ich hab's vergessen", wimmerte er.

Sie gab ihm eine schallende Ohrfeige. Er hatte noch nie im Leben eine Ohrfeige bekommen, und nun starrte er sie in stummem Entsetzen an. Dann machte er kehrt und rannte hinters Haus, aufs Watt zu. Mike näherte sich vorsichtig der Veranda, als glaube er, seine Mutter sei verrückt geworden.

Sie lief ins Haus und gleich ins Bad hinauf. Sie konnte sich nicht selbst ins Gesicht sehen und begann die Hand zu schrubben, die Moscotti berührt hatte.

YAK-YAK HYMAN kontrollierte die lebenden Köder in seinem Laden und beschloß sie aufzufüllen, denn es konnte ja sein, daß die Dorsche wiederkamen. Er ging zu seinen Reusen am Anlegeplatz, die am Fuß der Pfähle befestigt waren. Als er am Polizeiboot vorbeikam, sah er Dick Angelo, der am Motor herumwerkelte. Angelo sah auf. „Tag, Yak-Yak."

Yak-Yak hätte beinahe genickt, aber er überlegte es sich anders. Womöglich hätte das dazu geführt, daß Angelo in seinen Laden kam, um guten Tag zu sagen, und das konnte dazu führen, daß er um ein Bier bat oder womöglich sogar um einen der Krebse, die Yak-Yak, wie Angelo vermutete, in verbotenen Fallen am Ende der Mole fing.

Angelo und die Polizei sollten ihm gestohlen bleiben. Bedächtig stieg er die hölzernen Sprossen hinunter zu seinen Reusen. Auf halbem Wege hielt er inne und schaute. Im Wasser trieb der sauber abgetrennte Kopf eines schönen, fetten Dorsches samt Kiemen. Er beugte sich vor und fischte ihn mit seinem Kescher heraus.

Er kletterte wieder hinauf, ging bis ans Ende der Mole und sah sich verstohlen um. Er fand das Zeichen, das er in einen Pfahl geschlagen hatte, und zog vom Grund eine Krebsfalle herauf, aus der Schlick und Sand quollen.

Sie war noch leer, aber der Köder darin war ja auch schon so verfault, daß wahrscheinlich nicht einmal Krebse ihn anrührten. Er betrachtete den abgeschnittenen Fischkadaver in seinem Kescher. So frisch, daß er ihn fast noch hätte selbst essen können, aber er würde schon schnell genug verrotten. Er warf ihn in die Falle und ließ sie auf den Grund hinunter.

Irgendein Fischer hatte den Fisch mit einem sehr scharfen Messer in zwei Teile geschnitten, als Köder vielleicht, oder zum Kochen. Und die eine Hälfte war ihm vom Schandeckel gerutscht. Des einen Pech war des andern Gewinn. So war nun mal das Meer.

Als Brody den Strandbuggy vorm Haus abstellte, sah er seinen Jüngsten niedergeschlagen auf der Veranda sitzen. Gottlob hatte er keine Leichen am Strand gefunden. Die Hubschrauberbesatzung mußte untergegangen oder seewärts getrieben worden sein.

Sean, der ihm normalerweise jetzt schon die Neuigkeiten des Tages entgegengeschmettert hätte, sah nur vorwurfsvoll auf.

„Was ist denn los, Sportsfreund?" fragte Brody.

Sean machte eine Kopfbewegung in Richtung Tür. „Frag sie! Dad, darf die einen einfach verhauen?" Seine Stimme klang halb erstickt.

Brody lächelte. „Ich denke schon. Was hast du denn getan?"

Sean hob den Blick, und seine Augen waren ohne Hoffnung. Plötzlich sprang er auf und rannte in die Garage. Verwundert trat Brody ins Haus.

Ellen saß am Schlafzimmerfenster und blickte über den Amity-Sund. „Was ist denn hier los?“ fragte er.

Sie drehte sich um. Ihr Blick war leer. „Hat er’s dir gesagt?“

Er legte ihr einen Arm um die Schulter. „Na, komm schon, Ellen. Du hast ihm doch nicht zum erstenmal den Hintern versohlt.“

„Ich hab ihn geohrfeigt. Ins Gesicht, wie so ein Fischweib!“

Er konnte es nicht glauben.

„Was hat er denn ausgefressen?“

Sie erzählte es ihm, und Brody fühlte, wie seine Knie nachgaben. „Meinst du, das war eine Drohung?“ flüsterte er.

Sie sah ihn wild an. „Gestern abend hat Peterson dich gewarnt. Heute wird Sean vom einzigen Gangster von hier bis Flushing aufgegabelt. Wenn das keine Drohung ist!“

Er sah nach draußen über den Amity-Sund. Sein Lieblingspanorama, über dem gerade die Sonne sank. Der Sand im Watt schimmerte golden. Das Kreuz auf dem Turm der St.-Xavier-Kirche, dem letzten Punkt in der Stadt, der die Sonne sah, bekam seinen Gutenachtkuß.

Der Revolver an seinem Gürtel war nicht aus Holz, und das Abzeichen an seinem Hemd war nicht aus Blech. So ein billiger Ganove sollte weder ihm noch sonst jemandem in Amity Angst einjagen.

Er machte auf dem Absatz kehrt, ging aus dem Zimmer und rannte die Treppe hinunter.

MINUTEN später parkte Brody vor Moscottis großem Haus. Er drückte auf die Klingel. Die Tür ging auf, und ein etwa zehnjähriger Junge mit Moscottis breitem Mund, aber sanften südländischen Augen, blickte zu ihm auf. Das mußte Johnny sein, der in der Pfadfindergruppe von Amity war. Brody war überrascht. Er hatte erwartet, von der halben Mafia aus Queens empfangen zu werden. Der Junge lächelte, und es war kein böses Lächeln. „Er sitzt beim Fernsehen. Möchten Sie reinkommen?“

Die Moscottis hatten Doktor Ruskins Möbel – alte Ledersessel, billige Teppiche – so gelassen, wie sie waren. Eine wenig elegante Frau in einem teuren schwarzen Hosenanzug lag lässig vor einem Stereogerät und kramte in den Platten herum. Sie erhob sich linkisch. „Chef Brody! Möchten Sie Platz nehmen?“

Brody schüttelte den Kopf und sagte, er sei nicht zu Besuch hier. Er wolle ihren Mann sprechen.

Offenbar sprach Moscotti zu Hause nicht übers Geschäft, sonst hätte sie gewußt, warum er hier war.

Moscotti öffnete die Tür zu Ruskins ehemaligem Sprechzimmer und winkte Brody herein. Der Gangster hatte den Raum in eine Art Studierzimmer umgewandelt. Bücher säumten die Wände, ein großer Schreibtisch stand massiv in einer Ecke und gegenüber einem dick gepolsterten Sessel ein Fernseher.

Neben dem Sessel stand ein kleinerer, auf dem ein junger Mann von etwa fünfundzwanzig Jahren mit frischem Gesicht und schwungvollem Schnurrbart saß. Er verfolgte gebannt das Fernsehprogramm.

Moscotti schaltete den Ton herunter, was der junge Mann gar nicht zu bemerken schien. „Taubstumm", erklärte Moscotti. „Neffe aus Palermo. Spricht kein Italienisch, spricht kein Englisch, versteht auch beides nicht, und keiner hat's mir gesagt." Er zuckte die Achseln. „Familie. Was soll man machen?"

„Lassen Sie Ihre dreckigen Finger von meinen Kindern!" platzte Brody los.

Der Gangster riß die Augen weit auf. Er setzte sich hinter seinen Schreibtisch und lächelte mit blitzendem Goldzahn, aber seine Augen waren hart wie Stein. „Nanu, ich dachte, Sie wären gekommen, um sich zu bedanken. Der arme kleine Kerl, wie er an dieser Angel herumgeschleppt hat! Es sollte nur ein Freundschaftsdienst sein."

„Wie lange verbringen Sie schon den Sommer hier?" schnauzte Brody.

„Drei Jahre", grinste Moscotti.

„Und nach drei Jahren, am Abend, nachdem Sie erfahren haben, daß Ihr Kasino vielleicht gar kein Kasino –"

„*Mein* Kasino? He, ich hab kein Kasino."

„– vielleicht gar kein Kasino wird, weil ich die Herren Gesetzgeber verstimmt habe, da ist Ihnen auf einmal nach Freundschaftsdiensten zumute? Daß ich nicht lache!"

„Komisch", überlegte Moscotti. „Alle Welt hat mir erzählt, Amity sei *für* ein Kasino."

„Wenn das Geld der Chase Manhattan Bank dahintersteht, aber nicht Ihres."

„He!" Moscotti fing an zu lachen. Er zog eine Schublade auf und nahm einen Packen Hundertdollarnoten in einer Banderole heraus.

Auf der Banderole stand: CHASE MANHATTAN BANK. „Hier, das Geld ist von der Chase Manhattan! Sehen Sie?“

„Es ist dreckig.“

Moscotti nahm das Bündel in die Hand und tat, als betrachtete er es eingehend. „Ich sehe keinen Dreck.“ Er warf es über den Tisch. „Sehen Sie was? Nehmen Sie's mit nach Hause, und sehen Sie sich's gut an.“

„Sie armseliger Fatzke“, knurrte Brody. „Nehmen Sie es mit nach Hause, nach Queens. Wir wollen es hier nicht haben.“

„Wer ist ‚wir‘?“

„Amity.“

„Amity? Wissen Sie, was Amity ist?“ Moscotti streckte sich und gähnte. „Ein Bürgermeister, der sich nicht entscheiden kann, ob er ehrlich oder ein kleiner Zweigroschenganove sein will. Ein halbes Dutzend Gemeinderäte, die nicht mal eine Leichenhalle verwalten könnten. Und noch ein paar hundert Trottel, die wissen, daß sie nächsten Monat nach Muscheln buddeln, wenn das Kasino nicht kommt.“

„Diese Stadt“, knirschte Brody, „ist mit einem Hai fertiggeworden. Sie ist mit mehr Orkanen fertiggeworden, als Sie Leute auf der Straße haben. Und sie wird auch mit Ihnen fertig, Moscotti.“

„Wie schön“, sagte Moscotti leise. „War das alles, weswegen Sie hergekommen sind?“

„Nein. Kommen Sie meinen Kindern nicht noch einmal unter die Augen.“ Brody stützte sich auf den Schreibtisch. „Haben Sie mich verstanden? Ein für allemal?“

Die schwarzen Augen musterten ihn. „He, Brody!“

„Ja?“

„Bei den Pfadfindern ist kein anderes Kind von Feriengästen. Wer hat Johnny reingelassen?“

„Was hat das –“

„Ihre Frau, stimmt's?“

„Sie hat nicht eingesehen, daß ein Kind darunter leiden soll –“

„Und was haben Sie dazu gesagt?“

„Mir war's nicht recht. Bitte, das war falsch von mir.“

Moscotti lächelte. „Gehört sich nicht, die Wut an einem Kind auszulassen. Freut mich sehr, daß Sie das begriffen haben. Und darüber sollten Sie auch froh sein. Sehr froh.“ Er stand auf. „Versuchen Sie Ihr Glück nicht.“

Brody saß Harry Meadows in Cy's Imbißstube gegenüber und sah dem dicken Journalisten zu, wie er seine Morgenzigarre in die noch halbvolle Kaffeetasse tunkte. „Sie sind drin, Harry", sagte Brody. „Die ‚Ehrenwerte Gesellschaft' hat den Fuß in der Tür. Und du und ich, wir müssen sie hier wieder wegkriegen."

„Von Moscotti hab ich schon gehört." Harry rülpste. „Was ist daran sonst noch Neues? He, magst du Blätterteig? Die Bärentatzen mußt du hier mal probieren."

„Nein, danke, und du solltest auch die Finger davon lassen." Brody besah sich die drei Spiegeleier auf Harrys Teller, Bratkartoffeln, Schinken und noch eine halbe Portion Frischkäse. „Du frißt dich noch mal tot."

Meadows spießte ein Kartoffelstückchen auf. „Es gibt schlimmere Todesarten. Man kann auch im Kofferraum seines Autos ersticken. Oder beim Lesen der Morgenzeitung in die Luft fliegen."

„Hat Moscotti mit dir gesprochen?"

„Braucht er nicht. Und das weiß er." Meadows winkte der Kellnerin und bestellte zwei Bärentatzen. Er lächelte Brody an. „Die mußt du unbedingt mal kosten. Mit Butter, viel Butter."

„Nein, danke. Harry?"

„Hm?"

„Bring's."

„Keine gute Story. Peterson brauchte Geld und ist zur Mafia gegangen. Daran ist doch nichts Neues." Die Kellnerin kam und stellte zwei warme Bärentatzen auf den Tisch, eine für Meadows, eine für Brody. Meadows machte sich über seine her. „Und wenn Amity hier das Glücksspiel haben will, wird es auch immer Mafiageld haben. Das hätte die Stadt von Anfang an wissen müssen."

„*Ich* hab's nicht gewußt."

„Aber ich. Und Vaughan auch, verlaß dich drauf."

„Dann muß das Gesetz verhindert werden!"

„Sieht ganz so aus, als ob du das im Alleingang schafftest, indem du diesen Jepps einfach schmoren läßt." Meadows sah, daß Brody seine Bärentatze nicht aß, und angelte sie sich auf den eigenen Teller. „Was machen überhaupt deine Totschlagsermittlungen? Hast du was gegen ihn in der Hand?"

Brody berichtete. Meadows hielt die Gabel unbeweglich in der Luft und hörte zu. „Ist das alles?"

Brody nickte. „Das reicht doch."

„O nein! Es reicht vielleicht, um eine ballistische Untersuchung machen zu lassen, aber nicht für einen Zeitungsbericht! Hast du schon mal was von Verleumdung gehört?"

Brody nickte müde. „Wenn du schon danach fragst, edler Schreiberling: Ja, ich habe."

Er verließ die Imbißstube. Er hatte Meadows noch nie ernster gesehen.

KAPITÄNLEUTNANT Chip Chaffey, Sicherheitsoffizier der Hubschrauberstaffel Quonset Point, mußte sich auf der winzigen Brücke des Luftfahrtrettungsbootes festhalten, das über dem Wrack der *Orca* ankerte. Die Grunddünung machte ihn seekrank. Nach jahrelangem Landdienst war er das Meer nicht mehr gewöhnt.

Er nahm noch eine Tasse Kaffee vom Chef der Tauchergruppe, einem großen, breitbrüstigen Leutnant zur See im Taucheranzug. Der Leutnant war von Anfang an schlechter Laune gewesen.

„Sie wissen doch selbst, wie vergeblich das ist, Sir?"

Chaffey zuckte zusammen. „Sie mögen das für vergeblich halten. Aber haben Sie Ihren Leuten, die Sie ins Wasser geschickt haben, und Ihrem Freund, dem Tümmler, haben Sie denen auch beigebracht, daß es vergebens ist?"

„Den Männern ist das, ehrlich gesagt, egal. Das sind Tauchstunden, die sie brauchen. Aber daß die Arbeit vergebens ist, doch, das glauben sie schon. Sie wissen, daß die Kugel gerollt ist, und sie kennen die Strömungen. Immerhin ist es vierundzwanzig Stunden her."

„Und der Tümmler?"

„Na, begeistert war der auch nicht gerade, oder?"

Die Gruppe hatte um zehn Uhr vormittags den Tümmler, den Stolz ihrer Einheit, zu Wasser gebracht. Sein wenig phantasievoller Name lautete P 19. Er gehörte zur Familie der pazifischen Grindwale und war darauf dressiert, verlorene Torpedos, gesunkene U-Boote und nach Flugzeugabstürzen verstreuten Bomben zu suchen.

Von dem Augenblick an, als sie vor Anker gegangen waren, hatte P 19 nur widerwillig mitgespielt. Er hatte sich gewehrt, als sie ihn aus seinem Bassin auf die Trageschlinge bugsieren wollten, und ärgerlich geschnattert. Und als sie ihn schließlich an der Winde ins Wasser hinunterließen, hatte er seinen gepolsterten Kokon nicht verlassen wollen.

Alle hatten sich darüber sehr gewundert. Sein Pfleger hatte Chaffey erklärt, daß P 19 ein vollkommener Tümmler sei – verläßlich, treu und gehorsam. Einmal hatte er vor Norfolk einen Übungssprengkopf in siebzig Meter Tiefe gefunden und einmal einen notgewasserten Jäger vor Key West. Vorige Woche war er eine ganze Nacht lang dem U-Boot *Growler* gefolgt und alle Viertelstunden aufgetaucht, um den Verfolgern seine Position zu verraten.

Chaffey hatte auf das widerstrebende Tier hinuntergeblickt. Es hatte sich an die Seite des Bootes geschmiegt, als ob es seine Mutter wäre. „Vielleicht will er 'ne Gehaltserhöhung."

Alle hatten gelächelt, aber nur dünn. Sein Pfleger war in einem Schlauchboot mit Außenbordmotor um ihn herumgefahren und hatte ihn schließlich mit einem Paddel gewaltsam weggedrückt. Langsam war P 19 aus der Tragschlinge gerollt, hatte die Schwanzflosse in die Luft gereckt und war verschwunden.

Seitdem hatte ihn niemand mehr gesehen, obwohl er doch eigentlich alle fünfzehn Minuten auftauchen mußte. Jetzt raste sein Pfleger verzweifelt zwischen der Küste und dem Luftfahrtrettungsboot hin und her. Chaffey sah ihn eben wieder querab angebraust kommen.

„Sir!" schrie er dem Leutnant zu. „Er ist zwanzig Minuten überfällig!"

„Er ist futsch", knurrte der Leutnant. Dem Pfleger rief er zu: „Geben Sie ihm noch fünf Minuten. Wir sammeln und machen Schluß." Er warf eine brennende Leuchtbombe ins Wasser, um seine Taucher zurückzurufen. „Verdammt!" stöhnte er. „Sie können sich nicht vorstellen, was ich jetzt alles zu schreiben habe."

„Hauen die oft ab?" fragte Chaffey.

Der Leutnant zuckte mit den Schultern. „Manchmal, wie man sieht. Der aber noch nie."

Chaffey kippte den Rest seiner Tasse über Bord. Hol's der Henker, dann war eben Schluß für heute. Der Pilot war futsch, und wenn er auf die Froschmänner hier angewiesen blieb, würden sie nie erfahren, warum. Aber er dachte nicht daran aufzugeben. Irgendwie würde er die Zahlmeisterei schon dazu bringen, eine Belohnung für die Auffindung der Kugel auszusetzen. Das Herz sank ihm bei dem Gedanken an den Papierkram. Aber er war es dem verunglückten Piloten wohl schuldig.

DER Tümmler war etwa fünfzehn Kilometer weit ins Meer hinausgeschwommen, und nun, da er fühlte, daß er den Hai abgehängt hatte, jagte er wieder auf die Küste zu. Beim Schwimmen verschaffte er sich ein Bild von der Welt vor ihm, indem er das Echo seiner hohen Stimme von der Küste und dem Wrack der *Orca* auffing. Er fühlte, wie sich das Schiff etwa einen Kilometer vor ihm entfernte, auf dem sich sein Pfleger befand.

Er war in einem Bassin zur Welt gekommen, und alle seine Freunde waren Menschen. Er liebte es, mit ihnen herumzuschwimmen und ihr Spielzeug vom Grund zu holen, wenn sie etwas verloren hatten. Er war ein sensibles, leicht beeinflußbares Tier, und im Augenblick war er ein wenig durcheinander.

Schon auf dem Schiff hatte er den Hai gefühlt. Er hatte unter der sanften Hand seines Pflegers gezappelt, während er die Gefahr verkündenden Vibrationen aufnahm. Eigentlich fürchtete er sich ja nicht vor Haien, aber man hatte ihm das Verlangen anerzogen, Taucher zu warnen, wenn einer in der Nähe war. Das hätte er gern schon auf dem Boot getan. Aber er wußte nicht, wie er sie warnen sollte, solange er nicht im Wasser war. So hatte er sich schließlich, nachdem er auf jede erdenkliche Art protestiert hatte, doch noch zu Wasser bringen lassen.

Normalerweise gingen Haie ihm aus dem Weg. Und wenn er einen Hai in der Nähe eines Delphinschwarms mit Jungen in der Mitte erspürt hätte, wäre er instinktiv zusammen mit den andern auf ihn losgegangen, hätte ihm seine Nase in den Bauch gerammt, den einzigen empfindlichen Körperteil. Seine Freunde hatten ihn nicht gelehrt, Haie anzugreifen, sondern nur spielerisch auf die riesengroßen Stahldinger loszugehen, die er beschattete, wenn sie nicht die richtigen Piepser von sich gaben. Sein Gehirn begann den unprogrammierten Instinkt mit dem erlernten Programm zu verknüpfen.

Plötzlich, während er noch zaudernd im Wasser lag, empfing er das Haiecho laut und deutlich. Es zeichnete in seinem voluminösen Gehirn ein so gigantisches Bild, daß von allen Regeln keine darauf zu passen schien. Im ersten Augenblick war er starr vor Schrecken.

Der Hai kam sehr schnell näher. Der Tümmler wußte augenblicklich eine ganze Menge über den Fisch. Er kannte sein Geschlecht und wußte, daß er trächtig und halb verhungert war und alles angreifen würde, was sich bewegte – ihn wie seine Freunde, wenn sie ins Wasser sprangen. Einen Augenblick hatte er sich an den Bootskörper geschmiegt und schnatternde Hilferufe ausgestoßen. Niemand hatte ihn verstanden. Und dann hatte er das *Platsch ... platsch ... platsch* seiner ins Wasser springenden Freunde gehört und gewußt, daß er handeln mußte.

Und so hatte er seinem Pfleger einen letzten Blick zugeworfen, tief Luft geholt und war getaucht. Er hatte Kurs auf den näher kommenden Weißen genommen. Er fühlte ihn kommen und fühlte auch, daß er seine ungeteilte Aufmerksamkeit besaß.

Doch als er schließlich aus etwa dreißig Meter Entfernung seiner ansichtig wurde, wußte er sofort, daß dieser Hai nicht wie andere Haie zusammenzucken und ihm ein Angriffsziel bieten würde.

Im Nu war das Untier bei ihm. Ohne zu überlegen, warf er sich herum und wich aus. Er fühlte, wie der Schwanz des Hais ihm mit seinen spitzen Widerhaken die Rückenflosse aufriß. Er wandte sich seewärts. Jetzt schrie er vor Angst, schrie nach anderen Delphinen, nach Menschen, nach allem, was ihm helfen könnte. An Angriff dachte er nicht mehr. Er wußte nicht mehr, wo der Hai war, und wagte auch nicht, es festzustellen. Nach hinten war er so gut wie taub und konnte kein Echo auffangen, aber er hatte zuviel Angst, um sich umzudrehen und sein Sonar ins Spiel zu bringen, weil der Hai dann hätte aufholen können.

Zehn Minuten lang war er aufs offene Meer hinausgeschwommen. Er brauchte dringend Luft, wagte aber nicht, aufzutauchen. Endlich hatte er, etwa acht Kilometer von der Küste entfernt, einen Luftsprung gemacht und um sich gepeilt. Der Hai war eine ganze Minute hinter ihm zurückgeblieben. Er vergrößerte seinen Vorsprung und begann einen Bogen zur Küste hin zu beschreiben, in Angst, daß seine Freunde ohne ihn wegfahren oder daß er den Hai in ihre Mitte locken könnte. Als er endlich wieder direkten Kurs auf die Küste hatte, war der Hai sechs Minuten hinter ihm und blieb immer weiter zurück.

Er schwamm an dem Bootswrack auf dem Grund vorbei. Sein eigenes Schiff war fort. Sein Pfleger hatte ihn verlassen. Verwirrt schwamm er im Kreis. Er hatte einen ausgezeichneten Richtungssinn und fürchtete nicht, das Schiff nicht wieder einholen zu können, aber er ließ sein Sonar eine Weile umhersuchen. Dabei ortete er irgend etwas auf dem Meeresgrund und schwamm darauf zu.

Hundert Meter von dem Wrack in Richtung Küste lag eine zerbeulte Metallkugel eingeklemmt in einer Felsspalte. Er holte Luft, warf dabei einen Blick nach dem in der Ferne davonfahrenden Schiff und tauchte nach dem Spielzeug.

Es war das Spielzeug, das sie suchen gekommen waren. Er drückte daran herum, konnte es aber nicht bewegen. Einen Augenblick verharrte er wie verzaubert davor.

In seiner letzten Sekunde begriff er, daß er von hinten gepackt worden war. Einen Augenblick lang empfand er so etwas wie Bedauern, während er sich wand und nach oben zu entkommen versuchte.

Er wünschte, sie wüßten, daß er zurückgekommen war.

Brody und der Lieutenant Swede Johansson saßen sich in einem ruhigen kleinen Restaurant in Bay Shore gegenüber. Als Brody den gewichtigen Bericht gesehen hatte, den sie über das Gewehr und den zerfetzten Kanister angefertigt hatte, war ihm ein Essen in der Polizeikantine dafür einfach zu schäbig vorgekommen.

Der Bericht lag jetzt zwischen ihnen auf dem Tisch, während sie ihren Aperitif tranken. Er bestellte für sie ein Clubsandwich und für sich selbst einen Hamburger. Es war Jahre her, daß er zuletzt eine andere Frau als Ellen zum Essen ausgeführt hatte.

„Also, wie steht's nun?" Er hob den Stoß Papier hoch.

Ihre bernsteingelben Augen funkelten im Dämmerlicht. „Trinken Sie aus, solange wir noch Freunde sind."

Es überlief ihn kalt. „So schlimm?"

Sie nickte zu dem Aktendeckel hin. „Ich habe eine vollständige ballistische Untersuchung gemacht." Sie hatte mit dem Gewehr in den Wassertank des Labors und in eine exakte Nachbildung des Benzinkanisters geschossen. Die Einschußlöcher an dem zweiten Tank waren um dreißig Prozent kleiner gewesen als das Loch am Beweisstück.

Er rieb sich die Schläfen. „Und wenn das nun ein Ausschuß und kein Einschuß ist, wäre er dann nicht größer?"

„Es ist aber kein Ausschuß, sondern ein Einschuß", sagte sie nur. „Tut mir leid, Kollege. Da ist nichts drin."

Brody stach wütend nach der Olive in seinem Glas. Was war's denn dann gewesen? „Irgendwas muß doch den Tank zerrissen haben."

Sie fragte ihn, was er über die beiden Wasserskifahrer wisse.

„Der Mann war Ingenieur bei Grumman. Die sagen, er sei sehr

tüchtig gewesen. Hatte mit Qualitätsprüfung und so was zu tun. Die Frau war dort Sekretärin. Einfach ein nettes junges Paar."

Er überlegte kurz, weil ihm etwas eingefallen war. „Ach ja, ich hab die beiden am Tag vorher gesehen. Da haben sie im Aqua Center eine Wasserskiflagge gekauft."

„Wozu?"

„Für die Sicherheit. Man soll sie aufstellen, wenn man jemand am Seil hat, damit einem keiner von hinten zu nah kommt. In Amity hält sich kaum jemand daran."

„Aber er hat sich daran gehalten."

Die Kellnerin brachte das Essen. Swede war jetzt tief in Gedanken. Sie hatte die kaffeebraune Stirn in Falten gezogen. „Haben Sie Leuchtkugeln gefunden?" fragte sie plötzlich.

„Leuchtkugeln? Nein."

„Ein Mann, der so vorsichtig ist, könnte Leuchtkugeln bei sich gehabt haben." Sie lehnte sich zurück. „Brody, die Spektralanalyse hat es genau gezeigt: Die Kugel, die diesen Tank durchschlagen hat, war mit Magnesium gefüllt."

Brody betrachtete seinen Hamburger. Nach Essen war ihm nicht zumute. „Leuchtspurgeschosse vielleicht? Aus dem Gewehr?"

„Ich habe den Lauf untersucht. Jeden Zug und jedes Feld, von der Mündung bis zum Schloß. Keine Spur von Magnesium im ganzen Gewehr, Brody. Das war eine Leuchtpistole." Sie legte ihre Hand auf seine. „Ein Standardmodell, vielleicht aus Marinebeständen."

Er musterte ihr Gesicht. Sie war völlig sicher.

„Und warum", fragte er, „sollte einer eine Leuchtkugel in seinen eigenen Benzinkanister schießen?"

Sie hob die Schultern. „Das ist eine Frage für Detektive, nicht für Ballistiker. Dafür sind Sie zuständig."

„Natürlich."

„Sie fangen besser noch mal von vorn an, mein Lieber."

Er bezahlte und ging mit ihr ins Labor zurück, um seine nutzlosen Beweisstücke abzuholen. Sie erinnerte ihn, daß sie den Nachtisch vergessen hatten.

„Nächstes Mal", sagte er. „Und weil wir gerade von vergessen sprechen, ich werde natürlich den Totschlagsverdacht gegen den Mann jetzt fallenlassen. Aber ich werde trotzdem ganz schön dämlich dastehen. Könnten Sie nicht vielleicht . . ."

„Sie haben das Original", meinte sie grinsend. „Unsere Kopie werde ich irgendwo verschlampen. Wir können doch die Polizei von Amity nicht blamieren."

Er unterschrieb bei dem jungen Sergeanten am Empfang für das Gewehr, die Munition und den Kanister. Der Sergeant erkundigte sich noch einmal, ob in Amity keine Stelle frei sei.

„Kann schon sein, wenn das hier rauskommt."

9. Kapitel

KAPITÄNLEUTNANT Chip Chaffey ging an die Bar des Offizierskasinos im Marinefliegerhorst Quonset Point. In der Brusttasche seiner verschlissenen grünen Uniform, deretwegen er wahrscheinlich aus dem Kasino fliegen würde, wenn zufällig der Offizier vom Dienst hereinschaute, steckte sein Bericht über den Hubschrauberabsturz. Es war ein nichtssagender Bericht. Er wußte jetzt so wenig wie am Anfang, warum sein alter Kriegskamerad hatte sterben müssen.

Er trank einen Wodka mit Ingwerbier. Er war geschieden. Wie sein Kamerad gehörte er einer aussterbenden, trinkfesten Spezies an, die es in der Marine niemals weiterbringen würde und auch kein Verlangen danach hatte. Seine Zukunft war unbestimmbar. Zahllose Stunden in der Luft, bis vielleicht ein Maschinenschaden oder ein ermüdeter Bolzen ihn in den Tod schickte. Oder was sonst seinem Freund zugestoßen war.

Er sah sich in der Bar um. Zwei Offiziersfrauen saßen allein an einem Tisch. Ihre Männer befanden sich wahrscheinlich mit dem *Grouper* oder einer dieser Blechkisten auf See. Aber was soll's. Die Marinefrauen wurden anscheinend auch von Jahr zu Jahr treuer.

Er beschloß, morgen mal nach Amity hinüberzuschwirren. Die Frau des Polizeichefs war eine dufte Biene. Außerdem wollte er mal mit ihrem Sohn oder mit dessen Tauchlehrer reden und versuchen, sie für eine weitere Suche nach der Sonarkugel zu interessieren.

Er kippte sein Getränk hinunter. In seiner Tasche steckte neben seinem Bericht auch noch ein Schreiben von der Zahlmeisterei. Er hatte eine Belohnung von zweitausend Dollar für den beantragt, der die Kugel fand; wie nicht anders zu erwarten, hatte man ihm nur die Hälfte genehmigt. Aber tausend Dollar müßten in Amity schon ein gewisses Interesse finden.

Brody erwachte um sieben Uhr vom Tuten der Fähre, die gerade auf der gegenüberliegenden Seite des Sunds ablegte. Daß sie so früh fuhr, erinnerte ihn sofort daran, daß Samstag war. Eine ganze Weile blieb er still liegen. Er war überzeugt, daß es kein guter Tag werden konnte.

Zuerst dieser verflixte ballistische Untersuchungsbericht. Er würde die Sache einfach versanden lassen. Es würde schon Gras darüber wachsen, wenn keiner daran rührte, und er hatte ja noch immer die Verstöße gegen das Bundesgesetz und die Gemeindeverordnung.

Er drehte sich um, hatte keine Lust zum Aufstehen. Heute würde Mike in die Gesellschaft dieser Muskelprotze in Taucheranzügen eintreten, die er in seinen Tauchsportillustrierten sah. Der Gedanke gefiel ihm gar nicht, und er drehte sich noch einmal unruhig um.

Das letzte Problem des heutigen Tages war Sammy, der Seehund. Seine Wunde war verheilt. Er und Ellen hatten beschlossen, ihn jetzt freizulassen, entweder ins Meer zu schicken, falls er dazu in der Lage zu sein schien, oder aber ihn in den Zoo von Bronx oder ins Ozeanographische Institut von Woods Hole zu bringen.

Er sah zu Ellen hinüber. Sie hatte sich zusammengerollt. Eine bronzene Haarsträhne vibrierte in ihrem Atem. Er strich sie mit dem Finger fort.

Das Telefon klingelte. Verdammt und zugenäht! Er taumelte zum Schreibtisch am Fenster. „Hier Brody!"

„Guten Morgen", sagte Harry Meadows. Seine Stimme klang gereizt. „Hör zu, kannst du schnell zu mir in die Redaktion kommen?"

„Sag mal", fragte Brody süßlich, „weißt du, wieviel Uhr es ist?"

„Acht nach sieben", sagte Meadows. „Wir sitzen in der Tinte."

„Wer ist ‚wir'?"

„Hauptsächlich du", sagte Meadows müde. „Also, du kommst, klar?"

„Vielleicht." Brody legte auf. Er schlüpfte wieder ins Bett, ließ eine Hand unter die Bettdecke gleiten und fuhr damit an Ellens Bein entlang. Sie öffnete die Augen und lächelte.

Neben seinem Bett klingelte der Wecker. Im Zimmer nebenan erwachte brüllend Mikes Transistorradio. Vor dem offenen Fenster hörte er Sean auf irgend etwas einschreien. Er gab's auf, zerzauste noch Ellens Haare und stand endgültig auf. „Ich mach dir das Frühstück", gähnte sie und war schon wieder eingeschlafen.

Er stellte den Wecker ab und beugte sich aus dem Fenster. Sean warf Steine in Richtung Wasser. „He, Sportsfreund, was treibst du da eigentlich?"

Sean fuhr schuldbewußt herum. „Nichts, ich ... werfe nur mit Steinen."

Verwundert zog Brody sich an und ging hinunter, um sich etwas zu essen zu machen.

In Harry Meadows' winzigem Büro beim *Amity-Anzeiger* roch es nach den Salami-Sandwichs, die er sich immer aus Cy's Imbißstube kommen ließ, wenn er kurz vor Redaktionsschluß unter Zeitnot litt. Als Brody eintrat, wirbelte der dicke Redakteur auf seinem übergroßen Drehstuhl herum, der gequält quietschte.

„Was ist los?" fragte Brody. „Ich muß um neun auf der Wache sein –"

„Dahin brauchst du erst gar nicht mehr zu gehen", grollte Meadows, „wenn dir nichts einfällt, wie du den *Anzeiger* aus der Schußlinie bringst."

Brody hingen die Leute allmählich zum Hals heraus, die ihm dauernd mit dem Verlust seines Postens drohten, und das sagte er Meadows auch. „Erstens mal werdet ihr außer Hendricks keinen finden, der blöd genug ist, diesen Posten überhaupt anzunehmen."

„Verlaß dich nicht zu fest darauf", meinte Meadows. „Wenn hier erst die Glückskugel rollt, wird sich die halbe Polizei von Manhattan um eine Stelle reißen, nur um dabeizusein."

Wenn Moscotti wirklich die Mehrheit am Kasino erworben hatte, stimmte das wahrscheinlich. „Meinetwegen, Harry", brummte er. „Also, was ist los?"

Meadows schob ihm einen Stoß Papiere über den Tisch. Brody erkannte sofort, daß es sich um Fotokopien des vertraulichen ballistischen Berichts handelte. „Wie kommst du daran?" fuhr er Meadows an. „Was interessiert dich das?"

„Es ist das letzte, was mich interessiert. Hast du je von Halloran dem Brüller gehört, einem Strafverteidiger?"

Brody zuckte zusammen. „Jepps' Rechtsanwalt?"

„Du kannst es glauben. Jedenfalls, der hat mir das gebracht. Die Polizei von Suffolk County hat es ihm geschickt. Gestern."

„Das glaub ich nicht", flüsterte Brody entgeistert. Ihm war, als ob ihm jemand den Stuhl unterm Hintern weggezogen hätte.

„Er hat also auf niemanden geschossen?" fragte der Journalist.

„Nur auf den Seehund.“

Meadows lehnte sich nach hinten. „Danke. Du bist doch der sturste Bock ...“

„Schon gut. Worum geht's?“

„Verleumdung.“

„Das ist doch keine Verleumdung, Harry! Du hast nur geschrieben, daß ich der Sache nachgehe. Hab ich ja auch getan. Wo ist da die Verleumdung?“

Meadows schüttelte traurig den Kopf. „Ich sag ja nicht, daß ich den Prozeß verlieren würde. Ich sage nur, daß ich ihn mir nicht leisten kann! Aus meiner Sicht und aus der Sicht der Zeitung, die, wie du weißt, das einzige ist, was ich habe, bedeutet eine Verleumdungsklage den Bankrott.“

Brody ging ans Fenster und sah auf die Straße hinunter. Zu seiner Verwunderung sah er Nate Starbuck, der doch um diese Zeit die Drogerie hätte aufmachen müssen, seinen Lieferwagen vor dem Rathaus abstellen. Vielleicht parkte wieder jemand falsch.

Brody sah auf die Uhr. Es wurde Zeit, hier Schluß zu machen, kurz beim Aqua Center vorbeizufahren und dann auf die Wache zu gehen und zu warten, was der sommerliche Samstag sonst noch Schönes brachte.

Er ging zu Meadows zurück und fragte ihn, was er von ihm wolle. Meadows nahm ein Manuskript aus der Schreibmaschine und schob es ihm über den Tisch.

POLIZEISERGEANT ENTLASTET

Wie gestern von Polizeichef Martin Brody bekanntgegeben, haben die Ermittlungen wegen Totschlagsverdachts gegen den Polizeisergeanten Charles Jepps aus Flushing keinen Hinweis darauf ergeben, daß zwischen den von Sergeant Jepps unabsichtlich abgegebenen Schüssen und dem Verschwinden zweier Taucher und eines Boot fahrenden Ehepaares am vergangenen Wochenende ein Zusammenhang besteht.

Die ballistische Untersuchung geborgener Teile des verunglückten Bootes hat einwandfrei erwiesen, daß die Explosion vom letzten Samstag vor dem Strand von Amity durch eine Leuchtkugel ausgelöst wurde, die offenbar von einem der Insassen in einen Benzinkanister geschossen worden war.

„Die Ermittlungsergebnisse entlasten Sergeant Jepps“, sagte Brody. „Alle Anschuldigungen werden fallengelassen.“

„So, hab ich das gesagt?“ fragte Brody mit gerunzelter Stirn.

„Setz deinen Wilhelm drunter, klar?“ Meadows reichte ihm einen Stift. Brody trommelte mit dem Stift auf den Schreibtisch. „‚Unabsichtlich‘ abgegebene Schüsse?“ beschwerte er sich. „Nein!“ Er strich das „unabsichtlich“ durch, machte einen Strich durch den ganzen letzten Absatz und schrieb hin: „Die Verstöße gegen das Bundestierschutzgesetz und die Gemeinde-Schußwaffenverordnung werden weiter verfolgt.“ Darunter setzte er seinen Namen, dann schob er das Blatt wieder zu Meadows.

„Das hab ich befürchtet“, sagte Meadows resignierend. „Daß du dir wegen eines dämlichen Seehunds alles vermasselst.“

„Ich hab Kinder“, sagte Brody, „die kein Verständnis für etwas anderes hätten.“

Bürgermeister Larry Vaughan sah auf in das hagere Gesicht des Neuengländers. Innerlich stöhnte er. Starbuck hatte in den letzten drei Tagen dreimal vorgesprochen.

„Himmel noch mal, Nathaniel“, explodierte Vaughan, „ich hab Sie doch gebeten, nicht hierher zu kommen. Hier ist das Rathaus.“

„Und ich zahle Steuern“, meinte Starbuck achselzuckend. „Liegen Angebote für die Drogerie vor?“

Starbucks kalte blaue Augen gaben Vaughan ein ungutes Gefühl. Er spielte mit dem Gedanken, jetzt gleich sein eigenes Angebot zu machen, nur um diesen alten Habicht loszuwerden. Aber nein. Sollte Lenas Krankheit ihn ruhig noch mehr in die Ecke drängen. „Ich habe die Fühler ausgestreckt“, sagte er. „Nate, ich weiß ja, daß es dringend ist. Wie geht's ihr?“

Nate winkte ab. „Schlechter. Aber kümmern Sie sich nicht darum. Verkaufen Sie, Herr ‚Bürgermeister‘.“

Die Gänsefüßchen um den Titel herum waren deutlich zu hören, und hinter der ausdruckslosen Miene lauerte eine Drohung. Höchste Zeit, ans Licht zu zerren, was Starbuck gegen ihn in der Hand zu haben glaubte. Plötzlich meinte Vaughan es zu wissen. Der alte Knakker mußte die Geschichte mit Moscotti erfahren haben. Und da er wie immer alles verkehrt herum sah, mußte er die Beteiligung des Gangsters am Kasino als Gefahr fürs Geschäft angesehen haben. Und er mußte geglaubt haben, das Ganze sei ein Geheimnis, dessen Bekanntwerden Vaughan peinlich sein, ihm vielleicht sogar bei der nächsten Wahl schaden werde.

Vaughan lehnte sich wieder zurück. „Wann soll Lena ins Memorial? Falls überhaupt?“ fragte er scheinheilig.

„Geht Sie nichts an. Verkaufen Sie gefälligst nur meine Drogerie, sonst wird's Ihnen noch leid tun.“

Er hatte also recht gehabt. Starbuck glaubte ihn in der Hand zu haben. Vaughan beruhigte sich. „Und wieso, Nathaniel?“ fragte er.

Starbuck lächelte. Er ging zu der Ledercouch, auf der Vaughan sein Nachmittagsschläfchen zu halten pflegte, und machte sich's bequem. „Es gibt vielleicht Leute in der Stadt, die wissen nicht soviel wie Sie und Brody und vielleicht noch ein paar andere über diese ‚Wiedergeburt‘, auf die wir alle warten. Vielleicht wüßten sie's aber gern. Vielleicht möchten Leute wie Sie und Brody mich lieber aus der Stadt haben, bevor die Bombe platzt, wie es so schön heißt.“

Hier war offenbar eine kleine Gehirnwäsche nötig. Und darin hielt Vaughan sich für einen Meister. „Nathaniel“, sagte er gewichtig, „Sie haben recht. Leider. Eine unsichere Zukunft. Ich weiß nicht, wie Sie das über Moscotti herausbekommen haben, aber –“

„Ich hab kein Wort von Moscotti gesagt“, unterbrach ihn Starbuck.

Vaughan betrachtete ihn verwundert. Na ja, aus Starbuck wurde man ja nie klug. „Er hat uns allen einen Schrecken eingejagt“, räumte Vaughan ein. „Das Kasino mag er ja retten. Aber“, log er, „dem normalen Geschäftsleben wird das kein bißchen helfen.“

„Wegen Moscotti“, warf Starbuck gedankenabwesend ein. „Sie meinen, wegen Moscotti? Daß er beim Kasino die Finger drin hat?“

Vaughan nickte. „Wenn es alle wüßten, könnte es zu Panikverkäufen kommen. Da haben Sie recht.“

Starbuck sagte nichts dazu. Es sah fast so aus, als ob er das Interesse verloren hätte. Ein sonderbarer Mann ...

Vaughan fuhr fort. „Na ja, ich weiß jedenfalls, daß Sie verkaufen wollen, auch wenn Lena gesund ist. Ich bin bereit, auf Amity zu setzen. Dazu wird wohl niemand von außerhalb bereit sein – nach der Sache mit dem Hai.“

„Die Sache mit dem Hai.“ Starbuck nickte. „Ganz recht. Die Sache mit dem Hai wollen wir nicht vergessen, Larry.“

Schön, wenn Starbuck sich einbildete, die Sache mit dem Hai könne der Stadt jetzt noch schaden, um so besser. Vaughan lehnte sich zurück und klopfte mit einem Bleistift auf den Tisch. Dann kritzelte er auf einem Blatt Papier herum und tat, als addiere er Zahlen.

Starbuck seufzte. „Sparen Sie sich den Hokuspokus. Was bieten Sie?"

Vaughan sah auf, wie gekränkt. „Fünfundzwanzig", sagte er. „Dreißig ... vielleicht kann ich auf dreißig gehen."

„Der Preis ist fünfzig", sagte Starbuck patzig. „Und ich frage mich, ob Moscotti alles weiß. Verbringt er den Sommer noch hier?"

„Was meinen Sie mit ‚alles'?"

„Wohnt er noch in Ruskins Haus?"

„Ja. Hören Sie mal, Nate, Sie wollen die Drogerie doch wohl nicht ihm verkaufen? Sagen Sie's nicht weiter", fügte Vaughan vorsichtig hinzu, „aber ihn im Kasino drin zu haben, ist schlimm genug. Ihm auch noch eine Drogerie zu verkaufen, das ginge zu weit. Ich sage nur: Rauschgift! Er wird schon einen korrupten Drogisten finden ..."

„Vielleicht muß ich das gar nicht", sagte Starbuck geheimnisvoll. „Vielleicht kann ich ihm etwas anderes verkaufen." Wieder klang aus seiner Stimme eine Drohung heraus.

„Was wollen Sie damit sagen?"

Starbuck schüttelte nur den Kopf und ging. Vaughan sah ihm nach. Sollte er sich doch zum Teufel scheren.

Der Summer auf seinem Tisch ertönte. „Rechtsanwalt Mr. John Halloran", sagte Daisy. „Er vertritt Sergeant Jepps."

Vaughan stöhnte auf und legte den Schalter um. „Schicken Sie ihn rein, Daisy. Und rufen Sie mir Brody."

Brody parkte Wagen eins vor dem Aqua Center und trat ein. Niemand zu sehen, aber er hörte Stimmen aus dem Raum hinterm Laden. Sie kamen durch eine offene Tür mit der Aufschrift: Keine Flaschenfüllung, wenn Kontrolldatum überschritten. Er ging hinein.

Tom Andrews stand über einem wassergefüllten, oben offenen Zweihundertfünfzigliterfaß, neben dem ein Kompressor surrte. Ringsum standen Mike, Andy Nicholas, Larry Vaughan jr. und ein halbes Dutzend weitere angehende Wassermänner. Sie sahen Brody erschrocken an, sicher weil sie fürchteten, er werde ihnen die Taucherprüfung wieder vermasseln.

Brody fragte Andrews, ob er seit Eröffnung seines Ladens irgendwelche Leuchtpistolen verkauft hätte. Ja, er habe. An wen? Da müsse er im Buch nachsehen. Er kramte einen Rechnungsdurchschlag hervor. „Letzten Samstag, an Mr. R. L. Heller, 1433 Myrtle, Lynbrook –"

„Das wär's", sagte Brody. Er erklärte, daß der zerfetzte Benzintank, den er gefunden hatte, von einer Leuchtkugel zerrissen worden sei, und Andrews schnitt eine Grimasse. „Dann war's also gar nicht der Polyp?"

Brody schüttelte den Kopf. „Aber auf den Seehund hat er nach wie vor geschossen."

Die Türglocke bimmelte. Ellen kam mit Chip Chaffey herein, dem Sicherheitsoffizier von Quonset Point. Überrascht stellte Brody sie beide Andrews vor.

„Er ist in Hooples Taxi gekommen", erklärte Ellen, „da hab ich ihn hergebracht."

Sie sagte es ein wenig zu schnell. Brody fühlte Eifersucht in sich aufkommen. Er erstickte sie rasch. Während des Schlamassels hatte es vielleicht mal etwas mit diesem jungen Haiexperten gegeben, aber damals war Brody zu sehr mit anderem beschäftigt gewesen, um dem nachzugehen.

„Mr. Andrews", verkündete Chaffey, „es ist eine Belohnung von tausend Dollar für den Finder der Sonarkugel ausgesetzt."

„Hurra!" schrie Mike los. „Wir suchen sie. Wir sind dreizehn –"

Andrews funkelte ihn an. „Hör mal", drohte er, „wenn du irgend etwas anderes versuchst als ganz genau das, was ich dir sage, bist du zum letztenmal getaucht. Die Marine hat das Ding schon gesucht, und ihr wollt es finden?"

Mike errötete. Brody fühlte sich genötigt, ihn zu verteidigen. „Es geht ihm nicht ums Geld, Tom. Er war der letzte, der diesen Piloten gesehen hat."

„Aber mir geht's ums Geld", sagte Andrews zu Chaffey. „Ich suche nächste Woche."

Chaffey entschuldigte sich dafür, daß er die Angelegenheit vor den Schülern zur Sprache gebracht hatte, und Ellen erbot sich, ihn wieder zu seinem Hubschrauber zu fahren, den er diesmal ein Stück außerhalb der Stadt abgestellt hatte, nämlich auf einem ausgedienten Flugplatz zwischen Amity und Montauk.

„Ich fahre ihn hin", sagte Brody, etwas zu rasch.

Während er mit dem Offizier durch Amity tuckerte, gab Brody sich selbst Rechenschaft. Er war nicht eifersüchtig gewesen. Nein, er hatte nur das Gefühl gehabt, daß er, wenn er an Jepps, Moscotti und den *Amity-Anzeiger* dachte, besser daran tat, der Polizeiwache so lange wie möglich fernzubleiben.

Seit er gestern den Tümmler gerissen hatte, war der weiße Hai ziellos im Kreis umhergeschwommen. In ein, zwei Tagen würden die Jungen zur Welt kommen. Sein Hunger – der bei der Geburt schlagartig verschwinden würde, um den Nachwuchs vor seinem Appetit zu schützen – flammte von neuem auf.

Als er an Montauk Point vorbeiglitt, um wieder Kurs auf die Küste von Amity zu nehmen, hängte sich ein Schiffshalterfisch mit dem Saugmund an seinen Unterkiefer wie ein lebendes Barthaar und trieb ihn fast zum Wahnsinn. Er hatte schon erfolglos versucht, ihn an einem Unterwasserfelsen abzuscheuern. Jetzt hing er träge herunter, noch lebendig und lästig zwar, doch trat er im Augenblick hinter dem Nahrungsbedarf des Hais zurück.

Als er vor Amity ankam, zappelten seine Jungen und wollten von ihm und voneinander fort. Unablässig saugte der Schiffshalterfisch.

Der Schmerz des Hungers machte den Hai fast rasend.

Jetzt war er bereit, sich auf alles zu stürzen, was sich bewegte.

Halloran der Brüller wirkte anfangs ganz liebenswürdig, einfach wie ein Zwerg mit Glatze und dicker Bifokalbrille. In den ersten drei Minuten, während sie in Bürgermeister Vaughans Büro saßen, fragte Brody sich verwundert, woher der Anwalt nur seinen Spitznamen haben könnte.

Er brauchte nicht lange zu rätseln. „Also, Chef", begann Halloran lächelnd, „sehe ich das richtig? Sie haben nicht gesehen, wie die Schüsse abgegeben wurden? Sie haben sie nur über die Dünen hinweg gehört?"

Brody wies darauf hin, daß er Sekunden später am Ort des Geschehens eingetroffen sei und den Beschuldigten kniend, mit dem Gewehr im Anschlag, angetroffen habe, während sein Söhnchen sich die Ohren zugehalten und sein Hund sich hinter ihm verkrochen habe. „Steht alles in meinem Bericht", sagte Brody.

„Aber es gibt zwei Berichte", flüsterte Halloran noch sanfter. „Einen aus Suffolk County, das ist ein ballistischer Bericht. Bestellt von Ihnen. Also, haben Sie meinen Mandanten auf einen Taucher schießen sehen?"

„Natürlich nicht."

Etwas lauter: „Auf ein Wasserskiboot?"

„Nein."

„Auf sonst jemanden?“ Ein Bellen jetzt, mit hysterischen Untertönen.

„Hören Sie mal, Mr. Halloran. Wir sind hier nicht im Gerichtssaal! Wenn Sie mich im Zeugenstand haben, können Sie diese Schau abziehen. Nicht jetzt.“

Halloran ließ sich nicht anmerken, daß er es gehört hatte. „Wenn Sie ihn auf niemanden haben schießen sehen, warum haben Sie dann den *Amity-Anzeiger* angerufen und *das* hier erzählt?“ Er riß einen *Anzeiger* von voriger Woche aus seiner Aktentasche und hielt ihn Brody vors Gesicht.

„Ich habe gesagt, daß ich ermittele“, sagte Brody, sehr um Ruhe bemüht, „und das hat die Zeitung gedruckt.“

„Das haben Sie die Zeitung zu drucken gebeten!“ Mittlerweile brüllte er. „Genau haben Sie nämlich gesagt – mein Mandant hat Sie sehr genau gehört –: ‚Ich habe den starken Verdacht, daß ein und derselbe Idiot die Taucher und das Boot auf dem Gewissen hat.‘ Wollen Sie das leugnen?“

Brody schwieg. „Gut“, sagte Halloran wieder leise. Er grinste. „Das war üble Nachrede. Und als er es druckte, wurde es zur Verleumdung. Die Frage ist nur, warum haben Sie das gemacht? Es muß doch einen Grund haben.“

„Ihr Mandant hat an unserm Strand geschossen. Ich lasse die Leute gern wissen, daß die Polizei was dagegen hat.“

„Hören Sie, Brody“, warnte Vaughan, „ich glaube nicht, daß Sie das weiter vertiefen müssen –“

„Er ist schon ganz tief drin“, brüllte Halloran in voller Lautstärke. „Und Ihre ganze Stadt steckt tief drin. Warum hat Brody meinen Klienten verleumdet? Wissen Sie, warum?“

Vaughan starrte den Anwalt sprachlos und wie hypnotisiert an.

Halloran richtete einen mageren Zeigefinger auf Brody. Seine Stimme senkte sich dramatisch. „Hier kommt ein Spielkasino her. Das heißt, es kam her, bevor der Kleine hier alles vermasselt hat. Für einen ehrgeizigen Polizeichef wird das eine Goldgrube. Jepps verbringt seit Jahren seinen Sommer hier. Nächstes Jahr hängt er in Flushing seinen Beruf an den Nagel. Sie könnten keinen besseren Polizeichef finden. Brody weiß das. Ihr kleiner Dorfbüttel hat Angst um seinen Posten. Das ist es!“

Brody mußte nach Luft schnappen. „Sagen Sie das noch mal“, sagte er leise.

Hallorans Augen hinter den dicken Brillengläsern blitzten triumphierend. Gegen seinen Willen trat Brody einen Schritt auf ihn zu.

„Brody!“ warnte Vaughan. „Sehen Sie sich vor!“

Der Bürgermeister machte ein unglückliches Gesicht. Er wandte sich an Halloran. „Hören Sie, Mr. Halloran, wenn wir Brody überreden könnten, die Anzeige wegen des Bundesgesetzes fallenzulassen –“

„Zu spät“, sagte Halloran. „Mit diesem Zeitungsartikel war der Schaden angerichtet. Mein Mandant ist sehr ärgerlich. Ich zweifle daran, daß ich ihn umstimmen könnte.“

„Versuchen wir’s doch“, bettelte Vaughan. „Brody, geht das klar?“

Brody sah Vaughan ins Gesicht. Einen Moment hielt der Bürgermeister seinem Blick stand, dann senkte er ihn.

„Nein“, sagte Brody ruhig. Damit machte er kehrt und ging.

ANDY NICHOLAS sah in seinem Taucheranzug aus wie eine dicke Leberwurst, und er wußte es. Immer war er der letzte, der seine dicken Fleischwülste in die Neoprenhosenbeine gezwängt bekam. Jetzt hatte er ein Bein an, und bei dem andern steckte er mit dem Fuß noch in der Mitte. Er blickte sich hilflos auf der *Aqua Queen* um. Larry Vaughan jr. war eifrig damit beschäftigt, Tom Andrews um den Bart zu gehen, wahrscheinlich, um mit jemand anderm tauchen zu dürfen als mit ihm. Larry schikanierte einen sowieso nur immer. Er schaute zu Mike Brody, der wie immer schon fertig war.

„Du, Mike.“ Mike watschelte in seinen Schwimmflossen zu ihm hinüber. Er schien ihm diese dumme Geschichte am Strand nicht mehr übelzunehmen. Er packte Andys Fuß und half ihm weiter in den Taucheranzug. Mike war drei Larry Vaughans wert. Jedenfalls hatte er Larry an dem bewußten Tag einen schönen Schrecken eingejagt. „Nimmst du mich als Partner?“ bettelte Andy.

„Wenn du die Augen nach diesem Ding aufsperrst“, flüsterte Mike. „Nach der Kugel aus dem Hubschrauber, kapiert?“

Andy nickte, obschon er ernste Zweifel hatte, ob er nach etwas anderm würde Ausschau halten können als nach dem nächsten menschlichen Wesen.

„Also los“, sagte Andrews, „stellt euch zu zweien auf. Und noch ein letztesmal: Was tun wir beim Untertauchen?“

„Atmen“, riefen alle im Chor, „ein und aus!“

„Und was tun wir beim Auftauchen?"

„Ausatmen, aus, aus, aus!"

„Und wie schnell tauchen wir auf?"

„So langsam wie die langsamste Luftblase!"

Andrews hielt seinen Daumen in die Luft, sah sich um, und – o Gott, dachte Andy, jetzt nimmt er Mike und mich zuerst.

„Brody und Nicholas, hinein in die Soße!"

Sie öffneten sich gegenseitig die Ventile, testeten ihre Regler und spuckten in ihre Masken, damit sie nicht beschlugen. Plötzlich drehte Mike sich um und ließ sich ins Wasser fallen. Mit klopfendem Herzen und geschlossenen Augen folgte Andy.

Die Welt vor seiner Maske war ein schmieriger Dschungel aus grünlichen Blasen. Er hörte seinen erstickten Atem im Regler. Wenn er nun hier unten einen Asthmaanfall bekam? Er konnte nichts sehen. Was war da los? Plötzlich fiel es ihm ein. Er ließ etwas Wasser in seine Maske, wirbelte es durch Kopfschütteln herum und beförderte es durchs Nasenventil wieder nach draußen.

Die Welt begann zu strahlen. Mike Brody, schon auf dem Weg nach unten in die smaragdgrüne Tiefe, war mit einemmal inmitten eines tanzenden Blasengestöbers klar und deutlich zu sehen. Mike hielt inne, sah auf und winkte. Andy folgte ihm.

DIE Seehundmutter hatte fast die ganzen letzten fünf Tage im ruhigen Wasser des Amity-Sunds zugebracht, nahe dem Watt, denn sie spürte die Nähe ihres Kindes. Sie hatte kaum etwas gefressen. Hier im Sund war die Nahrung nie reichlich, das wußte sie. Hätte sie ihr Junges bei sich gehabt, so befände sie sich jetzt weit nördlich, weit weg von dem weißen Tod, dessen Gegenwart sie immer fühlte.

Trotz ihrer Mutterliebe aber kam der Zeitpunkt, da der Hunger sie einfach zwang, seewärts zu schwimmen, um zu jagen. Und so hatte sie heute morgen ein letztes Lebewohl gebellt und sich losgerissen, um an der Küste des Amity-Sunds entlangzuschwimmen. Sie begegnete keinem Dorsch, keinem Schellfisch. Das war merkwürdig, und es konnte bedeuten, daß der weiße Tod näher war, als sie gefühlt hatte.

Sie machte kehrt und schwamm zum Cape North zurück, wo eine gewisse Nervosität sie veranlaßte, selbst an Land zu gehen. Hier ruhte sie sich ein Weilchen aus. Aber sie hatte noch immer nichts gefressen, und der Hunger trieb sie zuletzt wieder ins Wasser. Sie schwamm zu der Stelle, wo sie ihr Junges verloren hatte, aber jetzt hatte sie nur eines im Sinn: Nahrung.

Sie tauchte seit fünfzehn Minuten am Grund entlang, als sie plötzlich einen Makrelenschwarm überraschte, der seewärts schoß. Sie holte sich den größten Fisch heraus, den sie im trüben Wasser sehen konnte, ahnte den blitzartigen Gemeinschaftsentschluß des Schwarms, nach Norden zu schwenken, voraus, schnitt ihm den Weg ab und holte sich noch zwei. Ihr Appetit war gestillt, und sie begann aufzutauchen.

Plötzlich hatte sie ein Gefühl größter Gefahr. Sie war zu weit vom Land abgekommen. Sie drehte sich hin und her, um zu sehen, ob der weiße Tod in der Nähe war.

Sie sah nichts, aber ihre sämtlichen Instinkte trieben sie zur Küste hin. Sie schoß an die Oberfläche, holte tief Luft und tauchte wieder. Unter Wasser war sie schneller als an der Oberfläche.

Als sie sich diesmal umschaute, war er da, eine undeutliche graue Gestalt, die sich ihr näherte, mit ihrer Geschwindigkeit Schritt hielt.

Obwohl sie wußte, daß es keinen Zweck hatte, jagte sie weiter. Irgendwo vorn hörte sie die merkwürdigen, rasselnden Menschentöne von Tauchern.

Vor ihnen hatte sie keine Angst, also schoß sie auf dieses Geräusch zu.

ANDY NICHOLAS war wie berauscht. Er blieb an Mike Brodys linker Seite, hielt sein Tempo mit, und während sie so, vorangetrieben von ihren großen Schwimmflossen, am Meeresgrund dahinglitten, wußte er plötzlich, daß er seine Welt gefunden hatte.

Kein Asthma, kein Staub hier, nur reine Luft aus der Flasche auf seinem Rücken. Sein Atem ging ruhig und leicht. Und ein dicker Junge konnte hier unten genausogut schwimmen wie ein dünner, ja, er war wegen der Fettschicht, die ihn warm hielt, vielleicht sogar besser dran.

Er wandte den Blick von Mike ab und begann sich umzusehen. Die Untiefen von Long Island waren nicht unbedingt das, was man in den Taucherillustrierten sah. Keine Riffe, keine Korallen. Vorwiegend Schlamm, dazwischen zur Auflockerung höchstens ein paar Muschelschalen.

Ein kurzes Aufblitzen am Rand seines Gesichtsfeldes jagte ihm einen Schrecken ein. Ein Stachelrochen. Er drängte sich näher an

Mike heran, blieb aber hinter ihm zurück. Er mobilisierte seine letzten Reserven, konnte das Tempo aber kaum noch mithalten. Zum Kuckuck, sie sollten doch zusammenbleiben! Schwimm langsamer, protestierte er stumm.

Plötzlich entdeckte er links von sich etwas Längliches, von Menschenhand Gemachtes auf dem Grund liegen. Er wußte sofort, daß er die Sonarkugel gefunden hatte, obwohl er es nicht fassen konnte: tausend Dollar wert, und *er* sollte sie gefunden haben, nachdem so viele andere vergebens gesucht hatten!

Andy vergaß den Partner und schwamm zu dem Ding. Jawohl, es war die Sonarkugel, schwarz, zerquetscht, mit vorstehenden Drähten überall. Er drückte vorsichtig daran herum, als er plötzlich das Gefühl hatte, daß eine Gestalt auf ihn zukam. Zuerst dachte er, Mike komme zurück, und momentan überkam ihn Eifersucht: Er hatte die Kugel entdeckt, und nun würde Mike die Hälfte an Ehre und Belohnung einheimsen. Aber eigentlich sollte es ihm recht sein. Sie wären dann Freunde und Partner fürs Leben. Die Gestalt nahm Formen an. Es war nicht Mike. Erstaunt sah er, daß da ein Seehund auf ihn zu geschwommen kam. Er duckte sich. Griffen Seehunde Menschen an?

Das Tier war fast bei ihm. Er versuchte es wegzuscheuchen, aber vergebens. Es schwamm anderthalb Meter an ihm vorbei. Er sah ein sanftes braunes Auge auf sich gerichtet und hatte den sonderbaren Eindruck, daß der Seehund selbst Angst hatte.

Vor ihm, oder wovor?

Er spähte durchs trübe Wasser. Was er sah, jagte ihm ein solches Entsetzen durch sein ganzes Nervensystem, daß alles, was er gelernt hatte, vergessen war und von dem bloßen Instinkt verdrängt wurde, hinauszukommen aus diesem feindseligen Dschungel.

Ein riesenhafter Hai kam aus der Dunkelheit auf ihn zu gerast. Ganz kurz sah er ein pechschwarzes Auge von unergründlicher Tiefe und einen peitschenden großen Schwanz.

Er schloß die Augen, machte einen tiefen Atemzug, hielt die Luft an und stieß sich ab nach oben. Seine Lungen vergrößerten sich, ähnlich wie wenn ein Asthmaanfall seine Stimmritzen schloß. Ausatmen mußte er, ausatmen, das war es . . .

Bevor er die Oberfläche durchbrach, wußte er mit Sicherheit, daß der Hai nur hinter dem Seehund her gewesen war und ihn nicht einmal gesehen hatte, und er wußte, daß alles, was er seinem Körper zugefügt hatte – Embolie, Taucherkrankheit, Lähmung –, grundlos geschehen war.

Oben angekommen, atmete er aus, aber es war zu spät. Er schmeckte Blut. Die Welt wurde undeutlich, dann schwarz.

Mike Brody drehte sich um. Er traute seinen Augen nicht. Andy war doch vor knapp zwei Minuten noch links von ihm gewesen, wie angeklebt. Und nun war er verschwunden.

Sein erster Gedanke war, daß er ihn finden mußte, bevor er auftauchte, sonst waren beide ihre Taucherkarten los, weil sie nicht zusammengeblieben waren. Er versuchte den Weg zurückzuschwimmen, den er gekommen war, aber er hatte völlig die Orientierung verloren. Es gab in dieser konturlosen Wüstenei keine Möglichkeit, festzustellen, wo Norden oder Süden, Küste oder Seeseite war.

Er suchte noch etwa drei Minuten, dann machte er sich, von echter Sorge gepackt, an den Aufstieg und atmete aus, aus, aus. Das Wasser wechselte die Farbe, von Braun über Jadegrün zu Aquamarin, und mit einemmal befand er sich im hellen Sonnenschein.

Er schaute sich um. Keine fünfzig Meter weit weg sah er die *Aqua Queen*. Und plötzlich sah er seinen Partner, etwa zehn Meter von ihm. „Andy!“ rief er, nicht sehr laut. „Menschenskind, wo –“

Er riß die Augen auf. Aus Andys Nase strömte Blut. Er hatte die Augen geschlossen. Mike schwamm zu ihm und packte ihn. Blut aus seinem linken Ohr floß am Kinnsaum seiner Taucherkappe entlang.

Er bäumte sich aus dem Wasser wie ein springender Speerfisch und schrie nach Andrews. Er sah den Hünen zum Bug rennen, das Ankertau kappen und wieder nach hinten springen, um den Motor anzulassen. Mit donnerndem Dröhnen sprang die Maschine an.

Eine Minute später riß Andrews den Jungen wie eine luftgefüllte Gummipuppe aus dem Wasser. Mike kletterte an Bord. Sie rasten nach Hause, Andrews am Funkgerät. Er forderte einen Hubschrauber der Küstenwache an, der das Opfer nach New London in die Dekompressionskammer fliegen sollte.

Brody saß starr vor Angst an seinem Schreibtisch. Die Küstenwachstation Shinnecock Bay kannte den Namen des Tauchopfers nicht.

Er legte auf, stürzte aus seinem Dienstzimmer und raste mit heulender Sirene die Hauptstraße hinunter, Richtung Meer. Er kam zum Anlegeplatz. Eben machte die *Aqua Queen* fest. Alle waren in Taucheranzügen und sahen einer wie der andere aus. Andrews trug jemand auf den Armen, als er sich aus einem Pulk von Tauchern löste.

Aber ... Brody brach vor Erleichterung fast zusammen. Ein dicker Körper. Das war nicht Mike. Es war Andy Nicholas.

Er räusperte sich. „Legen Sie ihn in meinen Wagen“, sagte er zu Andrews. „Der Hubschrauber landet in den Grünanlagen.“

„Krämpfe“, grunzte Andrews, während sie mit heulender Sirene wieder die Hauptstraße hinaufrasten. Sein gequälter Blick begegnete Brody im Rückspiegel. „Die Luftblase muß ins Gehirn gedrungen sein.“

Sie erreichten die Grünanlagen. Der Hubschrauber kreiste dicht über die Häuser von Amity hinweg. Während Brody half, Andy aus dem Wagen zu heben, schlug dieser plötzlich die Augen auf. Brody strich ihm eine Haarsträhne aus dem Gesicht.

„Ist ja gut, Andy, ist gut, Junge ...“

Der Junge schien etwas sagen zu wollen. Er öffnete den Mund, seine Zunge arbeitete. Brody beugte sich dicht über ihn. „Ja, Andy? Was ist passiert?“

Andys Augen füllten sich mit Tränen. Er versuchte es noch einmal. „H ... a ...“

Ganz plötzlich wurde sein Körper steif und zuckte und wand sich in Krämpfen. Als der Krampf vorbei war, fiel Andy kraftlos in sich zusammen.

Sie luden ihn in den Hubschrauber. Andrews stieg zu ihm ein. Minuten später waren die wirbelnden Rotorblätter nicht mehr zu sehen. Brody fuhr zurück zum Anlegeplatz. Mike reichte Preßluftflaschen zur Mole herauf. Als er seinen Vater sah, kam er an Land. „Was war los, Mike?“ fragte Brody.

Mike machte einen Schritt, als wollte er ihm in die Arme sinken, doch dann erinnerte er sich der Zuschauer. „Ich war bei ihm“, sagte er leise. „Dad, ich war sein Partner!“

„Was ist passiert?“

„Ich hab ihn verloren. Woher soll ich wissen, was passiert ist?“

„Ich muß seinen Eltern Bescheid sagen.“

„Dann sag ihnen, ihr Sohn konnte mit dem Mark Spitz von Amity nicht mithalten. Sag ihnen, so geht's im Leben.“ Gegen die Tränen kämpfend, bückte sich Mike, wuchtete sich eine Preßluftflasche auf die Schulter und ging den Kai hinunter.

10. Kapitel

Nate Starbuck parkte sein Lieferauto hinter Moscottis Ferrari auf der Zufahrt zur Villa. Beim Anblick des großen Gebäudes, das mindestens hunderttausend Dollar gekostet haben mußte, bekam er es mit der Angst. Aus Fernsehserien wußte er, daß so ein Gangster immer seine Schläger und Leibwächter in der Nähe hatte. Wenn Moscotti ihn nun, anstatt für die Information zu bezahlen, einfach umbringen ließ? Umbringen und wegschaffen?

Starbuck holte tief Luft und drückte auf die Klingel. Sekunden später kam ein kleiner Junge die Tür öffnen. Hinter ihm stand ein großer, breitschultriger junger Mann mit schwungvollem Schnurrbart, ein freundliches Lächeln im Gesicht. Er hatte keine Ähnlichkeit mit einem Fernsehgangster.

„Ich möchte Moscotti sprechen", sagte Starbuck. „Shuffles Moscotti." Mein Gott, warum hatte er das auch noch gesagt? „Mister Moscotti", verbesserte er sich.

Offenbar hätte er sich da keine Gedanken zu machen brauchen. Der junge Mann zeigte auf seine Ohren, seine Lippen, und schüttelte den Kopf. Starbuck hörte Stimmengemurmel hinter der Tür zu Dr. Ruskins ehemaligem Sprechzimmer.

Mrs. Moscotti, die er von der Drogerie her kannte, erschien aus der Küche, Teller und Geschirrtuch in der Hand. Sie lächelte.

„Moscotti ist nicht zu Hause."

Er *war* zu Hause, oder jemand anders.

„Ich muß ihm etwas sagen. Damit kann ich ihm eine Menge Geld sparen helfen. Vielleicht kann er eine Menge damit verdienen."

„Er muß morgen in die Stadt. Ich kann ihm sagen, daß er mal bei Ihnen reinschauen soll."

Einen Augenblick stand er unschlüssig da. Der Taubstumme lächelte. „Er täte gut daran, zu kommen", sagte Starbuck und kam sich reichlich albern vor. „Ich bin den ganzen Tag im Geschäft. Es ist wichtig."

Die Tür ging leise hinter ihm zu, als er ging. Er drehte sich um und funkelte sie böse an. Nichtsnutzige Fremde!

Er schloß seinen Lieferwagen auf, dann blieb er noch ein paar Sekunden in Gedanken stehen. Den Laden zu verkaufen, diesen Plan hatte er fallenlassen. Er war sicher, daß Vaughan mit ihm spielte, ihn hinhalten wollte. Sobald der nächste Schwimmer draufging, würde der Bürgermeister bestimmt versuchen, die Drogerie für ein Butterbrot zu kaufen. Aber Moscotti würde ihm schon die Reise nach Florida bezahlen, und mehr.

Wußte der Himmel, wieviel er im Kasino stecken hatte und wieviel es ihm wert war, da herauszukommen. Starbuck hatte zehntausend Dollar für das Bild verlangen wollen.

Wenn er sich's richtig überlegte, sollte er doch lieber fünfzehn verlangen.

SHUFFLES MOSCOTTI lehnte sich auf seinem Drehstuhl zurück und musterte Rechtsanwalt Hallorans schmales Gesicht, dann sah er zu Jepps.

Er hatte von dem Wirbel in Albany gehört und insgeheim mit diesem Besuch gerechnet. Er hatte mit den Jahren schon genug Schmiergelder an Bullen wie diesen Jepps bezahlt. Von keinem Polypen erwartete er, daß er sich eine Gelegenheit entgehen ließ, und von keinem Winkeladvokaten wie Halloran, daß er einem Mandanten einen Erpressungsversuch ausredete.

Amüsiert schnippte er sein Tischfeuerzeug an und ließ die Flamme über den grob geschnittenen Tabak in seiner Pfeife spielen. „Nehmen wir an", meinte er paffend, „ich hätte Peterson etwas Geld gepumpt. Sagen wir, x Dollar." Diese Redewendung liebte er. Da kam er sich fast vor wie ein Wirtschaftsexperte der Regierung. „X Dollar", wiederholte er. „Und dann stelle ich fest, daß ich keine Sicherheit dafür geboten kriege, weil so ein Dorfbulle für Stunk in Albany sorgt, so daß es am Ende gar kein Spielkasino hier geben wird."

„Von was für einem Dorfbullen sprechen Sie?" grollte Jepps.

„Das dürfen Sie sich aussuchen, Sergeant", antwortete Moscotti lächelnd. Er wußte genau, was kam und wie er darauf reagieren würde.

Die Tür ging auf, und sein Neffe kam herein und ging zum Fernsehapparat, als ob niemand im Zimmer sei. Moscotti strahlte ihn an. Der junge Mann lebte in Unschuld hinter seinem Schleier des Schweigens. Moscotti hatte ihn liebgewonnen wie einen Sohn.

Er fing seinen Blick auf und machte die Gebärde des Whiskyeinschenkens. Sekunden später hatten alle drei einen Bourbon in der Hand. Dann setzte sich der Junge vor den Samstagabendfilm. Der Ton blieb abgestellt.

Aber Halloran schien der junge Mann doch zu stören. „Soll der hierbleiben?"

„Der ist doch unterbelichtet", höhnte Jepps. „Sehen Sie das nicht?"

„Nein", sagte Moscotti sanft. „Er ist nur anders, verstanden?"

Sein Blick begegnete Jepps' grünen Augen. Der Kerl sah sogar aus wie ein richtiger Bulle hinter den Fettwülsten. „Also spucken Sie's aus", meinte Moscotti gähnend. „Ich möchte zu Bett gehen."

Halloran erklärte, daß sein Mandant eventuell eine Gefängnis- und eine Geldstrafe zu erwarten habe. Mit einem Verteidigungsbudget von, sagen wir, zwanzigtausend Dollar wäre er aber geneigt, sich vor Gericht stellen zu lassen – die Geldstrafe und eventuell das Gefängnis zu riskieren – und nicht noch mehr Staub aufzuwirbeln.

„Quatsch", grinste Moscotti. „Als wenn er dafür ins Gefängnis käme. Weil er auf einen Seehund geschossen hat! Und die Geldstrafe wird so gut wie nichts sein." Das ganze Katz-und-Maus-Spiel langweilte ihn plötzlich.

Hallorans Stimme wurde lauter. „Ich kann hier kategorisch feststellen, daß, wenn die Anklage nicht fallengelassen wird, was hier anscheinend niemand zu bewerkstelligen imstande –"

„Das ist interessant, daß Sie damit kommen. Ich hab mir gerade überlegt – wenn Brody der einzige ist, der auf eine Anklage dringt, gibt's eine billigere Möglichkeit, meine Investitionen zu schützen."

Halloran stand plötzlich. „Davon will ich nichts hören. Ebensowenig mein Mandant."

„Seien Sie da nicht so sicher", brummte Jepps.

Moscotti sog an seiner Pfeife. „Sagen Sie mal, Dicker, was hätten Sie eigentlich lieber? Zwanzig Riesen für Ihr ‚Verteidigungsbudget' oder daß Brody sich in Rauch auflöst?" Er sah ein lauerndes Glitzern in Jepps' Augen.

„Gute Frage. Aber Ihr Problem, nicht meins", sagte Jepps.

Moscotti legte seine Pfeife hin und schlurfte zur Tür des Studierzimmers. „Ich werde das Problem mit allem angehen, was ich habe."

Er sah ihnen nach, wie sie von seiner Frau zur Tür geleitet wurden, dann schlurfte er an seinen Schreibtisch zurück. Er zeichnete eine grobe Skizze vom südlichen Strand von Amity, markierte darauf Smith' Sandcastle und malte ein X vor die Küste. Dann schoß er mit einem Gummiband nach dem breiten Rücken seines Neffen. Der Junge war wie der Blitz bei ihm.

Er gab ihm die Skizze und die Schlüssel des Ferrari. Dann drehte er sich um und holte aus einem Aktenschrank eine abgesägte großkalibrige Schrotflinte.

Mit Gebärden beschrieb er einen Bierbauch und zeigte auf die Tür, durch die Jepps soeben hinausgegangen war. Er führte einen Daumennagel an die Zähne und ließ ihn mit grimmiger Gebärde seinen soeben gegangenen Gästen nachschießen.

Es war die erste echte Aufgabe, die Moscotti dem Jungen anvertraute. Tränen der Dankbarkeit sammelten sich in den Augen seines Neffen. Impulsiv bückte er sich und küßte Moscotti auf die Wange, dann war er auf und davon.

Vielleicht war das nicht die sicherste Lösung, überlegte Moscotti. Der Tod eines Sergeants aus Flushing konnte mehr Staub aufwirbeln als der Tod des Polizeichefs von Amity.

Aber schließlich hatte Brodys Frau Johnny bei den Pfadfindern aufgenommen.

Brody fuhr Wagen eins die Zufahrt zu seinem Haus halb hinauf, schaltete die Zündung aus und blieb noch einen Moment sitzen, um Kräfte zu sammeln. Er hatte Phil und Linda Nicholas die Nachricht von Andy überbracht und Dick Angelo abgestellt, um sie im Polizeiboot über den Long Island-Sund nach New London zu fahren, wodurch sie mehrere Stunden Fahrzeit sparten.

Brody rechnete damit, sein Haus völlig aufgelöst vorzufinden, Mike mit seinen Schuldgefühlen und Ellen mit ihren Vorbereitungen für die morgige Regatta. Und dann noch die nahezu unmögliche Aufgabe, Sean mit der Ausweisung Sammys zu versöhnen.

Er stieg aus und ging durch die Seitentür ins Haus. Zuerst schenkte er sich einen kräftigen Scotch ein. Damit ging er ins Wohnzimmer. Dort saß Mike und glotzte mit leerem Blick auf den Bildschirm. „Hast du's ihnen gesagt?" fragte der Junge hoffnungslos.

Brody nickte. „Sie waren sehr gefaßt", log er.

„Sind sie böse auf mich?"

Brody schüttelte den Kopf. „Das ist niemand, außer dir."

„Ich möchte morgen die Regatta nicht mitfahren."

„Sean hofft es aber sehr. Und ich auch. Klar?"

Endlich nickte Mike. „Wird er sterben?"

„Er wird wieder." Brody wünschte, er wäre so sicher gewesen, wie er es sagte.

„Dad, ich glaube, er hat die Kugel gesehen."

„Wieso?"

Mike hob die Schultern. „Er wäre sonst bei mir geblieben. Man hätte ihn nicht mit Gewalt von mir weggebracht, wenn er nicht irgendwas gesehen hätte."

Irgendwas ... Brody sah seinem Sohn in die Augen. Dachte der Junge, vom Schlamassel gebrandmarkt wie er selbst, an Haie, wenn er im Meer war?

Ihn zu fragen hätte eine Wiederholung der ganzen häßlichen Szene bedeutet. Es war besser für Mike und für ihn, nicht daran zu rühren.

Er ging, noch immer sein Glas in der Hand, in die Garage, wo Sean eben Sammy beizubringen versuchte, sich aufzurichten und bitte, bitte zu machen. Aber der Seehund schien keine Lust zu haben und wirkte recht mutlos.

„Er ist müde", sagte Sean. „Aber er fühlt sich trotzdem jetzt wohl hier."

„Die ganze Woche hat er versucht zu entwischen", erinnerte Brody ihn.

„Das war vorher ... Nein, jetzt gefällt's ihm hier."

Irgend etwas ging zwischen Sean und Sammy vor, und das hatte mit dem Watt hinterm Haus zu tun. „Sag mal, Sportsfreund, wonach hast du heute morgen mit Steinen geworfen?"

Sean schob die Unterlippe vor. „Nur ... so ..."

„Großes Ehrenwort?" Er hob die Finger zum Pfadfinderschwur.

Sean brachte es nicht fertig. Er wandte den Blick ab.

„War's ein anderer Seehund?" fragte Brody leise. „Seine Mutter?"

„Das weiß ich nicht", heulte Sean. „Ein Seehund eben."

„Und du hast mit Steinen nach ihm geworfen?" flüsterte Brody. „He, Sportsfreund ... Das war nicht recht!" Sein Sohn lag plötzlich schluchzend in seinen Armen. Er strich ihm über den Kopf. „Sean, morgen früh, vor der Regatta, müssen wir ihn freilassen, klar?"

„Und wenn sie weg ist?"

„Sie wird ihn schon finden."

Sein Sohn riß sich los. „Glaubst du?"

Brody nickte. „Ganz bestimmt."

Sean wirkte plötzlich älter, wie ein kleiner Mike.

„Geht klar."

Sergeant Charlie Jepps lag im Bett, die Augen verquollen und offen, und lauschte dem verhaßten Donnern der Brandung am Strand. Er rülpste. Bei Moscotti hatte es Whisky gegeben, und dann hatte er stundenlang allein hier in der Küche gesessen und Bier getrunken. Abend für Abend, seit Brody ihn verhaftet hatte, war es ihm schwerer gefallen, Brodys hageres Jungengesicht zu vergessen und einzuschlafen. Und seine Frau half seiner Schlaflosigkeit auch nicht gerade ab. Sie schnarchte die ganze Nacht lang ununterbrochen.

Unten am Strand baute sich ein neuer Brecher auf, ein fernes Rauschen zuerst, das schwoll und schwoll und schließlich in einem Donnern endete. Seine Frau schnaubte wie ein verängstigter Gaul. Das Nebelhorn von Amity brüllte los. Cape North antwortete von fern. Verdammt und ...

Er wälzte sich auf die andere Seite und versuchte einzuschlafen, wälzte sich wieder zurück und starrte in die Nacht hinaus. Wenigstens sah die Sache mit Moscotti ganz gut aus. Er versuchte sich Brody in ein Ölfaß gestopft oder in Suffolk County in einen Straßengraben geworfen vorzustellen, und seine Stimmung stieg.

Gerade wollte er trotz der Kakophonie von Brandung, Nebelhorn und Frau einschlafen, als der draußen angekettete Hund zu bellen anfing. Wieder ein Seehund? Oder ein Landstreicher?

Er nahm seine 9,6-Millimeter-Pistole vom Nachttischchen und die Taschenlampe, die daneben lag, und ging barfuß auf die Veranda hinaus. Halb betrunken, wie er war, stieß er sich das Schienbein an einem Liegestuhl, ließ die Taschenlampe fallen und griff sich fluchend ans Bein.

Hinter ihm knarrte die Veranda. Mit einemmal wußte er, daß es aus war. Nach dreißig Jahren war er zum erstenmal unachtsam gewesen. Aus Gewohnheit duckte er sich, die Pistole im Anschlag, aber es war zu spät.

Die Mündung dicht hinter seinem linken Ohr sagte ihm, daß er ins Tal des Todes getreten war. Ein langer Arm griff beinahe sanft um ihn herum und nahm ihm die Pistole ab. Eine Riesenhand drückte ihn die Stufen hinunter.

Riesenhand? Der Taubstumme!

Er taumelte von der Veranda in den Sand. Fast wäre er hingefallen. Sein Angreifer packte ihn. Er roch nach Parfüm und Mundwasser. „Hör mal, Amigo ...“, begann Jepps sinnlos.

Er stolperte von neuem, diesmal über ein Strandhaferbüschel auf halbem Weg zwischen Veranda und Ufer. Er fiel auf die Knie, spürte den Gewehrlauf, kam irgendwie wieder hoch. „He!" rief er erstickt. Seine Zunge war wie gelähmt. „Hör doch auf mit dem Quatsch!"

Sein Kopf wurde klar. Er wußte, daß sie über harten, feuchten Sand gingen. Die körperlose Gestalt hinter ihm stapfte unaufhaltsam dem Wasser entgegen. Die letzte zurückebbende Welle machte Jepps' Schlafanzughose am Saum naß. Was tat er hier eigentlich? Warum konnte er sich nicht wehren? Warum ging er aus dem Leben wie ein Schwein, das zur Schlachtbank getrieben wird? Er fühlte sich schlaff. Alles bewegte sich langsam. Er fühlte das Wasser steigen. Sein Mörder platschte hinter ihm drein. Jetzt war der Augenblick, jetzt ...

Seewärts begann sich im Mondlicht eine gewaltige Sturzwelle aufzutürmen. Demnach nahm der Taubstumme also doch Geräusche wahr und wartete, bis das Donnern der Brandung das Krachen seiner Waffe übertönen würde. Und die Welle wuchs und kippte vornüber ...

Der Brecher überschlug sich mit einem Donner wie aus einem schweren Artilleriegeschütz. Sein Gehirn begegnete dem Geräusch mit einem orangeroten Blitz, der für ihn der Anfang der Ewigkeit war.

Der große Weiße glitt durch pechschwarzes Wasser in zehn Meter Tiefe nordwärts. Sein Hunger wechselte ständig. Die Jungen in seinem Leib zappelten immer heftiger und wollten sich befreien. Wenn sie aktiv genug waren, schwand sein Hunger. Wenn sie einmal Ruhe gaben, stieg sein Appetit von neuem.

Vor dem Südstrand von Amity, wo er morgens das große Seehundweibchen geholt hatte, roch er jetzt eine Spur von Menschenblut.

Er machte kehrt und suchte, mit dem Schwanz durch die Brandung peitschend, nach seiner Quelle. Als er sie gefunden hatte, sagte ihm irgendein feines Signal, daß dieses Fleisch, obschon frisch, bereits tot war. Mittlerweile hatte er schon ein Bein und einen Teil des Unterleibs abgebissen. Der Hunger verließ ihn. Heute nacht interessierte Aas ihn nicht. In einer Wolke von Eingeweiden schüttelte er den Körper los und schwamm weiter.

Brody lief seit einer halben Stunde barfuß am mondhellen Strand des Amity-Sunds entlang. Das hatte er auch während des Schlamassels getan, denn hier hatte er Befreiung von dem Druck gefunden, der Bösewicht des Ortes zu sein, weil er den Strand gesperrt hatte.

Am äußersten Zipfel von Amity Point setzte er sich auf einen Steinbrocken. Acht Kilometer weiter lag der Leuchtturm von Cape North. In etwa drei Stunden würde hier die Flut im wilden Kampf mit dem Meer liegen, quer über den ganzen Eingang des Amity-Sunds hinweg bis zum großen Wellenbrecher am Cape North. Aber jetzt war das Wasser ruhig und träge.

Dieser Drang, hier zu sein, schien irgendwie unlösbar mit dem Schlamassel verknüpft zu sein. Er versuchte das, was ihn im Unterbewußtsein plagte, an die Oberfläche zu zerren. Den ganzen Nachmittag war es ihm immer wieder entglitten, wenn er es gerade zu fassen glaubte.

Jetzt sah er sich wieder über Andy Nicholas gebeugt, während die Rotorblätter des Hubschraubers ungeduldig winkten. Irgend etwas hatte Andy zu sagen versucht, aber nicht, daß er die Sonarkugel gefunden habe.

„H . . . a . . .“ Was konnte er gemeint haben? Vielleicht Hai?

Lächerlich. Der Hai war tot. Wenn ein zweiter aufgetaucht wäre, wüßte man es doch inzwischen.

Er machte sich auf den Heimweg. Niedrige Wolkenfetzen trieben plötzlich vom Meer heran. In der Frühe würde es neblig sein.

Als er zu Hause ankam, war er müde. Aber er hatte das Gefühl, daß er noch nicht würde schlafen können. Er ging hinein, nach oben an seinen Schreibtisch, und zog ein Buch aus einem Stapel. Er ging damit nach unten, setzte sich an den Tisch und öffnete eine Dose Bier. Es war *Das Buch der Haie* von Ellis. Es hatte ihn ein Vermögen gekostet: 17,50 Dollar, zu einem Sonderpreis erworben in Amys Bücherecke während des Schlamassels. Es war so schön illustriert, daß er es behielt, obwohl er alles andere weggeworfen hatte, was ihn an diese irren Tage erinnerte.

Er blätterte das Buch durch und suchte nach dem Bild des großen weißen Hais, an das er sich noch erinnerte. Als er ihn fand, riesengroß, in grausiger Verfolgung eines Seelöwen, überlief es ihn wieder.

Ein paar Zeitungsausschnitte fielen aus dem Buch. Die meisten stammten aus dem *Amity-Anzeiger;* zuerst beschimpften sie ihn, weil er den Strand sperrte, dann hatten sie ihn als „Mann des Jahres“ gefeiert, nachdem der Hai erledigt war. Irgendwo steckte auch noch ein Ausschnitt aus der *Sunday Times* . . . Er blätterte die Seiten durch und fand ihn schließlich – ein vergilbtes, fast auseinanderfallendes Blatt Papier.

WEISSER HAI ORTSTREU?

Woods Hole, Mass., 15. August. – Dr. Harold Lamson vom Ozeanographischen Institut Woods Hole berichtete heute auf einem Symposium über das Verhalten von Haien, daß neueste Forschungsergebnisse Zweifel an der bisherigen Theorie aufkommen ließen, wonach der große weiße Hai (*Carcharodon carcharias*) oft sein Revier wechseln soll.

„Beobachtungen dieser Spezies vor dem australischen Barrier-Riff, der neuseeländischen Nordinsel und der Catalina-Insel vor der südkalifornischen Küste belehren uns eines Besseren", sagte Dr. Lamson.

Laut Lamson hat man bestimmte Individuen weit über tausend Kilometer von der Stelle entfernt wiedergefunden, wo sie markiert worden waren, andere jedoch blieben fest in der Nähe von Riffen oder Untiefen, wo das Nahrungsangebot gut war. „Sie verlassen ihr Revier selten und verteidigen es möglichst auch gegen andere Räuber."

Der Hai war tot. Er hatte ihn sterben sehen.

Aber wenn er ihn nun nicht mit eigenen Augen hätte sterben sehen, was würde er jetzt glauben? In sieben Tagen waren zwei Taucher verschwunden, hatte ein Bootsfahrer offenbar in Panik sein Boot in die Luft gejagt, hatte etwas so hart an dem herunterhängenden Sonargerät eines Marinehubschraubers gerissen, daß die Maschine davon beschädigt worden war, waren zum erstenmal Dorsche in großer Zahl in den Hafen von Amity geschwommen – um Schutz zu suchen? –, waren Seehunde trotz Hunden und Menschen aufs Land gekommen.

Wenn er den Hai nicht hätte sterben sehen, würde er jetzt glauben, er sei wieder da.

Eine Bewegung hinter ihm ließ ihn sich umdrehen. Ellen stand verschlafen in ihren Shorties auf der Treppe. Sie sah reizend aus. „Brody?" sagte sie.

„Ja?"

„Was liest du da?"

„Ich schmökere nur so 'n bißchen." Er klappte das Buch mit den Haien und allen anderen Gespenstern langsam zu. Es gab keine Haie. Der Hai war tot.

Er trug sie die Treppe hinauf und legte sie sanft aufs Bett, und hinterher schlief er wie ein Kind.

DRITTER TEIL

11. Kapitel

BRODY erwachte widerstrebend, als er Seans empörte Stimme von unten hörte. Er sah auf den Wecker. Viertel nach sieben. Ellen lag zusammengekuschelt neben ihm und lächelte im Schlaf. Er küßte sie, stand auf und sah aus dem Fenster.

Der Morgennebel war schon von der Sonne weggebrannt. Es sah so aus, als ob die Regatta steigen würde.

Er ging nach unten und sah das Haibuch auf dem Tisch liegen, aber die düsteren Gedanken des Abends waren weggeblasen. Er stopfte das Buch in den Bücherschrank und legte einen Stoß Taschenbücher darüber.

Sean kam aus der Küche und baute sich vor ihm auf. „Daddy, er will Jackie mitnehmen!"

„Ich nehme Jackie mit", rief Mike aus der Küche. „Wenn Sean die Schoten bedienen will, soll's mir recht sein."

Seans Stimme bebte. „Die wiegt zehn Zentner!"

Brody erinnerte ihn daran, daß das Wort des Kapitäns Gesetz sei. „Und vergiß nicht, daß wir heute Sammy freilassen müssen."

Er ging mit dem Jungen in die Garage und versuchte, Sammy auf den Arm zu nehmen, aber er bekam ihn kaum vom Fleck. Fluchend richtete er sich auf. „Ruf mal Mike."

Sean schüttelte den Kopf.

„Sammy!" rief er.

Der Seehund warf Brody einen Blick tiefster Verachtung zu und robbte auf den Jungen zu. Sean warf ihm eine Makrele aus dem Eimer zu, den er sich gestern auf dem Markt von Amity hatte füllen lassen. Der Seehund fing sie gekonnt. Brody hörte im Geiste eine Registrierkasse bimmeln: achtzig Cent das Pfund. Sammy schluckte, richtete den Oberkörper auf und klatschte vornehm mit den Vorderflossen.

„Ganz nett", meinte Brody. „Aber jetzt gehn wir."

Seans porzellanblaue Augen sahen ihn einen Moment flehend an. Dann kapitulierte der Junge. Er nahm den Fischeimer und ging voran. Sammy robbte ihm nach – den Steilhang hinunter, über den harten

Sand bis ans Wasser. Zu Brodys Überraschung behielt Sean recht. Der Seehund wollte nicht ins Wasser.

Er hörte Ellen aus dem Schlafzimmer nach ihm rufen.

„Brody! Len Hendricks. Alarm!"

Brody lief zum Haus. „Laß ihn in Ruhe", rief er zu Sean zurück. „Er wird schon gehen." Seine Wut nahm mit jedem Schritt zu. Der arme Sammy, Seans Qualen, ihre stinkende Garage – alles war die Schuld von diesem Jepps. Er nahm den Hörer unten ab. „Ja, Len?"

„Vermißtenmeldung. Die Frau hat eben angerufen."

Nicht mal *das* konnte Len allein erledigen? „Wer ist es denn?"

Pause, dann: „Charlie Jepps."

Brody stöhnte auf.

SHUFFLES MOSCOTTI sah zu, wie sein Sohn und sein Neffe Johnnys Laser-Jolle von dem Bootsanhänger hinter seinem Ferrari hoben. Sie trugen sie zusammen über den Steg des Bootsclubs von Amity und ließen sie zu Wasser. Er sah ein buntes kleines Motorboot am Kai liegen. Es war mit vielen Wimpeln geschmückt und trug ein Transparent mit der Aufschrift WETTKAMPFLEITUNG – ZIEL.

Mädchen – wohl die Pfadfinderinnen, über die Johnny sich beschwert hatte – paddelten in einem Kanu. Sie hatten gerade ein Rennen gegen ein Kanu voller Jungen verloren – Johnnys Pfadfindergruppe.

Als die Jungen Johnny sahen, winkten sie. Moscotti strahlte. Sein Sohn hatte keine Freunde in Queens, aber hier in Amity war alles ganz anders. Er empfand wirkliche Zuneigung für die Stadt.

Er bemerkte Ellen Brody, die in Pfadfinderuniform am Ende des Bootsstegs stand. Bellissima! Prachtvolle Hüften, lange Beine. Er ging auf sie zu. Ellen, die sich mit einer anderen Frau unterhielt, warf ihm einen erschrockenen Blick zu. Dann wurde ihr Blick hart. Sie wandte sich ab.

Er hätte böse sein sollen, war aber eigentlich nur amüsiert. Es juckte ihn richtig, hinzugehen und ihr zu sagen, daß er eben erst das Leben ihres Mannes geschont und statt dessen Brodys Feind ermordet hatte.

Er grinste breit und betrachtete die lange Reihe von Siegestrophäen, die auf einer verwitterten Bank glänzten. Er nahm einen Fünfziger aus der Brieftasche und ließ ihn in den größten Pokal fallen. „Prämie für den Sieger. Vielleicht gewinnt Johnny."

„Das ist ein Amateurrennen", sagte Mrs. Brody pikiert und nahm den Geldschein heraus.

„Dann für heiße Würstchen. In Ordnung?"

„Komm schon, Ellen", bettelte die andere Frau.

Mrs. Brody wurde dunkelrot. „Na gut", sagte sie schließlich. „Danke."

Er schlurfte zum Kai zurück. Amity war gut zu ihm, also war er gut zu Amity. Er setzte sich in seinen Wagen, um auf den Start zu warten. Nach einer Weile döste er im flimmernden Sonnenlicht ein.

Tom Andrews hatte die Nacht bei Andy Nicholas in der Dekompressionskammer des Krankenhauses von New London verbracht. Der Junge war gelähmt, bei Bewußtsein zwar, aber unfähig zu sprechen. Er hatte zwei Luftblasen im Gehirn.

Das Ganze erinnerte Tom an eine Nacht vor einigen Jahren, als sein Partner in Kalifornien schreiend in so einer Kammer gestorben war. Er war danach nach dem Osten gegangen in der Hoffnung, dieses grausame Erlebnis vergessen zu können. Jetzt stand er mit nacktem Oberkörper und immer noch in seiner Taucherhose mit Andys Eltern im Röntgenlabor, während der Junge hinausgeschoben wurde.

Der hochgewachsene, weißhaarige Neurochirurg sollte der beste in ganz Connecticut sein. Als er ans Sichtgerät ging, strahlte er Zuversicht aus. Er wolle durch den Stirnlappen eindringen und den Druck verringern, der durch eine der beiden Luftblasen auf die linke Gehirnhälfte wirke. Die Blasen waren auf dem Film als dunkle Flecken zu sehen. Das Problem sei nur, daß es sich um einen ziemlich riskanten Eingriff handle.

Er sprach weiter, in väterlichem Ton, wie zu Kindern, und verfiel nur ab und zu in medizinischen Fachjargon. „Die Blutversorgung der Gehirnrinde, die für die Bewegungen zuständig ist, scheint sich zu bessern. Das heißt, die obere Luftblase wird resorbiert. Aber diese untere Embolie hier" – er zeigte darauf – „behindert die Durchblutung der Wernicke-Region – eines Sprachzentrums –, und das macht mir Sorgen. Ich glaube, wir müssen sie ablassen."

„Wird es helfen?" flehte Linda Nicholas.

„Es ist unsere größte Chance", sagte der Arzt nur. „Aphasie heißt Tod bei lebendigem Leibe."

„Wir sind nicht reich", entfuhr es Andys Vater. „Ich meine, ich sage Ihnen das lieber..."

„Ich kann aushelfen“, mischte Andrews sich ein. „Ich hab was auf der hohen Kante. Wenn's sein muß, tauche ich nach Muscheln.“

Lindas Augen füllten sich mit Tränen, und bevor sie ihm danken konnte, war er aus dem Zimmer gegangen. Er wollte sich von Andy verabschieden und ihm, wenn er konnte, Mut machen.

ELLEN BRODY ging zu Willy Norton, dem Vorsitzenden der Rennleitung, der am Ende des Bootsstegs stand.

Er studierte nachdenklich den dunstigen Horizont. Das Rennleitungsboot hatte die Wendeboje in den Untiefen des Amity-Sunds verankert, etwa vierhundert Meter vor dem Leuchtturm von Cape North, und kehrte soeben von dort zurück.

Ellen hatte die orangefarbenen Wimpel für die Bojen angefertigt und blinzelte in die Ferne, um festzustellen, ob man sie sah. Es war zu weit. Selbst der Leuchtturm von Cape North sah winzig aus. Aber vielleicht konnten jüngere Augen in den Dingis und Laser-Jollen ihr Werk besser erkennen.

„Ich weiß nicht“, sagte Willy zweifelnd. Er drehte sich um und sah die Zuschauer an. Er entdeckte Yak-Yak Hyman, der am Erfrischungsstand ein Würstchen mampfte.

„Yak-Yak“, rief er, „kriegen wir Nebel?“

Yak-Yak sah ihn höchst erstaunt an. Von einem Menschen seiner Würde eine öffentliche Antwort über eine solche Entfernung zu erwarten, das ging ja über die Hutschnur! Er hob die Schultern und schüttelte angewidert den Kopf.

„Wird's heute neblig?“ fragte Willy Harry Meadows. Der Redakteur lächelte freundlich. „Weiß ich nicht. Ich lese nie die Zeitung.“

„Ach, Willy“, explodierte Ellen. „Sie wohnen schon Ihr Leben lang in Amity. Können Sie das nicht selbst entscheiden?“

Willy warf ihr einen vorwurfsvollen Blick zu. Dann drehte er sich um und musterte die Dingis, Laser-Jollen und Flying Dutchmen, die sich unten an der Mole drängten. Es lagen fünfzehn Meldungen vor, wie Ellen feststellte, und Larry Vaughan jr. würde gewinnen. Er segelte allein und ging mit seinem Boot um wie ein Profi.

Ihr Blick fiel auf Mikes armselige *Happy Daze,* die mit Sean und Jackie beladen war. So leise, wie es beim Rauschen des Wassers ging, rief sie: „Sean, frag doch mal Larry, ob er dich auf sein Boot nimmt. Ihr sauft ja ab!“

„Sag *ihr* das doch! Ich hab mir 'nen Platz auf diesem Kahn verdient."

Jackie grinste mit den Silberspangen zu ihr empor. Leichtfüßig sprang sie auf und faßte nach dem Mast. Sie schien sich opfern zu wollen. „Ich werde zuschauen, Mrs. Brody. Ich möchte nicht –"

Mike packte sie kurzerhand am Hosenboden. „Du bleibst", sagte er. „Dickköpfchen soll gehen, wenn er will."

Sean war aufs schwerste beleidigt. Er sah sich mit wildem Blick um und fragte Johnny Moscotti, ob er bei ihm mitfahren könne. Johnny nickte und brachte sein Boot längsseits, und Sean sprang wie ein Frosch hinein. Beide Boote wären fast gekentert.

„Also, ja oder nein?" wollte Ellen von Willy wissen.

Er nickte widerstrebend. Durch ein von Brody ausgeliehenes Megaphon ließ er die verrückte Armada zu einer Linie auffahren.

Das Signal ertönte. Noch eine Minute bis zum Start. Noch dreißig Sekunden. Dann der Startschuß, und weg waren sie. Mike übernahm die Führung, so unglaublich das auch sein mochte. Doch Larry Vaughan jr. folgte dichtauf.

Andy Nicholas lag in einem merkwürdigen, traumartigen Nebel. Er konnte zeitweise ganz klar denken, erkannte Mutter und Vater und Tom Andrews vom Ansehen, wußte aber ihre Namen nicht und auch nicht die Bezeichnungen für das, was sie waren.

Bewegen konnte er nichts außer seiner linken Hand. Und er konnte nicht sprechen. Das hatte er von Anfang an begriffen. Er verstand nur nicht, warum. Was er hörte, war für einen Augenblick sinnvoll, verschwand aber dann auf immer, sobald er zu verstehen anfing.

Nur an seinen Tauchgang erinnerte er sich vollkommen klar. Er war durch das grüne Halbdunkel hinter Mike hergeschwommen und sah Mikes Luftblasen. Die Blasen waren nach oben geschwebt, und dann hatte er das zerdrückte runde Ding mit den vielen Kratzern bemerkt – Kratzern, die er mit dem Schreckbild in Verbindung brachte, das er später gesehen hatte, aber jetzt nicht benennen konnte. Und dieses schreckliche Ding, das wie ein Hund mit Flossen aussah – er erinnerte sich nicht daran, wie man es nannte. Und dann ...

Andrews blickte in sein Gesicht herab. Andy wollte ihm sagen, was er gesehen hatte. Er versuchte sich zu erinnern, wie die Dinge hießen – die Sonarkugel, der Seehund, der Hai. Wenn ihm doch nur die Namen einfielen! Wie hieß er eigentlich selber?

Der bärtige Mann wischte Andy mit einem Papiertaschentuch den Mund ab. Andy sah ihm fest in die Augen. Er wußte, daß er den Hünen enttäuscht haben mußte – wie er bisher stets im Leben versagt hatte. Er wollte ihm erklären, daß da jeder, *jeder* durchgedreht hätte ...

Das Ding war so groß gewesen wie ein Flugzeug und auch so schnell. Er versuchte es mit den Augen zu sagen: ein aufgerissenes Maul voll blitzender Zähne ... „Zäh ...", brachte er mit Mühe heraus, aber es klang nur wie „Se ..."

Andrews starrte ihn an und grinste plötzlich. Aufgeregt drückte er auf den Knopf, der neben dem Bett hing. Eine Schwester kam. Verschwommen hörte Andy ihn zu der Schwester sagen, er habe Wasser verlangt, er habe Durst.

Nein, nein! Was immer das war, das hatte er nicht gemeint!

Die Schwester schüttelte den Kopf. „Vor der Operation gibt's nichts zu trinken." Dann machte sie ein verdutztes Gesicht. „Hat er das verlangt?"

„Ich glaube, ja."

„Wunderbar!" rief sie und ging.

Andy versuchte es noch einmal. Das war ungerecht! „Ku ...", keuchte er.

Andrews war wie der Blitz bei ihm. „Ku ...?"

Andy hob die linke Hand. Er versuchte etwas Rundes damit zu beschreiben, rund wie ... wie *was*? Er hatte es schon wieder vergessen.

„Kugel?" rief der Hüne. „Die *Kugel,* Andy?"

Andy fühlte sich schwach. Er konnte nicht denken, sich nicht erinnern.

Der Hüne stand auf. „Ich tauche danach. Ich werde sie für dich finden."

Andys Bewußtsein kehrte plötzlich zurück. Tauchen? Nein! Das war gefährlich, dieses Ding mit Zähnen ... *Hai?*

Er hatte das Wort auf der Zunge und versuchte es herauszubekommen, aber er verlor es wieder. Dann schlummerte er ein.

Tom Andrews sah in das pausbäckige, weiße Gesicht. Er hatte keine Ahnung, was so eine Operation kostete, aber die tausend Dollar würden sicher weiterhelfen. Er rief Chip Chaffey in Quonset Point an. Wenn er der Marine schon diese dämliche Kugel rausholen sollte, konnte sie ihn wenigstens hinfliegen.

SEIT einer halben Stunde saß Ellen Brody im Bootshaus des Clubs. Sie hatte die Einnahmen am Erfrischungsstand gezählt und drei vertrauenswürdige Teenager mit Moscottis fünfzig Dollar losgeschickt, um Brötchen und Fleisch für gegrillte Hacksteaks zu kaufen.

Als sie fertig war, sah sie zum Fenster hinaus und bekam einen Schrecken. Sie konnte zwar noch die Segel sehen, die auf den Leuchtturm von Cape North zu schaukelten, aber hinter Cape North verschwamm das Meer übergangslos mit einem grauen Leichentuch, was ihrer Erfahrung nach nur heißen konnte, daß bald Nebel in den Eingang des Amity-Sunds dringen würde.

Sie ging nach draußen, um Willy Norton zu suchen. Sie traf ihn mit Larry Vaughan beim Bier an und machte sie auf den Dunst aufmerksam, der sich draußen überm Meer bildete.

„Ach Unsinn, Ellen", sagte Larry Vaughan, „im Amity-Sund geht doch keiner verloren!"

„Die Flut läuft aus", erinnerte sie ihn.

„Tatsächlich, das tut sie", räumte er ein. „Zweimal am Tag."

Sie beugte sich der männlichen Sorglosigkeit und besorgte sich eins von Moscottis Hacksteaks. Doch als sie ins Bootshaus zurückging, überraschte sie dort Willy Norton, der gerade die Küstenwache in Shinnecock anrief, um sich die Wettervorhersage geben zu lassen. Er legte auf.

„Tja ... es ist unsicher." Er ging ans Fenster. „Die sagen, wenn die Temperatur sinkt, bekommen wir Nebel. Wenn die Sonne das Zeug aufwärmt, ist alles klar."

„Hätt' ich nie gedacht", sagte Ellen ironisch. „Rufen Sie die Bootc zurück?"

„Die sind schon halb drüben. Wir müßten ein Boot hinterherschicken. Einen Böllerschuß hören sie jetzt bestimmt nicht mehr."

„Also, was haben Sie vor?"

Er sah auf die Uhr. „Wir warten noch eine halbe Stunde."

BRODY legte an seinem Schreibtisch den Hörer auf. Er hatte schon den Strand abgefahren und jeden Hügel und jede Düne abgekämmt. Nachdem er Sergeant Jepps nicht gefunden hatte, hatte er sich immer größere Sorgen gemacht. Schließlich hatte er bis auf die Armee alles alarmiert.

Er hatte den Böllerschuß gehört, der den Start zur Regatta freigab, und ziemliche Wut bekommen, weil er sie nicht sehen konnte.

Len Hendricks war guter Dinge. „Das löst doch unser Problem, Chef. Ich meine, wenn er abgehauen ist. Sich der Strafverfolgung durch die Flucht entzogen hat! Vielleicht hat er sogar den Staat verlassen!"

„Ich nehme an, er ist hops gegangen, wie ihr Kriegshelden es ausdrückt", sagte Brody.

„Um so besser, oder?"

„Wirklich, Len?" fragte Brody ernst. „Wäre das wirklich besser?" Plötzlich hörte er draußen ein lautes Knattern. Er riß das Fenster auf und sah einen Marinehubschrauber über den städtischen Grünanlagen schweben.

Verdammt! Er lief schnell zu Wagen eins und fuhr die drei Straßen weit. Der Hubschrauber war bereits gelandet und hatte drei der letzten fünf von Minnies Azaleen plattgewalzt. Aus der Tür sprang Tom Andrews, immer noch im Taucheranzug.

Brody hielt ihn an. „Wie geht's Andy?"

Andrews teilte ihm das Neueste mit. Nicht ganz schlimm, aber schlimm genug. Und er wolle so bald wie möglich nach der Sonarkugel tauchen; keiner könne sagen, wohin das Ding auf dem Meeresgrund wandern werde. Aus der Luke hinter ihm stieg Chaffey und entschuldigte sich, daß er wieder in den Grünanlagen gelandet sei.

Brody betrachtete den großen Vogel. Er zog bereits schaulustige Touristen an. Selbst vom Anlegeplatz kamen schon neugierige Menschen herüber. Na ja, es diente einem guten Zweck.

Der Pilot sah begierig an ihm vorbei.

Brody drehte sich um. Seine Frau drängte sich durch die dichter werdende Menge.

„Mußt du nicht die Segelboote zählen?" fragte Brody.

Sie sagte ihm, daß Nebel aufkomme und man die Segel schon nicht mehr sehen könne, und das Boot der Rennleitung wolle nicht anspringen. Ob er nicht Dick Angelo im Polizeiboot losschicken könne, um sie zurückzuholen?

„Dick wartet in New London auf Andy Nicholas und seine Eltern."

Sie wirkte besorgt, und jetzt war er es auch. Er sah zum Meer. Ja, da braute sich etwas zusammen. Man mußte die Boote zurückrufen. Aber wie? Küstenwache? Vielleicht. Oder ...

Er wandte sich an Chaffey: „Haben Sie einen Lautsprecher?"

„Ich ruf sie zurück", nickte Chaffey. Dann wandte er sich an Andrews. „Können Sie allein tauchen?"

„Ich werde seinen Blasen folgen", sagte Brody. „Das hab ich schon mal gemacht."

Chaffey stieg in den Hubschrauber und startete die Maschine. Wenig später war er in der Luft.

Das waren Minnies letzte Azaleen, dachte Brody, als er mit Andrews zur *Aqua Queen* fuhr.

Mike Brody braßte sein Segel und nahm das Boot härter an den Wind. Jackie schob ihre nackten Füße – die schönsten Füße der Welt – unter den Riemen, der durch das ganze Cockpit lief, und lehnte sich nach Luv hinaus, um ihm zu helfen, das Boot gegen die steifer werdende, feuchte Brise aufrecht zu halten. Sie war kräftig für ein Mädchen, fand er, und bewegte sich genau richtig auf dem Boot.

Wenigstens war er Sean losgeworden, der immer unruhig zwischen Backbord und Steuerbord hin- und herkrabbeln mußte. Sean und der kleine Moscotti befanden sich irgendwo in dem Wald von Segeln hinter ihnen.

Und irgendwo vor ihm, verborgen durch sein eigenes geblähtes Segel, befand sich Larry Vaughan jr. Mike versuchte unter dem Großbaum hindurchzusehen. Er sah Larry im dunstigen Licht. Er versuchte abzuschätzen, ob sie aufholten. Er glaubte, ja. Und wenn Jackie ihm half, das Boot am Wind zu halten, hatte er eine bessere Chance als Larry, die außerhalb der Gezeitenströmung am Cape North ankernde Wendeboje in einem Schwung zu umfahren.

Jackie sah nach hinten und grinste trotz der Zahnspangen. „Das ist 'ne Wucht, Mike!" Sie streckte die Hand aus und strich ihm mit einem Finger am Bein hinunter.

Sie folterte ihn! Das Boot drehte sich in den Wind, luvte, und er verlor fünfzehn Meter gegenüber Vaughan. Das Nebelhorn von Cape North tutete klagend, noch gut dreitausend Meter vor ihnen. Nebel? Umkehren? Niemals! Nicht der berühmte Spitz von Amity!

Er hatte keine Angst um sich selbst. Höchstens um Sean und den kleinen Moscotti. Die fanden bei klarem Wetter den eigenen Hintern nicht mit beiden Händen; was sie machen würden, wenn der Nebel sich hier hereinwälzte, wußte er nicht im entferntesten.

Yak-Yak Hyman entfernte sich von der Menge ums Bootshaus. Er sah mißbilligend den verlassenen Kai hinauf und hinunter. Sein Laden war leer. Die Regatta hatte die Fischer weggelockt, die er sonst heute morgen hätte erwarten können. Dämliche junge Dinger, mitsamt den Eltern!

Er ging bis ans Ende des Kais und vergewisserte sich, daß Dick Angelo noch nicht wieder über den Sund zurück war. Dann zog er heimlich seine illegale Falle hoch.

Der halbe Dorsch, den er als Köder hineingetan hatte, war jetzt verfault genug, aber Krebse hatten sich noch nicht dafür interessiert. Er ließ die Falle wieder ins Wasser und spuckte hinterher, was Glück bringen sollte.

Plötzlich merkte er, wie unten, etwa einen Meter unter Wasser, etwas Festes gegen die Pfähle schlug. Zuerst dachte er, es sei ein Ballen öliger Lumpen, die ein vorbeifahrender Frachter über Bord geworfen hatte.

Neugierig kletterte er die Sprossen im Pfahlwerk halb hinunter. Das dunstige Sonnenlicht spiegelte und tanzte auf der öligen Oberfläche, so daß er nicht ausmachen konnte, was es war.

Er kletterte noch drei Sprossen tiefer, um besser sehen zu können.

Shuffles Moscotti erwachte hinterm Steuer seines Ferrari. Er war eingenickt und hatte den Start der Regatta verpaßt.

Er warf einen Blick zu seinem Neffen, der schweigend neben ihm saß, die Augen friedlich und ruhig und halb gesenkt. Der brauchte vor Magengeschwür und Herzinfarkt keine Angst zu haben. Ewig leben würde der.

Die Regatta würde zwei Stunden dauern. In der Zwischenzeit wollte er einmal feststellen, was der Drogist eigentlich von ihm wollte. Er wendete den Wagen auf der Straße und lehnte wenig später an der Theke der Drogerie.

Starbucks mageres Pferdegesicht verzog sich zu einem Lächeln. „Nein, Mr. Moscotti. Mit Drogen hat es nichts zu tun. Ich bin ein ehrlicher Drogist."

„Wozu bin ich dann hier?" fragte Moscotti durchaus liebenswürdig. Er wollte sich diese Leute hier zu Freunden machen, und wenn er dabei draufging.

Starbuck schien zu einer Entscheidung gekommen zu sein. „Wie ich höre, gehört Ihnen ein Stück vom Kasino."

Moscotti starrte ihn nur an. Wie er erwartet hatte, wurde der Mann rot.

„Wie ich gehört habe, ist es ein großer Teil. Demnach ist alles, was für den Tourismus schlecht ist, auch schlecht für Sie", sagte der Drogist. „Für mich, für Larry Vaughan, sogar für Brody. Er besitzt Land. Willy Norton – wir sitzen alle im selben Boot."

Genug jetzt, dachte Moscotti plötzlich. „Sie haben zu meiner Frau gesagt, daß Sie mir was mitzuteilen hätten. Was ist das?"

Starbuck fuhr mit den Händen über die Tasten der ältesten Schreibmaschine, die Moscotti je gesehen hatte. Dann sagte er: „Ich gebe Ihnen die Chance, als erster das Schiff zu verlassen. Es wird nämlich sinken. Erinnern Sie sich an den Schlamassel?"

„Sie hatten hier mal einen Hai. Dann sagen Sie auch ‚Hai'. Was soll der Quatsch mit dem Schlamassel?"

„Wenn er nun wieder da wäre?"

Das konnte Moscotti nur hoffen. Am besten ein ganzes Rudel Haie, damit die Schäfchen an den Spieltischen blieben, wohin sie gehörten. „Wenn Ihr Hai nicht Würfel spielt, was geht er mich an?"

Starbuck machte ein entsetztes Gesicht. „Sie haben hier auch ein Hotel, für Leute, die schwimmen gehen, Kinder, die im Wasser spielen wollen. Es kommt aber niemand. Der Hai war nämlich nie weg."

„Er ist doch erlegt worden. Das hab ich gelesen."

„Das hat Brody gesagt. Er besaß Land. Das hat er dem Kasino verkauft. Jetzt gehört es Ihnen."

Jetzt kommt's, dachte Moscotti. Wieviel mochte dieser Schwachkopf sich für ein bloßes Gerücht erhoffen? „Ich glaube nicht an Ihren Hai."

Starbucks Mund arbeitete nervös. „Ich hab ein Bild."

„Zeigen Sie's her", meinte Moscotti mit mäßigem Interesse.

Starbuck begann zu schwitzen. „Es ist Geld wert."

Moscotti grinste. Er griff über die Theke, nahm ein Fläschchen und warf einen Blick aufs Etikett. „Was ist das?"

Starbuck war überrascht. „Ellen Brodys Schilddrüsenpillen."

Moscotti drehte sich um und warf das Fläschchen durch den Laden nach dem Rücken seines Neffen. Der Junge war sofort bei ihm. Moscotti zeigte mit der Hand auf eine Reihe Medizinfläschchen. Der Junge warf das Regal um. Die Flaschen fielen krachend zu Boden. Starbuck schrie wie in Schmerzen auf. Moscotti nickte noch einmal. Der Junge warf einen Ständer mit Parfüm um. Der Duft von tausend Rosen füllte den Laden. Moscotti drehte sich wieder zu Starbuck um. „Ist das Bild soviel wert?"

Starbuck klappte den Mund auf und zu wie ein Fisch auf dem Trockenen. „Lena! Lena!"

Mrs. Starbuck erschien an der Hintertür. Ein dürres Knochengestell, zitternd vor Angst.

„Das Bild", sagte Moscotti liebenswürdig.

Starbuck schmerzten die Lippen. „Nein!"

Moscotti warf seinem Neffen einen Blick zu. In der Hand des Jungen erschien eine kurze Pistole.

„Im Safe", krächzte Starbuck. „Wir müssen den Safe öffnen."

YAK-YAK HYMAN ließ sich noch eine Sprosse tiefer am Pfahlwerk hinunter. Was da im Wasser lag, kam jetzt hoch. Er lehnte sich ein Stück nach hinten und stieß es mit dem Gummistiefel an. Jetzt war es oben. Fast hätte er losgelassen. Er hörte jemanden schreien und merkte, daß er es selbst war.

Unter ihm war der kopflose Rumpf eines Menschen an die Wasseroberfläche gestiegen. Fleischfetzen hingen über dem Kinn und Nackenansatz. Wo die Brust gewesen war, gähnte eine große, gebleichte Höhle. Das rechte Bein hing an einem Muskel wie an einem Gummiband, und an dem Bein hing eine gestreifte Schlafanzughose.

Immer noch schreiend, sprang er die Sprossen hinauf und sah sich verzweifelt um. Dick Angelo bog soeben, von New London kommend, um den Leuchtturm von Amity, noch etwa einen Kilometer weit weg. Er schrie zu ihm hinüber. Zu weit.

Unzusammenhängende Laute ausstoßend, rannte er auf die Drogerie zu.

MOSCOTTI wartete, während Starbuck am Kombinationsschloß des Safes fummelte. Der Drogist war zu nervös, um ihn aufzubekommen. Moscotti schob ihn beiseite. Der Safe, ein altes Modell, war nach dreißig Sekunden offen.

Moscotti trat höflich zurück und schickte Starbuck mit einladender Handbewegung vor. Der Drogist kam herübergewankt, ließ sich auf Hände und Knie sinken und nahm einen langen Umschlag aus dem Safe. Er gab Moscotti einen Filmstreifen, den der gegen das Licht hielt. Zwei Bilder am Ende waren belichtet. Er riß den Mund auf und suchte nach seiner Brille, um genauer zu sehen.

Sein Herz begann zu pochen.

Er hatte bisher nicht ganz begriffen. Er hatte einmal Haie gesehen, als er mit seinem Sohn ein Meeresaquarium besucht hatte. Die Tiere hatten für die Touristen an Fleischstücken herumgerissen. Aber sie hatten keine Ähnlichkeit mit dem Monstrum auf diesem Film. „Mein Gott . . .“, stöhnte er.

Über einem geduckten Taucher war ein Riesenschatten zu sehen, der in ein ungeheures Maul mit grauweißen Zähnen überging. Im verschwommenen Hintergrund ahnte er eine Schwanzflosse, so groß wie sein Neffe.

Ein Schauder begann sich von seinem Magen bis in die Arme und Beine auszubreiten. Johnny war auf dem Meer, und dieser Hai konnte immer noch dasein!

„Wann?“ fragte Moscotti leise. Plötzlich trat er Starbuck heftig in den Unterleib. Der große Mann ging wimmernd in die Knie. „Wann war das? Wer hat das aufgenommen?“

„Taucher . . . vorige Woche“, ächzte Starbuck.

Moscotti fühlte sich von einer Wut gepackt, die alles überstieg, was er bisher gekannt hatte. Und auch von einer Angst, die größer war, als er sie je gefühlt hatte, denn er hatte Angst um Johnny, nicht um sich.

Das Ungeheuer auf dem Film konnte ein Boot wie das von Johnny zu Streichhölzern verarbeiten, konnte den Jungen mit einem einzigen Schwanzschlag in zwei Teile zerschneiden, ihn mit einem Biß zermalmen.

Er blickte auf Starbuck hinunter. Aber er sah ihn nicht dort auf dem Boden kriechen, er sah ihn vielmehr in einem verlassenen Steinbruch bei Queens, eine Drahtschlinge um den Hals, die zu den nach hinten gebogenen Beinen führte, die Füße in der Luft, den Kopf zurückgezogen, sich windend, um den Druck am Hals zu vermindern, während die ermüdenden Beine sich strecken wollten, Stunde um Stunde . . .

Und seine alte Hexe, die hatte es auch gewußt, und dafür sollte sie zusehen, wie er starb, und fürchten müssen, die nächste zu sein.

„Hai!“ schrie plötzlich jemand von der Eingangstür. „Der Hai ist wieder da! Ein Menschenfresser, da draußen, irgendwo!“

Moscotti fuhr herum. Es war der Mann aus dem Anglerladen am Hafen. „Wo?“

„Eine Leiche liegt im Hafen“, stotterte der Mann. „Wo ist das Telefon? Brody . . . Kaum noch was von übrig.“

„Die Leiche eines *Jungen?*“

Der Mann versuchte unter hysterischem Gebrabbel eine Nummer zu wählen. „Kein Kopf dran. Alles zerbissen –“ Er kam durch. „Brody? Len?“

Eine plötzliche Ruhe überkam Moscotti. Es konnte nicht Johnny sein. Soviel Zeit war nicht gewesen. Wahrscheinlich war es Jepps. Bestimmt Jepps, wer sonst? Aber was nun? Der Hai und Johnny waren immer noch da draußen, irgendwo ...

Die Angst kehrte zurück, verzehnfacht, und eine Wut, die ihn zu Eis erstarren ließ. Er würde sie alle auf der Stelle umbringen, auch den Zeugen; dann sollte Brody es ihm mal beweisen. Er wandte sich an den Drogisten. „Eine Woche?“ fragte er ruhig. „Sagten Sie, vorige Woche?“

Starbuck antwortete nicht. Moscotti drehte sich zu seinem Neffen um. Langsam, wie ein Ritual, steckte er den Daumennagel zwischen die Zähne und ließ ihn wieder vorschnellen.

„Nein!“ schrie die Frau.

Und die Pistole bellte, wieder und wieder und wieder, während Moscotti zusah und stumm betete, daß sein Sohn in Sicherheit sein möge ...

„Waffe weg!“ rief jemand von der Tür her. Moscotti fuhr herum. Angelo, der italienische Bulle? Angelo fuchtelte mit seinem Revolver herum, während er mit weit aufgerissenen Augen das Chaos betrachtete. Moscottis Neffe drehte sich nicht um, sondern schoß noch einmal auf Starbuck.

„Er ist taub!“ schrie Moscotti.

Angelos Revolver klang wie eine Kanone in dem kleinen Laden. Dem Jungen sackten die Knie weg. Er sah erstaunt zu seinem Onkel, während ein großer roter Fleck sich auf seinem weißen Hemd ausbreitete. Aber er hatte noch die Pistole in der Hand, und nun erblickte er seinen Angreifer und richtete sie auf ihn.

„Nein!“ heulte Moscotti. Er hechtete nach seinem Neffen. Hinter ihm krachte es furchtbar. Der Junge bäumte sich empor, drehte sich um die eigene Achse, taumelte wie in Zeitlupe gegen die Wand, glitt daran herunter und lag da wie eine umgeworfene, große blutende Vogelscheuche.

Der Mann am Telefon hatte den Hörer fallen gelassen und brabbelte wieder. Die Frau begann zu kreischen. Moscotti umschlang den Kopf seines Neffen, schloß ihm die starren Augen und weinte.

12. Kapitel

Brody lehnte sich an die Reling der *Aqua Queen*. Sie hatten den großen Sturmanker geworfen, denn den kleineren hatte Andrews gestern geopfert, um schneller zu Andy zu kommen.

Brody hatte auf die Uhr gesehen, als Andrews ins Wasser geglitten war. Fünfzehn Minuten waren vergangen.

Er schaute ins dunkelgrüne Wasser. Möglich, daß Andy zu Andrews etwas von einer Kugel hatte sagen wollen, aber Brody glaubte eher, daß er von einem Hai gesprochen hatte. Aber als er seine Vermutung dem Taucher mitteilte, hatte der nur mit den Schultern gezuckt. „Vielleicht hat er einen Sandhai gesehen. Die sind ja überall."

Brody ging nach vorn in die kleine Kombüse, fand eine Dose warmes Bier, riß sie auf und ging wieder an Deck.

Zur Küste hin herrschte klare Sicht. Er konnte Amity sehr gut sehen, nicht aber den Leuchtturm von Cape North, und seewärts war der Horizont nicht mehr zu erkennen.

Er bekam eine Gänsehaut. Blöder Tag für eine Regatta.

Er war froh, daß Chaffey die Bande nach Hause holte.

Kapitänleutnant Chip Chaffey flog etwa fünfzehn Meter über der Nebelbank. Ab und zu tauchte er kurz hinein und versuchte angestrengt übers Meer zu sehen. Vor zwanzig Minuten hatte er die Nachzügler eingeholt, drei kleine Dingis, die hinter der unsichtbaren Armada weit zurückhingen.

Er hatte ihnen über seinen Lautsprecher zugerufen, daß die Regatta abgebrochen sei und sie umkehren müßten. Wie immer war er sich vorgekommen wie die Stimme Gottes, wenn er die verdutzten Gesichter zum Himmel aufschauen sah.

Er hatte es dreimal sagen müssen, bevor sie zu erkennen gaben, daß sie gehört hatten. Sie hatten resigniert gewinkt. Wahrscheinlich waren sie jetzt auf halbem Weg nach Hause, auf der Flucht vor der heranrollenden Waschküche.

Der Hauptteil der Flotte stellte ihn vor ein weit größeres Problem. Sie befand sich irgendwo unter ihm, unterhalb des weißen Tuchs. Er hatte sein Radargerät eingeschaltet, aber die Boote waren aus Holz oder Kunststoff, und er bekam kein Echo von ihnen auf den Radarschirm.

Er fluchte leise. Plötzlich befand er sich in dichtestem Nebel, in dem es kein Oben oder Unten oder Seitlich mehr gab. Automatisch ging er auf Instrumentenflug über, stieg aus der weißen Suppe und orientierte sich erst einmal. Wenn er sie nicht bald fand, kämen sie sicher in größere Schwierigkeiten, als jetzt noch jemand ahnte.

Tom Andrews suchte in etwa zehn Meter Tiefe den schlammigen Boden ab. Unter seinen Bleigürtel hatte er sich einen Ballon und eine lange, leichte Leine gesteckt. Wenn er die Kugel, die zum Hochheben zu schwer war, fand, wollte er sie markieren, indem er etwas Preßluft in den Ballon blies und ihn losließ. Dann würde er auftauchen, das Boot zusammen mit Brody näher holen und die Kugel an Bord hieven.

Er glitt am Boden entlang. Sehen konnte er in diesem trüben Wasser höchstens drei Meter weit, doch plötzlich erblickte er vor sich die schwarze Kugel. Sein Herz machte einen Sprung. Ihr Glück wendete sich.

Sekunden später hatte er sie erreicht und untersuchte sie. Sie war halb zusammengedrückt. Während er sie noch anschaute, schwankte sie im Schlamm hin und her, gezogen vom Sog des aus dem Hafen von Amity kommenden Ebbstroms. Er verstand nicht, was sie so zusammengedrückt haben konnte.

Plötzlich durchzuckte es ihn. Die Kugel hatte an der Oberfläche lauter Kratzer und Vertiefungen wie von den Zinken eines riesengroßen Rechens. Ein Schauer durchlief ihn, als er diese sonderbaren Eindrücke studierte. Ihm war komisch zumute.

Er hatte sich auf dem Meeresgrund noch nie gefürchtet. Die Beklemmungen des Sauerstoffmangels und den Rausch der Taucherkrankheit, alles hatte er schon erlebt. Er hatte seinen letzten Partner in Todeszuckungen auf einem Boot liegen sehen, das – zu langsam – auf die kalifornische Küste zuraste. Aber bis zu diesem Augenblick hatte er unten noch nie wirkliche Angst verspürt. Und auch jetzt konnte er sie sich nicht erklären, nur so gut wie möglich dagegen ankämpfen.

So schüttelte er das namenlose Gefühl der Bedrohung von sich ab und befestigte die Leine an einem Kabel, das aus der Kugel ragte. Er nahm das Mundstück seines Atemgeräts aus dem Mund und blies den Ballon halb auf. Er würde sich auf dem Weg nach oben ganz aufblähen, wenn der Druck von außen nachließ.

Er ließ den Ballon los und inspizierte noch einmal die Kugel. Die Spuren darauf kamen ihm mehr und mehr wie Bißspuren vor.

Bißspuren? Für eine Sekunde fühlte er den Geist des Hais von Amity ganz in der Nähe.

Quatsch! Er hatte noch keinen weißen Hai gesehen, weder in Filmen noch in Büchern, der ein solches Sonargerät hätte ins Maul nehmen, geschweige denn losreißen können. Langsam machte er sich an den Aufstieg, schwamm schräg auf die *Aqua Queen* zu, und als er durch die Wasseroberfläche stieß, war er kaum hundert Meter vom Boot entfernt. Durch die nasse Maske sah er Brody an der Heckreling lehnen, eine Dose Bier in der Hand, und zum Cape North hinüberschauen. Ein guter Mann, wenn auch wasserscheu.

„Brody", rief er. Seine eigene Stimme kam ihm hoch, fast zittrig vor. „Hier drüben!"

Brody fuhr hoch und suchte die Wasseroberfläche ab.

„Hab sie gefunden!" rief Andrews. „Holen Sie schon mal den –"

Plötzlich machte Brody einen Satz, war wie elektrisiert und zeigte irgendwo hinter ihn. Andrews warf sich im Wasser herum.

Ein furchtbarer Schrecken durchfuhr ihn. Hundert Meter von ihm entfernt, nicht weit von dem tanzenden Ballon, wedelte träg eine gewaltige Rückenfinne.

Sein erster Instinkt war, sein Gerät abzuwerfen und so schnell wie möglich zum Boot zu schwimmen, aber er hatte von der Schnelligkeit des weißen Hais gehört. Das schaffte er nie.

Solange er oben war, drohte ihm Gefahr von unten, und er hatte überhaupt keine Chance. Unten könnte er wenigstens versuchen, sich zu verstecken.

Er machte einen geräuschlosen Flossenschlag, klappte den Körper nach vorn und tauchte zum Grund. Er hatte das Wasser kaum bewegt.

Über ihm befand sich Brody in einem Schockzustand. Er hatte das alptraumhafte Gefühl, wieder auf der *Orca* zu sein, vor vier Jahren, während der Hai von Amity in der Nähe seine Kreise zog.

Noch ein Hai?

Er wollte Hilfe über Funk herbeirufen, spielte am Einstellknopf herum, vernahm aber nur ein atmosphärisches hohes Pfeifen. Keine Zeit, jetzt lange zu probieren.

Was hätte die Küstenwache überhaupt machen können? Der Hai war hier, wo Andrews war, und er. Sein Platz war in größtmöglicher Nähe des Tauchers.

Er rannte zum Bug und holte Meter um Meter der seepockenüberkrusteten Ankerkette ein, die er einfach aufs Vorderdeck fallen ließ, denn er hatte keine Zeit, sie in den Kettenkasten hinunterzulassen.

Er schluchzte vor Wut, vor Anstrengung – oder vor Angst.

Warum war Andrews getaucht?

Mit bloßer Körperkraft zog er das Boot bis genau über den Anker, der sich unten irgendwo verhakt haben mußte. Er gab der Kette einen letzten gewaltsamen Ruck, wobei er eine ankommende Welle genau abpaßte. Sein Rücken drohte unter der Anspannung zu bersten.

Der Anker gab nach. Plötzlich konnte er ihn ganz leicht hochziehen. Er wuchtete ihn übers Schandeck und sprang nach hinten, um den Motor anzuwerfen.

Er hatte nur keine Ahnung, wie. Kein Zündschlüssel, nur eine Reihe von Knöpfen und Schaltern. Hilflos sah er nach backbord. Nichts als der dämliche rote Ballon, der auf dem Wasser tanzte, eine auf- und abschwellende See und sich näher wälzende Nebelbänke.

Die Regatta! Die Kinder durften doch nicht im gleichen Meer sein wie das Ungeheuer, dessen Finne er gesehen hatte!

Er beruhigte sich. Chaffey hatte die Boote längst gefunden und nach Hause geschickt. Die Kinder waren am sicheren Strand und stopften sich mit Hamburgern voll.

Die Gefahr war hier, nicht im Amity-Sund.

Wenn Andrews noch lebte, hing sein Leben davon ab, daß Brody in der Nähe des Ballons war, wenn er auftauchte. Das Boot war, seitdem es frei war, bereits daran vorbeigetrieben, seewärts. Bevor er den Anker lichtete, hätte er zuerst versuchen sollen, den Motor zu starten.

Er drückte auf einen vielversprechenden Knopf am Armaturenbrett. Es war das Horn. Er zog an einem Hebel. Die Bilgenpumpe begann zu lenzen. Seine Finger zitterten, sein Herz klopfte. Er betätigte jeden Schalter, jeden Hebel. Nichts passierte. Er schaute unters Schaltbrett.

Dort war ein roter Knopf. Er drückte darauf. Der Anlasser heulte, stöhnte, stotterte. Er versuchte es noch einmal. Plötzlich brüllte der Motor auf. Er stieß den Gashebel vor und fuhr in einem weiten Bogen zu der Stelle zurück, wo der bärtige Hüne untergetaucht war.

Tom Andrews bewegte sich geräuschlos am Boden entlang und atmete bewußt langsam, damit das röchelnde Geräusch des Reglers den Fisch nicht anlockte. Schließlich fand er ein Büschel Seegras auf einem seepockenüberkrusteten Felsen.

Er packte es und ruhte sich aus, um Luft zu sparen. Er hatte noch vierzig Minuten Zeit, wenn er die Nerven behielt. Wenn der Hai ihn nicht mit seinen Sensoren oder was auch immer aufspürte, würde er hier warten, bis sein Luftvorrat erschöpft war, und sich dann leise an die Oberfläche pirschen. Vielleicht war der Hai bis dahin fort.

Plötzlich hörte er ein Geräusch und erschrak. Brody hatte den Motor gestartet. Um ihn aufzunehmen, wenn er hochkam?

Oder um abzuhauen? War er durchgedreht? Riß er aus?

Nichts da! Dafür war der Mann zu verläßlich ...

Aber wenn nun Brody unter dem Streß zusammengebrochen war? Wenn er ihn schon für tot hielt? Plötzlich fiel ihm die Segelregatta ein. Brodys beide Söhne nahmen daran teil ...

Er konnte es nicht riskieren. Er ließ das Seegras los und schwebte langsam an die Oberfläche empor, leise wie eine aufsteigende Luftblase.

Noch fünf Meter unter der Oberfläche, und er wußte, daß Brody ihn nicht verließ. Das Boot war ganz nah und kam immer näher. Einen Augenblick dachte er daran, wieder unterzutauchen und dem Hai noch eine halbe Stunde Zeit zu geben.

Aber die *Aqua Queen* kam immer näher. Es wäre dumm von ihm, wenn er sie jetzt nicht zu erreichen versuchte.

Und dann sah er ihn, wie er über ihn hinwegzog und ihm den weiteren Aufstieg versperrte. Sein Schwanz verlor sich irgendwo im dschungelgrünen Nebel, wie er träge dahinschwamm. Von seinem Unterkiefer hing ein Schiffshalterfisch.

Das starre schwarze Auge des Hais schien seine Gegenwart nicht weiter wahrzunehmen. Er wollte Hoffnung schöpfen. Dann sah er ihn den Körper von rechts nach links wenden, langsam, unaufhaltsam, kampfbereit.

Mit einer raschen Bewegung warf Andrews sich herum und zog das Messer aus der Scheide an seiner linken Wade. Komm schon her, du Bastard! schrie er stumm.

Er griff an, das Messer wie eine Lanze vor sich ausgestreckt. Das Messer blitzte und versank kurz in der starrenden schwarzen Scheibe.

Und dann wurde Andrews, eingeklemmt zwischen zwei gewaltigen Kiefern, höher und immer höher gehoben, hinauf bis ans Sonnenlicht. Er sah das Boot, nur drei Meter entfernt. Brody, den Mund zu einem wilden Schrei aufgerissen, zog seinen Revolver. Dann wurde Andrews hinuntergezogen ins Nichts.

13. Kapitel

Brody lehnte zitternd am Ruder der *Aqua Queen,* noch immer den Revolver in der Hand. Er hatte den abwärts gleitenden Schwanz getroffen, aber der hatte nicht einmal gezuckt. Lange umkreiste er den roten Ballon und suchte die Wellen nach einer Spur ab, irgendeiner Spur, die ihm sagen würde, daß er das Ganze nur geträumt hatte.

Er fand nichts. Nur das gerötete Wasser sagte ihm, daß es kein Traum gewesen war.

Er versuchte es noch einmal am Funkgerät. Er hörte wieder das gleiche Quieken, doch diesmal drang ganz schwach die Stimme der Küstenwachstation von Shinnecock Bay durch, die offenbar zu einem ihrer Kutter sprach.

„Marinehubschrauber sucht nach ihnen ... hat bisher drei Segelboote zurückgeschickt ... Auffindung der übrigen durch Nebel erschwert."

Brody überlief es kalt. Hatte Chaffey sie noch nicht gefunden?

Er kämpfte gegen sein Entsetzen an. Bis Cape North war es weit. Seine Aufgabe war es jetzt, den Haiüberfall zu melden und die Küstenwache hierher zu rufen. Er drückte auf den Mikrofonknopf und rief. Keine Antwort, nur Bruchstücke der kalten, leisen Stimme von vorhin: „Pilot meldet ... Wolkenuntergrenze unter zehn Meter ... versucht die Wendeboje zu finden, zu der sie unterwegs sind ..."

Brody schaltete ab. Hierzubleiben war sinnlos. Andrews war nicht mehr zu retten; er hatte das Blut zwischen den Kiefern des Hais herausströmen sehen. Sein Platz war jetzt am Cape North, wo es galt, sich um die Lebenden zu kümmern.

Mike Brody hatte vor zehn Minuten die Wendeboje am Cape North aus den Augen verloren. Jetzt versuchte er die verschwommene Sonne stets im gleichen Winkel zu seinem Bug zu halten. Jackie, die am Mast stand, zitterte. „Sag mal, meinst du, wir haben die Boje verpaßt?“

„Wir legen am Cape North an“, sagte Mike, um den Eindruck bemüht, er wisse, wo sie waren, „und bleiben die Nacht über an Land.“

„Dann mußt du mich vielleicht heiraten.“

Sie wandte sich wieder der Suche zu. Mikes Blick glitt über ihre geschwungenen Hüften und die sanfte Einbuchtung ihrer Taille. Wäre gar keine schlechte Idee. Wie alt mußte man dazu sein?

Irgendwo über den Wolken donnerte ein Hubschrauber. Sein Knattern tröstete ihn.

Sie hatten den Weg verloren, aber sie waren nicht allein.

Der Hai schwamm nach Norden. In wenigen Stunden würde er gebären. Der Heißhunger überkam ihn nicht mehr so häufig. Er hatte von dem Taucher nichts gefressen, ihn nur über den Grund geschleift und seinen zerrissenen Leichnam dann seewärts treiben lassen.

Seine Jungen wurden von Minute zu Minute aktiver. Er suchte jetzt nicht mehr nach Nahrung, sondern nur noch nach einem stillen Platz, um sie zur Welt zu bringen. Einmal geboren, wären sie, wie immer, vor allem sicher, außer vor ihren Artgenossen. Tief in sein kleines Gehirn war das Wissen einprogrammiert, daß Artgenossen sie vernichten konnten.

Bevor sie sicher draußen waren, würde er alles vernichten, was ihm in die Quere kam und gefährlich aussah.

Vor der Küste, wo er sich in der vorigen Woche aufgehalten hatte, war er nur gefährlich gewesen, wenn er hungrig war.

Jetzt war er ständig gefährlich.

Zehn Meter unter der Wasseroberfläche schwimmend, wandte er sich der Strömung entgegen, die aus dem Amity-Sund kam, seinem Zielort. Dabei nahmen seine Ohren, seine *Ampullae* und Seitenlinien einen anschwellenden Strom von Informationen auf. Das sonderbare Knattern, dem er schon einmal gefolgt war, kam irgendwo von vorn.

Einmal war er ihm aus Hunger gefolgt. Jetzt war es ein Räuber, der in seine Welt eindrang, denn diese Stelle hatte er sich ausgesucht, um seine Jungen zur Welt zu bringen.

MIKE BRODY luvte in den Wind, um seine Fahrt abzubremsen. Durch das Knattern seines Segels hindurch glaubte er einen Schrei gehört zu haben. Er zog die Großschot an, um dem Knattern ein Ende zu machen, und rief in den Nebelvorhang: „Ahoi . . ."

„Brody?" hörte er schwach. „Bist du das?" Es war Larrys Stimme von irgendwo vorn aus der Suppe.

„Hast du die Boje gefunden?" schrie Mike.

„Ich hänge dran!" rief Larry. Seine Stimme klang ängstlich.

Plötzlich kam er in Sicht, etwa dreißig Meter vor ihnen. Sein Segel war losgemacht, und er klammerte sich an die Boje, deren orangeroter Wimpel ihm im böigen Wind ins Gesicht klatschte.

Die Boje lag flach, gezogen von der seewärtigen Strömung. Das ganze Wasser des Amity-Sunds schien auf einmal durch den Flaschenhals am Cape North ins Meer hinaus zu wollen.

Mike wendete mit dem Bug durch den Wind und wollte neben Larry längsseits gehen.

„Nicht!" schrie Larry. „Du reißt mich los."

„Maul halten und fangen!" befahl Mike. Er reffte sein Segel und warf Larry die Leine zu. Mit vor Kälte oder Angst unsicheren Fingern schlug Larry einen Knoten um die Boje, legte einen Halbschlag um seinen Mast und warf Mike den Rest der Leine wieder zu. Der Bürgermeisterssohn sank zurück. „Mann! Dieser Ebbstrom!"

Mike konnte nicht antworten. Er fürchtete, seine Stimme würde kippen. Sie waren in Sicherheit, aber was wurde aus Sean?

Er kroch zum Heck und setzte sich verzweifelt hin. Seine Hand fiel auf die Ruderpinne. Sie war rauh, wirklich nicht besonders gut gestrichen, aber der Junge hatte eine Woche daran herumgemalt. Und wofür? Um auf einem anderen Boot aufs Meer getrieben zu werden. Er war den Tränen nah.

Jackie fühlte es. „Es tut mir so leid, daß ich mitgekommen bin, aber ihm wird schon nichts passieren."

„Ist nicht deine Schuld", brummte Mike. Dann holte er tief Luft, brachte seine Stimme unter Kontrolle und forderte Larry und Jackie auf, mit ihm nach den andern Booten zu rufen.

SEAN BRODY hockte bedrückt an der Pinne von Johnny Moscottis Laser-Jolle. Johnny hatte das Kommando abgegeben und kauerte zitternd im flachen Cockpit.

Ape Catsoulis, schon über sechzehn, war gelegentlich vor ihnen zu sehen gewesen, und auf ihn und sein Dingi hatte Sean sein ganzes Vertrauen gesetzt. Ape war nicht so ein tüchtiger Segler wie Mike, aber man konnte sich wenigstens an ihn anhängen.

Sean erhob sich halb und starrte mit wildem Blick nach vorn. Ape war wieder verschwunden. Sie würden aufs Meer hinaustreiben und er würde seinen Bruder, seine Mutter, seinen Vater nie mehr wiedersehen.

„Ape!" krähte er.

Moscotti sah vorwurfsvoll zu ihm auf. „Ich hätte dranbleiben können, wenn ich allein gewesen wäre."

Zum Kuckuck mit ihm. Dieser Stadtvogel! Er hatte jedenfalls nicht vor, ihn die Tränen in seinen Augen sehen zu lassen. „Halt die Klappe! He, Ape!"

Ape antwortete nicht, aber der Nebel hob sich einmal kurz, und Sean konnte die gespenstische Silhouette seines Segels sehen.

Er hängte sich verbissen an diesen Schatten.

ELLEN BRODY hielt die Anspannung im Bootshaus nicht länger aus. Sie ließ Willy Norton am Telefon zurück und machte einen Spaziergang am Watt des Amity-Sunds entlang, um einen klaren Kopf zu bekommen.

Wo steckte Brody?

Die letzte halbe Stunde war die reine Hölle gewesen. Nate Starbuck war tot. Lena war übergeschnappt. Die Leiche des jungen Sizilianers lag neben der von Nate Starbuck und den Überresten des Polizisten aus Flushing in der Leichenhalle von Amity.

Dick Angelo hatte sich gerade noch lange genug in der Gewalt gehabt, bis er Moscotti eingesperrt hatte. Dann war er in tiefe Depression gesunken und mochte mit niemandem sprechen.

Und die ganze Zeit lag ihr Len Hendricks, im Augenblick seiner größten Chance ein brabbelnder Idiot, in den Ohren und wollte wissen, wo Brody war. War er tauchen gegangen? Wann würde er wieder dasein?

Aber wo, zum Teufel, *war* Brody?

Sie war schon bis zu ihrem Haus gewandert. Es kam ihr im Nebel plötzlich armselig und leer vor. Sie hörte ein gedämpftes Bellen. Sammy, den sie in der Aufregung allesamt vergessen hatten, sah sie mit überaus vorwurfsvollen Augen an. Sie streichelte ihm über den Kopf. „Schon gut", flüsterte sie, „bleib nur hier, bis er wiederkommt."

Er schüttelte sich, wobei er sie mit grauem Schlamm bespritzte, warf verächtlich den Kopf zurück und robbte ins Wasser.

Sie sah ihm nach, wie er davonschwamm.

Dann kehrte sie zum Bootshaus zurück.

Martin Brody haßte das Meer. Er hatte es sein Leben lang gehaßt. Während er jetzt über das graue Wasser auf das Nebelhorn von Cape North zu kroch, brauchte er sich nicht mehr zu fragen, warum.

Jeder vernünftige Mensch mußte es hassen. Es war eine kalte, nasse Hölle.

Es wurde dämmrig. Er fragte sich, ob er wohl das 1,3 Millionen Kerzen starke Licht des Leuchtturms von Cape North durch den Nebel würde sehen können, bevor er Andrews' Boot auf irgendeinen Felsen setzte. Er glaubte vorn Brandungsgeräusche zu hören, war aber nicht sicher. Und die ganze Zeit hörte er oben das Knattern des Hubschraubers. Er versuchte wieder mit ihm Verbindung aufzunehmen. „Marinehubschrauber, Marinehubschrauber, hier Brody auf der *Aqua Queen*. Hören Sie mich?" Diesmal wenigstens bekam er Antwort, und zwar von der Küstenwache: „Anrufer Marinehubschrauber auf Kanal sechzehn. Wiederholen Sie."

Er versuchte es noch einmal und noch einmal, und als er keine Antwort bekam, legte er das Mikrofon weg. Er nahm das Nebelhorn von Cape North auf Steuerbord, so gut er es abschätzen konnte, und tastete sich behutsam nach Westen vor, der Strömung entgegen.

Die Boote waren aus dem Nebel auf sie zu geglitten, eines um das andere.

Mike zählte die Boote, die aneinander festgemacht hatten, um von der Strömung nicht mitgerissen zu werden. Alle hingen an der überlasteten Boje. Zehn Stück. Das war zuviel für den kleinen Pilzanker am Grund. Das Ding mußte zu schleifen anfangen, schleifte vielleicht jetzt schon, und bald würden sie den Schutz des Amity-Sunds verlassen und aufs offene Meer hinaustreiben.

Fünfzehn waren gestartet. Fünf fehlten noch. Auf einem von ihnen war Sean. Wenn er nicht umgekehrt war, saß er jetzt in der Patsche.

Das Horn tutete, und alle schrien zum wer weiß wievielten Mal.

Aus dem Nebel tauchte wieder ein Dingi auf. Mike erkannte Ape Catsoulis, in seinem Cockpit stehend, angespannt von den Strapazen der Fahrt. „Hast du Sean gesehen?" rief Mike.

Auf die fünfzehn Meter Entfernung sah er Ape den Kopf schütteln. „Seit 'ner halben Stunde nicht mehr. Mann, bin ich froh –"

Plötzlich richtete Ape sich auf und starrte zurück in den Nebel, aus dem er gekommen war. Und mit einemmal schrie er auf vor Schrecken. Mike war aufgesprungen. Er glaubte eine riesengroße Finne zu sehen, einen grauen, sich herumwälzenden Bauch, ein gezacktes weißes Maul, und plötzlich überschlug sich Apes Dingi.

Ape flog in die Luft, klatschte ins Wasser und schwamm.

Und dann war er weg, als wenn er in ein Loch in der Meeresoberfläche gefallen wäre. Nebel wehte über die Stelle.

Einen Augenblick war alles still. Dann hörte Mike hinter sich ein anschwellendes Angstgeheul.

Jackie hatte er plötzlich in den Armen.

„Mike, Mike, Mike!"

Er kämpfte gegen die Hysterie, die ihn zu ersticken drohte.

Vor vier Jahren war im Amity-Sund dieser Mann auf der Luftmatratze in seiner Nähe schreiend gestorben, und dann war alles schwarz geworden. Er fühlte sich auch jetzt wie ohnmächtig. Aber er durfte sich nicht gehenlassen.

In weniger energiebewußten Tagen hatte der Leuchtturmdienst damit geworben, daß der Leuchtturm von Cape North pro Tag mehr Strom verbrauche als ganz Amity in einer Woche.

Jetzt erhellten seine flammenden Blitze den Himmel nach Norden hin und schienen mit jeder Schwenkbewegung der langen Lichtfinger besser durch den Nebel zu dringen.

Es war jetzt fast dunkel, aber der Nebel hob sich. Brody schob den Gashebel vor. Alle vier Sekunden wurde er jetzt von dem sich drehenden Scheinwerfer angestrahlt.

Das Knattern des Hubschraubers über ihm wurde lauter. Sehen konnte er ihn noch immer nicht.

Plötzlich wurde das Funkgerät lebendig. Die Küstenwache, erregt: „Marinehubschrauber vier-fünf-drei-eins-zwo ... hier Küstenwache Shinnecock ... Bericht von der Polizei Amity ..."

Brody horchte auf und drehte die Lautstärke höher.

„... eine Leiche ... am Hafen von Amity im Wasser treibend ... offenbar von Hai angegriffen."

Gott sei Dank, sie wußten es ... Aber wessen Leiche? Andrews'? Nein ... zu weit von der Amity-Bucht ... zu früh ...

„. . . Sie auf die Gefahr von Hubschrauberrettungsaktionen in haiverseuchten Gewässern aufmerksam machen . . . ziehen Rotorvibrationen offenbar Haie an . . . raten die Suche einzustellen.“

Brody erstarrte. Das war ja ein Alptraum! Zieht Haie an? Hau ab, flehte er den Hubschrauber an. Nichts wie weg hier . . .

Plötzlich hörte er den Hubschrauberlärm anschwellen. Das Ding stieg gottlob höher – Chaffey hatte es gehört. Ein paar Sekunden später war er verschwunden.

Der Hubschrauber hatte offenbar aufgegeben und sie ihrem Schicksal überlassen. Mike Brody starrte wild in die Nacht hinein; er hielt Jackies Hand und wartete.

Die ersten beiden Angriffe hatten den äußeren Booten gegolten. Mike hatte die Flosse gesehen, wie sie sich undeutlich im Dämmerlicht von rechts nach links bewegte, und denen an den Außenseiten eine

Warnung zugeschrien. Sie waren über die Bootskörper gesprungen und hatten sich in anderen Booten in Sicherheit gebracht.

Es war Bob Burnsides Catboot, das der Hai angriff. Es flog in einer Schaumfontäne hoch in die Luft, fiel mit der Oberseite nach unten aufs Wasser und trieb mit gerissener Fangleine aufs Meer hinaus. „O Gott!" hörte Mike Bob Burnside stöhnen.

Sie vergaßen zu schreien. „Hallo!" brüllte Mike. „Hallo, Sean!" Kein Laut, nur Larrys unablässiges Fluchen.

„Brody, der Anker schleift." Mike machte sich von Jackie los und kroch hinüber in Larrys Boot. Er schlängelte sich nach vorn und ergriff die Leine. Er fühlte sie zittern und sah im Geist, wie der Pilzanker am Grund entlang gezogen wurde.

„Da kommt er!" schrie Jerry Norton. Der Sohn des Friedensrichters klammerte sich in seinem Dingi fest, starr vor Angst.

„Los!" brüllte Mike. „Spring hier rüber!"

Aber Jerry duckte sich nur noch tiefer, und das große Maul erschien, der Bauch blitzte auf im Mondlicht. Die ungeheuren Kiefer umfaßten das Heck des Dingis und quetschten Jerry zwischen den Trümmern zusammen wie eine große Weinpresse. Mike sah ein pechschwarzes Auge, aus dem Blut tropfte. Keine Regung zeigte sich darin.

Marcie Evans in Bugeye Richards Flying Dutchman begann zu schreien.

Larry Vaughan jr. stand auf, hielt sich am Mast fest und sah im Mondlicht auf Mike hinunter. Sein Gesicht war haßverzerrt.

„Dein Alter sagt, er hat ihn erledigt!"

Mike traute seinen Ohren nicht. „Das ist ein anderer!"

„Quatsch!"

Mike sammelte sich zum Angriff. „Du fliegst da rein, Vaughan!"

„Versuch's doch, Spitz!" Larry hob den Fuß und klammerte sich am Mast fest. „Versuch's doch!"

„Wir sind losgerissen!" rief Tommy Carroll, indem er zum Leuchtturm zeigte. „Wir treiben aufs Meer!"

„Später", drohte Mike Larry. Er wollte gerade in sein Boot zurückspringen, um von den andern abzulegen, als er den dunklen Schatten von seewärts herankommen sah. Er riß Jackie in Larrys Boot, stellte sich vor sie und wartete.

Wieder hob sich das Maul, so nah, daß er ein Paddel in das schwarze, triefende Auge hätte rammen können. Der Hai zermalmte seine Laser-Jolle, riß sie von den andern los und zog sie in die Tiefe.

Das abgerissene Ruder trieb fort, die von Sean angestrichene Pinne hoch in die Luft gerichtet. Als das Geschrei sich legte, hörte Mike die Brandung an die Klippen von Cape North donnern. Der Ebbstrom schoß mit Macht aus dem Sund hinaus; in seine Strudel gerissen, wären sie mit und ohne Hai verloren.

Der Mond stand hoch im Osten und ärgerte Brody hinter den Nebelfetzen hervor, die die Nachhut bildeten. Er nahm den Gashebel zurück und schwenkte zur Küste hin, auf den Leuchtturm zu. Seines Wissens befand er sich in der Nähe der Stelle, wo man alljährlich die Wendeboje verankerte. Er verstand nicht, warum er sie nicht sah. Vielleicht war sie ins Meer getrieben worden, und die Segler hatten Schutz an der Felsküste gesucht.

Er fuhr das Boot ganz nah heran und spähte in die kleinen Sandbuchten hinter den Wirbel bildenden Klippen. Er sah nichts, nur das Warnschild unterhalb des Leuchtturms: KABELFÜHRUNG, NICHT ANKERN! Er wandte sich wieder von der Küste ab und auf die Strudel und Schnellen des Sundausgangs zu.

Früher einmal hatte es hier einen Leuchtturmwärter gegeben, der vielleicht gewußt hätte, ob hier Boote vorbeigekommen waren.

Aber heute war alles automatisiert.

Er kam den Klippen zu nah und drehte ab, gegen die Strömung kämpfend, fast krank von dem Geschaukel. Der große Lichtfinger näherte sich wieder, erfaßte ihn, wanderte weiter, und plötzlich glaubte er in seinem Schein etwas Weißes auf Steuerbord zu sehen. Im Nu war er an der Reling und reckte den Hals.

Ja, dort war etwas. Ein Floß? Nein, Boote, viele Boote, die schaukelnd auf die Strudel zu trieben.

Er stieß den Gashebel vor. Er hatte sie also gefunden; sie waren gerettet. Erst als er bis auf fünfundzwanzig Meter heran war, sah er, daß alle sich auf den drei seewärtigen Booten drängten.

Der Scheinwerfer huschte wieder vorbei und erfaßte wie ein Blitzlicht das Ungeheuer, das gerade an einem leuchtendgrünen Catboot riß.

Brody wich entsetzt zurück. Ein weißer Bauch blitzte kurz auf, dann war der Hai verschwunden. Brody schlug einen Kreis um die Boote herum, bis er bei den Kindern war.

MIKE BRODY arbeitete schnell. Er erkannte die *Aqua Queen* und wunderte sich, daß sein Vater am Ruder stand, nicht Andrews, aber zum Fragen war jetzt keine Zeit.

Sein Vater warf ihm ein Tau zu. Es glitt ihm durch die Hand, aber er konnte es wieder fangen und festhalten. Schnell schlang er es um einen Mast.

„Wirf den Anker!“ schrie er.

Sein Vater sprang zum Bug und warf Andrews’ schweren Sturmanker über Bord. Mike hörte die Kette durch die Klüse rasseln.

Der Anker schleifte ein Stück, dann faßte er. Das komische Gebilde aus straff gespannter Ankerkette, *Aqua Queen,* dreißig Meter Trosse und den daran hängenden, zu einem Floß zusammengebundenen Booten war an die hundert Meter lang. Und hinter allem die Wirbel und Strudel vom Cape North.

Die Kinder begannen die Trosse einzuholen. Fast unmerklich zogen sie den Bootspulk zum Heck der *Aqua Queen.* Nachdem sie ihn festgemacht hatten, kletterten sie in Sekundenschnelle an Bord. Mike kam als letzter.

Brody ging zwischen den Kindern umher. „Sean?" flüsterte er. „Wo ist Sean?"

Mike war zum Heulen zumute. „Irgendwo – da draußen!"

Mike hatte seinen Vater noch nie so schnell springen sehen. Er war schon am Bug, hatte die Ankerkette in den Händen und zog. Mike lief nach vorn, um ihm zu helfen. Larry schob den Gashebel ein wenig vor, um den Zug zu verringern.

Aus dem Mondlicht tauchte ein winziges weißes Segel auf. Mike packte seinen Vater am Arm und zeigte darauf. „Sean?" schrie Brody. „Sean! Hierher!"

Seans schwache Stimme tönte zurück: „Versuch ich ja!"

Der Scheinwerfer huschte vorüber, und sie sahen Johnny Moscottis Laser-Jolle, noch hundert Meter weit weg, im Heck zwei zusammengekauerte Gestalten.

Wenn der Anker an einem Tau gewesen wäre, hätten sie es kappen und ihnen entgegenfahren können, um sie an Bord zu nehmen. Denn Mike wußte augenblicklich, daß sein Bruder unmöglich über die Strömung hinweg zur *Aqua Queen* kommen konnte. Mit der Kette aber ging das nicht.

Auch Brody, der immer noch an der Kette riß, ahnte, daß das kleine Boot beim Gieren gegen die Strömung das Heck der *Aqua Queen* verfehlen mußte.

„Ein Tau, Dad!" schrie Mike ihm in die Ohren. „Die Wurfleine!"

Brody zog weiter an der Kette, aus Angst, das Stück, das er gewonnen hatte, wieder zu verlieren. „Ich weiß nicht, wo . . . er sie liegen hat. Ist sowieso . . . zu weit zum Werfen."

Mike schüttelte den Kopf. Brody sah ihn aus dem Augenwinkel im Cockpit herumwühlen, Schwimmwesten und -kissen beiseite werfen. Brody konnte die schmierige Kette nicht richtig fassen. Was, zum Teufel, hielt diesen Anker da unten fest? Denn irgend etwas hielt ihn fest . . .

Er warf sich herum und sprang ins Cockpit, gerade als Mike mit einer elegant fließenden Schleuderbewegung ein gelbes Tau hoch in die monderhellte Nacht warf. Es schlängelte sich durch die Luft und flog über den Bug des Laser-Boots. Johnny Moscotti saß dumpf am Mast und ließ es abrutschen. Alle schrien, aber zu spät.

Mike sprang an die Reling. Instinktiv packte Brody nach seinem Bein, bekam aber nur das glitschige Gummizeug seines Taucheranzugs zu fassen und glitt davon ab.

Mike teilte das Wasser in einem lautlosen Hechtsprung. Brody hörte Jackie aufkreischen. Er riß sich den Revolvergürtel herunter und sprang ihm nach. Er stieß sich die Schuhe von den Füßen und verfolgte seinen Sohn in ruckartigem, unbeholfenem Schwimmstil, den er nie verbessert hatte und bis zu diesem Augenblick auch noch nie hatte verbessern wollen.

Zehn Meter vor dem Laser-Boot stieß er blind gegen Mike. Der Junge suchte wassertretend nach der Leine, die er geworfen hatte, und die nun irgendwo in der Kabbelung herumschwamm.

„Zurück aufs Boot!“ keuchte Brody. „Sofort!“

„Nein!“ Ihre Blicke begegneten sich.

Plötzlich fühlte Brody etwas. Es war grob und rauh und schlängelte sich um seinen Körper. Das Tau. Er sah nach vorn. Er würde es nie schaffen, das Tau rechtzeitig bis zur Laser-Jolle zu bringen. Er übergab es Mike.

„Los, dann versuch's.“

Sein Sohn schoß in einer Schaumwelle davon. Brody drehte sich um und begann sich zur *Aqua Queen* zurückzukämpfen.

Er hörte zuerst Jackie schreien, dann die andern. Ihre anschwellenden Stimmen sagten ihm, daß sie den Hai wieder gesehen hatten.

So würde denn schließlich ein Hai doch noch Mike holen, wie damals ein anderer Hai diesen Schwimmer in seiner unmittelbaren Nähe geholt hatte. Das Schicksal hatte den Augenblick nur um vier Jahre hinausgeschoben, und schließlich würde doch noch alles auf die gleiche Weise enden.

Aber das Ungeheuer mußte sie ja nicht beide kriegen.

Er begann auf dem Wasser herumzuklatschen, um die Aufmerksamkeit des Tieres auf sich zu ziehen. Er hatte keine Angst.

Die Schreie von der *Aqua Queen* wurden immer schriller. Er fühlte, daß er es geschafft hatte, er hatte das Untier von seinen Söhnen weggelockt, und nun strampelte er wieder nach dem Heck der *Aqua Queen*.

Jetzt aber überkam ihn die Angst mit aller Macht. Ein schreckliches Gefühl sagte ihm, daß er es zu gut gemacht hatte, daß von irgendwo da unten der Weiße nun auf ihn zugeschossen kam und schon sehr, sehr nah war.

Er warf sich in panischer Angst herum. Er fühlte einen zerschmetternden Schlag gegen die Hüfte und sah sich halb über die Wasseroberfläche gehoben und gegen die *Aqua Queen* geschleudert. Er spürte die sandpapierartige Berührung des Riesenmauls, sah den Schimmer eines schwarzen Auges. Er hörte Larrys Stimme, die ihm direkt ins Ohr brüllte. Er sah auf.

Ein halbes Dutzend schlanker Arme streckte sich ihm nach unten entgegen. Er fühlte sich aus dem Wasser gerissen, als dieses wieder explodierte. Er fühlte die Fischhaut an seinen bloßen Zehen scheuern und flog mit der Schulter voran ins Cockpit. Als er wieder auf die Beine gekommen war, schaute er nach hinten.

Mike hatte das Segelboot erreicht. Auch die Leine hatte er hinübergebracht. Jetzt saß er im Boot und zog es mit aller Macht zur *Aqua Queen.* Aber die große schwarze Finne kehrte schwankend zurück zu dem winzigen Boot. Brody suchte auf dem Deck nach seinem Revolver, fand ihn und jagte drei Schüsse in schneller Folge ins Wasser unmittelbar hinter dem Heck.

Die schwarze Sichel schien zu zögern. „O Gott“, ächzte Brody, „schick ihn hierher!“

Der weiße Bauch blitzte im Mondlicht auf, und der Hai machte kehrt. „Weg hier!“ schrie er den Kindern zu und sprang ihnen voran nach vorn.

Einen Augenblick herrschte Stille.

Dann ein gewaltiger Stoß, irgendwo hinten, der die Kinder umwarf. Ein paar Planken splitterten, und Wasser zischte ins Boot. Er hörte jemanden schreien: „Wir sinken!“

Er bückte sich wieder nach der Ankerkette. Er zog und zog, sein Atem ging keuchend, und aus seinen verletzten Zehen quoll Blut und verschmierte das Deck. Larry und drei andere kamen ihm zu Hilfe. Der Anker mußte sich unten in einem Felsen oder sonst etwas verfangen haben.

„Zieht!“ ächzte er. „Verdammt noch mal, zieht!“

Kaum merklich gab die Kette nach. Sie war jetzt ganz senkrecht.

Der Hai stieß wieder zu. Diesmal sahen sie nichts davon, sie fühlten nur, wie er irgendwo aus der Tiefe heraus Anlauf nahm und das Heck hoch in die Luft hob, daß alle darin wild durcheinanderflogen.

Unglaublich ... das konnte kein Lebewesen sein ... eine Naturgewalt ...

Resignation wollte Brody überkommen. Der Hai würde sie hier an

Ort und Stelle versenken, wie damals der andere die *Orca* versenkt hatte, und dann Mike und Sean und alle andern töten. Nichts konnte ihn umbringen. Er war unverwundbar und würde noch dasein, wenn alle, die er kannte, längst gegangen waren.

„Er kommt", sagte Jackie hinter ihm. Ihre Stimme war ohne Hoffnung, sachlich, ruhig. „Er kommt wieder."

Der Hai stieß zu, diesmal von steuerbord, und Brody hörte Mike vom Cockpit her rufen: „Ausschöpfen! Schöpft! Mit Händen, Mützen, egal was!"

Mike hatte also seinen Bruder und den kleinen Moscotti aufs Boot gebracht, nur damit sie mit den andern untergehen konnten. Sogar das war vergebens gewesen.

Der Anker erschien unter ihrer gemeinsamen Anstrengung, phosphoreszierend und in irgend etwas von unten verhakt. Das Licht des Leuchtturms erhellte sie alle für einen Augenblick. Brody legte die Kette mit einem Ruck um die Poller und beugte sich über den Bug hinunter, um zu sehen, worin der Anker sich verhakt hatte.

Es sah aus wie eine riesengroße Seeschlange, die in die Ankerflunken geraten war. Es war schwarz und glänzend und so dick wie sein Oberschenkel. Wie er und ein paar Halbwüchsige das Ding vom Meeresboden hochgebracht hatten, konnte er sich gar nicht vorstellen.

Aber er hatte keine Zeit, sich jetzt darüber Gedanken zu machen. Der Hai hatte einen Kreis geschlagen, um sie vom Bug her anzugreifen. Er wuchs und wuchs, das große, breite Maul gespickt mit gekrümmten, bösartigen Zähnen. Er sah noch kurz das flache schwarze Auge und wich zurück. Er wußte, daß das Tier gewonnen hatte, und wünschte nur, Ellen könne erfahren, wie sehr er sich bemüht hatte.

Er sah den riesigen weißen Bauch in einem Bogen hochschnellen und hatte die alptraumhafte Vision eines kleineren Ebenbildes, das sich zappelnd aus seinem Leib wand. Er schrie, als das Maul sich nach dem Bug öffnete und dabei Reling, Anker und diese merkwürdige Schlange erfaßte.

Mit einem ohrenbetäubenden Knirschen schlossen sich die Kiefer.

Einen Moment war es still, dann erstrahlte der Bug unter einem blauen Lichtbogen.

Es roch nach Ozon und verbranntem Isoliermaterial, und dazu kam noch ein beißender Geruch, den er nicht unterzubringen wußte.

Dann wußte er Bescheid. Die Zähne hatten das Starkstromkabel zum Leuchtturm durchgebissen.

Die Scheinwerfer des Leuchtturms erloschen. Der große Fisch, der so lang wie das Boot war, schien noch weiter zu wachsen. Plötzlich ging ein krampfartiges Zucken durch ihn, er tanzte gewichtslos und elegant mit dem Schwanz auf dem Wasser, ein bläuliches Leuchten um sich verbreitend.

Es war wie eine Traumerscheinung.

Im Mondlicht sah er den Hai, den Bauch nach oben gekehrt, in die Tiefe gleiten.

Er kroch zum Cockpit zurück und setzte sich in knöcheltiefem Wasser neben Sean, der weinte. Er faßte ihn fest um die Schultern, dann sah er auf in Mikes himmelblaue Augen.

„Gut", sagte er zu Mike. „Fahren wir nach Hause."

14. Kapitel

MARTIN BRODY stand an seinem Schreibtisch. In seinem Dienstzimmer drängten sich Beamte der Mordkommissionen von Flushing und Suffolk County, denen er Moscotti überlassen wollte.

Er hatte in New London angerufen. Andy Nicholas hatte die Operation überlebt, und die Luftblase war aus dem Gehirn entfernt worden.

Brody wartete, bis Lieutenant Swede Johansson ihren Bericht über Jepps unterschrieben hatte, und brachte sie zu ihrem Wagen.

„Eine sehr knappe Beurteilung", meinte er, als er ihr die Tür öffnete. „Ich hoffe, Sie nehmen nicht nur an, daß der Hai seinen Kopf nicht genauso zugerichtet haben kann."

„Ich arbeite nicht mit Annahmen. Das war eine abgesägte Schrotflinte, und *danach* hat sich erst der Hai über ihn hergemacht."

„Woher sind Sie da so verdammt sicher?" fragte Brody.

„Weil ich Lieutenant bin", sagte sie. „Und intelligent. Wie sollte eine Frau, eine Schwarze, Lieutenant werden, wenn sie nicht gut wäre?"

Er sah ihr in die lebhaften braunen Augen. „Vielleicht, indem sie ballistische Untersuchungsberichte Politikern zuspielt. Sie dem Verteidiger übergibt, noch bevor der ermittelnde Beamte sie zu Gesicht bekommen hat."

Sie ließ den Blick sinken. „Sie meinen, das habe ich getan?"

„Ich weiß es, Swede."

Sie stieg ins Auto. „Sie sind mir schon einer, Brody. Nach allem, was ich höre, sind Sie hier Chef auf Lebenszeit, wenn Sie wollen. Das wollte ich Ihnen sagen, und ich hab's getan."

„Was meinen Sie damit?"

Sie grinste. „Es gibt einen, der möchte Ihren Posten haben. Sergeant Pappas heißt er. Wenn Sie demnächst wieder mal was unter der Hand geprüft haben möchten, bringen Sie's direkt zu mir. Klar?"

„Ich werd verrückt", entfuhr es Brody. „Danke."

Er sah ihr nach, wie sie die Hauptstraße hinunterfuhr und dann auf die Landstraße fünf einbog. Er fühlte sich plötzlich fünf Jahre jünger. Er stieg in seinen Wagen.

Zu Hause war kein Licht an. Er fand Ellen im Wintergarten, von wo sie aufs mondhelle Wasser hinaussah. Er schenkte für beide etwas zu trinken ein und ging zu ihr. „Andy wird wieder", berichtete er.

„Hast du's Chip Chaffey gesagt?"

Er merkte auf. „Nein. Warum?"

„Dann rufe ich ihn morgen an."

„Ich rufe ihn an", sagte Brody steif.

„Hab ich mir doch gedacht", kicherte sie und rückte näher. „Da tut sich nichts, Brody. Es ist nur, daß . . ."

„Daß dich sonst keiner mehr so ansieht."

„Woher hast du's gewußt?" flüsterte sie.

„Ich hab die Augen aufgesperrt."

„Das hab ich gemerkt."

Er starrte sie lustvoll an, legte alles, was er hatte, in seinen verlangenden Blick, und als sie davon genug hatte, spitzte er die Lippen wie ein Nachtbarcasanova und küßte die Luft. „Ich sehe dich an. Genau auf diese Art. Recht so?"

„Blöder Kerl", sagte sie. „Glaubst du, daß das wirkt?"

Sie gingen hinauf und ins Bett.

EPILOG

Der Seehund war stundenlang auf der Suche nach seiner Mutter im Amity-Sund umhergeschwommen. Seit Tagen hatte er sie nicht mehr im Watt gehört oder gefühlt, doch als er ins Wasser gerobbt war, war eine Erinnerung in ihm wach geworden, die ihm Hoffnung gab.

Jetzt hatte er sie wieder verloren. Er schwamm um den Wellenbrecher herum, überraschte einen Schwarm Schellfische, erwischte einen und verpaßte einen zweiten, bevor er auftauchen mußte.

Die Glockenboje von Amity bimmelte. Das waren Seehunde, die darauf Platz nahmen, aber sie waren erwachsen, und er war noch zu klein, um sich da hinaufzuwuchten. Also schwamm er langsam am Wellenbrecher entlang und ließ sich vom Mond bescheinen. Er sehnte sich nach seinen Artgenossen.

Plötzlich wurde er nervös. Er spürte etwas um sich herum, was schon seine Mutter gefürchtet hatte, und es machte ihn im tiefsten Inneren unruhig.

Er tauchte.

Hier waren die Vibrationen noch stärker. Er tauchte schnell wieder auf. Er wandte sich zum Wellenbrecher hin. Ohne zu wissen, warum, schwamm er mit schnellem Flossenschlag. Da es ihm an der Oberfläche zu langsam ging, tauchte er wieder.

Er verdrehte den Hals und sah suchend nach hinten. Ein weißer Blitz, das vollkommene, verkleinerte Ebenbild des weißen Todes, dem seine Mutter entkommen war, ließ ihn in blinder, panischer Hast dem Steindamm zustreben. Er fühlte, wie ihn die Gefahr überholte, tauchte tiefer, schlug einen Purzelbaum, sah eine Reihe grinsender weißer Zähne und runde schwarze Augen, bereits so groß wie Kammuscheln.

Der Hai verfehlte ihn nur fast. Mit seinem peitschenden Schwanz ritzte er ihm den weichen Bauch, verletzte sein Fell, riß ein Stückchen Fleisch aus seiner rechten Flosse.

Der Seehund bekam neue Energie. Er spurtete auf die Steine zu und schoß heraus, wobei er sich an den Seepocken verletzte.

Lange lag er keuchend auf dem Damm. Er hörte ein verstohlenes Bellen und rückte ein Stückchen höher.

Es war ein Seehundweibchen, größer als seine Mutter und schon ziemlich alt. Sie war gewiß nicht seine Mutter, aber er fühlte Trost in ihrer Nähe.

Nach einer Weile schlief er ein.

Hank Searls

Mit Haifischen und dem Meer hat Hank Searls sicher mehr Erfahrung als die meisten Schriftsteller. Nach einer Ausbildung an der Marineakademie in Annapolis war er im Zweiten Weltkrieg Deckoffizier; heute wohnt er in Malibu im US-Staat Kalifornien, wo er auch seine erste Begegnung mit einem Hai hatte. „Ich hatte mich nicht weit von dem sicheren Strand entfernt und tauchte in einer Tiefe von etwa zwölf Metern, als ich plötzlich den Hai sah – einen Blauhai, der nur wenige Meter unter mir schwamm. Ich geriet in Panik und schoß hinauf zur Wasseroberfläche – mitten in den Seetang hinein, der den Tentakeln eines Tintenfisches ähnlich ist. Da saß ich in der Falle, mit einem schweren Tauchgerät auf dem Rücken. Glücklicherweise war ein Nachbar, ein pensionierter Rettungsschwimmer, gerade mit einem großen, schweren Boot zum Fischen herausgefahren. Er sah, wie ich im Wasser um mich schlug, und zog mich an Bord."

Es hängt soviel davon ab, wie man auf eine unerwartete Begegnung mit einem Hai reagiert, erzählt Searls. Das nächste Mal spielte sich nämlich alles ganz anders ab. Er tauchte in der Nähe eines Wracks aus dem Zweiten Weltkrieg in einer Lagune vor Guam. „Der Taucher, der mich begleitete, kannte sich in dem Gewässer gut aus. Die Sicht war phantastisch, und deshalb sahen wir schon bald die ersten Haifische. Wir hatten absolut keine Angst, und da wir Unterwasserfotoapparate dabeihatten, sind wir hinter ihnen hergeschwommen; die Haifische ergriffen sofort die Flucht. Aber", fügt er noch schnell dazu, „ich möchte nicht, daß die Leute von mir denken, ich stelle jedem Hai nach. Ich habe im Gegenteil größten Respekt vor ihnen. Ein Drittel aller Angriffe von weißen Haien sind ja tatsächlich hier geschehen, dicht vor der kalifornischen Küste, auf der zweihundert Kilometer langen Strecke von San Francisco bis Monterey."

Von dem Schriftsteller Morris West stammt die Beschreibung Searls' als eines Mannes, „der wirklich die Wunder des Schöpfers in unermeßlichen Tiefen erfahren durfte".

Eine dreijährige Seereise auf einer 12 Meter langen Ketsch von San Diego nach Neuseeland inspirierte ihn zu seinem letzten Roman *Overboard* (Über Bord). Die Mannschaft bestand nur aus seiner Frau Bunny, die mit ihm zusammen taucht, fliegt und Ski und Motorrad fährt. Die beiden wollen noch eine Seereise unternehmen, aber erst sollen zwei weitere spannende Romane von Hank Searls fertig sein.

Mrs. Pollifax

EINE KURZFASSUNG DES BUCHES VON DOROTHY GILMAN

auf Safari

INS DEUTSCHE ÜBERTRAGEN VON ANNEMARIE WEBER
ILLUSTRATIONEN VON ALAN MANHAM

Spione und Schurkereien im gar-nicht-so-dunklen Erdteil . . .

In Mrs. Pollifax' stiller Vorstadtwohnung läutet das Telefon. Am Apparat ist Mr. Carstairs vom CIA. Wieder einmal hat die liebenswerte Großmutter Gelegenheit, ihrem ungewöhnlichen Steckenpferd nachzugehen. Denn wenn ihr der Gartenklub und ihr Ehrenamt im Komitee für Umweltschutz Zeit lassen, betätigt sich Emily Pollifax gelegentlich als Geheimagentin.

Diesmal wünscht Mr. Carstairs, daß sie auf Safari geht, nicht der wilden Tiere wegen, sondern um einen Mörder aufzuspüren. Emily Pollifax ersteht also einen stilechten Safarianzug, dazu einen recht ungewöhnlichen Tropenhelm und einen nicht minder auffallenden Sonnenschirm und bricht nach Zentralafrika auf, in das Land ihrer geheimen Träume: Sambia.

Auf der Safari durch den Kafue-Nationalpark, wo es Elefanten, Leoparden und Flußpferde zu sehen gibt, kann Emily sich einfach nicht vorstellen, daß einer ihrer Reisegefährten ein Mörder sein soll. Alle wirken wie ganz gewöhnliche Urlauber, und den anziehenden Witwer Cyrus Reed findet sie sogar besonders liebenswert. Eine reizende Romanze spinnt sich an, die allerdings die gewissenhafte Emily Pollifax nicht von ihrer Verantwortung als Geheimagentin abzulenken vermag.

1

Es WAR gerade erst acht Uhr morgens, als der Telefonanruf aus Algier kam, aber Carstairs saß schon an seinem Schreibtisch im Hauptquartier des CIA in Langley, Virginia. Mit der linken Hand setzte er ein Tonbandgerät in Gang, mit der rechten klingelte er nach seinem Assistenten, während er mit zusammengekniffenen Augen lauschte. An einer Stelle unterbrach er – „Würden Sie das bitte wiederholen?" – und kritzelte ein paar Worte auf ein Blatt Papier. Als Bishop ins Büro gestürzt kam, war das Gespräch gerade zu Ende.

„Verzeihung", sagte Bishop atemlos. „Ich war im Waschraum, Sir. Hab ich etwas versäumt?"

„Es ist Ihr gutes Recht, in den Waschraum zu gehen", erwiderte Carstairs vorwurfsvoll, „aber Sie haben einen wichtigen Anruf aus Algier verpaßt. Vielleicht – ich sage vielleicht – ist soeben das allererste Flüstern von einem Durchbruch in der Aristoteles-Affäre an unser Ohr gedrungen."

Ungläubig starrte Bishop ihn an. „Nach so vielen Monaten?"

„Möglich wäre es. Erinnern Sie sich an den Stoffladen in Algier, den die Abteilung Davis überwachen ließ? Die Sache mit den gestohlenen Banknoten, Sie wissen doch ... Also Bennet hatte ein paar Telegramme fotografiert, die über Nacht auf einem Schreibtisch liegengeblieben waren, und kam zu dem Schluß, daß eines davon uns sehr interessieren würde. Heller Bursche, dieser Bennet. Die Telegramme waren in französisch und arabisch abgefaßt, und er ist gerade erst mit der Übersetzung fertiggeworden." Carstairs begann das Band abzuspielen. „Hören Sie", sagte er und machte Bishop ein Zeichen mitzustenografieren.

Beide lauschten aufmerksam Bennets nasaler Stimme: „Die Originalmitteilung lautet folgendermaßen: ‚Bestätigen Bestellung von siebzig Meter schwarzer Aristotelesseide für Sambia drei Ballen Baumwolle zum Kafue-Nationalpark zwei Ballen Chunga-Musselin zehn Meter Chintz-Muster Fünf-Tage-Safari Liefertermin neunten Juni wiederholen und bestätigen Auftrag. Chabo.'" Carstairs stellte das Tonbandgerät ab.

„Schön", sagte Bishop verdutzt. „Kommt noch was?"

„Ja, wenn Sie das aufgeschrieben haben." Carstairs drückte abermals den Knopf, und die Stimme begann von neuem.

„Wenn man die Füllwörter aus der Stoffbestellung entfernt und die übliche Dechiffriertechnik anwendet, lautet die Mitteilung: ‚Bestätigen Aristoteles für Sambia, Kafue-Nationalpark, Chunga Fünf-Tage-Safari am neunten Juni wiederholen und bestätigen Auftrag. Chabo.'"

„Sehr schön", sagte Bishop gefühlvoll.

„Geht mir auch zu Herzen", meinte Carstairs.

„Aristoteles." Bishop wiegte sinnend den Kopf. „Ich hatte wirklich schon angefangen, den Mann für unsichtbar zu halten, wissen Sie. Diese Morde, und nie hat ihn jemand in der Menge gesehen oder eine Beschreibung geliefert. Wie macht er das nur?"

„Er mag ja im Ruf stehen, unsichtbar zu sein", sagte Carstairs, „aber ein Geist ist er nicht." Er holte aus seinem Schreibtisch einen Stapel Landkarten und begann, ihn durchzusehen. „Hier haben wir's", sagte er plötzlich. „Sehn Sie sich das an. Eine detaillierte Karte vom südlichen Zentralafrika."

Beide Männer beugten sich über die Karte von Sambia, und Carstairs deutete auf einen bestimmten Punkt. „Hier ist der Kafue-Nationalpark, 22 400 Quadratkilometer groß. Beachten Sie die Namen der Safaridörfer."

Bishop las vor: „Ngoma, Moshi, Kafwala und Chunga." Er warf einen Blick auf Bennets Text. „Zum Kafue-Park Chunga." Er nickte. „Safaridorf Chunga heißt das also. Muß schon sagen, es ist ein besonderer Tag, wenn uns etwas so sauber in den Schoß fällt."

„Noch hat es das nicht getan", bremste Carstairs ihn, „aber die Möglichkeit besteht." Er lehnte sich zurück und sagte nachdenklich: „Ein paar Dinge wissen wir über unsern geheimnisvollen Aristoteles. Vor allem, daß er für Geld alle Aufträge ausführt und sich dem verdingt, der den höchsten Preis bietet. Denken Sie an seine Opfer: Malaga war ein liberaler Politiker in Costa Rica, und Messague in Frankreich war Kommunist. Dann war da dieser Brite, Hastings, der in Irland mit seinen Verhandlungen erste Erfolge hatte, als er ermordet wurde, und der Oberst in Peru, der eine absolut unabhängige Politik betrieb. Und dann natürlich unser Agent Pete", – sein Gesicht wurde hart – „der erschossen wurde, als er mit seiner Braut am Arm aus der Kirche kam."

„Richtig, Sir", sagte Bishop. „Dennoch –"

„Stört Sie da etwas?"

„Sehr sogar", sagte Bishop stirnrunzelnd. „Die Safari! Was soll ein Mörder auf einer Safari?"

„Wir wissen ferner", fuhr Carstairs fort und schien Bishops Einwand zu überhören, „daß Aristoteles einen unwahrscheinlichen Instinkt hat, wenn es ums Überleben geht, und daß er ein ausgemachter Einzelgänger ist, sonst hätte längst schon jemand den Mund aufgemacht. Sagen Sie, Bishop", er deutete mit dem Bleistift auf seinen Assistenten, „wenn Sie Aristoteles wären, wie würden Sie Ihre Geschäfte abschließen? Wie würden Sie mit Ihrem nächsten Auftraggeber in Verbindung treten?"

„Wie würde ich –" Bishop überlegte eine Weile schweigend. „Russisches Teehaus? Türkisches Bad? Eine Seilbahn in den Schweizer Alpen? Ich weiß, worauf Sie hinauswollen, Sir. Heikel ist das. Sehr heikel und ein womöglich riskanteres Unternehmen, als die Politiker dann wirklich zu erschießen."

„Richtig. Aber eine Safari ist für ein Rendezvous genau richtig. Er bekommt Gelegenheit, seinen möglichen Auftraggeber in Augenschein zu nehmen, ehe er sich selbst zu erkennen gibt; und die Safari verschafft ihm massenhaft Zeit, um die Bedingungen auszuhandeln. Und wo gäbe es eine bessere Tarnung als in einer kleinen Gruppe, die durch den einsamen Busch zieht. Der Mann hat entschieden Sinn fürs Künstlerische."

„Sie malen ja fast sein Porträt."

„Muß man", erklärte Carstairs, „und dann hineinkriechen, Bishop, und erraten, was er als nächstes vorhat."

„Arbeiten wir mit Interpol zusammen?"

„Nein, auf keinen Fall. Zuerst schicken wir einen von unsern eigenen Leuten auf die Safari. Wenn wir diesen Aristoteles identifizieren können, erfahren, wie er aussieht, herausfinden, woher er kommt –"

„Nicht festnehmen?" Bishop war erstaunt.

Carstairs sah ihn belustigt an. „Mein lieber Bishop, sollen wir denn die Republik Sambia freundlichst ersuchen, auf einer Safari jemanden verhaften zu dürfen? Und was sollen wir als Grund angeben? Nein, nein, das schreit doch nach einer richtig altmodischen

Beweissammlung. Sie verstehen, wie es den Kreis der Verdächtigen verkleinert, wenn Aristoteles im Kafue-Nationalpark auftaucht und wir von jedem einzelnen Safariteilnehmer Fotos machen. Statt nach einer Nadel im Heuhaufen zu suchen, haben wir Fotos von vielleicht einem Dutzend Leuten, die sieben und durchleuchten wir. Bei unsichtbaren Menschen wirkt Belichtung Wunder. Und den Rest kann Interpol dann übernehmen. Der wievielte ist heute?"

„Der zweite Juni."

Carstairs nickte. „Aha. Dann bleibt uns kaum Zeit, den richtigen Agenten zu finden und ihn vor dem neunten nach drüben zu schicken. Fragen Sie den Computer, Bishop, ja? Wir wollen alle Möglichkeiten durchgehen."

Bishop ging in das kleine Nebenzimmer, wo die Maschine stand, die sie das Wundertier nannten. Er drückte MEISTERLISTE und gab als Daten Afrika, Sambia und Touristen ein. Carstairs betrachtete die auf einen Bildschirm projizierte Antwort des Wundertiers. „John Sebastian Farrell", brummte er mürrisch. „Was zum Teufel hat der auf dieser Liste zu suchen? Er arbeitet seit Jahren nicht mehr für uns."

Bishop, dessen Gedächtnis es mit jedem Computer aufnehmen konnte, sagte: „Moment mal ... Na ja, es ist zwar nur eine Vermutung, Sir, aber – in seinem Kündigungsschreiben, das – wenn ich mich recht erinnere, auf ein Stück Einwickelpapier gekritzelt war – hat er geschrieben, er sei ab nach Afrika, um seine Seele zu retten oder so was Ähnliches, und wir könnten alles Geld, das er von uns zu bekommen hätte, auf Barclay's Bank in Lusaka überweisen."

„Das erklärt noch nicht, was er auf der Agentenliste des Computers zu suchen hat."

„Ein Irrtum, nehme ich an." Bishop ging zum Telefon, wählte und rasselte Fragen herunter. Mit zufriedener Miene legte er nach einer Weile auf. „Hab die Buchhaltung angerufen, Sir. Sie sagen, sie überweisen Farrells Rente per Scheck nach Sambia, und das wird der Computer aufgefangen haben."

„Er ist also noch dort? Die Schecks werden eingelöst?"

„Sagen sie."

„Ich kenne Farrell aus unserer gemeinsamen Zeit beim Geheimdienst", sagte Carstairs nachdenklich. „Fünfzehn Jahre lang hat er für diese Abteilung gearbeitet. Aber warum kann ich eigentlich nicht an ihn denken, ohne daß mir Emily Pollifax einfällt?"

Bishop lachte. „Das war ihr erster Auftrag, nicht wahr? Sie kreuzte hier auf und fragte naiv nach Beschäftigung als Spionin. Und Sie hatten einen Großmutter-Typ für eine Kurieraufgabe gesucht und nahmen sie. Als dann die Hölle losbrach, dachten Sie –"

„Ich weiß, was ich dachte", unterbrach ihn Carstairs. Plötzlich mußte er grinsen. „Wissen Sie noch, Bishop? Als alles vorbei war, haben sie hier in diesem Zimmer gesessen, Farrell sah mit seinem Verband aus wie der Tod persönlich, und Mrs. Pollifax in dieser albanischen Ziegenhirtenaufmachung – sie waren gerade aus der Adria gefischt worden, und ich hatte beide schon aufgegeben – und dann saß sie da und holte Kaninchen aus ihrem Hut –"

„War es nicht ihr Unterrock, Sir?" sagte Bishop lächelnd.

„Und es zeigte sich, daß eine absolute Amateurin, eine Witwe aus New Brunswick, sämtliche Profis hinters Licht geführt hatte." Carstairs wurde ernst und sagte unvermittelt: „Natürlich brauchen wir Mrs. Pollifax."

Bishop war entsetzt. „Um sich mit einem kaltblütigen Killer anzulegen?"

„Das hat sie früher schon getan", erklärte Carstairs, „aber diesmal braucht sie nur Fotos zu schießen. Die meisten Safaris sind heutzutage Foto-Safaris, gejagt wird da nicht mehr, und bestimmt schleppt jeder Teilnehmer eine Kamera mit sich herum."

„Mag sein", gab Bishop widerwillig zu, lächelte aber dann wieder und fuhr fort, „dafür wäre sie natürlich wie geschaffen. Gescheit, natürlich, ein Mensch, dem jeder vertraut."

Carstairs' Blick schweifte zur Uhr. „Sie braucht eine Gelbfieberschutzimpfung und jemand, der ihr schnellstens ein Visum verschafft, und falls diese Safari ausgebucht ist, müssen wir unsere Verbindungen spielen lassen. Bishop –"

Bishop seufzte. „New York vermutlich?"

„Richtig. Nehmen Sie das nächste Flugzeug, und kurbeln Sie die Sache an. Die Sambische Fremdenverkehrszentrale ist in der 58. Straße, desgleichen die Botschaft, die das Visum ausstellen wird. Während Sie wegen einer Flugreservierung telefonieren, rufe ich Mrs. Pollifax an und frage nach, ob sie das übernehmen kann. Hoffen wir es", sagte er inbrünstig. „Wenn Sie die Sache in New York erledigt haben, können Sie nach New Jersey fahren und sie ins Bild setzen."

„Gut. Oh, nebenbei", sagte Bishop, „falls sie zur Verfügung steht, soll ich dann erwähnen, daß Farrell in Sambia ist?"

Carstairs überlegte. „Ich glaube schon. Sollten die beiden sich – was der Himmel verhüten möge – zufällig zur unrechten Zeit über den Weg laufen, dann könnte das unser ganzes Unternehmen verderben.“ Nach kurzem Zögern fügte er hinzu: „Warten Sie einen Augenblick.“ Er lächelte beinah mutwillig, als er fortfuhr: „Ich werde sogar noch weitergehen. Bitten Sie sie, Farrell anzurufen, wenn sie nach Lusaka kommt. Er muß im Telefonbuch stehen.“

Bishop sah ihn neugierig an. „Ist das nicht ein bißchen ungewöhnlich?“

„Höchst ungewöhnlich“, gab Carstairs zu, „aber schlau eingefädelt. Ich möchte wissen, wie es unserm alten Freund Farrell geht. Zum Teufel, Bishop, mir fehlt der Mann“, sagte er ungehalten. „Ich kann Ihnen aus den letzten drei Jahren ein Dutzend Aufträge aufzählen, die er alle besser ausgeführt hätte als irgend jemand sonst. Als Pensionär muß er sich zu Tode langweilen.“

„Nicht ausgeschlossen“, meinte Bishop.

„Natürlich ist es nicht ausgeschlossen. Also geben Sie ihr den festen Auftrag, ihn aufzusuchen, ehe sie losflattert und jedermann auf der Safari fotografiert. Gehen Sie jetzt, und lassen Sie mich Mrs. Pollifax festnageln.“

In ebendiesem Augenblick stand Mrs. Pollifax mitten in ihrem Wohnzimmer und übte die Karate-Grundposition. Man konnte nie zu gut vorbereitet sein, fand sie und berichtigte ihre Haltung, so daß ihr Gewicht gleichmäßig auf beide Füße verteilt war. So! Jetzt ballte sie beide Hände zur Faust und versuchte einen schnellen horizontalen Schlag. Mehr wagte sie nicht zu riskieren. Lorvale, ihr Lehrer, schwärmte augenblicklich für den Angriff mit einem haarsträubenden *Ki-ay*-Schrei, aber wenn sie es mit ihren Nachbarn nicht verderben wollte, unterließ sie das besser.

Das Telefon klingelte. Mrs. Pollifax löste sich widerwillig aus ihrer Stellung und nahm den Hörer ab. Eine gedämpfte Stimme sagte: „Bleiben Sie bitte am Apparat“, und dann kam eine vertraute Stimme: „Hier ist Carstairs, Mrs. Pollifax, könnten Sie am kommenden Wochenende nach Afrika reisen?“

Daß Karate wirklich nützlich war, wurde Mrs. Pollifax in diesem Augenblick klar: Carstairs’ reichlich überraschendes Ansinnen brachte sie durchaus nicht aus dem Gleichgewicht. „Ja, ich glaube schon“, sagte sie. „Wie geht es Ihnen, Mr. Carstairs?“

„Zuwenig Leute und zuviel Arbeit", antwortete er kurz. „Sie haben ja gesagt?"

„Ja, ich könnte nächstes Wochenende nach Afrika fahren", sagte sie, „*falls* ich jemand finde, der meine Geranien gießt."

„Dann fangen Sie gleich mit dem Suchen an", sagte er mit einer weniger angespannten Stimme. „Bishop ist unterwegs nach New York. Er arrangiert alles für Sie. Wer ist Ihr Arzt?"

Verblüfft, wie sie war, nannte sie den Namen.

„Gut. Bishop kommt zwischen eins und zwei vorbei."

„Fein." Sie legte auf und begann im selben Augenblick zu spüren, wie ein nervöser Schauer ihre Wirbelsäule Zentimeter um Zentimeter überlief bis in die Zehenspitzen. Was war denn in sie gefahren, ja zu sagen? Keinesfalls konnte sie nächstes Wochenende nach Afrika fliegen, die Idee war einfach absurd. Afrika lag auf der anderen Seite der Erde, und auf eine solche Reise bereitete man sich sorgfältig vor, teilte sie seinen Freunden mit, las Reiseführer und legte Listen an, damit man nichts vergaß.

Dann aber fiel ihr ein, daß sie bei anderen Gelegenheiten genau dasselbe empfunden hatte: wenn nämlich ihre stille Welt mit Carstairs' rauher und gefahrvoller zusammengestoßen war, und nachdem sie sich das eingestanden hatte, ließ sie ihre Erinnerungen zu früheren Abenteuern zurückschweifen. Wunderbarerweise war sie immer noch am Leben, frisch und munter, und ihr Leben war um Dimensionen erweitert worden, die sie in seltenen Augenblicken zum Kichern brachten, wie damals zum Beispiel, als im Gartenklub ein Film über die Türkei gezeigt wurde und sie zwei Frauen in Schleier und Pluderhose, die aus einem Brunnen Wasser heraufzogen, wiedererkannt hatte.

Diesmal also nach Afrika. Sie sprach es laut vor sich hin – „Afrika" –, und beim Klang dieses Wortes begann ihr Herz schneller zu schlagen, und sie bemerkte, daß sie lächelte. Der Schwarze Kontinent. Tarzan. Ihr fiel ein, daß sie ihren Sohn Roger, als er noch klein war, in jeden Tarzanfilm mitgenommen hatte, der ins „Rivoli" kam, und als sein Geschmack zu Rita Hayworth abgewandert war, hatte sie sich Tarzan allein angesehen, begeistert von den Tieren, dem dampfenden Urwald, vergifteten Pfeilen und dem Brüllen der Löwen ... Löwen! Bei diesem Gedanken holte sie tief Atem. Auch für den Fall, daß Carstairs sie ins Gewühl einer Stadt schickte, mußte sie eine Gelegenheit finden, Löwen zu sehen. Löwen *mußten* sein!

Plötzlich fand sie, daß sie eine Unmenge zu tun hatte. Sie mußte alle Artikel in der *Nationalen Geographie* durchsehen und ihre Unterlagen über Wildschutz studieren.

Schuldbewußt fuhr sie hoch. Es war neun Uhr, und das Frühstücksgeschirr war noch nicht abgewaschen. In wenigen Stunden würde Bishop kommen. Ob er wohl immer noch für Schokoladeneclairs schwärmte? Auf der Stelle mußte sie zu Mr. Omelianuks Delikatessenladen gehen. Sie schlüpfte in ihren Mantel, steckte ihr Haar unter einen Schlapphut aus Stroh und verließ das Haus.

Es war ein leuchtender Junimorgen, aber nichtsdestoweniger setzte sie ihre Schritte vorsichtig und bedächtig; mochte der Weg unter ihren Füßen asphaltiert, mochten ihre Augen von der Strohkrempe beschattet sein, im Geiste trug Mrs. Pollifax einen Tropenhelm und bewegte sich lautlos durch hohes Gras, die Ohren gespitzt, den Trommeln der Eingeborenen lauschend.

PUNKT zwei Uhr erschien Bishop, und obwohl er gehetzt wirkte, hatte er nichts von seiner unbekümmerten Art verloren, was – wenn man bedachte, daß er seit Jahren Carstairs' Assistent war – Mrs. Pollifax immer in Erstaunen setzte.

„Warum werden Sie eigentlich nicht älter?" fragte sie vorwurfsvoll, als sie ihm den Mantel abnahm. „Sie sehen immer gleich aus, das beunruhigt einen geradezu."

„Sie auch", versicherte er ihr galant und küßte sie auf die Wange, „aber was mich angeht, so *weiß* ich, daß ich älter werde, weil mein Schwung nachläßt, und wenn Carstairs wütend auf mich ist, dann spüre ich manchmal einen unwiderstehlichen Drang zu weinen. Gilt das mir?" fragte er und blickte fasziniert auf den Wohnzimmertisch, wo auf einer Damastdecke eine Porzellankanne, Teetassen und Gebäck standen.

„Eigens für Sie. Nehmen Sie Platz. Fünf Eclairs sind da."

„Ich zähle sechs."

„Eins ist für mich", erklärte sie vorwurfsvoll. „Vermutlich sind Sie wegen der Untersuchungen, die der Kongreß über den CIA anstellt, so überarbeitet?"

„*Wir* sind nicht untersucht worden", sagte er, setzte sich und nahm ein Eclair. „Unsere Abteilung arbeitet noch immer so gewissenhaft, wie man es von uns erwarten kann, da unser Geschäft darin besteht, mit ruchlosen Mitteln Erkundigungen zu beschaffen, lästigen Personen eins auf den Deckel zu geben und uns anderen interessanten Gaunereien zu widmen.“

Da Mrs. Pollifax sich gewisser Personen erinnerte, denen sie ihrerseits eins auf den Deckel gegeben hatte, enthielt sie sich jeden Kommentars: Es war nur eine ganz bescheidene Zahl gewesen, natürlich, aber sie war sicher, daß weder ihr Gartenklub noch ihr Pfarrer ihr Verhalten gebilligt hätte. Sie goß Tee ein und bemerkte, daß Bishop sein zweites Eclair verschlang. „Sie haben nicht zu Mittag gegessen?“

„Sie bemerken auch alles“, sagte er und schluckte. „Carstairs hat Ihnen offenbar noch nicht gesagt, daß er Sie auf Safari schicken will?“

„Auf Safari!“ Völlig perplex starrte Mrs. Pollifax ihn an. „Safari?“ wiederholte sie ungläubig.

Bishop beobachtete, wie ihre Augen fast unmerklich abschweiften, als starre sie auf etwas Unsichtbares, das sehr weit weg lag. In der Tat sah sie aus, als werde sie von einer beseligenden Vision heimgesucht, und da er verstand, was in ihr vorging, schüttelte er den Kopf. „Nein, Mrs. Pollifax“, sagte er, „in Afrika werden keine Tropenhelme mehr getragen.“

Sie verzieh ihm die hinterhältige Bemerkung und sagte mit Würde: „Ich gehe mit Begeisterung auf Safari, mit und ohne Tropenhelm. Aber warum? Es muß doch etwas dahinterstecken?“

„Natürlich. Es ist eine ganz besondere Safari, die am kommenden Montag zum Kafue-Nationalpark in Sambia aufbricht. Sambia liegt, wie Sie vielleicht wissen, im südlichen Zentralafrika und hieß, ehe es 1964 unabhängig wurde, Nordrhodesien. Es ist für Safaris wie geschaffen, vielleicht nicht so bekannt wie Kenia oder Tansania, wird aber zur Zeit entdeckt. Es ist von Touristen nicht so überlaufen, ist natürlicher und unverdorbener geblieben. Tatsächlich ist der Kafue-Nationalpark einer der größten Wildparks der Welt – halb so groß wie die Schweiz –, und natürlich liegen auch die Victoria-Fälle in Sambia.“

„Natürlich“, sagte sie, „und der Präsident von Sambia, Kenneth Kaunda, war kürzlich in Washington.“

Das machte auf ihn sichtlich Eindruck. „War mir entfallen“, sagte er. „Nun ja, wir möchten, daß Sie sich dieser Safari anschließen, Bekanntschaften machen und jeden Ihrer Reisegefährten knipsen, entweder offen oder heimlich.“

„Und das ist alles?“ fragte Mrs. Pollifax verdutzt.

„Glauben Sie mir, es ist schrecklich wichtig", erklärte ihr Bishop. „Wir brauchen über jeden Teilnehmer Beobachtungen und schriftliche Berichte, und dazu ist jemand nötig, der immer schon von einer Safari geträumt hat und dessen höchstes Entzücken eine Löwin im Busch wäre; der Vögel und Blumen liebt und der – natürlich – das Knipsen einfach nicht lassen kann. Im Ernst", sagte er lächelnd, „ich möchte Ihnen zureden, eine Unmenge Schnappschüsse von Ihren Enkelkindern bei sich zu haben."

Sie nickte, und er schnitt ein Päckchen auf, das er mitgebracht hatte. „Hier ist ein guter, ganz gewöhnlicher Fotoapparat", sagte er und reichte ihn ihr. „Nichts Besonderes, man kann ihn überall kaufen. Und hier", er nahm ein Schmuckkästchen aus dem Aktenkoffer, „ist eine andere Art Kamera, falls in der Gruppe jemand kamerascheu sein sollte."

„*Das* ist eine Kamera?" Mrs. Pollifax hatte das Kästchen geöffnet und starrte auf die darinliegende Brosche. „Das kann doch nicht wahr sein."

„Bißchen unfein, nicht?" meinte er vergnügt. „Aber Sie müssen zugeben, daß sie nicht wie eine Kamera aussieht."

„Ganz sicher nicht." Mrs. Pollifax nahm die Brosche heraus. Sie hatte die Form einer kleinen Uhr und war einschließlich eines Pendels ungefähr sieben Zentimeter lang. An dem Pendel hingen zwei kleine Goldkugeln. Das Zifferblatt war eine Sonnenblume mit goldenen Blütenblättern, zwei blitzenden Augen, zwei Zeigern in der Mitte und darunter der Andeutung eines lächelnden Mundes.

„Fehlt bloß noch ein Kuckuck", erklärte Bishop. „Um einen Schnappschuß zu machen, ziehen Sie an dem Kettchen, berühren dann die Zeiger und transportieren damit den Film weiter für den nächsten Schnappschuß. Das Objektiv befindet sich in den Augen. Reicht für vierzig Schnappschüsse. Die Brosche bringen Sie uns zurück, wir brechen sie auf und nehmen den Film heraus."

„Genial", murmelte Mrs. Pollifax und fragte dann mit einem nachdenklichen Blick: „Aber wer wird denn diese Safari mitmachen, Bishop?"

„Viel kann ich Ihnen nicht sagen", erwiderte er aufrichtig, „außer, daß jemand, der uns interessiert, dort auftauchen könnte – jemand, der mit unaufgeklärten politischen Morden innerhalb der vergangenen sieben Monate zu tun haben dürfte. Am meisten Aufsehen erregt haben die an Malaga in Costa Rica und an Messague in Frankreich."

Sie nickte.

„Nach unsern Quellen wurden sie durch einen einzelnen Mann mit dem Decknamen Aristoteles begangen. Das ist alles, was wir über ihn wissen, aber uns wurde eine Nachricht zugespielt, aus der wir entnehmen können, daß er ab kommenden Montag an dieser Safari teilnehmen wird, und das ist alles, was ich Ihnen sagen kann." Sein Gesicht erhellte sich. „Aber etwas anderes kann ich Ihnen mitteilen, was der Computer uns verraten hat, als wir ihm eine Liste mit Leuten für den Auftrag eingegeben haben. Allem Anschein nach befindet sich ein alter Freund von Ihnen in Sambia. Sie kennen ihn sehr gut."

„Wirklich?"

Bishop grinste. „Möchte ich annehmen, wenn man vierzehn Tage lang in Albanien eine Zelle geteilt hat."

„Farrell!" sagte Mrs. Pollifax atemlos. „John Sebastian Farrell! Aber was macht er in Sambia?"

„Wir haben nicht die blasseste Ahnung", sagte Bishop. „Er arbeitet nicht mehr für uns, weil er vor drei Jahren in den Ruhestand getreten ist. Wir wissen nur, daß seine Pension per Scheck auf Barclay's Bank in Lusaka überwiesen wird. Am besten schreiben Sie sich das auf. Carstairs schlägt vor, daß Sie ihn besuchen, wenn Sie in Lusaka sind, und feststellen, ob wir ihm ebenso fehlen wie er uns. Sicher steht er im Telefonbuch."

„Farrell", sagte Mrs. Pollifax mit leuchtenden Augen. „So ein guter Mensch. Ein Schurke natürlich, aber ich würde ihm mein Leben anvertrauen, wissen Sie. Allerdings", fuhr sie nachdenklich fort, „nicht das Leben meiner Tochter. Nein, das meiner Tochter entschieden nicht."

„Mir vertrauen alle Mütter ihre Töchter an", sagte Bishop in wehmütiger Erinnerung, riß sich dann aber zusammen und öffnete seinen Aktenkoffer. „Es gibt noch eine Menge zu tun. Glücklicherweise hat die Sambische Fremdenverkehrszentrale noch einen Platz für die Safari am nächsten Montag reservieren können. Was Ihr Visum angeht: Wenn Sie mir Ihren Paß heute nachmittag nach New York mitgeben, wird die sambische Botschaft sofort eines ausstellen und Ihnen per Eilboten zuschicken. Bleibt noch Ihre Impfung gegen Gelbfieber. Ihrem Arzt wird das Serum zugestellt. Sie müssen ihn morgen nachmittag um vier Uhr aufsuchen. Samstagabend fliegen

Sie nach London und am Sonntagabend nach Lusaka. Hier sind Ihre Flugtickets. Und hier noch ein paar Schriften und Broschüren über Sambia –" Er legte sie auf den wachsenden Stapel vor sich und schaute zu ihr auf. „Können Sie mir folgen? Habe ich etwas vergessen?"

„Kleidung", erklärte Mrs. Pollifax.

„Fahren Sie am Samstag vor dem Abflug zeitig nach New York. Lange Hosen, eine Buschjacke, einen Pullover, gute Laufschuhe ... Bei Abercrombie, dem Geschäft für Sportmoden, sind Sie an der richtigen Adresse. Und, ach ja, hier sind Ihre Malariatabletten. Beginnen Sie *sofort* mit dem Einnehmen." Er schaute auf seine Uhr und seufzte. „Hoffentlich ist das alles, ich bin nämlich schon spät dran und muß laufen."

„O Bishop, schon?"

Er nickte. „Das gehört auch zu den Schattenseiten meines Daseins mit Carstairs, daß ich mich niemals länger als eine halbe Stunde mit jemandem unterhalten kann. Köstliche Schokoladeneclairs", sagte er inbrünstig, ergriff seinen Aktenkoffer und stand auf. „Jetzt brauche ich Ihren Paß."

Sie fand ihn in der Schreibtischschublade und gab ihn Bishop. „Ich schicke Ihnen eine Ansichtskarte aus Sambia."

„Lieber nicht", sagte er bedauernd. „Machen Sie nur eine Menge Schnappschüsse für uns – von jedermann auf der Safari, ohne Ausnahme, und treffen Sie Farrell und erkunden Sie, ob er sich langweilt. Er hat Sie Herzogin genannt, nicht wahr?"

„Das muß hundert Jahre her sein", meinte Mrs. Pollifax und folgte ihm zur Tür. „Erinnern Sie sich noch, wie naiv ich war?"

„Nein, wirklich?" meinte Bishop amüsiert. „Na, abgebrüht finde ich Sie auch jetzt nicht gerade, aber man soll die Hoffnung nie aufgeben, nicht wahr? Vergessen Sie die Gelbfieberspritze morgen nicht, und geraten Sie bloß nicht unter die Räder, hören Sie?"

„Natürlich nicht", versicherte sie ihm und sah zu, wie er die Treppe hinuntereilte. Als er verschwunden war, ging sie ins Wohnzimmer zurück, und beim Gedanken an den Beginn dieses Tages nahm sie schwermütig die Karate-Grundposition wieder ein. Inzwischen war so vieles anders geworden, daß sie, als sie die Luft mit einem horizontalen Hieb durchschnitt, ein leises *Ki-ay* versuchte. Aber das erwies sich als unbefriedigend. So schöpfte sie tief Atem, raffte sich auf und rief triumphierend: *„Ki-ay!"*

2

Am Samstag brach Mrs. Pollifax frühzeitig nach New York auf und verbrachte den Nachmittag vor dem Abflug bei Abercrombie & Fitch. Sie glühte bereits vor Triumph, weil sie einen neuen Reisehut entdeckt hatte. Es war kein ausgesprochener Tropenhelm, sah ihm aber so merkwürdig ähnlich, daß sie ihre Enttäuschung schnell verwand. Es war ein weißer, rund gewölbter Strohhut mit einer einzigen roten Feder, die hinten befestigt war und über den Kopfteil bis zu der kleinen Krempe vorn geführt war, wo sie durch eine Klemme gehalten wurde. Die schmale rote Linie milderte die Strenge des Hutes und verlieh ihrem zwei Jahre alten, blau-weiß gestreiften Kostüm einen verwegenen Pfiff.

Sie war in keiner Weise auf Abercrombie vorbereitet gewesen. Gewiß hatte sie ein- oder zweimal aus Neugier den Kopf zur Tür hereingesteckt, hatte aber nie vorher das Geschäft unter dem Aspekt einer bevorstehenden Safari betreten! Nun, dadurch gewissermaßen befugt, verlor sie alle Hemmungen, besonders nachdem sie entdeckt hatte, daß sie infolge der während des Winters verlorenen fünf Pfunde unerwarteterweise in eine Hose Größe vierzig paßte. In einer halben Stunde hatte sie ihre Garderobe beisammen: Zwei Paar lange Khakihosen samt einer Buschjacke, einem dicken Rollkragenpullover und einer langen, blaßblauen Strickjacke mit Gürtel. Das alles würde in ihrem Koffer Platz finden. Den Rest ihrer schöpferischen Phantasie verwandte sie auf das Zubehör, das sie in Ekstase versetzte. Sofort erlag sie einer riesigen, farbigen Sonnenbrille, die ihr das Aussehen einer Marsbewohnerin verlieh, dann kaufte sie eine Taschenlampe, ein seidenes Halstuch mit darüberjagenden Zebras, einen Khakihut und einen Staubschleier, weil ja immerhin die Möglichkeit bestand, daß sie in einen Sandsturm geriet. Sie glaubte mit ihren Einkäufen fertig zu sein – bis sie den Schirm erblickte.

„Er ist ziemlich groß", erklärte der Verkäufer, der ihr fasziniert zusah. „Es ist nämlich ein Herrenschirm."

„Ja, aber ist er nicht schön?" fragte sie und betrachtete voller Entzücken den schillernden Regenbogeneffekt von Violett, Blau, Grün, Gelb, Orange und Gelbrot.

„Ich glaube, in Sambia ist die Regenzeit vorüber."

„Oh", meinte sie bedächtig, „aber es ist doch eigentlich eine Sache der Wortwahl, finden Sie nicht? Ich meine, einen Regenschirm könnte man ebensogut einen Sonnenschirm nennen, und wenn die Regenzeit vorüber ist, dann scheint die Sonne. Sehr viel Sonne, möchte ich annehmen."

„Ja", sagte der junge Mann, der ihrem Gedankengang zu folgen begann. „Sonne und Staub."

Sie nickte. „Und dann habe ich meinen Staubschleier und meinen Sonnenschirm."

„Sehr richtig."

Mrs. Pollifax kaufte ihn, was ihr nicht einmal dann leid tat, als er am Flughafen als Waffe klassifiziert wurde und sie zusehen mußte, wie er während der ganzen Reise Gepäckrutschen hinuntergeworfen wurde. Das war, fand sie, ein geringfügiges Übel, wenn man einen so prächtigen Regenschirm besaß. Oder Sonnenschirm.

Und so flog Mrs. Pollifax um zehn Uhr an jenem Abend nach London ab, ausreichend geimpft und ausgerüstet. Unterwegs holte sie ihr Buch über afrikanische Tiere heraus und begann zu lesen: „Die Pferdeantilope bietet mit ihrem kraftvollen, massigen Körper, der schwarz-weißen Gesichtszeichnung, den starken Hörnern und den langen Ohren ein prächtiges Bild", und dann war sie eingeschlafen. Im Londoner Flughafen Heathrow machte sie in einem kleinen Aufenthaltsraum abermals ein Schläfchen, und am Sonntagabend um acht Uhr bestieg sie die Maschine der Zambia Airways nach Lusaka.

Hier erlebte sie ihre erste Enttäuschung. Sie hatte ein paar exotische Reisegefährten erwartet; statt dessen befand sie sich inmitten von Passagieren, die ihr wie britische Familien auf Urlaubsreise vorkamen. Die einzigen Farbtupfen waren die hübschen Stewardessen in ihren orangefarbenen Minikleidern.

Halb dösend, halb wachend verbrachte sie die Nacht, entschlossen, den ersten Blick auf Afrika keinesfalls zu verpassen. Als der Tag graute, öffnete sie die Augen und schaute hinunter. Endlich Afrika! dachte sie, und durchaus kein schwarzer Kontinent. Aus dieser Höhe sah es aus, als sei die Erdoberfläche abgeschält, zu einer trüb orangefarbenen Kruste verkocht und dann mit grünen Flechten dünn besprenkelt worden. Am sonderbarsten aber waren die hier und da auftauchenden Erderhebungen. Wirklich, dachte sie, die sehen genauso aus wie Blasen in einem dicken Brei, der auf dem Herd blubbert.

Bald wurde das Bild gefälliger, und das blasse, staubige Grün wich einem dichten, mit roten Lehmwegen geränderten Gewebe, wie aus grobem Garn, das sich bis zum Horizont erstreckte. Einmal war sie überzeugt, ein Dorf aus Hütten zu sehen, und sie erschauerte bei der Vorstellung, daß dort unten Eingeborene beim Morgengrauen erwachten, ohne zu ahnen, daß sie vom Himmel auf sie hinunterschaute.

Ein aufregender Gedanke, daß sie auf dieser unter ihr ausgebreiteten Erde landen sollte, und sie begann zu überlegen, was nun vor ihr lag. Zunächst, rief sie sich ins Gedächtnis, sollte sie auf dem Flughafen von Lusaka von einem Reiseführer abgeholt und unverzüglich ins Intercontinental-Hotel gebracht werden. Rund sieben Stunden sollte sie in der Hauptstadt bleiben; aber ehe sie am Nachmittag um halb drei zum Kafue-Nationalpark aufbrach, hatte sie die begründete Hoffnung, Farrell wiederzusehen, was ihrer Ankunft einen zusätzlichen Reiz verlieh.

Seit ihrer Abreise aus New York hatte sie sich unaufhörlich Gedanken gemacht, was Farrell wohl in Sambia triebe, und jetzt versuchte sie von neuem, das, was sie von ihm wußte, mit dem Terrain da unten in Verbindung zu bringen. Als sie Farrell kennenlernte, hatte er in Mexico City eine Kunstgalerie betrieben, hatte aber erwähnt, daß er am Anfang der Revolution für Castro Gewehre geschmuggelt und einmal ein Charterboot aus Acapulco herausgesteuert habe. Irgendwann dazwischen war er auch für Carstairs tätig gewesen. Jetzt lebte er im Ruhestand.

Was aber mochte Farrell hier gefunden haben? Vielleicht wieder eine Kunstgalerie? Je länger sie diesem Gedanken nachhing, um so besser gefiel er ihr. Natürlich sammelte er primitive Kunst und spezialisierte sich auf Holzschnitzereien, Trommeln und Speere. Es machte ihr Vergnügen, sein neues Leben in Sambia mit hübschen kleinen Phantasiebildern zu illustrieren, wobei sie auch eine schöne Frau nicht vergaß, denn bestimmt, das spürte sie, gäbe er einen ausgezeichneten Ehemann ab – wie so manche Wüstlinge im Ruhestand –, und vielleicht hatten sie schon ein Kind.

Auf einmal merkte sie, daß das Signal – NICHT RAUCHEN – BITTE ANSCHNALLEN – schon eine Weile vor ihren Augen blinkte, und jetzt unterbrach auch eine Stimme ihre Grübeleien und kündigte die bevorstehende Landung an. Die 707 verlor an Höhe, setzte zur Landung an, berührte den Boden, rollte aus und hielt vor einem hübschen Flughafengebäude. Mrs. Pollifax stieg aus und erlebte als erstes, daß der Morgen in Afrika kalt sein konnte. Fröstelnd ging sie zur Paßkontrolle, wo sie eine Anzahl langweiliger Formulare ausfüllte. Dann trat sie in die Eingangshalle hinaus und ging an einer Menschenmenge vorbei, die hinter einer Absperrung wartete. Aus ihr löste sich jemand und trat auf sie zu, ein lächelnder junger Schwarzer in einer Windjacke. „Mrs. Pollifax?"

„Ja", sagte sie erleichtert.

„Ich bin Homer Kulumbala. Willkommen in Lusaka."

„Danke", sagte sie und strahlte ihn an.

Sie warteten auf das Gepäck, und wenige Minuten später fuhren sie in schneller Fahrt in einem VW-Bus mit der Aufschrift des Reisebüros stadteinwärts. Mrs. Pollifax' erster Eindruck war der von Weiträumigkeit und Neuheit und einer Blütenpracht von ungeheuer vielen Bougainvilleas, und als sie vor dem modernen Hotel hielten, erklärte Homer ihr, daß er sie um halb drei ins Safaridorf Chunga fahren werde. Sie bedankte sich und übergab dem Träger ihren Koffer, den Schirm aber trug sie selbst.

In ihrem Zimmer ruhte Mrs. Pollifax sich keineswegs aus; mit dem Telefonbuch auf dem Schoß setzte sie sich auf ihr Bett, stellte nach einem Blick auf den Einband überrascht fest, daß es das ganze Land umfaßte, und blätterte eifrig die Seiten um, bis sie bei Lusaka angelangt war. „A ... B ... C ... D ... E ... F", murmelte sie und fuhr mit dem Finger die Kolonne der F's entlang; Farrell, der Name, nach dem sie suchte, glänzte durch Abwesenheit.

Unmöglich, dachte sie mit gerunzelter Stirn und begann entschlossen von vorn, aber ein Farrell war nicht vorhanden. Zutiefst enttäuscht begann sie ganz vorn im Telefonbuch und schlug den Buchstaben F auch in Städten wie Chingola, Kazungula und Kitwe nach, aber auch nach einer Stunde angestrengten Suchens hatte sie John Sebastian Farrell immer noch nicht gefunden. Und doch hatte Bishop ihr berichtet, er sei hier, denn alle ihm nach Lusaka zugesandten Schecks seien eingelöst worden.

Barclay's Bank, schoß es ihr durch den Kopf, sie langte nach dem Hörer, wählte die Rezeption und erkundigte sich nach den Öffnungszeiten der Banken. Von acht bis zwölf, informierte sie der Angestellte.

Jetzt war es halb neun.

Mrs. Pollifax bedankte sich, ergriff mit einem entsagungsvollen Blick auf ihr Bett ihre Handtasche und verließ das Hotel.

DIE Cairostraße war eine belebte Hauptstraße mit einem breiten Grünstreifen in der Mitte und modernen Geschäften auf beiden Seiten. Frauen flanierten vorbei in langen, buntfarbigen Röcken, Blusen und Turbanen, dazwischen Frauen in eleganten europäischen Kleidern und Sandaletten. Die meisten Gesichter waren schwarz, und die meisten Stimmen, die sie hörte, sprachen in einem reizenden britischen Tonfall. Es war eine heitere, lärmerfüllte Szenerie voll kleiner hupender Wagen, Motorrollern, Landrovern und Fahrrädern.

Mrs. Pollifax bezahlte den Taxifahrer, der vor dem Hotel gestanden hatte, betrat die Bank und ging zum Schalter mit der Aufschrift AUSKUNFT–POST. Der Mann hinter dem Schalter mit einem Ausdruck zugeknöpfter bürokratischer Reserviertheit auf dem schwarzen Gesicht wirkte einschüchternd. Sie räusperte sich, um ihn auf sich aufmerksam zu machen. „Wird hier die Post abgeholt?“

„Ja, Madam.“ Er sah sie ausdruckslos an. „Ihr Name?“

„Ich will keine Post abholen. Ich suche nach einem Herrn, der hier seine Post abholt. Ich habe seine Privatadresse nicht“, erklärte sie, „ich komme aus Amerika und stelle fest, daß er nicht im Telefonbuch steht.“

„Das ist recht interessant“, sagte er höflich.

„Sein Name ist John Sebastian Farrell“, fuhr sie fort. „Ich dachte, Sie schickten seine Briefe vielleicht weiter an eine Adresse?“

Sein Blick blieb reserviert, aber nach kurzem Überlegen drehte er sich um und rief: „Jakob!“

Der strahlend lächelnde junge Mann, der daraufhin erschien, gehörte einer andern Generation an; seine Krawatte war feuerrot und sein Gesicht aufgeschlossen. Als Mrs. Pollifax ihre Frage wiederholte, antwortete er prompt: „Keine Nachsendeadresse, seine Post bekommt er immer nur hierhergeschickt, obwohl ich ihn noch nie gesehen habe. Ein Junge holt sie ab. Nicht oft, manchmal erst nach drei Monaten.“

„Immer?“ stotterte sie.

„Immer. Und er schickt jedesmal einen andern Jungen“, sagte der Angestellte. „Ist alles ein bißchen rätselhaft.“

„Oh“, sagte Mrs. Pollifax mit sinkendem Mut. „Oh, liebe Zeit. Sind – vielleicht dürfte ich nicht danach fragen – aber sind jetzt Briefe für ihn da, so daß vielleicht schon bald jemand seine Post abholen könnte? Ich würde dann einen Zettel hinterlassen.“

Von ihrer Bestürzung gerührt, sagte Jakob ernsthaft: „Es wäre bestimmt gut, wenn Sie Ihrem Freund einen Brief schrieben, aber Mr. Farrells Post ist erst vor vierzehn Tagen abgeholt worden. Ich habe sie selbst ausgegeben –"

„Ich verstehe", sagte Mrs. Pollifax. „Ja – also dann vielen Dank." Sie trat wieder hinaus in die Sonne, überquerte die Straße bis zu der parkähnlichen Grünfläche zwischen den Fahrbahnen und setzte sich auf eine Bank unter einem Baum. Sie war den Tränen nahe. Nicht nur, weil Farrell zu ihrem Auftrag gehörte; sie hatte sich auch so auf ein Wiedersehen gefreut.

Neben ihr auf der Bank lag eine Zeitung. Sie nahm sie in die Hand und schlug sie auf, um ihrer Tränen Herr zu werden. Es war eine Nummer der *Times of Zambia,* und ihr Blick ruhte auf einer Seite mit verschiedenen Anzeigen-Rubriken, und zwar auf einer Spalte PERSÖNLICHES. Da las sie:

> BARMHERZIGER SAMARITER: Hilf Verzweifeltem und Selbstmordgefährdetem. Schreib an Postfach 1 A oder ruf an unter ...
>
> VERLOREN: Mercedesschlüssel auf dem Ladentisch der Nationalen Handelsbank liegengelassen, Montag, 10 Uhr 30. Finder wird um Rückgabe gebeten.

Mrs. Pollifax kam eine Idee. Wagenschlüssel hatte sie nicht verloren, wohl aber Farrell. Nach einem abermaligen Blick auf die Zeitung war ihr Entschluß gefaßt. Sie lenkte ihre Schritte wieder zur Barclay's Bank und erkundigte sich nach dem Weg zur Geschäftsstelle der *Times.* Zehn Minuten später betrat sie das Gebäude der *Times of Zambia,* nur wenige Häuserblocks von der Cairostraße entfernt, wo man ihr ein Formular zum Ausfüllen gab.

Sie schrieb ihren Namen und ihre Adresse in den Staaten und dann:

> John Sebastian Farrell: Bin hier auf Safari, möchte Sie sehen. Zurück am 16. Juni, Intercontinental-Hotel. Herzogin.

Während sie dies schrieb, merkte sie, daß ein Herr am Schreibpult gegenüber begonnen hatte, ein ähnliches Formular auszufüllen, und als sie aufblickte, sah sie, daß er sie anstarrte. Er war groß, mindestens ein Meter neunzig, hatte ein gefurchtes, dunkelbraungebranntes Gesicht und einen weißen Haarschopf. Als ihre Blicke sich begegneten, nickte er. „Gutes Gesicht."

„Wie bitte?" fragte sie verblüfft.

„Gutes Gesicht", wiederholte er mit einem Akzent, der den Amerikaner verriet. „Sehen alt genug aus, um so was nicht übelzunehmen."

„Alt genug, ja", sagte sie und lächelte ihn an.

„Hab meine Brieftasche verloren", erklärte er mit einer Handbewegung, die das Büro miteinbezog.

„Ich hab einen Freund verloren", sagte sie und ging mit ihrem Formular zu dem jungen Mann hinter dem Schalter. „Wie schnell können Sie dies in Ihrem Blatt veröffentlichen?"

Der junge Mann nahm das Formular und las es ihr mit seiner hellen Stimme unnötig laut vor. „John Sebastian Farrell: Bin hier auf Safari, möchte Sie sehen. Zurück am 16. Juni. Intercontinental-Hotel. Herzogin." Nach einem Blick auf seine Uhr versicherte er ihr, daß die Anzeige unzweifelhaft in der nächsten Morgenausgabe erscheinen werde und daß sie einen Kwacha und zwanzig Ngwee koste.

„Ungefähr zwei amerikanische Dollar", warf der riesige Mann ein, der wartend neben ihr stand.

„Ja, vielen Dank", stammelte sie, bezahlte die Gebühr und eilte zum Ausgang.

Hinter sich hörte sie den Amerikaner sagen: „Morgen, mein Name ist Cyrus Reed. Hab eine Brieftasche verloren."

Draußen auf der Straße fand sie vor dem Gebäude nebenan ein Taxi, aus dem gerade ein Fahrgast ausstieg, und stürzte sich darauf. Zurück in ihrem Zimmer, stieg sie in ihren Flanellpyjama und beschloß, jeden Gedanken an Farrell zunächst beiseite zu schieben. Sie hatte getan, was in ihrer Macht stand. Jetzt lag anderes vor ihr: wilde Tiere und Aristoteles. Lächelnd schlief sie ein.

Ihr Wecker rasselte um ein Uhr, und sie sprang aus dem Bett. Eifrig öffnete sie ihren Koffer, nahm die neue Buschjacke und eine lange Hose heraus, eine pflegeleichte rosageblümte Bluse und ihre bequemen Laufschuhe. Das Entfernen der Preisschildchen hielt sie ein bißchen auf; als sie aber ihre Safarikleidung anhatte, war die Wirkung verblüffend: die alte Emily Pollifax, Vizepräsidentin des Komitees für Umweltschutz und Schriftführerin des Gartenklubs von New Brunswick war zusammen mit dem Strohhut, den sie in ihren Koffer gesteckt hatte, verschwunden. Sie sah aus – toll, fand sie, ja, einfach toll.

Es gab eine weitere Verzögerung, als sie den Khakihut und die Sonnenbrille aufprobierte, den Staubschleier überwarf und zuletzt den

Schirm aufspannte, aber schließlich hatte sie alles übrige wieder in den Koffer gepackt und war zum Aufbruch bereit. Sie fuhr mit dem Aufzug nach unten, bezahlte am Empfang ihre Rechnung, stellte den Koffer beim Pförtner am Eingang ab und ging mit dem Schirm in der Hand zum Terrassenrestaurant, um vor ihrer Abfahrt nach Chunga zu Mittag zu essen. An der Tür zögerte sie einen Augenblick, als eine Männerstimme hinter ihr sagte: „Na also – hab Sie doch wiedergefunden. Mittagessen?"

Mrs. Pollifax drehte sich um und starrte auf ein giftgrünes Hemd. Als sie den Blick höher schweifen ließ, erkannte sie als dessen Träger Cyrus Reed, den sie zuletzt im Büro der *Times of Zambia* gesehen hatte. „Das habe ich vor, ja."

„Gut. Essen wir zusammen", sagte er, griff sie fest am Ellbogen, führte sie auf die Terrasse und setzte sie nachdrücklich an einen Tisch unter einem Sonnenschirm. „Hab Ihnen gar keine Chance gelassen abzulehnen", sagte er, als er sich ihr gegenübersetzte.

„Nein, das haben Sie nicht."

„Hoffe, daß Sie keine wirkliche Herzogin sind", meinte er bärbeißig. „Konnte leider nicht vermeiden, Ihre kleine Anzeige im Zeitungsbüro mitzuhören."

„Er hat sie laut genug vorgelesen", mußte sie zugeben. „In Wirklichkeit heiße ich Emily Pollifax. Herzogin war eine – eine Art Spitzname."

Er streckte den Arm über den Tisch, und sie schüttelten sich feierlich die Hand. Wirklich ein großer Mann, stellte sie fest, das lag an seinem Körperbau und den Muskeln; dick war er jedenfalls nicht. Er bewegte sich langsam, und auch seine Sprechweise wirkte wie von Trägheit gehemmt, aber sein Lächeln war bei aller Schläfrigkeit besonders warm und ansprechend. Seine Augen verliehen ihm ein leicht orientalisches Aussehen; sie saßen in seinem Gesicht wie Mandeln, die man einer Lebkuchenfigur eingedrückt hat.

Jetzt sagte er, indem er sie aufmerksam ansah: „Sie hatten einen abwesenden Blick, als Sie den Spitznamen erklärten. Guter Freund, dieser Farrell?"

„Ein sehr guter Freund, ja."

„Dürfte nur solche geben", sagte er. „Übrigens: mein Name ist Cyrus Reed, Rechtsanwalt, Connecticut. Möchten Sie vor dem Essen etwas trinken?"

Mrs. Pollifax lächelte dem wartenden Kellner zu, schüttelte aber den Kopf. „Ich hab nicht viel Zeit", erklärte sie. „Ich werde um halb drei abgeholt."

„Dann wollen wir bestellen. Ich kann das Hähnchen empfehlen, weil ich es, seit ich hier bin, jeden Tag gegessen habe."

Es stellte sich heraus, daß Mr. Reed seit vier Tagen in Lusaka war. „Meine Tochter", erklärte er, „kann einem den Nerv töten. Hatte darauf bestanden, daß wir auf dem Weg hierher in Rom Station machten, und jetzt ist sie nach Livingstone gefahren, um die Victoria-Fälle zu besichtigen, während ich hier wieder zu Atem komme. Hat für den Ausflug einen Wagen gemietet, sagte, sie wolle mehr von diesem Land sehen."

„Das wird sie denn wohl auch", sagte Mrs. Pollifax freundlich.

„Ist schon überfällig. Sollte vor drei Stunden zurück sein. – Und was führt Sie hierher?"

„Ich breche heute nachmittag zu einer Safari auf", erzählte sie ihm. Sein schläfriger Blick wurde munter. „Doch wohl nicht zu der Kafue-Nationalpark-Safari, die offiziell morgen früh beginnt?"

Sie sah ihn erstaunt an. „In der Tat, ja. Sie wollen doch nicht sagen –"

„Doch!" Er nickte. „Ankunft im Safaridorf Chunga heute am späten Nachmittag. Morgen früh Exkursion, erste Gelegenheit, wilde Tiere zu beobachten, nachmittags Aufbruch zum Safaridorf Kafwala."

„Genau. Werden Sie auch heute um halb drei von Homer abgeholt?"

Er schüttelte den Kopf. „Wir fahren mit dem Auto. Lisas Idee." Er sah sie an und fuhr freimütig fort: „Tut mir leid, wirklich, aber für ein Wiedersehen stehen die Sterne dennoch günstig. Sie sind – wie nennt man das heutzutage – ungebunden?"

„Ich bin Witwe."

„Ich sollte mein Bedauern ausdrücken, kann's aber nicht. Sie gefallen mir."

Sie sah ihn an, und dann mußte sie lachen. „Mir gefällt Ihre Offenheit, aber ich bin nicht gewohnt an solche – solche ..."

„Unverhohlene Bewunderung? Wieso nicht? Sie sehen so lebendig aus", sagte er bestimmt. „Kann langweilige Leute nicht ertragen."

„Ich bin sehr langweilig", erklärte ihm Mrs. Pollifax aufrichtig. „Ich betätige mich ehrenamtlich – nicht besonders wirkungsvoll –, und ich züchte Geranien. Im *allgemeinen*", fügte sie gewissenhaft hinzu, „führe ich ein sehr ruhiges Leben."

„Besagt gar nichts", meinte er. „Sie wirken interessiert, mit einem Sinn für das Wunderbare. Stimmt's?"

„Ich komme mir vor wie ein Zeuge vor Gericht im Kreuzverhör."

Er nickte. „Schlechte Angewohnheit von mir, die Schattenseite des Juristenberufes. Wenn meine beiden Kinder mit mir zufrieden sind, nennen sie mich aufrichtig, wenn sie sich über mich ärgern, nennen sie mich grob."

„Sie haben also zwei Kinder?"

Er nickte. „Der Sohn ist dreißig, das Mädchen – das ist Lisa – sechsundzwanzig. Hab sie selbst erzogen, seit ihre Mutter tot ist; Lisa war damals drei. Als die Kinder alt genug waren, hab ich mir gesagt: Hände weg, wenigstens bis vor zwei Jahren. Sie haben auch Kinder?"

Mrs. Pollifax nickte. „Auch einen Sohn und eine Tochter, beide erwachsen und schon selbst Eltern. Aber was ist denn vor zwei Jahren passiert?"

„Hab Lisa retten müssen", sagte er und lehnte sich zurück, damit der Kellner auftragen konnte. „Fand sie im New Yorker East Village, wo sie als Sozialhelferin arbeitete; war auf sechsundneunzig Pfund abgemagert und heulte sich die Augen aus wegen einem Burschen, in den sie sich verliebt hatte." Er schnaubte verächtlich. „Liebte ihn, sagte sie, weil er sich was aus ihr machte. Aber er hat sie schön an der Nase herumgeführt. Wenn man bedenkt, daß Lisa mit magna cum laude vom Radcliffe-College abgegangen ist, war das nicht gerade ein Intelligenzbeweis."

„Gefühle haben mit dem Verstand nichts zu tun", erklärte Mrs. Pollifax. „Wie ist es denn mit Lisa weitergegangen?"

„Sie werden es sehen", sagte er. „Forsch, sachlich, das ist Lisa. Gefiel mir aber damals besser, als sie von allem, was ihr begegnete, noch aus dem Gleichgewicht gebracht wurde. Warmherziges, leidenschaftliches Kind."

„Dann ist sie natürlich immer noch so", warf Mrs. Pollifax ein.

„Irgendwie schon, aber in den letzten beiden Jahren hat sie sich ein meterdickes Fell zugelegt. Dachte, die Reise würde ihr guttun. Nicht gesundheitsfördernd für uns beide, zusammen zu leben. Tötet einem den Nerv."

Mrs. Pollifax legte ihre Gabel hin und lächelte ihn an. „Gibt es irgend etwas, was Ihnen nicht den Nerv tötet?"

Er richtete seinen schläfrigen Blick auf sie und erwiderte ihr Lächeln. „Tatsächlich, ein paar Sachen schon ... gutes Essen, gute Gespräche, seltene Bücher sammeln ... und ein anständiges Tennisspiel, und ich bin dafür bekannt, daß ich vor Tag und Tau aufstehe, um Vögel zu beobachten."

„Das kann man sich kaum vorstellen. Sind Sie", fragte sie streng, „sind Sie umweltbewußt?"

„Leidenschaftlich", sagte er mit unbewegter Miene.

Mrs. Pollifax lachte und kam im selben Augenblick zu einer Einsicht: wenn sie auch in den wenigen Stunden in Lusaka Farrells Gesellschaft hatte entbehren müssen – Cyrus Reed war kein schlechter Ersatz gewesen. Auch entdeckte sie die Hoffnung in sich, Mr. Reeds Melancholie möchte echt sein, seine Tochter ehrlich; und daß er sich nicht die häßliche Gewohnheit zugelegt haben möge, in seiner Freizeit Leute zu ermorden.

Kurz danach verabschiedeten sie sich voneinander, und Mrs. Pollifax ging in die Halle, wo sie sich einen Sessel mit Blick auf die Eingangstür aussuchte. Dort saß sie, betrachtete interessiert eine Gruppe dunkelhäutiger Männer mit Turbanen, und auf einmal stand Homer Kulumbala vor ihr und sagte lächelnd: „Guten Tag, sind Sie bereit für den Aufbruch nach Chunga?"

„Fix und fertig", sagte sie.

Der VW-Bus stand zwischen Bougainvillea-Sträuchern geparkt, und sie wählte den Vordersitz neben dem Fahrer. Homer ging, um weitere Mitglieder der Safari zusammenzuholen, und erschien kurz darauf wieder in Begleitung eines schmächtigen, kleinen Mannes in langen Hosen und Buschjacke. O Himmel, wir sind Zwillinge, dachte Mrs. Pollifax kläglich und ließ ihren Blick von seinem Anzug zu dem ihren schweifen. „Hallo", sagte sie, als er beim Bus ankam.

Er mochte fünfundvierzig sein und trug als einzig bemerkenswertes Kennzeichen einen rotbraunen Kinnbart. Wohl ein etwas sonderbarer Kandidat für eine Safari: Er wirkte mäkelig, und ein verkniffener Zug um die Nasenlöcher erweckte den Eindruck, als ströme die Welt einen leicht ranzigen Geruch aus. Vorsichtig stieg er hinten in den Bus und rief in einem Englisch mit leichtem Akzent Homer zu, er möge behutsam mit seinen Koffern umgehen. Erst dann wandte er sich Mrs. Pollifax zu und sagte griesgrämig: „Die schmeißen sie nämlich, haben Sie's bemerkt?"

„Nein", sagte Mrs. Pollifax und stellte sich vor.

„O doch. Na ja." Er streckte eine magere Hand aus, die sich

trocken anfühlte, und drückte die ihre. „Kleiber. Willem Kleiber." Er wischte seine Hand nicht gerade ab, nachdem er die ihre berührt hatte, aber offenbar hätte er es gern getan.

„Deutscher?" fragte sie.

„Nein, nein, Holländer."

Jetzt geleitete Homer einen dritten Teilnehmer der Safari zum Bus. Die Dame an seiner Seite bewirkte, daß Mrs. Pollifax sich plötzlich unelegant vorkam und gar nicht mehr toll. Sie mochte in den Vierzigern sein und trug ihr platinblondes Haar mit einem scharlachroten Seidentuch zurückgebunden. Ihr Safarianzug war aus hellbeigefarbenem Gabardine und so geschneidert, daß jede Kurve ihrer Figur zur Geltung kam. An mehreren Fingern glitzerten Brillanten, und ein phantastischer Türkis schmückte ihren schwarzen Rollkragenpullover. Alles an ihr war auffallend – ihr Anzug, ihre kühlen Saphiraugen, ihre klar geschnittenen Züge und ihre zartgebräunte Haut.

„Und ich hatte schon Angst, ich wäre nicht rechtzeitig hier und als – Oh, zwei sind schon da, ist das nicht phantastisch?" sagte sie, und als sie beim Bus angekommen war, lächelte sie Mr. Kleiber zu. „Ich denke, wir machen uns am besten selbst bekannt." Ihre Stimme klang einschmeichelnd, und sie sprach mit einem etwas affektierten britischen Akzent. „Ich bin Mrs. Lovecraft", sagte sie. „Amy Lovecraft."

In diesem Augenblick kam ein großer, gutaussehender junger Mann aus dem Hotel geeilt, rief Homer etwas zu, trat dann an den Bus und rief: „Dies ist doch der Bus ins Safaridorf Chunga?"

„Was für ein schöner Mann", murmelte Mrs. Lovecraft.

„Ja, ja", sagte Homer. „Sie sind –"

„John Steeves." Er war ziemlich nachlässig gekleidet, hatte einen dicken Rollkragenpullover und schäbige Twillhosen an. Wettergegerbt kam er Mrs. Pollifax vor. Seine Stimme verriet den Engländer, die Patina seiner Schuhe den Wanderer. Sein längliches Gesicht mit den interessanten, dunklen Augen hatte einen angespannten Zug, und er trug einen dichten, dunklen Schnurrbart.

Als er seinen Namen nannte, hellte Homers Gesicht sich auf. „Natürlich, ja, ich habe schon nach Ihnen gefragt. Haben Sie Gepäck?"

„Einen Seesack. Den bringt Tom Henry mit. Er ist auch mit von der Partie; wir haben uns im Restaurant kennengelernt." Er drehte sich um und deutete auf den Hoteleingang. Mrs. Pollifax sah einen gesetzt wirkenden jungen Mann mit einem Koffer und einem Seesack das Hotel verlassen, von einem bloßfüßigen, etwa zwölf Jahre alten schwarzen Jungen begleitet. Tom Henry, rotblond und mit aufrichtig blickenden grauen Augen wirkte heiter und unkompliziert. Der macht kein Getue, dachte Mrs. Pollifax, die ihn auf Anhieb sympathisch fand. Der schwarze Junge, der neben ihm herging, sah plötzlich zu ihm auf und lächelte. Nie hatte Mrs. Pollifax ein Kind einen Erwachsenen so voller Bewunderung anlächeln sehen.

„Ah, Dr. Henry?" fragte Homer. „Vom Missionskrankenhaus?"

„Und das ist Chanda", sagte der junge Mann bestimmt und legte den Arm um den Jungen. „Chanda Henry."

Homer ging mit den Neuankömmlingen zum rückwärtigen Teil des Busses und verstaute das Gepäck. Mrs. Lovecraft stieg ein und setzte sich mit den Worten: „Ist das nicht lustig?" neben Mr. Kleiber.

Als sie zum Hotel zurückschaute, sah Mrs. Pollifax Cyrus Reed heraustreten, der irgendwie beunruhigt aussah. Er kam zum Bus herüber und sagte zu Mrs. Pollifax: „Jetzt ist sie schon vier Stunden überfällig."

In diesem Augenblick bog ein kleiner roter Fiat in rasendem Tempo in die Zufahrt zum Hotel ein und hielt mit einem Ruck. Heraus sprang eine junge Frau, die so klein wirkte, wie Reed riesig schien, und rief: „Da bin ich, Richter!"

„Das ist Lisa", sagte Cyrus Reed ergeben.

„Richter?" fragte Mrs. Pollifax.

„Im Ruhestand."

Die junge, schlanke und langbeinige Frau war schwer zu übersehen. Ihr Haar war leuchtend kastanienbraun, von der Farbe eines neuen Kupferpfennigs, und ihr rundes Gesicht mit einem Kinngrübchen hatte etwas Koboldhaftes. „Sie sieht aber gar nicht kalt und sachlich aus", meinte Mrs. Pollifax.

„Stimmt", sagte Reed, offensichtlich überrascht. „Irgend etwas hat sich verändert. Ich möchte, daß Sie sie jetzt gleich kennenlernen. Ich hole sie her."

Mrs. Pollifax sah zu, wie Lisa mit jemandem im Wagen sprach, und dann wand sich eine Frau, die ein Baby in einer Schlinge über der Schulter trug, heraus, danach ein kleiner schwarzer Mann in einem dunklen Straßenanzug, drei grinsende, bloßfüßige Buben und ein gebückter alter Mann mit einer Krücke. Mrs. Pollifax mußte an einen alten Zirkustrick denken, und sie fragte sich, wie in aller Welt die alle da hineingepaßt hatten. Lisa schüttelte jedem die Hand und ließ sich dann von ihrem Vater zu dem Kleinbus führen.

„Reifenpanne", sagte sie, „aber Kanyama hat mir beim Reifenwechsel geholfen, und Mbulo hat neben dem Weg ein Feuer gemacht und Frühstück bereitet. Richtig gut – und die Wasserfälle hättest du sehen sollen!"

„Ich nehme an, daß du jeden, dem du begegnet bist, mitnehmen mußtest?"

„Na ja, aber war es denn nicht eine glückliche Fügung, daß ich's getan habe? Sonst säße ich jetzt noch irgendwo da unten bei Pemba mit einem platten Reifen. Niemand hat mich gebeten, mitgenommen zu werden. Aber konnte ich denn vorbeifahren, Dad, wo ich einen Wagen hatte und sie nicht? Hallo", sagte sie und lächelte Mrs. Pollifax freundlich an.

„Na, viel zu früh bist du ja nicht angekommen", sagte ihr Vater im Tonfall aller Väter der Welt.

„Aber ich bin angekommen, nicht?" sagte Lisa lächelnd. „Und was hält uns jetzt noch auf? Bis später!" rief sie über ihre Schulter und zog ihren Vater zum Hotel.

Auf dem Weg dorthin gingen sie an Homer vorbei, der das Gepäck eines andern Safariteilnehmers trug, eines mittelgroßen, ungefähr fünfzigjährigen Mannes mit einem Aktenkoffer und einem Regenmantel. Er war, wie Mrs. Pollifax feststellte, noch in seiner Reisekleidung, einem gut gearbeiteten, aber zerknitterten Anzug. Sein langes Haar war pechschwarz, mit weißen Strähnen.

Homer trat an den Bus. „Dies ist Mr. McIntosh", sagte er. „Jetzt kann's losgehen." Einen Augenblick später schloß er die Bustüren, und sie waren unterwegs.

3

Sie fuhren am Gebäude der Nationalversammlung mit seinem glänzenden Kupferdach vorbei, dann an den ordentlichen Häuserreihen des Regierungsviertels und endlich durch ein schäbiges Viertel mit strohgedeckten Hütten. Als der Verkehr dünner wurde, fuhren sie zwischen Baumwoll-, Sonnenblumen- und Maisfeldern dahin, und die Fußgänger wurden zahlreicher: Frauen, die Feuerholz auf dem Kopf balancierten, Männer auf Fahrrädern. Dann waren auch sie verschwunden, und der Bus fuhr auf der sich endlos dehnenden Straße stetig den Anhöhen um Mumbwa entgegen. Die Sonne stand überraschend tief am Horizont, und als Mrs. Pollifax darauf hinwies, erfuhr sie zu ihrem Erstaunen, daß in Sambia die Sonne an diesem Abend schon um sechs Uhr unterging. Jetzt begriff sie, warum Homer fuhr, als sei der Teufel hinter ihm her, denn die Dunkelheit saß ihm im Nacken. Bei diesem ungewöhnlichen Tempo klapperte der ganze Bus, was eine Unterhaltung fast unmöglich machte.

Als Homer eine Stunde später auf die Bremse trat, flog Mrs. Pollifax beinah durch die Windschutzscheibe. Vor ihnen versperrte eine rot-weiß gestreifte Schranke den Weg.

„Und was ist das?" fragte der steifleinene Mr. Kleiber aus dem Hintergrund.

„Die Brücke", sagte Homer. „Alle unsere Brücken werden von der Polizei bewacht."

„Lieber Himmel, warum denn?" fragte Mrs. Pollifax und sah ihn überrascht an.

„Rhodesische Spione", antwortete er. „Sie versuchen, unsere Brükken über den Kafue zu sprengen." Er sprach es „Kafui" aus.

„Rhodesische *Spione?*" wiederholte Mrs. Pollifax.

„Ja, Spione. Sie sind überall."

Mrs. Pollifax setzte zum Sprechen an, aber Homer hatte sich der Wache zugewandt, die auf den Bus zukam und mit dem Gewehr über der Schulter sehr offiziell aussah. Der Mann trug einen Reiterhut, blaue Khakishorts und zwischen Knöchel und Knie Wickel aus schwerem Stoff, die nur Wickelgamaschen sein konnten, schloß Mrs. Pollifax, weil ihr die exotischen Erzählungen von Kipling einfielen. Er spähte in den Bus, schüttelte dann Homer die Hand und begann in einer ihr unverständlichen Sprache mit ihm zu reden. Schließlich grüßte er, die Schranke ging hoch, und sie fuhren über die einfache Brücke.

„Was für eine Sprache haben Sie da eben gesprochen?" erkundigte sich Mrs. Pollifax.

„Nyanja", sagte Homer. „Ich spreche den Dialekt des Tongastammes, er spricht den der Luvale, aber alle Regierungsangestellten beherrschen die Bantusprache Nyanja."

„Diese Spione, die Sie erwähnt haben", begann Mrs. Pollifax, stellte aber dann fest, daß man sich kaum verständigen konnte, nachdem der Bus die Fahrstraße verlassen hatte und auf einem Feldweg dahinfuhr.

An der Einbiegung hatte auf einem Wegweiser SAFARIDORF CHUNGA gestanden.

„Wie?“ rief Homer laut.

„Diese Spione“, rief sie und versuchte das Klappern und Holpern zu überschreien, während sie sich mit beiden Händen an ihren Sitz klammerte, um mit dem Kopf nicht gegen die Decke zu stoßen.

Homer steuerte den Bus genau um ein Loch herum und schrie zurück: „Sie spionieren unsere Freiheitskämpfer aus. In der Südprovinz kamen die Spione von Rhodesien herüber und entführten die Leute, legten Minen und mordeten. Jetzt nicht mehr so oft, aber sie schleichen sich immer noch ein. Vor einem Monat haben sie in Lusaka eine Bombe gelegt und Mr. Chitepo umgebracht, einen schwarzen rhodesischen Nationalisten.“

Mrs. Pollifax schonte ihre Stimme, während sie diese Neuigkeiten mit gewissen Fakten in Verbindung brachte, die sie in Bishops Broschüren gelesen hatte. Sie erinnerte sich, daß noch bis vor kurzem Sambia eine einsame Bastion schwarzer Unabhängigkeit in Afrika gewesen war. Die letzten Fesseln weißer Herrschaft hatte das Land 1964 abgeworfen. Doch war es damals immer noch an Rhodesien – ein Land mit Apartheid – gebunden: durch Straßen, Eisenbahnlinien und Wirtschaftsbeziehungen. Präsident Kaunda hatte sich dem Kampf gegen die Apartheid gewidmet und sofort mit dem Lösen dieser Bande begonnen, aber der Preis für das Abschütteln der Abhängigkeit von Rhodesien war hoch gewesen. Indessen, Sambia hatte überlebt, und Präsident Kaunda war jetzt in die Freiheitsbewegungen der benachbarten Länder einbezogen und ihnen behilflich. Das waren die Worte, die die Broschüre verwendete: einbezogen und behilflich. Verwickelt klänge angemessener, dachte Mrs. Pollifax sarkastisch; von Spionen, Minen und Entführungen war bestimmt nicht die Rede gewesen.

Aber an das Wort „Freiheitskämpfer“ erinnerte sie sich deutlich. „Freiheitskämpfer“, rief sie Homers Hinterkopf zu, „wer ist damit gemeint?“

„Flüchtlinge. Aus Rhodesien. Sie flüchten nach Sambia, weil auf sie ein Kopfgeld ausgesetzt ist. Sie bleiben, werden ausgebildet und gehen dann heimlich zurück. Bei uns gibt es ein Sprichwort: ‚Bevor du daran denkst, einen Elefanten zu töten, besorge dir erst einen

Speer.'" Er fuhr langsamer. „Und da wir gerade von Elefanten reden, dort steht Ihr erster Elefant. Wollen Sie ihn knipsen?"

Ausrufe ertönten hinten aus dem Bus, aber Mrs. Pollifax konnte nur mit angehaltenem Atem staunen. Ihr erster Elefant stand kaum fünf Meter entfernt und futterte zufrieden Blätter von einem Baumwipfel. Der mächtige graue Körper schien vom Staub gebleicht, die großen Schlappohren hatte er aufgestellt, als wisse er sehr wohl von ihrer Anwesenheit. Langsam wandte er den wuchtigen Kopf und schaute mit seinen Knopfaugen den Kleinbus interessiert an. Mrs. Pollifax war fest davon überzeugt, daß er ganz deutlich sie persönlich anstarre. Entzückt und dankbar lächelte sie ihm zu, ehe sie die Kamera hob und ihn knipste.

Auf der Weiterfahrt kamen sie an eine neue Wegsperre, die mit einem liebenswürdigen jungen Wächter besetzt war. Nachdem sie langsamer gefahren waren, um eine Pavianhorde über den Weg zu lassen, kamen sie auf eine Lichtung und hielten an einem abschüssigen Flußufer.

„Jetzt warten wir hier auf das Schiff", erklärte Homer. Er stieg aus und spähte über den breiten Fluß. Mrs. Pollifax öffnete die Tür neben ihrem Sitz und sprang heraus, um sich die Füße zu vertreten. Auch die andern regten sich und stiegen aus, wobei sie einander vage zulächelten. Mrs. Lovecraft schlenderte zu Homer hinüber, und einen Augenblick später folgten ihr Mr. McIntosh und Mr. Kleiber. Die Sonne war hinter einer Wolke verschwunden und hatte die Landschaft aller Farbe beraubt. Auf einmal kam Mrs. Pollifax sich unter dem unendlichen, silbrigen Himmel sehr klein vor, während sie darauf wartete, daß auf dieser grauglänzenden Wasserfläche ein Schiff auftauchte.

„Da", sagte Homer plötzlich und deutete auf den Fluß. „Das Schiff."

Auf dem grauen Strom war ein Punkt aufgetaucht, und es war fast gespenstisch, wie er über den Horizont stieg. Er änderte die Richtung, wurde immer größer, und als er näher kam, und man den Mann im Heck erkannte, merkte sie, daß es ein Kahn war, beinah so flach wie ein Ponton. Dann durchbrach das Tuckern seines Außenbordmotors die beängstigende Stille über dem Fluß.

„Packen wir bei dem vielen Gepäck mit an", sagte Dr. Henry. Er ging zur Rückseite des Busses und begann, dem schwarzen Jungen Chanda Koffer herauszureichen. Nach einer geflüsterten Unterhaltung zwischen ihnen sagte Dr. Henry, indem er Mrs. Pollifax' farbenfrohen Schirm hochhielt: „Chanda sagte mir, daß er Ihnen gehört."

„Woher weiß er das?" fragte sie überrascht.

Dr. Henry lachte. „Ich könnte es Ihnen nicht sagen, aber er weiß so was immer. Er sagt, er habe in Sie hineingesehen und ähnliche Farben erblickt – *mukolamfule,* was auf bemba Regenbogen heißt."

„Ich bin sehr gerührt", sagte sie und lächelte Chanda zu. Mit einem scheuen Lächeln reichte ihr der Junge den Schirm und ging, um ein weiteres Gepäckstück zu holen. Hinter ihnen hatte das Boot soeben angelegt, wobei von oben der Bug mit der Uferschräge eine Schwalbenschwanzform bildete.

Nachdem alles an Bord gebracht war und die Passagiere sich auf Holzkisten verteilt hatten, begann die Fahrt zum andern Ufer. Die Luft war kühl, voller Düfte, doch je näher sie dem jenseitigen Ufer kamen, um so intensiver wurde der Geruch von Holzfeuer.

Plötzlich kam die Sonne wieder zum Vorschein, jetzt ganz dicht über dem Horizont, und als das Boot wendete, konnte Mrs. Pollifax einen ersten Blick auf das Safaridorf Chunga werfen. Von einer am Ufer gelegenen Lichtung stieg der Rauch eines Lagerfeuers auf und zog träge durch die Palmen. Links stand ein langgestrecktes, weißes Gebäude mit Strohdach, dahinter kleine Hütten aus Schilfrohr und Stroh.

Am Landeplatz stand ein Dutzend Menschen, nur Eingeborene. Einer fiel ihr besonders auf, ein breitschultriger junger Mann, bekleidet mit einer Uniform aus dunkelgrüner Jacke und Shorts. Als das Schiff am grau verwitterten Kai anlegte, lächelte er strahlend. „Willkommen in Chunga", sagte er. „Ich bin Julian und leite die Safari. Wenn Sie bitte hereinkommen und sich eintragen wollen –"

Mrs. Pollifax betrat als erste das nahe gelegene, kleine Büro, wo Julian ihr Anmeldeformulare und einen Füllfederhalter reichte. Er rief dem Mann, der sie über den Fluß gebracht hatte, Anweisungen zu, und einen Augenblick später hörte sie das Geräusch des Bootsmotors auf dem Fluß. „Bald kommen noch zwei weitere Gäste aus Lusaka", erklärte Julian.

„Ja, ich weiß", sagte sie. „Ich habe sie kennengelernt."

Ein unwiderstehliches Lächeln spielte um seinen Mund. „Gut. Moses bringt Sie jetzt nach oben. Sie wohnen in der Leoparden-Hütte."

Als sie Moses einen Kiespfad hinauf folgte, raschelte unter ihren

Füßen ein Blätterteppich wie trockenes Pergament, und sie fröstelte in der plötzlichen Kühle. Als sie die Hütte, an der LEOPARD stand, erreicht hatten, stellte Moses den Koffer nach drinnen. Mrs. Pollifax dankte und ging rasch hinein. Bevor sie die Tür schloß, sah sie hinaus und bemerkte, wie die Sonne endgültig hinter dem Horizont verschwand. Homer hatte recht gehabt: Es war genau sechs Uhr.

IM INNERN der Hütte war es dämmerig. Die beiden vergitterten Fenster lagen im Schatten des Strohdaches, aber über dem Nachttisch baumelte eine elektrische Birne. Mrs. Pollifax knipste sie an. Die beiden schmalen Betten sahen seltsam bräutlich aus: Sie befanden sich unter Moskitonetzen, die wie Brautschleier von der Decke herabhingen und unter den Matratzen festgestopft waren. Hinter der Tür fand sie einen Gepäckständer, auf den sie ihren Koffer legte, und während sie sich umschaute, sagte sie laut: „Also – *hier* bin ich."

Und Aristoteles vermutlich auch, rief sie sich ins Gedächtnis.

Es war unglaublich still, totenstill. Eine ganz schwache Brise raschelte in den Schilfwänden und erstarb, so daß sie in der Ferne einen Generator summen hören konnte. Und jetzt erklangen Stimmen in diesem tiefen Schweigen; sie hörte das Lachen eines Mädchens, die Erwiderung eines Mannes und erkannte Cyrus Reeds Stimme. Er und Lisa waren also eingetroffen. Rasch zog sie ihren dicken Pullover an, überprüfte den Film in ihrer Kamera und ergriff ihre Jacke.

Als sie die Tür aufmachte, glitt eine Eidechse über die Stufe und verschwand unter der Hütte. Sie ging den Pfad zum Wasser hinunter, und nach kurzem Zögern nahm sie den Weg durch eine leere, hellerleuchtete Bar in den Speiseraum, den kein Dach bedeckte. Unmittelbar vor seinen niedrigen Mauern brannte auf der den Fluß überblickenden Lichtung ein Lagerfeuer. Ein Dutzend Stühle stand um das Feuer herum, und auf einem saß der junge Mann namens John Steeves. Er stand auf, und das Lächeln, mit dem er sie begrüßte, verwandelte sein ernstes Gesicht.

„Setzen Sie sich doch", forderte Mrs. Pollifax ihn auf. „Ich setze mich dicht ans Feuer, weil ich friere."

„Begreiflich." Er nickte. „Hier ist erst Frühlingsanfang, und außerdem kam die Regenzeit später als sonst, wie ich hörte, deshalb sind die Wege noch nicht in Ordnung gebracht worden. Was Ihnen nicht entgangen sein dürfte", sagte er und grinste.

Offensichtlich war er älter, als sie gedacht hatte. Alles an ihm wirkte jungenhaft – sein faltenloses Gesicht, seine schlaksige Haltung, seine Lebhaftigkeit –, nur seine Augen nicht; sie wirkten irgendwie gehetzt, als hätten sie zuviel gesehen. Sie fügte ihrer ersten Schätzung ein paar Jahre hinzu und hielt ihn jetzt für Mitte Dreißig.

„Freuen Sie sich auf die Safari?" fragte er Mrs. Pollifax, und ihr wurde klar, daß sie ihn angestarrt hatte.

„O ja, gewiß", antwortete sie herzlich. „Und Sie?"

„Bißchen Pause für mich. Zuviel Herumreisen verdirbt einen für Kurorte und Luxushotels."

„Dann reisen Sie also viel?"

Er nickte, während er mit seinem staubigen Stiefel Zweige zum Feuer schob. „Ich schreibe Reisebücher."

„Steeves", sagte sie nachdenklich. „Ich fürchte –"

„Ich weiß", sagte er mit seinem raschen Lächeln. „Kein Mensch behält Verfassernamen."

„Nennen Sie mir die Titel Ihrer Bücher."

„Hm ... *Im Himalaya verirrt, Über die chinesische Grenze, Hundert Nächte in einer Mongolenjurte.*"

„Aber natürlich", rief sie aus. „*Über die chinesische Grenze* habe ich gelesen. Sie verkleiden sich dort und leben unter Eingeborenen."

„Wenn Sie so wollen, ist die Verkleidung der wichtigste Bestandteil meines Erfolges. Ich liebe die Maske. Tatsächlich habe ich als Schauspieler angefangen, aber es macht mehr Spaß, so etwas in gefährlichen Situationen anzuwenden."

„Sie lieben die Gefahr?" fragte sie neugierig.

„Bestimmt ist sie amüsanter als das tägliche Einerlei."

„Ja", stimmte Mrs. Pollifax zu. „Man ist wie neugeboren, geht völlig auf im Augenblick."

Er sah sie verwundert an. „Sie sprechen offenbar aus eigener Erfahrung –" Sein Blick glitt über sie hinweg, sein Gesicht nahm einen sonderbaren Ausdruck an, und er verstummte. Mrs. Pollifax drehte sich um und sah Lisa Reed mit ihrem Vater kommen.

Steeves, sichtlich beeindruckt, sprang auf. „Also ich muß sagen – guten Abend. Sind Sie auch bei der Safari dabei?"

Lisa hatte sich umgezogen, trug jetzt zu blauen Jeans ein Baumwollhemd und wirkte viel jünger, verletzlicher. Mrs. Pollifax glaubte, sie erröten zu sehen; aber als sie sprach, klang ihre Stimme unpersönlich. „Ja, wir sind mit dem Wagen aus Lusaka gekommen. Ich bin Lisa Reed."

„Und ich Cyrus Reed, Vater“, ergänzte Reed und sank auf einen Stuhl neben Mrs. Pollifax. Steeves schien erfreut. „Sie sind Amerikaner? Würden Sie sich bitte hierher setzen“, sagte er zu Lisa. „Vielleicht können Sie mir die politische Lage in Ihrem Land erklären.“

Das brachte ihm ein Lächeln von Lisa ein. Sie setzte sich neben ihn, und die beiden begannen, sich angeregt zu unterhalten.

Ihr Vater wandte sich an Mrs. Pollifax. „Schön, Sie wiederzusehen“, sagte er. „Übrigens hat im Hotel jemand nach Ihnen gefragt.“

„Nach mir?“ hauchte Mrs. Pollifax. „War er groß und –“

Reed schüttelte den Kopf. „Ein Sambier. Kleiner, schwarzer Bursche, in einem geblümten Hemd. Fragte nach Ihrer Zimmernummer.“

„Das ist ja höchst sonderbar. Gewiß, ich habe diese Anzeige aufgegeben, aber sie erscheint ja erst morgen.“

„Vielleicht kennt der Setzer jemanden, der Ihren Freund kennt.“ Mit einer Handbewegung zu den beiden jungen Leuten jenseits des Lagerfeuers sagte er: „Freut mich, daß etwas Junges und Männliches für Lisa dabei ist.“

Mühsam riß Mrs. Pollifax ihre Gedanken von dem geheimnisvollen Mann im Hotel los. John Steeves war äußerst aufmerksam zu Lisa. Die traurigen Augen mit dem gehetzten Blick ruhten unverwandt auf ihrem Gesicht; das fand man nicht oft, daß jemand so zuhören konnte.

„Und Sie?“ fragte Reed. „Reisen immer allein?“

„O ja“, sagte sie einfach. „Wenigstens –“

„Wenigstens reisen Sie allein ab“, meinte er mit seinem gemächlichen Lächeln, „und dann ziehen Sie Leute an wie der Rattenfänger. Ah, da kommt Mr. Sowieso.“

„Mr. Kleiber“, erinnerte sie ihn. „Willem Kleiber.“

Kleiber näherte sich unschlüssig dem Feuer, setzte sich zwei Stühle von Cyrus Reed entfernt und sagte verdrossen: „Nicht mal fließendes Wasser gibt es hier.“

„Das Wort Safari bedeutet Kampieren, wissen Sie“, sagte Reed beiläufig. Bei Kleibers Worten hatte Lisa sich umgedreht. „Hinter dieser Einzäunung aus Stroh sind Duschen.“

Kleibers Gesicht wurde, soweit das möglich war, noch verkniffener. „Jeder kann hereinkommen“, sagte er kalt. „Jeder.“

„Versuchen Sie es doch mit Singen, wenn Sie unter der Dusche stehen“, schlug Reed belustigt vor.

„Genau das habe *ich* getan", sagte Amy Lovecraft, während sie herantrat. In enganliegenden schwarzen Hosen, einem Kaschmirpullover und einer kurzen Lederjacke sah sie sehr elegant aus. Sie setzte sich neben John Steeves, legte ihm eine Hand auf den Arm und sagte: „Ich denke doch, wir nennen einander jetzt beim Vornamen, damit ich John zu Ihnen sagen kann."

„Bitte, tun Sie das", sagte er. „Kennen Sie Lisa Reed?"

„Nein, Kinderchen", sagte sie, beugte sich vor und lächelte Lisa erheblich weniger strahlend an als zuvor John. „Auch den reizenden großen Herrn da drüben kenne ich noch nicht."

„Wir heißen beide Reed", sagte Lisa kurz. „Ich bin Lisa, und er ist mein Vater, Cyrus, und neben ihm sitzt Mrs. Pollifax."

„Sehr erfreut, Cyrus", sagte Mrs. Lovecraft, bedachte ihn mit ihrem warmen Lächeln und übersah Mrs. Pollifax. „Und da kommt Tom Henry. Ich finde es toll, daß wir einen Doktor bei uns haben und obendrein noch einen bekannten Reiseschriftsteller, finden Sie nicht?"

Mrs. Pollifax fand das taktlos, und es würde Amy Lovecraft vermutlich die restlichen Männer zu Gegnern machen; sie beschloß aber, ihr Urteil über Mrs. Lovecraft erst noch zurückzustellen, und begrüßte Dr. Henry aufrichtig erfreut. Er wurde den Reeds vorgestellt, setzte sich neben Mrs. Pollifax, lächelte sie freundlich an und sagte: „Hoffentlich gibt es bald Abendessen, ich sterbe vor Hunger."

„In etwa fünf Minuten", berichtete sie ihm. „Gerade noch Zeit genug, um Sie zu fragen, was Homer gemeint hat, als er sagte, Sie kämen von einem Missionskrankenhaus. Heißt das, daß Sie in Sambia leben?"

Er riß seine Augen von Lisa Reed los und wandte Mrs. Pollifax seine volle Aufmerksamkeit zu. „Das stimmt. Das Krankenhaus liegt drüben am Sambesi in der Nähe der angolanischen Grenze. Ich bin vor drei Jahren aus Kanada gekommen, und ganz bestimmt haben meine Freunde mich eine Woche später zurückerwartet. Ich brauche wohl nicht zu erklären, daß ich noch hier bin."

„Sie leben gern hier."

„Sehr gern", bestätigte er. „So gern, daß ich Lust bekam, während meines Siebentageurlaubs auf Safari zu gehen. Vor lauter Arbeit weiß ich noch beinah gar nichts über den Busch." Er lächelte Chanda zu, der in den Kreis um das Lagerfeuer getreten war und sich neben ihn stellte.

„Chanda spricht Bemba, aber jetzt auch schon etwas Englisch, und vor allem versteht er es sehr gut. Chanda, diesen Herrn kennst du noch nicht. Es ist Mr. Cyrus Reed."

Chanda trat vor, reichte Reed die Hand und klatschte dann zur allseitigen Überraschung dreimal in die Hände. „So begrüßt man sich in Sambia", erklärte Dr. Henry. „Nur hat Chanda Ihnen gegenüber eine einfache Form angewandt. Ganz richtig ist es eine wahre Zeremonie."

„Jedenfalls fühle ich mich vollendet begrüßt", sagte Reed.

Der etwas entfernt sitzende Willem Kleiber sagte beunruhigt: „Er ist doch nicht – Ihr Sohn, oder?"

„Jetzt ist er es. Er wurde halb tot ins Krankenhaus gebracht, weil bei den Kämpfen an der angolanischen Grenze sein ganzes Dorf ausgelöscht worden war. Freiheitskämpfer brachten ihn."

Lisa, die mitgehört hatte, fragte atemlos: „Dort leben Sie?"

Er nickte.

„Aber das muß aufregend sein."

„Ist es", bestätigte er und begegnete ihrem Blick mit einem leichten Lächeln.

In diesem Augenblick kündigte eine Trommel das Abendessen an. Als Mrs. Pollifax sich erhob, sah sie einen Jungen in weißer Jacke eine mächtige Suppenschüssel in den Speiseraum unter freiem Himmel tragen. Sie sah auch Mr. McIntosh auf der Schwelle stehen, unschlüssig, ob er sich der Gesellschaft am Feuer zuwenden oder in den Speiseraum gehen sollte. Ob er wohl zu jeder Mahlzeit im letzten Augenblick erscheinen, vorzeitig aufstehen und wie ein Schatten verschwinden würde? Intuitiv begriff sie, daß er ein einsiedlerischer, in sich gekehrter Mann war. Aber wieso eigentlich? Lag es an der Art seines Blickes, der bei leicht geneigtem Kopf immer von unten kam, oder lag es an seinem immer gleichen Lächeln? Er stand einfach abwartend da. Als sie aufstanden, wandte er sich, immer noch lächelnd, zum Büfett und stellte sich an.

Mit dem Erscheinen von Mr. McIntosh waren die Teilnehmer der Safari jetzt vollständig versammelt, und Mrs. Pollifax fragte sich nicht zum ersten Mal, wer von diesen Menschen nun ein Mörder sein mochte – ein unangenehmer Gedanke, weil sie alle ganz normal aussahen. Keinen von ihnen konnte sie sich mit einer Pistole in der Tasche in einer Menschenmenge vorstellen: wie er wartete, feuerte und verschwand. Keiner von ihnen schien ihr einer solchen Gewalttat fähig. Wenn aber Carstairs recht hatte, dann trug einer von ihnen eine teuflisch geschickte Maske. Sie rief sich Carstairs' Anruf am Abend vor ihrer Abreise aus New Jersey ins Gedächtnis. „Ich weiß ja", hatte sie zu ihm gesagt, „daß wir in einer verrückten Welt leben, aber erklären Sie mir bitte, warum ein Mörder auf *Safari* gehen sollte."

„Um jemanden zu treffen, nehme ich an", hatte Carstairs geantwortet. „Vielleicht um den nächsten Mord zu planen oder um die Bezahlung für den letzten entgegenzunehmen."

Wenn das stimmte – und Carstairs' Vermutungen erwiesen sich fast immer als richtig –, dann trugen auf dieser Safari zwei Menschen eine Maske. Und gelegentlich mußten sie sich zu einem kleinen Plausch absondern. Wenn sie es sehr behutsam, sehr diskret anstellte, konnte sie vielleicht hier und da ein wenig lauschen ...

Natürlich hatte Carstairs ihr klargemacht, daß sie nur Fotos knipsen sollte, und sie hatte die Absicht, diesen Auftrag tadellos zu erledigen; aber es erschien ihr eigentlich als eine unglaubliche Verschwendung, wenn sie nicht gleichzeitig ein wenig spionierte. Schließlich mußte doch der Steuerzahler ihre Safari bezahlen, dachte sie tugendhaft, und Verschwendung war ihr nun einmal ein Greuel.

Außerdem, überlegte sie weiter und ließ jeden Anspruch auf Tugendhaftigkeit fallen, außerdem wäre es doch zu schön, Carstairs damit zu überraschen, daß sie Aristoteles dingfest gemacht hatte.

4

Offiziell begann die Safari am kommenden Morgen vor der Abfahrt zum Safaridorf Kafwala mit einer Fahrt stromaufwärts. Dort würde man wilde Tiere beobachten können. Mrs. Pollifax erwachte früh, war aber nicht recht ausgeschlafen. Die Schilfwände ihrer Hütte hatten die ganze Nacht geraschelt, und einmal war sie durch einen lauten Tierschrei aufgeschreckt worden, dem ein leiser Pfiff und tapsende Schritte gefolgt waren.

Beim Frühstück erklärte ihr Julian, der Leiter der Safari, die Tiere liefen nachts frei durchs Gelände, man habe ein Flußpferd gehört, und die Riedantilopen, die die Sicherheit des Lagers liebten, gäben leise Pfeiftöne von sich.

„Jetzt möchte ich Ihnen Crispin vorstellen", sagte Julian, als sie vom Frühstückstisch aufstanden. „Er ist der stellvertretende Safarileiter und bringt Sie zu den wilden Tieren."

Crispin trug keine Uniform. Mit seinem schmalen Gesicht erinnerte er merkwürdig an einen eifrigen Schulbuben, der stolz darauf war, sie ausführen zu dürfen, was Mrs. Pollifax sehr rührend fand.

Als sie das Motorboot für die Flußfahrt bestiegen, herrschte Picknickstimmung, und Mr. Kleiber, der neben Mrs. Pollifax saß, ging so weit, einzugestehen, daß er gern ein Krokodil sähe. Amy Lovecraft hatte sich mit einer zünftig aussehenden, alle Raffinessen aufweisenden Kamera geziert, die sie John Steeves zu erklären versuchte. Die Reeds saßen in Fahrtrichtung, beide wirkten unausgeschlafen. Tom Henry und Chanda standen im Heck, und Mr. McIntosh saß allein im Bug. Auch er war mit Fotoapparaten und Belichtungsmessern behängt.

Plötzlich rief Crispin dem Jungen am Steuer einen kurzen Befehl zu, woraufhin das Boot auf das gegenüberliegende Ufer zu hielt. In diesem Augenblick hob Mrs. Pollifax ihre Kamera und fotografierte den Flußlauf, wobei es ihr gelang, gleichzeitig mehrere Profile einzufangen. Schon beim Einsteigen hatte sie jeden geknipst, was außer Cyrus Reed, der sie vorwurfsvoll ansah, als habe er so etwas nicht von ihr erwartet, niemand zu beanstanden schien.

„Flußpferd", sagte Crispin leise und zeigte mit dem Finger darauf.

Das Motorboot hielt auf eine Lücke im Wurzelgewirr des Flußufers zu. Als sie in Höhe einer geheimnisvoll aussehenden Bucht stoppten, versuchte Mrs. Pollifax, den tiefen Schatten zu durchdringen, und bemerkte, wie sich zwischen den Bäumen mächtige Gestalten bewegten. Plötzlich vernahm sie ein donnerndes Gebrüll, als sich das erste von einem Dutzend schnaubender Flußpferde in den Strom stürzte. Sonnenflecken glitzerten auf ihren riesigen schwarzen Köpfen.

Immer wieder untertauchend, schwammen sie auf den Fluß hinaus. Ein besonders kühnes kam auf das Motorboot zu geschwommen und starrte die Insassen neugierig an.

Mrs. Pollifax lachte, und nachdem das Boot sich stromaufwärts wieder in Bewegung gesetzt hatte, begannen alle zu reden und im Boot umherzugehen. Mr. McIntosh stellte sich mit schußbereiter Kamera neben Mrs. Pollifax. Er hat eine schlechte Haltung, stellte sie fest, aber, dachte sie nachsichtig, kein Mensch konnte aufrecht stehen, wenn er die Welt unbedingt mit gesenktem Kopf betrachten mußte.

Sie bemerkte, daß sein ziemlich langes, schwarzes Haar dringend gewaschen werden müßte, aber die weißen Fäden darin wirkten interessant gegen sein gebräuntes Gesicht.

„Sie haben da eine sehr schöne Kamera", sagte sie. „Ich bewundere sie schon die ganze Zeit."

Er sah sie an und nannte ihr die Marke.

„Schön", sagte sie, und dann mit einem strahlenden Lächeln: „Wo leben Sie, Mr. McIntosh?"

„Hauptsächlich lebe ich aus meinem Koffer." Er lächelte.

„Aber Sie sind Amerikaner, nicht wahr? Leben Sie in den Staaten?"

„Amerikanischer Bürger, ja", antwortete er. „Aber ich komme und gehe." Er hob die Kamera und knipste das Flußufer, und als Crispin dann „Silberreiher!" rief, entschlüpfte er ihr ins Heck des Bootes.

Amy Lovecraft, die hinter ihr gestanden hatte, beugte sich vor und sagte: „Es ist unmöglich, mit ihm ins Gespräch zu kommen, nicht wahr? Ich habe noch kein klares Ja oder Nein aus ihm herausgebracht, auch nicht, ob er verheiratet ist! Und was noch interessanter ist", fuhr sie fort und senkte die Stimme, „ich glaube nicht, daß McIntosh überhaupt sein Nachname ist."

Daraufhin drehte Mrs. Pollifax sich zu ihr um und murmelte: „Gütiger Himmel, wirklich?"

Mrs. Lovecraft nickte. „Als wir uns in Chunga eingetragen haben", sagte sie jetzt mit Verschwörermiene, „habe ich neben ihm gestanden und einen Blick in seinen Paß tun können. McIntosh ist sein Vorname. Dahinter stand noch ein Name, der auch mit M anfängt, den ich aber nicht lesen konnte."

„Amy", rief John Steeves von der andern Bootsseite, „Sie wollten doch eine Schwarzfersenantilope sehen. Kommen Sie hier herüber."

Mrs. Lovecraft sprang auf und überließ es Mrs. Pollifax, die interessante Mitteilung zu verdauen. Keine sehr vernünftige Frau, dachte sie. Indem sie solche Sachen über McIntosh verbreitete, verriet sie doch nur ihren Ärger, weil er sie übersah. Ob Amy Lovecraft wohl ein schwieriges Leben hinter sich hatte? Sie mußte einmal schön gewesen sein, aber sie hatte etwas sonderbar Hartes an sich, so als sei ihre Schönheit eine trügerisch üppige Erdschicht, die nur dünn einen Felsboden bedeckte.

„Macht es Ihnen Spaß?" Cyrus Reed unterbrach ihre Gedanken.

„O ja!" Sie strahlte ihn an. „Und ich lerne soviel."

MITTEN am Vormittag hielten sie kurz an einer verlassenen Anlegestelle, wo einmal ein Fährschiff für den Transport gesorgt hatte, wo aber jetzt nur noch die Reste eines Weges das hohe Gras durchschnitten. Crispin ließ sie aussteigen und ein paar Schritte den Weg hinuntergehen. „Aber nicht weit", sagte er bestimmt. „Nicht ohne Wache."

„Wozu brauchen wir eine Wache?" protestierte Mrs. Pollifax angesichts der friedlichen Szenerie mit den am Wegrand blühenden leuchtendbunten Blumen, die an Petunien erinnerten. „Es sieht so sicher aus."

„Ja, nicht wahr?" stimmte Tom Henry zu. „Aber Sie könnten über ein Krokodil stolpern, das sich sonnt, und wenn das nicht der Fall ist, dann gibt es Puffottern, Pythons und Schwarze Mambas, ganz abgesehen von einem Nashorn oder einem Flußpferd, das übler Laune sein könnte."

Mrs. Pollifax war bestürzt. „Sie behandeln häufig Schlangenbisse in Ihrem Krankenhaus, Doktor?"

„Vielleicht nicht so erfolgreich wie die Medizinmänner in eurem Dorf, Crispin", sagte Tom, „aber ein paar retten wir. Was die Medizinmänner angeht, so bewahrt es einen vor Überheblichkeit, wenn man merkt, daß die Menschen hier ihr eigenes Serum entwickelt hatten, ehe wir Jahrhunderte später in unsern Laboratorien darauf kamen."

„Wir sind in der Lage zu lernen", sagte Crispin bescheiden. „Wir sehen den Ichneumon im Kampf mit einer Giftschlange, er wird gebissen, er läuft zu einem bestimmten Baum, frißt die Blätter und bleibt am Leben. Der Medizinmann erforscht diese Zeichen."

„Zu wem gehen Sie, Crispin, wenn Sie krank sind?" fragte Steeves.

Crispin grinste. „Ich würde zuerst zum Arzt gehen und danach zum Medizinmann, bloß zur Bestätigung."

„Um auf jeden Fall sicherzugehen", sagte Dr. Henry, als sie wieder ins Boot stiegen.

„Welche ist Ihre gefährlichste Giftschlange?" fragte Reed Crispin.

„Die Viper. Ihr Gift zersetzt das Blut, deshalb sind Sie innerhalb von zehn Minuten tot."

„Lieber Himmel!"

Mrs. Pollifax ließ ihren Blick von Crispin zum Flußufer schweifen, das die verschlungenen Wurzeln wie mit Klauen gepackt hielten, zu seinen tiefen Schatten, seinem dichten Buschwerk. Sie überlegte, was man in diesem Lande alles wissen mußte, um einem plötzlichen schmerzhaften Tod zu entgehen, und ihr wurde klar, daß das Überleben hier ein bißchen schwieriger war als dort, wo man nur bei Grün über die Kreuzung gehen mußte.

Etwa eine dreiviertel Stunde später waren sie wieder im Safaridorf Chunga. Julian wartete an der Anlegestelle, um Mrs. Pollifax mitzuteilen, daß ein Polizist aus Lusaka angekommen sei, um ihr ein paar Fragen zu stellen. „Er sitzt da drüben hinter den Bäumen auf einem Stuhl, ganz versteckt", sagte Julian, während er ihr aus dem Motorboot half.

Mrs. Pollifax konnte ihr Erstaunen nicht verbergen. „Sind Sie ganz sicher, daß er wirklich mich sprechen will?"

„O ja", sagte Julian einfach. Also folgte sie ihm kopfschüttelnd zum beschriebenen Platz, der wirklich versteckt lag, weil er fast ganz von Palmen eingeschlossen war.

Ein schlanker junger Mann in dunkelblauer Uniform erhob sich, vor ihm stand auf einem Tisch eine halbgeleerte Colaflasche. „Mrs. Pollifax?"

Sie sei Mrs. Pollifax, versicherte sie ihm und setzte sich.

„Ich komme, Madam (er sprach das Wort M'domm aus), um Sie nach der Anzeige in der heutigen Morgenausgabe der *Times of Zambia* zu fragen."

„Meine Anzei– Oh", sagte sie, als es ihr dämmerte, „sie ist also heute erschienen. Das freut mich. Man hatte es mir zwar zugesagt, aber natürlich –", sie hielt inne, weil sie merkte, daß ihr Fragesteller darauf wartete, zu Wort zu kommen. „Ich habe doch hoffentlich kein Gesetz gebrochen?"

„Dieser John Sebastian Farrell." Er sprach den Namen korrekt aus. „Sie kennen ihn?"

„Ja, natürlich, oder vielmehr, ich habe ihn gekannt. Sie sind wohl nicht gekommen, um mir mitzuteilen, wo er ist, nicht wahr?"

„Nein, Madam."

„Übrigens", fügte sie nach kurzem Nachdenken hinzu, „mein Name ist doch in der Anzeige gar nicht erwähnt."

„Das Büro der *Times* gab mir Ihren Namen, Madam, wonach ich mich mit dem Reisebüro in Verbindung gesetzt habe, um Ihre Reiseroute zu erfahren. Zurück zu diesem Mann", fuhr er fort, „was veranlaßt Sie anzunehmen, daß er in Sambia ist?"

Mrs. Pollifax setzte zu einer Antwort an, hielt dann aber, plötzlich ängstlich geworden, inne. „Ist etwas nicht in Ordnung? Ich verstehe nicht –“

„Würden Sie bitte antworten –“

„Ja, natürlich“, sagte sie. „Ein gemeinsamer Freund hat mir erzählt, er lebe in Sambia und er bekomme seine Post durch Barclay's Bank in Lusaka. Da sein Name nicht im Telefonbuch stand, bin ich zur Bank gegangen, wo sie mir sagten, sie hätten keine Nachsendeadresse. So kam ich auf den Gedanken zu inserieren.“ Sie schwieg und sah ihm zu, während er ihre Angaben in ein Notizbuch schrieb.

„Darf ich Sie nach dem Namen Ihres Freundes fragen?“

„Freundes?“ wiederholte sie verwirrt.

„Des Freundes, der Ihnen gesagt hat, daß der Mann hier lebt.“

Das klang nun tatsächlich ernst. Nach ganz kurzem Zögern sagte sie: „Bishop. William Bishop.“

„Seine Adresse bitte?“

„Bishops Adresse?“ Sie war perplex, kramte aber bereitwillig in ihrem Gedächtnis nach Bishops Privatadresse, an die sie ihre Weihnachtskarten richtete. „Georgetown, Washington D. C.“, sagte sie. „Seine Wohnung hat den schönen Namen Lorbeer-Apartment, glaube ich.“

„Danke“, sagte er.

„Nachdem ich Ihnen jetzt alles erzählt habe“, sagte sie bestimmt, „werden Sie mir wohl erzählen, warum das so wichtig ist.“

„Sie haben bemerkt, Madam, daß Sie überall Ihren Paß vorzeigen müssen, damit niemand in dieses Land illegal einreisen kann.“

„Aber das habe ich doch –“ Sie unterbrach sich entsetzt. „Sie meinen, Mr. Farrell könnte sich illegal in diesem Land aufhalten?“

„Das habe ich nicht gesagt, Madam“, antwortete er höflich. „Ich überprüfe diese Angelegenheit.“

„Ich verstehe“, sagte sie und fügte vorwurfsvoll hinzu: „Farrell ist ein sehr ordentlicher Mann, Leutnant –“

„Leutnant Bwanausi. Dunduzu Bwanausi.“

„Leutnant Bwanausi“, wiederholte sie tapfer und gewann ihm ein leises Lächeln ab, während er sich von seinem Stuhl erhob.

„Das ist gut möglich. Wir werden weitersehen. Ich hoffe, daß Sie Freude an Ihrer Safari haben. Guten Tag, Madam.“

Verstört wegen seines Interesses an Farrell sah sie ihm nach. Sie spürte auch, daß sie bei dem Verhör etwas versäumt hatte, etwas, worauf sie sich nicht besinnen konnte.

Ein Schwarm winziger, leuchtendbunter Vögel pickte Körner vom Boden vor ihren Füßen auf. Etwas bewegte sich in den Palmen hinter ihr, unüberhörbar, dann vernahm sie das regelmäßige Tuckern des Motorbootes, das den jungen Polizisten ans andere Ufer übersetzte. Die Sonne brannte vom Himmel, kein Lüftchen regte sich.

Aber hatte es nicht gerade bei den Palmen auffällig geraschelt, obwohl es doch völlig windstill war? Sehr sonderbar, fand sie und erhob sich lautlos von ihrem Stuhl. Die Palmen regten sich nicht mehr, auch war niemand zu sehen. Sie ging zwischen den Bäumen umher, stieß mit dem Finger einen Zweig an, um festzustellen, ob ein kleines Tier das Rascheln verursacht haben könnte, fand das aber ganz unmöglich. Ein menschliches Wesen mußte sich zwischen den Palmen aufgehalten haben, ein Lauscher.

Sie drängte sich durchs Gebüsch und maß die Entfernung bis zum Speisesaal. Groß war sie nicht, in wenigen Sekunden konnte man das Restaurant erreicht haben. Niemand war zu sehen. Als Mrs. Pollifax rasch am Büro vorbeiging, sah sie Amy Lovecraft an der Rezeption angeregt mit Julian plaudern. Mrs. Pollifax ging weiter durch die Bar in den Speisesaal und zählte die Köpfe. Hier war der Rest der Gesellschaft versammelt; alle lachten gerade über einen Ausspruch von Chanda.

Jeder von denen, die da saßen, konnte zwischen den Palmen gestanden und sie belauscht haben. Cyrus Reed ließ sie offenbar nie aus den Augen. Und Amy Lovecraft hatte schon Klatsch über McIntosh aufgespürt. Da aber Amy so ausgesprochen Männer bevorzugte, konnte man sich schwer vorstellen, daß ihre Neugier sich auf ein weibliches Mitglied dieser Gesellschaft erstreckte.

Oder es konnte die einzige Person unter ihnen gewesen sein, die sich durch die Ankunft eines Polizisten gestört gefühlt hätte: *Aristoteles*.

Dieser Gedanke gefiel Mrs. Pollifax gar nicht. Aber da sie ja schon bald nach Kafwala aufbrechen mußten, eilte sie den Pfad zur Leopardenhütte hinauf, um fertig zu packen.

„DEN *mwamfuli* ... könnte ich tragen", sagte Chanda, als Mrs. Pollifax sich nach dem Mittagessen anschickte, das Pontonboot zu besteigen. Sie hatte gerade antworten wollen, daß ein buntfarbiger

Schirm für sie durchaus keine Last bedeute, als sie aber Chandas Gesichtsausdruck bemerkte, reichte sie ihm bereitwillig den Schirm und zeigte ihm, wie er sich aufspannen ließ. Das Boot legte ab, sie saßen wiederum auf Holzkisten, nur der glücklich lächelnde Chanda machte die Überfahrt unter dem aufgespannten Sonnenschirm stehend im Bug.

Am andern Ufer wurden sie von drei Landrovern erwartet. Mrs. Pollifax, die sich über das Verpflegungswesen einer Safari noch keine Gedanken gemacht hatte, sah zu, wie das ganze Gepäck in einen der Landrover verladen wurde, worauf ein Sack Kartoffeln, ein dicker Sack voll grüner Bohnen, zwei Kästen Bier und eine bis an den Rand mit gefrorenen Hühnchen und Steaks vollgestopfte Kühlbox folgten.

„Sieht aus, als ob wir genug zu essen bekämen“, sagte Mr. Kleiber.

„Ja, nicht wahr?“ meinte Mrs. Pollifax und ergriff sofort die besonders günstige Gelegenheit, von Mr. Kleiber eine Nahaufnahme zu machen. Dann knipste sie Lisa und Dr. Henry, die in der Sonne standen und einander anlächelten. Nicht zum erstenmal war Mrs. Pollifax dies höchst ausdrucksvolle Lächeln aufgefallen, aber soviel sie wußte, hatten Lisa und Dr. Henry höchstens ein paar höfliche Floskeln gewechselt, und Lisa befand sich fast immer in der Gesellschaft von John Steeves, den sie offenbar völlig bezaubert hatte.

„Hoffentlich knipsen Sie mich auch“, sagte Steeves.

„Oh, Sie vor allem“, antwortete Mrs. Pollifax und schämte sich gleichzeitig wegen der falschen Überschwenglichkeit, „weil meine Kinder hingerissen sein werden, daß ich mit einem berühmten Autor gereist bin.“

Sie war sich bewußt, daß Cyrus Reed sie bei diesen Worten erstaunt beobachtete. Wirklich, dachte sie, Mr. Reeds Aufmerksamkeit ihr gegenüber konnte auf dieser Reise außerordentlich beschwerlich werden. In einer trotzigen Anwandlung richtete sie die Kamera auf ihn und knipste ihn auch.

Sie vervollständigte ihre Sammlung mit einem Schnappschuß von Julian, der neben einem der Landrover stand. „Sie fahren mit Crispin“, sagte er und half ihr auf den Vordersitz.

Nach ihr stieg fast sofort ein Wächter mit einem langen Gewehr ein; dann kam, mit John Steeves im Gefolge, Lisa angeschlendert, weiter Mr. McIntosh und Amy Lovecraft. Der Landrover mit dem Gepäck war schon losgefahren; Crispin kletterte hinein, winkte, und schon waren sie unterwegs und überließen es Julian, es sich mit den andern im dritten Wagen bequem zu machen.

„Bekommen die auch einen Wachposten?“ erkundigte sich Mrs. Pollifax.

„Ja natürlich.“ Crispin wandte sich ihr zu und sah sie amüsiert an. „Sie glauben es immer noch nicht?“

Lisa beugte sich vor und sagte: „Na ja, es ist doch schließlich ein Park.“

Crispin grinste und schüttelte den Kopf. „In der Regel ist er sicher“, erklärte er, „aber vor drei Jahren ist ein Reiseführer im Luangwa-Nationalpark genauso dahingefahren wie wir, als er von einem verwundeten Büffel angefallen wurde. Von dem Landrover ist nicht viel übriggeblieben, das kann ich Ihnen sagen, und wenn der Posten den Büffel nicht erschossen hätte, dann wäre von meinem Freund auch nicht viel übriggeblieben.“

„Ich verstehe“, sagte Mrs. Pollifax und blinzelte. „Was – hm – was machen Sie denn, wenn Sie hier draußen im Busch einen Unfall haben?“

„Oh, wir haben Marconis“, erklärte er, während er gewandt um ein Loch herumkurvte. „Und in Chunga gibt es eine Erste-Hilfe-Station.“

„Marconis?“

„Funk. Erst heute morgen haben Gäste ihn benutzt. Sie haben doch eine Nachricht nach Lusaka geschickt, nicht wahr, Mrs. Lovecraft?“

„Ja“, sagte sie kurz.

„Ich auch“, teilte Mr. McIntosh freiwillig mit.

„Und bei einem ernsten Unfall kommt ein ‚Fliegender Doktor‘, aber da wir ja Dr. Henry bei uns haben –“

„*Nyalugwe*“, sagte der Wachposten scharf, und Crispin bremste.

„Er sagt Leopard.“ Crispin brachte den Landrover zum Stehen.

„Dort“, sagte er und deutete auf einen kleinen Hügel, wo sie oben den Leoparden vor dem Dickicht stehen sahen, der mit seinem gefleckten Fell vor dem Buschwerk kaum auszumachen war. Eine Sekunde faßte er die Gesellschaft ins Auge, hob dann den prächtigen Kopf und schritt davon.

„Wie schön“, flüsterte Lisa. „Wie kann nur ein Mensch diese herrliche Kreatur in einen Pelzmantel verwandeln?“

„Dem Himmel sei Dank, daß es Reservate gibt“, sagte Mrs. Pollifax.

„Prächtiges Exemplar", meinte Steeves. „Panther hab ich schon gesehen, aber einen Leoparden in Freiheit noch nicht."

„Ich glaub, ich hab ihn auf meinem Film", berichtete Mr. McIntosh mit hörbarer Befriedigung.

„Ich auch", sagte Amy Lovecraft. „Wie aufregend."

„Ich hab ihn leider verpaßt", sagte Mrs. Pollifax betrübt. „Ich hab ihn zu lange betrachtet."

Sie fuhren auf der schattenlosen, staubigen Straße dahin. Vor ihnen flüchtete eilig eine Schar schwarzer Hühner mit weißen Nadelstreifen, und bei Crispins Hupen ließen ihre wohlgenährten Rückansichten ihre Entrüstung erkennen. „Perlhühner", erklärte er. Schließlich erreichten sie eine Kreuzung, an der KAFWALA 11 KM stand, und bogen in einen anderen Feldweg ein. Die Gegend war jetzt dicht bewaldet, der Weg war von Bäumen gesäumt.

Es war fast drei Uhr, als sie Kafwala erreichten. Sie fuhren an einem halben Dutzend Männern vorbei, die um ein Feuer lagen und einem weiteren Mann zusahen, der mit einem uralten Bügeleisen auf einem Holzbrett Wäsche bügelte. Der Landrover hielt auf einem grasbewachsenen, von Zelten und strohgedeckten Zementhütten umstandenen Grundstück. Unmittelbar vor ihnen befand sich ein langgestrecktes weißes Gebäude mit einem Bogengang in der Mitte, und dahinter fiel das Gelände steil zum vorbeiströmenden Fluß ab. Sobald Crispin den Motor abgestellt hatte, vernahm Mrs. Pollifax das Geräusch des Kafwala mit seinem starken Gefälle und der reißenden Strömung. Crispin sprang aus dem Landrover. „Hier bleiben wir zwei Tage und beobachten Tiere, ehe wir zum nördlich gelegenen Dorf Moshi fahren."

„Es sieht hier richtig wie in einem Feldlager aus", stellte Lisa zufrieden fest. Sie drehte sich nach Mrs. Pollifax um und reichte ihr die Hand. „Können Sie noch gehen? Ich fühle mich an allen Gliedern wie zerschlagen. Julian sagt, hier gäbe es eine Badewanne, können Sie sich das vorstellen? Wie in aller Welt mögen sie im Busch ein Bad installiert haben?"

„Sie erhitzen das Wasser in einem sogenannten rhodesischen Ofen", sagte Mrs. Lovecraft und kletterte aus dem Wagen. „In dem riesigen quadratischen Block da drüben befindet sich ein Behälter mit Wasser. Darunter wird ein Feuer angemacht, und durch die Röhren fließt das Wasser in die Badewanne."

„Aber woher wissen Sie so etwas?" fragte Lisa.

„Meine Liebe“, sagte Amy mit ihrer leicht affektierten Stimme. „Ich bin, was man eine Kolonistin nennt. Ich habe mein ganzes Leben in Afrika verbracht. Im Sudan, in Südafrika, in Sambia und Kenia.“

Interessiert sah Mrs. Pollifax sie an. Das erklärte, warum sie wie eine Britin wirkte, ohne Engländerin zu sein. „Militär?“

„Mein Vater, ja. Mein Mann nicht. Wir hatten eine Tabakfarm. Er ist tot.“

„Das tut mir leid.“

„Leid, ja nun“, sagte Mrs. Lovecraft, und ein bitterer Zug überflog ihr Gesicht. „Aber Sie sind ja auch Witwe, nicht wahr?“ Sie wandte sich ab und lächelte Mr. McIntosh zu. „Ich hätte nichts gegen einen Drink, Kinderchen, wie wär's?“

Crispin trat zu Mrs. Pollifax und Lisa, die nebeneinanderstanden. „Ich möchte Ihnen Ihre Zimmer zeigen“, sagte er und führte sie zu dem langgestreckten Gebäude. „Hier“, sagte er zu Mrs. Pollifax und deutete auf eine der Türen im Durchgang. Indem er die gegenüberliegende Tür aufstieß, meinte er zu Lisa: „Sie und Ihr Vater wohnen hier. Tee um vier Uhr, meine Damen“, und damit eilte er davon.

Mrs. Pollifax hatte die Tür zu ihrem Zimmer geöffnet, an der sich weder Schloß noch Riegel befand. Drinnen bemerkte sie die üblichen netzumhüllten Betten, einen Nachttopf unter jedem, einen Nachttisch mit einer Kerze und – herrlicher als alles andere – Milchglasfenster und dicke, weiße Wände. Hier würde es nachts nicht rascheln.

„Ob Sie wohl einen Zimmergenossen kriegen?“ meinte Lisa, die über den Gang herübergekommen war und Mrs. Pollifax über die Schulter schaute.

„Da käme nur Mrs. Lovecraft in Frage“, erklärte Mrs. Pollifax.

Die beiden wechselten einen zweifelnden Blick, und Lisa lachte. „Sie ist ziemlich schrecklich, nicht wahr? All der Schmuck und die Pseudo-Weiblichkeit, aber unter dem ganzen Gepluster beginne ich die eiserne Hand im Samthandschuh zu spüren. Mein Vater hatte die Unverfrorenheit, mir zu sagen, ich würde so wie sie, wenn ich mich nicht vorsähe.“

„Das ist ganz und gar unmöglich“, sagte Mrs. Pollifax.

Lisa lachte. „Das sagen Sie, weil Sie mich früher nicht gekannt haben. Es gab einmal einen Mann, wissen Sie, und ich dachte, er könnte alle meine Probleme lösen.“

„Was natürlich kein Mann kann“, sagte Mrs. Pollifax.

Lisa nickte. „Ja, jetzt sehe ich das ein, aber lange Zeit habe ich mir selbst dafür die Schuld gegeben. Ich fühlte mich so – so wenig liebenswert, verstehen Sie? So verfiel ich ins andere Extrem – und unterdrückte jedes Gefühl, das aufstieg. Es hat mir für alle Zeit zu der Erkenntnis verholfen, daß ich noch ich selbst bin und eigentlich ein ganz netter Mensch, und daß ich nur einmal in eine Zitrone gebissen habe." Sie hielt inne und lächelte Mrs. Pollifax an. „Ich weiß gar nicht, warum ich Ihnen das alles erzähle. Vermutlich, weil ich platze, wenn ich es nicht jemandem sage, und Sie wirken so... so menschlich – aber Afrika übt eine bestürzende Wirkung auf mich aus. Dies Land gibt mir etwas zurück, was ich verloren hatte."

Sie begannen unter mächtigen, alten Bäumen zum Fluß hinunterzugehen. „Wissen Sie, unter der Oberfläche scheint eine Menge vor sich zu gehen", fuhr Lisa fort. „Gestern, als ich nach Lusaka zurückfuhr, habe ich etwas richtig Gespenstisches erlebt. Ich brachte eine Frau und ihr Kind zu ihrem Dorf, etwa eineinhalb Kilometer abseits der Fahrstraße, aber hinterher muß ich die falsche Abbiegung genommen haben, denn ich habe mich total verfahren. Ich fuhr und fuhr", sagte sie mit einem Schauder, „bis ich an eine Straßensperre kam, und – es war erschreckend – ich war plötzlich von Soldaten umgeben oder Polizisten, alle mit Gewehren."

„Gütiger Himmel", sagte Mrs. Pollifax verblüfft.

Lisa nickte. „Es waren ungefähr zwanzig Mann. Sie waren schrecklich nett, aber sie kontrollierten alles, meinen Paß, mein Gepäck. Sie verhörten mich fast eine Stunde lang: warum ich diesen Weg genommen hätte, wo ich hinwolle, warum ich nach Sambia gekommen sei."

„Wo ist das passiert?" fragte Mrs. Pollifax.

Lisa runzelte die Stirn. „Irgendwo unten in der Kafue-Ebene."

„Der Fahrer, der uns nach Chunga brachte", sagte Mrs. Pollifax, „sprach von rhodesischen Spionen, die nach Sambia eingeschleust würden."

„Kann sein", meinte Lisa. „Partisanen, die durch Sambia ziehen, machen die ganze rhodesische Grenze mit ihrem Guerillakrieg unsicher, und vermutlich senden auch die Rhodesier ihre Leute in dieses Land."

Sie hatten das Ufer erreicht. Zu ihrer Linken schoß das Wasser über riesige, urzeitliche Felsblöcke, sprühte Schaum und klang in seinem stürmischen Fall einfach atemberaubend. Jenseits der Felsen floß das Wasser ruhig um eine Insel, staute sich fast, bevor es seinen Weg fortsetzte. Mehrere roh gezimmerte Stühle waren nah am Ufer in einem Kreis aufgestellt. „Rhodesien liegt sehr nah“, sagte Mrs. Pollifax, während sie sich auf einem Stuhl niederließ.

„O ja“, sagte Lisa. „Ich hab von Livingstone aus eine Bootsfahrt gemacht, und da war das eine Ufer des Flusses – des Sambesi – sambisch und das andere rhodesisch. Der Führer erzählte uns, wir würden die ganze Zeit beobachtet, weil der Fluß die einzige Grenze ist und die Leute ihn bei Nacht überqueren. Tatsächlich –“ Sie hielt inne, weil oben vom Hang her eine Stimme nach ihnen rief. John Steeves kam heruntergestiegen und hinter ihm die ganze restliche Gesellschaft. Der dritte Landrover war eingetroffen.

„Mrs. Pollifax“, sagte Amy Lovecraft, „Julian hat mich gebeten, Ihnen zu sagen, daß es jetzt heißes Wasser gibt, und Sie dürfen es als erste genießen.“

„Ich habe keine Ahnung, wo das Bad ist“, sagte Mrs. Pollifax.

„Ich weiß, wo *bafa* ist“, sagte Chanda eifrig. „Ich zeigen Ihnen.“

„Gut, dann nichts wie los.“ Chanda beachtete den Pfad nicht und sprang anmutig von Fels zu Fels. Zum erstenmal bemerkte Mrs. Pollifax die lange Narbe, die sich vom Knöchel bis zur Hüfte zog. Sie erinnerte sich, daß Dr. Henry gesagt hatte, er sei beinah tot gewesen, als man ihn ins Krankenhaus gebracht hatte, und sie fragte sich, wie viele Narben er sonst noch haben mochte. Oben auf dem Hügel erwartete er sie mit strahlenden Augen.

„Ich laufen schnell, wie Affe“, sagte er grinsend.

„Wahrhaftig.“ Während sie versuchte, wieder zu Atem zu kommen, bemerkte sie einen kleinen, gelbbraunen Beutel, der an einer Schnur um seinen Hals hing. „Was ist das, Chanda?“ fragte sie und deutete darauf.

Er schaute herab, stopfte den Beutel unter sein Hemd und sah sie nachdenklich an. „*Cuma*“, sagte er vorsichtig. Dann lachte er plötzlich wieder über das ganze Gesicht. „Möchten Sie sehen? Es ist mein Schatz.“

„Sehr gern“, sagte sie. „Ist es geheim?“

„Sehr geheim“, antwortete er und war offensichtlich dankbar, daß sie die Tür zu ihrem Zimmer öffnete und ihm bedeutete einzutreten. Er nahm den Beutel vom Hals und leerte den Inhalt auf dem Bett aus.

Von dem, was zum Vorschein kam, war Mrs. Pollifax ebenso

gerührt wie amüsiert, weil ihr ähnliche Sammlungen ihres Sohnes Roger einfielen, als er genauso alt war.

Von dem kleinen Häufchen nahm Chanda einen Gegenstand nach dem andern und erklärte. „*Munga* – Dorn", sagte er. „*Bulobo* – Angelhaken. *Mwele* – Messer." *Mwando* war ein Knäuel Bindfaden, *lino* war ein Zahn. „Und *cibiliti*", schloß er und hielt zwei Zündhölzer hoch.

„Und eine Schlange", sagte sie und deutete auf ein Streifchen getrockneter Haut.

Er nickte. „*Nsoka.* Hat mein Vater mir gegeben. Er war Jäger, sehr großer Mann. Er spürte Wild auf – er mich lehrt. Ich bin auch Jäger."

Sie sah zu, wie er seine Schätze liebevoll wieder in dem Beutel verstaute. Als er sich wieder aufrichtete, sagte sie: „Ich danke dir, Chanda."

„Sie jetzt *nunandi*", sagte er. „Freund. Sie und Dr. Henry. Und jetzt zeig ich Ihnen, wo *bafa* ist."

Nach dem Bad kehrte Mrs. Pollifax in ihr Zimmer zurück und setzte sich auf das Bett, um ihr weiteres Vorgehen zu planen. Gestern hatte sie ihren ersten Film abgeknipst – er lag jetzt wohlverwahrt in ihrem Koffer –, und heute morgen hatte sie den zweiten angefangen. Sie war fest davon überzeugt, daß sie schon jetzt jeden ihrer Reisegefährten mindestens einmal erwischt hatte. Einige Bilder mochten nichts geworden sein, aber es war ein guter Anfang. Zufrieden berührte sie die vier Schachteln mit den noch unbenutzten Filmen in ihrem Koffer. Ihre Hand glitt in die Tasche ihrer zusammengelegten Buschjacke, um sich des Films zu vergewissern, den sie dorthin gesteckt hatte. – Der Film war nicht da.

Sprachlos nahm Mrs. Pollifax die Jacke heraus, drehte sämtliche Taschen nach außen, warf sie auf das Bett und wühlte ihren Koffer durch. Sie kroch unter das Bett. Dann durchsuchte sie ihre Handtasche. Völlig außer sich, kippte sie den Inhalt ihres Koffers auf das Bett und begann eine wilde Suchaktion. Kein Film. Ruhe bewahren, ermahnte sie sich und setzte sich aufs Bett mitten zwischen helle Pullover, Gesichtscremes, Hosen und Pantoffeln. Heute mittag hatte sie den Film in Chunga eingepackt – sie sah ihn noch vor sich, wie er sich in der Tasche ihrer zusammengefalteten Buschjacke abzeichnete. Und ihr Koffer war abgeschlossen gewesen, bis sie ihn vor einer halben Stunde geöffnet hatte, um ein Stück Seife herauszunehmen. Verloren hatte sie den Film also nicht, dachte sie grimmig. Jemand mußte ihn gestohlen haben, während sie gebadet hatte.

Sie saß reglos da, bis sie den Schock überwunden hatte. Die Folgerungen verursachten ihr einen leichten Schwindel. Jemand hatte sie so viele Schnappschüsse machen lassen, wie sie wollte, und hatte ihr dann ganz still den Film weggenommen. Unverschämt, natürlich, aber sie hatte es ihm leichtgemacht. Ein leeres Zimmer, ihr Koffer unverschlossen und sie in der Badewanne...

Ein Punkt für Aristoteles, dachte sie.

Zorn stieg in ihr auf und wuchs. Jetzt hatte sie einen wirklichen Gegner, ohne Gesicht, ohne Namen, der auf der Hut war. Er hatte gleich zugeschlagen, weil er damit rechnete, daß sie eine ängstliche, törichte Frau sei. Er täte gut daran, beim nächsten Mal einen Ersatzfilm zurückzulassen, weil es selbst törichten Frauen auffiel, wenn allzu viele Filme verschwanden.

Inzwischen hatte sie zwanzig wertvolle Bilder verloren, und ihre Sammlung war auf die noch in ihrer Kamera befindlichen beschränkt. Oder hatte man an denen auch herumgepfuscht? Das Bildzählwerk zeigte noch sieben Aufnahmen an, aber um sicherzugehen, nahm sie den Film heraus, legte einen neuen ein und steckte den unvollendeten in ihre Handtasche.

Trotzig beschloß sie, ihre Knipserei mit einer Begeisterung fortzusetzen, die ihren Gegner bestimmt ärgern würde. Aber es war auch an der Zeit, sich mit ihrer Ansteckkamera zu beschäftigen. Sie hatte sie an ihrer Kleidung getragen, seitdem sie im Safaridorf war, und inzwischen mußten sich ihre Reisegefährten daran gewöhnt haben, sie an ihr zu sehen.

Sie packte ihren Koffer von neuem und schloß ihn ab. Als sie ihr Zimmer verließ, öffnete gerade Cyrus Reed seine Tür. Er schien ehrlich erstaunt. „Hier wohnen Sie?“ fragte er. „Gut, dann sind wir Nachbarn.“

Selbst für den Fall, daß er den Film gestohlen hatte, hielt sie es für klug, die Entdeckung seines Verschwindens zu erwähnen. „Falls Sie unten am Fluß waren, könnten Sie mir vielleicht sagen, wer die Gruppe verlassen hat, um hier herauf- und an meinem Zimmer vorbeizugehen?“

Reed hob die Augenbrauen. „Etwas abhanden gekommen?“

„Während ich gebadet habe. Aber ich möchte keine Aufregung verursachen.“

„Sehr vernünftig. Und Sie möchten wissen, wer die Gesellschaft verlassen hat... So ziemlich jeder, muß ich sagen. Sogar ich. Hab mir Bier über meine Hose geschüttet und kam rauf, um mich umzuziehen. Begegnete Steeves, der heraufkam, als ich nach unten ging. McIntosh verließ uns, um ein Schläfchen zu machen. Kleiber kam aus irgendeinem Grund herauf, Lisa holte sich einen Pullover. Die beiden einzigen, die am Fluß blieben, waren Mrs. Lovecraft und Dr. Henry. Nichts allzu Wertvolles, hoffe ich?"

„Doch, für mich schon."

„Das hör ich nicht gern. Sie haben gründlich gesucht? Aber natürlich haben Sie das." Er legte die Betonung schmeichelnd auf *Sie*.

Sie ging ein paar Schritte auf den Pfad zu. „Eine sehr brauchbare Liste, Mr. Reed. Ich danke Ihnen."

„Nicht Mr. Reed", sagte er bestimmt. „Nennen Sie mich Cyrus."

„Oh." Nach kurzem Zögern nickte sie. „Und ich heiße Emily." Als sie wegging, merkte sie, daß sie sich wohler fühlte und sogar lächelte. Ein einfältiges Lächeln vermutlich, aber immerhin ein Lächeln.

5

GEGEN halb sieben saßen alle unten am Fluß um ein prasselndes Feuer.

Mrs. Pollifax aber flatterte um die Gruppe herum und machte tückisch eine Blitzlichtaufnahme nach der andern.

„Warum machen Sie sich die Mühe", fragte Mr. Kleiber, „wenn Sie nicht einmal eine gute deutsche Kamera haben wie Mr. McIntosh oder Mrs. Lovecraft?"

„Oh, ich mache ja bloß Aufnahmen für meine Kinder", sagte sie. „Die werden begeistert sein, und natürlich wollen meine Enkelkinder die Tiere sehen. Ich versuche immer einen richtigen Hintergrund drauf zu bekommen, damit sie mittendrin im Abenteuer sind und es auch miterleben können."

„Und zeigen Sie auch Dias?" fragte Cyrus Reed trocken.

Sie warf ihm einen Blick zu und sagte, ohne mit der Wimper zu zucken, denn sie haßte Dias: „Natürlich."

„Unglaublich", sagte er und starrte sie an.

Ein junger Kellner erschien mit einem großen Tablett, ihm folgten zwei junge Männer mit dampfenden Schüsseln, dem Auftakt zu einem erstklassigen Abendessen, das in der Nähe auf einem einfachen Holzfeuer zubereitet worden war. Nach einem Pudding als Nachtisch erinnerte Tom Henry seinen jungen Freund Chanda daran, daß es Zeit für ihn sei, ans Schlafengehen zu denken. Und als der Junge aufstand, hatte Mrs. Pollifax plötzlich einen tollen Einfall. „Ich gehe mit Chanda nach oben", sagte sie. „Es ist so dunkel, daß ich es nicht über mich bringe, allein zu gehen, und weil wir doch schon um sieben frühstücken ..."

Ein Chor von Gutenachtwünschen begleitete sie, als sie die Runde am Feuer verließ. Außerhalb des Lichtscheins war es stockdunkel; Chanda nahm sie bei der Hand und führte sie. Kiesel knirschten unter ihren Schritten, und das Geräusch des rauschenden Flusses schuf einen leisen, wohlklingenden Hintergrund, der recht einschläfernd wirkte. Im Haus auf dem Hügel fanden sie eine Laterne vor, die auf einem Tisch in der Mitte des Bogenganges stand. Mrs. Pollifax schaute zum Feuer zurück und zählte die Köpfe. Alle waren da. „Chanda", sagte sie, „ob du mir wohl etwas in deinem Geheimbeutel aufbewahren würdest?"

Er starrte sie an. Seine Augen waren jetzt verschleiert und undurchdringlich.

„Es ist etwas Wichtiges und ganz klein. Nur bis zum Ende der Safari", fügte sie schnell hinzu. Sie öffnete ihre Kamera und nahm den Film heraus, den sie beim Lagerfeuer fertiggeknipst hatte. Als sie ihn Chanda hinhielt, bewegte er sich nicht, es schien, als blicke er durch sie hindurch auf etwas hinter ihr, was sie nicht sehen konnte. Dann zerfiel die Maske unversehens in ein Lächeln.

„Ja, Geheimnis", sagte er und steckte den Film in seinen Beutel.

Sie merkte, daß sie den Atem angehalten hatte; jetzt war sie erleichtert. „Du bist ein richtiger Freund, Chanda."

„Aber natürlich – *nunandi*", sagte er lachend und rannte davon.

Nachdenklich schaute sie ihm nach. Hoffentlich verstand er sie. Wenigstens aber hatte sie, indem sie ihm einen ihrer Filme übergab, das Risiko verteilt, fand sie. Sie wandte sich um und wollte in ihr Zimmer gehen, als sie zusammenfuhr, weil sie im Bogengang Cyrus Reed stehen sah, der sie beobachtet hatte.

„Oh, haben Sie mich erschreckt", sagte sie atemlos und fragte sich, wie lange er wohl dagestanden hatte und was er gesehen haben könnte.

„Was halten Sie von einem Spaziergang durch das Dorf, ehe wir hineingehen?"

„Ich glaube, ich hätte Bewegung nötig", gab sie zu.

„Gut. Langweilig da unten, nachdem Sie gegangen waren. Mrs. Lovecraft spricht durch die Nase, und Mr. Kleiber schnaubt durch seine, und Steeves redet unentwegt über die Mongolei ..."

Sie lachte. „Sie Ärmster."

„Durchaus nicht", sagte er liebenswürdig und nahm ihren Arm. „Hab mich nur entschlossen, mir bessere Gesellschaft zu suchen."

„Übrigens finde ich, daß Ihre Tochter Lisa ein Schatz ist."

„Finden Sie auch? Scheint jetzt aufzutauen."

„Und Sie", fuhr sie fort, „sind Sie wirklich Richter?"

Er holte seine Taschenlampe heraus, knipste sie an und nickte. „Ein *phungu,* wie Julian mich nennt. Das Nyanja-Wort für Richter."

„*Phungu*", wiederholte sie und probierte das Wort auf der Zunge. „Welche Art *phungu* waren Sie? Hatten Sie Hunderte von aufregenden Fällen?"

„Nur Routine, außer dem Fall Rambeau gegen Jenkins."

Mrs. Pollifax blieb wie angewurzelt stehen. „Oh", sagte sie. „Glauben Sie, daß sie ihn umgebracht hat?"

„Das, meine Liebe, weiß Gott allein."

„Aber Sie waren dabei. Sie hatten den Vorsitz."

„Na ja – das ist der übliche Trugschluß", sagte er. „Wir *phungus* richten nie über Schuld oder Unschuld, wir richten über den Anschein. Das Gesetz ist kalt und unpersönlich. Muß so sein."

„Aber Sie sind es nicht", sagte sie empört. Sie hatten das Arbeiterviertel erreicht. Beim Licht des Lagerfeuers konnte sie erkennen, daß er lächelte. „Erzählen Sie das niemandem, meine Liebe." Er blieb stehen und sagte: „Bei Ihnen entschlüpft mir das Wort ganz von selbst."

Sie hoffte, daß er ihr Erröten nicht bemerkt hatte, und versuchte sich zu erinnern, wie lange es her war, seit jemand sie meine Liebe genannt hatte. Er nickte den Männern um das Lagerfeuer freundlich zu und betrat den Weg dahinter. Sie wagten noch einige Schritte in die Dunkelheit. Dann schaute Mrs. Pollifax zurück: „Der Wächter folgt uns. Ist das nicht lächerlich?"

„Durchaus nicht", sagte Reed nachdenklich. „Wenn man wilde Tiere ohne jedes Risiko beobachten will, dann fängt man sie und betrachtet sie in einem Zoo. Hier im Reservat laufen sie frei herum, wild und geschützt, wir aber nicht."

„Natürlich haben Sie recht“, gab sie zögernd zu. „Aber man kommt sich so beengt vor, wenn man bewacht wird.“

„Bezweifle, daß irgend etwas Sie beengen könnte, meine Liebe. Mir sollte seine Gegenwart viel lästiger sein, weil ich die Absicht habe, Sie zu küssen.“

Sie wandte sich ihm zu und schaute verblüfft zu ihm auf, wodurch sie in die genau richtige Stellung geriet, ihm seine Absicht zu ermöglichen. Sie gab einen leisen Protestlaut von sich, als er sie in die Arme nahm, entdeckte dann aber, daß ihr das Geküßtwerden recht gut gefiel. Als er sie losließ, war sie verwirrt und außer Atem und hatte begriffen, daß sie gegen große und charmante *phungus* keineswegs immun war. Höchst beunruhigend war das – noch dazu in ihrem Alter.

Sie hob den Blick himmelwärts und war plötzlich sprachlos. „Oh“, flüsterte sie. Es war, als stünde sie unter einer Glocke, die über und über mit Sternen besteckt war, mit Tausenden und aber Tausenden von Sternen. Das war die Unendlichkeit, ohne Zweifel. Langsam wurde sie der Stille gewahr, einer Stille wie am Beginn der Schöpfung oder an ihrem Ende.

Ein Husten des Wächters unterbrach die Stille. „Ich finde, er hat lange genug Geduld mit uns gehabt“, sagte Cyrus trocken. Schweigend kehrten sie um und gingen ins Dorf zurück.

Als Mrs. Pollifax wieder in ihr Zimmer kam, war es schon sehr kalt geworden; sie legte nur eben einen neuen Film in ihre Kamera ein und verbarg den Apparat für die Nacht unter ihrem Kopfkissen. Nachdem sie die Kerze ausgeblasen hatte, kletterte sie ins Bett. Zu ihrer Überraschung war der Raum aber immer noch erhellt, bis sie bemerkte, daß die Wand an der Tür nur zweieinhalb Meter hoch und zwischen ihr und den Dachbalken nur ein Moskitonetz gespannt war. Deshalb schien das Licht der Laterne aus dem Bogengang herein.

Sie lag da und dachte über all das Sonderbare nach, das dieser Tag ihr gebracht hatte, über den gestohlenen Film und über Cyrus Reed, der sich als ein rechter Störfaktor erwies. Ihr war klar, daß sie sich ernstlich zusammennehmen mußte; denn wenn sie nicht wachsam und geschickt war, würde Aristoteles auch weiterhin Verträge über das Niederschießen von Menschen abschließen, und das durfte nicht sein.

Als sie die Augen schloß, hörte sie draußen Stimmen und Schritte. Sie erkannte Amy Lovecrafts hohes Kichern. „Ich wäre gefallen, Mr. Kleiber, wenn Sie mich nicht gerettet hätten. Dieser Pfad . . .“

Amy Lovecraft, dachte Mrs. Pollifax, jagte entschieden nicht nur mit der Kamera.

„Mir unbegreiflich“, sagte Mr. Kleiber, „warum nicht ein Bulldozer auf diesen Hügel geschickt werden kann. In einer einzigen Arbeitsstunde –“

„Sind Sie in der Baubranche, Mr. Kleiber?“

„Schwere Baumaschinen, ja. Ich liefere in die ganze Welt. Es ist . . .“

Die Stimmen wurden undeutlich, nachdem die beiden den Bogengang passiert hatten, und es herrschte Stille. Mrs. Pollifax hatte abermals die Augen geschlossen, als sie auf dem Kies Schritte knirschen hörte. „Mir gefällt es sehr, Ihnen nicht?“ Lisas Stimme.

Tom Henry antwortete: „Durchaus.“ Eine angenehme Stille folgte, und dann wieder Tom: „John Steeves ist wohl sehr berühmt?“

„O ja, sehr berühmt“, sagte Lisa obenhin.

„Wir haben tatsächlich eins von diesen Taschenbüchern im Krankenhaus, *Hundert Nächte in einer Mongolenjurte.*“

„Tom.“

„Hmmm?“

„Sei’n Sie kein Esel.“

Tom Henry lachte. „Schlafen Sie gut.“

Mrs. Pollifax hörte ihn weggehen, und Lisa öffnete gegenüber die Türe. Ein interessanter Wortwechsel. Lächelnd fragte sie sich, wen sie wohl als nächsten belauschen würde. Sie mußte nicht lange warten. McIntosh kam durch den Gang, im Gespräch mit Cyrus, und für einen immer nur schweigend lächelnden Mann war McIntosh plötzlich sehr beredt.

„Inflationen kann man nicht heilen, solange die Länder nicht aufhören, die Druckerpresse zu bemühen. Die Welt ertrinkt in wertlosem Papier. Natürlich spotten die Regierungen über die Goldwährung, weil sie sie zur Disziplin zwingt. Aber denken Sie an meine Worte, Reed, ganze Zivilisationen sind durch den Verfall ihrer Währungen zu Friedhöfen geworden.“

„Schließen Sie große Geschäfte im Ausland ab?“

„O ja, in aller Welt. Aber ich will Sie nicht aufhalten, wir können ein andermal weiter darüber reden. Gute Nacht.“

Ganz zuletzt kamen Julian und John Steeves an ihrer Tür vorbei. „Oh, hier ist es viel besser", sagte Julian. „Zu viele junge Menschen meines Landes gehen in die Städte. Das richtige Leben ist hier im Busch."

„Ich halte nicht sehr viel von Städten", sagte Steeves. „Ich liebe Ihren Busch, er hat ein Geheimnis ..."

Den Rest konnte Mrs. Pollifax nicht verstehen, weil die Stimmen in der Ferne verklangen. Jedenfalls wurde sie von einer ungeheuren Schläfrigkeit übermannt: Sie schloß die Augen und schlief ein. Im Traum saß sie in einem Theater, und die Teilnehmer der Safari betraten die Bühne und stellten sich in einer geraden Linie auf, das Gesicht ihr zugewandt. Als sie ins Rampenlicht traten, sah Mrs. Pollifax, daß sie sich Masken vor das Gesicht hielten. Auf ein Zeichen hin fielen alle Masken, aber darunter befand sich eine andere, und dann wieder eine und noch eine.

Als Mrs. Pollifax um sechs Uhr erwachte, war es schneidend kalt. „Ich dachte, Afrika liegt in den Tropen", protestierte sie beim Frühstück, das unten am Fluß im Morgennebel serviert wurde.

„Wir befinden uns zwölfhundert Meter über dem Meeresspiegel", gab Julian zu bedenken. „Vielleicht erwärmt es Sie, wenn Sie hören, daß Crispin in der Morgendämmerung mit einem Landrover draußen war und zehn Kilometer nördlich vom Dorf Löwenspuren entdeckt hat."

„Oh, wie wunderbar!" seufzte Mrs. Pollifax, zog sich aber trotz ihrer Begeisterung in ihr Zimmer zurück, um einen Merkzettel zu schreiben. „Herausfinden", schrieb sie, „wer in den letzten acht Monaten weit gereist ist (Frankreich, Costa Rica)." Dann: „McIntosh noch einmal ansprechen, könnte aus sich herausgehen. Mr. Kleiber: Da er sich auf Maschinen versteht, nach Gewehren fragen. John Steeves: Welche Verkleidungen er bevorzugt." Sie studierte den Denkzettel, zündete ein Streichholz an und verbrannte ihn.

Bald danach brachen sie in zwei Landrovern auf, deren Verdecke zurückgeklappt waren, damit man einen besseren Überblick hatte. Zu dieser Expedition nahm Mrs. Pollifax ihren Sonnenschirm mit, zwei Filme für ihre Kamera und trug ihren Ansteckschmuck. Als sie das Safaridorf Kafwala hinter sich gelassen hatten und auf die offene Savanne zu fuhren, ging ihr auf, daß sie genau wie Lisa die Wirkung Afrikas als ein Geschenk des Himmels erlebte. Der Weg wand sich wie ein grob gewebtes, braunes Band, das hohe Gras war bräunlich, und die Erde erstreckte sich flach unter der Kuppel des unglaublich blauen Himmels. Auch die überwirklichen, traumhaften Züge fehlten nicht: ein Baum wie ein Kandelaber mit vollkommen ausgebreiteten Zweigen und stumpf orangefarbenen Blüten; ein im Morgenlicht glatt und silbrig schimmernder Affenbrotbaum, und als Mrs. Pollifax sich nach den Zementbauten am Straßenrand erkundigte, sagte Julian lachend: „Kein Zement – Termitenhügel."

Mrs. Pollifax machte als erste die Elefanten aus. „Seht", rief sie. In einiger Entfernung bewegte sich eine Elefantenherde durch die Savanne. Mrs. Pollifax stellte sich auf ihren Sitz und knipste dreimal rasch hintereinander, glitt dann nach unten und machte eine Nahaufnahme von John Steeves, der die Prozession beobachtete.

„Dieses Licht hier", sagte sie und deutete ins Weite, „es erinnert mich an das Licht in Südfrankreich. War jemand von Ihnen in letzter Zeit in Frankreich?"

Niemand schien ihr die geringste Aufmerksamkeit zu schenken. Nur Cyrus sah sie an. „Nein", sagte er. „Sie?"

Da sie noch nie in Frankreich gewesen war, fühlte sich Mrs. Pollifax in die Enge getrieben und war froh, durch einen neuen Anblick gerettet zu werden: zwei schlafende Löwen, ausgestreckt in der Sonne, auf einem graslosen Fleck neben dem Weg.

„Eine Löwin und ein Löwe", flüsterte Julian.

Die Löwin hob ihr herrliches Haupt, schnupperte und betrachtete die Gesellschaft ohne Interesse. Der mächtige, fast drei Meter große Löwe ließ sie nicht aus den Augen, und Mrs. Pollifax hielt den Atem an. Im allerletzten Augenblick, unmittelbar ehe die gelbbraunen Geschöpfe im Gras verschwanden, knipste sie ein Bild.

„Löwen", hauchte sie und konnte sich vor Aufregung nicht fassen.

Zu mittag erreichten sie Lufupa, ein kleines Dorf an einer Landzunge, wo der Kafue eine Biegung machte und breiter wurde. Das Safaridorf war noch nicht für die Saison geöffnet, aber sie sollten dort zu Mittag essen.

Inzwischen hatte sich Mrs. Pollifax aus drei Lagen Kleidung geschält und war glücklich, im Schatten der Akazien an einem Picknicktisch essen zu können. Eine friedliche Szene. In der Nähe waren zwei Männer damit beschäftigt, Stühle leuchtend blau anzustreichen, und auf dem Dach der größten Hütte legte ein alter Mann Stroh aus, das er mit Draht wie Schindeln befestigte. Da Mr. Kleiber neben ihr saß, wandte Mrs. Pollifax sich mit einem warmen Lächeln an ihn. „Verstehen Sie etwas von Gewehren, Mr. Kleiber? Ich wüßte gern, was für eins unser Wächter hat.“

Da in diesem Augenblick Mr. Kleiber einen Teller mit Huhn und Gemüse serviert bekam, antwortete an seiner Stelle McIntosh, der ihr gegenübersaß. „Eine .30-06, möchte ich meinen.“

„Oh, Sie verstehen etwas von Gewehren?“ sagte sie strahlend.

„Oder vielleicht eine .30-04“, meinte jetzt Kleiber.

„Es ist eine .30-04“, bestätigte Crispin vom Tischende her.

Ziemlich erfolglos, dachte Mrs. Pollifax. Ein abendliches Lagerfeuer war vielleicht für taktvolle Erkundigungen besser geeignet.

Nach dem Mittagessen schlenderten sie ein kurzes Stück stromaufwärts, um Flußpferde beim Baden an seichten Stellen zu beobachten. Cyrus bemerkte die Gelbschnabelmadenhacker auf dem Rücken der Tiere. „Findet man auch auf dem Rücken von Nashörnern“, erklärte er. „Treiben dort eine Art Körperpflege, nähren sich von dem lästigen Ungeziefer.“ Sein Blick fiel auf John Steeves, der Lisa ihre Jacke ausziehen half, und er runzelte die Stirn. „Bursche scheint tatsächlich Lisa ins Visier zu nehmen. Schwer, sich ihn als Schwiegersohn vorzustellen. Ich meine, in Jurten übernachten?“

„Oh, ich glaube, darüber brauchen Sie sich keine Gedanken zu machen.“

„Nicht? Sind doch immerfort zusammen.“

„Es gibt“, sagte Mrs. Pollifax, „Unterströmungen. Er ist mit ihr zusammen, aber sie nicht mit ihm. Es ist eine Sache des Blickwinkels.“

„Sie setzen mich in Erstaunen“, sagte Cyrus. „Tatsächlich, Sie setzen mich ständig in Erstaunen, seit wir uns kennengelernt haben.“

Sie spürte, wie sie abermals errötete. Auf dem Rückweg gingen sie hinter Mr. Kleiber und Amy Lovecraft her. Mrs. Pollifax dachte, Mr. Kleiber habe angefangen, Amy zu dulden, und sehe nicht mehr ganz so frostig aus, wenn sie seinen Arm nahm und ihn fragte, ob er etwas dagegen habe, wenn sie mit ihm ginge. Belustigt stellte Mrs. Pollifax fest, was für einen absonderlichen Gang er hatte. Wie ein Pfau, der hinkt, dachte sie – steife Schulterhaltung, gerader Rücken, erhobener Kopf, aber der rechte Fuß war leicht einwärts gekehrt, was den Rhythmus der Schritte ein klein wenig störte.

„Sieht da vorn nach weiterem Zuwachs aus“, meinte Cyrus.

Ein funkelnder, beigefarbener Landrover parkte neben den Safari-Landrovern, und drei Männer, Schwarze, sprachen mit den Arbeitern.

Als sie näher kamen, kletterte einer von ihnen in den Wagen und machte den andern Zeichen, sich zu beeilen.

Unvermittelt sagte Reed: „Bursche im grünen Hemd war der Mann, der in Lusaka im Hotel nach Ihnen gefragt hat."

„Sind Sie sicher?" fragte Mrs. Pollifax erschrocken.

„Hab bei Gericht zu viele Gesichter studiert, um jemals eins zu vergessen. Soll ich ihn rufen?"

„O ja, bitte." Reed rief und winkte ungestüm, aber die beiden Männer sprangen in den Landrover und fuhren eilends davon.

„Kann ihm nicht helfen", sagte Cyrus. „Hat seine Chance verpaßt."

„Aber er muß Sie gehört haben", protestierte Mrs. Pollifax.

Als sie bei den Arbeitern ankamen, fragte Cyrus: „Waren aus der Stadt, nicht wahr?"

„O ja, Sir", antwortete der Ältere. „Aus Lusaka. Sie wußten nicht, daß das Dorf geschlossen ist."

„Wollten sie nicht wissen, was wir hier machen?"

„O doch. Ich hab ihnen gesagt, daß Sie auf einer organisierten Safari sind."

Sonderbar, dachte Mrs. Pollifax stirnrunzelnd, sehr sonderbar, und sie konnte das Gefühl nicht loswerden, daß – wenn Cyrus recht hatte – Kräfte in Bewegung geraten waren, die sie nicht begriff.

EINIGE Stunden später, nach der Rückkehr ins Safaridorf Kafwala, stand Mrs. Pollifax selig unter der Dusche und war versucht, ein Liedchen anzustimmen. Seit der Morgendämmerung war sie unterwegs gewesen, und jetzt spürte sie einen wahren Heißhunger auf die Mahlzeit, die nun bald am Lagerfeuer serviert würde. Auch hatte sie heute auf nyanja „Danke" sagen gelernt – *zikomo kwambeiri* – und im Safaridorf Lufupa . . .

Lieber nicht an Lufupa denken. Die Erinnerung erweckte Zweifel, die letztlich, auch wenn sie sie mit Vernunftgründen zu vertreiben versuchte, immer wieder zu Cyrus zurückkehrten. Immerhin war es ja Cyrus gewesen, der ihr erzählt hatte, daß im Hotel ein Mann nach ihr gefragt habe, und es war Cyrus, der darauf bestanden hatte, daß sie denselben Mann in Lufupa gesehen hätten. Sie besaß lediglich sein Wort, daß es einen solchen Mann gab. Was sollte sie davon halten? Wenn Cyrus Aristoteles war – sie fröstelte bei dieser dämonischen Vorstellung –, dann ergab es doch keinen Sinn, wenn er einen Mr. X erfand. Und wenn er diesen Fremden nicht erfunden hatte, wenn es diesen Mann wirklich gab ...

Mrs. Pollifax zog sich schnell an und verließ die Duschkabine. Draußen war Lisa damit beschäftigt, einen Liegestuhl zusammenzulegen. „Ein hübscher, sonniger Platz, um meine Haare zu trocknen", sagte sie, ging neben Mrs. Pollifax her und nahm geistesabwesend den Stuhl mit. Lisa hatte sich an diesem Nachmittag offenbar ihre eigenen Gedanken gemacht. „Spielt das Leben nicht sonderbar?" fuhr sie jetzt fort. „Diesen Winter habe ich John Steeves' neuestes Buch gelesen, hab sein Bild auf dem Schutzumschlag betrachtet und gedacht, das ist ein Mann, wenn ich nur einmal so einen Mann kennenlernen würde."

„Und jetzt kennen Sie ihn", sagte Mrs. Pollifax interessiert.

Lisa seufzte. „Nun ja, John kommt mir vor wie ein Mann aus einem Roman, der damit beginnt und endet, daß der Held dasitzt, in seinen Scotch mit Soda starrt, im Begriff ist, wieder eine Frau zu verlassen und zu einem neuen Abenteuer aufzubrechen. Er scheint von irgend etwas besessen. Und schrecklich traurig darüber zu sein."

„Besessen?" wiederholte Mrs. Pollifax.

„Es gibt Menschen, die unter dem Einfluß von irgendwelchen Vorstellungen stehen."

Mrs. Pollifax nickte. „John ist ein ungewöhnlicher Mann. Sehr anziehend, aber, wie Sie schon vermuteten, ein ausgesprochener Einzelgänger. Ich glaube, daß Sie nach jemandem Ausschau halten, der etwas gemütlicher ist, nicht wahr?"

Lisa brach in Gelächter aus. „Gemütlicher?"

„Jemand, der warmherzig ist und fürsorglich und weniger kompliziert." Sie war vor ihrer Tür angelangt und wollte sie öffnen.

„Oh, ich hoffe so sehr, daß Sie Vater ebenso gern mögen wie er Sie", platzte Lisa heraus und hielt dann verwirrt inne. „O liebe Zeit, ich wollte gar nicht – warum in aller Welt schleppe ich diesen Stuhl herum?" fragte sie und bemerkte ihn erst jetzt. „Ich muß mich zum Abendessen umziehen. Was in diesem Falle bedeutet, daß ich Jeans mit Kordsamthosen vertausche."

DIE SONNE war schon untergegangen, als Mrs. Pollifax den Hügel hinunter zu der Gruppe am Lagerfeuer ging. Wie gewöhnlich waren bis auf McIntosh alle da und warteten ungeduldig aufs Abendessen.

„Sie haben einen Silberreiher verpaßt", verkündete Cyrus ihr mit einem Willkommenslächeln. „Ein unglaublicher Anblick."

„Und eine Affenfamilie", warf Tom Henry ein.

„Meine Güte, bin ich hungrig", sagte Amy Lovecraft. Sie trug wiederum einen anderen schicken Anzug, und Mrs. Pollifax begann sich zu fragen, mit wieviel Koffern sie wohl reisen mochte.

„Ich habe angeordnet, daß das Abendessen zeitig serviert wird", sagte Julian und schaute auf seine Uhr. „Die Männer sollten jetzt den Tisch gedeckt haben. Am besten gehe ich nach oben und sehe nach, was los ist."

Er erhob sich halb von seinem Sitz – und erstarrte. Mrs. Pollifax, die seinem Blick gefolgt war, sah drei schwarze Männer lautlos aus dem Dunkel treten wie Erscheinungen aus dem Nebel. Zuerst hielt Mrs. Pollifax sie für Arbeiter aus Kafwala, als sie aber die Safarigruppe zu umzingeln begannen, bemerkte sie einen langen Gewehrlauf und spürte zum erstenmal, wie ihre Kehle vor Angst trocken wurde. Mit grimmigem Gesicht fragte Julian: *„Nguti?"*

„Egal, wer wir sind", sagte der Anführer der drei auf englisch. „Wenn Sie sich bewegen, schießen wir. Wir wollen nur Geiseln. Sie" – er deutete auf Mrs. Pollifax. „Gehen Sie dort hinüber."

„Augenblick mal", sagte Cyrus und wollte sich von seinem Stuhl erheben, aber einer der Fremden stieß ihn zurück.

„Und Sie", sagte der Sprecher und deutete auf Amy Lovecraft.

Als Mrs. Pollifax aufstand und zögernd den Kreis durchschritt, prägte sich ihr der Gesichtsausdruck eines jeden, an dem sie vorbeikam, scharf ein: John Steeves sah wütend aus, Willem Kleiber war in seinem Stuhl zusammengesunken, Lisa war einfach erschrocken, und Tom Henry studierte die Gesichter der bewaffneten Männer. Cyrus sah so empört aus, daß sie gelächelt hätte, wenn ihr nicht mehr nach Weinen zumute gewesen wäre. Schließlich war es Abendbrotzeit, und sie war hungrig. Jetzt hatte sie das ganz deutliche Gefühl, daß sie nichts zu essen bekäme.

Als Amy Lovecraft ihr folgte, sprach der Anführer zu Julian: „Verhalten Sie sich bitte ruhig. Ihre Männer sind in der Küche eingesperrt, Ihr Funkgerät ist kaputt, und Ihre Landrover haben wir außer Gefecht gesetzt. Ich halte mein Gewehr weiter auf Sie gerichtet. Versuchen Sie nicht, uns zu folgen."

„Ihr seid keine Sambier", sagte Julian kurz. „Wie seid ihr in den Park gekommen?"

Was sonst noch gesprochen wurde, sollte Mrs. Pollifax nicht erfahren, weil sie weggezogen wurde. Einer der Männer zerrte sie hinter sich her, am Flußufer entlang und eine steile Anhöhe hinauf. Die Hände wurden ihr auf dem Rücken fest zusammengebunden, und dann stieß man sie in einen im Dunkeln geparkten Landrover. Amy Lovecraft wurde hereingeschubst und landete neben ihr, der Mann kletterte auf den Fahrersitz und ließ den Motor an. Mrs. Pollifax konzentrierte sich darauf, nach dem eiligen Lauf bergan wieder zu Atem zu kommen. Bald hörte sie Schritte, unterdrücktes Lachen, und die beiden anderen Männer stiegen ein. „Schnell weg von hier“, sagte einer von ihnen. „Wir können Sikota nicht warten lassen.“

6

ERSTAUNLICH, wie wütend sie auf Aristoteles sein konnte, dachte Mrs. Pollifax, als sie in der Dunkelheit dahinrumpelten. Ihre erste Reaktion auf die Entführung war eigentlich ein frommer Stoßseufzer gewesen. Dem Himmel sei Dank, daß Chanda ihren Film hatte. Sollte ihr irgend etwas zustoßen, dann enthielte der Film brauchbare Information für Carstairs. Jetzt war ihre Reaktion weniger edel. Wegen Aristoteles wurde sie in die Nacht hinaus verschleppt, während er beim Lagerfeuer blieb, es warm hatte, in Sicherheit und unerkannt war und außerdem – abscheulicher als alles andere – demnächst ein Abendessen bekam.

Als sie zu Amy Lovecraft hinüberschaute, bemerkte sie trotz der trüben Beleuchtung, daß ihre Hände vorn gefesselt waren und nicht auf dem Rücken, und auch dagegen hatte Mrs. Pollifax sehr viel einzuwenden. Sie selbst konnte sich weder anlehnen noch entspannen. Auch war der Gedanke niederdrückend, daß von allen Safari-Teilnehmern Amy Lovecraft die letzte gewesen wäre, die sie sich als Gefährtin in einer solchen Situation ausgesucht hätte.

Nachdem sie ihren Groll überdacht hatte und sich über ihren Ärger klargeworden war, begann Mrs. Pollifax, sich wohler zu fühlen. Auch hatte sie herausgefunden, daß sie, wenn sie sich seitwärts in die Ecke drückte, ein wackliges Gleichgewicht halten konnte, was ein Glück war, weil der Landrover plötzlich vom Wege abwich, hohes Gras durchfurchte und dann wieder auf den Weg zurückfuhr.

„Ich frage mich, was das alles soll“, sagte sie.

„Ich verstehe nur ein paar Worte Nyanja", sagte Mrs. Lovecraft, beugte sich vor und sprach mit dem Fahrer. Sie schien eine ganze Menge Worte zu kennen, und der Fahrer antwortete ziemlich ausführlich.

„Er verweigert die Auskunft", sagte Mrs. Lovecraft.

„Vermutlich ein Versuch, jeden, der uns folgt, irrezuführen", meinte Mrs. Pollifax weise.

Daß sie in nördlicher Richtung fuhren, wußte sie, weil sie vom Safaridorf aus genau dieselbe Richtung eingeschlagen hatten wie Julian, als er sie zu den Löwen im Norden gefahren hatte. Mit geschlossenen Augen versuchte sie, sich ihre Karte des Kafue-Nationalparks vorzustellen, der ihrer Erinnerung nach ungefähr die Form des Staates Florida hatte. Nur zwei Straßen führten durch ihn hindurch: die eine von Norden nach Süden war die, auf der sie jetzt fuhren. Die zweite von Osten nach Westen war die asphaltierte Lusaka-Mumbwa-Landstraße, auf der sie in den Park mit seinen Polizeiposten an beiden Einfahrten gelangt waren. Lusaka und Mumbwa lagen jetzt hinter ihnen. Vor ihnen lagen die Safaridörfer Lufupa, wo sie zu Mittag gegessen hatten, und Moshi, das sich fast am Ende des Parks befand.

Als sie die Augen öffnete, entdeckte sie, daß der Landrover die Straße abermals verließ und tief in den Busch hineinfuhr. Diesmal aber weiter, unendlich weit, wie es schien, ehe sie mit einem Ruck auf einer Lichtung vor zwei baufälligen Hütten hielten.

Der hinter ihr sitzende Mann sagte scharf: „Stell das Funkgerät auf, Reuben. Wir sind zehn Minuten zu spät."

Zwei der Männer schleppten einen schweren Gegenstand aus der rechts gelegenen Hütte, den sie ins Gras stellten. Der dritte Mann kniete sich davor, zog die Antenne aus und begann auf der Skala herumzusuchen. Als er sprach, war seine Stimme in der Stille der Nacht deutlich zu hören. „Simon an Grünen Vogel, Simon an Grünen Vogel..." Plötzlich unterbrach er sich. „Hab ihn", sagte er triumphierend und dann: „Alles in Ordnung hier, Grüner Vogel. Was ist mit Ihrem Ziel?" Er kicherte. „Prima. Wir folgen wie geplant. Nach meiner Uhr ist es neun Uhr fünf... Richtig. Einundzwanzig Stunden ab jetzt am Standort B – Letzte Meldung, Grüner Vogel. Ende."

Er schob die Antenne ein und nickte zufrieden. „Alles glattgegangen, Mainza. Du und Reuben versteckt den Sender." Er hielt inne und wandte sich zum Landrover zurück. „Heraus, meine Damen. Folgen Sie mir."

Sie wurden in eine der Hütten geführt, und als eine Laterne angezündet war, bewies ihr Licht, daß die Männer zweifellos schon vorher hier gewesen waren. Außer dem Funkgerät gab es Schlafsäcke, zwei Holzkisten und eine Plane. Die Hütte war kaum mehr als zweieinhalb Meter im Quadrat groß. „Wer sind Sie?" fragte Mrs. Pollifax Simon.

„Das ist nicht wichtig", war seine Antwort.

„Aber Sie sind keine Sambier?"

„Nein", sagte er lachend, „Sambier nicht." Er rollte einen Schlafsack aus, schob ihn Amy Lovecraft hin und sagte: „Sie – da drüben hin. Sitzen Sie still. Ich will diese Frau hier verhören."

Simon schob eine der Kisten mitten in die Hütte und befahl Mrs. Pollifax, sich zu setzen. Sie überhörte es und sagte: „Meine Handgelenke tun mir weh. Mrs. Lovecrafts Hände haben Sie vorn gefesselt. Warum meine nicht auch?"

Simon warf Amy Lovecraft einen Blick zu und zuckte die Achseln. „Reuben", rief er. „Du bewachst diese Frau, während ich die Fessel an ihren Gelenken ändere."

Immerhin, dachte Mrs. Pollifax und stellte sich sehnsüchtig einen Würgegriff von hinten vor oder einen Faustschlag auf den Solarplexus oder einen Handkantenschlag gegen die Halsschlagader, was ohne Anwesenheit der zweiten Wache alles möglich gewesen wäre. Dennoch war sie dankbar, daß ihre Arme wenigstens nicht mehr hinten gebunden waren, und das Gefühl der Entspannung in ihren Schultermuskeln war köstlich. Sie setzte sich.

„Nun", sagte Simon.

„Ja nun", antwortete Mrs. Pollifax trocken. „Was wollen Sie von uns? Welche Art Lösegeld verlangen Sie?"

Er fegte die Frage beiseite. „Die Lösegeldforderungen sind schon der Fernsehstation in Lusaka übermittelt worden, Madam. Wir erwarten von Ihnen nur, daß Sie mit uns zusammenarbeiten. Es handelt sich um Fotos."

„Fotos?" wiederholte sie, plötzlich beunruhigt. Er nahm vier Hochglanzabzüge aus einem Umschlag, und Mrs. Pollifax erkannte mit einem Blick, daß es nicht die ihren waren.

„Hier", sagte er und reichte ihr die Bilder. „Sagen Sie mir, wen Sie von diesen Männern kennen?"

„Kennen?“ fragte sie verblüfft. „Ich bin doch erst seit Montag in Sambia. Wie könnte ich da jemanden kennen?“

„Sehen Sie sich die Fotos an“, sagte er nur.

Als sie die Abzüge in die Hand nahm, rückte er näher heran, ließ die Augen nicht von ihrem Gesicht, und sie dachte: Vorsicht, das ist eine Falle. Deshalb betrachtete sie die Aufnahmen, statt sie flüchtig durchzusehen, eingehend, eine nach der andern. Die erste zeigte einen Mann mit schmalem Gesicht und einem schwungvollen Schnurrbart wie eine Lenkstange und gewelltem, grauem Haar. Noch nie gesehen. Auf der zweiten sah sie einen Mann mit einem Schnurrbart wie ein Eisenfresser. Sie betrachtete ihn höflich und nahm dann die dritte – ein Bild John Sebastian Farrells, wie sie erstaunt feststellte. *Farrell!* Mit verzweifelter Anstrengung gelang es ihr, sich auch dieses Gesicht ausdruckslos anzusehen, ehe sie ihren Blick losriß, um die letzte Aufnahme zu betrachten, das Bild eines dicken Mannes mit harten Zügen.

„Müßte ich einen von ihnen kennen?“ fragte sie.

„Sie kennen einen von ihnen!“ Zorn schlich sich in Simons Stimme ein. „Sie haben nach ihm eine Suchanzeige in der Zeitung aufgegeben.“

Sie erlaubte sich, ihre Überraschung zu zeigen, die echt war, aber nicht aus dem Grunde, den er vermutete. „Die Anzeige betraf einen Mann namens John Sebastian Farrell“, erklärte sie ihm. „Haben Sie mich deshalb entführt? Sie haben doch gerade gesagt, es ginge um Lösegeld.“

Er zuckte die Achseln. „Das Lösegeld spielt keine Rolle. Sie kennen diesen Farrell, Sie können ihn für uns identifizieren. Darum geht es. Das Lösegeld ist nur eine – wie nennen Sie das? – eine Finte.“

Das war eine recht verblüffende Nachricht, die ihr den Atem verschlug. „Sie setzen mich in Erstaunen“, sagte sie und fuhr dann anklagend fort: „Warum mußten Sie denn zwei von uns entführen? Warum auch Mrs. Lovecraft?“

„Als Geisel für Sie“, sagte er mit einem schwachen Lächeln.

Mrs. Pollifax schaute zu Mrs. Lovecraft hinüber, aber die hatte sich in eine eigene Welt zurückgezogen, ihre Augen blickten ins Leere. Im trüben Licht der Laterne war ihr Gesicht so fahl wie ihr Haar. „Warum“, fragte Mrs. Pollifax und wandte sich Simon wieder zu, „warum ist denn Farrell so wichtig?“

„Das ist meine Sache.“ Er kniff die Augen zusammen. „Wir wis-

sen, daß einer dieser Männer Mr. Farrell ist, wir *wissen* es, und Sie werden uns jetzt sagen, welcher."

„Aber keiner ist Mr. Farrell", log sie.

Er schlug ihr mit dem Handrücken hart ins Gesicht. „Ich nehme an, Sie haben die Frage nicht verstanden."

Das Blut lief aus ihrer geplatzten Lippe. Nicht weniger zornig als er, sah sie ihn an. „Und Sie sind nicht sehr nett", sagte sie.

„Das haben Sie eingesehen? Gut, fangen wir noch einmal von vorne an."

„Nein", sagte sie standhaft. „Diese Männer sind mir völlig fremd."

„Sehen Sie sie an", schrie er. „Ist es der?"

„Nein", sagte sie schwer atmend.

Er hielt ihr das zweite Foto hin und dann das dritte. Sie schüttelte den Kopf. Ihr Zorn war stärker als ihre Angst. „Ich habe es Ihnen schon gesagt – ich kenne keinen!"

Er schlug sie wieder, diesmal so heftig, daß sie von der Kiste herunterfiel. Mrs. Lovecraft hinter ihm hustete. Simon stellte Mrs. Pollifax auf die Beine und sagte in hartem Ton: „Für mich sind Sie ein Dreck. Ehe wir diesen Ort bei Sonnenaufgang verlassen, bekomme ich diese Information von Ihnen. *Sie werden mir geben, was ich brauche.*" Steifbeinig stolzierte er nach draußen.

Nach einer langen Stille regte sich Amy Lovecraft in der Ecke und seufzte. Sie sah Mrs. Pollifax an und sagte: „Sie waren wirklich toll, meine Liebe."

Mrs. Pollifax leckte ihre blutende Lippe und sagte wütend: „Einfach lächerlich. Ich dachte wirklich, wir wären wegen Geld entführt worden."

„Ja, aber was wollen Sie machen, wenn dieser Simon wiederkommt?" fragte Amy. „Wie lange glauben Sie, ihn hinters Licht führen zu können?"

Mrs. Pollifax hatte darüber nachgedacht, warum Simon das Verhör unterbrochen haben mochte; ein paar weitere Schläge hätten sie vielleicht mürbe gemacht; es war doch sonderbar, fand sie, ihr Zeit zum Erholen zu lassen. Sie wandte ihre Aufmerksamkeit Amy Lovecraft zu. „Ihn hinters Licht führen?" fragte sie. Wenn Amy glaubte, sie könne Farrell identifizieren, dann sollte sie diesen Verdacht am besten gleich zerstreuen. „Ihn hinters Licht führen, Mrs. Lovecraft?"

„Nennen Sie mich doch Amy“, sagte sie ungeduldig. „Natürlich haben Sie ihn reingelegt, ich hätte es auch getan, aber Sie können so nicht weitermachen. Was sollen wir tun?“

„Wir können gar nichts tun“, sagte Mrs. Pollifax und setzte sich ihr gegenüber. „Keiner dieser Männer war Mr. Farrell.“

„Simon schien seiner Sache ganz sicher.“

„Das ist seine Angelegenheit.“

„Es ist unfair“, rief Amy. „Sie haben etwas zu tauschen, aber ich, ich hänge völlig von Ihnen ab. Wer ist dieser Farrell, und wie kommt es, daß Sie jemanden kennen, der in Sambia lebt?“

„*Wenn* er hier lebt“, erklärte Mrs. Pollifax ihr und hoffte, daß Simon draußen lauschte. „Tatsächlich war er vor Jahren in New Brunswick, New Jersey, unser Nachbar. Ein reizender Mann“, vertraute sie ihr an. „Und wie nett war er! Als mein Sohn Roger zwölf war, hat er ihm geholfen, ein Seifenkistenauto zu bauen.“

Sie merkte, daß Amy Lovecraft sie erstaunt betrachtete, und verbreitete sich über Bubenstreiche, sprach von Familien, die wegzogen, so daß man den Kontakt verlor, und dann: „Es kam durch Mr. McGillicuddy“ – die Geschichte begann ihr Spaß zu machen –, „den ich vor ein paar Wochen zufällig auf der Straße traf. Er war höchst erstaunt, als er hörte, daß ich nach Sambia auf Safari ging, und erzählte mir, John Sebastian lebe hier. Er wußte das, weil sie sich immer noch Weihnachtskarten schicken, und er richtet seine an Barclay's Bank.“

Amys Mund, der offengestanden hatte, schnappte zu. „Und deswegen haben Sie in einer Zeitungsanzeige nach ihm gesucht? Wie konnten Sie so etwas Törichtes tun? Jetzt sehen Sie, wohin das geführt hat!“

„Na, ich habe bestimmt nicht erwartet, daß es hierher führen würde“, erklärte Mrs. Pollifax. „Aber was Simon nicht versteht, ist eben, wie schwer es ist, einen Mann wiederzuerkennen, den man seit fünfundzwanzig Jahren nicht gesehen hat.“ Nach kurzem Zögern fuhr sie fort: „Er nannte mich Herzogin, wissen Sie, aus Spaß natürlich – so war er eben. Ein richtig netter Junge.“ Ihr sehnsüchtiges Lächeln war ganz echt; im Geiste hörte sie förmlich Farrells schallendes Gelächter über ihre Geschichte.

Amy schien unbewegt. „Sie waren diesem schrecklichen Simon gegenüber sehr tapfer“, sagte sie, „aber ich glaube, daß Sie mir eine Menge Unsinn erzählen. Sie spielen Versteck mit mir.“

Mrs. Pollifax wünschte, Amy könnte ihre Lage verstehen. „Meine Lippe blutet", sagte sie, „mein Kiefer schmerzt, und mir ist nicht zum Spielen zumute, das können Sie mir glauben."

„Aber Sie müssen einen dieser Männer kennen", sagte Amy. „Und ich nehme es Ihnen sehr übel, daß Sie mir gegenüber nicht offen sind. Es geht ja auch um mein Leben. Wir sollten miteinander reden – Pläne machen –, denn wenn Sie diesen Mann einmal identifiziert haben, bringen sie uns zur Safari zurück; dann haben wir diesen Alptraum hinter uns."

Mrs. Pollifax bezweifelte das sehr, aber so etwas auszusprechen hätte ihre berufliche Erfahrung mit dem Bösen verraten; sie fand es vernünftiger, die Fassade aufrechtzuerhalten, daß sie eine Frau sei, die nie Schlimmeres erlebt hatte als eine gesellschaftliche Brüskierung. Aber von Amy fand sie es naiv, Simon zu glauben. Er hatte gesagt, die Lösegeldforderung sei nur eine Finte gewesen; wie wollte er das erklären, wenn sie und Amy ins Safaridorf zurückgebracht würden? Sie fand es viel wahrscheinlicher, daß er sich ihrer einfach entledigen würde. Sie hatte an dem Mann keine Anzeichen von Menschenliebe entdeckt. „Das ist alles schön und gut", sagte sie ärgerlich, „aber ich kann ihnen nicht sagen, was ich nicht weiß."

Sie stand auf, ging unruhig in der Hütte umher, trat dann zum Ausgang und schaute hinaus. Was sie in der Sekunde, ehe der Wachposten sie bemerkte, entdecken konnte, war, daß Simon ihre Unterhaltung überhaupt nicht belauscht hatte. Er und Mainza füllten Benzin aus einem Kanister in den Tank des in der Nähe geparkten Landrovers.

Der Wachposten hob drohend sein Gewehr, und Mrs. Pollifax kehrte zu ihrer Holzkiste zurück, erschüttert von der Entdeckung, daß Simon nicht gelauscht hatte. Warum nicht? Er hatte seine Fragen gestellt, hatte sie geschlagen, war dann nach draußen gegangen und hatte die für ein Geständnis denkbar günstige Atmosphäre nicht genutzt. Entweder war er seiner Geschicklichkeit sehr sicher, oder er war nicht so schlau, wie sie angenommen hatte, oder –

„Ich werde ein bißchen schlafen", sagte sie unvermittelt zu Amy.

„Schlafen?" schrie Mrs. Lovecraft.

„Ja, schlafen. Ich bin sehr müde und bin nicht so jung wie Sie", erklärte sie und zog einen Schlafsack heran. Sie strich ihn glatt, setzte sich nieder und schob sich in ihn hinein. Der Boden war sehr hart, ihre Knochen nicht weniger, aber sie hatte ja auch gar nicht die

Absicht zu schlafen. Draußen hörte sie die Männer flüstern, irgendwo in weiter Ferne den Jagdschrei eines Tieres. Sie versuchte ein leises Schnarchen und widmete sich dann der Aufgabe, Schlaf vorzutäuschen.

Worüber sie sich klarwerden wollte, war, daß man sie schließlich nicht rein zufällig als Entführungsobjekt ausgesucht hatte. Die Entführung war arrangiert worden, und zwar wegen ihrer Anzeige. Und das ließ ihre Gedanken zu Farrell schweifen. Was hatte er inzwischen getrieben, daß er zum Gegenstand einer polizeilichen Untersuchung und zum Motiv dieser verrückten Entführung geworden war? Sie dachte an die Fotografie, die sie gerade von ihm gesehen hatte. Keine besonders scharfe Aufnahme, aber sie hatte ihn augenblicklich erkannt. Jetzt konnte er im Schilde führen, was er wollte – sie würde ihm so lange wie möglich Rückendeckung geben, während sie auf Befreiung oder auf eine Fluchtgelegenheit wartete.

Etwa eine Viertelstunde lang hatte sie sich schlafend gestellt, als sie das Geräusch vernahm, auf das sie gewartet hatte. Amy Lovecraft stand leise auf und verließ auf Zehenspitzen die Hütte.

Draußen keinerlei Geschrei.

„Sie schläft", sagte Mrs. Lovecraft leise zur Wache, und dann: „Wo ist Simon?"

Mrs. Pollifax schob den Schlafsack zurück und setzte sich auf.

„Hat sie gesprochen? Hat sie es Ihnen erzählt?" Das war Simons Stimme.

„Nur so eine unwahrscheinliche Geschichte, die ich keinen Augenblick glaube. Wieviel Zeit bleibt uns noch, ehe wir sie umbringen?"

„Bis Sikota kommt. Wir treffen ihn morgen bei Einbruch der Dunkelheit auf einem alten Friedhof jenseits der Lusaka-Mumbwa-Straße. Lebend könnte sie uns allerdings von Nutzen sein, wie die Ziege, mit der man den Löwen fängt."

„Wir haben keine Zeit zu verlieren", sagte Mrs. Lovecraft ungeduldig. „Am Samstag muß ich mich aus dem Staub gemacht haben, und ihr auch. Wir können sie nicht mitnehmen; innerhalb der nächsten zwanzig Stunden müssen wir sie uns vom Hals schaffen, ob sie den Mund aufmacht oder nicht. Ich dachte gleich –"

„Das war Ihre Idee, Tsa."

„Werden Sie nicht unverschämt", fuhr sie ihn an. „Wenn Sie gute Arbeit leisten, wird sie sprechen, das versichere ich Ihnen. Schlagen Sie härter zu, Simon, und dann . . ."

Ihre Stimmen wurden leiser, als sie sich entfernten, und Mrs. Pollifax legte sich zitternd in ihren Schlafsack zurück. „Wenn Sie gute Arbeit leisten, wird sie sprechen, das versichere ich Ihnen ..." Die Worte hingen noch in der Luft. Die Einsicht, daß ihre wildesten Vermutungen Wirklichkeit geworden waren, war alles andere als erfreulich. Simon hatte es nicht nötig gehabt zu lauschen, weil Amy Lovecraft die Geisel nur gespielt hatte, in der Hoffnung, daß Mrs. Pollifax ihr anvertrauen würde, was sie Simon verschwiegen hatte. Sie hätte das Komplott früher durchschauen können. Mrs. Lovecrafts längerer Wortwechsel mit dem Fahrer unterwegs und ihr Beharren, daß sie eines der Fotos kenne.

Jetzt fiel Mrs. Pollifax auch das Rascheln in den Palmen im Safaridorf Chunga nach ihrem Verhör durch Leutnant Bwanausi wieder ein und daß sie Mrs. Lovecraft im Büro gesehen hatte, als sie vorbeigegangen war. Und dann der von Crispin erwähnte Funkspruch, den Mrs. Lovecraft gesendet hatte. Nicht gerade eine typische Touristin, dachte Mrs. Pollifax ärgerlich, die gelegentlich Halsabschneider zu einer Entführung herbeiruft. Aber alle Achtung vor ihrem schauspielerischen Talent; im nachhinein betrachtet, hatte Amy in der Safarigesellschaft die mannstolle Frau vollkommen glaubhaft gespielt.

Wie lange aber würde sie einer Folter standhalten können, dachte Mrs. Pollifax. Bis zur Morgendämmerung würden sie hierbleiben, hatte Simon gesagt, und jetzt kam er bestimmt bald zurück, um sie, von Amy instruiert, härter zu schlagen. Zwanzig Stunden Fahrt und Folter lagen vor ihr, und am Ende sollte sie umgebracht werden.

Und kein Mensch außer ihr selbst würde je erfahren, warum. Für eine Geisel auf Treu und Glauben hatte immer Hoffnung bestanden, weil viele Geiseln überlebten, aber jetzt sah sie, daß nicht sie, sondern Amy Lovecraft diese ungewöhnliche Feuerprobe überleben würde. Sie konnte sich sogar das Drehbuch vorstellen: Nach ihrer Ermordung würden Simon, Reuben und Mainza von Sikota aus dem Park herausgeschmuggelt werden, und nach einer angemessenen Zeitspanne käme dann Amy aus dem Busch getaumelt, mit ein paar künstlichen Kratzern und Prellungen und einer schrecklichen Geschichte von Mrs. Pollifax' Ermordung nach einem Fluchtversuch. Amy war die Heldin.

Solange ihre Hände gefesselt waren, dachte Mrs. Pollifax, entwickelten sich die Dinge ganz glatt auf ihre Ermordung und Amy Lovecrafts Erhebung in den Heiligenstand hin. Das ging ihr gewaltig gegen den Strich, aber noch schmerzlicher war der Verlust der trostreichen Illusion, daß hier drei Männer gegen zwei Frauen standen. Jetzt stand es plötzlich vier gegen einen.

Auf Zehenspitzen kehrte Amy Lovecraft in die Hütte zurück und hatte sich gerade in ihren Schlafsack gelegt, als draußen jemand einen Schreckensschrei ausstieß.

Mrs. Pollifax sprang auf, lief zur Tür und überließ Amy ihrer eigenen Schauspielerei, die darin bestand, daß sie nach Luft schnappend auffuhr und „Was war das? Was hat mich geweckt?" ausrief. Ohne sie zu beachten, schaute Mrs. Pollifax hinaus. Simon und Mainza standen wie angewurzelt da und spähten in den Wald. Als sie ihren Blicken folgte, sah sie, wie ein großer Schatten sich auf das Lager zubewegte. Die Erscheinung, für einen Löwen zu groß, für einen Elefanten nicht groß genug, kam stetig und geräuschvoll näher. Erst erkannte Mrs. Pollifax ein Paar zerfetzte Turnschuhe, dann Beine in blauen Jeans, schließlich Pullover und Jacke und endlich das Gesicht von Cyrus Reed.

Jetzt stand er still, in voller Größe und herrlich normal anzusehen. „Hallo", sagte er freundlich und blinzelte in die plötzliche Helligkeit. „Ich bin Ihren Lichtern nachgegangen. Mühsame Wanderung hier draußen im Busch. Vielleicht Mrs. Pollifax hier irgendwo in der Nähe, und Mrs. Lovecraft?"

„Oh, der Narr!" sagte die unmittelbar hinter Mrs. Pollifax stehende Amy wütend, fing sich aber wieder und fuhr weniger hitzig fort: „Noch eine Geisel!"

Reuben wandte sich um, sah Mrs. Pollifax und schwang drohend sein Gewehr. Sie zog sich zurück, setzte sich auf eine der Holzkisten und ergab sich dem Aufruhr ihrer Gedanken. Nach ein paar Minuten kam Cyrus mit gefesselten Händen herein. Trotz ihrer Angst um ihn war Mrs. Pollifax in ihrem ganzen Leben noch kein Mensch so willkommen gewesen. Sein Blick streifte Mrs. Lovecraft, verweilte einen Moment auf Mrs. Pollifax' gesprungener Lippe, und dann sagte er: „Verdammt nett, Sie wiederzusehen."

„O Cyrus", sagte sie schlicht, „wie in aller Welt haben Sie hierhergefunden?"

„Wichtiger ist", sagte Amy scharf, „ob Sie allein kommen?"

„Ja", antwortete er, „aber Chanda holt Hilfe."

„Chanda?" fragte Mrs. Lovecraft ungläubig.

Cyrus nickte und sagte anerkennend: „Sehr tüchtiger Junge, der Chanda, oder *ba na mâno,* wie er es auf bemba ausdrückt. Auch sehr fähiger Fährtensucher. Sie hatten nur eine halbe Stunde Vorsprung. Hat uns ein bißchen Zeit gekostet, der falsche Schlenker, den Sie da gemacht haben, doch in ein paar Minuten war Chanda hinter den Trick gekommen."

„Aber wie sind Sie denn hierhergekommen?" rief Amy. „Die Wagen – sie haben mir doch gesagt, die Landrover –"

„O ja, alle Reifen waren zerschnitten", berichtete Cyrus ihr freundlich, „aber die Schurken, die Sie mitgenommen haben, wußten nicht, daß in der Vorratshütte Ersatzreifen lagen. Julian ist in dem einen Wagen nach Chunga gefahren, um über Funk die Polizei zu rufen und eine Suche zu organisieren. Die Verfolgung aufzunehmen, solange die Spur noch frisch war, ist niemandem eingefallen. Aber *ich* hab daran gedacht, und Chanda hat daran gedacht, so hatten wir eine kleine Unterredung und stahlen einen Landrover."

„Einfach so", sagte Amy mit einem falschen Lachen. „Wie – wie originell! Dann haben Sie also einen Landrover hierher mitgebracht?"

„Nicht gerade hierher", räumte er ein. „Sind in eine Patsche geraten, in einem Stück Sumpfland, paar hundert Meter von hier, aber dann haben wir Ihr Licht gesehen. Chanda hat mich geführt – bloß damit ich nicht über Löwen stolpere – und ist dann im Dunkel der Nacht nach Kafwala aufgebrochen."

„Zu Fuß?"

„Zu Fuß", bestätigte Cyrus. „Warum nicht?"

„Ja natürlich, aber was für eine Geschichte", sagte Mrs. Lovecraft. „Dann wird Chanda bald mit Hilfe kommen?"

„Bald nicht", gestand Cyrus. „*So* viele Ersatzreifen sind nicht vorhanden. Julian hat vier für seinen Landrover bekommen, weitere vier befinden sich an dem Landrover, der draußen im Busch festliegt. Ist aber nur noch eine Sache von Stunden."

„Wie – wie tröstlich", sagte Mrs. Lovecraft und versuchte abermals ein dünnes Lachen.

Simon betrat die Hütte und sagte scharf zu Mrs. Lovecraft: „Hinaus – schnell. Ich werde Sie jetzt von den andern trennen. In die andere Hütte."

Sobald sie draußen waren, flüsterte Mrs. Pollifax: „Seien Sie vorsichtig mit dem, was Sie sagen, in Wirklichkeit bringt er Amy nach draußen, um sich mit ihr zu beraten."

„Beraten?" Cyrus starrte sie verblüfft an. Sie nickte. „Als Amy dachte, ich sei eingeschlafen, ist sie nach draußen gegangen und hat mit ihnen über mich gesprochen. Es hat sich herausgestellt, daß sie hinter dieser Entführung steckt und noch jemand, der Sikota heißt."

„Lieber Himmel", sagte Cyrus. „Ein Glück, daß Sie's mir gesagt haben."

„Wenn Chanda sich beeilt – wie lange –"

„Zu lange", sagte er beunruhigt. „Hätte Amy nichts von Chanda sagen sollen."

„Sie konnten ja nicht wissen, daß sie keine echte Geisel ist. Außerdem hätten die Männer darauf bestanden zu erfahren, wie Sie uns gefunden haben, Cyrus."

„Hätte auch nicht erwähnen sollen, daß so wenig Reifen da sind", sagte Cyrus grimmig. „Wer ist Sikota?"

„Das muß der Mann sein, der der Fernsehstation in Lusaka zur selben Zeit, als wir entführt wurden, eine Lösegeldforderung zugespielt hat."

Diese Neuigkeit mußte Cyrus erst verdauen. „Vermutlich ist Ihnen klar, daß die drei hier dieselben Männer sind, die wir heute mittag im Safaridorf Lufupa gesehen haben. Welcher von ihnen hat Sie geschlagen?"

„Das spielt keine Rolle, Cyrus", sagte sie, und dann mit schwankender Stimme: „Sie hätten uns unter keinen Umständen folgen sollen. Es war Wahnsinn."

„Einzige Möglichkeit, die mir eingefallen ist, bei Ihnen Eindruck zu machen, meine Liebe."

„Eindruck zu machen?"

„Na ja", sagte er und grinste wie ein Junge. „Konnte ja nicht annehmen, daß Sie einen Gedanken an mich verschwenden würden, wenn Sie sich hier mit diesen Gaunern herumschlagen. Bin aber kaum zu übersehen, wenn ich hier bin."

Sie mußte lachen, und ein stechender Schmerz zog über ihre Wangenknochen; danach aber war ihr wohler, beinah leicht beschwingt zumute.

Sie war für Simons Rückkehr gerüstet.

Er kam herein und warf Cyrus einen gehässigen Blick zu. „Ihretwegen brechen wir jetzt auf", sagte er kalt, als Mainza eintrat und die Schlafsäcke zusammenrollte. „Während der Wagen beladen wird, fangen wir wieder an", fuhr er mit einem grimmigen Blick auf Mrs.

Pollifax fort. „Und Sie“ – er deutete auf Cyrus –, „Sie stellen sich da drüben hin, wo ich Sie im Auge behalten kann.“

„Glaube ich nicht“, sagte Cyrus sanft. „Hab nicht die Absicht, mich einen Zentimeter vom Fleck zu rühren.“

Simon starrte ihn lange und abwägend an. „Sie wollen statt dessen lieber erschossen werden?“

Cyrus zuckte die Achseln. „Nicht nötig, wissen Sie. Bin ja nur gekommen, um den Damen Gesellschaft zu leisten. Ich bleib stehen, wo ich stehe, und habe ein wachsames Auge – wie ein UN-Beobachter“, fügte er erklärend hinzu.

Vielleicht war es Cyrus' Länge oder ein Rest der Autorität aus seinen Richterjahren, aber Mrs. Pollifax sah ganz klar, daß Simon nicht wußte, wie er mit ihm umspringen sollte. Er warf ihm einen haßerfüllten Blick zu, zog es aber vor, weiter keine Kenntnis mehr von ihm zu nehmen.

„Wie ich schon sagte, fangen wir wieder an.“ Er wandte sich an Mrs. Pollifax. „Berichten Sie mir genau, wie Sie diesen Mr. Farrell kennengelernt haben.“

„Farrell?“ fragte Cyrus überrascht. „Also darum geht es?“

„Ja, Farrell.“ Mrs. Pollifax nickte. Dann begann sie abermals ihre Geschichte zu erzählen, diesmal mit kleinen künstlerischen Einzelheiten garniert, beispielsweise einem Seifenkistenrennen, bei dem Roger einen ersten Preis von fünf Dollar gewann. Zudem versah sie Farrell mit einer Mutter, die Klavier spielte, und einem Vater, der ein Warenhaus besaß. „Dann starb der Vater“, schloß sie, des Spiels plötzlich müde. „Und danach zogen sie weg.“

Simon enthielt sich jeder Bemerkung. Er holte die vier Fotos heraus und hielt eins nach dem andern hoch. „Welcher?“ fragte er.

Mrs. Pollifax prüfte eins nach dem andern und setzte eine passende Miene auf, weil Simon ihr Gesicht beobachtete. „Ich kenne keinen von diesen Männern“, sagte sie abschließend.

„Was dagegen, wenn ich sie ansehe?“ fragte Cyrus. Nachdem er die Bilder durchgesehen hatte, schüttelte er den Kopf. „Unmöglich“, sagte er einfach. „Von diesen Männern kann keiner je neben Mrs. Pollifax gewohnt haben.“

„Ich darf vielleicht fragen, warum nicht?“ Simons Stimme war beißend.

„Schauen Sie sie doch an, und schauen Sie die Männer an. Hartgesottene Burschen. So jemanden kann sie niemals gekannt haben.“

Lieber, guter Freund, dachte Mrs. Pollifax, es gibt so vieles, was du über meine Freunde nicht weißt, aber jetzt bist du selbst einer geworden, das ist sicher.

Simon beugte sich dicht über sie. „Dann gehen wir jetzt. Aber wir reden weiter, und wenn Sie bei mir nicht reden wollen, dann reden Sie bei Sikota. Bei ihm redet *jeder*."

7

Sie kletterten in den Landrover. Anscheinend sollte Amy ihre Rolle als unschuldige Geisel weiterspielen, denn als Reuben sie zum Wagen brachte, waren ihre Hände noch gefesselt. Nur einmal tat sie den Mund auf. „Es war schrecklich lieb von Ihnen, aber hoffentlich sind Sie sich darüber im klaren, daß wir beide jetzt Geiseln für Mrs. Pollifax sind. Uns werden sie zuerst töten, um sie zum Sprechen zu bringen", sagte sie kühl zu Cyrus.

Der Landrover startete mit einem Ruck, und danach verlor Mrs. Pollifax jeden Zeitsinn. Die Scheinwerfer waren so eingestellt, daß man nur mit knapper Not sehen konnte, was unmittelbar vor dem Wagen lag. Wenn er um Löcher und Steine herumkurvte, schwankte er von einer Seite zur anderen. An einer Stelle machte Cyrus die Bemerkung, sie führen westwärts, und später verkündete er, sie seien offenbar nach Süden abgebogen. Von diesen Erläuterungen abgesehen, sagte niemand ein Wort. Mrs. Pollifax begann darüber nachzudenken, wieweit sie den Wunsch, Farrell zu schützen, verantworten konnte. Jetzt ging es ja auch um Cyrus' Leben. In aller Unschuld war er heldenhaft hinter ihr hergewandert, und sie fühlte sich für ihn verantwortlich, mochte er bei einem solchen Gedanken auch noch so ärgerlich schnauben. Blieb ihr überhaupt eine Wahl?

Es bestand kein Zweifel daran, daß Farrell überhaupt nur sein jetziges Lebensalter erreicht hatte, weil er genau solche Leute wie Simon zu überlisten verstand. Aber durfte sie annehmen, daß er auch weiterhin überlebte, wenn sie ihn identifiziert hatte? Der Zufall hatte sie beide einmal zusammengeführt, aber das war vor mehreren Jahren gewesen. Vielleicht schmuggelte er jetzt Rauschgift oder war in eine ähnlich abscheuliche Sache verwickelt.

Sie erinnerte sich gut an ihr Erschrecken bei ihrer ersten Begegnung – dieses verbissene Gesicht und die spöttischen Augen! Was für ein behütetes Leben hatte sie bis dahin geführt, und wie mußte er sich über sie amüsiert haben! Absurder Gedanke – er könnte sich so sehr verändert haben. Ein Mann, der unter der Folter nicht zusammengebrochen war. Der, als er glaubte, sterben zu müssen, zuerst an sie gedacht hatte. Nein, verraten konnte sie ihn nicht, sie konnte es einfach nicht. Aber auch Cyrus konnte sie nicht opfern. Am besten wartete sie jetzt ab und verließ sich auf ihren Instinkt. Wenn sie nur die Fesseln an ihren Handgelenken loswerden könnte, dann sollte der sambische Busch von ihren *Ki-ay*-Schreien widerhallen.

„Es wird hell", sagte Cyrus und deutete mit den gefesselten Händen nach draußen.

Eine trübe Beleuchtung, ein nur schwach erhelltes Dunkel; aber das Licht reichte aus, um Dornbüsche von hohem Gras unterscheiden zu können. Mrs. Pollifax fühlte sich dem neuen Tag nicht gewachsen; als sich aber langsam ein warmes, goldenes Licht über die Nebelschwaden in den Niederungen stahl und unvermittelt die Sonne über den Horizont stieg, da erwachten auch ihre Lebensgeister.

Der Landrover fuhr vom Weg ab ins Dickicht und hielt. „Wir machen eine Pause", sagte Simon und schaltete die Zündung aus.

Steif kletterten sie heraus und setzten sich auf die trockene, von der Sonne erwärmte Erde. Die Vergünstigung, eine „Toilette" zu benutzen, wurde auch ihnen nicht vorenthalten, und mit Reuben als Wache traten sie – einer nach dem anderen – den Weg ins Gebüsch an. Sobald Amy fort war, sah Mrs. Pollifax Cyrus an und sagte entschlossen: „Wir müssen unbedingt die Fesseln loswerden."

„Ja", sagte er, „aber im Augenblick unmöglich."

„Wenn das nicht geht, dann müssen wir eine Möglichkeit finden, Amy zu schnappen und als Geisel zu benutzen."

„Dieser Gedanke ist mir auch schon gekommen", gab Cyrus zu, „aber wenn ich mich an unsere Freundin Amy von hinten heranschleiche, ihr meine gefesselten Arme über den Kopf schwinge und sie als Schild vor mich halte, was dann?"

„Dann stelle ich mich hinter Sie –"

„Wir beide verbergen uns hinter Amy?" Er lächelte müde.

„Sie würden nicht wagen, auf uns zu schießen", protestierte Mrs. Pollifax.

„Sie würden uns einkreisen", erklärte er.

Mrs. Pollifax biß sich auf die Lippe. „Sie haben recht. Wenn es nur einen Weg gäbe, unsere Hände freizubekommen!"

„Und was dann?“

„Nun ja, sehen Sie, ich bin nicht schlecht in Karate.“

„Verflixt erstaunliche Frau“, sagte Cyrus verblüfft. „Sollte Grund genug für mich sein, Ihre Fesseln mit meinen bloßen Zähnen durchzunagen.“

„Ich wollte, das ginge“, sagte sie sehnsüchtig. „Die haben die Absicht, mich umzubringen, wenn wir den Friedhof jenseits der Lusaka-Mumbwa-Straße erreicht haben.“

„Also“, überlegte Cyrus, „je länger es dauert, bis wir dort sind, desto mehr Zeit bleibt uns, einen Schlachtplan auszuhecken.“

Sie nickte. „Warum klettert Mainza wohl auf den Baum da drüben?“

Er drehte sich um. „Könnten uns verirrt haben. Simon brütet über Landkarten, seitdem wir ausgestiegen sind.“

„Das wäre zu schön, wenn wir uns verirrt hätten“, sagte sie, während sie einen scharlachroten Schmetterling beobachtete, der in der Nähe umherflatterte. „Und es geschähe ihnen recht.“

„Bin nicht so sicher, daß es *uns* recht geschähe“, meinte er. „Leute wie Simon werden leicht reizbar, wenn sie sich verirrt haben. Schlafen Sie jetzt, meine Liebe.“

Sie nickte und legte sich hin, dachte, wie schön es sei, meine Liebe genannt zu werden – und wie beruhigend Cyrus wirkte. Die Wärme der Sonne linderte ihre Muskelschmerzen und half ihr, den Hunger zu vergessen. Müdigkeit überwältigte sie, und sie schlief ein.

Als sie die Augen wieder öffnete, bemerkte sie, daß Cyrus nicht mehr neben ihr saß. Sie wandte den Kopf und sah Amy schlafend ganz in der Nähe liegen. Drüben beim Landrover hatten sich Simon und Mainza ausgestreckt und schliefen auch. Reuben döste an einen Baum gelehnt, das Gewehr auf den Knien. Von Cyrus keine Spur, bis ihr eine verstohlene Bewegung am Landrover auffiel: es war Cyrus, der um die Rückseite des Fahrzeugs herumkroch. Mrs. Pollifax blickte zu dem dösenden Reuben und dann zu Cyrus und hielt vor Schreck den Atem an.

Sie hatte keine Ahnung, was Cyrus hinter dem Landrover getan haben mochte, aber nur Reubens geschlossene Lider – eine hauchdünne Schranke – lagen zwischen ihm und einer Entdeckung. Sie regte sich nicht. Noch kroch Cyrus auf Händen und Knien, als er aber die Seite des Landrovers erreicht hatte, stand er langsam auf und kam auf Zehenspitzen lautlos auf sie zu. Erst nachdem er sich gesetzt hatte, rührte sie sich, und sogleich fuhr Reuben zusammen, öffnete die Augen und griff nach seinem Gewehr.

„Fühlen Sie sich jetzt besser?" fragte Cyrus ausdruckslos.

„Viel besser", antwortete sie höflich.

Jetzt regten sich die andern, streckten sich, gähnten, die Gesichter frei von Spannung und Feindseligkeit. Erst als Simons Blick auf die Karte fiel, verfinsterte sich sein Blick von neuem.

Amy Lovecraft setzte sich auf und strich ihr zerzaustes Haar zurück. „Ach, ein Bad müßte herrlich sein", sagte sie. Aber das einzige Wasser, das sie an diesem Morgen zu sehen bekommen sollten, wurde ihnen von Reuben in einem wasserdichten Segeltuchsack gebracht. Sie tranken reihum daraus und aßen ein paar geschälte Erdnüsse, die er ihnen gab. Als Mrs. Pollifax die ihren kaute, fiel ihr ein, daß es Zeit für das Malariamittel war; aber es war ja wohl ziemlich sinnlos, sich vor Malaria zu fürchten, wenn sie vielleicht nicht einmal diesen Tag überlebte. Und genauso sinnlos war es jetzt wohl, sich über Aristoteles Gedanken zu machen.

Sie schaute zu Amy hinüber und überlegte, nicht zum erstenmal, welche Rolle sie bei dieser Entführung gespielt haben mochte. Konnte Amy wirklich Aristoteles sein? Es gab genügend Fälle, wo Frauen als Mörderinnen entlarvt worden waren oder sich durch geschickte Verstellung aus der Schlinge ziehen konnten, aber Aristoteles, das spürte sie, war anders. Bishop hatte ihn als einen Profi und als käuflichen Mörder geschildert, der keinem Land verbunden war. Sie konnte sich einfach nicht vorstellen, daß so jemand in eine Entführung verwickelt war. Außerdem kannte Amy diese Männer, und Aristoteles handelte immer allein.

Wieder einmal wurden sie zum Landrover getrieben, und im warmen Morgenlicht brachen sie auf. Sie vermieden jetzt die offene Savanne, was nach Mrs. Pollifax' Ansicht Furcht vor einer Suchaktion verriet, die ihr selbst im Augenblick kaum glaubhaft erschien. Beim Überqueren einer Lichtung schreckten sie eine Zebraherde auf, die reglos in der Sonne stand. Die Tiere ergriffen sofort die Flucht, und als sie über die Ebene fegten, tanzten ihre Streifen und verschwammen ineinander. Plötzlich kurvte der Wagen seitwärts und hielt.

„Reifenpanne", sagte Simon.

Sie stiegen aus und setzten sich auf den Boden, während Mainza den Reifen wechselte. Als aber der Wagen wieder auf allen vier Rädern stand und der Wagenheber entfernt war, ging dem neuen

Reifen sonderbarerweise auch die Luft aus. Als vernünftiger Mensch zog Mrs. Pollifax ihre Schlüsse und betrachtete Cyrus mit neuem Interesse. Er wirkte außergewöhnlich schläfrig und wich ihren Blicken aus. Sie lächelte in sich hinein. Cyrus begann sich wirklich als sehr nützlich zu erweisen, jetzt, wo er in den Gang der Ereignisse einbezogen war.

Simon, Reuben und Mainza konnten es nicht fassen. Sie begannen, die Reifen zu untersuchen und einander zu beschuldigen. Beide Reifen hatten die Ventilkappen verloren, aber die Männer verstanden nicht, wieso das einen solchen Luftverlust bewirkt haben konnte. Simon sah seine Pläne durchkreuzt und rief wütend: „Wir gehen."

„Das tut mir leid", flüsterte Cyrus.

Sie warf ihm freimütig einen bewundernden Blick zu. „Sie erweisen sich wirklich als Sand im Getriebe."

„Sie haben's bemerkt? Hat mir geholfen, meiner schlechten Laune ein bißchen Luft zu machen."

„Machen Sie ihr noch mehr Luft", sagte sie eindringlich über ihre Schulter, worauf Simon ihr befahl, still zu sein und ihren Platz in der Reihe einzunehmen.

Mit Simon an der Spitze begannen sie ihren Marsch. Das Gelände war eben und mit Gruppen von hohen Dornbüschen bestanden, eine für Wanderungen gar nicht unangenehme Verbindung. Wogegen Mrs. Pollifax etwas einzuwenden hatte, war das aufgezwungene Schweigen. Simon hatte ihr befohlen, direkt hinter ihm zu gehen, und ihr folgte Mainza; und dann Amy und Cyrus. Reuben bildete das Schlußlicht. Es war so still, daß sie hören konnte, wie Mainzas Gewehr bei jedem Schritt gegen seine Hüfte schlug. Als die Sonne höher stieg, befiel sie quälender Durst. Die Tsetsefliegen umschwärmten sie, aber mit ihren gefesselten Händen konnte sie die Fliegen nur schwach abwehren. Während sie schläfrig dahintrottete, fühlte ihr Kopf sich an, als schwebe er hinter ihr her wie ein Ballon an einer Schnur.

„Pause", sagte Simon plötzlich, und sie sanken unter einem Baum zu Boden, zu müde, um zu reden. Mainza holte den Segeltuchsack hervor und ließ jeden ein paar Schlucke nehmen.

„Hoffentlich abgekocht", sagte Cyrus.

Bei dieser Bemerkung rümpfte Amy die Nase. „Wenn Sie ihnen nur erzählen würden, was sie wissen wollen", fuhr sie Mrs. Pollifax an, „dann könnten wir schon wieder bei der Safari sein, statt – statt *hier!*"

Da sie sich besser fühlte, blieb Mrs. Pollifax ihr die Antwort nicht schuldig. „Unsinn. Ich glaube nicht, daß Sie uns laufenlassen, wenn ich etwas sage, denn wir können sie ja jetzt identifizieren. Und warum sollten sie das riskieren?"

Simon verkündete, es sei Zeit weiterzumarschieren, und sie machten sich wiederum auf den Weg. Sie rasteten ... sie gingen ... sie rasteten. Sie war schon ganz vertraut mit dem afrikanischen Boden, fand Mrs. Pollifax; er war von einem kräftigen Rostbraun und grobkörnig strukturiert, und trocken war er, sehr trocken. Tsetsefliegen stachen sie unablässig, und bei jeder Rast wurde den Wanderern ein kümmerlicher Schluck Wasser vergönnt. Zweimal nur wurde die Monotonie unterbrochen: durch eine Herde von Schwarzfersenantilopen, die über den Weg rasten, und später durch den Anblick eines toten Büffels, der auf der Seite unter einem Baum lag. „Hat Löwe getötet", sagte Reuben aus dem Hintergrund.

Einige Zeit danach bemerkte Mrs. Pollifax, daß Simon stehengeblieben war. Sie war hinter ihm her gestolpert, und als sie aufblickte, hatte sie festgestellt, daß Mainza aus der Reihe getreten war, Simon am Arm gepackt hatte und rückwärts deutete. „Etwas ist hinter uns her", sagte er leise. „Es bewegt sich, wenn wir gehen, es steht still, wenn wir rasten. Soll ich zu dem Ameisenhaufen da vorn gehen und im Kreis zurück?"

„Mach das. Sei vorsichtig. Wir warten."

Mainza verschwand hinter der Erhebung, um die Simon auch sie führte und ihnen mit einem Zeichen bedeutete, sich zu setzen. Dankbar sank Mrs. Pollifax zu Boden. Von ihren durch die gefesselten Hände gekrümmten Schultern strahlte ein seltsamer Schmerz und ein eigenartiges Unbehagen aus; die Füße taten ihr weh, und ihre Augen fühlten sich an wie zerquetschte Tomaten. Ob sie vielleicht einen Sonnenstich hatte?

Sie sah Simon und Reuben plötzlich angespannt ihre Gewehre heben, entwickelte aber nur mäßiges Interesse, als ein Mann, ohne die Gruppe zu bemerken, an ihnen vorbeitrottete. Es war ein Einheimischer in zerrissenen, am Knie abgeschnittenen schwarzen Hosen, zerlumpten Turnschuhen und einer leuchtendgrün und schwarz karierten Wollkappe, die ihm ein lächerliches Aussehen verlieh. Auf dem Rücken trug er einen in blutiges Zeitungspapier eingeschlagenen Gegenstand, der offensichtlich schwer war und den eine Menge Fliegen umsummten. Der Mann bemerkte sie erst, als Simon mit dem

Gewehr vortrat, schien aber eher erstaunt als erschrocken. Er sah Simon mit einem unsicheren, aber strahlenden Lächeln an und starrte dann hingerissen auf die Waffe.

Mainza kam herbei, durchsuchte die Taschen des Mannes und roch an dem Bündel.

„Jonesi", sagte der junge Mann strahlend und deutete auf sich selbst. „Jonesi. Guten Abend."

„Guten Abend" erwiesen sich indessen als die einzigen Worte, die er außer seinem Eingeborenendialekt konnte. Mrs. Pollifax schloß, daß man es mit Nyanja bei ihm versuchte, mit Luvale und Bemba, aber alles führte nur zu begeistertem Nicken und den Worten: „Jonesi. Guten Abend."

„Hat wohl nicht alle Tassen im Schrank", vermutete Cyrus.

Mainza schlug eine Ecke des blutigen Bündels zurück und sagte anklagend: „Gewildert hat er, Simon. Er ist ein Wilderer und heißt Jonesi. Aber was machen wir mit ihm?"

„Mir gefällt er nicht", sagte Amy kalt.

Simon blickte flüchtig zu ihr hinüber und sagte zu Reuben, scheinbar ohne ihr geantwortet zu haben: „Er könnte uns den Friedhof finden helfen."

„Ah", sagte Mrs. Pollifax und wurde hellwach, „Sie wissen nicht, wo der Friedhof liegt?"

„Natürlich wissen wir das", fuhr Simon sie an. „Nur diesen Weg sind wir bisher noch nie gegangen."

„Dann haben Sie sich also verlaufen?" fragte Amy höhnisch.

„Verstehe nicht, wie dieser Jonesi uns helfen soll, wenn Sie sich nicht einmal mit ihm verständigen können", meinte Cyrus.

Mainza war es gelungen, die Aufmerksamkeit des Wilderers auf sich zu lenken; er setzte sich mit gekreuzten Beinen auf den Boden, begann mit einem Stock die Erde umzuwühlen und warf ein halbes Dutzend kleiner Erdhaufen auf. Er steckte einen Zweig in den einen, legte einen Knopf auf den andern und ein Stoffetzchen auf einen dritten. Der Wilderer hockte neben ihm und sah zu. Plötzlich nickte er und sprudelte Worte hervor und deutete in südlicher Richtung. Dann nahm er den Stock und zeichnete den Umriß eines Tieres. Nach weiterer Zeichensprache sagte Mainza: „Er kennt den Friedhof. Er will uns hinbringen, wenn wir nichts von seiner Wilderei berichten. Er hat Antilopenfleisch in seinem Bündel."

Bei diesen Worten ging Mrs. Pollifax etwas auf, was sie ihrer

Müdigkeit wegen zuvor nicht erfaßt hatte. Jetzt aber verfolgte sie fleißig die Gedankenfolge: Fleisch, Wildern... Aber natürlich, dachte sie, und ihr schwindelte: die Antilope war zerlegt worden, und wenn sie zerlegt worden war, dann mußte das Fleisch von den Knochen gelöst worden sein mit einem *Messer*.

Hoffnung begann durch ihre Adern zu schießen wie ein Adrenalinstoß. Ein Messer. Mit einem Messer konnte sie ihre Hände befreien! Als sie sich zum Weitergehen erhoben, lächelte sie Cyrus strahlend an, und ehe Simon sie trennte, flüsterte sie: „Der Wilderer muß ein *Messer* bei sich haben."

Da sie nun einmal wach geworden war, beschloß Mrs. Pollifax, eine Art Verbindung zu dem Wilderer herzustellen. Sie beschleunigte ihren Schritt, bis sie neben ihm ging. Als er sich ihr aber zuwandte, erwiderte er ihr Lächeln nur mit einem leeren Grinsen.

Und eine zweite Frage beschäftigte sie: Wo trug ein nur mit Turnschuhen, Shorts und Kappe bekleideter Mann ein Messer? Mainza hatte seine Hosentaschen durchsucht und offenbar zufrieden festgestellt, daß er keine Waffe bei sich trug. Wenn also das Messer nicht in einer seiner Taschen war, dann, schloß sie, steckte es unter seiner Kappe. Das war nur logisch, weil diese Kappe offensichtlich einen wertvollen Besitz darstellte, ähnlich hochgeschätzt wie ein Messer. Sie begann, die Möglichkeiten durchzuspielen, die Kappe von seinem Kopf zu bekommen, und entdeckte dabei, daß diese Überlegungen jeden Gedanken an Hunger und Durst verdrängt hatten.

Am Nachmittag erreichten sie die zweispurige asphaltierte Fahrstraße, die sich von Osten nach Westen erstreckte und die zur Zeit bedauerlich leer war. Sie überquerten sie schnell, immer zu zweit, und strebten auf die schattenspendenden Bäume an der anderen Seite zu. Mrs. Pollifax setzte sich, um wieder zu Atem zu kommen, und versuchte, nicht daran zu denken, wie nah sie schon am Friedhof sein mußten. *Wieviel Zeit bleibt uns, ehe wir sie umbringen? Bis Sikota kommt. Wir treffen ihn am Friedhof jenseits der Lusaka-Mumbwa-Straße.* Die Worte gingen ihr im Kopf herum wie ein schauerlicher Kinderreim.

Sie betrachtete Cyrus und dachte, was für ein erstaunlicher Mensch er doch ist. Bestimmt war er müde, aber immer blieb er derselbe zuverlässige Mann, der auch mitten in Sambia nicht vergaß, wer und was er war. Und ganz plötzlich begriff sie, daß sie sich sehr einsam fühlen würde, wenn sie ihn nie wiedersähe.

„Ich finde", sagte sie herzlich, „ich finde es ja furchtbar selbstsüchtig von mir, aber ich bin so schrecklich froh, daß Sie gekommen sind, Cyrus. Aber – wenn Sie es mit dem Leben bezahlen –"

„Nicht nötig, die Gedanken so weit schweifen zu lassen, meine Liebe", sagte er gelassen. „War mein freier Wille. Viel wichtiger", fuhr er heiter fort, „ist mir das Abendessen, zu dem ich Sie einzuladen gedenke, wenn wir wieder in Lusaka sind. Das Menü beschäftigt mich seit Stunden."

In einem Anfall von Hellsichtigkeit begriff sie, daß Cyrus nur zu gut wußte, wie nah sie beim Friedhof waren. „Das Messer", sagte sie leiser, „er muß es unter seiner Kappe haben –"

Sie brach ab, weil Simon auf sie zukam. „Aufstehen", sagte er, und das machte jeder weiteren Unterhaltung ein Ende.

Ungefähr zehn Minuten später stieß Jonesi einen Ruf aus und deutete nach links. Sie bogen auf einen schmalen, festgetretenen Pfad ein, der durch hohes Gras führte, und kamen bald zu den Überresten mehrerer Hütten, deren Gebälk wie Mikadostäbchen in grotesken Mustern herumlag. Und dann waren sie plötzlich vor dem Friedhof.

Er lag am Rande der weiten Savanne. Groß war er nicht. Mrs. Pollifax zählte nur zwölf niedrige Hügel. Das Dorf war offenbar verlegt worden, als dieser Teil des Landes zum Nationalpark erklärt wurde, aber der Friedhof schien den Einheimischen immer noch etwas zu bedeuten, denn die Pfähle an Kopf- und Fußende der Gräber standen aufrecht, waren unversehrt, und die Scherben der irdenen Töpfe, die bei der Beerdigung zerbrochen worden waren, lagen noch zwischen den Pfählen. Ein schöner Zug, dachte Mrs. Pollifax, so viel persönlicher als Blumen. Ein Topf gehörte zu den eigenen Habseligkeiten und war jeden Tag des Lebens gebraucht worden. Gab es eine bessere bildliche Darstellung, als die Existenz dieses Topfes mit dem Leben des Menschen, der ihn herumgetragen hatte, aus ihm getrunken oder in ihm gekocht hatte, zu beenden?

Simon unterbrach ihre entrückten Überlegungen. „Wir warten jetzt auf Sikota", sagte er. „Er kommt in der nächsten Stunde." Die in diesem unerfreulichen Gedanken liegende Drohung wurde nur wenig abgeschwächt, als er fortfuhr: „Sie können jetzt wieder die ‚Toilette' aufsuchen."

Amy verschwand als erste hinter den Bäumen. Simon folgte ihr kurz darauf. Als sie außer Sicht waren, schaute Mrs. Pollifax auf den mit gekreuzten Beinen auf der Erde sitzenden Jonesi hinunter und dann auf Cyrus, der neben ihm saß und mit dem Rücken an einem Baum lehnte. In der Nähe der Grabhügel saßen Mainza und Reuben in ernstem Gespräch. Die Gewehre lagen neben ihnen. Laut denkend sagte sie: „Jetzt oder nie."

„Wie?" fragte Cyrus verwirrt.

Sie trat hinter Jonesi und tat, als stolpere sie. Im Fallen schob sie die Kappe von seinem Kopf, die zu Boden fiel und zugleich mit hörbarem Plumps ein Gegenstand.

Es war sein blutbeflecktes Taschenmesser, und er und Cyrus griffen gleichzeitig danach. „Hoffe, Sie haben nichts dagegen", sagte Cyrus höflich und nahm es an sich. „Handelt sich nur um ein paar kleine Fesseln. Emily?"

Sie setzte sich neben den Wilderer und hielt Cyrus ihre gefesselten Hände hin. Mit seinen eigenen gefesselten Händen kam er nur langsam voran, aber schließlich fielen ihre Fesseln herunter, und sie streckte die Hände mit einem Gefühl der Erlösung aus. Sie nahm Cyrus das Messer ab und ging an die Arbeit.

„Natürlich werden sie die fehlenden Fesseln bemerken, wenn sie aus dem Wald kommen", murmelte Mrs. Pollifax.

„Jonesi deckt uns wunderbar, aber ich wollte, er hörte auf zu grinsen", klagte Cyrus. „Was soll ich machen, meine Liebe? Mich auf Simon stürzen?"

„O nein", sagte Mrs. Pollifax schwer atmend. „Schaffen Sie nur Amy irgendwie aus dem Wege. O liebe Zeit, da kommen sie schon. Cyrus . . . viel Glück oder lebe wohl, ich weiß nicht, was, aber –"

„Ruhe bewahren", sagte er ernst, stand auf und hielt seine Handgelenke zusammen, als seien sie noch gefesselt. Auch Mrs. Pollifax erhob sich und stellte sich mit wild klopfendem Herzen unter den Baum.

„Wer geht als nächster?" fragte Amy und trat, Simon dicht hinter sich, auf Cyrus zu.

In einem Überraschungsangriff umschlang Cyrus sie, drehte sie herum, so daß sie Simon zugewandt war, und hielt sie in einem schraubstockartigen Griff. „Nun, Simon?" sagte er.

Als Simons Blick auf Cyrus' Handgelenke fiel, hob er sein Gewehr. Aber ehe er das Gewehr im Anschlag hatte, trat Mrs. Pollifax vor und versetzte Simon ihren bislang besten Handkantenschlag gegen die Halsschlagader. Ein Ausdruck äußerster Verwunderung glitt über Simons Gesicht, das Gewehr entfiel ihm, und er sank zu

Boden. Mrs. Pollifax schnappte sich das Gewehr und rief Reuben und Mainza zu: „Keine Bewegung, oder ich schieße!"

Starr blickten die beiden Männer am Rand der Lichtung sie an, zu verblüfft, um sich zu regen. Amy schrie, aber Cyrus lockerte seinen Griff nicht und ging langsam mit ihr auf die beiden Männer zu. Mrs. Pollifax folgte mit dem Gewehr, und Jonesi tanzte lachend neben ihr her.

„Komme mir vor wie Mr. Muskelmann persönlich", knurrte Cyrus.

„Die beiden hätten mich erschießen können!" rief Amy.

„Oh, seien Sie doch still", sagte Mrs. Pollifax ärgerlich. „Sie wissen ganz genau, daß die Sie niemals erschossen hätten, Amy. Ich weiß es jedenfalls seit letzter Nacht, als Sie dachten, ich schliefe."

„Oh", sagte Amy, schnappte nach Luft und brach dann in eine Flut von Verwünschungen aus, die, wie Mrs. Pollifax feststellte, einen erheblichen Mangel an Phantasie verrieten.

„Amys Hände sind noch gebunden", sagte Cyrus, „aber wir brauchen Fesseln für Reuben und Mainza." Er blickte zu ihnen hinüber und rief laut: „Jonesi, sei vorsichtig mit dem Gewehr." Jonesi hatte Mainzas Gewehr aufgehoben und wiegte es liebevoll in den Armen. Jetzt trat er zurück und setzte sich, das Gewehr auf den Knien, mit herausfordernder Miene hin.

„Lassen Sie ihn ein paar Minuten damit spielen – wir können es später holen", sagte Mrs. Pollifax zu Cyrus. „Die Fesseln brauchen wir nötiger als alles."

Sie knoteten die Stricke ihrer ehemaligen Fesseln zusammen und banden Reubens und Mainzas Handgelenke. Danach trat Cyrus zurück und sagte mit vergnügter Stimme: „In Ordnung. Was jetzt, meine Liebe?"

Mrs. Pollifax sah ihn entsetzt an. Seine Frage enthüllte die Zwickmühle, die eine Stunde zuvor noch zu weit außerhalb ihres Vorstellungsvermögens gelegen hatte, um auch nur erwogen zu werden. Jetzt stand sie vor der Tatsache, daß Sikota jeden Augenblick auftauchen mußte, daß sie sich im Busch verirrt hatten und daß es bald dunkel würde. „Was jetzt?" stammelte sie.

„Diese Frage kann ich Ihnen beantworten, Madam", sagte eine Stimme hinter ihnen. „Werfen Sie die Gewehre weg, und heben Sie die Hände."

Sie fuhren herum. „Jonesi?" sagte Mrs. Pollifax entgeistert.

„Ja, Madam." Jonesis Englisch war einwandfrei. „Sie waren sehr nützlich. Herzlichen Dank." Er holte einen kleinen Gegenstand aus der Tasche und setzte ihn an die Lippen. Ein durchdringender Pfiff, und aus einem ein paar hundert Meter entfernten Wäldchen kamen mehrere bewaffnete Männer gelaufen.

„Polizei?" fragte Mrs. Pollifax erstaunt.

„Nein, Madam", sagte Jonesi und schien über ihre Frage belustigt. „Die Polizei ist weit weg, weit weg. Sie sind jetzt *unsere* Gefangenen."

„O nein! Ich dachte –" Sie brach ab und starrte zu einem der Männer hinüber, der eben aus dem Dunkel des Waldes aufgetaucht war. Er war größer als die andern, trug Khakishorts, Wickelgamaschen und einen Kavalleriehut aus Filz, der sein Gesicht beschattete. Er bewegte sich wie... Jetzt trat er zu Amy Lovecraft, betrachtete sie lange und ging weiter zu Jonesi.

Mrs. Pollifax lachte in sich hinein. Im selben Augenblick erblickte sie der Mann. Er blieb wie angewurzelt stehen. „Emily Pollifax aus New Brunswick in New Jersey! Das kann nicht wahr sein", sagte er, zog sie an sich und umarmte sie herzlich. „Herzogin, was haben Sie um Himmels willen mitten in Afrika mit dieser Bande von Halsabschneidern zu schaffen?"

8

ALS Farrell später zu ihnen trat, saßen sie um ein Lagerfeuer, das einer seiner jungen Männer für sie angezündet hatte. „So – Geschäfte erledigt", sagte er und setzte sich. Sein Blick schweifte von Cyrus zu Mrs. Pollifax, und er grinste. „Finde, daß Sie nie besser ausgesehen haben, Herzogin, bis auf die Schramme auf Ihrer Wange."

„Eine Erinnerung an Simon", sagte Mrs. Pollifax. „Hab ich recht gehört, daß Sie Mulika genannt werden?"

„Den Namen haben sie mir gegeben." Sein Lächeln war atemberaubend, noch viel verwegener, als sie es in Erinnerung gehabt hatte. „Nebenbei, es tut mir leid, daß wir das Abendessen aufschieben müssen."

„Abendessen?" hauchte Mrs. Pollifax.

„Wir erwarten Sikota, und das ist der Grund, warum Sie in Sicherheit gebracht wurden. Jetzt erzählen Sie mir aber um Himmels willen, Herzogin, wie Sie hierhergekommen sind."

Mrs. Pollifax beschrieb kurz ihre Ankunft in Lusaka, und dann konzentrierte sie ihren Bericht auf die letzten vierundzwanzig Stunden. Als sie geschlossen hatte, sah Farrell sie verblüfft an.

„Das darf nicht wahr sein", sagte er. „Sie haben eine Suchanzeige nach mir aufgegeben?"

„Ich fand das ganz logisch", erklärte sie ihm.

Er schüttelte den Kopf. „Diese Direktheit, Herzogin, wird Sie eines Tages noch das Leben kosten."

„Hat es beinah", sagte Cyrus. „Sieht jedenfalls so aus."

„Und Sie haben die Anzeige nicht einmal zu Gesicht bekommen", jammerte Mrs. Pollifax. „Ich dachte – jedenfalls einen Augenblick lang –, Sie seien gekommen, um uns zu retten! Was hat Sie denn hierhergeführt, und warum heißen Sie Mulika?"

Er zögerte. „Ob Sie's glauben oder nicht, *mulika* bedeutet Lichtbringer auf nyanja. Das überrascht Sie?" Er sah sie an und fuhr fort: „Sie wissen, was man unter der Leidenschaft der besten Jahre versteht? Na ja, mich hat die Leidenschaft für Afrika im allgemeinen – dem reinen, unverdorbenen – und für Sambia im besonderen erfaßt. Eigentlich wollte ich hier Farmer werden –"

„Keine Kunstgalerie?" fragte Mrs. Pollifax.

„Und ich besitze achtzig Hektar Land in der Südprovinz, aber ich komme nicht oft hin. Ich habe Freiheitskämpfer ausgebildet."

„Freiheitskämpfer!" rief Mrs. Pollifax. „Das ist es also." Dann runzelte sie die Stirn. „Aber das kann doch nicht der Grund sein, warum Simon und Amy zu einem Mord bereit waren, um herauszufinden, wie Sie aussehen."

Er grinste. „Natürlich steckt noch mehr dahinter. Es war aufregend, Sambias wirtschaftlichen Aufschwung mitzuerleben, aber nebenan liegt Rhodesien, und die Leute von da drüben überschreiten die Grenze. Die meisten kommen unmittelbar aus dem Gefängnis, oder sie stehen vor der Verhaftung und Einkerkerung, und das ist kein großer Unterschied. Diese Leute wollen nämlich auch Selbstbestimmung. Sie verkommen unter der Apartheid. Es herrscht dort solch eine Kräftevergeudung. Und so bin ich hineingeraten. Ich wurde so etwas wie ein Spion. Schon mal was von Spionen gehört?" fragte er boshaft. „Ich gab mich als Tourist aus und begann, hin und her über die Grenze zu reisen, und half Jonesi, einen sicheren, geheimen Fluchtweg auszumachen. Unglücklicherweise sprach es sich herum, daß ein Weißer namens Mulika Männer aus Rhodesien herausbringt, und schließlich erfuhr man auch meinen richtigen Namen. Als dann Ihre Anzeige erschien, schlugen die Wellen natürlich hoch.“

„Nicht zuletzt bei der sambischen Polizei“, berichtete sie ihm. „Ich wurde verhört von einem – Oh“, – sie schnappte förmlich nach Luft – „jetzt begreife ich erst, was nicht stimmte! Er wollte gar nichts über Sie wissen, sondern nur erfahren, woher *ich* wußte, daß Sie in Sambia sind.“

„Wer?“

„Ein Leutnant Dunduzu Bwanausi“, sagte sie.

Farrell brach in Gelächter aus. „Dundu? Das ist ein guter Freund von mir. Ich wette, er hat Sie für eine rhodesische Agentin gehalten.“

Ihr Lagerfeuer lag an einem Hang jenseits des Friedhofes. Einen halben Kilometer entfernt sah man ein größeres Lagerfeuer. Jonesi hatte Amy Lovecraft und ihre Verbündeten um das Feuer gesetzt. Ihre Hände waren noch gefesselt, und sie waren geknebelt, was, wie Farrell hoffte, aus der Entfernung nicht sichtbar war.

„Die Ziegen, mit denen man den Löwen fängt“, sagte er trocken, „und Sikota dürfte ein ziemlich großer Löwe sein.“

„Recht hart für Mrs. Lovecraft, wie?“ fragte Cyrus.

„Nicht härter als für die andern“, erklärte Farrell, „aber natürlich erliegen Sie immer noch der Täuschung, sie sei Amy Lovecraft, nicht wahr?“ Seine Stimme war härter geworden.

„Und wer ist sie?“ fragte Mrs. Pollifax.

„Eine Rhodesierin namens Betty Thwaite. Sie hat uns tüchtig zu schaffen gemacht. Aber nach unsern Informationen ist sie nicht nach Sambia gekommen, um jemanden zu entführen.“

„Dann sind Sie also hinter Amy hergewesen?“

„Und wie“, sagte er. „Rund um die Uhr während der letzten sechs Tage. Sie ist der Kopf einer fanatischen, rechtsgerichteten rhodesischen Gruppe. Bei denen heißt es einfach ‚Nieder mit jedem, der kompromißbereit und einsichtig ist.‘ Selbst die rhodesische Regierung will nichts von Betty wissen. Alles, was wir erfahren konnten“, fuhr er fort, „war, daß sie vergangene Woche mit einem falschen Paß die rhodesische Grenze passiert hat. Warum sie beschlossen hat, Sie zu entführen, Herzogin, weiß ich nicht, denn das war nicht der Grund, weshalb sie nach Sambia gekommen ist.“

„Aber sie hat mich entführt!“

„Ja, und das verblüfft mich“, sagte er. „O nein, ich muß doch zugeben, daß Sinn dahintersteckt, denn wenn Sie getan hätten, was die verlangt haben, dann wären Sie ein wirklicher Fang gewesen. Wenn ich dann das nächste Mal die rhodesische Grenze überschritten hätte –", er griff sich mit der Hand an die Kehle. „Kopf ab."

„Aber mit diesem Plan ist sie nicht nach Sambia gekommen?" fragte Cyrus.

Farrell schüttelte den Kopf. „Nein. Und das ist ja das Rätselhafte. Nach unseren Informationen soll sie nach Sambia gekommen sein, um Präsident Kaunda zu ermorden."

„Lieber Himmel", sagte Cyrus. „Warum denn?"

„Warum Kaunda ermorden? Weil er eine sanfte, aber beharrliche Macht gegen die Apartheid darstellt. Er hat sich mit Aufrufen sowohl an Rhodesien als auch an Südafrika gewendet, und man hat dort angefangen, auf ihn zu hören."

„Ermorden", wiederholte Mrs. Pollifax stirnrunzelnd.

Er nickte. „Unsere Panik können Sie sich vorstellen. Wir kamen uns vor, als suchten wir eine Nadel im Heuhaufen, bis wir erfuhren, daß sie unter dem Namen Amy Lovecraft reist. Dann entdeckten wir, daß sie sich ausgerechnet einer Safari angeschlossen hat." Er schüttelte den Kopf. „Es ergibt einfach keinen Sinn."

„Vielleicht doch", begann Mrs. Pollifax leise und versuchte, ihrer steigenden Erregung Herr zu werden. „Es ist möglich, daß Amy Lovecraft bei der Safari mitgemacht hat, um den *wirklichen* Mörder zu treffen."

„Um *wen* zu treffen?" fragte Farrell.

„Deswegen bin ich hier", sagte sie. „Von Ihrer Betty Thwaite weiß ich nichts, aber ich *weiß* von Mördern." Nach einem Seitenblick auf Cyrus sah sie Farrell wieder an. „Ein gemeinsamer Freund namens Carstairs hat mich geschickt."

„Gütiger Himmel", sagte Farrell, und jetzt blickten sie beide Cyrus an, der fragend eine Augenbraue hochzog.

„Sagen Sie es ihm, oder soll ich?" fragte Farrell.

„Was sagen?" wollte Cyrus wissen. „Daß Sie nie Emilys Nachbar gewesen sind? Hab ich mir schon gedacht. Aber wie haben Sie beide sich kennengelernt?"

„Würden Sie es glauben? Rücken an Rücken gefesselt in Mexiko, nachdem wir betäubt und entführt worden waren von –"

„Farrell!" sagte sie. „Sie gehen zu weit."

„Unsinn. Reed, wenn Sie glauben, daß diese reizende, aber listenreiche Dame nichts anderes tut, als Blumen zu ziehen, dann sind Sie nicht der richtige Mann für sie, und aus der Art, wie Sie sie ansehen, glaube ich zu verstehen –"

„Farrell!" platzte Mrs. Pollifax los.

Mit seiner sanften Stimme sagte Cyrus: „Gewisse – hm – Kniffe sind mir schon aufgefallen. Ein – sagen wir – Beugen der Wahrheit und das Karate –"

„Karate!" Jetzt war Farrell überrascht – „Herzogin, Sie setzen mich in Erstaunen. Sie werden ein Profi."

„Was für ein Profi?" fragte Cyrus gelassen.

„Sie hat ein kleines Steckenpferd", sagte Farrell vergnügt. „Geheimkurier zwischen Gartenklub und Umweltschutz. So hab ich sie kennengelernt, nur habe ich mich vor drei Jahren vom CIA zurückgezogen. Aber wenn es Ihnen recht ist, möchte ich gerade jetzt von dieser Safari hören. Setzen Sie mich ins Bild, Herzogin, und zwar schnell."

Sie berichtete ihm alles, was sie wußte. „Carstairs schien überzeugt davon, daß Aristoteles auf dieser Safari anwesend sei, um jemanden zu treffen und den nächsten Auftrag zu besprechen. Wenn Amy Lovecraft aber die ganze Zeit mit ihren Unternehmungen in Rhodesien beschäftigt ist, dann kann ich mir nicht vorstellen, daß sie um die Welt reist und Leute erschießt. Es ist nur eine Vermutung natürlich, aber –"

„Ich unterbreche die Funkstille", sagte Farrell unvermittelt, „und rufe Dundu. Ihre Geschichte erklärt, warum Betty Thwaite ausgerechnet auf eine Safari ging, und wenn sie ihr Geschäft mit Aristoteles schon abgeschlossen hatte, dann erklärt das auch, warum sie eine Entführung unternehmen konnte. Sie hat Sie belauscht, und ihr ist klargeworden, daß eine ihrer Reisegefährtinnen tatsächlich in der Lage war, mich zu identifizieren. Da konnte sie nicht widerstehen. Aber ich möchte immer noch nicht das Funkgerät benutzen."

„Warum denn nicht?" fragte Cyrus.

„Weil wir dadurch *Ihre* Gesellschaft entdeckt haben", erklärte Farrell. „Wir waren von Chunga nach Kafwala aufgebrochen und hatten haltgemacht, um über Funk dem Hauptquartier unsern Standort mitzuteilen. Dabei hörten wir Simon Grünen Vogel rufen. Der Deckname Grüner Vogel war uns bekannt, und deshalb heftete sich, während wir in Kafwala weiter nach Mrs. Lovecraft suchten, Jonesi an Ihre Fersen. Wir brachten in seiner Kappe einen Sender an, damit wir ihn orten konnten. Aber fangen wir noch mal von vorn an,

Herzogin. Wen von den Leuten auf Ihrer Safari haben Sie im Verdacht, Aristoteles zu sein?“

„Keinen von ihnen, hätte ich am Anfang der Safari gesagt“, antwortete sie aufrichtig, „wenn nicht aus meinem Zimmer in Kafwala ein Film gestohlen worden wäre, was beweist, daß meine Knipserei jemanden gestört haben muß. Es muß Aristoteles gewesen sein, der den Film gestohlen hat, denn Cyrus hat mir erzählt, daß Amy Lovecraft noch unten beim Lagerfeuer blieb, nachdem ich gegangen war.“

„Also können wir annehmen, daß Aristoteles noch bei der Safari ist und daß die Ermordung planmäßig ablaufen soll?“ Er starrte ins Feuer. „Ich weiß nicht, wie Sambia ohne Kaunda überleben sollte. Er regiert das Land mit fester Hand und wird als Präsident vom Volk geliebt. Jedes Staatsoberhaupt, das ein aus mindestens siebzig verschiedenen Stämmen mit mindestens sechzehn verschiedenen Sprachen bestehendes Land zusammenhalten kann, ist ein Genie.“ Er blickte auf und sagte kurz: „Also, heute ist Donnerstag. Wo befindet sich die Safari jetzt?“

„Heute abend wird sie in Moshi eintreffen“, sagte Cyrus. „Morgen kehrt sie nach Chunga zurück, bleibt dort über Nacht und erreicht am Samstag ihre Endstation Lusaka.“

„Dann muß ich Dundu benachrichtigen“, sagte Farrell, „damit er alle Teilnehmer der Safari überwachen läßt. Geben Sie mir die Namen.“ Er holte einen Notizblock und einen Stift aus der Tasche.

„Da ist Cyrus’ Tochter Lisa Reed“, begann Mrs. Pollifax.

„Und Dr. Tom Henry“, fuhr Cyrus fort.

Farrell schaute auf. „Doch nicht der Bursche vom Missionskrankenhaus drüben an der angolanischen Grenze?“ Als Mrs. Pollifax nickte, sagte er: „Wie klein die Welt ist. Bitte weiter.“

„John Steeves, Reiseschriftsteller, sehr charmant. Willem Kleiber, gibt sich als Holländer aus, sehr zimperlich und auf Sauberkeit bedacht und in der Baumaschinenbranche tätig, was immer das sein mag. Und dann ist da – na ja, McIntosh.“

Farrell hielt inne. „Ja?“

„Laut Amy Lovecraft ist das nur sein halber Name. Sie hat einen Blick in seinen Paß geworfen. Aber natürlich ist alles verdächtig, was sie gesagt hat.“

Farrell legte den Stift nieder. „Was für ein Mensch ist er?“

„Verschlossen“, meinte Mrs. Pollifax. „Und immer unterwegs.“

„Nun ja, wer noch?“ fragte Farrell.

„Chanda“, sagte Cyrus. „Dr. Henrys Schützling, der, das möchte ich hinzufügen, mich auf die Spur von Emilys Entführern gebracht hat und dann zu Fuß zum Dorf zurückgelaufen ist, um die Suchaktionen zu leiten.“

„Und wo bleiben diese Suchmannschaften?“ fragte Mrs. Pollifax.

„Keine Ahnung, Herzogin. Tut mir leid, aber der Park ist verdammt groß.“ Er lächelte sie mitfühlend an. „Schön. Sonst noch jemand bei der Safari?“

„Nur Amy Lovecraft, Emily und ich“, antwortete Cyrus.

Farrell stand auf. „Ich gehe jetzt und versuche, Dundu zu erreichen. Bleiben Sie ruhig sitzen. Ich schicke Ihnen einen Mann herüber, der Sie beschützt, während ich weg bin.“

Mrs. Pollifax sah ihn erstaunt an. „Ruhig sitzenbleiben? Aber sicher brauchen Sie mich doch unten am Lagerfeuer bei Amy und den andern. Sikota wird doch erwarten, mich dort zu finden.“

Farrell schüttelte den Kopf. „Zu gefährlich, Herzogin.“

„Gefährlich!“ rief sie und stand auf. „Wir versuchen, einen Mord zu verhindern. Natürlich gehe ich da hinunter.“

Farrell seufzte. „Sehen Sie, Herzogin“, sagte er geduldig, „wir sind nur sieben Mann, und drei davon sind auf der Suche nach Sikota. Wir wollen versuchen, ihn aufzuhalten, ehe er das Lagerfeuer erreicht, aber in der nächsten Stunde kann da unten alles passieren.“

„Sehr richtig“, pflichtete Cyrus bei. „Setzen Sie sich, Emily.“

„Ich weigere mich“, antwortete sie ihm, griff Farrell am Arm und wandte ihn dem Lagerfeuer zu. „Sehen Sie sie an – vier Schaufensterpuppen in einem Schaufenster. Keine regt sich oder spricht. Sikota ist kein Löwe, er ist ein Mann, der denken kann. Er wird sich fragen, warum niemand sich bewegt, aber wenn Cyrus und ich dort bei ihnen sitzen, können wir reden und so tun, als ob wir äßen, und der Himmel weiß, wie gern ich das wirklich täte.“

Farrell wandte sich an Cyrus. „Also, Cyrus?“

„Beides vollkommen richtige Ansichten“, sagte Cyrus weise. „Gefährlicher Platz dort unten. Kreuzfeuer und so weiter, wenn er Ihren Männern entschlüpft.“ Seufzend erhob er sich. „Muß aber zugeben, daß Emily auch recht hat“, fügte er hinzu, „und wenn das alles helfen sollte –“

„In Ordnung“, sagte Farrell. „Aber nehmen Sie das.“

Er griff in seine Tasche und holte eine Tafel Schokolade heraus.

„Essen?“ ächzte Mrs. Pollifax.

„Essen", sagte Cyrus. „Gehen Sie jetzt, um Ihre Nachricht zu senden, Farrell. Wir wandern nach unten."

Ihre Anwesenheit am Lagerfeuer entbehrte nicht der Komik. Mrs. Pollifax saß zwischen Amy Lovecraft und Cyrus. Amy gab gurgelnde Protestlaute von sich. Von jenseits des Lagerfeuers starrte Simon sie mit blutunterlaufenen, empört aufgerissenen Augen an. Glücklicherweise, stellte Mrs. Pollifax fest, war bei der schwachen Beleuchtung selbst aus dieser Nähe sein Knebel unsichtbar. Aus fünfhundert Meter Entfernung hatte das Feuer strahlend hell ausgesehen; als sie aber jetzt davor saß, kam es ihr erstaunlich klein vor; die Dunkelheit ringsum erschien ihr dagegen wie ein schwarzer Vorhang. Sie fühlte sich schrecklich schutzlos.

„Was ist los?" fragte Cyrus. „Meinung geändert?"

„Sie werden doch nicht behaupten, Sie hätten's mir ja gesagt?" meinte Mrs. Pollifax kleinlaut.

„Emily", sagte er. „Ich bin heute fünfunddreißig Kilometer durch den Busch gelaufen, und jetzt sitze ich hier als Zielscheibe für jeden Schützen, der vorbeikommt. Trauen Sie mir wirklich zu, daß ich behaupten würde, ich hätt's Ihnen ja gesagt?"

„Sie sind ein richtiger Engel, Cyrus", sagte sie lächelnd.

„Danke. Essen Sie Ihre Schokolade."

Die Minuten schlichen dahin. Sie und Cyrus reichten sich gegenseitig Zweige und Steine und machten Konversation mit einer schweigenden Amy und dann mit Simon, Reuben und Mainza. Eigentlich benahmen sie sich wie Idioten, fand Mrs. Pollifax, worauf Cyrus erwiderte, er rede gern mit Menschen, die nicht antworten könnten.

Etwa zwanzig Minuten später merkte Mrs. Pollifax, daß Amy neben ihr plötzlich erstarrte, Entsetzen in den weit aufgerissenen Augen. Mrs. Pollifax folgte ihrem Blick, und auch sie sah, daß sich etwas bewegte – ein Schatten, heller als das Dunkel der Bäume. „Cyrus, da drüben", sagte sie mit verhaltener Stimme, und dann verschlug der Schrecken ihr die Sprache, denn wenn das Sikota war, bedeutete es, daß Farrell, Jonesi und die andern ihn verfehlt hatten. Der Schatten hielt inne, kam dann aus einer anderen Richtung wieder auf sie zu ... der Löwe – ihre Kehle war plötzlich wie ausgetrocknet –, der sich an die angebundene Ziege heranschlich. Einen flüchtigen Augenblick lang spürte sie etwas wie Mitleid mit ihm, als sei er wirklich ein wildes Tier, das in eine Falle gelockt worden war, aber als sie sich ins Gedächtnis rief, daß dies kein Löwe war, sondern

Sikota, ein Mann, der sich aufs Foltern verstand, da verschwand ihr Mitleid.

Jetzt betrat er die äußerste Peripherie des Feuerscheins, ein kleiner Mann von grotesker Leibesfülle in einem hellen Straßenanzug. Er trug ein langes Gewehr. Als er noch näher kam, sah sie, daß sein schmallippiger Mund in den Fettpolstern des schmutzigbleichen Gesichtes beinah verschwand.

Er blieb stehen, seine Hand strich über den Abzug der Waffe. Er spürt, daß etwas nicht in Ordnung ist, dachte sie und fühlte, wie ihr Herz rascher schlug. Von seiner reglosen Gestalt ging etwas erschreckend Wissendes aus, als habe er Antennen ausgezogen, um die Atmosphäre abzuschätzen und zu prüfen. Und dann tat er das einzige, was niemand vorausgesehen hatte; er rief in scharfem, gebieterischem Ton: „Simon!“ und dann noch einmal, ärgerlich: *„Simon?“*

Aber der gefesselte und geknebelte Simon konnte weder antworten noch sich umwenden, und einen Augenblick lang herrschte unbehagliche Stille, nur in der Ferne heulte eine Hyäne. Dann trat plötzlich Jonesi aus dem Busch zur Rechten und schrie: „Werfen Sie das Gewehr weg!“

Von der entgegengesetzten Seite her rief Farrell: „Werfen Sie es weg, Sikota, Sie sind umstellt!“

Der Mann wandte sich erst Jonesi, dann Farrell zu. Als er sich bewegte, geschah dies mit einer für einen Mann von solcher Leibesfülle unglaublichen Behendigkeit und Gewandtheit. Er riß sein Gewehr hoch, zielte und feuerte.

„Runter!“ schrie Farrell seinen Leuten zu.

Das tat Mrs. Pollifax nur zu gern. Sie rollte zur Seite. Drei Schüsse fielen, und als sie den Kopf wieder hob, sah sie Sikota, wie ein Riesenbündel Wäsche zusammengesunken, am Boden liegen.

„Alles in Ordnung, Herzogin?“ rief Farrell, und sie hörte, wie sich Schritte näherten.

Mrs. Pollifax blickte zu Cyrus und er zu ihr. „Ja!“ rief sie, stand auf und klopfte sich den Staub von der Jacke.

Jonesi erreichte das Lagerfeuer vor Farrell. Vorsichtig stieg er über Simons Füße und kniete neben Amy nieder, die aussah, als sei sie des Sitzens müde geworden und habe sich zum Schlafen niedergelegt. Aber als Jonesi sie aufrichtete, bemerkte er mitten in ihrer Stirn ein Loch.

„Verflucht“, schimpfte Farrell, der als nächster herankam. „Sikota hatte uns irgendwie umgangen, und dann benutzte er ein Zielfernrohr. Unglaublicher Schuß! Und jetzt sind sie beide tot, er und Amy Lovecraft!"

„Er dachte, sie würde reden, Mulika."

„Dann kann er unsere Amy nicht gekannt haben", sagte Cyrus verächtlich.

„Mag sein." Mrs. Pollifax wandte sich mit Tränen in den Augen ab.

„Wir wollen uns diesen Sikota einmal genauer ansehen", sagte Farrell schroff, und sie folgten ihm zu dem zusammengesunkenen Körper. Einer von Farrells Männern hatte ihn umgedreht und starrte ihm ins Gesicht. „Du kennst ihn, Patu?" fragte Farrell.

Patu nickte. „Ich kenne ihn. Es ist der Portugiese, der den Antiquitätenladen an der Cairostraße hat. Wer hätte gedacht, daß dieser Mann ein Spion war?"

Farrell starrte auf den Mann hinunter. „Und wahrscheinlich ein gedungener Mörder", sagte er. „Nicht ganz Betty Thwaites Typ, aber Politik schafft seltsame Freundschaften." Er richtete sich auf und sagte grimmig: „Keine Zeit für Nachrufe. Ich bin mit meinem Funkspruch durchgekommen. Sie schicken einen Hubschrauber für Sie beide. Ich erfuhr auch, daß Präsident Kaunda am Sonntagnachmittag in Lusaka eine neue Schule einweihen wird, am Tage nach dem Ende der Safari. Es wird bis August sein einziger öffentlicher Auftritt sein, und die Zeitungen sind voll davon. Wenn also Ihr Aristoteles wirklich existiert, müßte er am Sonntag seinen großen Tag haben."

„Sonntag?" fragte Mrs. Pollifax entsetzt. „So bald?"

„Bleiben uns etwas mehr als zwei Tage." Farrell blickte zu Amys Leiche und sagte seufzend: „Deck sie mit einem von unseren Schlafsäcken zu, Patu. Auch wenn ich's ungern zugebe, auf ihre Weise war sie eine echte Kämpfernatur. Anders als Sikota und der ganze Rest dieser gräßlichen Gesellschaft."

„Hat Leutnant Bwanausi jetzt die Liste?" fragte Cyrus.

Farrell nickte. „Er hat die Liste und kreist im Augenblick mit dem Hubschrauber wahrscheinlich über Kafwala und wartet darauf, von mir zu hören. Übrigens, Chanda ist wohlbehalten zurück und war außerordentlich nützlich."

„Und was kommt jetzt, Farrell?" fragte Mrs. Pollifax trübe.

„Sie gehen nach Lusaka zurück und warten ab", sagte er. „Ruhen

Sie sich morgen und am Samstag aus. Machen Sie einen Stadtbummel. Eines verspreche ich Ihnen", sagte er mit harter Stimme, „einen Mord wird es nicht geben. Und noch etwas verspreche ich Ihnen. Am Sonntag esse ich mit Ihnen und Cyrus in Ihrem Hotel zu Mittag, und dann enthülle ich Ihnen die Identität von Aristoteles."

„Einfach so?" fragte Cyrus.

„Einfach so", versprach Farrell.

9

Es WAR Sonntagmorgen. Mrs. Pollifax und Lisa standen vor dem Hoteleingang und sahen zu, wie Dr. Henry seinen alten Landrover vollpackte. Bis unters Verdeck stapelten sich Medikamente und Stoffrollen in leuchtenden Farben, und Cyrus schnallte eben den letzten Koffer auf den Dachgepäckträger. Die Stadtbesichtigung, die Farrell ihnen verordnet hatte, war nicht Wirklichkeit geworden. Den Freitag hatten sie zum großen Teil auf dem Polizeipräsidium verbracht, wo sie Angaben machten. Sie hatten der *Times of Zambia* ein Interview gegeben, das natürlich streng zensiert wurde, und waren dann für den Bericht unzählige Male fotografiert worden.

Es war einfach unmöglich gewesen, alles zu vergessen, was sich hinter den Kulissen abgespielt hatte. Die von Leutnant Bwanausi begleitete Safarigesellschaft, die am Samstag zurückgekehrt war, hatte ihnen den Ernst der Lage ins Gedächtnis zurückgerufen, und Cyrus hatte Lisa erst am späten Nachmittag sehen dürfen. Auch hatte Mrs. Pollifax nicht ruhig schlafen können. Bis in ihre Träume verfolgte sie die Angst, Aristoteles werde abermals zuschlagen und irgendwie werde die Polizei die Ermordung nicht verhindern können.

In diesem Augenblick wandte Lisa sich zu Mrs. Pollifax um und lächelte sie strahlend an. „Alles ist so unfaßbar, nicht wahr? Glauben Sie mir, irgend etwas in mir hat es *gewußt,* sobald ich in Sambia ankam."

Mrs. Pollifax schob ihre Sorge um den Mordanschlag beiseite und war voller Anteilnahme für Lisas Erfahrungen.

„Ich finde es wunderbar und genau das Richtige für Sie", sagte sie herzlich.

„Und sich vorzustellen, daß es uns beide in der gleichen Weise getroffen hat", sagte Lisa mit Staunen in der Stimme. „Und uns so erschreckte, daß wir Abstand wahrten und der Sache nicht trauten. Wie es *mir* ergangen ist, weiß ich. Ich saß an jenem ersten Abend am Lagerfeuer und unterhielt mich mit John Steeves und dachte, wir beide würden einen sehr angenehmen Safariflirt erleben, und dann schaute ich auf und sah Tom, und ich dachte, *ja.* Einfach so."

Während sie Lisa zuhörte, konnte Mrs. Pollifax beinahe vergessen, daß nur noch wenige Minuten sie vom Wiedersehen mit Farrell trennten. Sie lächelte Chanda zu, der mit ihrem regenbogenfarbigen Sonnenschirm spielte, nur daß er nicht mehr ihr gehörte – sie hatte ihn dem Jungen beim Frühstück geschenkt. „Es ist ein *bupe*", erklärte sie ihm, nachdem sie das Bembawort für Geschenk gelernt hatte. Jetzt fragte sie Lisa: „Werden Sie hier heiraten oder in Connecticut?"

Lisa lachte. „Gewissenhaft, wie Tom ist, besteht er darauf, daß ich zuerst sein Hospital kennenlerne – und das Haus mit dem Blechdach, in dem wir wohnen werden – und daß wir dann erst Pläne machen."

Ihr Vater, der zu ihnen trat, schaute auf die Uhr und sagte zu Mrs. Pollifax: „Fast Zeit, meine Liebe."

Lisa betrachtete die beiden neugierig. „Sie und Vater haben eine Verabredung zum Essen mit diesem geheimnisvollen Mr. Farrell, nicht wahr? Werden Sie uns eines Tages erzählen, was da draußen im Busch wirklich vor sich gegangen ist?"

„Ich würde es Ihnen jetzt erzählen, aber es ist nicht unsere Geschichte", sagte Mrs. Pollifax. „Wenigstens noch nicht." Nicht ehe wir Farrell gesehen haben, rief sie sich in Erinnerung und schob diesen Gedanken beiseite, als Chanda unter dem prächtigen Sonnenschirm herankam, um Lebewohl zu sagen.

„Leb wohl, Chanda *nunandi*", sagte sie zu ihm und schüttelte ihm feierlich die Hand. „Es war wirklich schön, dich kennenzulernen, und ich hoffe – oh, liebe Zeit –", ächzte sie, als sie spürte, daß eine der Schirmspeichen sich in ihrem weißen Strohhut verfangen hatte, den sie an jenem Morgen seit Beginn der Safari zum erstenmal wieder trug. Cyrus mußte lachen, und dann nestelten er und Tom den Schirm vorsichtig los. „Diese rote Feder", kicherte Lisa. „Sie ragt senkrecht in den Himmel. Sie sehen aus wie ein Indianerhäuptling."

„Keine Zeit, das zu reparieren", sagte Cyrus und ergriff ihren Arm. „Leb wohl, Tom ... Lisa, laß von dir hören."

„Ihr auch", rief sie ihnen nach.

Als sie durch die Halle auf die Terrasse eilten, merkte Mrs. Pollifax, daß erstaunlich viele Blicke auf sie gerichtet waren. „Cyrus, mein Hut –“

„Ein richtiger Blickfang“, sagte er wahrheitsgemäß. Er geleitete sie an einen Tisch und setzte sich ihr gegenüber. „Aufgeregt?“

„Natürlich“, sagte sie, „die ganze Zeit schon, seit Farrell angerufen und gesagt hat, sie hätten Aristoteles verhaftet und er werde uns um zwölf alles darüber berichten.“

„Sollte meinen, Sie wären erleichtert, nicht aufgeregt.“

„Das ist wahr, *logisch* war es nicht“, gab sie zu, „aber ich finde es so schwierig, Leute nicht zu mögen. Ich weiß, sie sind oft selbstsüchtig oder eingebildet und egoistisch, oder dumm und manchmal unehrlich, aber sehen Sie, ich mochte auf unserer Safari jeden, und deshalb ist Farrells Botschaft für mich so schmerzlich. Sie bedeutet nämlich, daß ich demnächst aus der Fassung geraten werde.“

„Amy Lovecraft können Sie doch unmöglich gemocht haben.“

„Nein, aber sie tut mir leid. Amy scheint unbeirrt genau den Weg gewählt zu haben, der zu ihrem Zusammentreffen mit Sikota neulich nachts geführt hat. Es liegt eigentlich in unserer Hand, was wir im Leben bekommen.“

„Und was ist mit dem ruhigen Leben, das *Sie* angeblich führen?“ fragte er. „Geranien ziehen, so war es doch?“

„Ich habe gesagt, daß ich im *allgemeinen* ein sehr ruhiges Leben führe. Das ist nicht ganz dasselbe wie ein ruhiges Leben führen.“

„Tut mir leid, daß ich Sie habe warten lassen“, unterbrach sie Farrell, zog einen Stuhl heran und setzte sich zu ihnen. „Leider kann ich nicht zum Mittagessen bleiben. Ich muß Jonesi treffen –“ Er brach mitten im Satz ab und starrte Mrs. Pollifax an. „Gütiger Himmel, Herzogin, Ihr Hut!“

„Kümmern Sie sich doch nicht um den Hut“, flehte sie. „Wer ist Aristoteles?“

„Ihr Reiseschriftsteller, John Steeves.“

„Steeves? Das bringt mich aber wirklich aus der Fassung“, murmelte Mrs. Pollifax. „Ist die Polizei sicher, Farrell? Hat er gestanden?“

„Ich glaube kaum, daß Sie nur wenige Stunden nach der Verhaftung ein Geständnis erwarten können“, sagte Farrell. „Nein, gestanden hat Steeves nicht; er hat sich vielmehr geweigert, auch nur seine Heimatadresse oder seine nächsten Verwandten anzugeben. Er ist vollkommen unzugänglich, und das scheint fast so belastend wie die

Teile eines Gewehrs und ein Schalldämpfer, die in seinem Gepäck gefunden wurden – anscheinend irgendwie durch den Zoll geschmuggelt –, und die Tatsache, daß er seinem Paß zufolge an dem Tag, an dem Messague ermordet wurde, in Frankreich war."

Er zögerte, und Mrs. Pollifax fragte: „Gibt es noch mehr?"

Er nickte. „Ein Notizbuch mit chiffriertem Text, den wir noch nicht entschlüsseln konnten, aber auf der letzten Seite – tut mir leid, Herzogin – eine Liste mit vier Namen und Daten: Messague, 5. September, der Tag, an dem er ermordet wurde; Malaga, 30. Oktober und die Namen Hastings und O'Connell, die, wie wir annehmen, auch Mordanschlägen zum Opfer gefallen sind."

„Unglaublich", sagte Cyrus.

Farrell zuckte die Achseln. „Vielleicht ... aber hätten Sie gedacht, daß Amy Lovecraft eine Rhodesierin namens Betty Thwaite war oder daß die Herzogin hier Fotos geknipst hat in der Hoffnung, das Gesicht eines Attentäters festhalten zu können?"

„Steeves", wiederholte Mrs. Pollifax, immer noch bemüht, die Nachricht zu verdauen. *Er scheint von etwas besessen,* hatte Lisa gesagt, *und schrecklich traurig darüber zu sein.* „Farrell, er muß durch Erpressung da hineingeraten sein. Es gibt keine andere Erklärung."

„Wegen seiner traurigen Hundeaugen?" fragte Farrell belustigt. „Wie ich höre, bemuttern alle Frauen gern einen Mann, der aussieht, als habe er viel gelitten, und vielleicht hat er das auch, aber ich würde eher auf einen verwirrten Geist schließen."

„Ich frage mich, warum er sich nicht verteidigt", sagte sie stirnrunzelnd. „Obwohl er, falls er Aristoteles ist, vermutlich nicht viel sagen kann. Er ist im Gefängnis?"

„In sicherem Gewahrsam, ja, sonst würde Präsident Kaunda nicht heute um ein Uhr die Moses-Msonthi-Schule einweihen. Sie haben ein zu weiches Herz. Es ist Zeit, daß auch Sie in den Ruhestand treten."

„Es ist nur so, daß er ein echtes Gefühl für Lisa zu haben schien, und es ist so schwer, sich vorzustellen, daß ein Mörder sich zu einer Frau hingezogen fühlt, aus der er sich wirklich etwas zu machen scheint."

„Irgend jemand", sagte Cyrus, „hat ganz sicher dasselbe von Jack the Ripper gesagt, meine Liebe."

„Es tut mir leid. Es ist der Schreck. Was wird jetzt mit ihm geschehen?"

„Für den Augenblick nicht viel", sagte Farrell. „Er ist in sicherem

Gewahrsam, verhaftet wegen unerlaubtem Waffenbesitz. Alles ging sehr diskret vor sich, nachdem die Safari zu Ende war. McIntosh, nebenbei, hat sich als McIntosh Magruder entpuppt, der zurückgezogen lebende Milliardär. Anscheinend ist er krank gewesen, und sein Arzt hat ihm einen Klimawechsel vorgeschlagen. Und Willem Kleiber jettet um die Welt und verkauft Straßenhobel an Entwicklungsländer."

„Angemessen für einen Mann, der sich durch sein ungehobeltes Verhalten auszeichnet", merkte Cyrus an.

„Ja, zimperlicher, kleiner Mann, nicht wahr? Herzogin, haben Sie sich schon mit Carstairs in Verbindung gesetzt, seit Sie aus der Wildnis zurück sind?"

Sie schüttelte den Kopf. „Ein Dreiminutengespräch nach Washington kostet zwölf Dollar. Ich wollte warten, bis ich ihm Aristoteles' Identität mitteilen könnte. Das wäre ihm die Unkosten wohl wert."

„Sparsam bis zum Ende", sagte Farrell, „von Ihren Hüten abgesehen. Was ist passiert, Herzogin?" Er starrte auf die antennenähnlich aufgerichtete Feder.

„Ich hatte einen kleinen Unfall", erklärte sie würdevoll, „und ich werde gleich eine Sicherheitsnadel auftreiben und die Feder nach unten feststecken. Farrell, meinen Sie, daß Carstairs von unserer Entführung gehört hat?"

Er lächelte. „Tun Sie doch nicht so sehnsüchtig, Herzogin. Ich bezweifle es. Sie waren zu schnell im Busch verschwunden und wieder heraus, als daß die Neuigkeit die amerikanischen Zeitungen hätte erreichen können." Er schaute auf seine Uhr und sagte seufzend: „Ich hasse Abschiede, aber ich habe eine lange Fahrt vor mir."

„Ich weiß", sagte sie und nickte ihm zu. „Wir hatten kaum Zeit, miteinander zu reden, aber ich darf mich nicht beklagen, nachdem Sie und Jonesi uns das Leben gerettet haben."

„Das war ich Ihnen schuldig, wissen Sie. Jetzt sind wir quitt. Kommen Sie bald wieder nach Sambia. Vielleicht mit Cyrus, um Lisa zu besuchen. Nur geben Sie beim nächsten Mal um Himmels willen nicht mehr eine Anzeige nach mir auf, sonst kostet es mich den Kopf. Sie können mich immer über meine Farm erreichen. Ich habe die Adresse aufgeschrieben." Er steckte ihr einen Zettel zu und stand auf. „Leben Sie wohl, Cyrus. Ihre Art gefällt mir. Und was Sie angeht, Herzogin, bis bald – ach, zum Teufel damit. Schnell einen Kuß, die besten Wünsche, und weg bin ich."

Er beugte sich hinüber, umarmte sie, nickte und winkte Cyrus zu und ging.

„Oh, Farrell!" rief Mrs. Pollifax ihm nach. „Ich sollte Sie doch offiziell fragen, ob Sie Ihren alten Job nicht wiederaufnehmen wollten. Carstairs vermißt Sie."

„Das erledige ich selbst, Herzogin. Noch dieselbe Adresse?"

„Dieselbe Adresse."

Als er verschwunden war, sagte Cyrus: „Anständiger Bursche, Ihr Farrell."

„Ja", sagte sie, putzte sich die Nase und lächelte ihn dann geistesabwesend an. „Wären Sie sehr unglücklich, wenn wir jetzt nicht zu Mittag äßen? Mir ist der Appetit vergangen."

„Das wundert mich nicht", sagte er und half ihr beim Aufstehen. „Ein Spaziergang wird uns beiden guttun."

„Ich danke Ihnen. Wissen Sie", erklärte sie ihm, als sie die Hotelhalle betraten, „die Ungewißheit den ganzen Vormittag über hat mich reizbar gemacht, und jetzt kann ich einfach nicht essen, wenn John Steeves – wenn er – und wenn auch noch Farrell geht ..."

Cyrus steuerte sie durch die Menschenmenge, und sie gerieten hinter einen Mann, der auf den Hoteleingang zueilte, einen Mann, dessen aufrechte Haltung Mrs. Pollifax auffiel. Dieser Gang, wo hatte sie diesen Gang schon gesehen? Und dann fiel es ihr ein. Natürlich – ein Pfau, der hinkt. Lächelnd sagte sie zu Cyrus: „Das ist Mr. Kleiber, dort vor uns, Cyrus. Wir wollen ihn einholen und fragen –"

Als sie sein Gesicht sah, blieb sie wie angewurzelt stehen – es war ein Schwarzer, der eine Brille mit Goldfassung trug. Also konnte es Mr. Kleiber nicht sein, und doch – und doch *war* es Mr. Kleiber, begriff sie voller Staunen, ohne Bart und irgendwie in einen Sambier verwandelt. Sie sah ihn durch die Glastüre gehen und einem Taxi winken, und dann sagte sie atemlos zu Cyrus: „Es *ist* Mr. Kleiber!" Sie bahnte sich einen Weg durch die Menge und eilte Kleiber nach.

„Taxi!" rief sie, als Kleiber wegfuhr. Ein zweites Taxi hielt vor ihr, sie sprang hinein und stieß atemlos hervor: „Bitte – folgen Sie dem Wagen da!" Das Taxi schoß davon, als Cyrus gerade den Bordstein erreicht hatte. Durch das offene Fenster schrie Mrs. Pollifax ihm zu: „Rufen Sie Dundu zu Hilfe!"

ENTSETZT starrte Cyrus dem entschwindenden Taxi nach. Vor einem Augenblick war Mrs. Pollifax noch an seiner Seite gewesen, und im nächsten war sie mit der Schnelligkeit einer Gazelle enteilt, der Himmel mochte wissen, wohin.

Er ging in die Hotelhalle zurück, setzte sich und ärgerte sich über die Langsamkeit seiner Reaktion, denn er ahnte nicht, warum sie in das Taxi gesprungen war. Einen Grund mußte Emily gehabt haben, und der mußte mit ihrer Annahme zusammenhängen, sie habe Kleiber gesehen. Aber wieso sollte denn Kleiber eine Brille mit Goldrand aufsetzen, einen Anzug mit Nadelstreifen anziehen und schwarz angemalt ausgehen? Die Idee war einfach irrwitzig. Ob Emily überreizt war? Jetzt, wo sie wußte, daß Steeves Aristoteles war?

Er hing seinen Überlegungen nach, bis er einen kalten Schauer seinen Rücken hinunterrinnen und dann wieder hinaufsteigen fühlte, und als er wieder am Nacken angelangt war, stand Cyrus auf und ging zur Rezeption hinüber. „Hören Sie“, sagte er, „ich möchte die Polizei anrufen.“

„Hier, Sir.“ Der Angestellte führte ihn zu einem Telefon in einem Privatbüro. „Die Zentrale wird Sie verbinden.“

Einen Moment später kämpfte Cyrus mit der Aussprache des Namens, den er nur flüchtig gehört hatte: „Leutnant Dundu Bwanausi.“

„Bedaure, Sir, er ist nicht da“, sagte der Mann am andern Ende der Leitung.

„Es könnte sich um eine Sache von Leben und Tod handeln“, sagte Cyrus und fühlte sich bei dieser Floskel reichlich unbeholfen.

„Er ist an der Moses-Msonthi-Schule, abkommandiert zu den Wachposten. Sie können eine Nachricht hinterlassen, für den Fall, daß er anruft.“

„Ja“, sagte Cyrus und versuchte eine Formulierung für sein Unbehagen zu finden. „Also, versuchen wir es so: ‚Sind Sie sicher, daß Sie den richtigen Aristoteles haben? Kleiber verließ das Hotel als Schwarzer, Mrs. Pollifax ist hinter ihm her.‘“

„Eine sehr merkwürdige Nachricht, Sir.“

„Stimmt“, sagte Cyrus und fühlte sich in seiner Haut nicht wohl. „Sonst noch jemand anwesend, den ich sprechen könnte?“ Aber sobald er dies ausgesprochen hatte, begriff er, in welche Schwierigkeiten er verwickelt würde, wenn er einem Fremden einen Europäer mit schwarzer Hautfarbe zu schildern versuchte; nur Dundu würde das verstehen. „Lassen Sie“, sagte er. „Wie war doch wieder der Name der Schule? Und wo ist sie?“

„Die Moses-Msonthi-Schule, Sir. Manchinchistraße.“

„Gut. Ich werde mich da nach ihm umsehen."

Er eilte zum Hoteleingang und stellte fest, daß dort jetzt unglaublicherweise keine Taxis standen. Er stürzte hinaus und schaute wütend auf seine Uhr. Es war zwanzig vor eins, und laut Farrell begannen die Einweihungsfeierlichkeiten um ein Uhr. Als endlich ein Taxi kam, war es Viertel vor eins. Er stieg ein und nannte den Namen der Schule.

„O ja, Sir, gewiß", sagte der Fahrer. „Unser Präsident weiht heute die Schule ein."

„Ja. Also tun Sie Ihr Bestes, und bringen Sie mich so schnell wie möglich dorthin", sagte er, und dann versuchte er sich vorzustellen, was er denn tun sollte, wenn er dort ankäme. Er hatte ja nicht die geringste Ahnung, wo er Dundu suchen sollte oder ob Emily auch dort auftauchen würde. Vielleicht hatte sie inzwischen schon entdeckt, daß der Mann ein echter Sambier war, aber wenn er wirklich Kleiber sein sollte ... Besser, nicht darüber nachzudenken.

Mrs. Pollifax hockte auf der Kante ihres Sitzes und behielt das Taxi vor sich im Auge. „Er wird von der Polizei gesucht", erklärte sie dem Fahrer, weil sie spürte, daß irgendeine Art von Erklärung nötig war. „Nicht zu nah, wir dürfen nicht bemerkt werden. Haben Sie eine Idee, wohin das Taxi fährt?"

„Wir sind in der Nähe der Manchinchistraße, Madam. Vielleicht will er zusehen, wenn unser Präsident eine Schule einweiht." O Himmel, dachte sie und sagte laut: „Meinen Sie die Moses-Msonthi-Schule?"

„Ja, Madam. Wir sind jetzt in der Manchinchistraße, und das Taxi vor uns fährt auf die Schule zu, sehen Sie? Jetzt hält es."

Nervös begann sie in ihrem Portemonnaie zu kramen. „Ich hoffe, dies ist genug", sagte sie und schob ihm Kwachascheine zu, und als er am Bordstein hielt, sagte sie: „Würden Sie etwas Wichtiges für mich tun? Würden Sie die Polizei anrufen und sagen – sagen, Aristoteles sei vor der Msonthi-Schule? *Aristoteles.*"

„Ja, Madam." Er warf ihr einen forschenden Blick zu.

Sie stieg aus und sah ihn ernsthaft an. „Ich verlasse mich auf Sie. Sie sind meine *einzige* Hoffnung."

„Ja, Madam."

Vor sich sah sie Kleiber um die Zuschauermenge herumschlendern, auf der Suche nach einer Möglichkeit durchzukommen. Sie eilte ihm nach und probte innerlich einen Karateschlag, um ihn zu Boden zu werfen, ehe er Präsident Kaunda erschießen konnte. Das *mußte* der Grund sein, warum er sich maskiert hier aufhielt. Und das bedeutete, daß ihr Instinkt, Steeves betreffend, richtig gewesen war, nur daß Steeves jetzt im Gefängnis saß und Aristoteles noch frei herumlief und niemand es wußte...

Der strahlende Sonnenschein beschien Frauen in buntfarbigen Blusen und Röcken, die Babies in einer Schlinge über der Schulter trugen, barfüßige Kinder, Männer in ihrem Sonntagsstaat. Sie stellte fest, daß eine Gasse für den Präsidenten freigehalten worden war. Sie sah, wie Kleiber den Weg abschätzend betrachtete, aber bevor sie ihn erreichen konnte, war er in der Menge verschwunden.

Leutnant Bwanausi stand neben einem Polizeiwagen hinter den Schaulustigen. Ein Freund rief ihm einen Gruß zu und fragte, wie es ihm ginge. Noch ganz erschüttert von der Tatsache, daß es beinahe einem Attentäter gelungen war, dem Präsidenten das Leben zu nehmen, antwortete er, daß das Leben es tatsächlich sehr gut mit ihm meine. Der Freund schlenderte weiter, und als Dundu es im Funkgerät knacken hörte, griff er nach dem Mikrofon im Auto. „Hier Bwanausi."

Zuerst verstand er nicht. „Wieso nennen Sie den Namen Aristoteles?" fragte er. „Zwei Meldungen?"

Erst kam eine Botschaft von einem vermutlich betrunkenen Mann, der aus dem Intercontinental-Hotel angerufen hatte. Der zweite Anruf stammte von einem Taxifahrer, der gesagt hatte, er und eine Frau hätten ein Taxi zur Manchinchistraße verfolgt, und diese Frau habe ihn dringend gebeten, der Polizei zu sagen, Aristoteles sei bei der Schule.

Dundu spürte, wie Furcht ihn packte. War das möglich? War John Steeves schließlich doch nicht Aristoteles? Wie konnte das sein, es war doch bewiesen. „Eine schlechte Nachricht", sagte er ins Mikrofon. „Ist noch Zeit, Präsident Kaunda und seine Begleitung zu erreichen und –" Er hielt inne, weil er die Sirenen hörte. „Zu spät, der Präsident ist schon hier." Er hängte ein und begann zu rennen.

Auf der Suche nach Kleiber drängte Mrs. Pollifax sich durch die Menge, aber in ihrer Panik schien jetzt jeder wie er auszusehen. Sie blieb stehen und zwang sich zur Ruhe, und statt sich mit Hilfe ihrer

Ellbogen tiefer in die Menge hineinzudrängen, wandte sie sich um und näherte sich der für den Präsidenten freigelassenen Gasse. In der vordersten Reihe angelangt, beugte sie sich vor und blickte die Gasse hinunter, durch die der Präsident kommen würde. Ein Blick genügte. In der Ferne sah sie den Präsidenten aus einer Limousine steigen und mehreren den Wagen umstehenden Leuten die Hand schütteln. Zu ihrer Linken, höchstens sechs Meter von ihr entfernt, sah sie Kleiber, eine Hand in der Tasche, ein leichtes Lächeln um die Lippen. Mrs. Pollifax begann, sich zu ihm durchzukämpfen.

Cyrus hatte die Suche nach Leutnant Bwanausi aufgegeben, hatte sich auf einen Spielplatz hinter der Menschenmenge zurückgezogen und ein geeignetes Klettergerüst erstiegen, von dem aus er nach einem bekannten Gesicht Ausschau halten konnte, wenn er auch wenig Hoffnung hatte, eines zu finden. Als er aus der Ferne plötzlich Hochrufe vernahm, begriff er, daß Präsident Kaunda eingetroffen war und daß er, Cyrus, etwas unternehmen mußte. Sein Blick glitt noch ein letztes Mal über die Schaulustigen, wobei ihm aufging, daß er schon seit mehreren Augenblicken geistesabwesend einem Etwas nachsah – einem roten Stengel oder Wimpel –, der sich von einem Punkt rechts von ihm zu einem Punkt links von ihm bewegte. Als er mit zusammengekniffenen Augen genau hinschaute, erwachte eine Erinnerung in ihm.

Emilys Feder, was denn sonst! Und indem er sie anpeilte, kletterte er nach unten und drängte sich durch die Menge, abwechselnd stoßend und schiebend. Er hatte Glück. Als er innehielt, um nach der Feder zu sehen, erblickte er sie etwa sechs Meter vor sich. Da Emily sich unbedingt darunter befinden mußte, drängte er vorwärts, um sie abzufangen, und als in diesem Moment die Menge in Bewegung geriet, bekam er sie zu Gesicht. Und auch, nicht weit von ihr, den schwarzen Mann in dem dunkelgrau gestreiften Anzug. Kleiber!

Emily hatte sich herangeschlichen, die Feder nunmehr in einer lächerlichen Neigung, und als sie neben Kleiber zu stehen kam, erriet Cyrus, was sie vorhatte. Gerade hatte sie die rechte Hand erhoben, da sah Kleiber sich um und erblickte sie. Cyrus sah sie einen langen Blick wechseln, bemerkte dann die Pistole in Kleibers Hand, und vor Entsetzen stockte ihm der Atem. Langsam hob Kleiber die Waffe und richtete sie auf Mrs. Pollifax, die ihn, zu Stein erstarrt, ansah.

Cyrus ächzte. „Nicht Karate, Emily – Judo." Erinnerungen an den lange zurückliegenden Sportunterricht waren plötzlich da, Abende, an denen man abwechselnd seinen Partner auf die Matte warf und selbst von ihm auf die Matte geworfen wurde. Ohne den flüchtigsten Gedanken an seine alten Knochen zu verschwenden, warf Cyrus sich nach vorne. Seine Schultern trafen auf festes Fleisch, Knochen knirschten, und Aufschreie ertönten, als er, Emily, Kleiber und zwei kleine Buben in einem wilden Durcheinander zu Boden stürzten.

Nur Dundu Bwanausi, der ihnen von der anderen Seite her entgegengerannt kam, wußte, daß die fünf am Boden liegenden Menschen nicht zufällig von der Menge zu Boden gerissen worden waren. Mit grimmiger Miene beugte er sich über Kleiber, steckte dessen Pistole in die Tasche und ließ Handschellen um seine Gelenke schnappen. Dann hob er die beiden weinenden Kinder auf, klopfte ihnen den Staub von den Kleidern, reichte Cyrus die Hand, half Mrs. Pollifax auf die Beine und rückte sorgsam ihren Hut zurecht. Erst als er ihr ins Gesicht sah, veränderte sich sein Ausdruck. Leise und voll leidenschaftlichem Eifer sagte er: „O Madam, *zikomo, zikomo kuambeia,* zehntausendmal *zikomo.*"

Aber Cyrus hatte auch etwas zu sagen. „Verflixt noch mal, Emily", sagte er vorwurfsvoll, „einzige Möglichkeit, ein wachsames Auge auf Sie zu haben, ist, Sie zu heiraten. Meinen Sie, wir finden einen ruhigen Ort, wo wir darüber reden können?"

In Langley, Virginia, war es Montagmorgen. Carstairs, der von einer zeitigen Konferenz beim Chef zurückkam, blickte finster drein.

„Irgendwas nicht in Ordnung?" fragte Bishop.

„Nichts Besonderes", sagte er, „nur daß mein Selbstbewußtsein einen kleinen Knacks abgekriegt hat."

„So?"

Carstairs verzog sein Gesicht. „Von den Briten ausgebootet zu werden, hab ich noch nie leiden können ... Der Chef verlangte heute morgen einen Überblick über den Fall Aristoteles, und da sagt doch, zum Teufel, der Verbindungsmann, daß der Britische Geheimdienst auch einen Mann auf Aristoteles angesetzt hatte."

Bishop begann zu verstehen. „Sie meinen, einer von Emilys Safarigefährten war ein Agent vom Geheimdienst?"

Carstairs nickte. „Irgend so ein Reiseschriftsteller namens Steeves."

Bishop kicherte. „Nehme an, daß der auch geknipst hat?"

„Ist nicht mehr wichtig", sagte Carstairs achselzuckend. „Die Safari war am Samstag zu Ende, und wir werden bald Mrs. Pollifax' Fotos haben. Die Bilder sind das Wichtigste, obwohl ich auch innigst hoffe, daß sie uns Farrell als Gewinnanteil mitbringt. Möchte doch wissen, ob sie sich wiedergefunden haben."

„Tatsächlich, Sir, sie haben."

Carstairs machte große Augen. „Sie haben Nachricht von ihr?"

„Nein", sagte Bishop, „aber während Sie in der Konferenz waren, ist dies Telegramm aus Sambia gekommen. Es ist von John Sebastian selbst."

Carstairs strahlte. „Herrlich! Kommt er wieder?"

„Nein", sagte Bishop und las vor:

> „bedaure freunde bin für die nächsten jahre ausgebucht stop vorschlage emily zu buchen ehe cyrus euch zuvorkommt stop bin begeistert herzogin immer noch unschlagbar zu finden stop will dies auch nicht versuchen stop schicke sie euch nur wenig beschädigt zurück mit grüßen und küssen farrell."

„Na", sagte Carstairs, „und was soll das alles heißen?"

„Vermutlich war er betrunken, Sir", meinte Bishop und warf das Telegramm in den Papierkorb.

Dorothy Gilman

Dorothy Gilman ist allen Auswahlbuchlesern wohlvertraut, die schon drei Abenteuer der munteren Mrs. Pollifax miterleben konnten. Bei der lebhaften, realistischen Schilderung verwundert es nicht weiter, daß die Verfasserin selbst in New Brunswick, New Jersey, der Heimatstadt ihrer Heldin Emily, aufgewachsen ist und schon als Kind begann, Geschichten zu schreiben.

Die Idee zu den Mrs.-Pollifax-Romanen kam der Autorin schon vor über zehn Jahren. Damals sehnte sie sich nach der weiten Welt, mußte aber zu Hause bleiben und für ihre beiden Söhne sorgen. So erfand sie Mrs. Pollifax, die sie an ihrer Stelle in alle Länder schickte, die sie selbst gern besucht hätte. Ihr erstes Buch *Mrs. Pollifax kommt wie gerufen* war ein Riesenerfolg und wurde zum Anlaß, daß Emily – und Dorothy – noch so manche Reise unternahmen. Seitdem ihre Kinder erwachsen sind, hat die Verfasserin fast jeden Winkel der Welt besucht und dabei meist gleich auch den Schauplatz für Emilys nächsten CIA-Auftrag erforscht.

Als Dorothy Gilman für ihre Lieblingsheldin eine Safari ins Auge faßte, begann sie, unzählige Bücher über Afrika zu lesen, und bald wußte sie, wie sie selbst berichtet, „daß der Schauplatz dieses Mal Sambia sein mußte; denn ich war von den Freiheitskämpfern dort einfach fasziniert. Im Juni flog ich hinüber, zu einer Jahreszeit, die für eine Safari eigentlich zu früh ist. Unter den Teilnehmern der Safari war ich die einzige Touristin, und vermutlich war ich auch das einzige weibliche Wesen im Umkreis von hundert Kilometern. Acht Tage lang fuhren wir mit den sambischen Reiseleitern von Safaridorf zu Safaridorf. Sambia wurde für mich zu einer wunderbaren, neuen Erfahrung.“ Nach ihrer Heimkehr ließ Dorothy Gilman Mrs. Pollifax ihre Rolle als Touristin übernehmen – die Handlung des Romans schien sich dann wie von selbst zu entwickeln.

Nach einem dreijährigen Aufenthalt in Nova Scotia, Kanada, lebt die Autorin jetzt wieder in den Vereinigten Staaten, im Bundesstaat Maine, wo sie weiterhin Bücher schreibt und sich ihren Blumen widmet. Ihrer Mrs. Pollifax steht mit großer Sicherheit eine aufregende Zukunft bevor, und die Aussichten sind nicht schlecht, daß der nette Cyrus Reed auch bei ihren nächsten Abenteuern eine wichtige Rolle spielen wird.

PHO

OLIVER'S STORY

EINE KURZFASSUNG DES BUCHES VON

Erich Segal

NACH DER ÜBERTRAGUNG VON
ALMUTH E. ERBERT

ILLUSTRATIONEN VON ROBERT HEINDEL

Zwei Jahre sind seit Jennys Tod vergangen, und noch immer hat Oliver Barrett seine Trauer, seinen Schmerz und seine Schuldgefühle nicht bewältigen können. Seine Freunde Steve und Gwen und Jennys Vater, Phil Cavilleri, versuchen, ihm zu helfen. Es gelingt ihnen ebensowenig wie dem Psychiater Dr. London. Für Oliver stehen nach dem Tod seiner Lebensgefährtin alle Uhren still.

Doch um ihn herum geht das Leben weiter. Eines Tages läuft ihm im Central Park eine ungewöhnliche Frau über den Weg: Marcie Nash. Wer ist sie? Ein Rätsel, das nicht leicht zu lösen ist. Und so ist Olivers Begegnung mit ihr zugleich eine Herausforderung – nicht nur zum Lösen des Rätsels, sondern auch zur Suche nach den eigenen verschütteten Gefühlen, nach dem eigenen Ich.

Oliver's Story *ist die Geschichte eines jungen Mannes, der sich in einer Welt ohne Jenny wieder zurechtfinden muß, der sich seinen Platz in ihr erst neu erobern muß.*

1. Kapitel

Juni 1969

„OLIVER, du bist krank."

„Was bin ich?"

„Du bist sehr krank."

Der Mann, der diese verblüffende Diagnose von sich gab, mußte erst spät zu medizinischen Kenntnissen gelangt sein. Ich hatte ihn immer für einen Konditor gehalten. Sein Name: Philip Cavilleri. Seine Tochter Jenny war einmal meine Frau gewesen. Sie war gestorben, und wir blieben zurück, von ihr einander zum Hüter bestellt. Und deshalb besuchte ich ihn einmal im Monat in Cranston, wo wir kegelten und soffen und raffinierte Pizzas aßen. Oder er kam zu einem ebenso aufregenden Zeitvertreib zu mir nach New York. Doch als er heute aus dem Zug stieg, begrüßte er mich nicht mit dem üblichen liebevollen Fluch, sondern mit einem erstaunlichen Befund. „Oliver, du bist krank."

„Tatsächlich, Philip? Und was fehlt mir nach deiner kompetenten Meinung?"

„Du bist nicht verheiratet." Und ohne weitere Erklärung marschierte er mit seinem Köfferchen zum Ausgang.

In der Morgensonne wirkten Glas und Stahl der City beinah freundlich, und deshalb legten wir die zwanzig Blocks bis zu meiner Junggesellenbude zu Fuß zurück. An der Ecke der 47. Straße und Park Avenue blieb Phil stehen. „Wie waren deine Abende?" fragte er.

„Ausgefüllt", antwortete ich. „Mit den Nachtjägern."

„Und wer ist das – Straßenräuber oder eine Rockband?"

„Ein Haufen Anwälte, die unentgeltlich in Harlem arbeiten."

„Wie oft?"

„Dreimal die Woche", sagte ich.

„Da bleiben immer noch vier freie Abende."

„Ich nehme eine ganze Menge Arbeit aus dem Büro mit nach Hause. Und ich habe oft in Washington zu tun. Nächsten Monat vertrete ich vor dem Obersten Bundesgericht einen Fall, bei dem es um das Recht auf Redefreiheit geht."

„Das lob' ich mir", sagte Phil und fügte betont beiläufig hinzu: „Wie sind denn die Mädchen in Washington?"

„Keine Ahnung." Achselzuckend ging ich weiter.

An der Ecke 61. Straße und Park Avenue blieb Phil Cavilleri stehen und musterte mich.

„Wann zum Teufel fängst du endlich wieder an, richtig zu leben?"

„So lange ist es noch nicht her", sagte ich. Und ich dachte: Der weise Mann, der behauptete, daß die Zeit Wunden heilt, hat nur vergessen zu sagen, wieviel Zeit.

„Zwei Jahre", sagte Philip Cavilleri.

„Achtzehn Monate", verbesserte ich.

„Na ja ..." Seine rauhe Stimme war belegt, wurde ganz leise, verriet, daß auch er wieder die Kälte jenes Dezembertags spürte.

Auf dem restlichen Weg sorgte ich für bessere Stimmung. Ich pries die Wohnung, die ich nach seinem letzten Besuch gemietet hatte.

„Da wohnst du also?" Mit gerunzelter Stirn sah sich Phil um. Alles war sauber und ordentlich. Ich hatte am Vormittag eigens eine Putzfrau kommen lassen.

„Was hältst du davon?" fragte ich. „So groß sind meine Bedürfnisse nicht."

„Das merkt man. So leben in Cranston die meisten Ratten. Manche sogar besser. Und was sind das für Bücher?"

„Juristische Fachliteratur."

„Und zu deinem Vergnügen betätschelst du die Ledereinbände?"

„Hör gut zu, Phil. Was ich mache, wenn ich allein bin, ist meine Privatsache."

„Aber heute abend bist du nicht allein. Also werden wir zwei mal einen draufmachen. Ich hab' mir diese schicke Jacke – die du übrigens noch gar nicht bewundert hast – nicht gekauft, um mir einen blöden Film anzusehen. Wir stürzen uns ins Gewühl und hauen auf die Pauke. Wir werden uns was anlachen! Von der weiblichen Sorte. Los, mach dich fein."

„Ich geh' ins Kino, Phil."

„Hör mal zu, ich weiß, daß du den Leidens-Nobelpreis anpeilst, aber bitte nicht auf meine Kosten. Verstehst du mich? Das lass' ich nicht zu. Ich bin gekommen, um deine Seele zu retten. Und du wirst auf mich hören. Verstanden?"

„Ja, Pater Philip. Was verlangt Ihr von mir?"

„Heirate, Oliver."

WIR hatten Jenny in der Frühe eines Dezembertages begraben. Meine Eltern wollten mich nach Boston mitnehmen. Ich lehnte ab. Philip brauche mich; sonst drehe er durch. In Wahrheit war es umgekehrt. Da man mir mein Leben lang Verlust und Schmerz ferngehalten hatte, brauchte ich Phil, damit er mich das Trauern lehrte.

Zunächst ging es im Hause Cavilleri laut her. Die Verwandten wollten uns nicht allein lassen. Dann aber verließ uns einer nach dem anderen – auf sie alle wartete zu Hause eine Familie. Und schließlich saßen wir nun da, wir zwei. Ohne Ablenkung durch Tanten und Vettern, merkte ich, wie das Novocain der Trauerfeier allmählich seine Wirkung verlor. Bisher hatte ich mir den Schmerz nur eingebildet. Jetzt wußte ich, daß ich lediglich betäubt gewesen war. Die Qual fing erst an.

„Jetzt wird's langsam Zeit, daß du wieder nach New York fährst", sagte Philip nicht sehr überzeugend.

Ich sagte: „Geht nicht. Ich hab hier in Cranston eine Silvesterverabredung. Mit dir."

„Das wird 'ne Mordsviecherei werden", sagte er. „Aber versprich mir, daß du am Ersten heimfährst."

„Okay", sagte ich.

Meine Eltern riefen jeden Abend an.

„Nein, hier gibt's nichts Neues, Mrs. Barrett", sagte Phil.

Er zeigte mir verbotene Bilder. Fotos, die ich auf Jennys allerstrengste Weisung nicht hatte sehen dürfen.

„Verdammt noch mal, Phil, ich will nicht, daß Oliver mich mit der Zahnspange sieht!"

„Aber Jenny, du warst so hübsch."

„Jetzt bin ich hübscher", hatte sie, ganz Jenny, geantwortet und hinzugefügt: „Und auch keine Babyfotos, Phil."

„Aber warum? Warum nicht?"

„Ich will nicht, daß Oliver meine Speckfalten sieht."

„Sag mal, wer bestimmt hier eigentlich?" hatte ich Phil provozierend gefragt.

„Dreimal darfst du raten." Er lächelte und legte die Alben ungeöffnet beiseite.

HEUTE betrachteten wir sie. Es waren viele Bilder. Auf den früheren Aufnahmen sah man vor allem „T'resa" Cavilleri, Philips Frau.

„Sie sieht wie Jenny aus."

„Sie war wunderschön." Er seufzte.

Irgendwann, nach Jennys Babyspeck, aber vor der Zahnspange, verschwand T'resa gänzlich aus den Bildern.

„Ich hätte sie nie nachts fahren lassen dürfen", sagte Phil, als habe sich der tödliche Unfall erst gestern ereignet.

„Wie bist du damit fertiggeworden?" Ich fragte ganz egoistisch, weil ich wissen wollte, was er mir zur Linderung meines eigenen Schmerzes anzubieten hätte.

„Wer sagt denn, daß ich damit fertiggeworden bin?" antwortete Philip. „Aber ich hatte wenigstens eine kleine Tochter."

„Für die du sorgen mußtest."

„Die für mich sorgte", sagte er.

Und ich hörte, daß Jenny alles getan hatte, um ihm zu helfen, um seinen Schmerz zu lindern. Er mußte ihr das Kochen überlassen und, schlimmer noch, er mußte die Gerichte der Koch-Analphabetin essen. Sie wachte darüber, daß er allwöchentlich zu seinem Kegelabend ging. Sie tat alles, damit er sich glücklich fühlte.

„Hast du deshalb nicht wieder geheiratet, Phil? Wegen Jenny?"

„Du lieber Gott, nein. Sie lag mir in den Ohren, ich sollte heiraten – sogar die Kandidatinnen hat sie ausgesucht! Miß Rinaldi, Jennys Englischlehrerin in der Oberschule... Sie war sehr nett. Wir sahen uns eine Weile recht oft. Jetzt ist sie verheiratet."

„Du warst wohl noch nicht soweit, Phil."

Er schüttelte den Kopf. „Ich hab's einmal gehabt. Und wer bin ich denn, daß ich von Gott erwarten kann, zweimal zu bekommen, was die meisten überhaupt nie kriegen."

Und dann sah er weg, weil es ihm leid tat, mir diese Wahrheit verraten zu haben.

Am Neujahrstag schob er mich buchstäblich in den Zug nach New York. „Vergiß nicht, du hast versprochen, wieder mit der Arbeit anzufangen", sagte er. „Es hilft wirklich. Glaub mir, Oliver, es hilft."

Phil hatte recht. Ich stürzte mich in die juristischen Probleme anderer und ließ an ihnen den Zorn aus, der nun in mir aufstieg. Von irgend jemand fühlte ich mich irgendwie betrogen. Im himmlischen Establishment stimmte etwas nicht, und ich fühlte mich verpflichtet, Ordnung zu schaffen. Immer stärker zogen mich „Rechtsmißbräuche" an.

Der Fall *Miranda gegen den Staat Arizona* gab mir viel zu tun. Der Oberste Bundesgerichtshof bestätigte jetzt, daß ein Verdächtiger über sein Recht zur Aussageverweigerung, bis ein Anwalt zugezogen wird, belehrt werden müsse. Ich dachte an LeRoy Seeger, der schon im Zuchthaus von Attica saß, als man mir seinen Fall übergab.

Lee war aufgrund eines unterzeichneten Geständnisses verurteilt worden, das man ihm geschickt nach langem Verhör abgerungen hatte. Als er seinen Namen daruntersetzte, wußte er kaum noch, was er tat, und hoffte nur, daß man ihn jetzt vielleicht endlich schlafen ließ. Die Wiederaufnahme des Verfahrens war einer der wichtigsten Fälle in New York, bei denen der Fall Miranda herangezogen wurde. Und wir bekamen Lee frei.

„Dank dir, Mann", sagte er zu mir, bevor er seine schluchzende Frau küßte.

„Halt dich sauber", antwortete ich und ging. Ich konnte LeRoys Freude nicht teilen; außerdem hatte er ja eine Frau.

Ich arbeitete soviel wie möglich. Mein Büro verließ ich nur ungern. In unserer Wohnung erinnerte mich alles an Jenny. Der Flügel. Ihre Bücher. Hin und wieder sagte ich mir: du solltest ausziehen. Aber meist kam ich so spät nach Hause, daß es keinen Unterschied zu machen schien. Allmählich gewöhnte ich mich an meine einsamen Mahlzeiten in unserer stillen Küche. Ich spielte nachts unsere Kassetten für mich allein ab – aber in Jennys Sessel setzte ich mich nie. Es gelang mir beinahe schon, in unserem so leeren Bett zu schlafen, und ich hielt es für überflüssig, die Wohnung aufzugeben.

Bis ich eine Tür aufmachte.

Es war Jennys Kleiderschrank, den ich bis zu diesem Tag gemieden hatte. Ohne jeden ersichtlichen Grund öffnete ich ihn und sah ihre Kleider vor mir. Jennys Kleider, ihre Blusen, ihre Tücher. Ihre Pullover – sogar den schäbigen Schulsweater, den sie zu Hause trug. Alles war noch da. Nur Jenny war nicht mehr da. Ich kann nicht sagen, was ich dachte, als ich dastand und diese seidenen und wollenen Erinnerungen anstarrte. Vielleicht ertastete ich eine Spur der lebendigen Jenny, wenn ich den alten Sweater berührte.

Ich schloß die Tür, um sie nie wieder zu öffnen.

Zwei Wochen später packte Philip Cavilleri wortlos das ganze Zeug ein und nahm es mit. Er murmelte etwas von einem katholischen Verein, der den Armen half. Und als er mit seinem geliehenen Lieferwagen nach Cranston zurückfuhr, sagte er zum Abschied: „Ich komm' erst wieder, wenn du umgezogen bist."

Seltsam: Eine Woche nachdem alles aus dem Haus war, was an

Jenny erinnerte, fand ich eine neue Wohnung. Sie war klein, erinnerte an ein Gefängnis (in New York sind Parterrefenster vergittert) und lag halb im Souterrain eines Hauses, das nur noch einen halben Block vom Central Park entfernt war. Deutliche Anzeichen meiner baldigen Genesung.

Aber ich habe noch etwas Wichtiges zu beichten. Auch wenn ich jetzt eine neue Bleibe mit ganz neuen Postern und einem funkelnagelneuen Bett habe und meine Freunde immer häufiger sagen: „Gut siehst du aus, alter Junge", habe ich doch etwas behalten von Jenny, die einmal meine Frau war. In meiner untersten Schreibtischschublade liegen Jennys Brillen. Ja. Denn ihr Anblick erinnert mich an die schönen Augen, die durch diese Gläser schauten, um mich zu durchschauen.

Sonst aber bin ich, wie jeder, der mir begegnet, ungefragt versichert, in blendender Verfassung.

„HALLO, ich heiße Phil. Ich steh' auf Kuchenbacken."

Toll! Er beherrschte das Rotwelsch, daß man hätte glauben können, Kuchen seien sein Hobby und nicht sein Beruf.

„Freut mich, Phil, ich bin Jan. Dein Freund ist süß."

„Deine Freundin aber auch", sagte Philip.

Die sprühende Konversation fand in einem sehr schicken Junggesellentreffpunkt an der Ecke 64. Straße und First Avenue statt. Ich hasse das Lokal. Ich kann diese euphorisch schnatternden, imagesüchtigen jungen Swinger nicht ausstehen.

„Er heißt Oliver", sagte Philip Cavilleri.

„Hallo, Ol", sagte Jan. „Stehst du auch auf Kuchen?"

Sie sah aus wie ein Fotomodell. Modeblätter nennen so was statuesk. Mich erinnerte sie an eine Giraffe. Und natürlich war ihre Freundin Marjory mollig. Sie kicherte, als sie vorgestellt wurde.

„Bist du oft hier?" fragte die statueske Giraffe.

„Nie", antwortete ich.

„Das sagen alle. Ich komm' nur am Wochenende. Ich bin nicht von hier."

„Was für ein Zufall", sagte Phil. „Ich bin auch von auswärts."

„Und du?" wollte Jan von mir wissen.

„Ich? Ich esse gern auswärts", sagte ich.

„Er meint nur", mischte sich Philip ein, „daß wir euch gern zum Essen einladen würden."

„Na, Klasse", sagte Jan.

Wir aßen in einem Lokal in der Nähe, das „Flora's Rib Cage" hieß.

„Wirklich schick", sagte Jan. Aber nicht sehr billig, muß ich gleich einfügen. Philip kam mir beim Zahlen zuvor. Mit großer Geste zog er seine Kreditkarte. Ich stellte mir die Kuchenmengen vor, die er verkaufen mußte, um diese Geste wettzumachen ...

„Bist du sehr reich?" fragte Margie ihn kichernd.

„Na, sagen wir mal wohlhabend", antwortete der Herzog von Cranston und fuhr fort: „Wenn auch nicht so eingebildet wie mein Schwiegersohn."

„Schwiegersohn?" fragte Jan. „Ihr zwei seid – na, du weißt schon ...?"

Phil wußte nicht, was er antworten sollte. Ich kam ihm zu Hilfe und nickte bejahend.

„Na, so was", sagte Jan, „wo sind denn eure Frauen?"

„Äh – hm", sagte Phil, „die sind ..."

„Gerade nicht da", sagte ich, um ihm weitere Peinlichkeiten zu ersparen.

„Das ist ein Ding", sagte Jan.

Phil starrte auf die Wandmalereien. Mir riß allmählich die Geduld.

„Kinder", sagte ich, „ich muß mich verabschieden."

Sekunden später hatte Philip mich auf der Straße eingeholt. „Hör mal zu", sagte er. „Einmal muß man ja den Anfang machen."

„Okay, wir haben ihn gemacht."

„Weshalb bist du denn dann gegangen?"

„Weil es mich sonst vor Freude zerrissen hätte."

„Schau", sagte Phil schließlich, „es war ein Versuch, wieder Anschluß zu finden."

„Da muß es bessere Möglichkeiten geben."

Wir lenkten unsere Schritte durch die schöne New Yorker Nacht heimwärts. Wir zwei. Denn unsere Frauen waren ... fort.

2. Kapitel

LAUFEN hilft. Es entspannt. Man kann allein laufen, und jeder findet das in Ordnung. Also ziehe ich meinen Trainingsanzug an und laufe, egal, ob ich gerade über einem schwierigen Fall brüte oder den ganzen Tag bei Gericht war.

„He, Oliver! Alter Gauner!" hörte ich eines Nachmittags im Central Park hinter mir. „Oliver, du Harvard-Snob!" Ich drehte mich um und erkannte meinen einstigen Zimmergenossen im College, Stephen Simpson, Examensjahrgang 1964. Er hatte mich gerade auf dem Rad eingeholt.

„Na, was zum Teufel fehlt dir denn?" war seine Begrüßung.

„Was gibt dir das Recht, zu behaupten, mir fehle etwas, Simpson?"

„Na, erstens bin ich approbierter Arzt, zweitens doch wohl dein Freund, und drittens beantwortest du meine Post nicht."

„Ich dachte immer, Medizinstudenten hätten nie Zeit ..."

„Die Zeit, Gwen zu heiraten, hab' ich mir genommen. Ich hab' bei dir angerufen, hab' dir sogar eine telegrafische Einladung ins Büro geschickt – und du bist nicht erschienen."

„Tut mir leid, Steve, ich hab' die Einladung nie bekommen", redete ich mich heraus.

„So? Warum hast du dann zwei Wochen später ein Hochzeitsgeschenk geschickt?"

Dieser Simpson hätte Anwalt werden sollen! Aber wie konnte ich ihm klarmachen, daß ich von der Menschheit Urlaub genommen hatte?

„Es tut mir leid, Steve", antwortete ich und hoffte, er führe nun weiter.

„Weißt du – ich versteh's zwar nicht, aber Gwen würde dich gern einmal wiedersehen", sagte Simpson. „Weil wir kein Geld fürs Theater haben, wärst du ein preiswerter Ersatz. Wie wär's mit Freitagabend?"

„Ich hab' zu tun, Simpson."

„Ich weiß. Immer diese Nachtsitzungen. Komm auf jeden Fall um acht Uhr. Wir stehen im Telefonbuch. Keine Ausflüchte!"

„Vergiß es, Steve. Ich komme nicht!"

Der Mann in der Weinhandlung Sherry-Lehmann behauptete, Château Lynch-Bages gehöre zu den besten Bordeaux („süffig, rund, vollmundig"). Also erstand ich zwei Flaschen (Jahrgang 1969). Dann hatten die Simpsons zum Trost für meine vielleicht langweilige Gesellschaft wenigstens guten Wein.

Als ich erschien, taten sie, als freuten sie sich.

„Oliver, du bist noch ganz der alte!"

„Du auch, Gwen!"

Wir setzten uns auf den Boden. Simon und Garfunkel fragten säuselnd aus den Lautsprecherboxen, ob wir zum Jahrmarkt nach Scarborough kämen. Ich knabberte zahllose Salzbrezeln. Wir führten tiefgründige Gespräche über die Eintönigkeit des Klinik-Alltags und wie selten die ruhigen Abende von Gwen und Steve geworden waren. Und natürlich wollten sie von mir wissen, ob Harvard dieses Jahr wohl mit Yale fertigwerden würde? Sie gaben sich Mühe, es mir gemütlich zu machen, mich zum Reden zu bringen. Es war gar nicht so schlimm, wie ich gedacht hatte.

Dann läutete es an der Haustür, und ich vereiste. „Wer ist das?"

„Beruhige dich", sagte Steve. „Nur die übrigen Gäste."

„Was für Gäste?" fragte ich.

„Na, eigentlich ist es nur ein Gast", sagte Gwen.

„Du meinst wohl ein alleinstehender Gast?" sagte ich und fühlte mich wie ein Tier in der Falle.

„Es traf sich gerade so", sagte Steve und ging zur Tür.

Verflucht! Das war es gerade, weshalb ich *nie* zu anderen Leuten ging! Ich kann Freunde, die mir „helfen" wollen, nicht ausstehen. Die Regie war mir nur allzu bekannt: Auftritt einer älteren Schwester oder einer Schulfreundin, die kurz vor der Scheidung steht. Ein Hinterhalt!

„Tut mir leid, Gwen. Ich weiß, ihr meint es gut, aber..." In diesem Augenblick erschien Steve mit dem Opferlamm vom Dienst.

Was mir zuerst auffiel, war die runde Nickelbrille. Und daß sie ihre Jacke auszog, die weiß war.

Simpson stellte mir Dr. Joanna Stein vor, angehende Fachärztin für Kinderkrankheiten. Zur Zeit malochten sie im gleichen Krankenhaus. Ich machte mir nicht einmal die Mühe, festzustellen, ob sie hübsch war. Jemand sagte, warum setzen wir uns nicht und trinken was, und das taten wir denn auch. Dann folgte viel oberflächliches Geschwätz.

Allmählich merkte ich, daß Dr. Joanna Stein auch eine angenehme Stimme hatte. Noch später fiel mir auf, daß die Gedanken, die diese Stimme äußerte, vernünftig und sympathisch waren. Mein „Fall" wurde erfreulicherweise nicht erwähnt. Die Simpsons hatten sie wohl informiert.

„Ein verkorkstes Leben", hörte ich Steve Simpson sagen.

„Darauf stoß' ich an", sagte ich und merkte erst dann, daß er und Gwen mit Joanna über die Berufsnöte der Assistenzärzte sprachen.

„Was tun Sie in Ihrer Freizeit, Jo?" sagte ich und dachte: Hoffentlich glaubt sie nicht, daß ich sie ausführen will.

„Ich leg' mich ins Bett", antwortete sie. „Wenn ich nach Hause komme, bin ich so müde, daß ich zwanzig Stunden schlafe."

„Ach so!" Eine Pause entstand. Wir saßen stumm da. Mir kam es wie eine Ewigkeit vor. Schließlich bat Gwen uns zum Essen.

Als wir beim Käsekuchen angelangt waren, meinte Joanna: „Oliver, gehen Sie gern in die Oper?"

In atemloser Stille erwartete man meine Antwort. „Ich habe nichts gegen Opern an sich", antwortete ich, innerlich den Château Lynch-Bages verfluchend, der meinen Widerstand geschwächt hatte. Hätte ich doch nur gleich gesagt, daß mir von aller Musik übel wird!

„Da bin ich aber froh", sagte Joanna. „Ich habe zwei Karten. Für *Dido und Äneas,* am Donnerstag."

Aha, jetzt kommt's. „... Aber Steve und ich haben beide Dienst. Ich hatte gehofft, Gwen und Sie könnten gehen."

„Gwen würde sich wirklich freuen, Oliver", sagte Steve.

Ich wandte mich an Joanna: „Vielen Dank!"

„Wie schön, daß Sie Zeit haben", antwortete sie. „Und sagen Sie bitte meinen Eltern, ich sei noch am Leben. Sie sitzen bei den Streichern", fügte sie hinzu und verließ mit Steve den Raum, um ins Krankenhaus zu fahren.

„Wo sitzen denn die Streicher?" fragte ich Gwen.

„Meistens rechts von den Holzbläsern. Joannas Mutter ist Geigerin an der New York City Opera, der Vater Cellist."

„Aha", sagte ich. Schweigen.

„War es wirklich so schlimm, daß Jo da war?" fragte Gwen.

Ich sah sie an. Und antwortete: „Ja."

Wenn man mich bettet, in die Erde bettet, soll mein Leid dir kein Weh bereiten, kein Weh in deiner Brust ...

DIDO, Königin von Karthago, steht im Begriff, Hand an sich zu legen, und fühlt sich genötigt, dies der Welt in einer Arie kundzutun. Grandiose Musik und ein klassischer Text. Sheila Merritt sang glanzvoll und hatte sich den rauschenden Beifall redlich verdient. Zu guter Letzt starb sie schließlich, tänzelnde Amoretten streuten Rosen, der Vorhang fiel.

„Gwen, ich bin froh, daß ich mitgekommen bin", sagte ich, als wir aufstanden.

„Wir sollten uns bei unseren Gönnern bedanken", gab sie zurück.

Wir bahnten uns den Weg zum Orchester.

„Wo ist Steve?" fragte Mr. Stein, der gerade sein Cello einpackte. Seine graue Mähne schien keinen Kamm zu kennen.

„Steve und Joanna haben Dienst", antwortete Gwen. „Das ist Oliver, ein Freund von Joanna." (Sie hätte es auch anders formulieren können!) In diesem Augenblick erschien, die Geige unterm Arm, Mrs. Stein. Klein und gedrungen, aber von attraktiver Lebendigkeit.

„Hältst du schon wieder hof, König Stein?"

„Wie üblich, meine Liebe", antwortete er und fuhr fort: „Gwen kennst du ja. Und das ist Oliver, ein Freund von Jo."

„Freut mich. Wie geht's unserer Tochter?"

„Gut", erwiderte Mr. Stein, bevor ich antworten konnte.

„Hab' ich dich gefragt, Stein?" sagte Mrs. Stein.

„Jo geht es gut", sagte ich. Der Steinsche Familienton war nicht leicht zu treffen. „Und vielen Dank für die Karten."

„Hat's Ihnen gefallen?" wollte Mrs. Stein wissen.

„Natürlich! Es war enorm!" sagte ihr Mann.

„Wer hat *dich* gefragt?"

„Ich antworte für ihn, weil ich vom Fach bin." Und dann, zu mir gewandt: „Der alte Purcell verstand sein Handwerk, was? Dieses Finale – all die grandiosen chromatischen Wechsel im unteren Tetrachord!"

„Vielleicht sind sie ihm nicht aufgefallen, Stein. Nehmen Sie's ihm nicht übel, Oliver", sagte Mrs. Stein zu mir. „Er ist nur verrückt, wenn's um Musik geht."

„Was gibt's denn sonst Wichtiges?" erwiderte Stein und fügte hinzu: „Kommt doch alle am Sonntag zu uns. Um halb sechs. Dann machen wir wirklich Musik!"

„Wir werden nicht können", schaltete Gwen sich in die Unterhaltung ein. „Das ist der Hochzeitstag von Stephens Eltern."

„Und Oliver hat vielleicht schon etwas anderes vor", sagte Mrs. Stein, um mir den Rückzug freizuhalten.

„Kann er nicht selber antworten?" sagte Stein in rechtschaffener Empörung zu seiner Frau. Und dann zu mir: „Bringen Sie Ihr Instrument mit."

„Ich spiele – also, ich spiele nur Eishockey", antwortete ich und hoffte ihn damit abzuwimmeln.

„Dann bringen Sie eben Ihren Schläger mit!" sagte Mr. Stein. „Wir setzen Sie neben die Eiswürfel. Bis Sonntag, Oliver."

Es WURDE Sonntag. Und natürlich wollte ich nicht hingehen. Aber kein Zufall kam mir zu Hilfe – weder eine dringende Nachricht noch ein eiliger Fall. Ich bekam nicht mal die Grippe. Also hatte ich keine Ausrede und stand – mit großem Blumenstrauß – am Riverside Drive, Ecke 94. Straße, vor Louis Steins Haustür.

„Aah“, dröhnte der Gastgeber, als er mein Blumengebinde sah, „das war doch nicht nötig.“ Und dann rief er Mrs. Stein: „Oliver ist da, er hat mir Blumen mitgebracht!“

Sie erschien und küßte mich auf die Wange.

„Kommen Sie herein. Ich mache Sie mit der Musik-Mafia bekannt“, kommandierte Mr. Stein.

Vor den Pulten, die im Raum verteilt waren, saßen etwa ein Dutzend Musiker, schwatzten und stimmten ihre Instrumente. Die Stimmung war *allegro,* die Lautstärke beachtlich. Das einzige auffallende Möbelstück war ein großer, schwarzspiegelnder Flügel. Ich gab allen Anwesenden die Hand. Die meisten sahen aus wie ältliche Hippies. Warum nur hatte ich eine Krawatte umgebunden?

„Jo hat bis acht Uhr Dienst“, sagte Mrs. Stein. „Aber jetzt lernen Sie erst mal ihre Brüder kennen! Marty spielt das Horn, David Klarinette und Flöte.“

Marty gab mir die Hand. „Willkommen im Musikzirkus“, sagte er.

„Ich verstehe nichts von Musik, Marty“, gestand ich verlegen. „Wenn einer Pizzicato sagt, denke ich an Kalbsschnitzel mit Käse.“

„Völlig richtig gedacht“, sagte Mr. Stein, „und nun keine Entschuldigung mehr. Sie sind nicht der erste, der hier nur zuhört.“ Er drückte mich in einen durchgesessenen Fauteuil und eilte zu seinem Orchester.

Es war faszinierend. Erstaunlich, wie Leute, die man in meiner Schulzeit als Spinner bezeichnet hätte, die schönste Musik hervorbrachten. Mal Mozart, mal Vivaldi, dann ein gewisser Lully, von dem ich nie gehört hatte. Auf den Lully folgten Monteverdi und das beste Corned beef meines Lebens. Während der Essenspause erschien Joanna und gab mir einen Kuß. Sie küßte alle. Es war wohl üblich hier, daß man sich küßte.

„Haben sie dich schon verrückt gemacht?“

„Nein“, sagte ich. „Ich unterhalte mich glänzend.“

Und plötzlich merkte ich, daß ich die Wahrheit sagte. Die wohltuende Harmonie dieses Abends rührte nicht allein von der Musik her. Alles war harmonisch. Die Art, wie sie miteinander redeten. Wie sie einander lobten, wenn ihnen eine besonders schwierige Stelle gelang. Ich spürte rings um mich so viel Herzlichkeit. In einer solchen Welt war ich noch nie gewesen. Außer bei Jenny.

„Hol deine Fiedel, Jo", sagte Mr. Stein. „Ich habe mit dem Bach extra auf dich gewartet."

„Bist du verrückt?" antwortete sie. „Ich bin doch völlig außer Übung."

„Na, mach schon. Oliver kann es kaum erwarten, dich zu hören." Mr. Stein wandte sich an mich: „Sagen Sie Ihrer Freundin, meiner Tochter, sie soll ihre Geige stimmen."

Und ehe ich noch etwas sagen konnte, gab Joanna ihren Widerstand auf. „Okay, Daddy, wenn du meinst. Aber schön klingen wird es nicht."

„Es wird, es wird", sagte er und dann zu mir gewandt: „Mögen Sie die Brandenburgischen?"

Mir stockte der Atem. Der Schweiß trat mir auf die Stirn. Diese Bach-Konzerte gehörten zu den wenigen, die ich wirklich kannte. Ich hatte um Jenny angehalten, nachdem sie das 5. Brandenburgische gespielt hatte und wir den Fluß entlang nach Harvard zurückgingen. Schon der Gedanke, sie zu hören, tat weh. „Doch", sagte ich, „ich mag die Brandenburgischen. Welches werden Sie spielen?"

„Alle! Weshalb sollte ich eines bevorzugen?"

Die Instrumente wurden gestimmt. Aber diesmal lauter als zuvor, denn in der Pause hatte man tief ins Glas gesehen. Nun übernahm Mr. Stein das Dirigieren. Er klopfte auf sein Pult, seinen Fernseher. „Also, ich will, daß ihr aus euch rausgeht. Verstanden? Richtig *rausgeht!*"

Das Orchester wartete auf den Einsatz. Er hob den Bleistift. Ich hielt den Atem an und war auf alles gefaßt.

Plötzlich ertönte eine Salve. Eine Faust trommelte wie Artilleriefeuer gegen die Tür. „Aufmachen!" brüllte eine kaum noch menschliche Stimme.

„Polizei?" fragte ich Jo, die plötzlich neben mir stand.

„Nein, das ist Godzilla von oben", lächelte sie. „Eigentlich heißt er Temple. Ein Lebensverächter."

Ich sah mich um. Wir waren etwa zwanzig, aber das Orchester schien völlig eingeschüchtert. Dieser Godzilla mußte ein gefährlicher Kerl sein. Jedenfalls öffnete Louis Stein die Tür.

„Ihr verdammtes Pack! Jeden dreckigen Sonntag muß ich euch sagen, daß ihr mit dem Krach aufhören sollt", brüllte Godzilla und baute sich drohend vor Mr. Stein auf. Der Name paßte wirklich auf ihn. Er war riesig und haarig.

„Aber Mr. Temple“, antwortete Mr. Stein. „Um Punkt zehn ist doch bei uns immer Schluß.“

Temple funkelte ihn an. „Treib's nicht zu weit, du Idiot, gleich platzt mir der Kragen! Wißt ihr denn nicht, daß es gesetzwidrig ist, anderer Leute Ruhe zu stören?“ In Godzillas Stimme schwelte der Haß. Ich spürte, daß er davon träumte, Stein tatsächlich anzugreifen.

„Verzeihen Sie, Mr. Temple. Ich glaube, Sie sind es, der hier gesetzwidrig handelt.“ Das hatte *ich* gesagt. Überrascht hörte ich meine eigenen Worte. Und noch mehr erstaunte mich, daß ich aufstand und auf den ungebetenen Gast zuging, der sich nun mir zuwandte.

„Mr. Temple“, fuhr ich fort, „ist Ihnen der Paragraph 40 des Strafgesetzbuches bekannt? Hausfriedensbruch. Oder Paragraph 17? Körperliche Bedrohung. Oder Paragraph ...“

„Wer bist denn du – ein Bulle?“ grunzte er.

„Nur ein Anwalt“, antwortete ich. „Aber ich könnte Sie für eine längere Erholungskur in den Knast schicken.“

„Angeber.“

„Keineswegs. Aber wir können die Angelegenheit auch rascher bereinigen.“

„Meinst du, mein Süßer?“ Er ließ seinen Bizeps spielen. Hinter meinem Rücken spürte ich die Angst der Musiker. Und in meinem Magen flatterten Schmetterlinge. Trotzdem zog ich ganz gemessen die Jacke aus und sprach leise und betont höflich.

„Mr. Temple, wenn Sie jetzt nicht Leine ziehen, sehe ich mich gezwungen, Ihre weiche Birne ganz sachte zu Mus zu schlagen.“

Nach dem überstürzten Abgang des Eindringlings fuhr Mr. Stein Champagner auf. („Direkt aus Kalifornien importiert.“) Dann entschied sich das Orchester für das *lauteste* Stück im Repertoire, für die „Ouvertüre 1812“ von Tschaikowski. Sogar ich spielte diesmal ein Instrument: die Kanone (leerer Müllkübel).

Einige Stunden später endete die Party – viel zu früh.

„Besuchen Sie uns wieder“, sagte Mrs. Stein.

„Tut er bestimmt“, sagte Mr. Stein. „Er liebt uns.“

Und so war es auch.

Niemand brauchte mir zu sagen, daß ich Joanna nach Hause begleiten mußte. Obwohl es sehr spät war, bestand sie darauf, den Bus zu nehmen.

„Mein Gott, Oliver, du warst großartig", sagte sie und legte ihre Hand auf die meine.

Ich überlegte, was ich dabei empfand, und kam zu keinem Resultat.

„Temple wird seine Visage bei uns nicht mehr zeigen!" sagte sie.

„Na, hör mal, Jo! Einen solchen Maulhelden zu bluffen, ist wirklich kein Kunststück." Ich unterstrich meine Worte mit Gesten und löste so meine Hand von der ihren (Erleichterung?). Wenn sie doch nur begreifen wollte, daß sie mit mir ihre Zeit verschwendete. Sie war so nett und im Grunde sogar hübsch. Jeder normale Bursche mit normalen Empfindungen hätte sie jedenfalls hübsch gefunden.

Sie wohnte in der Nähe des Krankenhauses. Vier Treppen hoch, ohne Lift. Während der Unterhaltung mit dieser intelligenten und liebenswürdigen Ärztin vor ihrer Haustür befiel mich plötzlich Panik. Bildete sie sich womöglich ein, ich empfände mehr als platonische Gefühle für sie? Was, wenn sie . . .

„Oliver", sagte Joanna, „ich würde dich gern hereinbitten, aber mein Dienst fängt um sechs Uhr früh an." Sie küßte mich. Auf die Wange. „Gute Nacht", sagte sie. „Das war ein schöner Abend."

„Fand ich auch. Ich ruf' mal an", antwortete ich. Und dennoch war ich unbeschreiblich traurig.

Auf dem Heimweg beschloß ich, einen Psychiater zu konsultieren.

3. Kapitel

„König Ödipus wollen wir zunächst mal ganz beiseite lassen . . ."

So fing meine sorgfältig vorbereitete Einführungsrede bei Dr. Edwin London an, der genauso „extrem verständnisvoll" war, wie man ihn mir geschildert hatte.

„Verstehen Sie", schwatzte ich weiter, „ich habe die Kurse auf der Uni besucht und kenne den Jargon. Ich weiß, was Freud dazu zu sagen hat. Es interessiert mich nicht . . ."

Dr. London war kein Freund langer Reden.

„Weshalb sind Sie zu mir gekommen?" fragte er sachlich.

Da bekam ich's mit der Angst zu tun. Ja, weshalb war ich gekommen? Ich schluckte und antwortete leise: „Seit Jennys Tod empfinde ich überhaupt nichts mehr. Nun ja, manchmal ein bißchen Hunger. Das läßt sich mit Fertiggerichten rasch beheben. Aber sonst . . . Seit achtzehn Monaten – habe ich absolut kein Gefühl."

Er hörte zu, während ich meine Gedanken unter Qualen aus der Tiefe baggerte. Ungeordnet ergossen sie sich über ihn. Ich fühlte mich grauenhaft. Nein, ich fühlte gar nichts. Und das ist noch schlimmer. Ohne Jenny bin ich verloren. Philip hilft. Nein, Philip kann nicht wirklich helfen. Wenn er sich auch Mühe gibt. Seit fast zwei Jahren. Ich finde keinen Kontakt zu normalen Menschen.

„Sexuelle Bedürfnisse?“ fragte der Arzt.

Mir brach der Schweiß aus. „Nicht die geringsten“, sagte ich. War London schockiert? Seinem Gesichtsausdruck war nichts zu entnehmen. Also sagte ich, um ihm die Mühe zu ersparen, was mir die einzige Erklärung zu sein schien: „Daß das Schuldkomplexe sind, braucht mir keiner zu sagen.“

Dann sprach Dr. Edwin London seinen längsten Satz an diesem Tag: „Fühlen Sie sich – für Jennys Tod verantwortlich?“

Fühlte ich mich verantwortlich? Ich dachte sofort an meinen Wunsch, am Tag von Jennys Tod auch zu sterben. Ich weiß, daß ich nicht an der Leukämie meiner Frau schuld bin. Und doch . . .

„Vielleicht. Eine Zeitlang habe ich das geglaubt. Aber im Grunde richtet sich mein Zorn gegen mich selbst. Wegen all der Dinge, die ich unterlassen hatte, als sie noch lebte.“

Es folgte eine Pause, dann sagte Dr. London: „Zum Beispiel?“

Ich sprach von dem Zerwürfnis mit meiner Familie. Daß ich meine Heirat mit einem Mädchen aus einer anderen sozialen Schicht (einer sehr anderen) zu einer Art Unabhängigkeitserklärung umgemünzt hatte. Bitte sehr, sieh nur, Herr Vater-mit-dem-großen-Zaster, ich schaffe es auch ohne dich und dein Geld.

Nur, daß es auf Jennys Kosten ging. Nicht nur emotionell, was schlimm genug war, denn sie glaubte fest daran, daß man seine Eltern ehren soll. Schlimmer war, daß ich mich weigerte, irgendwas von ihnen anzunehmen. Mich machte es stolz. Aber wie sollte Jenny, die in Armut aufgewachsen war, verstehen, daß es ein wunderbares und völlig neues Gefühl war, kein Bankkonto zu haben?

Er sah mich an. Eine Sekunde lang fürchtete ich, ich müßte losheulen. „Jenny ist tot. Und erst jetzt wird mir klar, wie egoistisch ich war.“

Kurze Pause.

„Wie meinen Sie das?“ fragte er.

„Wir hatten unsere Examina hinter uns. Jenny hatte ein Stipendium für Frankreich. Als wir beschlossen hatten zu heiraten, verloren wir kein Wort mehr darüber. Es war selbstverständlich, daß wir in Cambridge blieben und ich die Law School besuchte. Weshalb, zum Teufel, schien das die einzige mögliche Entscheidung zu sein? Anzunehmen, *mein* Leben sei wichtiger!"

„Es gab Dinge, die konnten Sie gar nicht voraussehen", sagte Dr. London. Ein ungeschickter Versuch, meine Schuld zu mindern.

„Aber ich wußte doch, daß sie Europa nicht kannte! Hätte ich nicht mit ihr gehen und ein Jahr später Anwalt werden können?"

Ob er das als nachträgliche Schuldgefühle aufgrund exzessiver Lektüre feministischer Pamphlete diagnostizierte? Das war es nicht. Daß ich Jenny am Weiterstudieren gehindert hatte, schmerzte mich weniger als die Tatsache, daß sie Paris nie genossen, London nie gesehen, Italien nie empfunden hatte.

„Sind Sie gewillt, einige Zeit auf diese Probleme zu verwenden?" fragte er.

„Deshalb bin ich hier ..."

„Morgen um fünf?"

Ich nickte. Und er nickte. Ich ging.

Ich ging die Park Avenue entlang und versuchte meine Fassung zurückzugewinnen. Morgen würde das Skalpell angesetzt werden. Ich wußte, daß ein Eingriff in die Seele schmerzt. Ich war darauf vorbereitet. Ich fragte mich nur, was dabei zum Vorschein käme.

Es dauerte etwa eine Woche, bis wir zu König Ödipus kamen. Der einen Palast auf dem grünen Rasen der Harvard-Universität besitzt: die Barrett Hall.

„Meine Familie hat sie gestiftet, um sich Ansehen zu kaufen."

„Wieso?" fragte Dr. London.

„Weil unser Geld schmutzig ist. Meine Vorfahren waren Pioniere auf dem Gebiet der industriellen Ausbeutung. Unsere Philanthropie ist ein Hobby neueren Datums."

Merkwürdigerweise stammte diese Kenntnis aus Harvard. Im letzten College-Jahr belegte ich die Vorlesung Nr. 180 „Die industrielle Entwicklung Amerikas". Unser Lehrer, Donald Vogel, war ein sogenannter radikaler Nationalökonom. Eines Tages ging es um die Anfänge der Textilindustrie in den USA.

„Also, zur Textilindustrie", begann Vogel. „Hier haben viele unserer edlen Harvard-Zierden eine höchst üble Rolle gespielt. Nehmen wir zum Beispiel Amos Brewster Barrett, Harvard-Absolvent von 1794 ..."

Meine Familie! Ich machte mich ganz klein, als er jetzt fortfuhr: „1814 tat sich Barrett mit ein paar anderen Harvard-Kumpanen zusammen, um die ersten großen Textilfabriken in Fall River, Massachusetts, zu errichten. Sie sorgten väterlich für ihre Arbeiter. Die Mädchen, die auf weitverstreuten Farmen angeworben wurden, steckten sie in eigene Unterkünfte. Natürlich zog ihnen die Firma für Kost und Logis die Hälfte des mageren Lohns ab."

Ich hätte mich am liebsten in eine Mücke verwandelt und wäre fortgesurrt.

„Zu Beginn des 19. Jahrhunderts waren mehr als die Hälfte aller Arbeiter in Fall River Kinder. Einige erst fünf Jahre alt. Die Kinder brachten zwei Dollar pro Woche nach Hause, die Frauen drei, die Männer fürstliche siebeneinhalb."

Vogel nannte Beispiele für die unmöglichen Arbeitsbedingungen. In der Weberei pumpte man Dampf *in* die Räume, weil die Feuchtigkeit die Tuchqualität verbesserte. Und im Hochsommer blieben die Fenster geschlossen, um Zettel und Einschlag feucht zu halten.

„Aber das war noch nicht alles!" wütete Don Vogel. „Das Elend und der Dreck, die vielen Unfälle, für die es nicht die geringste Entschädigung gab, das reichte immer noch nicht aus! – Nein, der Gewinn der Barretts stieg in schwindelnde Höhen, und die Löhne gingen immer mehr herunter! Weil mit jeder Einwanderungswelle noch billigere Arbeitskräfte kamen!"

Später im selben Semester büffelte ich in der Radcliffe Library. Lernte dort ein Mädchen kennen. Jenny Cavilleri, Examensjahrgang 1964. Ihr Vater war Konditor in Cranston. Ihre verstorbene Mutter war die Tochter sizilianischer Einwanderer aus – Fall River, Massachusetts.

„Begreifen Sie jetzt, weshalb ich meine Familie ablehne?" fragte ich Dr. London. Es entstand eine Pause.

„Morgen um fünf", war seine Antwort.

4. Kapitel

ICH lief. Wenn ich aus Dr. Londons Sprechzimmer kam, war ich jedesmal zorniger und verwirrter als zuvor. Und die einzige Gegentherapie zur Psychotherapie schien mir ein Dauerlauf im Central Park zu sein. Bei meiner zweiten Runde ging mir jetzt die Puste aus, und der Schweiß lief mir in die Augen. Gute siebzig Meter vor mir sah ich ein Mädchen in einem blauen Trainingsanzug (Adidas, also teuer!) mit beachtlichem Tempo seine Runden ziehen. Ich versuchte ihm näher zu kommen und legte deshalb einen Zahn zu.

Als ich auf gleicher Höhe war, erkannte ich deutlich eine schlanke Dame, deren langes blondes Haar im Wind flatterte. Okay, Barrett, überhol sie mit Bravour. Ich schaltete einen Gang höher und zog an ihr vorbei. Auf zu weiteren Taten. Vor mir erblickte ich den stämmigen Opernsänger, den ich jedesmal abhängte. Herr Bariton, Sie sind Olivers nächstes Opfer.

Da schoß ein blauer Blitz an mir vorbei. Es war dieselbe Dame, die ich zwanzig Meter hinter mir glaubte. Ich schaltete wieder den Schnellgang ein, um sie einzuholen.

„He, sind Sie Rekordläuferin?“ fragte ich.

„Warum wollen Sie das wissen?“ fragte sie zurück. Sie schien keine Atemnot zu kennen.

„Sie sind ja wie ein Blitz ...“

„Sie waren ja auch nicht sehr schnell“, antwortete sie.

„Hoha, soll das eine Beleidigung sein?“

„Nur wenn Sie ein angeschlagenes Ego haben“, antwortete sie.

„Sie sind ganz schön rotzig“, konterte ich.

„Soll *das* eine Beleidigung sein?“ fragte sie nun.

„Es soll“, sagte ich. Und keine versteckte Beleidigung wie die ihre.

„Würden Sie lieber allein weiterlaufen?“ fragte sie.

„Ich würde“, sagte ich.

„Okay“, sagte sie. Und weg war sie.

Ich mußte meine letzten Reserven aufbieten, aber ich holte sie ein. „Hallo!“ rief ich. „Laufen Sie für einen Verein?“

„Keineswegs“, sagte sie, „ich laufe, um besser Tennis zu spielen.“

„Wie gut spielen Sie eigentlich Tennis?“ brachte ich mühsam heraus, weil ich ihr Tempo kaum halten konnte.

„Sie wären nicht gern mein Partner!“

„Doch, das wäre ich.“

„Morgen?“ fragte sie. Und verlangsamte – Gott sei Dank – ihr Tempo, bis sie in Schritt fiel.

„Klar“, keuchte ich.

„Um sechs? Im Gotham Club. 94. Straße und Erste Avenue.“

„Ich arbeite bis sechs“, sagte ich, „wie wäre es um sieben?“

„Nein, ich meinte sechs Uhr morgens“, antwortete sie.

„Sechs Uhr früh? Wer spielt denn um sechs Uhr morgens Tennis?" fragte ich.

„Wir. Es sei denn, Sie kneifen", antwortete sie.

„Ich denke nicht daran", sagte ich und fand gleichzeitig Atem und Sprache wieder.

Sie lächelte. „Ausgezeichnet. Der Platz ist für Marcie Nash reserviert. So heiße ich nämlich." Und reichte mir die Hand. Zu meiner Überraschung war ihr Händedruck nicht männlich forsch, sondern ganz normal, fast zart.

„Und darf ich fragen, wie Sie heißen?" fragte sie.

Ich wollte witzig sein. „Gonzales, Madame. Pancho B. Gonzales."

„Okay, Pancho. Morgen um sechs." Damit jagte sie los. Jesse Owens hätte sie um ihren Spurt beneidet.

Um fünf Uhr morgens wirkte der erleuchtete Tennisclub wie das Nachtlämpchen der schlafenden Stadt. Am Eingang trug ich mich in die Anwesenheitsliste ein. Ich ging in den Umkleideraum, zog mich gähnend um und schlenderte in die Halle. Auf allen Plätzen wurde gespielt. Die Clubmitglieder, die hier ihren hektischen Tag begannen, legten sich ins Zeug, als hätten sie es dringend nötig, auf Touren zu kommen, bevor sie den Kampf mit dem Alltag aufnahmen.

Überzeugt, daß Miß Marcie Nash in superschickem Dreß erscheinen würde, hatte ich mich möglichst schäbig angezogen. Meinen Tennisdreß hätten Modereporter vielleicht als „Eierschale" bezeichnet. In Wirklichkeit war er das Endprodukt ausgelaufener Buntwäsche im Waschautomaten.

„Guten Morgen, Sonnenschein", tönte es mir entgegen. Sie übte bereits Aufschläge. Ihre Haare, die beim Lauftraining im Wind flatterten, waren jetzt zu einem Pferdeschwanz zusammengebunden. Und als echte Angeberin hatte sie ihre Handgelenke bandagiert.

„Sie wissen wohl nicht, daß es draußen stockfinster ist?" fragte ich.

„Deshalb spielen wir ja auch *drinnen,* Sancho."

„Pancho", berichtigte ich, „Miß Narcie Mash ..." Namen verballhornen konnte ich auch.

„Nennen Sie mich, wie Sie wollen, lieber Pancho. Kann's losgehen?"

„Um was spielen wir?"

„Ach, die Freude am Spiel genügt Ihnen nicht?" fragte sie mit geheucheltem Erstaunen.

„Um sechs Uhr früh freut mich überhaupt nichts“, meinte ich. „Da muß ich schon wissen, wofür ich mich anstrenge.“

„Ein halber ...“, sagte sie.

„Ja, so was!“ Ich tat, als ginge es mir um einen hohen Einsatz. Wenn sie in diesem Club spielen konnte, hatte sie Geld.

„Sind Sie reich?“ fragte Marcie.

„Was hat das mit unserem Spiel zu tun?“ konterte ich – wie immer in der Defensive: Ich war nun einmal dazu verdammt, mit dem Barrettschen Geldsack zu leben.

„Ich will nur wissen, wieviel Sie verlieren können“, sagte sie.

„Also gut – wie wär's, wenn der Verlierer den Sieger zum Essen einlädt? Und der Sieger bestimmt das Lokal.“

„Ich denke da an den Twenty-one Club“, sagte sie.

„Bißchen voreilig“, bemerkte ich. „Aber da das auch meine Wahl ist, möchte ich Sie gleich warnen. Ich habe den Appetit eines Elefanten.“

„Nachdem ich Sie laufen gesehen habe, wundert mich das nicht.“

Der Worte sind genug gewechselt. „Fangen wir endlich an!“ sagte ich.

Ich spielte mit ihr. Das heißt, ich bluffte, weil ich sie hereinlegen wollte. Ich ließ leichte Bälle durch. Reagierte langsam, lief nie ans Netz. Sie biß an und verausgabte sich. Eigentlich spielte sie nicht übel. Ihre Bälle waren fast immer genau plaziert. Ihr Aufschlag war kraftvoll und leicht angeschnitten. Tatsächlich, sie war in guter Form.

„He, Sie spielen besser, als ich dachte“, sagte sie nach zwei ziemlich ausgeglichenen Sätzen.

Das *mir* aus Marcie Nashs Mund! Meine todsicheren Drives hielt ich immer noch in Reserve. Ja, ich gab sogar mehrmals meinen simplen Aufschlag ab.

„Ich fürchte, wir müssen bald Schluß machen. Um halb neun fängt bei mir die Arbeit an“, sagte Marcie.

„Ei, ei, was Sie nicht sagen! Noch ein letztes Spielchen? Nur spaßeshalber. Wir spielen ein ‚tie-break‘. Der Gewinner bekommt das Dinner.“

„Na, schön“, willigte Marcie Nash ein, schien aber ein wenig in Sorge, daß sie sich verspäten könnte. Du liebe Güte, der Chef würde böse werden.

„Miß Nash, ich verspreche Ihnen, das wird das rascheste Spiel Ihres Lebens.“

Und so war es auch. Ich überließ ihr den Aufschlag. Jetzt aber lief ich nicht nur ans Netz, ich preschte nach vorn. Marcie Nash war völlig verstört, sie machte keinen Punkt mehr. „Heiliges Kanonenrohr. Sie haben mich vielleicht ausgetrickst!"

„Sagen wir, es dauerte eine Weile, bis ich warm wurde", antwortete ich.

Noch immer geschockt, stotterte sie: „Um acht im Twenty-one?"

Ich nickte. „Soll ich den Tisch auf den Namen Gonzales reservieren lassen?" wollte sie wissen.

„Nein, so heißt nur mein Tennisschläger. Sonst heiße ich Barrett. Oliver Barrett, ‚der große Blender'."

„Schade", sagte sie. „Gonzales gefiel mir besser." Und damit enteilte sie zu den Umkleidekabinen der Damen. Ich weiß nicht, weshalb, aber ich mußte grinsen.

Sie kam in einem tollen Kleid. Womit ich keineswegs protzig meine. Ganz im Gegenteil. Ihre Erscheinung war einsame Spitze – Tiefstapelei in Vollendung.

Das war verwirrend. Angesichts der perfekten Gepflegtheit der Miß Marcie Nash, ihres gelassenen und äußerst sicheren Auftretens fühlte ich mich wie welker Spinat in einem Plastikbeutel. Bestimmt war sie ein Fotomodell. Zumindest mußte sie etwas mit dem Modezirkus zu tun haben.

„Ich hoffe, ich komme nicht zu spät", sagte ich.

„Sie kommen eigentlich zu früh", antwortete sie.

„Das heißt also, daß Sie noch früher gekommen sind."

„Ihre Logik erstaunt mich, Mr. Barrett." Sie lächelte. „Warum setzen Sie sich nicht? Soll ich Sie erst auffordern?"

Ich setzte mich.

„Was trinken Sie?" Ich deutete fragend auf die orangefarbige Flüssigkeit in ihrem Glas.

„Orangensaft."

Noch ehe ich nach dem Grund für diese Abstinenz fragen konnte, erschien der Kellner.

„Was empfehlen Sie?" fragte ich.

„Die Muscheln sind hervorragend ..."

„Eine Bostoner Spezialität", unterbrach ich ihn in einem plötzlichen Anflug von gastronomischem Lokalpatriotismus.

„Unsere kommen von Long Island", antwortete er.

„Okay. Mal sehen, ob sie einen Vergleich aushalten." Ich sah Marcie an, die zustimmend lächelte.

„Und was nehmen Sie vorher?" Der Kellner sah sie an.

„Salatherzen mit etwas Zitrone."

Jetzt war ich überzeugt, daß sie Mannequin war. Weshalb sonst diese Selbstkasteiung? Ich bestellte Fettucini. Der Kellner entfernte sich mit einer gemessenen Verbeugung.

„Da wären wir also", sagte ich. (Ich muß gestehen, daß ich diesen einleitenden Satz den ganzen Nachmittag geprobt hatte.)

Ehe sie mir bestätigen konnte, daß wir in der Tat hier waren, wurden wir abermals gestört. „Welchen Wein wünschen Monsieur?"

Ich sah Marcie an.

„Bestellen Sie bitte nur für sich", sagte sie. „Ich würde Ihnen einen guten Meursault empfehlen, möglichst einen 66er. Sonst wäre Ihr Siegesmahl unvollkommen."

„Einen 66er Meursault", bestellte ich beim Weinkellner. Er verschwand, und wir waren wieder allein.

„Sie sind also aus Boston?" sagte Marcie. (Unser Dialog war nicht gerade beschwingt.)

„So ist's. Und Sie?"

„Ich bin nicht aus Boston." Klang das nicht leicht beleidigend?

„Arbeiten Sie in der Modebranche?" fragte ich.

„Unter anderem. Und Sie?"

„Ich hab's mit den Freiheiten."

„Nehmen Sie sich Freiheiten heraus, oder verhelfen Sie anderen dazu?" Ihr Lächeln verwirrte mich so, daß ich nicht heraushören konnte, ob das sarkastisch gemeint war.

„Ich sehe der Regierung auf die Finger", gab ich zur Antwort.

Der Weinkellner erschien und goß zeremoniös den Wein in mein Glas. Danach war mein Wortschwall nicht mehr zu bremsen. Ich erzählte ihr, mit welchen Aufgaben es ein fortschrittlicher Anwalt heutzutage zu tun hat. Zugegeben, ich war nicht sehr erfahren in der Unterhaltung mit ... weiblichen Wesen. Ich meine, es ist schon viele Jahre her, daß ich so etwas wie ein Rendezvous hatte. So sprachen wir dann – vielmehr: hielt ich einen Vortrag – über Entscheidungen des Obersten Bundesgerichts in Bürgerrechtsfällen.

Als ich gerade den Ersten Verfassungszusatz erläutern wollte, stellten uns die Kellner mit Aplomb die Long-Island-Muscheln vor die Nase. Nun, nicht schlecht, wenn auch nicht so gut wie in Boston. Doch zurück zum Verfassungszusatz: Die höchstrichterlichen Entscheidungen sind widersprüchlich! Wie können Richter im Fall *O'Brien gegen die USA* das Verbrennen von Gestellungsbefehlen *nicht* als freie Meinungsäußerung werten und im Fall *Tinker gegen Des Moines* das Tragen von Anti-Kriegs-Armbinden als reine Meinungsäußerung bezeichnen? Ich frage Sie – was zum Teufel meinen sie wirklich?

„Wissen *Sie's* denn nicht?" fragte Marcie, und noch während ich mich fragte, ob sie damit meinte, ich sei ein Schwätzer, erschien der Ober schon wieder und erkundigte sich, womit wir das Dinner abrunden wollten. Ich bestellte *Pot de Crème au Chocolat* und Kaffee. Sie nur einen Tee.

„Haben Sie *alle* diese Fälle vertreten?" erkundigte sich Marcie. (Wollte sie sich über mich lustig machen?)

„Natürlich nicht. Aber jetzt gibt es bald eine Berufung, bei der ich zugezogen werde. Es geht um den Status eines Kriegsdienstverweigerers. Als Präzedenzfall dient *Webber gegen Musterungskommission,* den ich vertrat. Dann arbeite ich noch freiwillig ..."

„Sie können wohl nie genug bekommen?" sagte sie.

Ich fühlte mich nicht wohl in meiner Haut. Mir wurde klar, daß ich sie überhaupt nicht hatte zu Wort kommen lassen.

„Was tun Sie eigentlich in der Modebranche?"

„Ich arbeite bei Binnendale. Kennen Sie den Konzern?"

Wer kennt diese Goldgrube nicht? Ihre Auskunft erklärte mir vieles. Miß Nash war ein ideales Aushängeschild für dieses Unternehmen – so blond, so herb, so rassig. Und dazu noch der honigsüße Redefluß mit der unverkennbaren Ausdrucksweise einer teuren, vornehmen Privatuniversität. Selbst Alligatoren würde sie noch Krokotaschen andrehen! „Mit dem Verkauf habe ich nur am Rande zu tun", antwortete sie auf weitere ungeschickte Fragen. Ich hatte vermutet, sie volontiere im Verkauf.

„Was tun Sie nun *wirklich?"* fragte ich noch unverfrorener.

„Langweilt Sie das Gerede über *anderer Leute* Angelegenheiten nicht zu Tode?"

„Ich hoffe, mein juristisches Privatissimum hat Sie nicht ermüdet."

„Ganz und gar nicht, es hat mich interessiert. Ich hätte nur gern mehr über Sie selbst erfahren."

Was sollte ich antworten? Am besten bei der Wahrheit bleiben.

„Ich hatte eine Frau", sagte ich. „Sie ist gestorben."

Stille. „Verzeihen Sie", sagte Marcie schließlich.

„Schon gut."

Dann schwiegen wir beide.

„Das hätten Sie mir früher sagen sollen, Oliver."

„Das ist nicht so leicht."

„Hilft es Ihnen nicht, darüber zu sprechen?"

„Mein Gott, Sie reden ja schon fast wie ein Seelenpopler."

„Ja, ich dachte auch gerade, ich rede wie der meine."

„Hoppla, wozu brauchen Sie denn einen Psychiater?" fragte ich, erstaunt darüber, daß ein so ausgeglichener Mensch ärztliche Hilfe benötigen könnte. „Sie haben doch keine Frau verloren."

„Ich habe meinen Mann verloren", sagte Marcie.

Ach, Barrett, wie anmutig bist du doch wieder ins Fettnäpfchen getreten!

„Verstehen Sie das nicht falsch", fuhr sie rasch fort. „Nur durch Scheidung. Aber als unsere Wege sich trennten, bekam Michael alles Selbstbewußtsein und ich die Komplexe."

„Wer war Mr. Nash?" wollte ich wissen. Ich hätte zu gern gewußt, was für eine Art Mann diese Art Mädchen anzog.

„Können wir, bitte, das Thema wechseln?" sagte sie, und ihre Stimme schien plötzlich etwas traurig zu klingen.

Seltsam, es beruhigte mich, daß auch Miß Nash hinter ihrer kühlen Fassade etwas verbarg, über das sie nicht sprechen konnte. Es machte sie menschlicher, das Piedestal schien nicht mehr so hoch. Aber das half mir nicht, neuen Gesprächsstoff zu finden

Marcie fand ihn: „Du liebe Güte, ist das aber spät geworden! Die Rechnung, bitte!" rief sie dem vorbeigehenden Ober zu.

„Nicht doch", sagte ich, „ich möchte Sie einladen."

„Unter keinen Umständen. Abgemacht ist abgemacht. Dimitri! Setzen Sie das Trinkgeld auf die Rechnung, und zeichnen Sie für mich ab."

„Wie Sie wünschen, Madame." Er zog sich lautlos zurück.

Ich fühlte mich unbehaglich. Erst hatte mich ihre Offenheit verwirrt, und dann hatte sie Kredit im „Twenty-one!" Wer war dieses Mädchen?

„Oliver", sagte sie, „ich bringe Sie nach Hause. Es ist kein Umweg für mich."

Ich mußte mir eingestehen, daß mir nicht wohl war bei dem Gedanken an . . . na, an das, was jetzt fällig war.

„Aber, Oliver", fuhr sie sachlich, wenn auch nicht ganz ohne Ironie fort, „fürchten Sie jetzt nicht, Sie müßten mit mir schlafen, weil ich Ihr Essen bezahlt habe."

„Da bin ich aber sehr erleichtert", antwortete ich und tat, als täte ich nur so. „Ich möchte nicht den Eindruck erwecken, ich sei hemmungslos."

„Keine Sorge, Sie sind alles andere als enthemmt."

ALS das klappernde Taxi uns meiner Behausung näher brachte, fiel mir plötzlich etwas ein. „Marcie, woher wissen Sie, wo ich wohne?"

„Ich sah Ihnen einfach an, daß Sie so ein East-Side-Typ sind", sagte sie.

„Und wo wohnen *Sie?*"

„Nicht weit von Ihnen."

„Was für eine exakte Adresse! Und im Telefonbuch stehen Sie wohl auch nicht."

„Nein", sagte sie. Und gab weder eine Erklärung dafür noch ihre Nummer.

„Marcie? Was soll die Geheimnistuerei?"

Sie streckte den Arm aus und legte ihre Hand auf meine nervös geballte Faust. „Nichts überstürzen – okay?"

Verdammt! Weil zu dieser Stunde kaum Verkehr herrschte, hielt das Taxi schon sehr bald vor meiner Tür. Sie schenkte mir ein Lächeln und hauchte: „Tausend Dank!"

„Aber nein", gab ich übertrieben höflich zurück. „Ich habe *Ihnen* zu danken!" Eine Weile sprach keiner. Die kann lang warten, bis ich um weitere Auskunft bettle!

Dann stieg ich aus.

„He, Oliver", rief sie mir nach. „Spielen wir nächsten Dienstag wieder Tennis?"

Der Vorschlag freute mich. „Aber das ist ja erst in einer Woche. Weshalb geht es nicht früher?"

„Weil ich in Cleveland bin", sagte Marcie. „Ich rufe Sie Montagabend an. Da machen wir die Zeit aus. Schlaf wohl, mein Prinz." Als kenne er seinen *Hamlet,* gab der Taxifahrer bei diesem Stichwort Gas.

Beim Aufsperren des dritten Sicherheitsschlosses stieg in mir die Wut hoch. Was bedeutete das alles? Und wer war sie?

5. Kapitel

„SIE verheimlicht mir was."

„Und was soll das sein?" fragte Dr. London. Er hatte mich nicht gefragt, weshalb mich ein Mensch, den ich gerade kennengelernt hatte, derart beschäftigte. Ich hatte mich oft danach gefragt und war zu dem Ergebnis gelangt, daß ich nicht bei einem Spiel (gleich welcher Art) verlieren wollte, dessen Regeln von Marcie bestimmt wurden.

Ich berichtete dem Arzt ausführlich, was ich herausgefunden hatte. Ich hatte Anita, meine äußerst zuverlässige Sekretärin – ein Genie, wenn es galt, Leute aufzuspüren –, beauftragt, Marcie in Cleveland für mich ans Telefon zu bekommen. („Wollte bloß mal hallo sagen", hätte ich gesagt.) Bei Binnendale, wo sie zuerst nachfragte, hieß es, eine Marcie Nash gäbe es auf ihrer Personalliste nicht. Sie rief daraufhin jedes bessere Hotel in Cleveland und Umgebung an. Nirgends hatte sich eine Miß, Mrs. oder Madame Marcie Nash eingetragen.

Also lügt sie und ist gar nicht dort.

„Und was", fragte der Arzt, „schließen Sie daraus?"

„Es ist doch sonnenklar, daß sie mit jemandem zusammen lebt und mit dem Kerl Ferien macht."

„Und das ärgert Sie gewaltig."

„Weil sie mich angelogen hat!" brüllte ich. „Mir tut wirklich jeder leid, der sich mit so einer Heuchlerin einläßt."

„Einläßt?" fragte Dr. London.

„Nein." Ich lachte. „Ich hab' mich auf *ganz und gar nichts* eingelassen. Im Gegenteil. Die schreib' ich nicht nur ab – der teile ich sogar telegrafisch mit, daß sie sich zum Teufel scheren soll! Wenn das nur ginge", sagte ich dann kleinlaut. „Ich hab' ja nicht mal ihre Adresse."

DAS Telefon weckte mich.

„Hallo! Hab' ich Sie geweckt, erschreckt oder vielleicht sogar gestört?" Die fröhliche Stimme gehörte Miß Marcie Nash.

„Von wo rufen Sie an?"

„Vom Flugplatz", antwortete sie in einem Ton, als sollte ich ihr das glauben.

„Wen haben Sie dabei?" fragte ich ganz beiläufig.

„Ein paar müde Manager. He, Barrett, spielen wir morgen früh

Tennis?“ Ich schielte nach meiner Armbanduhr. Es war kurz vor eins.

„Morgen ist ja schon“, murrte ich ärgerlich. Erst quält sie mich die ganze Woche, und dann stört sie mich auch noch im Schlaf. Ich war genauso schlau wie zuvor.

„Spielen wir nun um sechs?“ fragte sie. „Ja oder nein?“

Ich überlegte blitzschnell, ob ich sie abblitzen lassen sollte.

Gnadenlos jagte ich sie am nächsten Morgen über den Platz.

„Heiho“, keuchte sie, als die Schlacht nach kurzer Zeit geschlagen war. „Heute hatte Pancho aber keine Geduld.“

„Marcie, ich hatte eine ganze Woche Zeit, die Geduld zu verlieren. Dieses Märchen mit Cleveland war einfach etwas zu stark.“

„Was soll das heißen?“ Sie schien völlig unbefangen.

„Es lohnt sich nicht, darüber zu reden, Marcie.“

„Okay“, sagte sie. Es klang enttäuscht. „Sie wollen also nicht mit mir zum Essen gehen.“

„Ich wüßte nicht, daß wir verabredet sind.“

„Ist das nicht der Siegerlohn?“

Ich überlegte kurz. Sollte ich ihr jetzt sagen, daß sie sich zum Teufel scheren könne, oder sollte ich erst noch auf ihre Kosten schlemmen?

„Okay, bezahlen Sie mir ein Essen“, antwortete ich mürrisch. „Ich hole Sie ab. In Ihrer Wohnung.“

„Ich werde nicht zu Hause sein“, erwiderte sie. „Ich rufe Sie gegen halb sieben zu Hause an und sage Ihnen, wo Sie mich finden.“

„Und wenn *ich* nicht zu Hause bin?“ fragte ich. „Ich habe manchmal Klienten im Weltraum, die mich zu sich kommen lassen.“

„Dann rufe ich eben so lange an, bis Ihre Rakete wieder gelandet ist.“

Dank der technischen Vollkommenheit meines Porsche Targa 911 S und meiner kreativen Fahrweise brauste ich siebenundzwanzig Minuten nach Marcies Anruf ins Einkaufszentrum von White Plains. Sie wartete vor Binnendale mit einem Paket in der Hand. Ihre Figur wirkte womöglich noch vollkommener als neulich.

„Hallo“, rief sie, als ich aus dem Wagen sprang, und küßte mich dann auf die Wange. Sie drückte mir das Paket in die Hand. „Eine Kleinigkeit, um Sie sanft und gnädig zu stimmen. Übrigens haben Sie einen schicken Wagen.“

„Dann paßt er ja zu Ihnen.“

„Gut – lassen Sie mich fahren."

„O nein! Nicht meinen Porsche! Nein, Marcie, das ist ein viel zu empfindliches Fahrzeug."

„Nur ruhig Blut", sagte sie und setzte sich hinters Steuer. „Ihr Liebling ist in besten Händen."

Und ich muß sagen: es war so. Sie fuhr wie Jackie Stewart, nur daß er nie mit solchem Tempo die Haarnadelkurven nehmen würde wie sie.

„Machen Sie es nicht auf?" fragte sie.

„Was?" fragte ich, wobei ich betont den Blick auf den Tachometer vermied. Meine verkrampften Finger hielten noch immer das ungeöffnete Versöhnungspäckchen umklammert. Ich hatte es ganz vergessen.

Es war ein weicher, schwarzer Kaschmirpulli mit einem knallroten Alfa-Romeo-Emblem auf der Brust. Marcie konnte sich solche Ausgaben bestimmt leisten – aber warum hatte sie das Ding gekauft? Schuldgefühle?

„Große Klasse, Marcie. Tausend Dank!"

„Freut mich, daß er Ihnen gefällt", sagte sie. „Es gehört zu meinem Geschäft, den Geschmack der Kunden zu erraten."

WIR bogen von der Hauptstraße ab und in einen schmalen Waldweg, der sich endlos hinzog. Schließlich sah ich ein Licht. Eine Laterne. Und eine Tafel:

LE MÉCHANT LOUP. RUSTIKALER KOMFORT.

Marcie nahm endlich den Fuß vom Gaspedal und rollte in den Hof. Im Mondlicht erkannte ich die Umrisse eines Gebäudes im Schweizer Chalet-Stil. Auf dem Weg vom Parkplatz ins Haus bemerkte ich nur einen einzigen Wagen, ein weißes Mercedes SL-Coupé. Überfüllt schien es hier nicht zu sein. Ich war wütend. Wer hatte diesen Ort ausgesucht? Wer hatte eigenmächtig reservieren lassen, ohne wen zu fragen? Und wer jagte da am Steuer *meines* Porsche durch Nacht und Wind?

„Hoffentlich sind Sie nicht enttäuscht", sagte Marcie und nahm beim Hineingehen meinen Arm. Man gab uns einen Tisch am Kamin. Ich bestellte etwas zu trinken, einen Orangensaft für Marcie und ein Viertel offenen kalifornischen Weißwein für mich. „Waren Sie schon einmal hier?" fragte ich Marcie.

„Nein", antwortete sie. Aber das war wohl gelogen.

„Wie kamen Sie denn dann auf die Idee?"

„Man hat mir gesagt, es sei romantisch. Und das *ist* es doch auch. Finden Sie nicht? Jedes Zimmer hier soll einen offenen Kamin haben."

„Klingt ja fabelhaft!" sagte ich und ergriff ihre Hand.

„Vor allem klingt es gemütlich." Sie lächelte. Nach kurzem Schweigen fragte ich so beiläufig wie möglich: „Ist für uns auch oben etwas bestellt?"

Sie nickte und fügte hinzu: „Für alle Fälle."

Ich überlegte, weshalb ich nicht so triumphierte, wie ich es hätte tun sollen. „Was für Fälle?"

„Für den Fall, wir schneien ein", sagte sie und drückte meine Hand.

Die Bedienung brachte Marcies Saft und meinen Wein. Die Wärme des Kamins und des Weins feuerten mich an. Das war der Moment, Aufklärung zu verlangen.

„Sagen Sie, Marcie, es würde mich interessieren, unter welchem Namen Sie an Ihren verschiedenen Aufenthaltsorten absteigen. Zum Beispiel in Cleveland."

„Ich wohnte dort nicht im Hotel", antwortete sie beiläufig.

Oho! „Marcie, verschweigen Sie mir etwas?"

Längeres Schweigen. Dann nickte sie.

Ich hatte also recht gehabt. Deckte sie nun endlich die Karten auf?

„Nun?" fragte ich.

Sie langte über den Tisch und ergriff meine Hand. „Ich weiß, ich bin Ihren Fragen ausgewichen. Aber ich werde mich schon noch dazu durchringen."

Was sollte das heißen? Ihre Hand ruhte noch immer auf der meinen.

„Marcie", fragte ich beharrlich, „was folgern Sie daraus, wenn eine Dame Ihnen weder ihre Adresse noch ihre Telefonnummer gibt? Wenn sie inkognito verreist und sich inkognito an unbekannten Orten aufhält? Wenn sie ihren Beruf verheimlicht, ja sogar jedem Gespräch darüber ausweicht?"

„Welchen Schluß ziehen Sie denn daraus?" fragte sie.

„Daß Sie mit jemandem zusammen leben", sagte ich. „Oder daß Sie verheiratet sind. Oder er."

Sie lächelte ein wenig nervös.

„Oliver, ich bin nicht der Typ."

„Schön, was für ein Typ sind Sie dann?"

„Ich weiß es nicht", sagte sie. „Etwas unsicher."

„Ein launisches Luder sind Sie!"

„Oliver, seien Sie nicht so ein Ekel! Eine nette und nicht ganz unattraktive Frau wirft sich Ihnen an den Hals, und anstatt wie ein normaler Mann zu reagieren, spielen Sie den Großinquisitor!"

Das Wort „normal" traf mich wie ein Hieb.

„Wenn's Ihnen nicht gefällt, Marcie, dann hören wir eben auf."

„Ich war mir nicht bewußt, daß etwas angefangen hatte. Aber wenn Sie plötzlich das Bedürfnis haben, Gericht zu halten oder zu predigen – oder Mönch zu werden, dann *gehen Sie!"*

„Mit Vergnügen!" Ich stand auf. „Adieu."

„Adieu", sagte sie und scheuchte mich weg wie ein lästiges Insekt. Aber ich ließ mich nicht vertreiben.

„Hören Sie – so ein Flegel bin ich auch wieder nicht, daß ich Sie hier allein in der Wildnis lasse."

„Spielen Sie nicht den Kavalier. Ich habe auch einen Wagen hier."

Ich sah schon wieder rot. Ertappte ich sie doch bei einer neuen Lüge! „Gerade haben Sie behauptet, Sie seien noch nie hier gewesen, Marcie – und wie kam dann Ihr Wagen hierher? Durch Fernsteuerung?"

„Oliver", sagte sie zornbebend, „das geht Sie einen Dreck an. Aber um Ihnen auf die Sprünge zu helfen, Sie Paranoiker: Ein Mann, der mit mir arbeitet, hat ihn hier abgestellt. Ich muß nämlich morgen in Hartford sein, egal wie unser Rendezvous heute abend ausgeht. Und jetzt hauen Sie endlich ab!" Ich wußte nicht, was ich tun sollte. Ich hatte das Gefühl, wir sollten aufhören, uns anzuschreien und – ich sollte mich wieder setzen.

Aber wir hatten einander nun so oft zum Teufel geschickt, daß mir nichts anderes übrigblieb, als zu gehen.

Ein leichter Sommerregen fiel, als ich versuchte, die Wagentür aufzuschließen.

„He, können wir nicht rasch noch eine Runde drehen?" Marcie stand hinter mir und sah mich ernst an.

„Nein, Marcie. Wir sind schon genug im Kreis herumgefahren." Ich öffnete die Wagentür.

„Oliver, ich habe einen Grund. Sie haben mir nicht genug Zeit gelassen."

„Und Sie haben mir nicht genug Ehrlichkeit bewiesen."

„Rufen Sie mich an?" fragte sie leise, als ich einstieg.

„Sie haben wohl vergessen", erwiderte ich leicht ironisch, „daß ich

Ihre Nummer nicht habe. So was soll's ja geben!" Und ich donnerte mit Vollgas zum Hof hinaus und den Waldweg entlang. Und weiter nach New York City, um Miß Marcie Nash für immer zu vergessen.

6. Kapitel

„Wovor hatten Sie Angst?"

Das war Dr. Londons einziger Kommentar zu meinem Bericht.

„Ich habe mit keinem Wort gesagt, daß ich Angst hatte."

„Aber Sie sind davongelaufen. Was haben Sie empfunden?"

„Ich fühlte mich etwas unsicher . . . Und beklommen."

„Weshalb?"

Darauf konnte ich nicht sofort antworten. Ja, es war mir unmöglich, es auszusprechen! Ich hatte *tatsächlich* Angst. Ich hatte Angst, Marcie könnte antworten: „Oliver, ich hab' dich lieb." Das hätte mich wirklich aus den Angeln gehoben.

Zugegeben, Marcie war rätselhaft. Aber mochte sie auch einen Grund zum Lügen haben, ich hatte keinen. Ich konnte mir nicht weismachen, sie bedeute mir nichts. Weil sie mir nicht gleichgültig war, mußte sie mir etwas bedeuten.

Deshalb war ich in Panik geraten. Deshalb hatte ich die Flucht ergriffen. Daß Marcie mir etwas bedeutete, hielt ich für Verrat an dem einzigen Mädchen, das ich je geliebt hatte.

Aber wie lange sollte das noch so weitergehen? Immer auf der Hut zu sein vor menschlichen Empfindungen? Ich fiel von einem Dilemma ins andere.

Erstens: Wie konnte ich mit meinen Erinnerungen an Jenny fertigwerden?

Zweitens: Und wie sollte ich Marcie Nash finden?

Im Büro nervte ich Anita. Selbst wenn ich kurz vom Schreibtisch abgerufen wurde, überfiel ich sie bei der Rückkehr mit der Frage: „Hat jemand angerufen?"

Und ging sie zum Essen, bestellte ich mir ein Sandwich, um das Telefon nicht unbewacht zu lassen. Ich wollte Marcies Anruf auf keinen Fall versäumen. Aber sie rief nicht an.

Natürlich wartete ich nicht nur tatenlos auf einen Anruf. Ich spielte jeden Morgen um sechs Uhr Tennis im Gotham-Tennisclub, wo ich sofort Mitglied geworden war. Weit und breit kein bekanntes Gesicht. Und das Club-Büro verwies darauf, daß Angaben über die werten Mitglieder streng vertraulich behandelt würden.

Und jeden Nachmittag lief ich im Park. Gegen den Verkehr, damit ich die Gesichter besser sehen konnte. Ohne Erfolg.

Dafür quälte mich immer wieder der gleiche Alptraum. In meinen Träumen wiederholte sich der schreckliche Streit mit Jenny im ersten Jahr unserer Ehe. Sie wollte, daß ich mich mit meinem Vater aussöhnte. Noch heute leide ich darunter, daß ich sie anschrie. Verschreckt lief Jenny davon. Ich suchte sie in ganz Cambridge und konnte sie nirgends finden. Als ich schließlich verzweifelt nach Hause kam, saß sie auf den Stufen vor dem Haus.

Das alles wiederholte sich im Traum. Mit einer Ausnahme: Jenny kam nicht wieder. Ich kam ebenso verzweifelt nach Hause. *Aber da war keine Jenny.* Was bedeutete das?

Dr. Londons Meinung dazu war: Suchte ich nicht seit einiger Zeit wieder eine bestimmte Dame? Und war dieser Suche nicht auch ein Streit vorangegangen?

Ja, ich suchte nach Miß Marcie Nash. Aber was hatte Marcie mit Jenny zu tun? Natürlich gar nichts.

ZUM dreiwöchigen Jubiläum des Massakers von *Méchant Loup* beschloß ich, die Akte Marcie zu schließen. Marcie rief doch nicht mehr an. Und zur Feier dieses großen Augenblicks würde ich den Rest des Nachmittags blaumachen.

Ich war gerade zu Hause, da läutete das Telefon. Ich nahm den Hörer und knurrte: „Barrett ist nicht zu Hause!"

„Ah, bei Klienten im Weltraum?"

Marcie.

„Ich habe in Ihrem Büro angefragt, ob Sie schon eine Verabredung zum Essen haben", sagte sie mit ruhiger Stimme.

„Nein", antwortete ich. „Ich habe aber eigentlich schon Hunger."

Kurze Stille. „Das ist prächtig", sagte sie.

„Wo treffen wir uns?" fragte ich.

„Können Sie mich bei Binnendale abholen? In der Geschäftsleitung. Im obersten Stockwerk. Fragen Sie nur nach ..."

„Klar. Okay. Und wann?"

„Keine Eile. Wann Sie wollen. Ich warte." Wir hängten beide gleichzeitig auf.

Im Binnendale-Gebäude nahm ich den Lift bis zur obersten Etage, wo mich ein wahres Paradies empfing. Wie ein weiter, unberührter Sandstrand dehnte sich ein weicher Teppich unter meinen Füßen.

„Kann ich Ihnen behilflich sein, Sir?" fragte die Sekretärin.

„Äh ... ja. Ich heiße Barrett ..."

„Ich weiß Bescheid – gehen Sie bis zum Ende des Gangs." Nicht schlecht diese Ausstattung. Hier läßt sich's leben.

Ich passierte die Büros der Abteilungsleiter Verkauf, der Finanzen, des stellvertretenden Direktors. Schließlich mündete der Korridor in einen riesigen Vorraum. Dort saßen zwei Sekretärinnen. Während ich noch auf sie zuging, öffnete sich hinter ihnen die Doppeltür.

Da war sie.

Marcie sah mich an. Ich sah sie an. Ich wußte nicht, was ich sagen sollte.

„Treten Sie ein", sagte sie.

Ich folgte ihr in einen großen, elegant eingerichteten Raum.

Endlich sagte sie etwas. „Das waren drei scheußliche Wochen."

„Na ja", sagte ich, bemüht, mich zu entschuldigen, „ich war wohl ein wenig zu – voreilig!"

„Und ich tat ein wenig zu geheimnisvoll", sagte sie.

Doch nun war das Rätsel gelöst.

„Eigentlich arbeiten Sie gar nicht für Binnendale", sagte ich, „Binnendale arbeitet für Sie." Sie nickte. Beinahe verlegen.

„O Marcie, wenn Sie wüßten, *wie* gut ich Sie verstehe! Wenn man reich ist, plagt einen, sobald jemand Interesse zeigt, immer wieder der Zweifel: Liebt man mich oder meinen Zaster? Richtig?"

„So ungefähr", sagte sie.

Einer von uns mußte jetzt die Initiative ergreifen. Ich gab mir einen Ruck.

„Machen wir, daß wir hier rauskommen!"

Sie nickte, kramte einen Schlüssel aus ihrer Schreibtischschublade und warf ihn mir zu. „Unten steht's", sagte sie.

„Soll das heißen, daß ich ans Steuer darf?" Ich war angenehm überrascht.

„Ja, aber bitte vorsichtig, Oliver. Meine Karosse ist genauso empfindlich wie die Ihre."

7. Kapitel

Ich hatte vor einigen Jahren davon gelesen. Vom plötzlichen Tod des Firmengründers Walter Binnendale. Und daß er sein Elf-Städte-Königreich einer Tochter vermacht hatte, die damals noch lächerlich jung war. Die Presse glaubte zu wissen, das kleine Mädchen würde den Konzern so rasch wie möglich verkaufen und dann das Leben einer reichen Erbin führen. Statt dessen übernahm die Vierundzwanzigjährige Daddys Posten – und konnte bald die siebzehnte Filiale eröffnen.

Ich hatte hin und wieder im Wirtschaftsteil kurze Notizen über Binnendales Aufschwung gelesen. Wurde Marcie namentlich erwähnt, dann nur in ihrer Eigenschaft als Präsident. Nie war ein Bild von ihr zu sehen, nie berichteten die Boulevardblätter über ihr Privatleben. So anonym zu bleiben ist fast unmöglich, wenn man zu den Superreichen im Lande gehört. Und dazu noch blond und schön ist. Ich war deshalb auch nicht überrascht, als ich erfuhr, daß Marcie eine Agentur bezahlte, die sie vor der Presse abschirmte.

Diese und andere Einzelheiten erfuhr ich auf der Fahrt in ihrem weißen Mercedes, den ich nordwärts steuerte.

„Marcie, haben Sie sich je über meinen Familiennamen Gedanken gemacht?" fragte ich. Und dann dämmerte es ihr.

„Barrett – das Bankhaus? Die Textilfabriken? Sind Sie mit diesen Barretts verwandt?"

„Entfernt", sagte ich. „Mein Vater."

„Das wußte ich nicht", sagte sie leise.

Weiter ging die Fahrt durch das in der Dämmerung versinkende Neuengland. Erst in Vermont fanden wir eine besonders schöne Übernachtungsmöglichkeit: Uncle Abner's Cabins. An einem kleinen See mit dem schönen Namen Kenawaukee. 16 Dollar 50 pro Nacht einschließlich Brennholz. Zum Essen mußte man in den nächsten Schnellimbiß, der etwas entfernt lag. McDonald's.

Beim Essen tauschten wir Kindheitserinnerungen aus. Zuerst langweilte ich sie mit meinem Vaterkomplex. Sie nahm den Faden auf und spulte ihn weiter ab. Was immer sie in ihrem Leben getan hatte, war geschehen, um Big Daddys Aufmerksamkeit auf sich zu lenken.

„Oliver", sagte sie, „erzähl mir was Schreckliches aus deiner Vergangenheit."

Ich dachte angestrengt nach und beichtete schließlich: „Ich war Eishockeyspieler. Ein ziemlich gemeiner."

„Ist das wahr?" schoß Marcie zurück. „Einzelheiten, Oliver!"

Eine halbe Stunde später wollte sie immer noch Erlebnisse aus meiner Eishockeyzeit hören. Dann aber verschloß meine Hand sanft ihren Mund. „Morgen, Marcie", sagte ich.

Als ich zahlte, sagte sie: „Das war das schönste Essen meines Lebens, Oliver." Daß sie die Pommes frites oder den Eisbecher meinte war kaum anzunehmen. Dann gingen wir Hand in Hand zu Onkel Abner zurück. Und zündeten die Scheite im Kamin an. Und halfen einander, unsere Befangenheit zu überwinden.

Und schliefen dann ein. Einer in den Armen des anderen.

Marcie erwachte im Morgengrauen. Aber ich saß schon draußen am See und erwartete den Sonnenaufgang. In ihren Mantel gehüllt, das Haar zerzaust, ließ sie sich neben mir nieder und flüsterte: „Wie fühlst du dich?"

„Okay", antwortete ich und suchte ihre Hand. Aber ich wußte, daß meine Augen und meine Stimme eine Spur von Traurigkeit verrieten.

„Bist du – traurig, Oliver?"

Ich nickte.

„Weil du an – Jenny gedacht hast?"

„Nein", sagte ich und starrte auf den See hinaus. „Weil ich es nicht getan habe."

Wir fuhren in Vermont um 7 Uhr 45 ab, machten zweimal zum Tanken, Kaffeetrinken und Küssen Pause und hielten um 11 Uhr 30 vor ihrer barocken Festung. Ein Pförtner nahm den Wagen. Ich zog sie an mich. „Ich muß in mein Geschäft", sagte Marcie.

„Kein Problem. Ich stehe mit deinem Chef auf vertrautem Fuß. Laß uns reingehen."

„Mr. Barrett, Sie begeben sich jetzt unverzüglich in Ihr Büro, hüten das Recht oder tun sonstwas und melden sich zum Abendessen zurück. Um acht Uhr." Und schon war sie lächelnd hinter dem schmiedeeisernen Tor ihrer gewaltigen Burg verschwunden.

„Da kommt ja Mr. Romeo!" rief Anita im Büro.

Wer zum Teufel hatte ihr etwas geflüstert? „Auf Ihrem Pulli steht es doch! Auf keinen Fall sind Sie Mr. Barrett. Der ist immer schon bei Morgengrauen im Büro."

„Ich habe verschlafen", sagte ich und wollte in meine Zelle flüchten.

„Oliver, machen Sie sich auf was gefaßt."

„Ist was passiert?"

„Riechen Sie's nicht? Die Blumenkinder haben uns heimgesucht!"

Ich betrat den Raum, der gestern noch mein Büro war. Jetzt war er ein ganzes Treibhaus. Ein überschäumendes Blütenmeer.

„Jemand liebt Sie", sagte Anita und schnüffelte entzückt, als ich hastig den Umschlag auf dem Schreibtisch aufriß. *„Ich kenne Deine Lieblingsblumen nicht und wollte Dich nicht enttäuschen. Alles Liebe. M."*

„WAS empfinden Sie?"

„Doktor, ich bin im siebenten Himmel!"

Gewiß, das war trivial ausgedrückt. Aber ich war aufgeregt. Nach monatelanger Betäubung empfand ich endlich etwas, das einem menschlichen Gefühl glich.

„Doktor, wir *mögen* uns. Eine Beziehung bahnt sich an. Der Steinklotz erwacht zum Leben."

„Das sind Schlagzeilen." Dr. London blieb unbeeindruckt.

„Das ist das einzig Wesentliche", beharrte ich. „Merken Sie mir denn nicht an, wie wohl ich mich fühle?"

„Morgen um fünf" war alles, was er sagte.

Ich sprang auf und stürmte hinaus.

„HABEN wir uns nicht irgendwo mal kennengelernt?" sagte Marcie, als sie die Tür zu ihrem Appartement öffnete. Sie trug eines jener Seidengewänder, wie Frauen sie im Haus zu tragen pflegen ..., wenn sie die Königin von Saba sind.

„Laß mich nur reinkommen, dann wirst du mich noch viel besser kennenlernen", antwortete ich und küßte sie. Dann reichte ich ihr die Blumen. „Mehr konnte ich nicht auftreiben", sagte ich. „Ein Wahnsinniger hat alle Blumenläden leergekauft."

Marcie nahm mich beim Arm und führte mich herein.

Die Wohnung war so riesig, daß man Angst bekommen konnte. Die Möbel waren erlesen, nur gab es von allem viel zuviel. Vor allem zuviel Raum. Das Wohnzimmer war eine Art Kolosseum. Die Decke mindestens sechs Meter hoch. Riesige Fenster auf den Central Park hinaus.

„Klein, aber mein", witzelte Marcie.

„Du meine Güte, hier könnte man ja einen Tennisplatz anlegen!" rief ich.

„Wenn du mit mir spielst, tue ich es", antwortete sie.

Unsere Schritte hallten auf dem Parkett, und kurz darauf waren wir in der Bibliothek, wo unsere Drinks schon bereitstanden. Einige Gläser später war ich so in Fahrt, daß ich es wagte, mich über ihre Wohnung zu äußern. „Also Marcie, wie kann ein lebendiger Mensch wie du in einem solchen Mausoleum leben? Mein Elternhaus war auch groß, aber es gab einen Garten, in dem ich spielen konnte. Du hast düstere, muffige Räume."

Sie zuckte die Schultern. „Ich weiß, ich hätte die Wohnung nach dem Tod meines Vaters auflösen sollen. Aber weil ich jeden Morgen an dem Schreibtisch saß, an dem Vater gesessen hatte, zwang mich ein atavistischer Zug, auch jeden Abend in sein Zuhause zurückzukehren."

„Mochte es auch noch so unbescheiden sein", fügte ich hinzu. Dann stand ich auf, trat zu ihrem Sessel und küßte sie.

Kaum hatte ich sie berührt, erschien ein Gespenst. Genauer: eine alte Frau in schwarzem Kleid mit weißem Spitzenkragen und weißer Schürze. „Es ist angerichtet", sagte die Spukgestalt und löste sich in Wohlgefallen auf.

„Bist du hungrig, Oliver?"

„Bis wir die Cafeteria erreicht haben werden, bin ich's bestimmt."

Also machten wir uns auf den Weg. Wieder einen Gang entlang, durch eine Gemäldegalerie zum mahagonidunklen, kristallfunkelnden Eßzimmer.

„Um jeden Irrtum auszuschließen", erklärte Marcie, als wir uns an den riesigen Tisch setzten, „ich habe das Menü zwar zusammengestellt, aber in der Küche habe ich mich von meiner Köchin vertreten lassen. Ich bin keine Hausfrau, Oliver."

Das Dinner unterschied sich in jeder Hinsicht von dem des gestrigen Abends. Das Essen war natürlich ungleich besser, die Unterhaltung jedoch ungleich schleppender.

„Hm, köstlich, diese Vichyssoise! ... Ein Superbeef Wellington! ... Ah, ein 59er Château Margaux! ... Das Soufflé ist phantastisch!"

Soweit meine Lobeshymnen. Sonst kaute ich stumm vor mich hin.

„Du bist so still, Oliver."

„Diese kulinarischen Wunder verschlagen mir die Rede."

Sie spürte den Spott. „Es ist wohl zuviel des Guten, nicht wahr?" sagte sie.

„Soviel Aufwand war nicht nötig, Marcie. Mir ist egal, *was* wir essen. Wichtig ist nur, daß wir *zusammen* essen." Aber ich merkte, daß sie sich kritisiert fühlte. Was ja auch der Fall war. „Hör zu", sagte ich. „Verzeih, wenn ich dich gekränkt habe. Wenn meine Eltern so essen, dann finde ich das steinzeitlich. Bei dir ist es irgendwie ... elegant."

„Meinst du das wirklich so?"

„Nein", sagte ich ehrlich.

„Ich bin nicht gekränkt", sagte sie und war es ganz offensichtlich doch. „Ich wollte dir imponieren. So aufwendig habe ich erst zweimal seit Vaters Tod hier gegessen." (Der sechs Jahre zurücklag.)

Wir gingen in die Bibliothek, wo uns Kaffee erwartete.

„Hast du wirklich nur zwei Einladungen gegeben?" fragte ich.

Sie nickte. „Beide Male für Geschäftsfreunde."

„Wie steht es eigentlich um dein gesellschaftliches Leben?" fragte ich. „Wie verbringst du normalerweise deine New Yorker Abende?"

„Die sind schrecklich aufregend", sagte sie. „Ich fahre nach Hause, und wenn es noch hell ist, drehe ich meine Runden im Park. Dann geht's wieder an die Arbeit. Am Telefon nehme ich die Anrufe von der Westküste entgegen."

„Und was geschieht dann?"

„Dann mache ich Schluß und werde gesellig. Mit Ginger Ale und Sandwiches und Johnny."

„Johnny?" (Ich habe noch nie meine Eifersucht verbergen können.)

„Carson. Der Fernseh-Showmaster. Er ist ein witziger Tischherr."

„Oh", sagte ich erleichtert, „tust du denn nichts anderes als arbeiten?"

„Marshall McLuhan sagt: ‚Wenn ein Mensch seine Arbeit liebt, ist sie keine Mühe.'"

„Der spinnt, und du spinnst auch! Nein, Marcie, daß du deine Arbeit liebst, redest du dir ein. In Wirklichkeit versuchst du nur über all dieser ‚Arbeit' deine Einsamkeit zu vergessen!"

„Mein Gott, Oliver", sagte sie irgendwie verblüfft. „Wie kannst du jemanden, den du kaum kennst, so genau durchschauen?"

„Kann ich gar nicht", antwortete ich. „Ich sprach von mir."

SPÄTER mußte ich eine nüchterne Feststellung machen.

„He, Marcie, es ist halb zwölf."

„Hast du Zapfenstreich, Oliver?"

„O nein. Ich hab' aber auch sonst nichts. Du hast dich nicht kristallklar ausgedrückt. Und ich wollte nicht gleich mit dem Wochenendköfferchen aufkreuzen."

„Das war meine Absicht", gestand sie.

Sie stand auf und nahm mich bei der Hand. Wir gingen in ihr Zimmer. Auf dem Bett verstreut lagen mindestens ein Dutzend Seidenhemden. In meiner Größe. „Und wenn ich nun ein Jahr bleiben will?"

„So komisch es klingt, mein Freund – selbst wenn das deine Absicht wäre, hätte ich genug Hemden für dich."

„Marcie, ich hab' noch andere ... Absichten."

ALLZU schnell war der Morgen da. Ein Wagen rollte durchs Schlafzimmer. Von einem Dienstmädchen geschoben.

Die Fracht: Frühstück.

„Guter Gott, das ist ja wie im Hotel!" sagte ich zu Marcie, als wir frühstückten.

„Immer noch unzufrieden, Mr. Barrett?"

„Marcie", sagte ich, „das ist ein Ort für Paläontologen. In jeder Ecke schläft ein Dinosaurier."

Sie sah mich an.

„Im Grunde willst du das alles doch gar nicht", sagte ich.

„Ich will bei dir sein", antwortete sie.

„Okay", sagte ich. „Wir treffen uns um fünf im Central Park. Am Osteingang zum Reservoir."

„Was soll ich mitbringen?" fragte sie.

„Deine Spikes", antwortete ich.

Es WAR ein freier Fall aus zehntausend Meter Höhe. Ich war tief deprimiert.

„Ich halte es nicht aus", sagte ich zum Doktor. „Ich meine, mit Marcie läuft alles bestens. Es liegt an mir. Ich bin festgefahren. Ich komme nicht weiter. Sie in meine Wohnung zu bringen. Verstehen Sie mich?"

Am frühen Nachmittag war mein schwindelndes Glücksgefühl einer unaussprechlichen Trauer gewichen. Ich hatte schon wieder unüberlegt gehandelt. Warum wollte ich schon jetzt, daß Marcie aus ihrem Haus auszog? „Vielleicht machte ich von Marcie nur ganz egoistisch Gebrauch – um die Leere zu füllen. Oder liegt es immer noch an Jenny? Jemanden in meine Wohnung zu lassen, in mein Bett!"

Mein „Zuhause" – das ist für mich noch immer der Ort, wo ich mit Jenny lebe. Und ist es nicht paradox? Ehemänner lieben es angeblich, sich vorzustellen, sie wären noch ledig. Ich muß wohl verrückt sein. Ich ertappe mich immer wieder bei dem Tagtraum, ich wäre verheiratet. Ich würde also immer entweder die eine Frau betrügen – oder die andere.

Dr. London unterbrach diesen Gedankengang. „Gibt es denn nur ein Entweder-Oder?" fragte er. „Gibt es für Ihren Konflikt keine andere Erklärung?"

„Und die wäre?" Ich wußte es wirklich nicht.

„Daß Sie sie mögen", meinte Dr. London.

„Welche?" fragte ich. „Sie haben keinen Namen genannt."

Als ich sie wiedersah, verflogen einige Bedenken. Sie war schön. Ich hatte ganz vergessen, wie schön sie war.

„Ich schlage vor, wir gehen zu mir", sagte ich leichthin, als wir uns in Trab setzten, „... und wir machen uns was zu essen. Nur wir zwei."

„In Ordnung", antwortete sie, „aber, Oliver, wer übernimmt das Kochen?"

Auf dem Weg zu meiner Wohnung hielten wir deshalb bei einem chinesischen Restaurant, das auch über die Straße verkaufte.

Wir setzten uns auf den Fußboden des Wohnzimmers und aßen. Ich plauderte so lässig, wie meine Verkrampftheit es zuließ. In diesem Augenblick hätte ich nicht sagen können, ob ich glücklich war oder traurig, ich wußte nur, *daß* ich etwas empfand.

Plötzlich rasselte das Telefon.

„Soll ich abnehmen, Oliver?" fragte Marcie.

„Wenn du willst."

Achselzuckend tat sie es. „Guten Abend – ja, die Nummer stimmt. Richtig. Er ist – wer *ich* bin? Das tut doch wohl nichts zur Sache!" Ich erhob mich und griff nach dem Hörer. „Ja? Wer ist denn da?"

„Ehre sei Gott in der Höhe!" ertönte Phil Cavilleris Stimme am anderen Ende der Leitung.

„Ach – Phil!"

„Ist sie nett?"

„Wen meinst du, Philip?" erwiderte ich eisig.

„Sie. Die Puppe, die gerade am Apparat war."

„Das war meine Raumkosmetikerin."

„Um zehn Uhr nachts? Na, mach schon – sag's schon. Mag sie dich? Kannst's vergessen. Bestimmt mag sie dich. Bist ein prima Kerl. Und wenn sie es noch nicht weiß, kann ich ihr telefonisch auf die Sprünge helfen. Hol sie mal ran!"

„Phil, ich bin beschäftigt."

„Oliver, ich weiß, daß ich störe. Deshalb nur noch eine kurze Frage: Wann wird geheiratet?" Er hängte geräuschvoll ein. Ich glaubte sein Lachen von Cranston herüber zu hören.

„Wer war das?" fragte Marcie. Doch ich war überzeugt, daß sie es erraten hatte. „Er scheint dich sehr gern zu haben."

Ich sah sie an, dankbar für ihr Verständnis. „Ja. Beruht auf Gegenseitigkeit."

Marcie ergriff meine Hand. „Ich weiß, wie du dich fühlst, Oliver", sagte sie. „Alles was an Jenny erinnert, quält dich noch immer."

Ich konnte ihr in keinem Punkt widersprechen.

„Soll ich gehen?" fragte sie. „Ich könnte es wirklich gut verstehen, wenn du jetzt ja sagst."

Ohne nachzudenken – denn *nur so* ging es – verneinte ich.

8. Kapitel

VERSTEHEN Sie mich recht: Es ist nicht so, daß wir „zusammen leben".

Trotzdem war es ein aufregender Sommer.

Gewiß, wir essen, schwatzen, lachen (und streiten) miteinander, wir schlafen zusammen unter einem Dach (d. h. in meinem Souterrain). Aber keiner von uns betrachtet das als endgültige Lösung. Oder gar als Verpflichtung. Ich glaube, wir haben da etwas ganz Kostbares, eine Art ... Freundschaft. Und daß sie nicht platonisch ist, macht sie ganz besonders ungewöhnlich.

Marcie hat ihre Sachen in der Burg. Post und telefonische Mitteilungen holt sie ab, wenn sie dort die Kleider wechselt. Zum Glück bringt sie manchmal auch Essen mit, das ihre Angestellten, die jetzt wenig zu tun haben, für sie bereitstellen. Wir verzehren es am Couchtisch und palavern über die Nachrichten vom Tage. Wie wird Lyndon B. Johnson einmal vor der Geschichte dastehen? Mondlandungen. Ted Kennedy und seine bei Chappaquiddick ertrunkene Sekretärin. Jackie Onassis.

Manchmal bin ich in Washington. Dann holt sie mich mit ihrem Wagen vom La-Guardia-Flughafen ab. Aber meist habe ich Zubringer- und Abholdienst.

Durch ihren Beruf ist sie viel auf Reisen. Die Filialen wollen regelmäßig besucht sein. Und das heißt: mindestens eine Woche Ostküste, eine halbe Woche Cleveland, Cincinnati und Chicago. Dazu natürlich die Rundreise im Westen: Denver, Los Angeles, San Francisco.

Zugegeben, ich fühle mich einsam, wenn sie nicht da ist. Besonders im Sommer, wenn Liebespaare den Park bevölkern. Das Telefon ist ein dürftiger Ersatz. Nach den Begriffen der Medien sind wir ein modernes Paar. Er ist berufstätig. Sie ist berufstätig. Sie achten einander. Kinder wollen sie vermutlich nicht. Ich hätte eigentlich gern einmal Kinder. Und ich halte die Institution der Ehe nicht für veraltet. Aber Marcie hat nie für Ehe und Mutterschaft plädiert. Sie scheint mit dem, was wir haben, zufrieden zu sein.

Über das alles sprechen wir nie, wenn wir zusammen sind. Wir sind viel zu beschäftigt. Wir machen unseren Dauerlauf. Wir spielen oft Tennis. Wir gehen häufig ins Kino und ins Theater. Wir beide hassen Partys; wir wachen eifersüchtig über unsere Zweisamkeit und sind gern allein. Dennoch kommen wir manchmal mit Freunden zusammen. Als wir zum ersten Mal ausgingen, verabredeten wir uns mit Steve und Gwen Simpson bei Giamatti's in Greenwich Village. Nun ist es mit Marcie in Gesellschaft nicht ganz einfach. In ihrer Gegenwart kommt keine richtige Unterhaltung zustande. Vor allem: Sie ist nicht zu übersehen. Nehmen wir zum Beispiel Steve, einen normalen, glücklich verheirateten Mann. Er starrt nicht gerade, aber er bekommt große Augen. Seine Frau ist also a priori Marcie gegenüber voreingenommen. Die nächste Hürde kommt beim Vorstellen. Der Name Binnendale läßt auch den Blasiertesten aufhorchen.

Marcie ist der Situation natürlich gewachsen. Ihre Taktik ist es, die Konversation zu übernehmen; schließlich spricht nur noch sie. Sie löchert Steve mit Fragen über Neurologie. Und offenbart Kenntnisse auf diesem Gebiet, die über die eines Laien hinausgehen.

Als sie erfährt, daß Gwen in der Dalton School Geschichtsunterricht gibt, verbreitet sie sich über die Zustände an den Privatschulen in New York City. Gwen bemerkt, daß Marcie über alle Vorgänge im akademischen Leben New Yorks Bescheid weiß. Marcie erklärt, daß sie auf ihren Flügen eine Menge Zeitschriften liest.

Ich bin meist still dabei und leide. Vor allem für Marcie. Wer bemerkt schon das häßliche Entlein unter dem Schwanengefieder? Wie können Steve und Gwen ahnen, daß sie nur aus innerer Unsicherheit so aufdreht? Ich verstehe es.

„Was zum Teufel stimmt mit Marcie eigentlich nicht?“ fragte mich Steve einige Tage später.

„Wie meinst du das? Was mit ihr nicht stimmt? *Alles* stimmt bei ihr.“

„Das ist es ja gerade“, sagte er. „Sie ist so verdammt vollkommen.“

Was stimmt mit mir nicht?

Gerade hat man mich wieder in die Gemeinschaft der Menschen aufgenommen. Meine Seele blüht auf. Ich sollte jauchzen. Weshalb bin ich dann nicht so glücklich, wie ich es laut Tabelle sein sollte? Das war jetzt natürlich das Gesprächsthema Nummer eins bei Dr. London.

„Es ist keine Depression, Doktor. Ich fühle mich riesig. Aber Marcie und ich ..., wir beide reden nicht miteinander.“

Ja, das sagte ich. Quasselten wir nicht – wie unsere Telefonrechnungen bewiesen – nächtelang über die Strippe? Ja, aber dabei *sagten* wir uns eigentlich nicht so viel. „Ich bin so glücklich, Oliver“ – das ist keine Kommunikation. Das ist nur eine Feststellung.

Natürlich könnte ich mich täuschen. Was weiß ich schon von menschlichen Beziehungen? Ich war ja nur verheiratet gewesen. Und Vergleiche mit Jenny scheinen mir nicht angebracht. Ich weiß nur, daß wir beide sehr verliebt waren. Das Komische dabei ist, daß Jenny und ich sehr viel weniger gemeinsam hatten. An Sport war sie leidenschaftlich uninteressiert. Verfolgte ich die Footballspiele im Fernsehen, saß sie in der anderen Ecke des Zimmers und las.

Ich brachte ihr das Schwimmen bei. Das Autofahren konnte ich ihr nie beibringen. Ist das Zusammenleben von Mann und Frau etwa eine Folge von Erziehungsversuchen? Genau. Das ist es. Womit ich jedoch nicht Schwimmen oder Autofahren meine. Ich meine, daß man im fortschreitenden Meinungsaustausch mit dem Partner sich selber kennenlernt. Bevor wir von Jennys Krankheit wußten, hatte sie manchmal Alpträume. Dann weckte sie mich tief verängstigt: „Oliver, wenn ich nun kein Kind haben kann, hättest du mich dann trotzdem noch lieb?“

Ihre aufrichtige Frage ließ mich erkennen, daß ich kein Held war. Daß ich in der Tat nicht so weit war, Kinderlosigkeit abgeklärt und tapfer hinzunehmen. Ich sagte ihr, daß *sie* mir dabei helfen müsse.

Weil wir uns unsere Zweifel eingestanden hatten, kannten wir einander nun viel besser.

Bei Marcie und mir gab es solche Unterhaltungen nicht. Gewiß, sie sagte mir schon, daß sie sich niedergeschlagen fühlt oder nervös ist. Das Seltsame an unseren Gesprächen ist, daß wir zwar die richtigen Worte finden – aber sie gehen uns allzu leicht über die Lippen.

Ich hoffe dennoch, daß sie mich eines Tages wirklich *brauchen* wird. Daß sie mich vielleicht aufwecken und fragen wird: „Wenn ich nun kein Kind haben kann, hättest du mich dann trotzdem noch lieb?"

Ich gebe offen zu, es freut mich, wenn man mich zu „wichtigen Fällen" holt. Für diesen November-Samstag war zu einer großen „Schluß-mit-dem-Krieg"-Demonstration in Washington aufgerufen worden. Die Organisatoren hatten mich gebeten, ihnen bei den Verhandlungen mit den Burschen vom Justizministerium behilflich zu sein. Marcie absolvierte diese Woche gerade ihre Rundreise im Westen. Nachdem ich sie am Flughafen verabschiedet hatte, nahm ich die Maschine nach Washington. Unsere Telefonrechnungen waren horrend. Marcie wurde allabendlich über die Ausschreitungen und Gewalttätigkeiten, die dem Marsch vorausgingen, auf dem laufenden gehalten. Am Samstag schlenderte ich zur Markuskirche hinüber, dem Treffpunkt für alle. In einem Café erklärten einige Ärzte einer Gruppe von freiwilligen Helfern, wie man sich beim Einsatz von Tränengas zu verhalten habe. Eine Ärztin sah genau aus wie Joanna Stein.

„Hallo", sagte sie. „Wie nett, Sie hier zu treffen."

Ich überlegte, ob ich mich entschuldigen sollte, weil ich nie zurückgerufen hatte. „Sie sehen müde aus, Jo", sagte ich.

„Sind Sie allein?" wollte sie wissen.

Was meinte sie damit?

„Ich hoffe, ich bin einer von einer halben Million", antwortete ich. Und glaubte, mich damit geschickt aus der Schlinge gezogen zu haben.

„Allerdings", sagte sie. Dann fügte sie hinzu: „Marschieren Sie bei einer bestimmten Gruppe?" In dem deutlichen Bemühen, Zeit zu gewinnen, ließ sie sich ihre Hoffnung anmerken, daß ich doch noch mehr Interesse zeigen würde.

„Na klar, Jo", sagte ich. „Meine Kumpels warten draußen in der Kälte auf mich ..." Zögernd wandte ich mich zum Gehen.

„Klar. Lassen Sie sich nur nicht aufhalten. Viel Spaß."

„Grüßen Sie mir all die Musiknarren", rief ich ihr zu.

„Die würden Sie sehr gern wiedersehen, Oliver. Kommen Sie doch mal am Sonntag vorbei.“

Nun war ich schon einige Meter von ihr entfernt. Ich drehte mich wie zufällig um und sah sie jetzt bei einer Frau und zwei Männern stehen. War einer ihr Freund?

Das geht dich einen Dreck an, Oliver

9. Kapitel

TRADITION ist in meiner Familie der Ersatz für Liebe. Wir überschütten einander nicht mit Zärtlichkeit. Statt dessen erscheinen wir zu den Stammeszeremonien und beweisen damit unsere Zusammengehörigkeit. Der jährlichen Festlichkeiten sind vier: Weihnachten, Ostern und natürlich Thanksgiving; dazu das herbstliche Ritual: das heilige Wochenende. Mit anderen Worten: das Spiel. Das strahlende Harvard gegen Yale.

Mein Vater nahm mich schon als Kind zu jedem Spiel mit zum Soldier's Field. Er erklärte alles bis ins letzte Detail. Schon als Zehnjähriger wußte ich über die ausgefallensten Zeichen der Schiedsrichter Bescheid. Außerdem lernte ich, wie man die Sportler anfeuert. Mein Vater schrie niemals. Spielten die Roten gut, murmelte er mehr zu sich selbst: „braver Bursche“, „gut gemacht“. Und wenn wir verloren, lautete sein Kommentar: „Schade!“

Wird in Cambridge gespielt, essen wir im „Locke-Ober's“, einem altehrwürdigen Bostoner Speise-Etablissement. Findet die Schlacht in New Haven statt, bevorzugte Vater „Kaysey's“ – weniger Patina, besseres Essen. Dort saßen wir auch diesmal, nachdem wir erlebt hatten, daß unsere Alma mater ein 7:0 einstecken mußte. Das Spiel war ohne Schwung gewesen und gab nicht viel Gesprächsstoff her.

„Wie steht es mit dir?“ fragte mein Vater.

„Wie immer“, antwortete ich. (Zugegeben, ich machte ihm unsere Unterhaltung nicht gerade leicht, und ich war fest entschlossen, nicht über Marcie zu reden.)

„Gehst du . . . manchmal aus?“

„Manchmal“, sagte ich.

„Das ist gut“, antwortete er. Ich merkte, daß mein Vater sich unbehaglich fühlte. „Oliver“, fuhr er fort, „ich möchte mit dir über die Zukunft der Familie sprechen.“

Kaum waren die Worte gefallen, schaltete ich ab. Genau die gleiche Predigt hatte ich bei genau dem gleichen Anlaß schon einmal gehört. Letztes Jahr hatten wir nach dem Spiel das Bostoner Lieblingslokal aufgesucht. Vater parkte damals vor seinem Büro in der State Street, dem Sitz des einzigen Unternehmens, das unseren Namen sichtbar führt: „Barrett, Ward und Seymour, Inc., Investmentbank".

Er deutete zu den unbeleuchteten Fenstern hinauf und bemerkte: „Ist es abends nicht schrecklich still hier?"

„In deinem Privatbüro ist es immer still", antwortete ich.

„Das Zentrum des Hurrikans, mein Sohn. Aber ich liebe es so."

Natürlich meinte er nicht das Geld und nicht die bloße Macht. Was er liebte, war die Verantwortung. Für die Webereien, aus denen die Firma hervorging, für die Firma selbst und natürlich für die Familie. „Ich werde im März vierundsechzig", hatte mein Vater an jenem Abend in Boston gesagt, „und laut Partnerschaftsvertrag muß ich mit achtundsechzig zurücktreten. Wir sollten wirklich über meine Nachfolge sprechen, Oliver."

„Mr. Seymour", schlug ich vor.

„Seymour und seiner Familie gehören zwölf Prozent der Anteile", sagte mein Vater. „Und Ward hält zehn Prozent. Der Rest gehört uns . . ., und einmal wird er dir gehören." Sein letzter Satz war ein Hilferuf. „Denk darüber nach."

Obwohl ich nickte, wußte ich, daß ich nicht eine Sekunde darüber nachdenken würde. Heute, einen November später, war die Frage noch immer offen.

„Vater, ich bin Anwalt. Ich bin Verpflichtungen eingegangen."

„Das verstehe ich. Aber wenn du deine Tätigkeit nach Boston verlegst, brauchst du deine sozialen Anliegen ja nicht gänzlich zu vernachlässigen."

„Vater, ich weiß dein Angebot zu schätzen. Aber ich bin . . . ich habe eigentlich . . . ich verspüre nicht die geringste Neigung dazu."

„Ich verstehe", sagte Vater und unterließ die übliche Bitte, ich solle nochmals darüber nachdenken. „Ich bin enttäuscht, aber ich habe verstanden."

„Oliver, wie sicher bist du dir?"

„Ganz sicher, Marcie."

Als ich aus New Haven zurückkam, erwartete sie mich, appetitlich wie ein Soufflé, das gerade aus dem Ofen kommt. Kaum glaublich, daß sie den ganzen Tag geflogen war, von der Westküste bis zur Ostküste. Obwohl ich in meinem Bericht die Unterhaltung mit meinem Vater nur am Rande erwähnte, erweckte sie sofort ihr Interesse. „Du hast kurzerhand abgelehnt?"

„Ja, kurz entschlossen. Du hättest an meiner Stelle den verdammten Laden übernommen, nicht wahr? Im Grunde hast du es ja auch getan."

„Aber aus Trotz", gestand Marcie. „Ich wollte mir eine Menge beweisen."

„Ich auch. Und genau deshalb habe ich abgelehnt."

„Und du willst wirklich ... nun, daß der Familienbesitz in fremde Hände übergeht?"

„Ein feiner Familienbesitz – Amerikas erster Ausbeuterbetrieb!"

„Oliver, die Zeiten sind vorbei. Heute verdient ein organisierter Arbeiter phantastische ..."

„Das steht nicht zur Debatte."

„Und denk mal daran, wieviel Gutes deine Familie getan hat!"

„Ich möchte nicht darüber sprechen, verstehst du?"

„Weshalb nicht? Du bist ein Kindskopf. Du benimmst dich wie einer von diesen jungen Radikalen!"

Warum nur wollte sie mich unbedingt diesem verdammten Establishment in die Arme treiben?

Plötzlich läutete das Telefon. Marcie nahm ab. „Für dich", sagte sie und reichte mir den Hörer.

„Ist ja großartig! Sie ist immer noch da!" sagte Phil Cavilleri begeistert.

„Kontrollierst du mich?" Ich mußte lächeln.

„Wann werden die Hochzeitsglocken denn läuten?"

„Du erfährst es als erster, Phil. Rufst du etwa an, um Propaganda für die Ehe zu machen, oder hast du mir sonst noch was mitzuteilen?"

„Ja. Wegen unserem Thanksgiving-Vögelchen."

„Oh." Nächste Woche war ja Feiertag. Und mir fiel ein, daß Philip Familienfeiern verabscheute. „Schön, dann kannst du ja zu uns kommen ..." Ich sah Marcie an, die zustimmend nickte. „Marcie möchte dich kennenlernen."

„Okay. Soll ich was mitbringen?"

„Das wäre großartig."

Marcie gestikulierte heftig im Hintergrund: Wer übernimmt das Kochen?

„Äh – Phil, eins wollte ich noch fragen. Weißt du, wie man einen Truthahn brät?"

„Wie einen Gockel", sagte er. „Bist du ganz sicher, daß sie nichts dagegen hat? Manche Damen mögen es gar nicht, wenn sich ein Mann an ihren Kochherd drängt."

„Marcie ist da sehr großzügig", sagte ich.

„Das ist ja prima. Muß ja ein Prachtstück sein. Marcie heißt sie? Oliver – meinst du, sie wird mich mögen?"

„Bestimmt."

„Dann hol mich um halb elf am Zug ab. Okay?"

„Okay." Wir legten auf. Ich sah Marcie an.

„Glaubst du denn, daß er mich nett findet?" fragte sie.

„Keine Angst."

„Moment mal, Oliver", sagte sie. „Erwartet man dich nicht in Ipswich?"

Sie hatte recht. „Ich rufe an und sage, daß ich wegen der Verhandlung in Sachen Schulaufsicht am Montag nicht von hier loskomme."

Auch Marcie mußte umdisponieren. „Ich sollte in Chicago sein, aber ich fliege zum Festessen herüber und nehme dann die letzte Maschine zurück."

„Sehr schön. Das wird Phil zu schätzen wissen."

Phil Cavilleri gab die ganze Woche ein Vermögen für telefonische Anfragen aus. „Mag sie Walnüsse in der Füllung?"

„Sie ist noch im Büro, Phil."

„Kannst du mir ihre Nummer geben?"

„Phil, da fällt mir gerade ein: Sie ist ganz wild auf Walnüsse."

In den darauffolgenden Tagen konferierten wir telefonisch über Pilze, Kürbisse und über die Vorzüge von Preiselbeeren (Gelee oder Kompott). Marcies wichtige Entscheidungen waren natürlich sämtlich meine Erfindung. Es war die Woche, in der sie nach Cincinnati, Cleveland und Chicago mußte.

Am Morgen des Thanksgiving Day weckte mich ein Truthahn. Philip Cavilleri schwenkte ihn, als ich die Haustür öffnete. Er hatte im letzten Moment beschlossen, den *allerersten* Zug zu nehmen, um für gründliche Festvorbereitungen genügend Zeit zu haben.

„He, wo steckt sie?" fragte Philip, kaum daß er seine Ladung Köstlichkeiten abgestellt hatte.

„Phil, sie wohnt nicht hier, und außerdem ist sie geschäftlich in Chicago."

Er war beeindruckt. Und schon folgte die Frage: „Sie weiß doch hoffentlich, was sie an dir hat, Oliver?"

Himmel, hörte er denn nie auf? „Los, Phil, an die Arbeit."

Ich putzte. Er kochte. Ich deckte den Tisch. Um zwölf war alles für das Bankett bereit. Nur der Truthahn nicht, der bis halb fünf in seinem Saft brutzeln mußte. Marcies Flugzeug sollte um halb vier auf dem La-Guardia-Flughafen landen, und wir würden uns bequem um fünf zu Tisch setzen können. Phil und ich verschlangen während der Wartezeit die Footballsendungen im Fernsehen. Kurz nach zwei läutete das Telefon. „Oliver? Ich bin am Flughafen. In Chicago. Ich kann nicht kommen."

„Ist was passiert?"

„Hier nicht. Aber in der Filiale in Denver kriselt es. Ich fliege in zwanzig Minuten hin. Heute abend erkläre ich dir alles."

„Kann ich helfen?" fragte ich.

„Ja ... Bitte, erklär es Philip. Sag ihm, es täte mir wirklich sehr leid."

„Okay. Aber einfach wird das nicht sein."

Minipause. Die viel länger gewesen wäre, hätte sie nicht zu ihrem Flugzeug gemußt. „He, bist du etwa sauer?"

„Nur enttäuscht, Marcie. Weißt du, wir – ach, schon gut."

„Bitte, sag mir was Liebes, Oliver."

„Hoffentlich serviert man dir Truthahn im Flugzeug."

Mein Fest mit Phil hatte auch etwas Tröstliches. Wir waren zusammen, nur wir zwei. Das Essen war köstlich. Nur an meinen Gedanken hatte ich schwer zu kauen.

„Was fühlen Sie?"

Was ich fühle, Dr. London?

„Ärger. Wut. Sauer bin ich. Wir sind auf dem besten Weg, eine Beziehung herzustellen. Zumindest versuchen wir es. Aber wie sollen wir herausfinden, ob wir wirklich zueinander passen, wenn wir nie zusammen sind? Hören Sie, es ist ein wirkliches Problem. Bei der Filiale in Denver kriselt es im Management. Marcie mußte hin. Sie führt ein Unternehmen. Damit muß ich mich abfinden. Ich beklage mich nicht. Schön, ich tu's natürlich. Ich sollte eigentlich *dort* sein und ihr zur Seite stehen. Ein bißchen persönliche Unterstützung.

Ich weiß doch, was es *mir* bedeuten würde. Und wenn ich's täte, wüßte ich doch wenigstens genau ... Andererseits soll ich am Montag vor Gericht in der Schulaufsichtssache auftreten."

Ich schwieg, um alle Vor- und Nachteile abzuwägen.

„Okay, ich könnte Barry Pollack den Fall übergeben. Er weiß sowieso besser darüber Bescheid als ich. Natürlich, er ist noch sehr jung. Sie könnten ihn einschüchtern. Aber, verdammt, Marcie ist noch wichtiger! Und vielleicht könnte ich – einmal im Leben – an jemand andern denken und nicht nur an mich. Ich fliege nach Denver, ja?"

Dr. London überlegte einen Augenblick und antwortete dann: „Wenn nicht, sehen wir uns Montag um fünf."

10. Kapitel

KAUM waren wir um neun Uhr abends in Denver gelandet, da ergriff ich mein Köfferchen und nahm ein Taxi zu Marcies Hotel. Von den vielen Telefongesprächen kannte ich die Nummer ihrer Suite. Ich ließ mein Gepäck beim Empfang und begann meinen Dauerlauf zum siebenten Stock. Ich hatte mich nicht übers Haustelefon angemeldet. Sie wußte nichts von meinem Kommen.

Ich klopfte. Ein Mann erschien. Ich muß sagen, ein sehr gut aussehender Mann. „Kann ich Ihnen behilflich sein?"

Wer war das? „Ich möchte Marcie sprechen", antwortete ich.

„Ich fürchte, sie ist gerade beschäftigt. Erwartet Miß Binnendale Sie?"

„Was ist los, Jeremy?" ertönte von drinnen eine weibliche Stimme.

„Nichts, Marcie. Ein Irrtum."

„Ich bin kein Irrtum, Jeremy", sagte ich. „Ich bin ein Wunschkind." Entweder meine Schlagfertigkeit oder mein drohender Tonfall bewirkte, daß Jeremy einen Schritt zurücktrat und mich hineinließ.

Der Salon war mit grauem Flanell ausgeschlagen – ich meine: der ganze Raum war voll von Geschäftsleuten. Jeder neben einem Aschenbecher. Sie pafften nervös oder kauten vertrocknete Sandwiches. Hinter einem Schreibtisch, ohne Zigarette, ohne Sandwich, saß Marcie Binnendale. Ich hatte sie in flagranti ertappt! Bei der ... Arbeit.

Sie lächelte. Freilich ohne mir dabei um den Hals zu fallen, wie ich es mir während des Flugs ausgemalt hatte. „Entschuldigen Sie mich bitte einen Augenblick", sagte sie zu ihrer Kompanie von Managern.

Wir gingen in den Vorraum. Ich ergriff ihre Hand. Mehr zu ergreifen verwehrte sie mir sanft. „Sag mal – was willst du hier?"

„Ich dachte, du hättest einen Freund nötig. Ich bleibe hier, bis du alles in Ordnung gebracht hast."

„Und dein Prozeß?"

„Du bist mir wichtiger." Und ich packte sie um die Taille.

„Bist du verrückt?" flüsterte sie, alles andere als empört.

„Ja. Verrückt nach dir."

„Aber, mein Lieber", sagte sie, „ich bin in einer Sitzung."

„Laß dir Zeit, und wenn du fertig bist, findest du mich in meinem Zimmer."

„Das kann noch eine Ewigkeit dauern ..."

„Dann warte ich eine Ewigkeit."

Das hörte Marcie gern. „Okay, mein Freund."

Sie küßte mich auf die Wange. Und kehrte zu ihrer Arbeit zurück.

Es WAR nach Mitternacht, als Marcie an meine Türe klopfte. Sie trat ein. Ließ sich aufs Bett fallen. Und blickte mich aus müden Augen an. „Du großer, romantischer Spinner. Du hast diesen wichtigen Fall sausen lassen?"

„Es gab Prioritäten", antwortete ich. „Ich sah dich in der Patsche sitzen und dachte mir, du brauchst jemanden – der bei dir ist."

„Das ist lieb. Etwas verrückt, aber schrecklich lieb."

Ich legte mich neben sie aufs Bett und nahm sie in die Arme. In etwa fünfzehn Sekunden waren wir beide eingeschlafen. Ich träumte: Marcie flüsterte: „Oliver, wir verbringen den Tag zusammen. Nur wir zwei." Als ich erwachte, war mein Traum wahr geworden.

Da stand Marcie, in voller Winterausrüstung. In der Hand hielt sie einen Skianzug in meiner Größe. „Los, komm", sagte sie. „Jetzt geht's in die Berge."

„Und was wird aus deiner Sitzung?"

„Die halte ich mit *dir*."

„Marcie, was ist denn in dich gefahren?"

„Prioritäten." Sie lächelte.

WIR kampierten in der unendlichen Weite des Rocky-Mountain-Parks. Das lauteste Geräusch war das Knirschen des Schnees unter unseren Füßen. Unberührtes Weiß ringsumher – wie eine riesige Hochzeitstorte der Natur.

Marcie verstand vielleicht nichts von Gasherden, aber mit Brennspiritus konnte sie fabelhaft umgehen. Wir hatten ein Festmahl aus Suppe, Sandwiches und Kaffee. „Marcie", sagte ich und meinte es halb im Ernst, „an dir ist eine Köchin verlorengegangen."

„Aber nur in der Wildnis ..." Sie sah sich glückstrahlend um. „Ich wollte, wir könnten hier bleiben", sagte sie.

„Weshalb bleiben wir denn nicht?" gab ich zurück. Ich sagte es ganz ernst. „Marcie, wir könnten hier bleiben, bis die Gletscher schmelzen. Oder bis es uns einfällt, an einem Strand Treibgut zu suchen oder im Kanu den Amazonas hinunterzufahren. Es ist mein voller Ernst."

Sie zögerte. „Willst du mich nur prüfen, oder meinst du das wirklich?" fragte sie.

„Beides. Mich könnte man dazu bringen, aus der Tretmühle auszusteigen. Dich nicht? Es gibt nur wenige Menschen, denen die Wahl freisteht, so wie uns ..."

„Hör auf, Barrett", protestierte sie. „Du bist der ehrgeizigste Mensch, dem ich je begegnet bin. Außer mir."

Ich lächelte. „Okay. Das stimmt. Aber in letzter Zeit habe ich mir manchmal gedacht, daß ich lieber meinen Kindern das Schlittschuhlaufen beibrächte."

„Wirklich?" Sie fragte nicht im Spaß. Sie war ehrlich überrascht.

„Natürlich nur, wenn sie Lust dazu haben", fügte ich hinzu. „Könnte dir etwas Freude machen, das nichts mit Wettbewerb zu tun hat?"

Sie überlegte einen Augenblick.

„Es wäre bestimmt eine völlig neue Erfahrung", antwortete sie.

„Was glaubst du, würde dich *jetzt* glücklich machen?"

„Ein Kerl", sagte sie. „Einer, der mich durchschaut. Der begreift, daß ich im Grunde – gar nicht immer der Boß sein will."

Ich schwieg. Die Berge um uns verharrten in Schweigen.

„Du", sagte sie schließlich.

„Da bin ich froh", antwortete ich.

„Was machen wir jetzt, Oliver?"

Ich holte tief Atem. „Verkauf den Konzern."

Sie hätte um ein Haar den Kaffeebecher fallen lassen. „Wie bitte?"

„Ach, Marcie, ein Konzernchef ist unentwegt auf Trab. Fürs Geschäft mag das gut sein. Aber menschliche Beziehungen verlangen genau das Gegenteil: viel Zeit und wenig Unruhe."

Marcie antwortete nicht. Also dozierte ich weiter. „Wir finden in jeder Stadt, die dir gefällt, einen einträglichen Beraterposten für dich. Und mein Winkeladvokatendasein kann ich überall fristen. Dann würde es uns beiden vielleicht gelingen, Wurzeln zu schlagen. Vielleicht würden uns auch noch andere Kleinigkeiten gelingen."

„Du träumst", lachte Marcie.

„Und du bist immer noch viel zu verliebt in deine eigene Macht", antwortete ich.

„He", sagte sie, „du hast mich geprüft."

„Habe ich", antwortete ich. „Und du hast nicht bestanden."

Marcie sah mich an. „Aber wirst du weiter zu mir halten ...?"

„Einmal muß doch der Schnee schmelzen", sagte ich.

Dann standen wir auf und gingen untergehakt zum Wagen zurück. Und fuhren nach Denver. Wo überhaupt kein Schnee lag.

Als wir in New York ankamen, war es Mittwochabend. Die Schlange an der Taxihaltestelle war endlos, aber schließlich waren wir an der Reihe. „Wie wär's mit fünf-null-vier 86ste?" schlug Marcie dem Fahrer überraschend vor.

„Wer wohnt denn da?" fragte ich.

„Wir." Sie lächelte und flüsterte mir zu, sie würde es mir während der Fahrt erklären. Ich war, gelinde gesagt, überrascht. Marcie hatte für uns eine Wohnung gesucht, die weder ihr noch mir, nicht einmal uns gehörte. Die vielmehr neutrales Territorium war.

Kein Zweifel, die Wohnung war fabelhaft. Das soll heißen, sie sah genauso aus wie die vollendeten Mustereinrichtungen in Binnendales Möbelabteilung.

Marcie führte mich durch das Wohnzimmer, durch die mit allen Schikanen ausgestattete Küche („Ich mache einen Kochkurs, Oliver"), durch ihr zukünftiges Büro, durch das überdimensionale Schlafzimmer und zuletzt – die große Überraschung – in *mein* Büro.

In der Tat. Wir hatten getrennte Räume für die berufstätige Dame und für den berufstätigen Herrn. Meiner strotzte vor dunklem Leder. Regale aus Chrom und Glas warteten auf meine juristische Handbücherei. Ausgetüftelte Beleuchtung. Einfach alles.

„Nun?" fragte Marcie, die spürbar meinem Jubelschrei entgegenfieberte.

„Unwirklich", sagte ich. Und fragte mich, weshalb mir war, als stünden wir auf einer Bühne und deklamierten aus einem Rollenbuch, das sie geschrieben hatte. Und weshalb mich das störte.

„WAS fühlen Sie?" fragte mich Dr. London heute wieder einmal.

„Es verletzt nicht mein Ego, Doktor. Es ist die Art und Weise, in der sie ihr Leben und meines in die Hand nimmt. Jenny hat gebrauchte Möbel gekauft, ein knarzendes Bett und einen wackeligen Tisch – *alles* zusammen für siebenundneunzig Dollar! Unsere einzigen Tischgäste waren die Küchenschaben. Aber wir waren *glücklich*. Und ich hab' das alles eigentlich kaum gemerkt. Doch – als ein Bein vom Bett abbrach, merkte ich es. Weil wir drinlagen. Und wir haben darüber gelacht." Wieder eine Pause. Oliver, was sagst du da?

Ich glaube, ich sage, daß ich Marcies neues Appartement nicht mag.

GEWISS, mein brandneues Büro *ist* ein Ausstellungsobjekt. Aber wenn ich nachdenken muß, gehe ich wieder in mein altes Souterrain. Wo ich auch noch immer die Bücher stehen habe. Und wohin ich mich noch immer zurückziehe, wenn Marcie verreist ist. Und weil der Weihnachts-Countdown angefangen hat, ist Marcie spürbar oft fort. Im Augenblick in Chicago. Und ich habe ein Problem.

Gott – in seiner Eigenschaft als oberster Richter des himmlischen Gerichtshofs – hat folgendes Gesetz bestätigt:

Du sollst Weihnachten zu Hause sein!

Aber, wo bin ich zu Hause? (Natürlich da, wo das Herz ist.) Aber wo ist mein Herz?

Ipswich, Massachusetts, wo meine Eltern leben, erhebt Anspruch darauf, mein Heim zu sein. Marcie Binnendale, mit der ich lebe, sofern sie in greifbarer Nähe ist, plädiert für einen Gabentisch in der 86sten Straße. Ich wäre gern dort, wo ich mich nicht allein fühle. Spüre aber, daß beide Möglichkeiten nur halbe Lösungen sind.

Moment mal! Für halbe Lösungen gibt es doch einen Präzedenzfall. Ich glaube, der Richter war König Salomon. Sein weiser Urteilsspruch sollte mir Rat bringen.

Weihnachten mit Marcie. Aber in Ipswich, Massachusetts.

Trallallallala!

„DAS ist Marcie Nash, Mutter."

„Wir haben uns sehr darauf gefreut, Sie kennenzulernen", sagte meine Mutter.

„Ich habe Ihnen für die Einladung zu danken."

Da standen sich zwei wohlerzogene Damen mit gekünsteltem Lächeln gegenüber und tauschten gesellschaftliche Platitüden aus. Vater erschien, und wieder lief die gleiche Platte ab. Dann zog sich Marcie nach oben ins Gästezimmer zurück, um sich ein wenig frisch zu machen. Mutter, Vater und ich saßen herum. Wir erkundigten uns gegenseitig nach unserem Befinden und stellten fest, daß es uns gutging. Was natürlich gut zu wissen war. Ob Marcie („Reizendes Mädchen", meine Mutter) wohl zu erschöpft sei, um mit zum Christsingen zu kommen? Es sei draußen sehr kalt.

„Marcie ist zäh", antwortete ich. „Die singt auch im Schneesturm Weihnachtslieder."

„Und zwar am liebsten", sagte Marcie, die wieder hereingekommen war und nun das trug, was die neueste Skimode für St. Moritz vorschrieb. „Bei Sturm hört man wenigstens nicht, wie falsch ich singe."

„Das macht nichts, Marcie", sagte meine Mutter, die alles ein bißchen zu wörtlich nahm. „Es ist der *Esprit,* der zählt."

Mutter versäumte nie die Gelegenheit, ein französisches Wort anzubringen. Sie war zwei Jahre lang auf dem versnobten Smith College gewesen.

„Ein fabelhafter Anzug, Marcie", sagte Vater. Und ich bin überzeugt, er lobte den Schnitt, weil er die – Bauweise nicht verbarg.

„Er hält den Wind ab", sagte Marcie.

„Um diese Jahreszeit kann es *sehr* kalt sein", warf meine Mutter ein.

„Oliver hatte mich schon gewarnt", sagte Marcie.

Erstaunlich, welches Ausmaß an Leergeplauder sie vertrug. Ballabschlag mit Schaumgebäck.

Um halb acht trafen wir uns vor der Kirche mit etwa zwei Dutzend Vertretern der sogenannten Hautevolee von Ipswich. Unsere jüngste Sängerin war Amy Harris, fast fünf. Sie war die Tochter meines Schulfreundes Stuart, den meine Begleiterin kaltließ. Er war viel zu sehr in Klein Amy verliebt und in Sara, die mit dem zehn Monate alten Benjamin zu Hause geblieben war.

Plötzlich spürte ich ganz deutlich, wie mein Leben verging. Ich *fühlte* die Zeit verrinnen. Und das Herz tat mir weh.

Wir beendeten das althergebrachte Weihnachtssingen vor unserem Stammschloß, Dover House. Ich beobachtete meinen Vater und meine Mutter, die uns von drinnen zuschauten. Weshalb lächelten sie wohl? Weil ich neben Marcie stand? Oder hatte Klein Amy auch ihre Herzen erobert und nicht nur das meine?

Es gab für jeden einen steifen Grog, und bald darauf waren alle gegangen.

„Ich hab's ja so genossen, Oliver", sagte Marcie und ergriff meine Hand.

Ich glaube, meine Mutter bemerkte das und schien es gelassen hinzunehmen. Mein Vater mochte ein klein wenig neidisch sein.

Wir schmückten den Baum, und Marcie war voll Bewunderung für Mutters schönen Christbaumschmuck. Während sie Girlanden aus Popcorn und roten Beeren auf den Zweigen drapierten, sagte Marcie bewundernd: „Da hat sich wohl jemand die Finger dran wund gebunden!"

Vater fing den Ball geschickt auf.

„Meine Frau hat letzte Woche kaum etwas anderes getan."

„Ich bitte dich!" Mutter errötete.

Ich saß einfach da und dachte bei mir: Marcie macht sich bei den beiden lieb Kind. Um halb zwölf war der Baum geschmückt, die Geschenke lagen darunter, und mein perennierender Wollstrumpf hing neben einem neuen, auf alt getrimmten zweiten Strumpf, der für meinen Gast bestimmt war. Mutter gab das Zeichen zum Aufbruch, und wir begaben uns nach oben. Auf dem Treppenabsatz wünschten wir einander süße Träume voll Zuckerkringel und Honigkuchen. Mutter küßte mich auf die Wange, dann zogen sich Oliver Barrett III. und seine Gemahlin zurück.

„Ich schleiche mich in dein Zimmer", sagte ich zu Marcie.

„Bist du total verrückt? Deine Eltern wären entsetzt", sagte sie, streifte meine Lippen mit einem Kuß und verschwand.

Ich schlurfte traurig in mein altes Zimmer, das mit seinem aus meinen Knabenjahren stammenden Dekor (Wimpel und Gruppenfotos) wie ein Museum gehütet wurde. Ich legte mich ins Bett und fragte mich, was ich mir eigentlich von diesem Weihnachtsabend erwartet hatte.

GUTEN Morgen! Fröhliche Weihnachten! Und hier ist ein Päckchen für *dich!*

Mutter schenkte meinem Vater wieder einmal ein Sortiment Krawatten und feine Baumwolltaschentücher. Sie unterschieden sich kaum von denen des vergangenen Jahres. Aber das galt auch für das Negligé, das mein Vater meiner Mutter schenkte. Ich bekam ein halbes Dutzend Krawatten, wie sie die Verkäufer bei Brooks Brothers für junge Herren empfehlen. Marcie bekam Daphne du Mauriers neuesten Roman von Mutter.

Wie jedes Jahr hatte ich fünf Minuten auf meine Weihnachtsbesorgungen verwandt, und meine Gaben waren auch danach. Meine Mutter bekam ein paar Taschentücher, mein Vater weitere Krawatten und Marcie ein Buch: „*Freude am Kochen*".

Die Spannung (wenn man es so nennen kann) konzentrierte sich auf die Mitbringsel unseres Gastes. Zunächst fiel auf, daß Marcies Gaben nicht wie die unseren zu Hause, sondern in Kalifornien in landesüblicher Geschenkaufmachung (wo, weiß man ja) verpackt worden waren. Mutter bekam einen hellblauen Kaschmirschal. („Das hätten Sie aber nicht tun sollen.")

Für Vater war jene längliche Schachtel bestimmt, die sich als ein 1959er Château Haut-Brion entpuppte. „Was für ein köstlicher Tropfen", sagte er.

Ich bekam ein Paar Handschuhe. Sie waren elegant, und doch fand ich es ärgerlich, daß zwischen ihrem Geschenk und mir eine ganze Armeslänge Abstand sein sollte. Es war zu unpersönlich.

Der Gipfel oder – richtiger – der Tiefpunkt war Vaters Geschenk: der übliche Scheck.

Nach der Kirche gab es das Weihnachtsessen. Wir waren zu sechst. Zu den vieren, die sich heute morgen beim Frühstück getroffen hatten, kamen nun noch Geoff, ein Neffe meiner Mutter aus Virginia, und Tante Helen, die altjüngferliche Schwester meines Großvaters. Helen ist taub, und Geoffrey frißt, als hätte er einen Bandwurm. Die Unterhaltung brachte deshalb nichts wesentlich Neues. Wir priesen den gewaltigen Vogel. „Das müßt ihr Florence sagen, nicht mir", sagte meine Mutter bescheiden. „Sie hat schon im Morgengrauen mit den Vorbereitungen begonnen."

„Die Füllung ist einfach märchenhaft", flötete Marcie.

„Schließlich sind es Austern aus Ipswich", strahlte meine Mutter wie ein Schneekönig. Nach dem alljährlich wiederkehrenden Mince-Pie von Florence und dem anschließenden Kaffee im Salon war es drei Uhr nachmittags. Bis zur Abfahrt nach New York mußte ich ein klein wenig Zeit verstreichen lassen. Bis mein Kopf wieder klar war und mein Magen sich beruhigt hatte.

„Marcie, hätten Sie Lust zu einem kleinen Spaziergang?" fragte meine Mutter.

„Sehr gern, Mrs. Barrett." Und sie gingen.

„Ich ginge eigentlich auch gern an die frische Luft", sagte ich zu Vater. Während wir unsere Mäntel anzogen und uns in die winterliche Kälte begaben, war mir bewußt, daß *ich* ihn zu diesem Spaziergang aufgefordert hatte. Ich hätte Football vorschützen können. Aber nein, ich wollte mich unterhalten. Mit meinem Vater.

„Ein reizendes Mädchen", sagte mein Vater. Ungefragt.

„Danke, Vater", antwortete ich. „Das finde ich auch."

„Sie scheint dich zu mögen."

„Ich – kann sie gut leiden", sagte ich schließlich.

Mein Vater bedachte jedes meiner Worte. Meine *Aufgeschlossenheit* war ihm ungewohnt. Deshalb wagte er die Frage: „Ist es ernst?" Ich sah ihn an und antwortete ruhig und ehrlich: „Ich wollte, ich wüßte es."

„Gibt es da ... ein Problem?" wollte er wissen.

Ich sah ihn an und nickte stumm.

„Oliver, es ist keineswegs unnatürlich, daß du noch trauerst."

Vaters Einfühlungsvermögen überraschte mich.

„Nein, es ist nicht Jenny", antwortete ich. „Ich glaube, daß ich reif bin für ..." Warum erzähle ich *ihm* alles?

Nach einigen Minuten sagte er verständnisvoll: „Du sprachst von einem Problem?"

„Es ist ihre Familie", antwortete ich.

„Oh", sagte er. „Gibt es da – Widerstände?"

„Von *meiner* Seite", erwiderte ich. „Ihr Vater ... war Walter Binnendale."

„Ich verstehe."

Mit diesen schlichten Worten endete das vertrauteste Gespräch unseres Lebens.

„Habe ich ihnen gefallen?"

„Ich würde sagen, du hast sie im Sturm genommen."

Wir hatten die Autobahn von Massachusetts nach New York erreicht. Es war dunkel. Keine Seele war unterwegs.

„Freut es dich?" fragte sie.

„Du hast dich bei ihnen eingeschmeichelt."

„Was ist daran so schlimm?"

Ich verlor beinahe die Beherrschung. „Aber warum, verdammt noch mal? Warum?"

Schweigen. „Weil ich dich heiraten will", sagte sie.

Gott sei Dank saß sie am Steuer. Ihre Direktheit hatte etwas Verblüffendes. Aber sie nahm ja nie ein Blatt vor den Mund. „Dann versuch doch, dich bei *mir* einzuschmeicheln", sagte ich.

Eine Zeitlang war nur die Begleitmusik des Windes zu hören. Dann antwortete sie. „Gehen wir denn immer noch auf Freiersfüßen? Ich denke, das hätten wir längst hinter uns."

„Hm", brummte ich nichtssagend.

„Nun, wie weit sind wir eigentlich jetzt, Oliver?" wollte sie wissen.

„Etwa drei Stunden von New York entfernt", sagte ich.

„WAS hab' ich denn nur getan?"

Wir machten Kaffeepause in einem McDonald's. Mir lag auf der Zunge: Zu wenig. Aber ich war nicht in der Lage, eine vernünftige Antwort zu formulieren.

„Oliver, sprich dich aus, statt vor dich hinzubrüten."

„Okay", begann ich. „Wir waren eben erst zwei Wochen voneinander getrennt –"

„Ach, wir sind schon wieder bei meinen Reisen in den vergangenen Wochen?"

„Nein, das sind wir nicht. Ich spreche von den zehntausend kommenden Wochen."

„Oliver", sagte sie, „ich dachte, wir kommen deshalb so gut miteinander aus, weil jeder auch die beruflichen Verpflichtungen des anderen respektiert."

„Versuch doch mal, dich mit ‚beruflichen Verpflichtungen' zu trösten, wenn du um drei Uhr früh mutterseelenallein bist."

Sie berührte meine Hand. „Was erwartest du von einer Frau, Oliver?" Die Stimme war sanft.

„Liebe", antwortete ich.

„Mit anderen Worten, eine Zimmerlinde?"

„Mir würden schon ein paar Abende mehr in einer gemeinsamen Wohnung genügen." Ich wollte nicht, daß sie irgendwie auf die besondere Art meiner Ehe anspielte. Jenny hatte doch auch gearbeitet, du meine Güte.

„Ich dachte immer, wir wären ein glückliches Paar."

„Ja, solange wir *zusammen* sind. Aber, Marce, es handelt sich hier doch nicht um ein Warenlager, das durch telefonische Order wieder aufgefüllt werden kann." Die Ironie meiner kommerziellen Metaphern kam nicht an.

Sie sah müde und gereizt aus. „Oliver", sagte Marcie, „könnte es nicht sein, daß der Grund für deinen Mißmut darin liegt, daß ich ihnen *wirklich* gefallen habe? Und weil sie *keine* Freudenschreie ausstießen, als du ihnen Jenny ins Haus brachtest?"

„Nein", antwortete ich. Und verdrängte ihre Bemerkung auf den tiefsten Grund meines Bewußtseins.

DAS muß man Marcie lassen: sie ist eine Kämpfernatur.

„Kann ich dich zu etwas überreden, Oliver?"

„Und das wäre?" fragte ich etwas argwöhnisch.

„Wie wär's mit einer kleinen Reise? Im Februar. Ich muß nach Hongkong ..."

„Hongkong!" Ostasien! Bei diesem Köder biß ich sofort an. Ich grinste übers ganze Gesicht.

„Du freust dich also, mein Lieber!"

„Du hast doch gesagt, du mußt dort arbeiten", antwortete ich mißtrauisch.

„Ich muß mich dort sehen lassen. Das würde ich nicht Arbeit nennen. Außerdem feiern die Chinesen eine Woche vorher ihr Neujahrsfest; wir könnten für uns feiern. Und auf dem Rückflug in Hawaii unterbrechen."

„Hast du in Hawaii vielleicht auch Geschäfte?"

„Keine – außer Kokosnüsse sammeln."

Welch ein Neujahrsangebot! „Mir gefällt die Idee, Marcie. Besonders Hawaii. Einsame Strände ... Mondscheinpromenaden ..."

„Eine Art Flitterwochen", sagte sie.

Interessante Formulierung. Ich versuchte im Spiegel ihren Gesichtsausdruck zu erhaschen. Der Spiegel war beschlagen.

GENEHMIGT wurde mir der Urlaub nicht. Der Boß drängte ihn mir auf. Seit meinem Eintritt in die Firma hatte ich kaum einen Tag freigenommen. Noch während der Reisevorbereitungen (das Verkehrsamt von Hongkong überschwemmte seine Kunden mit Prospekten) belehrte ich Marcie beim Frühstück, beim Abendessen, beim Zähneputzen über Ostasien.

„Sag mir doch, an was du bei dem Wort ‚Hongkong' denkst?" fragte ich.

„An Orchideen", antwortete Marcie. „Dort gibt es *neunzig* verschiedene Arten."

„Marcie, ich werde dir von jeder Art eine kaufen."
„Ich nehm' dich beim Wort."
„Egal wobei – Hauptsache, du nimmst mich."

11. Kapitel

AN HONGKONG erinnere ich mich kaum noch. Nur, daß ich Marcie Binnendale dort zum letzten Mal sah.

Wir flogen am Dienstagmorgen in New York ab und unterbrachen nur einmal – in Fairbanks, Alaska –, um aufzutanken. Am frühen Mittwochabend (!) landeten wir in Tokio. Bis zum Weiterflug blieben uns vier Stunden Zeit. Ich war von zwanzig Stunden Flug so geschafft, daß ich ohne viel Umstände auf ein Sofa in der Lounge plumpste. Unterdessen konferierte Marcie mit einigen Leuten, die zu einer Besprechung aus der Stadt gekommen waren. Als wir weiterreisten, war ich in der Vorfreude auf die Lichter des Hafens von Hongkong zu aufgeregt, um schlafen zu können. Endlich, kurz vor Mitternacht, als wir zur Landung ansetzten, funkelten sie uns entgegen.

John Alexander Hsiang war zur Stelle, um uns zu empfangen. Man sah ihm an, daß er Marcies Nummer eins für alle Geschäfte in der Kronkolonie ist. Ende Dreißig, englischer Anzug, amerikanischer Akzent. Wir flogen in einem Hubschrauber vom Flugplatz über die Bucht von Hongkong nach Victoria, wo wir wohnten. Der Anblick war spektakulär. Wie ein Brillant lag die Stadt auf dem samtdunklen chinesischen Meer. Unsere Villa war üppiges Hollywood. Sie lag eine Meile oberhalb der Bucht. Der Blick vom Garten aus war unglaublich. Das Personal (eine *Amah* und zwei Hausboys) packte unsere Klamotten aus und hängte sie auf.

Marce und ich waren zu müde, um ins Bett zu gehen. Wir blieben einfach sitzen. Hausboy Nr. 1 brachte Wein und Orangensaft.

„Wem gehört dieses Vergnügungsetablissement?" fragte ich.

„Wir haben mit dem Eigentümer einen Jahresvertrag. Es kommen so viele Leute zu uns, daß eine eigene Absteige sich lohnt."

„Was machen wir morgen?" erkundigte ich mich.

„Nun, in etwa fünf Stunden werde ich mit dem Wagen abgeholt und in unser Büro gebracht. John steht dir zur Verfügung. Er kann dir die Stadt zeigen. Die Tiger-Gärten, die Märkte, vielleicht Shantin, das Kloster der zehntausend Buddhas."

„Du kennst dich aber wirklich aus."

„Ich war schon sehr oft hier", sagte sie.

„Allein?" Ich konnte meine Eifersucht nicht verbergen. Diese Reise sollte etwas ganz Einmaliges sein, das nur uns gehörte.

„Nicht nur allein", antwortete sie. „Schrecklich einsam. Das kommt von den Sonnenuntergängen."

Wie gut. Das gemeinsame Erleben eines Sonnenuntergangs war für sie etwas Neues. Das würde ich ihr beibringen. Morgen.

John fuhr mich am nächsten Morgen nach Kowloon, wo ich eine Kamera kaufte und für ein Spottgeld eine ganze fotografische Ausrüstung erstand.

„Wie machen die das nur, John?" fragte ich. „Japanische Fabrikate sind billiger als in Japan."

„Das ist das Geheimnis von Hongkong." Er lächelte.

Zuerst mußte ich mir die Blumenmärkte in ihrer Neujahrspracht ansehen, ein Feuerwerk von Chrysanthemen, Früchten und Masken aus Goldpapier. Ich kaufte einen großen Strauß für Marcie.

Dann zurück nach Victoria. Wir gingen durch die Cat Street, wo die Händler in rot ausgeschlagenen Buden einfach *alles* feilboten.

Ich aß ein hundertjähriges Ei, doch die Pilze und getrockneten Seepferdchen lockten mich nicht.

Dann zu den Weinhändlern, die ... marinierte Schlangen verkauften.

„Sie sind sehr bekömmlich", erklärte John. „Gift und Wein ergeben eine beliebte Mischung. Sie wirkt Wunder bei Rheumatismus."

„Ich werde mich bei Bedarf daran erinnern", sagte ich. „Aber für heute habe ich genug."

Und er fuhr mich zur Villa zurück. Eine halbe Stunde später fuhren Marcie und ich in einer Dschunke zu den „schwimmenden Restaurants" von Aberdeen. „Das ist ein Traum", sagte ich.

„Das ist erst der Anfang, Oliver", erwiderte Miß Binnendale. Bei sanftem Laternenschein aßen wir, und die Szenerie war so märchenhaft, daß unsere Worte einfach banal sein mußten. So wollte ich wissen, was sie den ganzen Tag über getan habe. Sie hatte mit sämtlichen Bürogewaltigen der Finanzbehörde zu Mittag gegessen. „Sie sind so komisch englisch", sagte Marcie.

„Schließlich ist das hier eine britische Kolonie."

Man brachte das Dessert. Und wir redeten von unseren „Ferien vom Ich". Nur noch zwei Tage, und es war soweit.

„John Hsiang ist ein höchst anregender Fremdenführer", sagte ich. „Aber den Mount Victoria besteige ich nur, wenn ich oben deine Hand halten darf."

„Weißt du was? Wir treffen uns morgen dort oben, um zusammen den Sonnenuntergang zu erleben."

Wie sollte ich den Tag bis zur Dämmerstunde auf dem Gipfel des Mount Victoria verbringen? Nun, zuerst sahen wir beim Schattenboxen zu. John kannte jede einzelne Bewegung. Dann schlug er eine Besichtigung der Jade-Sammlung in den Tiger-Gärten und ein *Dimsum*-Lunch vor. Siebenundfünfzig Kodacolor später tranken wir Tee.

„Was macht Marcie denn heute?" fragte ich.

„Sie trifft sich mit den Verwaltern der Fabriken", sagte er.

„Besitzen Binnendales Fabriken?"

„‚Besitzen' ist nicht das richtige Wort. Wir haben Exklusivverträge. Wir nennen das die ‚Hongkong-Masche'."

„Was verstehen Sie darunter?"

„Die Menschen. In den USA verdient ein Arbeiter pro Tag mehr als ein Mann in Hongkong pro Woche. Jugendliche bekommen sogar noch weniger. Das Endresultat: ein wunderschönes Kleidungsstück zum Bruchteil des amerikanischen oder europäischen Preises."

„Ich verstehe. Sehr geschickt."

„Wenn zum Beispiel", fuhr John fort, „zwei Männer den gleichen Job haben wollen, können sie sich im gegenseitigen Einvernehmen den Lohn teilen. Auf diese Weise finden beide Arbeit." Er beglich die Rechnung.

„Wie wär's mit einer Tour durch Marcies Unternehmen?" fragte ich.

„Okay", sagte er.

Unser erstes Ziel war eine Gegend in Kowloon, von der es bestimmt keine Ansichtskarte gibt. Übervölkert. Schmutzig. Fast ohne Sonne. „Erste Station", sagte John, nachdem wir den Wagen in einem Hof geparkt hatten. „Hemdenfabrikation."

Und plötzlich war ich ins 19. Jahrhundert zurückversetzt. Nach Fall River, Massachusetts. In Amos Barretts Fabriken.

Es war ein Ausbeuterbetrieb.

Eng und finster und stickig. Einige Dutzend Frauen saßen über Nähmaschinen gekrümmt und arbeiteten fieberhaft. Ein Aufseher eilte herbei, um uns zu begrüßen. Dann begann die Führung.

„Die Hemden, die hier gefertigt werden, sind erstklassig", bemerkte

John. „Sie sehen", sagte er und deutete auf ein weibliches Wesen, das rasch und geschickt Hemdärmel in eine Maschine schob, „phantastisch exakte Doppelnaht. Erste Qualität. So was bekommt man heute in den Staaten nicht mehr."

Ich schauderte. Leider hatte John ein schlechtes Beispiel gewählt. Ich meine nicht die Qualität der Arbeit, sondern die Arbeiterin.

„Wie alt ist das Mädchen?" fragte ich.

„Sie vierzehn", sagte der Aufseher.

„Das ist kompletter Unsinn, John", sagte ich. „Das Kind ist allenfalls zehn."

„Hören Sie", sagte John. „Sie leistet genausoviel wie eine Vierzehnjährige."

„Und was verdient sie? Sie sagten, ‚Jugendliche bekämen weniger'."

„Oliver", erwiderte John ungerührt, „sie bringt jeden Tag zehn Dollar nach Hause."

„Großartig", sagte ich. Und fügte hinzu: „Hongkong-Dollars. Das ist *ein Dollar und achtzig Cent* in US-Währung."

Ich brauchte frische Luft. „Wir wollen gehen."

Im Auto brachte ich das Gespräch aufs Wetter. „Im Sommer muß hier ja eine brutale Hitze herrschen", meinte ich.

„Sehr feucht", antwortete John.

„Wie der August in New York, was?"

„So ungefähr", sagte er.

„Ich habe da drin keine Klimaanlage gesehen", sagte ich.

„Wir sind in Asien, Oliver, nicht in Kalifornien. Die Erwartungen eines Arbeiters sind hier in Asien anders als bei Ihnen."

„Aber meinen Sie nicht, John, daß auch hier in Asien der Durchschnittsarbeiter erwartet, *satt* zu werden?"

Er antwortete nicht. „Sie geben also zu", fuhr ich fort, „daß man von einem Dollar achtzig nicht leben kann, oder?"

„Die Menschen hier arbeiten viel härter", sagte er im Brustton der Überzeugung. „Das junge Mädchen zum Beispiel, das Sie gesehen haben. Ihre ganze Familie arbeitet bei uns, und die Mutter näht für uns abends noch zusätzlich."

„Oh", sagte ich, „was man im Arbeitsrecht ‚Heimarbeit' nennt. Stimmt's? In den Staaten ist Heimarbeit gesetzlich verboten."

Er lächelte. „Sie kennen die hiesigen Gesetze nicht."

„Ach, hören Sie doch auf, Sie idiotischer Heuchler!"

Er trat so heftig auf die Bremse, daß der Wagen schleudernd zum

Stehen kam. „Ich brauche mich von Ihnen nicht beleidigen zu lassen“, sagte er.

„Sehr richtig“, antwortete ich und öffnete die Wagentür. Aber ehe ich mich davonmachte, sollte er noch meine Antwort zu *hören* bekommen. „Heimarbeit ist illegal“, sagte ich leise, „weil man damit die gewerkschaftlich festgesetzten Löhne umgehen kann. Wer so arbeiten muß, bekommt, was der Arbeitgeber zahlen will. Und das ist meistens Null.“

„Fertig mit Ihrem Vortrag, Mr. Liberal?“ erkundigte sich John. „Dann hören Sie jetzt einmal mir zu, damit Sie begreifen, wie die Dinge hier liegen. Hier treten die Leute der Gewerkschaft *nicht* bei, weil sie ihren Lohn teilen *wollen*, weil sie ihre Kinder arbeiten lassen *wollen* und weil sie hin und wieder Arbeit mit nach Hause nehmen *wollen*. Und das noch zur Information“, schloß John, „in der Kronkolonie gibt es keinen Mindestlohn. Und jetzt scheren Sie sich zum Teufel!“ Er schoß davon, noch bevor ich ihn darüber informieren konnte, daß ich bereits in der Hölle *war*.

FÜR das, was wir im Verlauf unseres Lebens tun, gibt es vielfältige und komplizierte Erklärungen. Reife, erwachsene Menschen sollten nach den Geboten der Logik leben und der Stimme der Vernunft folgen. Erst denken, dann handeln. Aber dann haben sie vielleicht nie gehört, was ich von Dr. London erfuhr. Freud hat einmal gesagt, wir sollten bei unwesentlichen Entscheidungen selbstverständlich die Vernunft sprechen lassen. Aber bei den wirklich bedeutsamen sollten wir der Stimme unseres Unterbewußtseins folgen.

MARCIE BINNENDALE stand knapp sechshundert Meter über der Bucht von Hongkong. Es dämmerte, und in der Stadt gingen die Lichter an.

Ein kalter Wind wehte ihr das Haar in die Stirn – auf eine Weise, die ich oft so schön gefunden hatte. „Sieh dir die vielen Lichter da unten an“, sagte sie. „Von hier aus können wir alles überschauen.“

Ich antwortete nicht.

„Soll ich dir das Interessanteste zeigen?“

„Ich hab' heute nachmittag genug gesehen. Mit John.“

„Oh“, sagte sie. Dann wurde ihr allmählich klar, daß ich ihr Willkommenslächeln nicht erwidert hatte. Ich sah zu ihr hinauf und dachte: Ist das die Frau, die ich fast . . . geliebt habe?

„Stimmt etwas nicht?“ fragte sie.

„Nichts stimmt", antwortete ich ruhig. „In deinen Ausbeuterbetrieben läßt du kleine Kinder für dich arbeiten."

Marcie zögerte einen Augenblick. „Das tun alle."

„Marcie, das ist keine Entschuldigung."

„Ich höre wohl nicht richtig", antwortete Marcie gelassen. „Mr. Barrett, der Textilkrösus aus Massachusetts!"

Darauf hatte ich gewartet. „Das gehört nicht hierher."

„Und ob! Ihr habt die Umstände genauso ausgenutzt, wie es die Industrie heute und hier tut."

„Vor hundert Jahren", sagte ich. „Da war ich nicht zur Stelle, um ihnen allen zu sagen, daß es mich anwidert."

„Du bist ganz schön scheinheilig", sagte sie. „Wer hat dich denn zum Weltverbesserer bestellt?"

„Bessern kann ich die Welt vielleicht nicht, Marcie. Aber dafür muß ich doch nicht alles und jedes mitmachen!"

„Oliver, die soziale Schau, die du da abziehst, ist doch nur ein Vorwand." Ich sah sie an, ohne zu antworten.

„Du willst Schluß machen. Und du suchst nach einer Ausrede. Würde ich *alles,* was ich besitze, für wohltätige Zwecke weggeben und als Lehrerin nach Afrika gehen, fändest du eine andere Ausrede."

Ich überlegte. Eins stand fest: ich mußte hier weg.

„Vielleicht", gab ich zu.

„Weshalb sagst du dann nicht einfach, daß du mich nicht magst?"

„Doch. Ich mag dich, Marcie", sagte ich. „Ich kann nur nicht mit dir leben."

„Oliver", antwortete sie ruhig, „du kannst mit *niemandem* leben. Du hängst noch immer viel zu sehr an Jenny. Du *willst* gar keine neue Bindung eingehen."

Darauf konnte ich nichts erwidern.

„Ich kenne dich doch. Dein ganzes ‚soziales Engagement' ist nur ein Vorwand. Nur eine für die Umwelt akzeptable Entschuldigung weiterzutrauern."

„Du bist ein eiskaltes, herzloses Miststück."

Ich machte kehrt und ging.

„Oliver, warte doch!" Ich blieb stehen und sah mich um.

Da stand sie. Weinte. Fast lautlos. „Oliver – ich brauche dich. Und ich glaube, du brauchst mich auch", sagte sie. Einen Augenblick lang wußte ich nicht, was ich tun sollte. Ich spürte, wie hoffnungslos verlassen sie sich fühlte.

Aber das war ja das Problem. Mir ging es ebenso. Ich wandte mich um und ging die Straße hinunter. Ohne mich umzusehen. Es war Nacht geworden. Und ich wünschte, die Dunkelheit würde mich in sich aufnehmen.

12. Kapitel

„WAS meinen Sie, Doktor?"

„Ich glaube, Zitronen-Meringen-Torte."

Dr. Joanna Stein nahm den Teller mit dem Tortenstück von der Theke und stellte ihn auf ihr Tablett.

Zwei Wochen waren seit meiner Rückkehr vergangen. Die ersten Tage war ich nur müde gewesen, dann einige Tage lang wütend. Und danach, als sei ich wieder am Anfang angelangt, fühlte ich mich sehr einsam. Mit einem Unterschied. Vor zwei Jahren hatte mein Schmerz jedes andere Gefühl ausgelöscht. Heute wußte ich, daß ich menschliche Gesellschaft brauchte. Einen netten Menschen.

Joanna zeigte sich erfreut, daß ich sie anrief. Ich wollte sie zum Abendessen einladen. Sie schlug ein Mittagessen im Krankenhaus vor, und da waren wir also. Sie hatte mich mit einem Kuß auf die Wange begrüßt. Wir erkundigten uns nach dem gegenseitigen Befinden. Sie fragte, wie es mit meiner Arbeit als Anwalt stünde. Ich erzählte ihr einen Spiro-Agnew-Witz. Sie lachte. Wir verstanden uns gut.

Dann fragte ich nach ihrer ärztlichen Tätigkeit.

„Im Juni mache ich hier Gott sei Dank Schluß. Und dann geht es für zwei Jahre nach San Francisco. In eine Spezialklinik." San Francisco liegt, so überschlug ich rasch, einige tausend Meilen von New York City entfernt. Oliver, du schwerfälliger Kerl, jetzt mußt du am Ball bleiben!

„Kalifornien ist herrlich", sagte ich, um Zeit zu gewinnen. In meinem Veranstaltungskalender war fürs Wochenende Cranston eingetragen. Ob ich sie auffordern sollte mitzukommen? Mit Phil würde sie sich gut verstehen; und vielleicht ergäbe sich dann die Chance, einen Anfang zu machen.

„Es ist nicht nur Kalifornien", sagte Jo, „sondern auch ein Freund."

Oh. Ein Freund. Ein triftiger Grund. Das Leben geht auch ohne dich weiter, Oliver. Ich fragte mich, ob mir die Enttäuschung anzusehen war. „Ach, das freut mich", sagte ich. „Ein Arzt?"

„Klar." Sie lächelte. „Wen lernt man bei diesem Beruf sonst schon kennen?"

„Ist er musikalisch?" wollte ich wissen.

„Er kann einigermaßen mit der Oboe umgehen."

Aber offenbar glänzend mit Joanna.

Genug der eifersüchtigen Ausfragerei, Oliver. Jetzt gib dich unbeteiligt und wechsle das Thema. „Wie geht es König Louis?"

„Er ist verrückter denn je", antwortete sie. „Alle lassen grüßen und ausrichten, jeden Sonntag ..."

„Prima. Ich werde mich melden", log ich.

Drei Wochen später kam der Wendepunkt.

Vater war, wie er es seit Jahren angedroht hatte, tatsächlich fünfundsechzig geworden. In seinem Büro fand eine Feier statt.

Wegen Schneefalls verspätete sich mein Flugzeug um eine Stunde. Als ich erschien, hatten die meisten schon tief ins Punschglas geschaut. Jeder sagte, was Vater für ein prächtiger Bursche sei.

Ich begrüßte Vaters Partner und ihren Anhang. Mutter stand neben Vater und empfing die Abgesandten des ausgedehnten Barrett-Imperiums. Sogar ein Vertreter der Textilgewerkschaft war anwesend. Er fiel mir sofort auf. Jamie Francis war der einzige Gast, dessen Anzug nicht von Brooks Brothers stammte.

„Schade, daß Sie so spät dran sind", sagte Jamie. „Sie hätten mal meine Rede hören sollen! Sehen Sie sich das an: Alle Mitglieder haben was dazu beigesteuert." Er deutete auf den Konferenztisch, auf dem eine goldene Eternamatic-Tischuhr leuchtend 6.15 anzeigte.

„Ihr Vater ist ein guter Mann. Sie können auf ihn stolz sein", fuhr Jamie fort. „In den fünfziger Jahren, da sind die Unternehmer wie die Ratten vom sinkenden Schiff abgehauen und haben im Süden Fabriken gebaut. Die Arbeiter saßen auf dem trockenen. Aber Ihr Vater rief uns zusammen und sagte: ‚Wir machen weiter. Helft mir, damit wir konkurrenzfähig bleiben.'"

„Weiter", sagte ich.

„Wir verlangten neue Maschinen. Ich glaube, keine Bank wäre so blöd gewesen, ihm die zu finanzieren. Aber Mr. Barrett hat aufs richtige Pferd gesetzt. Drei Millionen, um unsere Arbeitsplätze zu sichern." Mein Vater hatte mir das nie erzählt. Aber ich hatte ihn ja auch nie danach gefragt.

„Jetzt steht er freilich erst recht unter Druck", meinte Jamie.

„Hongkong. Und Formosa. Und jetzt geht es auch in Süd-Korea los."

„Ja, Mr. Francis", antwortete ich. „Das ist eine böse Konkurrenz."

„Ihr Vater ist wirklich ein feiner Mann, Oliver. Nicht wie – verzeihen Sie – einige andere Barretts. Ich glaube sogar", meinte Jamie, „er hat sich gerade deshalb uns gegenüber so verdammt anständig benommen."

Ich blickte zu meinem Vater hinüber und sah ihn plötzlich mit völlig anderen Augen. Da stand einer, der ein Empfinden mit mir teilte, das ich nie bei ihm vermutet hatte. Doch im Gegensatz zu *mir* hatte er viel mehr getan als nur darüber geredet.

IM NOVEMBER schlug Harvard im Football Yale in Grund und Boden. Vierzehn zu zwölf.

„Das war schön", sagte Vater auf der Fahrt in die Bostoner City.

„Nicht nur schön – phantastisch!" antwortete ich.

Das sicherste Zeichen fürs Altwerden ist, daß es einem etwas *bedeutet,* wer das Harvard-Yale-Spiel gewinnt.

Vater parkte den Wagen in der Nähe der State Street auf seinem Einstellplatz. Dann gingen wir ins Restaurant, um mit Hummern zu feiern. Vater hatte nie nach dem Schicksal meiner Beziehung zu Marcie gefragt. Ebensowenig berührte er andere Themen, die er für tabu hielt. Deshalb tat ich den ersten Zug.

Als wir an den Büros von Barrett, Ward und Seymour vorüberkamen, sagte ich: „Vater, ich möchte mit dir über ... die Firma sprechen."

Es war kein plötzlicher Einfall. Es hatte seine Zeit gedauert, bis ich alles überdacht hatte. Anders als sonst, hatte ich seit Vaters Geburtstag vor mehr als einem halben Jahr Tag und Nacht darüber nachgedacht. Erstens ist New York nicht die Stadt, die einen von seiner Einsamkeit kuriert. Und was ich am meisten brauchte, war Zugehörigkeit. Zu irgend etwas.

Und vielleicht sah ich nicht nur meine Familie mit anderen Augen. Vielleicht wollte ich einfach heimkehren. Bis jetzt habe ich versucht, alles mögliche zu sein, nur um nicht erkennen zu müssen, wer ich bin. Und ich bin Oliver Barrett, der vierte dieses Namens.

Dezember 1976

ICH lebe jetzt fast fünf Jahre in Boston. Ich gestehe, daß ich den juristischen Betrieb zunächst sehr vermißt habe. Aber je mehr ich mich einarbeitete, desto deutlicher begriff ich, daß unsere Arbeit bei

Barrett, Ward und Seymour ebenfalls wichtig ist. Die Unternehmen, die wir flottmachen, schaffen neue Arbeitsplätze. Und darauf bin ich stolz. Das *Wall Street Journal* berichtet nicht über alle Unternehmen, die von uns finanziert werden. Zu den übergangenen gehört „Phil's Bake Shop" in Fort Lauderdale. Phil konnte die kalten grauen Winter in Cranston nicht mehr so recht vertragen; Florida war eine zu große Verlockung. Er ruft mich einmal im Monat an. Ich erkundige mich nach seinem Privatleben. Er weicht der Frage stets mit einem „die Zeit wird's weisen" aus. Und kommt dann schnell auf *mein* Privatleben zu sprechen.

Das recht munter ist. Ich wohne am Beacon Hill, dem legendären Tummelplatz unzähliger Harvard-Absolventen. Hier findet man leicht neue Freunde. Und natürlich bin ich noch mit all meinen alten Freunden in Verbindung. Die Simpsons haben ein Söhnchen, und Gwen erwartet Nummer zwei. Steve berichtet, daß Joanna Stein Martin Jaffe geheiratet hat, der nicht nur Oboist, sondern auch Augenarzt ist.

Einer knappen Notiz in *Time* entnahm ich, daß Miß Binnendale sich kürzlich wieder vermählt hat. Mit einem gewissen Preston Elder (37, Rechtsanwalt in Washington). Die Heiratsepidemie wird wohl auch mich befallen. In letzter Zeit sehe ich häufig eine entfernte Cousine, Annie Gilbert. Ob es was Ernstes ist, weiß ich noch nicht.

Den vielen Eishockeyfans, die für mich gestimmt haben, verdanke ich meinen Posten im Aufsichtskuratorium der Harvard-Universität. Er gibt mir einen guten Grund, nach Cambridge zu fahren und mir einzubilden, ich sei noch immer der, der ich nicht mehr bin.

Das Leben stellt also seine Forderungen. Die Tage sind ausgefüllt. Meine Arbeit macht mir viel Freude. Ja, als echter Barrett finde ich Befriedigung in meiner Verantwortung.

Ich bin noch immer in Form. Jeden Abend mache ich einen Dauerlauf den Charles River entlang.

Wenn ich fünf Meilen laufe, sehe ich die Lichter von Harvard am anderen Ufer. Und alle die Wege, die ich ging, als ich noch glücklich war. Ich laufe in der Dunkelheit zurück und denke dabei an die Vergangenheit. Nur so zum Zeitvertreib.

Manchmal frage ich mich, was wäre, wenn Jenny noch lebte.

Und antworte mir: Dann würdest auch du noch leben.

Erich Segal

Erich Segal schrieb *Oliver's Story* als Antwort auf Tausende Leserbriefe, die ihn nach seinem Welterfolg *Love Story* erreichten. Man wollte wissen, wie es mit Oliver nach dem Tod seiner jungen Frau weiterging.

„Eigentlich hatte ich Angst, überhaupt zu schreiben, die wissenschaftlichen Werke ausgenommen", bekennt der Autor, der hauptberuflich als Literaturprofessor tätig ist. „Die *Love Story* habe ich damals fast wie unter Zwang in dem kurzen Zeitraum von sechs Wochen niedergeschrieben. Doch um neuen Mut für *Oliver's Story* zu finden, mußten noch einmal fünf Jahre vergehen.

Ich wagte kaum, auf einen zweiten großen schriftstellerischen Erfolg zu hoffen. Es ist eigentlich genauso wie bei einer wirklich großen Liebe.

Und für Oliver war eben Jenny die große Liebe. Wahrscheinlich wird er später einmal Annie Gilbert heiraten oder ein anderes nettes Mädchen. Er wird Kompromisse schließen müssen – und wird deshalb nur jemanden zur Frau nehmen, der seine Erinnerung an Jenny nicht gefährdet. Eine Fortsetzung von *Oliver's Story* wird es nun nicht mehr geben."

Inzwischen schreibt Erich Segal ein wissenschaftliches Werk über Plautus, beschäftigt sich daneben aber auch mit einem neuen Roman.

Bekannt wurde Professor Segal aber nicht nur als Autor, sondern auch als Sportler, als Marathonläufer. Täglich trainiert er mindestens zehn Kilometer. „Das Laufen ist für mich ein echtes Bedürfnis", erzählt er.

Seit 1975 ist er mit Karen James, einer Kinderbuchlektorin glücklich verheiratet. Ob seine eigene Ehe denn eine Love Story mit Happy-End sei, wird er oft gefragt. Seine Antwort: „Aber ja! Siebenunddreißig Jahre habe ich mit dem Heiraten gewartet, es hat sich gelohnt! Jetzt erlebe ich meine eigene Love Story."

AM ENDE DER FLUT

EINE KURZFASSUNG DES BUCHES VON
CATHERINE MARCHANT

INS DEUTSCHE ÜBERTRAGEN VON
ULLA H. DE HERRERA

ILLUSTRATIONEN VON HECTOR GARRIDO

Kirsten MacGregor hat ihre Eltern auf grausame Weise verloren. Auf einer Reise durch Nordengland raffte die Cholera sie hinweg, und die kleine Kirsten blieb als Waise zurück.

Um wenigstens eine Bleibe zu haben, arbeitet sie für eine alte hartherzige Frau, die in ihrem Haus kranke Pflegekinder aufnimmt und grausam mißhandelt. Mit fünfzehn steht Kirsten nach einem furchtbaren Erlebnis mit einem Baby da.

Wo soll sie bleiben, wie soll sie das Kind versorgen? Was bleibt ihr übrig, als sich in dem Herrenhaus zu verdingen, obwohl sie weiß, daß ein unheilvolles Schicksal sie mit den Menschen in diesem Haus verbindet, obwohl sie weiß, daß ihre Zuneigung zum jungen Colum Flynn, dem stolzen Besitzer des Landes jenseits vom Fluß, sie in unausweichliches Verderben stürzen wird.

Hin und her gerissen von der Liebe und dem Haß zweier Familien, weiß Kirsten schließlich nicht mehr, wohin sie gehört.

1

Die Kinder Gottes – 1850

Sie rief: „Johnnie! Johnnie!“, dann sah sie sich ängstlich um, als ob der Klang ihrer eigenen Stimme sie erschreckt hätte. Sie blickte die schmale, mit Kopfsteinen gepflasterte Straße hinunter; eine Seite lag in tiefem Schatten; auf der anderen glänzten Dächer und Mauern bis hinunter zu den schmalen Fenstern in grellem Sonnenlicht. Hastig lief sie die Straße entlang und rief abermals: „Johnnie! Johnnie! Komm raus aus deinem Versteck!“ Ihre Stimme war kaum mehr als ein heiseres Flüstern, das selbst bei dem starken Wind nicht weit zu hören war.

Am Ende der Straße trat sie auf einen kleinen Platz hinaus und zögerte, als hätte sie Angst, ihn zu überqueren; sie wandte ihren Kopf schnell nach rechts, dann nach links und erblickte plötzlich einen kleinen Jungen, der aus einer Ladentür gestoßen wurde.

Sie lief zu dem Kind, packte es an den Schultern, schüttelte es und sagte: „Schon wieder hast du's getan; du machst so lange, bis sie uns umbringen. Komm!“ Sie griff nach seiner schmutzigen Hand und zog ihn so heftig hinter sich her, daß er mit seinen nackten Füßen einen Satz machen mußte, um nicht hinzufallen; und dann rannten sie beide auf die schattige Straße zu. Sie hatten sie schon fast erreicht, da traten zwei Männer aus einer engen Gasse. Der eine trug eine Fischreuse in der Hand, der andere hatte ein langes Netz über der Schulter hängen. Der Wind, der sich am Ende des Netzes verfing, wehte es dem Mädchen vor die Füße. Sie stolperte und hielt schützend die freie Hand vor sich; sie hob den Kopf und sah die beiden Männer an.

Sie standen regungslos, wie vor Schreck erstarrt; dann stieß der größere der beiden ein zorniges Gebrüll aus. „Hol dich der Teufel, du verhextes Schielauge! Wieder ein Fangtag verlorn. Ich hab dir doch gesagt, was das nächste Mal geschehn würde?“

Während er sich bückte, um einen Stein aufzuheben, schoß sie, das Kind hinter sich herziehend, davon, und als sie gerade die Einmündung der Straße erreicht hatte, flog der Stein knapp an ihrem Gesicht vorbei. Sie hastete vorwärts, und das Kind schrie: „Kirsten! Kirsten!“ Aber sie achtete nicht darauf.

Sie waren jetzt auf der langen Straße oberhalb des Strandes, und unter ihnen wiegten sich im Wind auf und ab tanzend die nicht ausgelaufenen Fischerboote. Auf den Booten und am Strand waren Menschen, und sie alle wandten sich um und blickten auf den Mann, der hinter ihr herlief; seine Schreie waren unverständlich, schienen aber nichtsdestoweniger ein Unglück anzukündigen. Und einen Tag Fischfang zu verlieren war in der Tat ein Unglück!

Sie sprangen die drei Stufen am Ende der Straße hinunter, und obwohl sie beide auf weichen Sand fielen, schrie der Junge auf, als sein Arm unter ihm wegknickte. Sie hob ihn auf und stand eine Weile schwer atmend da; dann rieb sie seinen nackten Arm und sagte keuchend: „Es tut mir leid, Johnnie, aber du hast's verdient. Man wird uns noch umbringen, wenn du das immer wieder machst.“ Sie sagte *uns,* meinte aber *mich.*

Jetzt endlich wagte sie es, den Kopf zu heben. Sie beschattete die Augen und blickte zum Kai hinüber, wo die Männer sich versammelten. Sie holte tief Luft, griff wieder nach der Hand des Jungen und ging eilig zum anderen Ende des Strandes, wo hinter einem vorspringenden Felsen eine Gruppe von Kindern in einer Höhle saß.

Die Kinder saßen da, wie sie sie zurückgelassen hatte: jedes mit einem Strick um die Taille. Die Enden waren an eine Schlinge geknotet, und diese war um einen morschen Holzpfahl gelegt, der früher einmal als Stütze für einen Landesteg gedient hatte. Sie protestierten nie gegen diese Einschränkung ihrer Bewegungsfreiheit, denn sie waren schwächlich und außerstande, weit zu gehen. Aber Johnnie hatte gerade, kräftige Beine; er liebte es umherzulaufen, und vor allem der Bonbonladen auf dem Platz übte eine unwiderstehliche Anziehungskraft auf ihn aus.

Jetzt schubste sie Johnnie zu den anderen Kindern. Er war müde und preßte den schmerzenden Arm an den Körper. Sie selbst setzte sich an den äußeren Rand des Kreises, den sie gebildet hatten, und legte die Hände vors Gesicht. Ma Bradley würde sie durchprügeln lassen. Am liebsten wäre sie sofort mit den Kindern zurückgekehrt, um die Sache hinter sich zu bringen, aber sie mußte noch weitere zwei Stunden bleiben, so lange, bis die Sonne im Meer versank. Heute war Hop Fullers Besuchstag, und wenn der Kesselflicker kam, mußten sie und die Kinder bei jedem Wetter das Haus verlassen. Hop Fuller und Ma Bradley hatten geheime Geschäfte miteinander.

Als das kleinste der Kinder zu weinen begann, nahm Kirsten es auf den Schoß, wiegte es in den Armen und murmelte: „Pst, Annie, pst!" Annie war zweieinhalb Jahre alt, und ihre Beine waren krumm. Sie konnte nicht laufen und würde es wohl auch nie können, denn sie hatte schwere Rachitis. Mary und Bob, beide fünf Jahre alt, und Ada, drei, hatten ebenfalls Rachitis, aber sie konnten einigermaßen gehen.

Mary blickte zu Kirsten auf und fragte leise: „Können wir nicht zurückgehn, Kirsten?" – sie sagte nicht, nach Hause gehn –, und Kirsten erwiderte: „Du weißt sehr gut, Mary, daß wir noch nicht hineindürfen. Sie würde uns das Fell gerben."

Mary sah nachdenklich in die Ferne. „Glaubst du, meine Ma wird mich jemals holn kommen, Kirsten?"

Kirsten schluckte, ehe sie antwortete: „Ja, Mary, natürlich. Sie ist wahrscheinlich aufgehalten worden; in manchen Häusern, wo man in Stellung ist, kann man nur einmal im Jahr, an Jahrmarktstagen und so, fortgehn." Mary nickte, als ob sie das einsähe.

Danach sprach niemand mehr; sie saßen schweigend da wie eine Gruppe von alten Männern und Frauen, die auf etwas warteten, und keiner wußte worauf.

Nachdem die Sonne ins Meer gesunken war und die lange Abenddämmerung begonnen hatte, näherten sie sich Ma Bradleys kleinem Haus; Kirsten trug Annie auf dem Arm, während die anderen hinter ihr herhoppelten. Sie waren gerade in den Weg zwischen den hohen Hecken eingebogen, da hörte Kirsten die Stimme des Mannes, der sie zwei Stunden zuvor in die Flucht gejagt hatte, und andere Stimmen, die laut und drohend aus dem Häuschen drangen.

Sie stand einen Augenblick wie angewurzelt da; dann nahm sie Annie unter den Arm und schob die Kinder hastig durch die Lücke in der Hecke in einen Graben, wo sie still saßen, bis die Männer, immer noch rufend und redend, dicht an ihnen vorbeikamen und die Straße hinunter in Richtung der Ortschaft gingen. Sie brachte die Kinder nicht wieder auf die Straße, sondern führte sie über ein Feld zu einer Steinmauer, die den Garten des armseligen Hauses einschloß. Hier wurde sie abermals zum Stehen gebracht, diesmal von Ma Bradleys Stimme, die sie aus der Hütte rief. Als sie zur Seite blickte, sah sie vier Paar Hände, die ihr hinter dem Schweinestall hervor Zeichen gaben. Sie setzte Annie zu den anderen und flüsterte: „Bleibt still sitzen.“ Dann schlich sie an der Mauer entlang zum Stall, duckte sich und fragte leise, in die vier schmutzigen Gesichter blikkend: „Was haben sie gesagt?“

Nellie, das größte Mädchen, zwölf Jahre alt, schob ihr spitzes Gesicht nach vorn und flüsterte: „Sie hat 'ne Mordswut auf dich, Kirsten.“ Und Millie, sieben Jahre alt, wimmerte: „Sie sagen, du mußt gehn, Kirsten; Joe Bennett und Peter Turnbull sagen, du hast den bösen Blick. Sie haben ihr bis morgen Zeit gegeben, dann wolln sie ihr das Haus überm Kopf anzünden.“

Die neunjährige Cissie und die gleichaltrige Peggy griffen nach Kirstens Hand, und ihre Augen flehten: Geh nicht, während Nellie gleichzeitig sagte: „Sie meinen es diesmal ernst. Sie waren zu sechst, und einer von ihnen hat gedroht, den Richter zu holen.“

Während die vier mit Schmutz beschmierten Gesichter sie anstarrten, sah Kirsten sich langsam um, als suchte sie nach irgendeiner Fluchtmöglichkeit. Ihre Augen wanderten über Hop Fullers Wagen, vor den jetzt kein Pferd gespannt war. Die Enden der gelbgestrichenen Deichseln lagen im Schmutz auf der Erde; die Kessel, Teekannen und Körbe, die unter dem Wagen an Haken hingen, sahen wie festgefroren aus; der Wagen hatte hohe hölzerne Seitenwände und darüber ein Verdeck aus Zeltleinwand. Wenn sie nur ein Pferd und einen Wagen hätte, würde sie im Galopp bis zum Ende der Welt rasen, wo niemand sie ansah und sie immer den Kopf hochhalten konnte.

Ma Bradleys Stimme ließ sie alle zusammenfahren. „Wo ist sie? Komm raus, du Unglücksrabe! Komm raus!“

Als Kirsten zögernd hervortrat, kam Ma Bradley um die Ecke des Häuschens und starrte auf die magere Gestalt in einem schleppenden, ehemals schwarzen Rock, der jetzt aber eine grünlichbraune Färbung hatte, und einer Bluse, an der kaum etwas vom ursprünglichen Stoff übriggeblieben war, so geflickt war sie. Aber Ma Bradleys Blick galt nicht der Kleidung des Mädchens, er galt ihrem Gesicht, ihren Augen; ein Auge, groß und braun, von dichten, dunklen Wimpern umrahmt, sah sie geradewegs an; das andere, ebenso groß und braun und mit den gleichen dichten Wimpern, schien seinen Blick auf die Nase zwischen den Augen zu richten, denn die dunkle Pupille war tief in den Augenwinkel gerutscht.

„Du schielende dumme Gans, du!“ Ma Bradley kam langsam näher; ihre Stimme zitterte vor Zorn. „Ich hab dir hundertmal gesagt, du sollst dich von den Fischern fernhalten. Dreimal schon in diesem Jahr haben sie deinetwegen einen Tag verloren. Jetzt ist Schluß damit. Du kommst ins Arbeitshaus, falls sie dich reinlassen. Aber ich möcht annehmen, sie haben schon genügend Unglück ohne dich.“

Sie trat mit ausgestreckten Armen noch einen Schritt auf Kirsten zu, als ob sie sie erdrosseln wollte. Aber Kirsten wußte, Ma Bradley selbst würde sich niemals an ihr vergreifen; sie hatte Angst, einen Fluch auf sich zu laden. Ma Bradley blieb stehen und rief: „He, Cissie und Millie, holt die andern rein, gebt ihnen was zu essen und bringt sie zu Bett. Schnell. Die hier ist für mich erledigt. Würd so lange machen, bis sie mir's Dach überm Kopf anzünden.“

Wenige Minuten später war der Hof leer. Mit tränenüberströmtem Gesicht lehnte sich Kirsten gegen die Mauer des Hauses und blickte zum Himmel empor. Sie würde gehen müssen. Hatte sie nicht schon immer dieses schmutzige Gemäuer und Ma Bradley verlassen wollen? Aber sie war der einzige Trost für die Kinder. Was würden die Kleinen ohne sie anfangen? Annie, deren Beine zu schwach waren, sie zu tragen, und Bob und Florrie und Mary und Ada. Johnnie würde gut zurechtkommen; seine Beine waren gerade – er würde eines Tages in der Fabrik arbeiten, ebenso wie Nellie, Peggy, Cissie und Millie es taten. Sie machte sich keine so großen Sorgen um die Älteren, obwohl auch die sie brauchten. Sie wollte nicht ins Arbeitshaus, aber wohin sollte sie sonst gehen? Niemand würde sie aufnehmen; sie brachte den Menschen Unglück. Sie hatte es selbst im vergangenen Mai erlebt, als Jimmy Bennett, Joe Bennetts Sohn, mit ihr gesprochen hatte und zwei Wochen später tot war.

Sie erinnerte sich an den Gesichtsausdruck, als er sie angehalten und „Guten Tag“ gesagt hatte. Die linke Seite ihres Gesichts gefiel den Menschen, aber wenn sie die rechte sahen, stürzten sie davon. Jimmy hatte ihr offen ins Gesicht gesehen und hatte sie angelächelt. Und dann hatte er gesagt: „Du hast sicher alle Hände voll zu tun mit dieser Gesellschaft.“ Dabei hatte er zu den angebundenen Kindern hinübergeblickt. Zu verblüfft, um etwas zu erwidern, hatte sie nur stumm genickt. Dann hatte er die einzigen freundlichen Worte gesprochen, die sie jemals von den Bewohnern der Ortschaft zu hören bekommen hatte. „Du brauchst keine Angst vor mir zu haben“, sagte er. „Die Leute sind unwissend und abergläubisch.“ Daraufhin hatte sie den Kopf gesenkt, denn seine Freundlichkeit hatte in ihr ein Gefühl ausgelöst, das ihr die Kehle zuschnürte. Sie wollte sich in den Sand werfen und sich ausweinen, aber das konnte sie nicht vor ihm, und so war sie zu den Kindern zurückgelaufen.

Es war ein schöner Tag, als Jimmy ausfuhr; die See war spiegelglatt, der Fischfang gut – und dann dieses seltsame Unwetter. Zwanzig Minuten später, als der Wind sich legte und der Regen aufhörte, waren er und das Boot verschwunden. Nach seinem Tod erinnerte sich irgend jemand, daß er mit ihr gesprochen hatte.

Nellie kam jetzt um die Ecke des Hauses geschlichen. „Es tut mir leid, Kirsten. Mein Gott, es tut mir wirklich leid."

Sie blickte zu Nellie hinunter. „Schon gut. Schon gut."

„Komm doch bitte mit. Ich kann nix mit Annie anfangen."

Kirsten ging langsam zur Rückseite des Gebäudes und dann durch eine kleine, mit Abfällen übersäte Spülküche in einen der beiden Kellerräume. An der hinteren Wand standen drei kleine Pritschen, auf denen je zwei Kinder saßen – eins am Kopfende, eins am Fußende – und an Brotstücken kauten. Millie versuchte, Annie aus einer Zinnkanne zu trinken zu geben. Über den Schnabel war der Finger eines alten Handschuhs gezogen, der als Sauger diente.

Kirsten ließ sich auf der kleinen Pritsche nieder, nahm Millie das wimmernde Kind ab und sagte, auf den von Fliegen umschwärmten Eimer mit Magermilch deutend: „Gib den andern was zu trinken." Dann wiegte sie das Kind sanft in den Armen und hielt ihm die Kanne an den Mund, bis es, wenn auch ohne viel Kraft, zu saugen begann. Als die spärliche Mahlzeit beendet war, sagte Kirsten mit gerümpfter Nase: „Nellie, laß uns Wasser holn; sie müssen dringend gründlich gewaschen werden."

Noch ehe Nellie gegen diese zusätzliche Arbeit nach ihrem anstrengenden Zwölfstundentag protestieren konnte, warf Cissie ein: „Wer weiß, ob sie dich läßt", woraufhin alle auf Kirsten starrten, die sie der Reihe nach ansah und sanft erwiderte: „Ich mach weiter, bis sie's mir verbietet." Sie arbeitete bis zehn Uhr, und Ma Bradley verbot es ihr nicht. Es war nicht nötig: Sie hatte Vorkehrungen für Kirstens Zukunft getroffen.

Hop Fuller war neunundvierzig Jahre alt, aber er sah aus wie sechzig; er war untersetzt, mit einem kleinen Kopf, der tief zwischen den Schultern saß, was den Anschein erweckte, als ob er bucklig wäre. Aber er hatte keinen Buckel; jedoch hatte er ein zu kurzes Bein, und er war von Maryport, wo er geboren war, bis zur Spitze von South Shields, hoch oben an der Nordsee, als der hinkende Hop bekannt.

Die Männer seiner Familie waren seit vier Generationen wandernde Kesselflicker und nebenbei Korbmacher, Wahrsager, Pferdehändler und kleine Diebe gewesen. Jetzt saß er da, das kürzere Bein lässig über das andere ausgestreckte gelegt, die Hände hinter dem Kopf verschränkt; er wirkte völlig entspannt. Die einzige Freude, die er dem Leben abgewann, war die Freude über einen guten Handel, und er wußte, daß er im Begriff war, einen zu machen. Er blickte zur Decke empor, als er sagte: „Ich muß mir's noch überlegen; wer weiß, ob sie nicht schlecht fürs Geschäft wär."

Ma Bradley starrte ihn an. „Aber Sie haben doch gesagt ... Sie haben gesagt, Sie würden zwei Pfund für sie zahln."

„Ja, ich weiß. Aber woher soll ich wissen, daß Sie die Wahrheit sagen?"

„Ich versichre Ihnen, Hop ...", sie beugte sich über den Tisch zu ihm hinüber, „kein einziger hat sie angerührt; die Männer hier würden nie dran denken."

„Vierzehn, sagen Sie, und noch Jungfrau. Das soll ich Ihnen glauben?"

„Der Herrgott ist mein Zeuge; es ist wahr. Wie sie aussieht, hätt sie 'n Haufen Geld verdienen können. Aber da ist das Auge, und so war sie immer nur 'n totaler Verlust ... Nur eins müssen Sie wissen ...", sie hob ruckartig den Kopf, „sie konnte wundervoll mit den Kindern umgehen, und wenn sie geht, muß ich Cissie im Haus behalten, denn ich werd nie im Leben allein mit dieser verfluchten Bande fertig. Zur Zeit sind nur zehn Kleine da, aber ich kann bis zu fünfzehn kriegen. Und wohlgemerkt" – sie bewegte ihren Kopf jetzt langsam hin und her –, „sie sind nicht alle aus dem Hafen oder von der Hintertreppe. O nein. Johnnie zum Beispiel. Er ist in feinen Laken geborn worden, oder ich lass' mich hängen." Sie beugte sich weiter vor und flüsterte: „Zwanzig Pfund im Jahr krieg ich für ihn."

„Zwanzig Pfund. Sie müssen ein ganz schönes Polster haben, Ma."

„Ein ganz schönes Polster, sagen Sie! Wenn ich für einen was krieg, muß ich's für den andern ausgeben. Da ist zum Beispiel Mary. Ihre Mutter ist drei Monate im Rückstand. Ist in Stellung in der Nähe von Carlisle; kommt einmal im Jahr, und zwei Pfund ist alles, was ich von ihr kriege. Ich geb ihr noch einen Monat Zeit, dann kommt ihr Balg ins Armenhaus. Es ist vom Butler, sagt sie. Ganz schön bescheuert alle miteinander."

„Wie sind Sie zu ihr gekommen ... dem Schielauge?"

„Ach, die." Ma Bradley preßte die Lippen zusammen. „Der unseligste Tag meines Lebens, als ich ihr begegnet bin. Ich war Hebamme. Bis nach Wigton haben sie mich geholt. Dann kam das Jahr, wo's Fieber ausbrach. Hat die Hälfte der Bewohner dieser Gegend umgebracht. Ich war Tag und Nacht auf den Beinen, und Joe Merlin, der, dem damals das Gasthaus an der Hauptstraße gehörte, er schickte nach mir. ‚Kommen Sie, und bahren Sie zwei Leute auf', sagte er. Nun, ich geh hin. Und da warn dieser Mann und diese Frau, noch ziemlich jung, schon fast steif, und neben ihnen saß sie. Starrte mich an mit Augen so groß wie Untertassen; und ob Sie's glauben oder nicht, es ist die reine Wahrheit, ihre Augen standen so grade wie meine. Joe sagte, sie waren vor drei Tagen angekommen; wirkten sehr ehrbar. Hießen MacGregor. Sie waren aus der Kutsche ausgestiegen, weil sie sich schlecht fühlten. Was sollt ich machen? Ich konnt sie nicht dort lassen, sie war noch ein Kind, eins von Gottes Geschöpfen, und so hab ich sie mit nach Hause genommen."

„Hatten sie irgendwelchen Krimskrams bei sich?" fragte Hop Fuller.

„Ach, nur etwas Kleidung und ein paar Goldmünzen; nicht der Rede wert. Ich sag Ihnen, es war ein Akt der Barmherzigkeit."

„Ja, das weiß ich, Ma. Wie alt war sie damals?"

„Etwas über sechs, sagte sie."

„Wußte sie, wohin sie fuhren und warum?"

„Sie wußte nur, daß sie auf dem Weg nach Hexham waren. Sie sagte, ihr Vater war Arzt, aber er fuhr nach Hexham, um sich zu erholn, weil er krank gewesen war. Nun, es hat ihm nicht viel genützt."

„Haben Sie jemals rausbekommen, zu wem sie in Hexham gehen wollten?"

„Wie sollt ich das rausbekommen? Hexham ist weit weg, und die Menschen starben damals wie die Fliegen! Sie hatte Glück, daß sie überhaupt noch am Leben war."

„Und wie hat sie das Schielauge bekommen?"

„Keine Ahnung. Eines Tages saß sie dort drüben ...", sie deutete in eine Ecke des Zimmers, „sah mich an, und bei Gott! Plötzlich rutschte die eine Pupille zur Nase zu. Nicht so schlimm wie jetzt, aber 's war der Anfang. Und wissen Sie was?" Sie beugte sich wieder zu ihm hinüber. „Es gibt selbst jetzt noch Augenblicke, wo nichts davon zu entdecken ist. Ich hab neulich abend mal zufällig ins Zimmer der Kinder gesehn. Sie schliefen, und sie saß am Fenster, und dann drehte sie sich nach mir um, und bei Gott! Keine Spur von Schielen. Und dann, peng, lag es tief im Augenwinkel. Wissen Sie was? Ich glaube, sie kann's machen, wie sie gerade will."

„Ach, glauben Sie?" Hop Fuller verzog das Gesicht zu einem verzerrten Lächeln, das seine vom Tabakkauen geschwärzten Zähne zeigte, und während er ihr zuhörte, gingen seine Gedanken ihre eigenen Wege. Er wußte, daß dies ein gutes Geschäft für ihn sein würde; die Leute würden dafür zahlen, daß er sie vor dem bösen Blick schützte. Er sah sich im Geiste bereits an der Hintertür eines großen Hauses stehen und den Mädchen dort seine Waren aufdrängen: „Wenn ich zulasse, daß sie euch ansieht, wird keine von euch jemals mit einem Ring am Finger schlafen, das ist die reine Wahrheit." Aber er würde nicht zwei Pfund für sie zahlen, o nein. Nur ein Dummkopf würde zwei Pfund für einen schielenden Unglücksraben zahlen.

Er wandte seinen Kopf zur Tür, und da stand sie; und er sagte sich im stillen, daß der Teufel Spaß daran gehabt haben mußte, ein Gesicht wie dieses zu entstellen ... Und sie war noch unberührt! Er fuhr sich mit der Zunge über die Lippen, als er die Reaktion des Mädchens beobachtete, dem Ma Bradley jetzt sagte: „Du da, ich hab 'ne gute Nachricht für dich. Du bist vorm Arbeitshaus bewahrt worden. Mr. Fuller hier nimmt dich als Gehilfin mit; er wird dich lehren, Körbe und andre Dinge zu machen. Aber du mußt dich im Wagen versteckt halten, wenn du ihn nicht in Schwierigkeiten bringen willst. Er fährt beim Morgengrauen los; mach dich fertig."

Das Gesicht war jetzt voll Hop Fuller zugewandt; das rechte Auge war so weit nach innen gerichtet, daß man kaum noch etwas von der Iris sehen konnte, die Lippen bebten, und das linke Auge war weit geöffnet. „*Nein! Nein!* Ich geh ins Arbeitshaus!"

Hop Fuller stand auf und ging hinkend drei Schritte auf sie zu, dann streckte er die Hand aus und packte sie an der Schulter. „Du kannst nicht ins Arbeitshaus gehn, ich hab dich gekauft. Es ist alles unterschrieben und besiegelt. Nicht wahr?“ Er sah Ma Bradley an, die nach kurzem Zögern laut ausrief: „Ja, das stimmt. Unterschrieben und besiegelt, alles ganz legal. Du gehörst ihm.“

Hop Fuller, der immer noch Kirsten an der Schulter festhielt, schüttelte sie langsam und sagte mit drohender Stimme: „Und versuch nicht abzuhaun, denn ich finde dich. Und der Konstabler wird mir helfen, denn, wie ich gesagt hab, es ist alles unterschrieben und besiegelt, alles sozusagen legal.“ Er klopfte auf seine Jackentasche, während er sie ansah, und er konnte nicht verstehen, warum sie ihm plötzlich so wichtig schien; er wußte nur, daß er sie jetzt kaufen, sie besitzen wollte.

Als er sie losließ, drehte sie sich um und rannte durch die Spülküche auf den Hof hinaus; dort blieb sie schwer atmend stehen und blickte zum sternenübersäten Himmel empor. Sie hatte nur den einen Wunsch, davonzulaufen, ganz gleich wohin, aber er hatte gedroht, es dem Konstabler zu sagen, und vor dem Konstabler hatte sie Angst. Nirgends konnte sie hingehen, nur in den Himmel, wo ihre Eltern waren. Aber ehe sie zu ihnen gelangen konnte, würde sie sterben müssen, und sie wollte nicht sterben; sie hatte auch davor Angst.

Es hatte tagelang geregnet. Die Straßen waren ein einziger Morast, und ein ums andre Mal versanken die Naben der Wagenräder im Schlamm. Die Zeit war jetzt für Kirsten eine bedrückende Ewigkeit ohne Anfang und ohne Ende. Die Schmerzen, die Kälte, Feuchtigkeit oder Peitschenschläge verursachten, drangen schon lange nicht mehr in ihr Innerstes vor; nichts, was ihr von jetzt ab widerfuhr, konnte sie mehr erschüttern, so meinte sie.

Es war acht Monate und zwei Wochen her, seit sie Ma Bradleys Haus verlassen hatte. In der warmen Morgendämmerung hatte sie den Wagen bestiegen. Nellie und Cissie waren herausgekommen, hatten ihre Hand berührt und zu ihr hinaufgeblickt, sprachlos angesichts des Kummers, der sich in ihren Augen spiegelte.

Sie hatten an jenem ersten Tag viermal haltgemacht, und Kirsten hatte gesehen, wie Hop Fuller, einen Weidenkorb mit Garnröllchen, Spitzen und Bändern an einem Arm und eine Anzahl von Kesseln und Töpfen am anderen, zu den Küchentüren der Bauernhäuser ging und der Bäuerin und ihren Mägden seine Waren aufdrängte. Er hatte ihr befohlen, sich nicht blicken zu lassen und sich in den Wagen zu legen. So hatte sie sein Kommen und Gehen aus der

Ecke beobachtet, wo die Zeltleinwand an dem schrägen Seitenteil des Wagens festgebunden war.

Der Platz, an dem sie schließlich für die Nacht haltmachten, lag weitab von der Straße. Er hatte das Pferd über gefurchtes Gelände und zwischen kleinen Hügeln hindurchgeführt, bis er zu einem Waldstück kam, das von einem Bach begrenzt wurde. Als sie steif aus dem Wagen kletterte, hatte sie über den Bach in die endlose Ferne geblickt. Es gab nirgends Spuren einer menschlichen Behausung. Es gab nur rauhes Moorland und Dickicht, das zu hohen Hügeln emporstieg, die in den rosigen Schimmer der untergehenden Sonne getaucht waren. Dann war die Angst in ihr aufgestiegen, die sie seit dem vergangenen Abend, seit er ihr gesagt hatte, daß er sie gekauft habe, mühsam zurückgedrängt hatte; und ohne daß er ihr bisher, abgesehen von seiner bloßen Gegenwart, irgendeinen wirklichen Grund gegeben hätte, verspürte sie plötzlich das Verlangen laut zu schreien. Von da ab beobachtete sie jede seiner Bewegungen. Während sie Holz sammelte und das Feuer anzündete, nahm er dem Pferd die Deichseln ab und führte es zu einem Hügel; aber er verschwand keinen Augenblick aus ihrem Gesichtsfeld. Als er zurückkehrte, kniete sie neben dem Feuer und unterhielt es mit Reisig.

Eine Minute lang hatte sie den Blick von ihm abgewandt, um nach weiteren Zweigen zu greifen, und als sie wieder aufblickte, stand er neben ihr. Er packte sie an der Schulter, und sie wandte ihm das Gesicht zu. Ihr rechtes Auge war ganz nach innen gerichtet. Ein erstickter Schrei wirbelte in ihrem Kopf herum. Als er sie hochzog und sie vom Feuer weg in die Dunkelheit schob, öffnete sie den Mund, brachte aber keinen Schrei heraus, erst als er sie zu Boden warf, machte sich ihr Schrecken in einem hohen, wilden Kreischen Luft. Er war derart überrascht, daß er mit einem Ruck den Kopf hob und nach allen Seiten blickte. Dann warf er sich auf sie und hielt ihr fest den Mund zu; aber lange, ehe er sie losließ, hatte sie schon aufgehört zu schreien.

Noch bevor am nächsten Morgen das Licht auf die zusammengekauerte Gestalt unter der schmutzigen Decke neben ihr fiel, wußte sie, daß sie allen Drohungen zum Trotz fortlaufen würde, sobald er bei einer Farm in der Nähe einer Straßenkreuzung hielt.

Zwei Meilen vor Carlisle hatte er den Wagen neben einer Gruppe von kleinen Bauernhäusern zum Stehen gebracht, und zwei alte Frauen, ein alter Mann und eine junge Frau, deren Leib sich unter der Schürze prall abzeichnete, kamen auf ihn zu. Als der Mann Kirsten im hinteren Teil des Wagens erblickte, kam er näher und sah sie an; dann bekreuzigte er sich rasch, murmelte: „Gott beschütz mich vor dem bösen Blick“ und rief den Frauen zu: „Ein schielendes Mädchen! Und das an einem Freitag!“

Die Frauen näherten sich der Rückseite des Wagens, starrten auf den gesenkten Kopf, und die junge Frau rief leise: „Gott im Himmel, und ich kurz vor meiner Zeit!“

„Schon gut. Schon gut.“ Hop Fuller legte die Hand auf die Schulter der jungen Frau und sagte beschwichtigend: „Sie macht es absichtlich; sie kann jemand dem Verderben preisgeben oder von einem Fluch befreien. Keine Sorge. Sie ist die Tochter meiner verstorbenen Schwester, und so hab ich sie zu mir genommen. Hätt doch nichts andres tun können, oder?“

„Nein, nein.“ Sie nickten alle mit dem Kopf. „Und es ist sehr gut von Ihnen.“ Es war die älteste Frau, die sprach. „Denn wenn sie auch selbst die Zauberkraft besitzt, wird's ihr doch niemand glauben; man würde sie in dieser Gegend überall zum Teufel jagen, und falls sie einem Matrosen begegnen sollte, können Sie Gift drauf nehmen, daß das sein Ende wär. Ich hab gehört, es gibt nicht eine einzige schielende Frau in irgendeinem der Häfen.“

So versuchte sie doch nicht zu entkommen; die Unterhaltung hatte ihr gezeigt, was sie zu erwarten hatte, wenn sie sich allein auf den Weg wagte.

Erst im August wurde ihr klar, daß sie schwanger war. Hop Fuller hatte es offenbar schon seit einiger Zeit gewußt, und mit teuflischem Scharfblick erkannte er genau den Augenblick, wo ihr der Grund für das Ausbleiben ihrer Menstruation zum Bewußtsein kam. Er hatte sie angesehen; dann hatte er einen Lachkrampf bekommen, hatte sich über die gelbe Deichsel gebeugt und den Arm auf deren dickstes Teil gelegt, dort, wo es am Wagen befestigt war. Aber in diesem Augenblick bemerkte sie plötzlich, daß sein Geheimnis offenbar wurde, obwohl sie damals nicht weiter darüber nachdachte; was vielleicht ein Glück für sie war, denn er hätte sie ohne Bedenken umgebracht, wenn er auch nur eine Sekunde lang den Verdacht gehegt hätte, daß sie wußte, was in den hohlen Enden der beiden Wagendeichseln versteckt war.

Als er sich über die Deichsel beugte und mit der Hand an das obere Ende kam, hatte sie ein leises Knacken gehört und angenommen, daß es von einem losen Stück Holz an der Unterseite der Deichsel stammte. Er hörte sofort zu lachen auf, und seine Hand glitt schnell zum unteren Ende der Deichsel, während er sich gleichzeitig langsam nach ihr umwandte. Ein schützender Instinkt veranlaßte sie, sich abzuwenden, bevor sein Blick auf sie fiel...

Sie hatten Haydon Bridge passiert und waren nach Hexham gekommen. Erst dort hatte sie das lose Holzteil unter dem dicken Ende der Deichsel mit seinen ausgedehnten nächtlichen Ausflügen in Verbindung gebracht. Er machte es sich zur Regel, ihr Lager außerhalb einer Ortschaft aufzuschlagen und dort zwei bis drei Wochen zu bleiben; und manchmal ging er nachts fort, angeblich, um Kaninchen zu jagen. Gelegentlich gab es am nächsten Morgen tatsächlich ein oder zwei Kaninchen, aber meistens keine. Wenn er zurückkehrte, kam er herein und blieb eine Weile über ihr stehen. Seine Gegenwart allein genügte, um sie zu wecken, aber sie verharrte regungslos und gab vor zu schlafen. Sehr oft ging er, nachdem er sie eine Zeitlang beobachtet hatte, ob sie sich bewegte, um den Wagen herum zur Deichsel. Sie ahnte es nur, denn seine Bewegungen waren vollkommen lautlos.

Dezember und Januar waren grausame Monate. Anfang Dezember waren sie ins Hügelland hinauf zu einer Höhle gegangen, wo er offensichtlich schon oft zuvor gewesen war. Ihr gefiel die Höhle, soweit sie überhaupt imstande war, Gefallen an irgend etwas zu finden. Es war kalt dort drinnen, selbst wenn das Feuer brannte, aber es war nicht die tödliche Kälte des offenen Moorlands. Wenn der Schnee den Eingang versperrte, saßen sie, in alte Decken und Säcke gehüllt, jeder auf einer Seite des Feuers; die Stunden vergingen, ohne daß einer von ihnen redete. Hätte man all die Worte, die Kirsten gesprochen hatte, seit sie mit ihm unterwegs war, zeitlich zusammengerechnet, so hätten sie keine fünf Minuten ergeben.

Jetzt war es Februar, und sie waren wieder auf der Wanderschaft. Hop Fuller sagte, er wolle auf dem direkten Weg nach Harlow Hill hinüber, ehe er nach Newcastle ging. Auf die Art könne er seinen Vorrat loswerden.

Aber er schlug nicht die vorgesehene Route ein. Es hatte eine Woche lang ununterbrochen geregnet, und die Straßen waren ein einziger Morast. Er wandte sich in die entgegengesetzte Richtung von Harlow Hill und fuhr auf der Straße oberhalb des Flusses direkt nach Newcastle. Es ging ein stürmischer Wind, und der Himmel war bleifarben, als er unterwegs zu Kirsten sagte: „Du kannst das Kind dort in der Stadt bekommen; ich kenn eine Frau, die sich um dich kümmern wird. Was willst du, einen Jungen oder ein Mädchen?"

O Gott, sie wollte weder das eine noch das andere. Sie wollte das Kind, das in ihr wuchs, sein Kind, häßlich, mißgestalt, überhaupt nicht sehen. Aber als er fortfuhr: „Wenn's ein Junge ist, kannst du ihn behalten, wenn's ein Mädchen ist, werd ich mich drum kümmern", hatte sie schaudernd die Hände auf den Leib gelegt.

Aber sie kamen nicht bis Newcastle. Der Regen wurde stärker, die Straßen unbefahrbar, und er machte halt, bevor sie zur Zollbrücke kamen. „Dort drüben hinter dem Hügel ...", er deutete nach Westen, „ist eine alte Scheune. Wir werden alles da reinschaffen."

Er führte das Pferd um den Hügel herum zur Scheune, die etwa hundert Meter vom Fluß entfernt war und, genau wie er gesagt hatte, Platz für den Wagen und alles andere bot. Das gähnende Loch an der Stelle, wo einst die Türen hingen, die nun längst herausgefault waren, ließ Wind und Regen herein. Aber am anderen Ende bot die Scheune vorm Wetter Schutz, nur der Boden war feucht.

Es war drei Tage lang schön, und wenn sich Hop Fuller auf seine geheimnisvolle Kaninchenjagd begab, ging sie am Ufer des angeschwollenen Flusses spazieren. Ihr Körper war schwer und erschöpft, und einmal kam ihr der Gedanke, wie einfach es wäre, sich in das schnell dahinfließende Wasser fallen und forttreiben zu lassen.

Als sie über den Fluß blickte, wo links von ihr eine Mauer zum Wasser hinunterführte und dort in den Fluten zu verschwinden schien, um an der anderen Seite wieder aufzutauchen und einen steilen Hügel hinaufzusteigen, sah sie einen Mann, der innen an der Mauer entlangging. Er kam zum Ende der Mauer am Rande des Wassers herunter. Sein Gesicht war ein undeutlicher Fleck im Sonnenschein; sie konnte nur seine hochgewachsene Gestalt wahrnehmen, aber er machte den Eindruck, als wäre er jung. Gleichzeitig dachte sie bei sich, wie seltsam es war, ein Feld auf beiden Seiten eines Flusses zu ummauern. Die Mauer, an manchen Stellen dunkel, an anderen weiß, kam ihr vor wie ein Gebiß – als ob ein Flußriese in das Land bisse. Und die Stimme, die jetzt über den Fluß zu ihr herüberdrang, klang ebenfalls wie die eines Flußriesen, als sie laut schallend rief: „Was tun Sie dort drüben?"

„Ich mach nur einen kleinen Spaziergang." Sie sagte es, ohne zu zögern.

„Ich würd an Ihrer Stelle nicht weitergehn. Es ist sumpfig. Und nehmen Sie sich vor dem Fluß in acht; der Schutt häuft sich in der Nähe der Brücke auf.“ Er deutete das Ufer entlang in Richtung der Zollbrücke. „Es ist noch nicht vorüber.“ Er zeigte auf den Himmel, und sie nickte und rief: „Ja, ja, vielen Dank.“

Sie sahen einander an. Er hatte eine Hand als Schutz vor der Sonne über die Augen gelegt, und sie blickte ihn mit erhobenem Kopf furchtlos an, denn sie wußte, daß er auf diese Entfernung ihr Auge nicht erkennen konnte. Sie wandte sich ab und ging in Richtung der Scheune, und als sie wieder zu dem ummauerten Feld jenseits des Flusses hinüberblickte, war er nicht mehr da. An diesem Tag sagte sie sich immer wieder, daß sie mit jemandem gesprochen, normal und natürlich gesprochen und dabei den Kopf hochgehalten hatte. Es gab wundervolle Dinge im Leben, wenn man sie nur tun konnte ...

Hop Fuller kam erst zurück, als es bereits stockdunkel war; er brachte kein Kaninchen mit, und sie wußte, daß wieder irgend etwas in der Deichsel verschwinden würde. Später begann es erneut zu regnen. Kirsten legte sich auf einen Bretterhaufen, der an der Wand aufgestapelt war, und fiel in einen unruhigen Schlaf; sie träumte, daß der Wind tobte und die Wellen des Meeres in ihren Ohren brausten und daß sie im Begriff war zu ertrinken; und sie sagte sich im Schlaf, daß sie keine Angst zu haben brauche, denn sie wünsche sich ja einen raschen, schmerzlosen Tod. Mochte das Meer sie ruhig in die Tiefe ziehen.

Aber das Brausen des tosenden Wassers nahm zu, bis es sie weckte. Sie öffnete schlaftrunken die Augen und starrte im schwachen Licht der Morgendämmerung überrascht auf das Wasser, das durch die Ritzen und Löcher der Scheune schoß und sich wirbelnd und schäumend einen Abfluß am Eingang suchte, wo es von einem Schutthaufen zurückgehalten wurde.

Der Lärm war ohrenbetäubend; das Wasser floß über die Bretter, auf denen sie lag. Sie kam mühsam auf die Beine und blickte hinüber zur anderen Seite, wo Hop Fuller, noch betrunken vom Abend zuvor, schlafend im Wagen lag. Die Deichseln, die das Wasser durch die morschen Wände der Scheune getrieben hatte, hielten den Karren in einer waagerechten Lage.

Sie ließ sich ins Wasser hinunter, das ihr bis über die Knie reichte, und bahnte sich mühsam einen Weg zum Wagen. Dort packte sie Hop Fuller bei den Schultern – sie berührte ihn zum erstenmal freiwillig – und rüttelte ihn wach. Er setzte sich ruckartig auf und saß angesichts des Bildes, das sich ihm bot, einen Augenblick regungslos da. Dann sprang er vom Wagen und versuchte, die Deichseln aus den Löchern zu zerren. Kirsten kämpfte sich zur anderen Seite des Wagens durch und half ihm mit ihrer ganzen Kraft. Aber sie konnten die Deichseln nicht freibekommen, denn das ganze Gefüge der Scheune schien sich zur Seite geneigt zu haben und preßte sie hinunter.

Sie hatte es für unmöglich gehalten, daß das Getöse noch lauter werden könnte, aber als die Scheune plötzlich aus ihren hundertjährigen Grundfesten gerissen wurde, die Stützbalken in die Höhe schossen und die Reste des überhängenden Daches abwarfen, hatte sie das Gefühl, daß der Lärm ihr das Trommelfell zerriß. Ihr Körper war so erstarrt vor Kälte, daß sie kein Gefühl mehr in ihren Händen an der Wagendeichsel hatte. Sie schmeckte nur das schlammige Wasser in ihrem Mund und wußte, daß sie und Hop Fuller, jeder an eine Deichsel geklammert, wild umherwirbelten, während der ganze Wagen sich drehte und schaukelte und nur hin und wieder vorübergehend gebremst wurde, wenn er gegen eine treibende Kuh, einen Hühnerstall oder das Dach eines Hauses stieß. Das seltsamste von allem war, daß die Enden der Deichsel immer noch einen Teil der Scheune mit einem senkrecht aufragenden Pfosten trugen, und an dem Pfosten hing ein Stück verfaultes Strohdach, das sich über ihnen hin und her bewegte.

Wie lange sie an den sich drehenden Deichseln des Wagens hingen, wie weit sie getrieben wurden, das wußte sie nicht, aber es kam ein Augenblick, in dem sie spürte, daß ihre Kräfte sie verließen. Und genau in dieser Sekunde kippte der senkrechte Balken um. Sie sah ihn herabstürzen, und Hop Fuller sah ihn stürzen. Sie konnte nicht schreien; ihr Mund, ihre Kehle, ihr Magen waren mit Wasser gefüllt; aber sie erkannte an seinem Mund, daß er schrie. Sie sah, daß der Balken auf seinen Kopf fiel und ihn spaltete. Sein Körper hob sich aus dem Wasser, als ob er darauf gehen wollte. Sie sah sein Blut den Fluß und die dahinschießenden Trümmer färben, den niedrigen Himmel und alles andere ringsum. Dann ging er unter, und sie wußte, er war tot; und weil er tot war, harrte sie aus, und der Wagen drehte und drehte sich, so schnell, daß ihr Körper nach außen gewirbelt wurde. Und plötzlich hörte sie auf sich zu drehen und schoß, von den Kadavern zweier Kühe und eines Fohlens flankiert, geradewegs den Fluß hinunter.

Sie wußte nicht, wann sie aufhörte, sich zu bewegen, aber irgendwann wurde ihr undeutlich bewußt, daß sie sich mitten in einem Haufen lebloser Tierkörper befand. Der Wind brauste immer noch, und eine Stimme schrie: „Halt dich fest! Halt dich fest!“ Sie sah die Deichsel entlang, die jetzt in einem rechten Winkel nur noch am Vorderteil des Wagens hing, und dieser Teil ruhte auf etwas, und das ruhte auf etwas anderem, und über alldem hing ein dicker Ast, auf dem ein Mann herangekrochen kam. Er streckte die Hand aus, aber Kirsten hatte nicht die Kraft, danach zu greifen. Sie blickte nur mit starren, weit geöffneten Augen zu ihm empor.

Dann legte er seine Arme um sie und zog sie hinauf. Die pralle Rundung ihres Leibes hätte ihn, als sie mit ihm in Berührung kam, um ein Haar ins Wasser stürzen lassen. Kirsten sah, daß sein Mund sich öffnete, als ob er etwas riefe, und auf seinen Ruf hin kam ein anderer den Ast entlanggekrochen, und sie fühlte, daß sie über zerbrochene Zweige gezogen wurde. Sie schloß die Augen, und dann erinnerte sie sich an nichts mehr.

2

Der Seiler

Sie trugen sie, der junge Mann und der alte, aus dem tiefen Wasser heraus die Uferböschung hinauf, aber auf dem ganzen Weg zum Haus gingen sie durch Wasser. Das Wasser bedeckte die Wiesen und das Ackerland und flutete durch die Ziergärten der „Abtei“, wo es die Keller auf der östlichen Seite und die Küchen auf der nördlichen überschwemmt hatte. Ehe sie den Hof erreichten, fragte Colum Flynn, der jüngere der beiden, der keineswegs zu diesem Haus gehörte, Art Dixon, den ersten Kutscher, der bereits seit sechzig Jahren zum Haus gehörte: „Wohin solln wir sie bringen?“, und der alte Mann erwiderte: „Auf den Heuboden; dort liegt sie trocken, und es wird ihr nichts ausmachen, denn sie ist eine Hausiererin, das sieht man an ihrer Kleidung.“

„Ja, wahrscheinlich.“ Colum blickte hinunter auf den Kopf, der kraftlos über seinem Arm hing, auf das totenblasse Gesicht und die langen Wimpern, die aussahen, als ob sie eben erst mit nasser Farbe unter die Augen gemalt worden wären. Sie wirkte fast noch wie ein

Kind, aber sie war eine junge Frau, die kurz vor der Niederkunft stand, obwohl nicht anzunehmen war, daß das Kind nach alldem, was sie durchgemacht hatte, am Leben bleiben würde.

Während sie über den Hof wateten, tönte das Wiehern der Pferde in den Boxen durch den Wind. „Wo sind die andern?" fragte Colum, als sie durch ein weit geöffnetes Tor traten und schlitternd über nasses Stroh zu einer Leiter gingen, die zum Heuboden führte, und der alte Mann holte ein paarmal tief Luft, ehe er antwortete. „Sie sind drüben auf dem Gut, um das Vieh zu retten." Dann setzte er hinzu: „Los, bringen wir sie nach oben. Geh ich zuerst?"

„Nein ich. Schieb du unten an den Füßen."

„Gut, rauf mit dir, du armes kleines Ding." Art packte Kirstens schlaffe Füße, dann stieg er hinter Colum die Leiter hinauf; und wenige Minuten später standen sie beide da und blickten zu der zusammengekauerten Gestalt hinunter, die auf dem Stroh lag. „Würd mich nicht wundern, wenn sie ins Gras beißt", sagte der alte Mann.

„Mich auch nicht... Es sollte sich wohl lieber jemand um sie kümmern, denk ich mir?"

„Ja. Sobald Mrs. Poulter vom Pförtnerhäuschen zurückkommt, schick ich sie rüber. Sie hat all die Mädchen dort, denn die Herrin will sie nicht oben im Haus haben, oder zumindest will's Miß Cartwright nicht. Aber ich hab das Gefühl, sie wird's noch bereun und vielleicht bald froh über Hilfe sein, denn die Herrin könnt jeden Augenblick niederkommen. Sie ist erst nächsten Monat fällig, aber sie hat heut morgen Schmerzen gehabt. Natürlich könnt's, wie Mrs. Poulter sagt, nur der Schreck wegen der Überschwemmung sein; vielleicht hat's nichts zu bedeuten. Gebe Gott, daß es so ist, denn der Arzt wird nicht durchkommen. Und der Herr wird erst übermorgen zurückerwartet, und wenn diesmal wieder was schiefgeht..."

„Das wäre wirklich Pech, nicht wahr, wo er doch so fest damit rechnet, daß er beim dritten Mal Glück hat!"

Colum lachte, und Art wandte sich ab und ging zur Leiter. „Sei nicht bitter, Junge", sagte er. „Ich kenn ihn besser als du. Er ist in vieler Beziehung ein guter Mensch."

„Ja, im Huren und Stehlen von Land; darin ist er gut."

Art lachte leise. „Mit dem ersten hast du recht, aber was das zweite betrifft, nun, so kommt's drauf an, wie man's sieht."

Colum blickte in das runzelige, vom Wetter gegerbte Gesicht.

„Manchmal frag ich mich, warum ich mir überhaupt die Mühe mach, mit dir zu reden, Art Dixon. Und wenn ich nicht wüßte, daß meine Ma dich gern hat, hätt ich dir schon längst ins Gesicht gespuckt, denn du kannst nicht auf zwei Seiten, auf seiner und auf unserer, gleichzeitig stehn."

Seltsamerweise lachten sie beide. Dann sagte Art: „Ich steh auf keiner Seite, mein Junge. Ich hab dich und alle dort oben auf ‚Tarn Abode' einfach gern. Aber gleichzeitig hab ich eine Zuneigung zu meinem Herrn, denn ich bin schon zur Zeit seines Großvaters hergekommen; dann hab ich seinem Vater gedient, und er war ein guter Mensch, einer der besten, die der Herrgott je erschaffen hat."

„Ein Jammer, daß sein Sohn ihm nicht nachschlägt."

„Er hat seine guten Seiten, Junge."

„Vielleicht, aber mir wär's lieber, wenn er mit seinen guten Seiten zurück nach Schweden ginge, wo er hingehört."

„Er gehört ebensowenig nach Schweden wie du." Arts Stimme war jetzt streng. „Er ist in diesem Haus geborn und hat hier seine frühe Kindheit verbracht, und er war nur von seinem siebten bis zum zwanzigsten Jahr in Schweden."

„Lange genug, ihn glauben zu lassen, daß er ein Wikinger ist."

Sie lachten wieder, dann setzte Art hinzu: „Ich muß jetzt gehn und mich um die Pferde kümmern. Hör sie dir nur an. Bis bald, Colum. Und ich werd dafür sorgen, daß sich jemand um das junge Ding kümmert, das heißt, wenn sie am Leben bleibt und's braucht."

„Ja, tu das. Auf bald, Art."

Colum stapfte über den Hof, dann blieb er stehen und blickte um sich. Er hatte nicht geglaubt, daß er jemals wieder über diesen Hof gehen würde. Vor zwei Jahren hatte er fast genau an dieser Stelle dem Herrn des Hauses gegenübergestanden und ihm gesagt: „Wenn Sie meine Mauer noch einmal von Ihren Lakaien runterreißen lassen, brech ich Ihnen das Genick!" Und er hatte „meine Mauer", nicht unsre Mauer gesagt, denn für seinen Vater bedeuteten die „Tarn Abode" und das umliegende Land nicht das gleiche wie für ihn. Wenn es nach seinem Vater gegangen wäre, hätten sie, als das Geld knapp war, die Felder am Fluß Konrad Knutsson verkauft. Er hatte sogar vorgeschlagen, daß sie den Grund und Boden auf der Seite unterhalb ihres Hauses behalten und dem Besitzer der „Abtei" das Weideland jenseits des Flusses, das in seinen Besitz einschnitt, überlassen sollten. Worauf Colum zornig erwidert hatte, es sei ein Glück, daß sein Großvater nicht mehr am Leben sei, denn er hätte ihn bei lebendigem Leibe aufgefressen.

Sein Großvater und sein Urgroßvater und alle davor, bis zurück zu demjenigen, der „Tarn Abode" dort droben auf dem Hügel, außer Reichweite des launischen Flusses, gebaut hatte – sie alle hatten das Land geliebt, und ursprünglich hatte ihnen das ganze Tal gehört, wo jetzt das große Gut der Knutssons lag. Der Urgroßvater des jetzigen Knutsson hatte fast all seinen Ackerboden durch Hinterlist erworben, und sein Urenkel war entschlossen, das letzte Stück auf seiner Seite des Flusses auch noch zu bekommen.

Als Colum gehört hatte, daß Master Konrad Knutsson zum Richter gegangen war und versucht hatte, ihn zu überzeugen, daß der Kaufvertrag eine Klausel enthielt, aus der hervorging, daß das Ackerland, das sein Urgroßvater 1784 von Michael Flynn gekauft hatte, sich bis zur Mitte des Flusses erstreckte, war er heraufgestürmt gekommen und hatte sich zum zweitenmal in seinem Leben dem Herrn des Hauses von Angesicht zu Angesicht gegenüber gesehen. Konrad Knutsson war hier im Hof vom Pferd gestiegen, und obwohl Colum ihn seit seiner Kindheit nicht mehr gesehen hatte, erkannte er ihn aufgrund des Namens, unter dem er in der ganzen Umgebung bekannt war: der flachsblonde Dickschädel. Denn flachsblond war er wirklich und hellhäutig wie eine Frau, aber das war auch das einzige, worin er einer Frau ähnelte: Sein Gesicht war breit, sein Hals dick und sein Körper hochgewachsen und kräftig.

Als Colum vor ihm gestanden und es gewagt hatte, seine Meinung zu äußern, hatte Knutsson ihn angestarrt, als ob er seinen Ohren nicht traute; dann hatte er plötzlich gebrüllt: „Geh zurück in deinen Verschlag, eh' ich dir das Fell abziehe und dich zum Teufel jage."

Wäre Art Dixon nicht gewesen, wer weiß, wie die Sache ausgegangen wäre; aber Art hatte ihn beim Arm gepackt, ihn zum Fluß hinuntergezerrt und hätte ihn fast hineingestoßen, während er sagte: „Geh rüber, du gottverdammter junger Narr! Und wenn du wissen willst, was gut für dich ist: Bleib von jetzt ab auf deiner Seite. Ich glaub, du weißt gar nicht, daß er dich fast umgebracht hätte."

Colum ging jetzt durch die Gärten. Master Konrad Knutsson! Er spuckte ins Wasser, dann lachte er. Er würde bei seiner Rückkehr aus London, oder wo immer er war, sein Haus in einem schönen Zustand vorfinden, und es geschah ihm recht. Colum hätte gewünscht, daß das Wasser bis zum Dach steigen würde, nur erwartete die Herrin des Hauses ein Baby. Knutsson hatte ein Mädchen, jung genug, seine Tochter zu sein, zur dritten Frau genommen; sie war erst siebzehn, als er sie heiratete. Und wie alt war er – fünfundvierzig?

Er watete durch den Park, und als er unter den Bäumen hervortrat, blickte er über die große Wasserfläche zu der Stelle, wo die Ulme auf die Uferböschung gestürzt war. Ein riesiger Trümmerhaufen hatte sich dort angesammelt. Wäre die Ulme nicht gewesen, wäre das Mädchen jetzt weit flußabwärts und tot wie ein geräucherter Hering. Er konnte sich nicht entschließen, welchen Weg er einschlagen sollte. Der kürzeste Weg wäre nach links und über die Brücke an der Flußbiegung; aber diese Brücke war aus Holz und vermutlich fortgeschwemmt. Es war klüger, über die Zollbrücke zu gehen.

Als Colum eine halbe Stunde später dort eintraf, war das Haus des Zöllners leer. Nur wenige Zentimeter trennten die Brücke von dem tobenden Fluß unter ihr, und das Wasser stieg von Minute zu Minute. Er lief eilig hinüber. Dann kämpfte er sich, bis zur Hüfte im Wasser, quer über ein Feld und stieg auf einen Hügel. Dort warf er sich flach auf den Boden und lag eine Weile schwer atmend da; dann rappelte er sich auf und ging den Kamm des Hügels entlang zu seinem Haus. „Tarn Abode“ war aus Stein und sah aus wie eine Reihe einstöckiger Hütten, abgesehen von der letzten, die zwei Stockwerke hatte. Eine Mauer, etwa fünfzig Zentimeter dick und an der höchsten Stelle ein Meter fünfzig hoch, lief in einer Entfernung von hundert Metern um das Haus.

Wie ein Miniaturschloß beherrschte „Tarn Abode“ das Tal. Von den vier Fenstern des oberen Stockwerks aus konnte man meilenweit sehen. Das Nordfenster blickte hinunter auf die Stelle, wo der Fluß sich teilte: Wie ein breites Band zog sich ein Arm nach links in Richtung Newcastle und Nordsee, während der andere sich nach rechts durch das Hügelland bis Corbridge schlängelte. Aber die größte Sehenswürdigkeit, die „Tarn Abode“ überblickte, war die „Abtei“. Dort, jenseits des Flusses und am oberen Ende des flachen Tals, stand das große Steinhaus, rosa und cremefarben, wenn die Sonne es beschien, und hier und dort von schwarzen Streifen überzogen; dies waren die Kletterpflanzen, die die Giebel bedeckten. Das Haus wurde die „Abtei“ genannt, aber von der ursprünglichen Abtei war nichts übriggeblieben außer der bröckeligen Mauer, die zwischen den riesigen Zypressen emporragte. Das jetzt dort stehende Haus war verhältnismäßig modern, denn es war vor nicht mehr als siebzig Jahren gebaut worden, nachdem das vorhergehende niedergebrannt war. Manche Leute sagten, es hätten mindestens noch zwei weitere Häuser an dieser Stelle gestanden. Der Fluch, der auf den Häusern lag, die auf den Grundmauern der Abtei errichtet worden waren, wurde den Knutssons zugeschrieben – sie waren Ausländer, Flachsköpfe aus Schweden.

Das gleiche konnte man im Grunde auch von den Flynns sagen, denn waren sie nicht aus Irland hierher geflohen, um einer der zahlreichen Wirren jenes Landes zu entkommen? Dennoch gab es einen Unterschied, denn ihr Haus stand jetzt noch ebenso, wie Patrick Flynn es 1610 für sich und seine junge Frau gebaut hatte. Er war ein recht wohlhabender Mann gewesen, er hatte Vieh gezüchtet und Seile gedreht. Aber seine Söhne und deren Söhne hatten schwere Zeiten durchgemacht und mußten das Vieh verkaufen; und dann wurde das Land Stück um Stück verkauft, bis die meisten Leute sich nicht mehr erinnerten, daß die Flynns einmal einen großen Grundbesitz ihr eigen genannt hatten. Das heißt die meisten außer Colum Flynn, denn Colum war besessen von dem Wunsch nach Land und stolz auf „Tarn Abode“ und die Familie. Die Flynns besaßen ein Heim, das ihren Vätern und deren Vätern vor ihnen gehört hatte; sie übten ein Gewerbe aus, das ihnen manchmal sehr wenig Geld einbrachte; aber was machte das schon, sie hatten ein Dutzend Schweine, Hühner und Gänse, und sie hatten noch fünf Morgen, die ihnen gehörten und ihnen auch weiterhin gehören würden – ja, bei Gott –, solange noch ein Flynn am Leben war ... Und, wichtiger noch als das, jeder einzelne von ihnen, bis hinunter zu Michael, konnte lesen und schreiben. Colum hob wie immer unbewußt stolz den Kopf, als er durch die torlose Öffnung in der Mauer ging. Links war die Seilerbahn. Sein Vater zog jetzt Litzen aus Hanf über die Bahn auf den zehnjährigen Barney zu, der am Rad stand, bereit, die Litzen am Seilwagen zu befestigen.

Dan Flynn – ein Mann von vierundfünfzig, einen Kopf kleiner als sein ältester Sohn, von magerer Gestalt, das Haar noch schwarz, die Augen noch fröhlich – knüpfte die Litzen an den Haken des Seilwagens; dann sah er zu Colum hinüber, der gerade an den Schweineställen vorbeiging, und rief: „Irgendwas vom Fluß angeschwemmt worden?“ Colum wandte sich nach ihm um, als er erwiderte: „Ja, aber das meiste ist bei der alten Ulme knapp hinter unsrer Mauer angeschwemmt. Und die ist dann umgekippt – die Ulme."

„Wir sehen's uns später an."

„Ja, gut", sagte Colum und trat von dem ungepflasterten Hof auf die Kopfsteine vor dem Hause. Er fuhr mit den Fingern durch das Haar von Michael, seinem jüngsten Bruder, der, erst sechs Jahre alt, bereits geschickt im Spinnen von Garn war. Der Junge hatte ein Faserbündel um die Taille gewickelt; ein Ende war an einem Nagel an der Wand befestigt, und seine geschickten kleinen Finger zwirnten die Fasern, während er langsam rückwärts ging.

Colum bückte sich leicht und trat durch die dritte Tür der Häuserreihe in ein kleines Zimmer, wo eine Anzahl Kleidungsstücke an Wandhaken hingen. Er legte seine nasse Kleidung ab und zog trokkene an; dann ging er durch eine Seitentür in einen Lagerraum, dessen Wände mit Seilen jeder Stärke, von dünnen Schnüren bis zu Tauen so dick wie sein Handgelenk, behängt waren. Es gab Netze, Wäscheleinen, Stricke für den Pflug und die Stirnriemen von Pferden, Körbe und Matten, die letzteren in allen Formen und Größen und den verschiedensten Mustern.

Er begann, Seile von den Haken zu nehmen und sie in die Körbe zu legen. Während er arbeitete, kam eine hochgewachsene Frau an die Tür am anderen Ende des Raumes. Ihr Haar war straff aus der Stirn zurückgekämmt; sie trug ein blaues Kleid mit einem enganliegenden Mieder und eine Schürze aus ungebleichtem Leinen. „Du bist heute früh dran mit dem Packen", sagte sie.

„Ich muß früh aufbrechen; keine Straße ist frei und vielleicht auch keine Brücke, und welchen Weg ich auch nehme, er wird doppelt so lang sein."

„Hör zu." Ihre Stimme war sanft. „Warum versuchst du's nicht mal wieder auf dem Markt in Newcastle?"

„Oh, Ma. Wir können es doch nie im Leben mit den Haggies aufnehmen. Ihr Betrieb liegt praktisch auf der Schwelle von Newcastle, und sie haben sich den Markt dieser ganzen Gegend angeeignet. Wir haben unsre Kunden in Hexham; die Bauern dort wissen, was ein gutes Seil ist."

Sie nickte ihm zu. „Tu, was du für richtig hältst, aber vergiß nicht, Bauern sind wankelmütig. Ein schlechtes Jahr, und sie kaufen weniger Seile, Matten und Netze für ihre Schober. Wir haben's schon öfters erlebt. Wie dem auch sei, es steht etwas zu essen für dich bereit, auch frischer Tee. Hol ihn her, solange er noch warm ist."

Kurz darauf ging er in die Küche. Seine beiden Schwestern, Kathie, acht Jahre alt, und Sharon, neun, saßen auf niedrigen Schemeln, jede auf einer Seite einer großen Schüssel mit Kartoffeln, deren Schalen sie mit den Händen reinigten. Kathie, die hellbraunes Haar und ein rundes, ernstes Gesicht hatte, sah ihn an und lächelte, aber Sharon, mit ihrem schwarzen Haar und den dunklen Augen eine kleinere Ausgabe von Colum selbst, sprang auf und sagte: „Hast du was gefunden, Colum?"

„Ja." Er nickte. „Und ich hab's euch mit raufgebracht." Er beugte sich zu ihr hinunter und zählte mit völlig ernster Miene an seinen Fingern ab: „Ein totes Pferd, zwei tote Kühe, drei tote Schafe ..."

„Oh, Colum, du Scheusal!" Sie trommelte mit den Fäusten gegen seine Brust.

„Hör auf, Sharon. Benimm dich."

„O Ma. Er ärgert mich."

„Still jetzt, und hol deinen Becher. Und du auch, Kathie."

Die Mädchen gingen gehorsam zu dem hölzernen Regal, das die Hälfte der Küchenwand einnahm und mit irdenem Geschirr und brünierten Kupfertöpfen vollgestellt war.

Es gab mehrere Holzstühle in der Küche, alle mit geraden Lehnen, und, in krassem Gegensatz dazu, zwei braune Ledersessel, mit Messingnägeln verziert und elegant in der Form. Man meinte zuerst, daß sie in diesem niedrigen Raum mit seinen getünchten Wänden und dem Steinfußboden fehl am Platz seien, aber sie waren so abgenutzt, daß sie dort hineinpaßten, als hätten sie nie eine andere Umgebung kennengelernt. In einem von ihnen saß, breit und behäbig, eine Frau, deren Alter schwer zu schätzen war. Sie hätte dreißig oder fünfzig sein können; tatsächlich wurde Dorry Kerry, eine entfernte Verwandte von Dan Flynn, in zwei Monaten vierzig. Ihr Gesicht war groß und rund, ihre Augen dunkel und klein, aber alles an ihr trug dazu bei, einen Eindruck von Wohlwollen und Güte zu vermitteln.

Kurz darauf kamen Dan Flynn und Barney in die Küche. Seine Frau nahm, selbst für einen so zwanglosen Imbiß wie diesen, ihren Platz am unteren Ende des Tisches ein. Elizabeth Flynn war vierundvierzig Jahre alt. Sie war groß und unscheinbar und hatte im Gegensatz zur übrigen Familie keinen fröhlichen Ausdruck in den Augen, aber in ihrem Gesicht lag eine Ruhe, die weder Glück noch Traurigkeit ausstrahlte. Sie besaß eine einzige hervorstechende Eigenschaft:

Ihre Stimme hatte einen leicht vibrierenden, melodischen Klang, der sie aus allen anderen heraushob. Jetzt fragte sie Colum: „Sieht es sehr schlimm drüben in der ‚Abtei' aus?"

„Das Haus wird bald davongeschwemmt, und ich würd sagen, soll das Wasser ruhig bis zum Dach raufsteigen, nur steht die Herrin kurz vor ihrer Niederkunft. Und sie ist nicht die einzige. Ich hab ein Mädchen aus dem Fluß gezogen; sie muß auch jeden Augenblick niederkommen."

„Du hast ein Mädchen aus dem Fluß gezogen!" riefen Elizabeth und Dorry wie aus einem Mund. „Kennst du sie?" fragte Dorry.

„Nein. Aber ich glaub, ich hab sie gestern oder vorgestern übers Wasser weg in Richtung des Sumpfes gehen sehn, und ich hab ihr zugerufen, sie soll vorsichtig sein. Sie ist scheint's eine Hausiererin; sehr jung."

„Gott steh ihr bei", kam es wieder von Dorry. „Wie alt?"

„Sechzehn, ungefähr. Ja, sechzehn." Er nickte bestätigend.

„Wohin hast du sie gebracht?" fragte Elizabeth.

„Auf den Heuboden. Art hat sie zuerst gesehn. Er hat mir übers Wasser zugerufen. Sie war zwischen den Trümmern, die sich an der alten Ulme aufgetürmt hatten. Die ist nun doch umgestürzt. Ich bin ein Stück hinausgewatet, aber ich konnt nicht rüberkommen; deshalb bin ich zurück zu den Schrittsteinen gegangen, und selbst da war das Leitseil nur knapp überm Wasser."

„Du hättest ertrinken können", sagte sein Vater. „Diese Steine sind immer glitschig."

„Nun, ich bin nicht ertrunken." Colum lächelte seinem Vater zu. „Und ich möcht noch 'ne Scheibe." Er streckte die Hand aus, nahm sich eine Scheibe heißes Brot und aß sie, ehe er fortfuhr, denn er liebte es, eine Geschichte in die Länge zu ziehen, und sei es auch nur, um die Mädchen zu ärgern. „Nun, es war so." Er stützte die Ellbogen auf den Tisch. „Als ich zur andern Seite kam, saß Art rittlings auf dem Baum; es dauerte eine Weile, bis ich das kleine Ding erreichte. Sie war zwischen den Tieren eingekeilt, und sie hielt sich verbissen an etwas fest, was aussah wie eine Wagendeichsel. Sie war bewußtlos, als ich sie verließ; Art hat gesagt, er wird eins der Mädchen bitten, sich um sie zu kümmern. Ich hab mich nicht lange aufgehalten; wollt keinem von den Leuten dort begegnen."

„*Nein. Nein.*" Dan, Elizabeth und Dorry fanden es besser, wenn er niemandem von der „Abtei" begegnete, außer Art Dixon natürlich.

„Hast du gesagt, eine Wagendeichsel, Colum?“ fragte Barney, und als Colum es bejahte, fuhr er fort: „Wir könnten zwei Deichseln gebrauchen, Colum. Du hast gesagt, wenn du Zeit hast, wirst du Deichseln und einen Schlitten machen, und dann könnten wir den Flachs vom untern Trockengestell drauftun, und Prinz könnte ihn den Hügel raufziehn.“

„Eine gute Idee, Junge.“ Dan grinste breit. „Ein Wunder, daß du nicht schon früher drauf gekommen bist.“ Er nickte Colum zu.

Colum sah seinen Vater an, ohne etwas zu erwidern. Er sagte sich wieder einmal, daß er seinen Vater einundzwanzig Stunden am Tag gern hatte; eine Stunde liebte er ihn, eine weitere Stunde verachtete er ihn, und während der letzten Stunde haßte er ihn. Das war dann für gewöhnlich nachts, wenn er im Bett lag, über sein Leben nachdachte und sich überlegte, was es ihm bringen würde. Er wollte heiraten, und es gab zwei Mädchen, die nur auf einen kleinen Fingerzeig von ihm warteten – Mary Page drüben in Ponteland und Milly Brent in Throckley –, aber wenn er eine Frau ins Haus brachte, bedeutete dies nicht nur Verantwortung für einen Menschen mehr, sondern es käme auch jedes Jahr noch einer hinzu, denn er wollte eine große Kinderschar haben, um sicherzugehen, daß mindestens eines unter ihnen sein würde, das „Tarn Abode“ und das Land ebenso liebte wie er. Barney würde das niemals tun, denn er war schon jetzt mit zehn seinem Vater zu ähnlich; Michael, nun, das konnte man noch nicht wissen. Aber man konnte den Kindern keinen Vorwurf machen. Es war ihr Vater, der schuld daran war, denn er war stinkfaul.

Was den Haß gegen seinen Vater in ihm geweckt hatte, war die Tatsache, daß er überhaupt jemals daran hatte denken können, sein Land zu verkaufen. Und dann die Sache mit dem Geschäft. Auf den Seitenwänden ihres Wagens stand mit großen Lettern: DAN FLYNN, SEILER. Aber Colum wußte seit seinem zwölften Jahr, daß er, Colum Flynn, in Wirklichkeit der Seiler war; und im Lauf der Jahre hatte sein Vater ihm die ganze Verantwortung für das Geschäft aufgehalst. Dan Flynn wollte nichts weiter als faulenzen und lesen.

Gewiß, wenn sie abends die Matten oder die Körbe flochten, las Vater ihnen vor, und das war tatsächlich sehr angenehm, nur bedeutete es zwei geübte Hände weniger bei der Arbeit, die ihnen ihr tägliches Brot brachte. Aber er gab zu, daß er stolz war, selbst lesen und schreiben zu können; es verlieh ihm ein größeres Ansehen, wenn er die Bauernhöfe oder die großen Häuser besuchte und mit einer Tafel in der Hand bei den Leuten in der Küche stand und die einzelnen Beträge zusammenrechnete.

Aber alles zu seiner Zeit, auch das Lesen. Diese Deichseln zum Beispiel: Sein Vater hätte sich dahinterklemmen und sie machen können, statt mit einer Flasche selbstgebrautem Bier und einem Buch im Heidekraut oberhalb des Flusses zu liegen. Aber Gott hatte seinen Vater und sie alle verschieden geschaffen, sagte er sich. Und vor allem hatte Er seine Mutter ganz anders geschaffen.

Colum blickte zu ihr hinüber, und seine Gefühle für sie brauchte er nicht nach Stunden aufzuteilen, denn er liebte und verehrte sie die ganzen vierundzwanzig Stunden des Tages. Und er liebte auch Dorry; Dorry, die niemals einen Mann gehabt hatte und doch so sehr einen brauchte. Es stand in ihren Augen geschrieben, und man erkannte es an der Liebe, mit der sie die Familie überhäufte. Wie seltsam war das Leben, wenn man Zeit hatte, darüber nachzudenken.

Er stand vom Tisch auf und sagte: „Nun, dies bringt uns weder Deichseln noch einen beladenen Wagen, noch dem Kind 'ne neue Mütze ein."

Der letzte Teil dieser Redensart war alt, sein Ursprung unbekannt; aber es ließ sie vom Tisch aufstehen und holte sie morgens aus dem Bett: „Los! Dies bringt dem Kind keine neue Mütze ein."

Er ging in den Lagerraum und packte weiter seine Waren für den nächsten Tag, und dabei ging ihm immer noch die Redensart im Kopf herum. Er fragte sich, ob dieses kleine Ding schon ihr Kind zur Welt gebracht hatte und was sie wohl bekommen würde, einen Jungen oder ein Mädchen; aber eines wußte er bestimmt – was auch immer es war, eine neue Mütze würde es nie bekommen.

3

Der Skandinavier

Die Vorhänge des Himmelbettes waren zurückgezogen, das Bettzeug lag zusammengeknüllt am Fußende; die seidene Überdecke war zu Boden geglitten und lag silbrig glänzend auf dem karmesinroten Teppich. Das Kaminfeuer strahlte eine drückende Hitze aus; über den lodernden Scheiten hingen zwei dampfende Kupferkessel. Das Zischen des kochenden Wassers war durch das Stöhnen und Ächzen zu hören, das vom Bett herüberdrang. Das kleine Gesicht auf dem Kissen war blaß und schweißbedeckt. *„Bel-la!"* Mit einem erstickten Keuchen wurde der Name hervorgepreßt, und die Frau am Fuß des Bettes hielt das neugeborene Baby an den Beinen hoch, während sie ihm wiederholt energische Klapse aufs Hinterteil versetzte.

Als die Stimme vom Bett abermals „Bel-la! Bel-la!" rief, sagte die Frau in einem harten Ton, der weder von einer Hebamme noch von einer Dienerin stammen konnte: „Warte! Siehst du nicht, daß es nicht atmet?" Dann gab sie ihm abermals Klapse.

„Nicht atmet?" Florence Knutsson stützte sich auf die Ellbogen. „Es muß, Bella! Es muß!"

„Ich tue mein möglichstes." In der leisen, tiefen Stimme klang aufsteigende Panik mit.

„O Gott! Laß es atmen. Hol den Arzt, Bella!"

„Sei nicht töricht." Bella Cartwright wandte sich um und sah auf ihre Nichte hinunter, die sie fast als eine Tochter ansah, denn sie hatte während der letzten zehn Jahre wie eine Mutter für sie gesorgt. „Es ist alles überflutet; die Brücken sind fortgeschwemmt, und es gibt keine befahrbare Straße."

Florence Knutsson streckte die Hand nach der hochgewachsenen, mageren Frau aus und flehte: „Es muß leben, Bella. Er wird wütend sein, wütend. Er wird meinem Reiten die Schuld geben und der letzten Fahrt in die Stadt ..."

Bella antwortete nicht, sondern lief eilig zum Kamin, legte das Kind auf das dicke weiße Bärenfell vor dem Feuer und begann, seine Glieder zu reiben. Und jetzt war kein Laut im Zimmer zu hören, außer ihrem eigenen tiefen Atmen und dem Sprudeln in den Kesseln. Nach einigen Minuten hörte sie mit dem Reiben auf und sah zu der mitleiderregenden kleinen Gestalt hinunter; dann drehte sie sich zum Bett um und begegnete dem Blick der Mutter, die keine Mutter war.

Als Bella aufstand, stieß Florence einen hohen Klagelaut aus und begann, wie wild mit den Fäusten auf die Matratze zu schlagen.

„Hör auf, hör auf!" Bella stürzte auf sie zu und hielt sie fest. „Du wirst dir Schaden zufügen. Komm, ich mach dich sauber."

Wie gelähmt vor Verzweiflung ließ sich Florence von Bella versorgen, aber sie stöhnte die ganze Zeit, und nach einer Weile wimmerte sie: „Ich habe Angst, Bella. Du weißt, wie er ist."

„Das hättest du dir vorher überlegen sollen. Ich habe dich davor gewarnt zu reiten. Und jetzt hast du seinen Sohn verloren, und das ist alles, was er wollte, einen Sohn. Das ist alles, was er von den anderen beiden wollte. Jetzt steht er da, fünfundvierzig Jahre alt, drei Frauen und keinen Sohn. Es liegt ein Fluch auf ihm. Das hat er selbst gesagt, als du das erste Kind verloren hast. Und er hat allen Grund, wütend auf dich zu sein, denn er hat dir gesagt, du sollst nicht reiten. Aber du wolltest dich vor Gerald aufspielen, nicht wahr? ... Jetzt hör auf. Hör auf!" Sie strich Florence das weiche, blonde Haar aus der Stirn; in der Geste lag Zärtlichkeit, und auch ihre Stimme war jetzt nicht mehr streng. „Nun, wir müssen die Sache durchstehen, aber, bei Gott, sie wird Folgen haben; er wird wieder zu trinken anfangen, und du weißt, was das bedeutet."

„O Bella, Bella." Florence klammerte sich verzweifelt an sie. Plötzlich wurden sie beide von einem Klopfen an der Tür aufgeschreckt. Bella sprang auf, zog hastig die Decke über Florence, dann ging sie zur Tür und öffnete sie einen Spaltbreit. Ihre Augen wurden groß. Vor ihr stand Art Dixon, der erste Kutscher. Sie war überrascht, den Mann in diesem Teil des Hauses zu sehen, und beunruhigt darüber, daß überhaupt jemand von der Dienerschaft an der Tür war, denn sie wollte keinesfalls, daß die Nachricht von dem totgeborenen Kind überall auf dem Besitz verbreitet wurde. Kein Geschwätz sollte den Herrn des Hauses erreichen, ehe sie selbst ihm gegenübertrat. Sie hatte keine Angst vor Konrad Knutsson – sie wußte, daß sie vermutlich die einzige in diesem Hause war, die ihn nicht fürchtete –, und sie war überzeugt, daß es ihr gelingen würde, seinen Zorn zu besänftigen, bevor seine Frau ihn abbekam. Jetzt stand sie an der Tür und fragte Dixon schroff: „Was wollen Sie?"

„Verzeihung, ich hab die falsche Tür erwischt, Miß. Ich hatte geglaubt, Stimmen zu hörn. Hab nach Mrs. Poulters Zimmer gesucht."

„Was wollen Sie von ihr zu dieser späten Stunde?"

„Das Wasser steigt, Miß. Ich wollte ihr sagen, daß die Küchen überschwemmt sind, und es wird bald die Halle erreichen. Ich dachte, sie ist hier oben in der Nähe der Herrin, denn ich hab sie erst vor kurzem gesehn, als sie dem jungen Ding auf dem Heuboden bei der Entbindung geholfen hat."

„Wem bei der Entbindung geholfen hat?"

„Einem jungen Mädchen, Miß; ist von der Flut mitgerissen worden; sie muß, nach ihrer Kleidung zu schließen, eine Hausiererin sein. 's geht ihr nicht gut."

Bella Cartwright horchte auf. Eine Hausiererin von weiß Gott wo, die sogar ihre Seele verkaufen würde. Vielleicht war das die Rettung. Sie fragte mit verkniffenem Mund: „Was ist es, ein Junge oder ein Mädchen?“

„Ein Junge, Miß. Ein schönes, gesundes Kind, aber das arme Ding ist völlig außer sich. Will's nicht ansehn, will's nicht haben, weiß nicht, was sie machen soll, denn sie ist selbst noch fast ein Kind.“

Bella starrte den Kutscher einen Augenblick an, ehe sie sagte: „Mrs. Poulter ist wahrscheinlich zum Pförtnerhäuschen zurückgekehrt. Gehen Sie dorthin, und sehen Sie, ob alles in Ordnung ist. Die Herrin macht sich Sorgen. Und sagen Sie Mrs. Poulter, ich wäre ihr dankbar, wenn sie sofort kommen könnte.“

Art fragte sich, was der größte Teil der Dienerschaft sich während der vergangenen zwei Jahre gefragt hatte, wer wirklich die Herrin der „Abtei“ war, das kleine, puppenhafte Geschöpf oder diese große, hexenähnliche Person. Nach dem Herrn hatte sie die größte Macht, und sie führte das Regiment, wenn er nicht zu Hause war. Er sagte: „Ich werd 'ne Weile brauchen, Miß“, worauf sie erwiderte: „Ich verstehe“, und ihre Stimme klang jetzt nachsichtiger.

Nachdem er fort war, blieb sie ein paar Sekunden mit dem Rücken zur Tür stehen und sah in Florences weitgeöffnete, blaßblaue Augen; dann warf sie einen Blick auf das kleine Häufchen vor dem Kamin.

Mit raschen Schritten ging sie zu einem Schrank, holte einen Umhang mit einer Kapuze heraus und zog ihn an; dann öffnete sie eine Schublade, nahm aus einer kleinen Kassette fünf Goldstücke und steckte sie in die Tasche. Als nächstes zog sie ein Handtuch von einem hölzernen Ständer in der Nähe des Kamins, bückte sich und wickelte das tote Kind ohne weitere Umstände in das Tuch, das sie zu einem Bündel band. Florence saß aufrecht im Bett; ihre Lippen bewegten sich, aber sie brachte keinen Ton hervor. Bella ging auf sie zu und sagte: „Bleib still liegen. Falls jemand kommt, sag nichts. Hast du verstanden? Du kannst bewußtlos sein oder sonstwas, aber sag nichts. Ich bleibe nicht lange fort. Mach dir keine Sorgen.“ Dann ging sie, unter dem Umhang das Bündel fest an sich gepreßt, hinaus.

Sie ging einen Korridor entlang, über einen großen Treppenabsatz, vorbei an tropfenden Kerzen, dann die sanft geschwungene Treppe hinunter zur Halle. Und dort sah sie, wie Dixon vorausgesagt hatte, daß das Wasser in kleinen Bächen über den Marmorboden lief.

Sie war erstaunt über das Gewicht der Haustür. Dabei fiel ihr ein, daß sie, solange sie in diesem Hause war, fast nie selbst eine Tür geöffnet hatte. Sie hatte es gern, wenn ihr die Tür aufgehalten wurde. Florence und sie hatten ein bescheidenes Leben geführt, bis sie Konrad Knutsson begegnet waren, dem Typ von Mann, von dem sie selbst als junges Mädchen geträumt hatte. Sogar jetzt, da sie vierzig war, konnte solch ein Mann sie noch erbeben lassen. Aber Männer dieses Schlags interessierten sich nicht für Frauen wie sie; sie verliebten sich in Frauen wie Florence, zarte, nutzlose, liebenswerte kleine Spielzeuge. Aber Konrad Knutsson wollte einen Sohn, und wenn er keinen Sohn bekam, war er imstande, sein Spielzeug fortzuwerfen, sich scheiden zu lassen; denn ein Mann wie er hatte keine Angst vor dem Gerede seiner Umwelt. Seine erste Frau war im Kindbett gestorben; seine zweite hatte ihm nicht einmal die Genugtuung einer Fehlgeburt gegeben. Das hätte er ihr vielleicht verziehen, wäre sie nicht mit einem Liebhaber davongelaufen. Er hätte sie beide getötet, wenn er sie erwischt hätte, aber ehe es dazu kam, waren sie und ihr Liebhaber in London einer Epidemie erlegen.

Konrad war seit drei Jahren Witwer, als sie und Florence ihn im Hause einer entfernten Verwandten kennenlernten. Sie hatten einen großen Teil ihrer Zeit bei Verwandten verbracht, und Bella wußte, daß ihre schroffe Art ihr verziehen wurde, weil sie die verwaiste Tochter ihrer Kusine unter ihre Fittiche genommen hatte. Konrad Knutsson war in ihr Leben getreten, als sie fürchtete, daß Florence im Begriff war, sich in ihren eigenen Vetter, Gerald Cartwright, zu verlieben, einen vierten Sohn ohne irgendwelche Zukunftsaussichten, der noch dazu ein leidenschaftlicher Spieler war. Im Haus von Gerald Cartwright hatte sie zum erstenmal mit Konrad Knutsson gesprochen, und als sie von seiner gesellschaftlichen Stellung und seinem Reichtum erfuhr, betrachtete sie ihn als ihre und Florences künftige Versorgungsquelle.

Sie wußte von Anfang an, daß Konrad Knutsson und sie einander verstanden, denn er erkannte, daß sie, der es so völlig an weiblichen Reizen mangelte, den Verstand eines Mannes besaß. Es war ihr Scharfsinn, der ihr jetzt eine Idee eingegeben hatte, die ihr für alle Zeiten ihren Aufenthalt in diesem Hause sicherte, denn Gott allein wußte, ob Florence jemals wieder empfangen würde; schon die Umarmung an sich versetzte sie in Angst und Schrecken. Sie liebte es, wie eine Vierzehnjährige Liebe zu spielen und Briefe und Gedichte auszutauschen; wie eine Vierzehnjährige hatte sie vor ihrem nichtsnutzigen Vetter angegeben, war mit ihm ausgeritten und gestürzt

– nur ein sanfter Sturz, hatte sie gesagt, aber er hatte genügt, das Kind fast zwei Monate vor der Zeit zur Welt kommen zu lassen! Florence hatte guten Grund, den Zorn ihres Mannes zu fürchten.

Bis zu den Knöcheln im Wasser, blickte Bella vom oberen Ende der Stufen aus in die dunkle Nacht hinaus. Dann stieg sie, eine Hand auf der Balustrade, die Stufen hinunter, und als das Wasser um ihre Knie wirbelte, zog sie erschreckt die Luft ein und klammerte sich an die Steinkugel auf der Säule am Fuß der Stufen. Nach einer kurzen Pause tastete sie sich über die Terrasse, die vor dem Wohnraum lag, und ging quer über die Auffahrt zu der geschwungenen Mauer, die den Hof abschloß. Schließlich erreichte sie zitternd und keuchend, das Bündel fest unter dem Arm, die Pferdeboxen. Sie standen alle offen.

Auf dem Heuboden, hatte Dixon gesagt. Sich behutsam mit der Hand an der Wand entlangtastend, gelangte sie an ein Tor, vor dem ein Heuballen schwamm. Als sie nach oben blickte, sah sie das Ende einer Leiter über dem Heuboden, auf dem eine Laterne stand. Sie bahnte sich einen Weg zur Leiter und zog sich langsam mit der freien Hand hinauf. Dann legte sie das Bündel neben der Leiter ab, und als sie zur Laterne hinübersah, die am anderen Ende des Heubodens stand, entdeckte sie in ihrem schwachen Licht die regungslose Gestalt.

Sie ging hinüber; dann kniete sie neben dem Strohlager und blickte in zwei Augen, eines im Dunkel, weil das Mädchen auf der Seite lag, aber das andere offen und matt vor Erschöpfung.

Bella sprach zuerst. „Wie heißt du?"

„Kirsten MacGregor." Ihre Stimme war kaum vernehmbar.

„Wo ist dein Mann?"

Damit war Hop Fuller gemeint. Aber er war nicht ihr Mann gewesen, nur ihr Besitzer. Sie sagte in dem gleichen schwachen Flüsterton: „Tot."

„Deine Familie? Wo stammst du her?"

Kirsten schüttelte den Kopf. Sie war zu müde, um zu erklären, daß sie keine Familie hatte, daß sie von nirgendwo stammte.

Bella fragte weiter: „Dein Baby, lebt es?"

Mit einer schwerfälligen Bewegung schob Kirsten die Pferdedecke zurück, unter der sie lag, und zeigte das Gesicht eines atmenden Kindes. Es hatte ein runzeliges, rundes Gesicht und blondes Haar, und seine Lippen bewegten sich zuckend, als ob es träumte, daß es gesäugt wurde.

Bella beugte sich weiter hinunter, bis ihr Gesicht nur wenige Zoll von Kirstens entfernt war, und fragte im Flüsterton: „Du willst es nicht?“

Kirsten zögerte lange, dann sagte sie: „Nein.“

„Ist es gesund?“

„Gesund? O ja. Ja, ich glaube.“

„Willst du es verkaufen? Sieh her.“ Sie schob die Hand in die Innentasche ihres Umhangs und holte die fünf Goldstücke heraus, die im Licht der Laterne glänzten. Kirsten starrte sie wie gebannt an, und als sie nichts sagte, fuhr die Stimme über ihr fort: „Du ziehst über Land, nicht wahr? Wie willst du ohne Mann ein Kind ernähren?“

Die Augen blickten von den Münzen auf, und Bella sah, daß das rechte Auge stark schielte. „Und mit deinem Leiden wird es dir schwerfallen, Arbeit zu finden.“ Sie deutete auf das Auge.

Kirsten blickte in das Gesicht, das über ihr schwebte. Die Frau bot ihr fünf Goldstücke für das Kind. Es war, als ob Gott sich plötzlich erinnert hätte, daß sie am Leben war, und sie mit Geschenken überhäufte; zuerst hatte Er Hop Fuller getötet; dann hatte Er dafür gesorgt, daß sie aus dem Wasser gezogen wurde; und jetzt, wo sie sich benommen fragte, was aus ihnen beiden werden sollte, schickte Er eine Frau, die sich nicht nur erbot, das Kind zu nehmen, sondern ihr auch noch fünf Goldstücke dafür gab. Was konnte sie nicht alles mit fünf Goldstücken anfangen! Vielleicht ein Pferd und einen Wagen kaufen und ein für allemal diesen Teil der Welt verlassen, denn es mußte doch irgendwo Menschen geben, die nicht auf ihr Äußeres sahen, sondern sie wegen ihrer Freundlichkeit, ihrer Herzensgüte achteten. Es mußte doch wenigstens eine Familie geben, die sie lieben würde. Aber sie würde sie niemals finden, wenn sie jahraus, jahrein gezwungen war, Hop Fullers Ebenbild mit sich herumzuschleppen. Sie sah, wie das Gesicht mit einer ruckartigen Bewegung von ihr zurückwich, als sie sagte: „Sie können es haben.“

Langsam legte Bella die fünf Goldstücke, eines nach dem anderen, auf den Rand der Pferdedecke. Dann erhob sie sich, ging zur Leiter und hob das Bündel auf, das dort lag. Sie kehrte zu Kirsten zurück, legte es neben das Strohlager und sagte: „Dieses hier ist tot. Du kannst sagen, deins sei gestorben, verstehst du?“

Ein Ausdruck der Bestürzung erschien auf Kirstens Gesicht, als Bella fortfuhr: „Wenn der Kutscher zurückkommt, sagst du ihm, es sei gestorben. Er wird den Unterschied nicht merken; es hat auch blondes Haar. Laß es ihn so bald wie möglich begraben … und hör zu." Sie ließ sich wieder auf die Knie sinken und beugte sich zu Kirsten hinunter. „Du darfst niemals über diese Sache sprechen, hörst du, niemals. Du hast dein Kind verkauft; du bist dafür bezahlt worden. Es war ein legaler Verkauf. Wenn ich jemals höre, daß du auch nur ein Wort darüber hast verlauten lassen, lass' ich dich ins Arbeitshaus bringen. Dies ist ein legaler Verkauf, verstehst du?"

Wieder das Wort legal. Ma Bradley hatte sie Hop Fuller ausgeliefert und gesagt: „Es ist unterschrieben und besiegelt, alles ganz legal." Und jetzt sagte diese Dame – denn sie sprach wie eine Dame –, es sei legal. Nun, sie brauchte sich keine Sorgen zu machen; sie würde nichts sagen. Sie würde ihr Leben lang dankbar sein, daß sie so schnell von dieser Last befreit worden war. Sie sagte: „Ich verstehe. Ich werd nichts sagen, niemals. Und ich werd, sobald ich kann, hier weggehn."

Bella hob jetzt das schlafende Baby auf, das in ein Tuch gewickelt war, und untersuchte es sorgfältig. Dann legte sie es nackt auf die Decke neben Kirsten, nahm das Tuch in beide Hände und riß es in zwei Hälften. In eine hüllte sie das jetzt wimmernde Baby, die andere warf sie über das tote Kind, nachdem sie zuvor das Handtuch von ihm genommen hatte. Sie warf Kirsten einen letzten warnenden Blick zu, dann stieg sie, das Handtuch über der Schulter, das Baby im Arm, die Leiter hinunter. Das Kind hochhaltend watete sie durch das Wasser, während sie sich zur Tür der Scheune tastete, und sie überquerte in überraschend kurzer Zeit den Hof und die Auffahrt. Sie betrat die Halle und schleppte sich, bis auf die Haut durchnäßt, die Treppe hinauf. Dann ging sie zu einem der tropfenden Kandelaber, zog das Tuch fort und blickte auf das jetzt wieder friedlich schlafende Kind.

Wasser quoll aus ihren Schuhen, als sie im Laufschritt den breiten Korridor entlangeilte; sie stürmte ins Schlafzimmer, ging geradewegs zum Bett und flüsterte heiser: „Florence! Wach auf."

Florence, die in einen Schlaf der Erschöpfung gesunken war, öffnete die Augen und blickte auf das kleine, Grimassen schneidende Gesicht; und sie traute ihren Ohren nicht, als Bella sagte: „Ein lebendes Baby – deins." Bella ließ sich auf das Federbett sinken, schob Florence das Baby in die Arme und befahl: „Still es! Los, still es."

„Was sagst du?"

„Du hast gehört, was ich gesagt habe." Bellas Stimme war gedämpft, aber deutlich. „Du hast ein lebendes Baby, das du ihm vorweisen kannst. Also tu, was ich dir sage, still es; mach es von der ersten Minute an zu deinem."

Florence stieß das Kind fort und sagte zutiefst angewidert: „Ich kann nicht, ich kann nicht."

Bella sprang auf und beugte sich drohend über sie. „Du bist wie durch ein Wunder gerettet worden. Verstehst du das nicht? Du bist vor seinem Zorn bewahrt geblieben."

„Aber woher hast du es?"

„Hör zu. Ein Mädchen ist den Fluß hinuntergetrieben worden; es ist eine Hausiererin. Aber mach dir keine Gedanken darüber; die Umgebung, in der es aufwächst, ist wichtig. Sie wollte das Kind nicht; hat es mir verkauft. Sie wird morgen oder übermorgen verschwunden sein. Dieses Kind gehört von jetzt ab dir."

„*Das Kind einer Hausiererin!*" Florence legte jetzt die Hand fest auf den Kopf des Kindes und schob es von sich, fuhr jedoch in der gleichen Sekunde erschreckt in die Höhe, als Bella sie bei den Schultern packte und sie anzischte. „Gut, ich bring's zurück; und wenn er kommt, überlasse ich dich deinem Schicksal. Und ich lass' mir von ihm das Geheimnis entlocken, auf welche Art und Weise er seinen Sohn verloren hat. Ich verrate ihm scheinbar ganz unabsichtlich, daß du vor einem Monat, als er in Schweden war, deinen Vetter hier gehabt hast und mit ihm herumgetollt bist. Ich sage ihm, es war das Reiten, das die Frühgeburt verursacht hat ... und der Sturz."

„Bella! Du bist grausam!"

„Ich tu dies alles doch nur um deinetwillen. Wenn er über dich und Gerald Bescheid wüßte, würde er dich mit weniger Bedenken rausschmeißen, als er eine von seinen Huren rausschmeißt, wenn sie ihm nicht mehr gefällt. Ist dir nicht klar" – sie schüttelte den schmächtigen, kleinen Körper –, „wenn du seine erste Frau wärst, würde er dir vielleicht eine zweite Fehlgeburt verzeihen – es gäbe immer noch eine weitere Gelegenheit –, aber du bist seine dritte Frau, und er ist ein Mensch, der an das Schicksal glaubt." Sie schwieg einen Augenblick, um ihre Worte wirken zu lassen, dann setzte sie in weicherem Ton hinzu: „So, und jetzt leg das Kind an die Brust."

„*Nein!* Bella! *Nein! Nein!*"

Jetzt kam die Halsstarrigkeit, die Florence manchmal an den Tag legen konnte, zum Vorschein. „Ich kann es nicht stillen. Auch wenn es mein eignes wäre, würde ich es nicht tun. Das habe ich dir schon vorher gesagt. Ich habe nicht die Absicht, mir meine Figur zu verderben. Du mußt eine Amme besorgen."

Bella wußte, daß sie auf die einzige Stärke in Florences Charakter gestoßen war: ihre Eitelkeit. „Gut. Tu, was du willst." Als Bella sich vom Bett abwandte, rief Florence: „Laß es nicht hier! Nimm's weg."

Bella hob das Kind auf, trug es ins Nebenzimmer und legte es in die mit einem Spitzenbaldachin und erst halbfertigen Vorhängen versehene Wiege, die in einer Ecke stand; sie nahm von einem Stuhl einen von Florences Schals und deckte das Baby damit zu; dann blickte sie zu ihm hinunter und murmelte: „Oscar Eric Karl Knutsson", denn Konrad Knutsson hatte bereits beschlossen, seinen Sohn nach den Königen von Schweden zu nennen.

Am nächsten Morgen nahm Art Dixon das tote Kind in seine Arme und sagte, während er es ansah: „Sie verändern sich schnell, schrumpfen zu nichts zusammen, und dabei hat's gestern abend noch so munter ausgesehn." Dann lächelte er Kirsten zu und fuhr fort: „Die Mädchen sind wieder in der Küche, und sobald sie das Feuer an haben, bringen sie dir was zu essen."

Sie dankte ihm mit einem schwachen Lächeln.

Art sah sie an. Ob Hausiererin oder nicht, sie war wirklich ein hübsches kleines Ding. Und dabei hätte er gestern schwören können, daß ihre Augen auf dreiviertel drei stehen, wie man so sagte; aber jetzt war nur ein kleines Zucken im rechten zu sehn.

Er stieg die Leiter hinunter und legte das tote Kind auf ein Regal im Sattelraum, bis das Wasser vollkommen zurückgewichen war und er es im Gehölz am unteren Ende des Parks begraben konnte. Und er nahm sich vor, das Mädchen zu der Stelle zu führen, bevor es fortging; vielleicht würde es das ein wenig trösten.

Als er auf den Hof hinaustrat, warf er einen Blick auf die mit Schlamm bedeckte Auffahrt. In den Jahren, die er hier war, hatte er das Besitztum viermal überschwemmt gesehen, aber diesmal war es anders. Er konnte sich nicht erklären, weshalb er das Gefühl hatte, daß sie sich von dem Stempel dieser Überschwemmung nie wieder würden befreien können.

Kirsten lag seit drei Tagen auf dem Heuboden, und sie wünschte sich, ewig dort zu liegen, denn dies war, soweit sie sich erinnern konnte, das erstemal, daß sie sich glücklich fühlte. Ihr Körper gehörte wieder ihr allein, und in ihrer Seele war Friede; und sie hatte während der letzten Tage mehr Güte erfahren als während des ganzen Lebens, das begonnen hatte, als sie sechs Jahre alt war.

Sie war jetzt mit drei Pferdedecken zugedeckt und trug ein weißes Kattunnachthemd mit einem bestickten Kragen, das Mrs. Poulter ihr gebracht hatte. Sie mochte Mrs. Poulter. Die Haushälterin war klein und rundlich, und sie hatte eine freundliche Stimme und gütige Augen.

Und dann waren da noch die zwei Mädchen, die ihr die Mahlzeiten brachten. Am ersten Tag hatte die eine, die Rose hieß, ihr die Stirn gestreichelt und gefragt: „Wie alt bist du, Kleines?“ Als sie erwiderte: „Grade fünfzehn geworden“, hatte Rose ausgerufen: „Großer Gott! Du hast früh angefangen, was?“, hatte jedoch sofort hinzugesetzt: „Aber 's tut mir leid, daß du's verloren hast.“ Und die andere, Ruth, hatte gesagt: „Wir müssen zurück. Aber iß alles auf, wenn's auch nur schnell gekochtes Zeug ist.“ Dann fuhr sie lachend fort: „Ich weiß nicht, wann wir heut noch was andres bekommen; es ist wie im Irrenhaus dort drüben, denn die Überschwemmung hat die Herrin lange vor ihrer Zeit niederkommen lassen. Es ist ein Junge, und er läßt's uns wissen; hört keine Sekunde zu brüllen auf. Aber jetzt, wo's Wasser zurückgegangen ist, muß der Herr jeden Augenblick nach Hause kommen.“

Sie waren eilig fortgegangen, und Kirsten hatte diese erste Mahlzeit bis auf den letzten Bissen aufgegessen. Noch nie zuvor hatte sie etwas so Gutes zu kosten bekommen; es gab Suppe, gekochtes Huhn, gefüllte Mehlklöße und Käse. Und die Mädchen hatten sich wegen der Armseligkeit der Kost entschuldigt!

Am dritten Tag sagten die Mädchen ihr, der Herr sei am Abend zuvor zurückgekehrt, und er habe sich wie ein übermütiger Junge aufgeführt, als er hörte, daß er einen Sohn hat; er habe die Herrin aus dem Bett gehoben, sie im Zimmer herumgetragen und die ganze Zeit geküßt. Aber heute sei er wie ein wütender Bulle, denn das Kind schreie ununterbrochen, und statt die Herrin im Zimmer rumzutragen, hätte er gute Lust, ihr die Bandagen von der Brust zu reißen, damit sie das Kind stillen könne. Aber sie wolle nichts davon wissen, und Miß Bella gebe dem Kind Milchbrei, den es nicht annehmen wollte.

Als Kirsten am vierten Morgen erwachte, schien die Sonne durch die Ritzen der Scheune; sie setzte sich ruckartig auf und holte tief

Luft. Sie blickte zu ihrer Kleidung hinüber, die, schlammig und voll Wasserflecken, aber trocken, über einem Balken hing, stand langsam von ihrem Strohlager auf und zog sie an. Dann schob sie die Hand unter das Kissen, holte einen zusammengeknoteten Fetzen heraus, der die fünf Goldstücke enthielt, und steckte das kleine Bündel in die Tasche ihres Unterrocks. Sie beschloß, bis zur nächsten Ortschaft zu gehen; aber ehe sie das tat, wollte sie zum Fluß hinuntergehen und nachsehen, ob die Deichsel noch an dem umgestürzten Baumstamm hing, denn aus den fünf Pfund würden vielleicht zehn werden, wenn sie zur Deichsel gelangen konnte. Hop Fuller hatte sein Geld dort hineingesteckt, dessen war sie sicher. Sie stieg gerade ein wenig zitternd die Leiter hinunter, da sah sie die Haushälterin mit einem Bündel Kleider über dem Arm durch das Scheunentor hereinkommen. Mrs. Poulter blickte zu ihr hinauf, dann rief sie: „Oh, du bist schon auf. Gut, gut. Komm schnell runter, Mädchen."

Als Kirsten unten ankam, sagte sie: „Ich wollte grade zu Ihnen kommen, um mich zu bedanken; ich geh fort."

„Setz dich." Mrs. Poulter zog sie zu einer Holzbank, drückte sie auf den Sitz und ließ sich, die Kleider auf den Knien, neben ihr nieder. Dann sagte sie: „Hast du irgend jemanden, zu dem du gehen kannst?"

„Nein. Aber ich komm schon zurecht. Ich besorg mir ein kleines Pferd und einen Wagen. Ich kann Körbe und Matten flechten –"

„Hör zu, Kind." Mrs. Poulter neigte sich zu ihr hinüber. „Ich weiß nicht, wer du bist oder was dich dazu veranlaßt hat, dieses Zigeunerleben zu führen, aber ich bin überzeugt, daß du nicht dafür geboren bist. Jetzt hör mich an. Ich kann dir sofort eine Stellung verschaffen, und damit wärst du für dein ganzes Leben versorgt. Hör zu: Du hast dein Baby verloren, nicht wahr?"

Kirsten sah die Haushälterin an. Mrs. Poulter bemerkte, daß das rechte Auge des Mädchens leicht zuckte. Sie legte ihre Hand auf Kirstens und sagte: „Du brauchst keine Angst zu haben. Die Herrin hat vor vier Tagen ein Kind bekommen. Ihr habt beide ein Kind in dieser schrecklichen Nacht bekommen, die keiner von uns je vergessen wird. Aber die Herrin will ihr Kind nicht stillen – Damen tun das nicht, mußt du wissen." Sie beugte sich bei dieser Erklärung vor. „Die Hebamme war da, und der Arzt war da, und sie können in der ganzen Gegend keine Amme auftreiben. Miß Bella gibt dem Kind Milchbrei, aber den nimmt es nicht. Und der Herr ist wütend.

Und wenn du wüßtest, was ich weiß, wär dir klar, was dieses Kind ihm bedeutet.

Nun, warum, um alles in der Welt, fragte ich mich vor knapp einer Stunde, hatte ich nicht schon längst an dich gedacht? Wenn du diese Gelegenheit wahrnimmst, erweist du dem Haus einen guten Dienst. Und der Herr, mag er sein, wie er will, vergißt es nicht, wenn man ihm einen guten Dienst erweist. Er kam vor einer Stunde wie ein Rasender aus dem Kinderzimmer gestürmt; und ich stand am Kopf der Treppe und sah ihn an, und er sah mich an; und da ich schon in diesem Haus war, als er geboren wurde, konnt ich ihm sagen: ‚Was das Kind meiner Meinung nach braucht, Sir, ist Muttermilch.' Worauf er sagte: ‚Poulter, darin sind wir uns völlig einig. Sie bekommen hundert Goldstücke, wenn Sie es fertigbringen, dort hineinzugehen und ihr diese verdammte Brustbinde abzunehmen.' Und ich sagte: ‚Sir, es ist nicht nötig, die Herrin zu belästigen; auf dem Heuboden liegt ein junges Mädchen, das um ein Haar in den Fluten umgekommen wäre; Dixon und ein andrer' – es war ein Name, den ich vor ihm nicht auszusprechen wage – ‚haben es rausgezogen. Sie stand kurz vor der Niederkunft, aber sie hat so viel durchgemacht, daß das Kind gestorben ist. Sie hat die nötige Nahrung – mehr, als gut für sie ist. Möchten Sie, Sir', fragte ich, ‚daß ich sie herbringe für den kleinen Master?' Und weißt du was, Kind? Er legte mir die Hand auf die Schulter und sagte: ‚Poulter, um Himmels willen, holen Sie sie.' Also leg diese schmutzigen Fetzen ab, Mädchen, und zieh dieses Kleid und die Unterwäsche an ... Aber, aber, was ist los?"

„Ich ... ich glaube nicht, daß ich das tun kann." Kirsten wich langsam zurück. „Ich ... ich fühl mich nicht wie eine Mutter."

Ein Lächeln huschte über Mrs. Poulters Gesicht; sie streckte die Hand aus, berührte sanft die zarte, cremefarbene Haut unter dem rechten Auge und nickte. „Du hast eine Nervenschwäche in dem Auge, denn wenn du beunruhigt bist, fängt es an zu zucken. Hast du das gewußt?"

Kirsten schluckte und senkte den Kopf.

Mrs. Poulter fuhr fort: „Auf mein Wort, du wirst dich schnell genug wie eine Mutter fühlen. Es ist eine großartige Chance für dich. Der Herr hat sich seit Jahren einen Sohn gewünscht; er wird freigebig zu jedem sein, der ihm hilft, das Kind aufzuziehn. Und du wirst keine Schwierigkeiten mit der Herrin haben. Neunzehn ist sie, und es ist nicht schwer, mit ihr auszukommen.“ Mrs. Poulter erwähnte Miß Bella nicht. Ohne weitere Umstände fing sie an, Kirstens Mieder aufzuknöpfen, aber Kirsten protestierte laut: „Nein! Nein! Das kann ich nicht. Ich habe meine Gründe. Bitte. Und ... und da ist noch diese andre Dame.“

„Was!“ Mrs. Poulter hielt verblüfft inne. „Du meinst Miß Cartwright? Ist sie hier gewesen?“

Kirsten starrte Mrs. Poulter furchtsam an, aber die Haushälterin fuhr fort: „Nun, sie muß irgendwo in ihrem Inneren eine weiche Stelle haben. Man stelle sich vor, Miß Cartwright! Wenn du sie kennengelernt hast, ist die halbe Schlacht schon gewonnen. Los, zieh das Zeug aus.“

„Nein! Nein!“

„Sei kein dummes Kind!“ Mrs. Poulters Stimme war plötzlich streng; sie war die Haushälterin, die Befehle gab, und Kirsten wurde hilflos in ihren Händen. Sie stand jetzt fügsam da und fragte sich, ob Gott sie wieder verlassen hatte. Wenn diese große, magere Dame sie sah, würde sie sich auf sie stürzen. Sie hatte sie für das Kind bezahlt; es war alles legal; wie konnte sie also dort hineingehen und Hop Fullers Kind stillen? Die ganze Sache wurde allmählich wieder zu einem Alptraum.

„Du lieber Himmel, was für eine Veränderung! Du siehst reizend aus. Ein bißchen schmal, aber nichtsdestoweniger reizend. Komm, laß mich dein Haar kämmen. Wir müssen es flechten und aufstecken. Das wird dich ein bißchen älter machen, und das ist ganz gut, denn so, wie du jetzt aussiehst, wird der Herr nie im Leben glauben, daß du Mutter warst.“

Kirsten bückte sich rasch, und es gelang ihr noch in letzter Sekunde, ehe Mrs. Poulter ihre Kleidung mit dem Fuß beiseite stieß, etwas aus der Tasche ihres Unterrocks zu holen, was wie ein altes Taschentuch aussah. Dann nahm die Haushälterin sie beim Arm und führte sie rasch über den Hof, an Art Dixon vorbei, der sich umdrehte und ihnen verblüfft nachstarrte. Sie gingen eilig durch die mit Steinen gepflasterte Küche; dann durchquerten sie eine weitläufige Halle und stiegen eine Treppe hinauf. Überall knieten Mädchen zwischen Eimern. Der Treppenläufer war bis zur Mitte aufgenommen. Sie gelangten auf einen riesigen Absatz. Hier waren die Wände vom Boden bis zur Decke mit Bildern behängt. Sie gingen einen breiten Korridor entlang zu einer Tür, die Mrs. Poulter, ohne anzuklopfen, öffnete. Sie blieb jedoch erschreckt auf der Schwelle stehen und rief aus: „O Sir! Verzeihen Sie. Ich hatte nicht erwartet . . .“

„Schon gut, Poulter, kommen Sie herein. Ah, Sie haben sie mitgebracht.“

Kirsten stand mit offenem Mund da und starrte auf die mit einem roten Morgenmantel bekleidete Gestalt. Noch nie hatte sie einen Mann gesehen, der so breit war wie zwei, oder mit so dichtem, flachsblondem Haar und Augen von einem derart hellen, durchdringenden Grau. Er war wie ein Wesen aus der kindlichen Vorstellungswelt – ein gutmütiger, häßlicher, untersetzter Riese.

„Sie ist ja noch ein halbes Kind, Poulter.“

„Sie ist eine Mutter, Sir; sie hat reichlich Milch.“

„Gut, das ist’s, was wir brauchen. Komm herein, komm herein.“ Wie von einem Magnet angezogen, ging sie auf ihn zu.

„Wie heißt du?“

„Kirsten, Sir.“

„Du weißt, wozu du hier bist?“

Sie schwieg eine Weile, dann murmelte sie: „Ja, Sir.“

Er starrte auf ihr Gesicht hinunter, als ob irgend etwas daran ihn faszinierte – ihr Auge wahrscheinlich. „Los, dann fang an.“

Kirsten blieb regungslos stehen. Und dann ließ seine Stimme sie derart erschreckt zusammenfahren, daß es sie fast vom Boden riß. „Worauf wartest du? Brauchst du Hilfe? Helfen Sie ihr doch, Mrs. Poulter.“

„Ja, Sir. Komm.“ Mrs. Poulter schob sie auf den niedrigen Stuhl, und während sie das tat, zischte sie: „Entblöß deine Brust, Mädchen. Entblöß deine Brust.“ Dann ging sie zu einer Tür, durch die aus dem Nebenzimmer ein leises, müdes Wimmern drang. Eine Minute darauf kehrte sie mit einem Baby in den Armen zurück, beugte sich mit einer Art ehrfürchtiger Scheu über Kirsten und legte ihr das Kind auf den Schoß.

Während Kirsten den Kopf des Kindes an ihre nackte Brust hielt, tastete sein Mund einen Augenblick suchend umher, dann saugte es sich fest und holte sich die lebenserhaltende Nahrung. Als es schluckte, ein zweites Mal schluckte und dann hungrig zu saugen begann, spürte Kirsten ein Ziehen in der Brust, es war jedoch kein Schmerz, und sie empfand auch keine Freude dabei. Doch ging in ihr eine unerklärliche Veränderung dabei vor.

Sie hob das Gesicht von Hop Fullers Sohn und sah den Mann an, den dieses Kind Vater nennen würde. Er erwiderte ihren Blick und lächelte, dann streckte er seine große Hand aus, und ein Finger, sanft wie Distelwolle, berührte ihre Brust.

4

Die Amme

Kirsten wußte nicht, wie spät es war, als irgendwann in der Nacht eine Hand ihre Schulter packte und eine Stimme sie anzischte: „Wach auf, du! Wach auf!" Aber sie wußte sofort, daß es die große, gebieterische Frau war, die durch das Licht einer Kerze zu ihr hinunterblickte und sagte: „Es war ein legaler Handel, den wir abgeschlossen haben. Du hast gesagt, du würdest gehen."

„Ja." Kirsten rieb sich den Schlaf aus den Augen. „Und ich hatte es vor, ehrlich. Es war nicht mein Wunsch hierzubleiben." Aber während sie das im Brustton der Überzeugung sagte, wurde ihr gleichzeitig bewußt, daß sie im tiefsten Inneren froh war, hierbleiben und ihr Kind stillen zu können. Und so wagte sie es, zu dem strengen Gesicht hinaufzublicken und entschlossen zu sagen: „Sie brauchen sich keine Sorgen zu machen. Sie können der Herrin ausrichten, daß ich nie etwas sagen werde. Glauben Sie mir, ehrlich, ich will das Kind nicht. Ich könnt es nie lieben. Aber der Herr will es, und Sie wolln es, und die Herrin will es wohl, und deshalb bin ich froh. Und so lange, wie ich gebraucht werde, bleibe ich, und ich versprech Ihnen, wenn ich nicht mehr gebraucht werde, geh ich fort."

Bella war derart verdutzt über ihren Widerstand, daß sie sich seufzend auf den Rand des Bettes sinken ließ und nur mit müder Stimme sagen konnte: „Du wirst fortgehn, sobald das Kind dich nicht mehr braucht?"

„Ja, ja. Das versprech ich Ihnen."

Bella zog aus dem Ausschnitt ihres Mieders eine Kette mit einem Kreuz heraus. Sie hielt es Kirsten hin und flüsterte: „Nimm es und schwör darauf."

Mit einer zögernden Bewegung griff Kirsten nach dem Kreuz.

„Sprich mir nach: Wenn ich mein Wort nicht halte, wird Unglück über mich kommen."

Kirsten schluckte schwer und wiederholte mit furchtsamer, zitternder Stimme: „Wenn ich mein Wort nicht halte, wird Unglück über mich kommen."

Bella ließ das Kreuz wieder in ihr Mieder gleiten, stand auf und verließ wortlos das Zimmer.

Kirsten lag da und starrte in die Dunkelheit. Wie lange würde das Kind gestillt werden müssen? Sechs Monate? Ein Jahr? Zwei Jahre?

Als sie hörte, daß das Baby zu wimmern begann, sprang sie vom Bett auf, lief in das schwachbeleuchtete Nebenzimmer und hob es aus der Wiege; dann setzte sie sich, das Kind auf dem Arm, auf den Stuhl, knöpfte ihr Nachthemd auf und gab ihm die Brust. Nach einer Weile lösten sich seine Lippen von der Brustwarze, es öffnete die Augen, und Kirsten sah es zum erstenmal richtig an. Es sah nicht wie Hop Fuller aus; seine Augenhöhlen waren groß wie ihre eigenen. Auch sein Mund. Sie fuhr langsam mit dem Finger über seinen Mund, und es gluckste, und seine Lippen teilten sich, und es lächelte. Sie ertappte sich dabei, daß sie sein Lächeln erwiderte; dann zog sie es, sehr zu ihrem eigenen Erstaunen, an sich und wiegte es in den Armen. Doch kurz darauf stand sie, wie bei einem Unrecht ertappt, hastig auf und legte das Kind wieder in die Wiege, wo es weitergluckste. Als sie wieder im Bett lag, war ihre nächste Reaktion ebenso überraschend für sie wie diejenigen zuvor: Sie vergrub das Gesicht im Kissen und begann hemmungslos zu weinen.

Fast eine Woche verging, ehe sie am Fastnachtsdienstag zum erstenmal die Herrin sah. Während dieser Woche war so viel geschehen, daß sie wie benommen von all den Eindrücken war, aber es gab etwas, dessen sie sich in jedem Augenblick deutlich bewußt war: Sie war zutiefst dankbar für das wundervolle Leben, das sie jetzt führte. Miß Cartwright war ihr gegenüber kühl und überheblich, und in ihrem Gebaren und ihrer Stimme schien ständig eine heimliche Drohung zu liegen, aber das machte Kirsten nichts aus. Sie war satt, sauber und war ordentlich gekleidet – sogar vornehm, fand sie –, und sie bekam drei Shilling pro Woche. Mrs. Poulter hatte ihr mitgeteilt, sie werde zwei Shilling erhalten, aber der Herr hatte gesagt: „Zahlen Sie ihr drei."

Dann kam eines Nachmittags, als sie gerade das Kind nährte, Miß Cartwright herein und sagte hastig: „Mach dich zurecht, Mädchen; der Herr sagt, du sollst das Kind zu seiner Mutter bringen."

Kirsten starrte sie einen Augenblick erschreckt an, dann flüsterte sie: „Ich?", und Bella sagte: „Ja. Die Herrin hat dich noch nie gesehen; ich bin sicher, sie möchte dich kennenlernen."

Kirsten knöpfte rasch ihr Mieder zu und fuhr sich mit der Hand durchs Haar, um es zu glätten. Dann schob Bella sie mit einem energischen „Komm, Mädchen" durch die Tür und um eine mit seidenen Drachen bestickte spanische Wand herum in ein Zimmer, so schön, daß Kirsten vor lauter Staunen im ersten Augenblick gar nicht bemerkte, daß der Herr am Fuß des großen Bettes stand; und in dem Bett, wie auf einer Wolke ruhend, lag die Herrin. Kirsten sah in ihrer Verwirrung undeutlich einen riesigen Toilettentisch, voll schimmernder Töpfchen und Tiegel, einen Kamin, der eine ungeheure Hitze ausstrahlte, und einen dicken Teppich unter ihren Füßen, der das Weiß des Raums in einen warmen rosa Schimmer tauchte.

„Komm! Komm!"

Sie ging auf die ausgestreckte Hand des Herrn zu, und als er sie auf ihre Schulter legte und sie zum Bett schob, begannen ihre Beine zu zittern, und das Zittern ging durch ihren ganzen Körper und ergriff besonders ihr rechtes Auge, während sie das Gesicht auf dem Kissen ansah, das den Eindruck erweckte, als hätte es nie menschliche Wärme kennengelernt, denn es war wie das Gesicht einer Alabasterbüste, kalt und starr.

„Hier hast du sie, Florence", sagte der Herr mit dröhnender Stimme, „deine Amme. Die kleine Mutter, die deine Figur gerettet hat, nicht wahr?" Er lachte laut. „Und sie macht ihre Sache sehr gut. Sieh dir deinen Sohn an; hast du je ein zufriedeneres Gesicht gesehn? Los, Kind." Er stieß Kirsten sanft in den Rücken. „Gib deiner Herrin ihren Sohn." Kirsten hielt der regungslosen Gestalt im Bett das Kind hin, und sie hätte die Arme vielleicht niemals gehoben, um das Baby in Empfang zu nehmen, hätte nicht Bella von der anderen Seite des Bettes her mit überraschend sanfter Stimme gesagt: „Nimm ihn, Florence, nur für einen Augenblick; es geht dir doch schon ganz gut." Florences Arme hoben sich wie die einer Aufziehpuppe, und Kirsten legte ihr Kind hinein.

„Na also, die große Tat ist vollbracht, Mutter und Kind vereinigt. Es war doch gar nicht so schwer, nicht wahr?" Das Gesicht vor Stolz gerötet, neigte sich Konrad über die beiden. „Wann wirst du aufstehn?" fragte er. „Wir feiern Taufe, sobald du auf bist."

Florence schüttelte den Kopf und sagte: „Noch zwei Wochen; ich fühle mich so matt, Konrad; du machst dir nicht klar..."

„Das bedeutet fast einen Monat im Bett. Es wird dich schwächen. In Schweden sind die Frauen nach vier oder fünf Tagen wieder auf den Beinen. Und sieh her.“ Er drehte sich um und deutete auf Kirsten. „Dieses Kind hat am selben Tag entbunden wie du und wäre zuvor fast ertrunken, sie war drei, vier Tage später schon wieder auf.“

Es war, als hätten seine Worte wie ein Stachel gewirkt, denn Florence rief jetzt mit kalter, verdrießlicher Stimme: „Was für ein Jammer, daß ich nicht das Glück hatte, für Mühsal und Leiden erzogen zu werden!“

Konrads Stimme wurde zornig. „Red nicht so selbstgefällig und tugendsam daher. Es ist nicht dein Verdienst, daß du so geboren bist. Wenn wir alle bekämen, was uns gebührt, befänden sich viele von uns in einer anderen Lage . . . Mädchen, bring das Kind fort.“

Kirsten nahm das Baby auf den Arm und eilte hinaus. Sie legte das Kind in die Wiege, dann ging sie verwirrt in ihr eigenes Zimmer, das hinter dem Kinderzimmer lag.

Die Herrin, sagte sie sich, war noch sehr jung. Warum hatte sie das Baby gewollt? Denn es war deutlich zu erkennen, daß sie es nicht ertragen konnte, es auch nur anzurühren. Kirsten empfand tiefes Mitleid mit dem Kind. Die Frau dort im Bett würde es nie als das ihre betrachten; wie der Herr es tat. Aber was würde geschehen, wenn er jemals erfuhr, daß es nicht sein eigenes war? Sie begann zu zittern. Er sah aus wie ein Mann, der imstande war, im Zorn einen Mord zu begehen. Sie war froh, daß Miß Cartwright sie hatte schwören lassen, fortzugehen, sobald das Kind entwöhnt war, denn jetzt, da sie wußte, wie es um die Herrin stand, würde sie sich in diesem Haus nie wohl fühlen können.

Sie blickte von ihrem Fenster in die Dämmerung hinaus. Links, nach der Vorderseite zu, endete die Auffahrt über einer Terrasse und einem tiefliegenden Garten, aber rechts von der Terrasse konnte sie über das Grasland hinweg zum Fluß hinunter sehen; und jenseits davon sah sie in der Ferne einen Hügel, auf dem ein Haus oder ein Turm zu stehen schien. In dem wechselnden Licht sah es unwirklich aus, als ob es schwebte. Plötzlich verspürte Kirsten den Wunsch, weit fort zu sein, irgendwo draußen im Freien.

Sie fuhr erschreckt zusammen, als die Tür geöffnet wurde und Mrs. Poulter hereinkam. „Siehst du ordentlich aus?“ fragte sie. „Der Herr will dich sprechen. Komm, beeil dich.“

Sie rückte Kirstens Kragen zurecht, glättete ihre weiße Batistschürze und sagte, ihr ins Gesicht blickend: „Er will nur mit dir reden. Laß es nicht zucken", – sie deutete auf das Auge – „du brauchst keine Angst zu haben. Komm mit." Sie ging vor Kirsten her, die geschwungene Treppe hinunter zu einer Tür am anderen Ende der Halle, und klopfte an. Als sie aufgefordert wurde einzutreten, zog sie Kirsten ins Zimmer. Konrad Knutsson saß in einem hohen Ledersessel hinter einem mit Papieren übersäten Schreibtisch. „Hier ist sie, Sir", sagte Mrs. Poulter ruhig.

„Ach so! Ja!" Konrad lehnte sich im Sessel zurück und sah Mrs. Poulter einen Augenblick an, ehe er sagte: „Sie können gehen."

Die Haushälterin schien eine Sekunde zu zögern, dann murmelte sie: „Ja, Herr", und wandte sich ab.

Konrad stand vom Sessel auf und kam um den Schreibtisch herum. Er sah Kirsten einen Augenblick unverwandt an, dann hob er sanft ihr Kinn und sagte: „Du hast ein schwaches Auge. Das ist sehr schade; es entstellt dein sonst sehr schönes Gesicht. Manchmal flakkert es. Warum?"

„Wenn ich Angst habe, Sir."

„Hast du jetzt Angst?"

Sie blickte in die durchdringenden grauen Augen. „Nein, Sir."

„Setz dich dorthin." Er deutete auf einen hohen bestickten Schemel. Dann lehnte er sich an den Rand des Schreibtischs und fragte: „Wie alt bist du?"

„Ich bin am 1. Januar fünfzehn geworden, Sir."

„Fünfzehn ... Wie kommt es, daß du so jung geheiratet hast?"

Ihr Kopf sank tief auf die Brust, und sie sagte: „Ich war nicht verheiratet, Sir. Ma Bradley, die Frau, die mich aufgenommen hatte, hat mich an den Kesselflicker Hop Fuller verkauft, weil ich mit meinem Auge Unglück übers Haus brachte."

Einen Augenblick herrschte Schweigen, dann fragte er: „Wieso hast du bei dieser Frau gelebt? Wo hat sie gewohnt?"

„Außerhalb von Maryport, Sir. Sie hat mich aufgenommen, als meine Eltern an Cholera gestorben waren."

„Wer waren deine Eltern, was war dein Vater von Beruf?"

„Ich erinnre mich nur, Sir, daß man ihn Doktor nannte und daß wir mit der Postkutsche auf dem Weg nach Hexham waren. Wir waren von London gekommen; meine Eltern wurden beide in der Postkutsche krank, und wir machten in einer Herberge halt. Dort starben sie. Dann kam Ma Bradley, und sie nahm mich mit zu sich nach Hause. Und dort bin ich geblieben und hab die Kinder betreut, bis Hop Fuller mich kaufte."

„Hast du keine Verwandten? Kannst du dich nicht erinnern?"

„Nein, Sir; alles, woran ich mich erinnern kann, ist eine Anzahl von langen Reisen."

„Diese Ma, hat sie dich gut behandelt?"

Sie sah ihm voll in die Augen und sagte: „Sie hat Kinder wie mich aufgenommen und andre, die die Leute nicht wollten, manchmal bis zu zwanzig. Ich habe die kleineren betreut."

Er kam auf sie zu, faßte sie unters Kinn, hob ihr Gesicht hoch, und dann sagte er: „In diesem Haus wird dir nichts widerfahren, was dein Auge zucken lassen könnte. Sorg du gut für meinen Sohn, dann werde ich für dein Wohlergehen sorgen. Verstehst du?"

Sie schluckte schwer, ehe sie ein zitterndes „Ja, Sir", hervorbrachte.

Er hatte immer noch die Hand unter ihrem Kinn und sah ihr ins Gesicht. „Wenn dein Vater Arzt war, hat er dein Auge behandelt?"

„Ich kann mich nicht erinnern, da was gehabt zu haben, bevor sie starben, Sir; niemand hat darauf gedeutet, bis ich zu Ma Bradley kam."

„Mrs. Poulter sagt, daß du recht gut lesen und schreiben kannst. Stimmt das?"

„Ja, Sir. Aber . . . es gab nicht viel zu lesen." Ihre Stimme erstarb, und er sagte: „Du wirst Bücher zum Lesen haben; du und mein Sohn, ihr werdet zusammen lesen." Er nahm die Hand von ihrem Kinn, und ihr Kopf sank hinunter, als hätte er seinen einzigen Halt verloren. Konrad wandte sich von ihr ab, ging wieder um den Schreibtisch herum und setzte sich. Gleich darauf sagte er: „Das ist alles; du kannst gehen." Und als sie aufstand, um hinauszugehen, fragte er: „Wie heißt du?"

„Kirsten MacGregor, Sir."

„Kirsten MacGregor. Das ist ein hübscher Name. Schottisch, nicht wahr?"

„Ich weiß es nicht, Sir."

Er lächelte jetzt, als er sagte: „Nun, ich glaube, er ist es. Du bist ein kleines schottisches Mädchen." Das Lächeln vertiefte sich. „Geh jetzt und sorge für meinen Sohn – und schau geradeaus, hörst du?"

„Ja, Sir." Sie erwiderte seinen Blick mit einem breiten Lächeln, das ihre schmalen Wangen hob und ihre Augen strahlen ließ.

Als Kirsten die Treppe hinaufging, lag das Lächeln noch immer auf ihrem Gesicht, und sie dachte an seine Worte: „In diesem Haus wird dir nichts widerfahren, was dein Auge zucken lassen könnte."

Mrs. Poulter wies am nächsten Tag Miß Cartwright behutsam darauf hin, daß die Amme blaß aussah. Ob sie etwas dagegen hätte, daß das Mädchen einen Spaziergang machte? Miß Cartwright hatte nichts dagegen, aber sie machte Kirsten darauf aufmerksam, daß sie binnen zwei Stunden zurück sein müsse; gleichzeitig hoffte sie jedoch insgeheim von ganzem Herzen, daß das Mädchen die Gelegenheit wahrnehmen und fortlaufen würde.

Kirsten legte einen braunen Schal um, den Mrs. Poulter ihr geschenkt hatte, und ging auf den Hof, um mit dem Kutscher zu sprechen, der so gut zu ihr gewesen war. Sie fragte einen der Stalljungen: „Ist Mr. Dixon in der Nähe?" Und er erwiderte: „O ja, er ist dort drinnen." Sie ging in die angegebene Richtung und blieb an der Stalltür stehen; als Art Dixon sich umwandte und sie sah, kam er geradewegs auf sie zu und sagte: „Ah, Mädchen, da bist du ja." Es war das erstemal, daß er ihr begegnete, seit sie mit Mrs. Poulter den Hof überquert hatte. Sie sah verändert aus, sehr hübsch. „Bei Gott! Du siehst gut aus, Mädchen. Hast dich wirklich rausgemacht. Wie geht es dir?"

„Sehr gut, vielen Dank, Mr. Dixon."

„Alle nett zu dir dort drinnen?" Er machte eine Kopfbewegung in Richtung des Hauses. Sie sah ihn einen Augenblick an, dann sagte sie: „Ja. Ja." Und er nickte, als er erwiderte: „Ja, ich weiß; manche sind's, und manche sind's nicht, aber so ist nun mal das Leben, Mädchen." Er beugte sich vor und flüsterte: „Ich weiß, weshalb du gekommen bist; du möchtest das Grab sehn."

Sie riß die Augen auf; sie hatte das andere Kind tatsächlich vollkommen vergessen.

„Wart einen Augenblick, ich bring dich runter." Er nahm seine Jacke von einem Haken an der Wand und zog sie an, dann führte er Kirsten einen Pfad entlang, der die Gärten säumte, und als sie zum Parkgelände kamen, ging er auf zwei Bäume zu, eine Eiche und eine Buche. Die Zweige bildeten ein schattiges Dach, und auf der Erde, etwa in der Mitte zwischen den beiden Bäumen, war ein kleiner Hügel. Sie standen beide da und blickten schweigend auf das Grab hinunter. Und dann sagte er: „Nun, dort liegt er, Mädchen, dein Erstgeborener. Aber mach dir keine Gedanken, du bekommst sicher noch mehr. Wahrscheinlich möchtest du ein Weilchen bleiben. Es ist geschützt hier; ich hab diese Stelle ausgesucht. Ich lass' dich jetzt allein; du findest doch den Weg zurück, oder?"

Kirsten hob den Kopf und sah ihn an. „Ja; und vielen Dank, Mr. Dixon."

„Schon gut, Mädchen."

Sie blickte ihm nach, bis er hinter einer Biegung des Pfades verschwunden war, ehe sie wieder auf das kleine Grab hinuntersah. Dann wurde sie von einem Zittern ergriffen, als sie sich fragte, was der Herr wohl tun würde, wenn er jemals die Wahrheit erfuhr. Aber gleichzeitig sagte sie sich, daß es nicht recht war, ihn zu betrügen; es war niederträchtig. Doch aus jeder seiner Handlungen und aus jedem seiner Worte sprach die Freude über das Kind. War es also besser, die Dinge zu lassen, wie sie waren? Bei diesen Überlegungen erwachte in ihr unerklärlicherweise ein tiefes Gefühl für diesen Mann. Sie gönnte ihm das Glück von ganzem Herzen, wie sie gewünscht hatte, daß die Kinder bei Ma Bradley glücklich sein sollten.

Nach einer Weile wandte sie sich um und stieg einen leicht abfallenden Hang hinunter zu der Wiese, die an den Fluß grenzte. Das Wasser war zurückgegangen, aber es hatte überall verheerende Spuren hinterlassen, und die Ufer waren mit Trümmern übersät.

Sie ließ sich die Böschung hinunter auf die Steine gleiten und ging geradewegs zum Rand des Wassers. Der Fluß wälzte sich träge über die Felsblöcke – oder zumindest kam es ihr so vor, wenn sie daran dachte, wie er drohend und wild dahingeschossen war, als sie ihn das letztemal gesehen hatte. Sie schüttelte den Kopf, als ob sie sich von der Erinnerung befreien wollte; dann ging sie mit immer schneller werdenden Schritten am Ufer entlang, bis sie zu einer Biegung kam, und hinter dieser Biegung sah sie in einiger Entfernung, jetzt hoch über dem Wasser, einen Baum und um ihn herum zahlreiche Trümmer. Kirsten hob ihre Röcke hoch und fing an zu laufen, und als sie näher kam, machte ihr Herz einen Sprung, denn dort lagen, aus einem Haufen Dachstroh herausragend, die Deichseln. Sie sah, daß sie nicht mehr am Wagen befestigt waren und daß diejenige, die weiter von ihr entfernt lag, unter einem Scheunenbalken festgeklemmt und in der Mitte entzweigebrochen war.

Sie packte die näher gelegene Deichsel, die etwa in Höhe ihrer Augen lag, und bewegte sie hin und her, um sie freizubekommen, aber sosehr sie sich auch bemühte, sie konnte sie nicht aus den Trümmern herausziehen. So entfernte sie das lose Gehölz darunter, und dann bückte sie sich und kroch unter die Deichsel, bis ihre Hände den Teil erreichten, der am Wagen befestigt gewesen war, den Teil, an dem Hop Fuller sich immer so verstohlen zu schaffen gemacht hatte. Aber sie fand keinen Knopf oder Griff, der als Hebel hätte dienen können, um irgendeine Art von Klappe zu öffnen. Tief enttäuscht sah sie zur Deichsel hinauf. Vielleicht war die Klappe an der anderen Deichsel? Sie ließ abermals die Finger am Holz entlanggleiten. Eine Seite war mit Schnörkeln bemalt, ähnlich den Malereien, die die Zigeuner an ihren Wagen hatten. Ihre Finger strichen leicht über die Schnörkel und folgten den blauen Ranken, die sich spiralförmig zu einem Punkt in der Mitte der Deichsel zogen. Als sie fühlte, daß der Mittelpunkt des Kreises sich bewegte, stieß sie einen leisen Schrei aus, dann legte sie die Finger auf den Mund, ehe ihre Hand schnell wieder zur Deichsel zurückkehrte, an der jetzt eine Öffnung von etwa einem halben Zentimeter zu sehen war. Mit wild klopfendem Herzen drückte sie auf den Mittelpunkt des Kreises, und als daraufhin eine kleine Holztafel in der Deichsel etwa fünfzehn Zentimeter weit zurückglitt, weiteten sich ihre Augen vor Staunen. Sie schob die Hand in das Loch und holte ein kleines schwarzes Samtbündel heraus. Dann noch eins und noch eins.

Kirsten trat aus den Trümmern heraus und sah sich rasch um, ehe sie sich auf eine Holzplanke setzte. Ihre Finger zitterten, als sie das erste Bündel öffnete, und als sie den Inhalt erblickte, wurden ihre Augen noch größer. Sie hatte erwartet, Goldstücke zu sehen. Aber was sie sah, waren zwei Sterne aus funkelnden Steinen.

Das zweite Bündel war größer; sie wickelte es auf und sah auf ihrem Schoß einen Halbkreis aus glitzernden Steinen, in dessen Mitte sich ein Stern, ähnlich denjenigen des ersten Bündels, befand. Was war das? Ein Kopfschmuck? Sie öffnete das dritte Bündel. Es enthielt eine Halskette mit dem gleichen Muster wie der halbe Reifen.

Sie starrte jetzt auf die Bündel, als ob es Schlangen wären. Das war's also, was Hop Fuller zu seinen nächtlichen Ausflügen veranlaßt hatte. Er war ein Dieb. Hätte man ihn gefaßt, wäre er deportiert worden, und sie mit ihm, denn niemand hätte ihr geglaubt, daß sie nichts von seinen Diebstählen wußte. Und wenn sie dieses Zeug jetzt ablieferte, würde man es ihr auch nicht glauben. Was sollte sie damit machen? Es in den Fluß werfen? Aber das Wasser des Flusses war klar, und irgend jemand würde es bestimmt dort liegen sehen. Sie mußte es vergraben. Aber wo? Es gab nur dieses Feld, und sie hatte keine Schaufel. Die Mauer dort drüben, die die Wiese säumte. Wenn sie etwas Erde an den untersten Steinen fortkratzen könnte ...

Sie stand auf und sah sich verstohlen um. Es war keine Menschenseele zu sehen. Der Nachmittag war still und ruhig. Sie fing wieder an zu rennen, und als sie zur Mauer kam, lehnte sie sich keuchend dagegen; dann ließ sie sich, nachdem sie sich noch einmal nach allen Seiten umgeschaut hatte, auf die Knie sinken und kratzte an einem Fleckchen weiche Erde weg, bis sie ein Loch gegraben hatte, in das sie die schwarzen Bündel warf. Sie deckte sie rasch zu, stand auf und stampfte die Erde fest; dann beugte sie sich abermals hinunter und schob ein paar Zweige und loses Gras über die Stelle.

Als sie sich wieder aufrichtete und gerade dabei war, die Hände zu säubern, rief eine Stimme: „Hallo! Wie geht's Ihnen jetzt?"

Sie schloß fest die Augen und lehnte sich ein paar Sekunden an die Mauer. Dann wandte sie sich um und sah einen Mann, der innerhalb der Mauereinfassung auf der anderen Seite des Flusses stand.

Sie beobachtete ihn, wie er jetzt nach einem Seil griff, das den Fluß überspannte, und leichtfüßig über die Schrittsteine auf sie zukam. Als er noch etwa zwei Meter von ihr entfernt war, blieb er stehen, und sie sahen sich schweigend an, dann sagte er abermals: „Hallo. Sie sehn jetzt ein bißchen anders aus." Sie kniff leicht die Augen zusammen; wo hatte sie ihn schon mal gesehn?

„Ich hatte geglaubt, ich würd Sie nie raufkriegen", fuhr er fort. „Das Kind, geht's ihm gut?"

Jetzt erinnerte sie sich. Es war sein Gesicht, das zu ihr hinuntergeblickt, und seine Stimme, die ihr zugerufen hatte. Sie hatte geglaubt, Mr. Dixon habe sie allein rausgezogen. „Dann waren Sie es also ... der mich aus dem Fluß geholt hat?" fragte sie zögernd.

„Ja, ja, ich war's. Aber wenn Art nicht gewesen wär, hätt ich gar nicht gewußt, daß Sie dort im Wasser waren. Sie verdanken es in Wirklichkeit ihm. Aber er ist ein alter Mann, und er konnt Sie nicht allein rausholn. Wie heißen Sie?"

„Kirsten MacGregor."

„Ich heiße Colum Flynn."

„Vielen Dank, daß Sie mich rausgeholt haben."

„Das Kind, geht's ihm gut?"

Sie fühlte, daß ihr Auge zuckte, und ein paar Sekunden lang sah sie alles doppelt. Und dann drang seine Stimme beruhigend zu ihr herüber. „Nun, das war zu erwarten, Sie haben viel durchgemacht. Sind Sie immer noch dort oben?" Er machte eine Kopfbewegung in Richtung des Hauses.

„Ja, ich bin Amme für das ... für ihr Kind."

„Oh, demnach hat sie eins bekommen, die Herrin?"

Kirsten erwiderte nichts, und er fuhr fort: „Dann bleiben Sie also dort. Das ist besser, als in der Gegend umherzuziehen. Ich würd sagen, Sie waren sowieso zu jung für diese Art Leben."

Er lächelte ihr jetzt sanft zu, und sie dachte bei sich: Er hat ein nettes Gesicht. Seine braunen Augen waren gütig, und obgleich er pechschwarze Haare hatte, war seine Haut nicht dunkel wie die eines Zigeuners, sondern nur gebräunt, als wäre sie ständig der Sonne und dem Wind ausgesetzt. „Haben Sie jetzt frei?" fragte er, und sie erwiderte: „Ja, ungefähr eine Stunde."

Sie sahen sich wieder schweigend an, und dann drehte er sich halb herum, streckte den Arm aus und sagte laut: „Dies ist mein Land, das hier innerhalb der Mauer, die ganzen zweihundert Meter bis dahinten." Er deutete über den Fluß und den Hügel hinauf und setzte hinzu: „Und es reicht ganz dort hinauf bis nach ‚Tarn Abode' und noch darüber hinaus. Das ist unser Haus dort oben, ‚Tarn Abode'. Es hat einen herrlichen Blick. Wir sehn auf die ‚Abtei' hinunter." Er hob den Kopf leicht bei diesen Worten und lachte.

Als Antwort auf sein Lachen und wie um das Herrenhaus zu verteidigen, lächelte sie und sagte: „Ich kann Ihr Haus auch sehn, wenn's das dort oben ist. Ich seh's von meinem Fenster aus."

„Ach, wirklich? Wie sieht's von dort drüben aus?"

Kirsten fühlte, daß er auf ihre Antwort wartete, als ob sie ihm wichtig wäre. Sie hatte nicht weiter über das Haus jenseits des Flusses nachgedacht, hatte sich nur gesagt, daß es irgendwie unwirklich aussah. Aber sie wollte nett zu ihm sein, ihm eine Freude machen – denn hatte er ihr nicht das Leben gerettet? –, und so sagte sie jetzt: „Hübsch, wie ein Schloß, das in den Wolken schwebt."

Ihre Antwort machte ihm offenbar wirklich Freude, denn er warf den Kopf zurück und lachte. „Ein Schloß, wahrhaftig! Und in den Wolken. Ja, denn der Fluß kommt nie bis zu uns. Meine Vorfahrn warn klug; sie bauten ihre Häuser nicht in einer Mulde, die der Fluß überschwemmen könnte." Kirsten entdeckte einen verächtlichen Ton in seiner Stimme; er blickte über die Mauer in Richtung des Parks und des großen Herrenhauses. Dann sagte er: „Nun, ich muß gehn. Auf Wiedersehn." Und mit dieser abrupten Bemerkung wandte er sich von ihr ab. Aber er war noch keine sechs Schritte gegangen, da drehte er sich um und sagte: „Lassen Sie sich von denen da oben nichts gefallen, denn sie saugen Ihnen das Blut aus und lassen sich's von Ihnen noch bezahlen." Dann ging er rasch zum Fluß und überquerte ihn. Sie folgte ihm mit den Blicken, bis er am anderen Ufer war, wo er sich noch einmal umdrehte, und wieder standen sie da und sahen sich über den Fluß hinweg an. Aber nun drehte sie sich um und ging fort.

Sie hatte vergessen, wie erschrocken sie gewesen war, als sie seine Stimme gehört hatte; aber auch jetzt kehrten ihre Gedanken nicht zu den Juwelen zurück, denn sie war mit ihren Gedanken bei dem Mann. Er hatte ihr keine Angst eingejagt; er hatte sie nur beunruhigt.

Es WAR Freitag, der vierzehnte März. Kirsten sollte ihn als den Tag in Erinnerung behalten, an dem sie zum erstenmal Angst vor dem Herrn hatte. Bis dahin war alles glattgegangen. Für die Taufe des Kindes am zweiten Sonntag der Fastenzeit war eine Gesellschaft geplant, und zehn Tage später sollte ein Ball veranstaltet werden. Fastenzeit oder nicht, der Herr wünschte einen Ball. Miß Cartwright bemühte sich, die Herrin auf die Beine zu bringen, und der Herr half ihr dabei, indem er fortwährend von dem Ball sprach und betonte, was für eine großartige Gelegenheit dies für die Herrin sei, ihre Juwelen zu tragen.

Es war elf Uhr morgens, als der Herr das Schlafzimmer seiner Frau verließ und zu dem Safe in der Bibliothek hinunterging, in dem die Juwelen lagen. Der Safe befand sich in einer Nische hinter einem Porträt von Konrads Großvater. Es gab einen einzigen Schlüssel dafür, den Konrad an einem Ring in der Westentasche trug, wenn er auf Reisen war; zu Hause bewahrte er ihn in einem Geheimfach in einem kleinen Schreibpult auf, das in einer Ecke der Bibliothek stand. Das Geheimfach war in Wirklichkeit gar nicht so geheim. Die meisten Angehörigen der Dienerschaft wußten, daß man die rechte Schublade herausziehen und auf einen verborgenen Knopf drücken mußte, dann glitt die Platte des Pultes nach oben und legte eine Anzahl von kleinen Fächern frei.

Konrad ging geradewegs in die Nische, wo er das Porträt von der Wand nahm und es behutsam auf einen Stuhl stellte; dann steckte er den Schlüssel ins Schloß und drehte ihn herum. Der Safe war dreißig Zentimeter im Quadrat; im hinteren Teil lagen zwei schwarze Etuis, und vorne stand ein kleines, mit Samt ausgeschlagenes Tablett mit etwa zwanzig Ringen. Er nahm das Tablett und die beiden Etuis heraus und ging die Treppe hinauf ins Schlafzimmer seiner Frau.

Florence saß, mit einem pelzbesetzten Spitzenjäckchen angetan, aufrecht im Bett. Mit einem breiten Lächeln setzte sich Konrad auf die Bettkante, stellte seiner Frau das Tablett und die zwei schwarzen Etuis auf die Knie und sagte in liebevollem, neckendem Ton: „Hier, mein Schatz; du hast das Diadem seit deiner Hochzeit nie mehr getragen und das Kollier nur einmal. Komm, laß uns als Probe für deinen großen Auftritt am sechsundzwanzigsten ein wenig im Zimmer umherpromenieren."

Konrad beobachtete, wie sich ihre schmalen Finger nervös zwischen den Ringen herumbewegten und sie anprobierten; dann warf sie ihm einen flüchtigen Blick zu, ehe sie das größere der beiden Etuis aufhob. Fast im gleichen Augenblick, als sie es öffnete, fiel es ihr aus der Hand, und ein paar Kieselsteine rollten über die seidene Bettdecke; sie stieß einen gellenden Schrei aus, der noch kaum verklungen war, als Konrads Gebrüll sie fast aus dem Bett riß. Er öffnete hastig das zweite Etui und starrte mit ungläubigen Augen auf den Wirrwarr von Kieselsteinen, die auch dort auf dem schwarzen Samt lagen. Dann fragte er mit donnernder Stimme: „Was hat das zu bedeuten?"

„Ich weiß es nicht. Warum siehst du mich so an? Ich weiß es nicht. Woher sollte ich?" Panischer Schrecken lag auf ihrem Gesicht, als er sich über sie beugte.

„Du hast sie versetzt, hm? Vielleicht um die Schulden deines lieben Vetters Gerald zu bezahlen?"

„Konrad! Wie kannst du nur? Wie lächerlich!" Dann schrie sie mit hoher, hysterischer Stimme: „Ich habe seit Wochen das Bett nicht verlassen. Oh, das ist ungeheuerlich! Ich kann's nicht mehr ertragen." Sie fing an zu weinen und schlug wie wild mit ihren kleinen, weißen Fäusten aufs Kissen.

Konrad blickte zu Bella hinüber, die am Fuß des Bettes stand und diesmal die Sprache verloren zu haben schien; dann stieß er ein paar wilde Flüche aus und stürmte aus dem Zimmer. Seine Stimme hallte durch das Haus, als er nach dem Diener und dem Butler rief: „Harris! Slater! Kommt her!"

Kirsten hielt das Kind auf dem Schoß, als das Gebrüll erscholl.

Aber noch ehe der Schrei der Herrin verstummt war, hatte sie es in die Wiege gelegt und stand einen Meter von der Schlafzimmertür entfernt. Sie zitterte am ganzen Körper, denn das Brüllen des Herrn schien das Haus in seinen Grundmauern zu erschüttern.

Sie öffnete die Tür zum Korridor. Der Herr gebrauchte eine andre Sprache, aber sie wußte trotzdem, daß er fluchte. Was war geschehn? Hatte er den Verstand verloren? Jetzt kam zu seinem Gebrüll das Klagen der Herrin hinzu. Dann begann das Kind zu weinen, als ob es spürte, daß irgendein Unheil in der Luft lag, und Kirsten eilte ins Zimmer zurück, nahm es in die Arme und wiegte es.

Während sie lautlos im Zimmer umherging, hörte sie die verzweifelten Worte der Herrin: „Bella. Wie konnte das geschehn, Bella? Warum haben sie die Ringe zurückgelassen? Bella, er kann mir doch nicht die Schuld geben, oder? Hast du gehört, was er über Gerald gesagt hat? Ungeheuerlich."

Worauf Miß Cartwright erwiderte: „Mach dir keine Sorgen; er wird sie zurückbekommen. Es muß jemand aus dem Haus gewesen sein. Ein Einbrecher wäre nicht an den Hunden vorbeigekommen."

„Aber es gibt nur einen Schlüssel für den Safe in der Bibliothek, Bella. Es ist ein besondrer Schlüssel, hat er gesagt."

Kirsten ging weiter leise auf und ab und wiegte das Kind. Sie wollte sich gerade hinsetzen, als sie nebenan Mrs. Poulters Stimme hörte: „Miß, der Herr sagt, Sie möchten runterkommen und das Mädchen mitbringen." Dann Miß Cartwrights Antwort: „Sagen Sie dem Herrn, ich muß bei der Herrin bleiben. Bringen Sie das Mädchen hinunter."

Als Mrs. Poulter das Zimmer betrat, hatte Kirsten das Baby in die Wiege gelegt. Mrs. Poulter, deren sonst so rosiges Gesicht jetzt blaß war, sagte kurz: „Los, beeil dich. Natürlich weißt du nichts über diese Angelegenheit, das hab ich ihnen auch gesagt, aber sie glauben, daß du möglicherweise als Kontaktperson gedient haben könntest, verstehst du?"

Sie verstand es nicht; es blieb ihr jedoch keine Zeit, irgendwelche Fragen zu stellen, denn Mrs. Poulter zog sie bereits die Treppe hinunter und sagte schnell, aber jetzt in freundlichem Ton: „Mach dir keine Sorgen, alle werden verhört. Aber irgend jemand muß die Besonderheiten des Safes gekannt haben, und sie sind sich einig, daß es geschehen sein muß, als der Herr fort war." Ihr Kopf bewegte sich auf und ab wie ein Korken auf dem Wasser.

Sie betraten die Bibliothek, und das Zimmer schien vollgestopft mit Männern. Kirsten sah Slater, den Butler; Bainbridge und Riley, die Diener; den Kammerdiener; und Mr. Dixon und die Stalljungen; und, zwischen den zwei großen Fenstern auf und ab gehend, den Herrn. Als Kirsten hereinkam, blieb er stehen, sah sie an und sagte in grimmigem Ton: „Komm her, Mädchen." Und Mrs. Poulter schob sie nach vorn. Dann stand sie allein nicht nur dem Herrn, sondern all den anderen Männern gegenüber.

Konrad bemerkte, daß sie so stark schielte, daß im rechten Auge die Iris fast nicht mehr zu sehen war; er sah, daß sie große Angst hatte, und seine Stimme wurde ein wenig sanfter, als er fragte: „Sag mir, Mädchen; wie lange warst du vor der Überschwemmung in dieser Gegend?"

Sie bewegte den Kopf hin und her und schluckte verzweifelt, dann erwiderte sie: „Zwei Tage, Sir. Nein, drei ..."

„Dein Kerl, der Kesselflicker, ist er hier ins Haus gekommen, um etwas zu verkaufen?"

„Ich ... ich weiß es nicht, Sir."

„Man hat mir gesagt, er sei hiergewesen."

Kirsten starrte wie gebannt in das zorngerötete Gesicht und die blassen Augen. „Wenn ihr in die Ortschaften kamt, hat er außer dem Verkauf von Töpfen und Pfannen auch andre Geschäfte mit irgendwelchen Leuten gemacht?"

„Das ... das weiß ich nicht, Sir. Ich war nur n-neun Monate mit ihm zusammen, und in den Ortschaften befahl er mir meistens, im Wagen zu bleiben, weil ..." Ihr Kopf sank auf die Brust, und sie ließ den Satz unbeendet. Ein anderes schreckliches Geheimnis lastete schwer auf ihrer Seele. Sie wußte genau, wenn sie jetzt sagte, wo die gestohlenen Juwelen waren, würde niemand ihr glauben, daß sie nichts mit Hop Fullers Diebstählen zu tun gehabt hatte, und sie würde wahrscheinlich deportiert werden.

„Bist du sicher, daß der Mann tot ist?"

Jetzt konnte sie ohne Zögern antworten. „O ja, Sir. Ich hab gesehn, wie der Balken ihm den Schädel gespalten hat, und dann ging er unter."

„Oh! Das ist absurd." Er ging wieder mit langen Schritten auf und ab. „Das ist nicht die Arbeit eines Kesselflickers; es ist die Arbeit eines Experten. Ihr alle habt gewußt, wo der Schlüssel lag; dem Personal bleibt nichts verborgen. Einer von euch hat ein Duplikat anfertigen lassen. *Ist's nicht so?*" Er ging jetzt vor seiner Dienerschaft hin und her wie ein zorniger General vor seinem Stab. „Nun, ich warne euch", – er deutete mit dem Finger nacheinander auf jeden – „ich werde diesen Mann finden und diejenigen, die ihn decken. Also überlegt es euch gut. Ich gebe euch Zeit bis morgen früh. Wer immer mir die Auskunft gibt, die ich brauche, kommt ungestraft davon. Das ist alles. Macht, daß ihr rauskommt, alle miteinander! ... Und du!" Er deutete mit dem Finger auf Kirsten, die im Begriff gewesen war, Mrs. Poulter zu folgen, und jetzt erschreckt stehenblieb. „Reg dich nicht auf, sonst wird deine Milch sauer." Dann schnellte der Finger in die Höhe, als Zeichen, daß sie entlassen war; sie eilte die Treppe hinauf, und Mrs. Poulter sagte: „Er hat recht; du darfst dich nicht aufregen, das schadet dem Kind. Gott sei für das Kind gedankt; es hat ihn sanfter gemacht."

Kirsten wandte ihr ruckartig den Kopf zu. Wenn dies der sanftere Herr war, so möge Gott sie davor bewahren, jemals Zeuge seines Zorns zu werden.

Während der nächsten Tage herrschte ein lebhaftes Kommen und Gehen. Zwei Männer trafen aus London ein, und es gab weitere Verhöre. Man flüsterte sich zu, daß die gestohlenen Juwelen auf zehntausend Pfund geschätzt wurden.

Nur zweimal bekam Kirsten flüchtig die feinen Damen und Herren zu sehen, die ins Schlafzimmer heraufkamen, um die Herrin wegen des Verlustes ihrer Juwelen zu bemitleiden. Die ersten waren Lord Milton und seine Frau. Lady Milton war rundlich und hübsch, und sie lispelte. Lord Milton war hochgewachsen und mager. Kirsten hörte, wie er dem Herrn sagte, der Diebstahl sei nach der gleichen Methode durchgeführt worden wie diejenigen, die während der letzten drei Jahre in Hexham vorgekommen seien. Seiner Meinung nach müsse es sich um einen sehr erfahrenen Schlosser handeln.

Dann sah sie die Bowen-Crawfords. Sie waren beide sehr dick, und die Dame trug einen schwarzen Strohhut mit rosa Bändern, die hinten herabhingen. Aus Bruchstücken der Unterhaltung schloß Kirsten, daß sie vor zwei Jahren einen ähnlichen Verlust erlitten hatten; und offenbar war es das Werk desselben Mannes gewesen, denn auch in diesem Fall waren die Etuis geleert worden, die offenen Tabletts jedoch unberührt geblieben. Es sei ein sehr schlauer Trick, sagte Mr. Bowen-Crawford, denn man untersuchte ja nicht jedesmal, wenn der Safe geöffnet wurde, jedes einzelne Etui.

Kirsten litt jetzt mehr und mehr unter Alpträumen, in denen sie mit den Händen große Löcher in die Erde kratzte. Manchmal fiel sie hinein, und das Loch war so tief, daß sie nicht mehr herauskam.

Die Taufe fand erst am vierten Sonntag der Fastenzeit statt, und Kirsten durfte nicht daran teilnehmen. Es war Bella, steif und mit verschleiertem Blick, die dem Kind das Taufkleid anzog und es in den Spitzenschal aus Schweden hüllte, der schon viele Generationen von Knutssons zur Taufe begleitet hatte. Es war Bella, die das Kind zum Wagen hinuntertrug, während der Herr seine Frau stützte, ihr in den Wagen half, eine warme Decke über ihren weiten Rock breitete und nach ihrer Hand griff, als er sich neben sie setzte.

Als sie aus der Kirche zurückkehrten, hieß das Kind Oscar Eric Karl Knutsson, und als es in die Höhe gehalten wurde, damit die Gäste es bewundern konnten, gluckste es, als wäre es glücklich, anwesend zu sein; und alle amüsierten sich darüber, außer seiner Mutter, die sich noch immer sehr schwach fühlte und in dem Augenblick, als das Kind seinen Namen erhielt, fast in Ohnmacht gefallen wäre.

Erst als Bella dem Baby den Schal abgenommen und das Kleid ausgezogen hatte und im Begriff war, das Kinderzimmer zu verlassen, sah sie Kirsten an, und dann sagte sie leise: „Von jetzt ab wirst du ihn Master Oscar nennen."

Kirsten hob das Kind vom Sofa auf und hielt es in den Armen. Master Oscar. Ein seltsamer Name. Der Kleine lächelte sie an. Er sah wirklich sehr niedlich aus. Sie hatte immer das Verlangen, ihn an sich zu drücken, wenn er lächelte, aber jetzt widerstand sie der Versuchung, legte ihn in die Wiege und wandte sich rasch ab.

Nach dem Abendessen kam die Herrin in Begleitung eines jungen Mannes ins Kinderzimmer. Sie nahm wie üblich keinerlei Notiz von Kirsten, sondern ging geradewegs quer durchs Zimmer und blieb zusammen mit dem jungen Mann am Fuß der Wiege stehen. Sie sahen beide das Kind an, und Kirsten sah sie an, und ihr fiel auf, wie sehr sie sich ähnelten; sie hätten Geschwister sein können. Der junge Mann war größer als die Herrin, aber er hatte das gleiche mädchenhaft zarte Gesicht – das sie nicht weichlich fand. Nach ein paar Augenblicken wandte sich die Herrin an ihn, sagte: „Komm", und sie gingen hinaus. Die Herrin würdigte Kirsten keines Blickes, aber der junge Mann musterte sie aufmerksam von Kopf bis Fuß.

Nachdem sie das Zimmer verlassen hatten, stand Kirsten eine Weile regungslos da und blickte auf die geschlossene Tür. Sie wußte, der junge Mann war Gerald, der Vetter der Herrin, über den sie immer mit Miß Cartwright sprach. Sie ging wieder zur Wiege, und während sie auf das schlafende Kind hinuntersah, dachte sie bei sich: Er weiß Bescheid. Sie hat's ihm gesagt. Dann sagte sie laut: „Guter Gott, wenn's der Herr erfährt!"

Es WAR Ostern, und das Kind war zwei Monate alt. Konrad Knutsson war mit seiner Frau auf das benachbarte Gut von Lord Milton gefahren. Es war seit der Geburt des Kindes das erste Mal, daß die Herrin einen Besuch machte, und in ihrer und des Herrn Abwesenheit schien das Haus zum erstenmal seit Wochen wieder frei zu atmen; seit der Entdeckung des Diebstahls war die Spannung überall im Haus zu spüren gewesen, aber jetzt hatten sich alle ein wenig entspannt, das heißt, alle außer Miß Cartwright. Aber nachdem Kirsten das Kind gestillt und schlafen gelegt hatte, erklärte Miß Cartwright ihr: „Du kannst heute deinen Spaziergang machen."

Kirsten, respektvoll wie immer, sagte: „Vielen Dank, Miß", nahm ihren Schal und ging hinaus. Miß Cartwright, das wußte sie, zählte die Tage, bis das Kind entwöhnt sein würde. Sie beobachtete Kirsten auf Schritt und Tritt. Manchmal stand sie plötzlich unerwartet vor ihr und starrte sie an, bis Kirsten zu zittern anfing.

In letzter Zeit hatte Kirsten sich oft gefragt, was sie tun würde, wenn sie hier fortging; ein Pferd und einen Wagen zu kaufen schien ihr jetzt nicht mehr die richtige Lösung zu sein. Es war wohl am besten, genügend Geld zu sparen und sich über Wasser zu halten, bis sie irgendeine Stellung fand. Sie besaß jetzt sechs Pfund und vierzehn Shilling, aber ihre Gedanken wanderten immer wieder zu der anderen Deichsel und dem, was sie enthalten mochte; so beschloß Kirsten jetzt, zum Fluß zu gehen und zu versuchen, die zerbrochene Deichsel vom Baum herunterzuziehen.

Sie ging durch den Park, an dem kleinen Grab vorbei, und als sie zum oberen Rand der Wiese kam, die zum Fluß hinunterführte, bot sich ihr ein überraschendes Bild: Ein kleiner Junge lief stolpernd über die Schrittsteine zum anderen Ufer, und quer über seinen Armen lag ein Teil der gelben Wagendeichsel. Während sie eilig die Wiese hinunterlief, sah sie auf der anderen Seite Mr. Flynn den Fluß entlanglaufen, und als der Junge ans Ufer trat, rief Mr. Flynn ihm zu: „Ich hab dir doch gesagt, du sollst keinesfalls dort rübergehn! Willst du wegen Diebstahl festgenommen werden?"

„Mensch, Colum, es ist doch nur ein Stück zerbrochenes Holz“, sagte der Junge beschwörend, „es würde nur verfaulen, wenn’s noch länger dort liegt. Niemand will’s haben.“

Sie sah, daß Mr. Flynn dem Jungen das Deichselende vom Arm riß und es auf die Erde warf, wo es wiederum in zwei Stücke zerbrach. Und während er ihn anschrie: „Wir wolln nichts, was denen gehört, keine verfaulten Deichseln oder sonstwas“, hob er das dickere Teil der Deichsel auf und schleuderte es in die Mitte des Flusses.

Kirsten legte erschreckt die Hände über den Mund, als sie es durch die Luft fliegen sah. Es schlug aufs Wasser, wurde jedoch nicht davongetragen, sondern blieb schräg in der Mitte des Flusses stehen. Offenbar hatte sich ein Ende zwischen zwei Felsen festgeklemmt; was auch immer in dem geheimen Loch versteckt gewesen sein mochte, jetzt wäre es sicherlich über die Felsen verstreut und mit der Zeit würde es in den Schlick hinuntergespült werden.

„Oh, Colum. Ich hätte was draus machen können.“ Die Stimme des Jungen war tränenerstickt. Kirsten sah, wie er nach dem anderen Teil der Deichsel griff und es fest an sich preßte. „Es ist hübsch. Sieh her, es ist bemalt. Laß es uns behalten, Colum.“

Kirsten hatte den Fuß zaghaft auf den ersten Schrittstein gesetzt, als sie rief: „Bitte lassen Sie’s ihm. Es gehört nicht der Herrschaft; es ist ein Teil des Wagens, mit dem ich gekommen bin.“ Dann fuhr sie fort, als ob sie um ein Spielzeug für eines von Ma Bradleys Kindern bäte: „Eigentlich gehört es mir, also kann er’s ruhig behalten.“

Mr. Flynn kam auf sie zu, aber er sagte nichts, bis er den vorletzten Schrittstein erreicht hatte. „Das ist sehr nett von Ihnen, aber was am Ufer drüben landet, gehört den Leuten dort; das ist das Gesetz des Flusses. Was auf meiner Seite auftaucht – egal ob ertrunkenes Vieh oder was Wertvolles –, ist meins. Das ist so Sitte.“

Sie schwieg einen Augenblick, dann sagte sie: „Es ist nichts wert; es ist nur ein Stück von einer Deichsel.“

Er sah sie an, und sein Gesicht wurde sanft, als er erwiderte: „Ja, wahrscheinlich haben Sie recht.“ Dann drehte er sich nach dem Jungen um und rief: „Du hast deinen Willen; das Mädchen hier hat sich für dich eingesetzt.“

Kirsten sah zu dem schmalen, dunklen Kopf hinüber, und als Barney lächelte und winkte, lächelte sie ebenfalls und winkte zurück.

„Haben Sie heute wieder Ihren freien Nachmittag?“ fragte Colum.

„Ja."

„Und Sie hatten keine Lust, auf den Jahrmarkt zu gehen?"

„Auf den Jahrmarkt? O nein!" Sie wollte nie mehr auf einen Jahrmarkt gehen. Sie hatte mehr als genügend Jahrmärkte mit Hop Fuller gesehen.

„Wir gehn auch nie auf einen Jahrmarkt", sagte er, „außer um Matten und ähnliches zu verkaufen."

Kirsten blickte zum Hügel und sah eine dicke Frau eilig einen Pfad herunterklettern. Colum Flynn rief ihr zu: „Alles in Ordnung."

Als die dicke Frau keuchend am Ufer angelangt war, warf sie über den Fluß hinweg einen Blick auf Kirsten; dann rief sie: „In Ordnung, sagst du? Aber was hat dich veranlaßt, wie ein Teufel im Sturmwind loszurennen? Was hat er angestellt?" Sie blickte jetzt auf Barney, der sie anlachte und auf das gelbe Holzstück deutete. Sie nickte ihm zu; dann wandte sie sich an Kirsten und sagte: „Hallo. Du bist das junge Ding, das Colum aus dem Wasser geholt hat, nicht wahr?"

„Ja." Kirsten sah Colum an, und sie lächelten sich zu. Und die dicke Frau rief: „Komm rüber."

Colum streckte ihr die Hand hin und sagte: „Halten Sie sich am Seil fest." Er führte sie behutsam über die glitschigen Steine. „Keine Angst; setzen Sie die Füße genau in die Mitte, und wenn Sie ausrutschen, ich halt Sie fest."

Die Steine schienen unter ihren Füßen wegzugleiten, und als sie die Mitte des Flusses erreichte, wurde sie von einer erdrückenden Erinnerung gepackt, und ihr war, als ob sie abermals, an die Deichsel geklammert, herumwirbelte und um ihr Leben kämpfte. Und dort waren die Überreste der Deichsel, ragten nicht mehr als fünf Meter entfernt aus dem Wasser heraus, aber es hätten ebensogut fünf Meilen sein können, denn sie waren unerreichbar.

„Na also." Sie war am anderen Ufer, und die dicke Frau griff nach ihrer Hand und sagte: „Bei Gott! Du bist ein hübsches kleines Ding. Willst du nicht raufkommen und 'ne Tasse Tee trinken? Übrigens, ich heiße Dorry."

Kirsten wartete, wie Mr. Flynn reagieren würde, und er sagte: „Ja, warum nicht? Außerdem ist's eine besondre Gelegenheit, denn Dorry hat heut Geburtstag."

Kirsten lächelte die freundliche Frau an. „Oh, ich wünsche Ihnen alles Gute!"

„Vielen Dank, Mädchen.“ Dorry strahlte sie an, als hätte sie ein Geschenk erhalten. „Gehn wir.“ Aber als sie sich anschickten, die Böschung hinaufzusteigen, schoß Barney zum Rand des Wassers und rief: „Kann ich mir das andre Stück holn, Colum?“

Wenige Sekunden später hatte sein Bruder ihn beim Kragen gepackt, drehte ihn herum und schob ihn in Richtung des Hügels. „Wehe, wenn ich dich dabei erwische, daß du dort reingehst“, schrie er. „Du bekommst eine Tracht Prügel, daß du nicht mehr sitzen kannst.“

„O Colum, der Grund muß fest sein, denn das Holz ist steckengeblieben.“

„Ja, es ist steckengeblieben, und wahrscheinlich in einer Felsspalte; aber ich hab dir schon hundertmal gesagt, genau an dieser Stelle geht es zwischen den Felsen steil abwärts, und die Strömung würde dich runterziehn. Erinnerst du dich nicht daran, wie Paddy untergegangen ist?“

Der Junge ließ den Kopf hängen; Dorry legte den Arm auf seine Schulter, und sie gingen weiter, während Colum sich an Kirsten wandte und murmelte: „Paddy war unser Hund, ein hübscher, kleiner Kerl. Er konnte schwimmen wie ein Otter, aber nichtsdestoweniger wurde er ziemlich genau an dieser Stelle wie ein Strohhalm runtergezogen. Der Fluß ist tückisch. Man darf ihm nicht traun.“

Bei diesem ersten Besuch nahm Kirsten nicht viel von der seltsamen Anordnung der Gebäude innerhalb des ummauerten Kreises wahr; sie sah nur eine hochgewachsene Frau, die an die Tür des hintersten Hauses kam und ruhig sagte: „Tritt ein; du bist willkommen.“ Und Kirsten betrat „Tarn Abode“ und ging durch den Vorratsraum in die Küche. Nachdem sie sich auf den Stuhl gesetzt hatte, den Elizabeth Flynn ihr anbot, blickte sie schüchtern um sich auf zwei kleine Mädchen, einen kleinen Jungen und zuletzt auf den Vater, einen mageren, unscheinbaren Mann, der keinerlei Ähnlichkeit mit seinem ältesten Sohn hatte.

„Sieh dir das an! Ein Rosinenkuchen. ’Lizabeth hat ihn mir zum Geburtstag gebacken.“ Dorry stellte einen riesigen Hefekuchen auf den Tisch; der Rand war ringsum dicht mit Rosinen besetzt und hatte auf der Oberseite Streifen aus gebranntem Zucker. „Sieht er nicht aus wie gemalt? Wir essen ihn jetzt, ’Lizabeth, nicht erst später, ja? Denn dies ist eine Gelegenheit, die wir feiern müssen. Es ist nicht nur mein Geburtstag, sondern wir haben auch Besuch.“

„Natürlich." Elizabeth schnitt den Kuchen in große Stücke; dann nahm sie eine schwere Teekanne von der Herdplatte und goß schwarzbraunen Tee in die Becher. Aber niemand hob seinen Becher auf, ehe sie selbst sich ans untere Ende des Tisches gesetzt hatte. Sie reichte Kirsten eine irdene Zuckerschale und sagte: „Bitte bedien dich selbst. Manche mögen den Tee sehr süß, manche nicht."

Während Kirsten zwei Löffel voll Zucker in ihren Tee tat, dachte sie bei sich: Sie können nicht arm sein, wenn sie eine so große Zuckerschale haben. Sie nahm einen Schluck von dem heißen Tee und sagte lächelnd zu der hochgewachsenen Frau: „Er ist gut, sehr schön stark." Und als ob ihre Stimme jedes Gespräch jäh abgebrochen hätte, wurde es vollkommen still im Raum. Sie saßen alle da und sahen sie an: Dan Flynn, Colum, Elizabeth, Dorry und die Kinder – Sharon, Kathie, Barney und Michael. Als Elizabeth bemerkte, daß das Schweigen Kirstens Auge nervös zittern ließ, fragte sie ruhig: „Gefällt es dir dort drüben?"

„O ja, ja."

„Und das Kind?"

Sie wandte sich Dan Flynn zu, der die Frage gestellt hatte, und ihr rechtes Auge zuckte, als sie sagte: „Es ist hübsch und gesund."

Jetzt sprach Sharon zum erstenmal. „Unser Colum", sagte sie, „hat dich aus dem Fluß gerettet, nicht wahr?"

„Ja." Kirsten sah Colum schüchtern an. „Ihm verdank ich's, daß ich noch am Leben bin."

„Er ist ein Held!" Dan Flynn klopfte seinem Sohn auf den Rükken.

„O Vater, ich bitt dich, hör auf." Colums Gesicht war rot geworden, und nicht nur sein Gesicht, sondern auch sein Hals.

Dorry sah Kirsten an und fragte: „Wie heißt du, Mädchen?"

„Kirsten MacGregor."

„Kirsten? Ein seltsamer Name; aber MacGregor klingt schottisch; bist du Schottin?"

„Ja." Sie zögerte. „Ich glaube."

„Wir sind Iren." Es war Barneys Piepsstimme, und alle sahen ihn mißbilligend an; diejenigen, die ihm am nächsten saßen, stießen mit den Händen nach ihm, und Dorry rief ihm über den Tisch hinweg zu: „Das kann doch ein Blinder mit 'nem Krückstock sehen; man braucht uns nur anzusehn."

Während des darauf folgenden Gelächters erhob sich Elizabeth

Flynn und sagte zu Kirsten: „Willst du mitkommen und dir ‚Tarn Abode' ansehn?" Kirsten sprang auf und erwiderte: „Oh, vielen Dank . . . Ma'am . . . Missus."

Die Kinder fingen abermals zu lachen an.

„Ich heiße Elizabeth." Ihre Stimme war sanft. „Es würde mich freun, wenn du mich so nennst."

Kirsten konnte nichts erwidern; sie neigte nur den Kopf. Dann blickte sie vom einen zum anderen; sie sahen sie immer noch an. Dies war eine freundliche Familie, sagte sie sich, eine glückliche Familie; das war deutlich zu erkennen, und es gab ihr ein Gefühl der Wärme und Geborgenheit. Sie hatte den Wunsch, mit ihnen zu lachen, sich so zu geben, wie sie war, nicht immer ernst und beherrscht sein zu müssen.

„Wir fangen mit der Werkstatt an, ja?" sagte Elizabeth. Niemand antwortete ihr, aber sie stellten sich alle in Reih und Glied hinter ihr auf und schoben Kirsten nach vorn. Dann gingen sie durch eine Tür am hinteren Ende der Küche in einen Raum, der ein ganzes kleines Haus für sich zu sein schien. Die Zwischenwände waren herausgenommen worden, und der Raum war angefüllt mit großen Bündeln von kardierten Fasern, Holzrahmen und Seilen.

„Im Sommer wird die Seilerei bei Regen hier drinnen gemacht; im Winter versammeln wir uns um das Feuer." Die Prozession zog durch eine andre Tür in den Raum, wo Colum seine Körbe aufgestapelt hatte, dann wieder in die Küche und durch die Vorratskammer zu einer Tür, die in einen Raum führte, der ursprünglich ebenfalls ein Haus für sich gewesen zu sein schien. An seinem hinteren Ende befand sich eine steile Treppe. Sie stiegen hinauf, und dann standen sie alle dicht gedrängt auf einem Treppenabsatz, an dem zwei Zimmer lagen. Das eine in das Kirsten geführt wurde, hatte ein auf Hochglanz poliertes, massives Bett, eine Kommode und einen Kredenztisch, der älter zu sein schien als das Haus selbst. Elizabeth führte Kirsten zum Fenster und deutete hinaus: „Sieh mal dort."

Kirsten sah den Fluß am Fuß des Hügels und jenseits davon das Weideland und jetzt ganz deutlich die Mauer, die sich dort hineinfraß. Diese Mauer, sagte sie sich, wirkte dort drüben fehl am Platz. Und weit dahinter, am oberen Ende des Tals, konnte sie die „Abtei" sehen. Dan stand neben ihr und sagte: „Ist das nicht eine herrliche Aussicht? Sie erfüllt mich immer wieder mit Staunen, ich hab das Gefühl, im Himmel zu sein und hinunterzublicken. Aber Colum hat eine noch schönre Aussicht. Los, Colum, führ sie nach oben.“ Und daraufhin gingen sie alle wieder auf den Treppenabsatz hinaus, wo eine Leiter an der Wand befestigt war.

Colum stieg zuerst die Leiter hinauf, und als Kirsten, den Rock zusammengerafft, ihm folgte, sagte Dorry zu den Kindern: „Nein, ihr nicht. Ihr Grünschnäbel bleibt unten.“

Kirsten griff nach Colums Hand und ließ sich von ihm hinaufziehen. Oben im Zimmer sagte er lachend: „Sie müssen praktisch zum Fenster kriechen. Aber kommen Sie, es lohnt sich.“

Sie krabbelte unter das schräg abfallende Dach, und dann kniete sie vor dem Giebelfenster; und wie Dan Flynn gesagt hatte, sie schien jetzt im Himmel zu sein und auf das große Haus hinabzublicken. Sie wandte sich Colum zu und deutete in die Ferne: „Ich kann mein Fenster sehn, dort an der Ecke.“

„Ist es ein hübsches Zimmer?“ fragte er.

Ihre Gesichter waren kaum mehr als zehn Zentimeter voneinander entfernt, und sie blickte ihm in die Augen; und aus irgendeinem seltsamen Grund hatte sie den Wunsch, ihn zu erfreuen, indem sie sagte: Nein, ich finde es abscheulich. Aber sie konnte es nicht, denn sie fand es nicht abscheulich. So sagte sie nur: „Es ist einfach, aber hübsch.“

Als sie wieder auf das Haus blickte, wurde ihr klar, daß sie lange genug fort gewesen war, und sie drehte sich auf den Knien herum und sagte: „Ich muß zurück; meine Zeit ist sicher schon um.“

Er half ihr die Leiter hinunter zum Treppenabsatz, und sie war erstaunt zu sehen, daß alle dort auf sie gewartet hatten.

Elizabeth ging ihnen voran die Treppe hinunter, durch den Vorratsraum und über die mit Steinen gepflasterte Terrasse zu den letzten zwei kleinen Häusern. Im ersten sah Kirsten die Schlafzimmer der Kinder, eins für die Jungen und eins für die Mädchen, jedes mit einem Doppelbett. Der Boden war mit geflochtenen Matten bedeckt, und an den Wänden hingen in Seil gerahmte Stickereien von wilden Blumen auf braunem Rupfen. Colum machte Kirsten auf die Bilder aufmerksam und erklärte mit ruhigem Stolz: „Die hat meine Mutter gemacht; sie ist sehr geschickt mit der Nadel.“

Als sie wieder auf der Terrasse waren und Elizabeth gerade zurückgehen wollte, sagte Dan in scherzhaftem Ton: „Nun, das letzte muß sie auch noch sehen.“ Aber Colum widersprach ihm: „Das ist nichts für sie.“

„Warum nicht?“ Dan wandte sich an Kirsten, als er fragte: „Hast du Angst vor Särgen?“

„Nein.“ Aber sie wußte nicht, ob sie Angst hatte oder nicht.

„Nun, dann komm und sieh dir ein paar Kunstwerke an.“ Dan führte sie in einen Raum, in dem, ebenso wie in einigen der anderen Häuser, die Zwischenwände herausgenommen worden waren, und dort standen in einer Reihe acht Särge und am hinteren Ende eine lange, leere Arbeitsbank, über der in hölzernen Vertiefungen an der Wand Tischlerwerkzeuge hingen.

„Dieser hier“ – Dan klopfte auf einen Eichensarg, der im Lauf der Zeit fast schwarz geworden war und einen Glanz hatte, als ob er poliert worden wäre – „ist neunzig Jahre alt, der letzte von denen, die mein Urgroßvater gemacht hat. Die drei in der Mitte – wir nennen sie Peter, Paul und Moses – sind von meinem Großvater, und die letzten zwei stammen von meinem Vater. Es ist ein Brauch in unserer Familie, aber ich hab meinen Teil noch nicht gemacht. Ich werd's aber noch tun, ganz sicher.“ Und dann sagte er, an Colum gewandt: „Und du wirst auch bald anfangen müssen.“ Er sah Kirsten an und setzte erklärend hinzu: „Denn wenn man heiratet, muß man anfangen, an den Tod zu denken.“

Als sie herauskamen, sagte Kirsten, an den Enden ihres Schals herumfingernd, schüchtern zu Elizabeth: „Ich möchte Ihnen danken, Ma'am . . . Elizabeth.“

Elizabeth nahm mit einer liebevollen Geste Kirstens zupfende Finger vom Schal, beugte sich über sie und sagte gütig: „Ich hoffe, du kommst so oft zu uns, daß du dich bald daran gewöhnst, mich bei meinem Namen zu nennen.“

„Vielen Dank . . . Das tu ich sehr gern. Sie sind so gut zu mir gewesen.“ Kirsten warf einen raschen Blick auf die ganze Familie, die dort versammelt war. „Es war eine . . .“ Sie suchte nach einem Wort. Sie dachte an Überraschung, aber das paßte nicht; das Wort, nach dem sie suchte, war Offenbarung, aber das war ihr nicht vertraut, und so sagte sie schlicht: „So schön habe ich meine Freizeit in meinem ganzen Leben noch nicht verbracht.“

„Und es war ein schöner Tag für uns“, sagte Dorry. „Ich hab noch nie Besuch zu meinem Geburtstag gehabt. Tatsächlich hatten wir seit einem Jahr oder länger überhaupt keinen Besuch, nicht wahr?“ Sie blickte sich um, und die Kinder antworteten ihr, indem sie den Kopf schüttelten. „Aber wie du sagst, du mußt jetzt gehn, denn das

Kind ist sicher schon hungrig. Schreit es, wenn's trinken will? Die hier haben's alle getan." Und Kirsten erwiderte: „O ja, es macht sich bemerkbar, wenn's hungrig ist."

„Dann ist's ein kräftiges, gesundes Baby. Und ich hoffe, du wickelst es nicht zu fest. Ich war immer dafür, sie strampeln zu lassen."

Kirsten ging mit Colum über den Hof. Die anderen folgten ihnen bis zu der Öffnung in der Mauer, dann blieben sie stehen. Kirsten hatte den Eindruck, daß die Kinder mitkommen wollten, daß Elizabeths Hand sie jedoch zurückhielt. Auf halbem Weg bergab drehte sie sich um und winkte, und alle winkten zurück.

Jetzt, da die Familie nicht mehr um sie versammelt war, verlor Kirsten seltsamerweise das Gefühl der Unbekümmertheit, genau wie Colum es verloren zu haben schien, denn auf dem ganzen Weg den Hügel hinunter wechselten sie nicht ein einziges Wort; es herrschte plötzlich eine Befangenheit zwischen ihnen, die zuvor nicht dagewesen war. Selbst als sie die Steine überquerten, sprachen sie kein Wort. Am anderen Ufer, dort, wo die Mauer endete, standen sie eine Weile da und sahen sich an, und ihre Befangenheit schien zuzunehmen, bis Colum sagte: „Die Einladung meiner Mutter gilt für jeden Tag, an dem Sie frei haben. Werden Sie kommen?"

„Ich möcht's sehr gerne."

„Wann haben Sie wieder frei?"

„Nächste Woche, oder vielleicht auch erst die Woche danach."

„Gut, dann sehn wir uns."

„Ja." Sie schwieg einen Augenblick. „Dann also auf Wiedersehn."

„Auf Wiedersehn."

Die Schrittsteine hörten fast genau an der Stelle auf, wo die Mauer begann. Colum setzte keinen Fuß auf das Gelände jenseits davon, sondern half Kirsten um die Mauer herum, und sie verließ nun seinen Grund und Boden und betrat den des Herrn; dann lief sie, nachdem sie noch einmal kurz zu ihm hinübergeblickt hatte, eilig über die Wiese, den sanft ansteigenden Hang hinauf und in den Park. Und während sie zwischen den Bäumen hindurchging, spürte sie in ihrem Inneren eine seltsame freudige Erregung, als ob sie zum erstenmal im Leben Glück empfand.

Die Sonne warf lange Schatten; es mußte etwa fünf Uhr sein. Was war, wenn das Kind weinte und Miß Cartwright sie schalt? Nun, es lohnte sich, gescholten zu werden, denn sie hatte herrliche

Stunden verbracht. Noch nie hatte sie so glückliche Menschen gesehen; und sie hatten Stolz. Kirsten hatte nicht geglaubt, daß arme Menschen stolz sein könnten; aber schließlich hatte die Familie Flynn ihre Geschichte – die Särge zeugten von ihren Vorfahren –, und man konnte stolz sein, wenn man wußte, woher man kam. Kirsten wünschte sich zu wissen, woher sie kam; und sie wünschte sich auch zu wissen, wohin ihr Weg sie führen und was das Leben ihr bringen würde. Das Glücksgefühl ließ nach. Sie hatte unbewußt den Pfad gewählt, der an den zwei Bäumen vorbeiführte, zwischen denen das kleine Grab lag, und plötzlich spürte sie den seltsamen Wunsch, das lebende Kind, *ihr* Kind zu nehmen und mit ihm davonzulaufen. Sie sah sich im Geiste, ihr Kind in den Armen, durch den Park laufen, die Schrittsteine überqueren und den Hügel hinauf zu jener glücklichen Familie gehen.

Sie beschleunigte wieder ihre Schritte, als sie sich an die Worte dieser netten, dicken Frau namens Dorry erinnerte: „Ich hoffe, du wickelst es nicht zu fest. Ich war immer dafür, sie strampeln zu lassen.“ Damit trat in Gedanken etwas in den Vordergrund, was während der vergangenen Wochen unbewußt an ihr genagt hatte. Sie zog das Kind aus, badete es und wickelte es entweder für den Tag oder für die Nacht; und so hatte niemand es nackt gesehen außer dem Herrn, und auch der nur in den ersten Tagen.

Das Kind strampelte nicht, das war es, was an ihr genagt hatte. Sein Oberkörper war kräftig und entwickelte sich gut, aber seine Beine wurden nur langsam dicker. Soviel sie wußte, hatte das Kind seit seiner Geburt nicht ein einziges Mal mit den Beinen gestrampelt. Sie blieb wie erstarrt zwischen den hohen Bäumen stehen. Florrie, Annie, Mary, Bob und Ada – sie konnten kaum ihre Beine bewegen; sie alle hatten Rachitis. *Nein!* Großer Gott, das Kind konnte doch keine Rachitis haben. Aber sie war seit ihrem sechsten Lebensjahr mit rachitischen Kinder zusammen gewesen. Vielleicht war Rachitis ansteckend?

Sie hob ihre Röcke hoch und rannte ungestüm durch den Park, lief um den Ziergarten mit dem Teich und Springbrunnen herum und überquerte den Hof. Als sie das Haus betrat und die Treppe hinaufeilte, hörte sie das energische Geschrei des Kindes. Miß Cartwright wartete vor dem Kinderzimmer auf sie. Sie ließ Kirsten ins Zimmer gehen, ehe sie sagte: „Du wirst ja ganz schön unverschämt! Zweieinhalb Stunden warst du fort. Wo bist du gewesen?“

„Ich bin am Fluß spazierengegangen, und die Familie, die in dem Haus auf der anderen Seite oben auf dem Hügel wohnt, hat mich eingeladen –“

„*Du warst jenseits des Flusses!* Im Haus der Flynns?“

Kirsten nickte zögernd.

„Ausgezeichnet!“ Bella lächelte grimmig. „Falls ich jemals eine Handhabe brauchen sollte, um dich loszuwerden, du hast sie mir gegeben. Weißt du, daß die Flynns und der Herr Todfeinde sind? Sie haben sich durch Hinterlist einen Teil seines Grund und Bodens angeeignet. Wer mit den Flynns verkehrt, würde keinen Augenblick in diesem Haus geduldet werden.“ Sie ließ ein paar Sekunden verstreichen, ehe sie fortfuhr: „Aber besuch die Flynns nur weiter, denn vielleicht wirst du ihren Schutz eher brauchen, als du glaubst; vielleicht schicken sie dich auch wieder auf Wanderschaft, schließlich sind sie selbst eine Art Kesselflicker. Aber jetzt geh deiner Arbeit nach, und still das Kind. Und wenn du es gewaschen hast, sorg dafür, daß es fest gewickelt ist.“

Kirsten wusch sich eilig die Hände, dann nahm sie das Kind aus der Wiege und entblößte ihre Brust. Nachdem sich die Tür hinter Miß Cartwright geschlossen hatte, fuhr sie mit der Hand unter die Röckchen und griff sanft nach dem Bein des Kindes. Als es sich bei ihrer Berührung nicht bewegte, biß sie sich fest auf die Lippen.

5

Das Kind

Der 21. Februar 1852 war der erste Geburtstag des Kindes. Es war ein Tag ähnlich demjenigen, an dem es geboren worden war – mit starkem Wind, strömendem Regen und eiskalt. Aber diesmal war der Fluß nicht über die Ufer getreten, und der Aufruhr herrschte nicht draußen, sondern innerhalb des Hauses, denn der Herr war per Postkutsche und Eisenbahn aus London zurückgekehrt und hatte einen berühmten Arzt mitgebracht; und jetzt untersuchte der große Mann das Kind in dem neuen Kinderzimmer, das vor drei Monaten im Ostflügel des Hauses eingerichtet worden war.

Das Kind lag nackt, nur mit einem Schal unter seinem Körper, auf einem Tisch, und der Arzt, ein untersetzter Mann mit einem

Rundkopf und einem van-Dyck-Bart, fuhr mit den Händen über den aufgeblähten Bauch und dann hinauf zu dem gut entwickelten Brustkorb und den Armen, ehe er das Kind umdrehte und die Finger über die leicht nach innen gebogene Wirbelsäule gleiten ließ; als letztes berührte er die Beine. Er trat einen Schritt zurück und musterte das Kind im ganzen, ehe er es wieder auf den Rücken legte und ihm das Gesicht tätschelte. Dann ging er zum Kamin, drehte sich um und hob seine Rockschöße, um sich zu wärmen.

„Nun?" Konrad stand vor ihm.

Der Arzt blickte zu der reichverzierten Decke empor und sagte mit kühler Stimme: „Es könnte die Leber oder ein Defekt der Wirbelsäule sein. Oder aber es könnte auch einfach Rachitis sein."

„Einfach Rachitis! Was wollen Sie damit sagen, Mann?" Es lag keine Ehrerbietung in Konrads Stimme. Aber das war auch nicht nötig, denn er hatte mit John Howard Bolton zwei Jahre im Internat in England verbracht. „Rachitis!" wiederholte er. „Bei der Milch, so dick wie Sahne, mit der das Kind aufgezogen worden ist? Bei der Nahrung, die in dieses Mädchen hineingestopft worden ist? *Rachitis!*"

„Das Mädchen kann vor der Geburt seines eigenen Kindes unterernährt gewesen sein. Sie haben mir gesagt, sie war eine Art Landstreicherin; es wäre denkbar, daß ihr eigener Organismus der Nahrung, die Sie in sie hineingestopft haben, alle wichtigen Nährstoffe entzogen und daher dem Kind vorenthalten hat."

„Aber sehen Sie es sich doch an, Mann! Es hat einen Brustkasten wie ein junger Bulle. Er wird in ein paar Jahren wie meiner sein." Er klopfte auf seine eigene Brust. „Sehen Sie sich seine Arme an, es ist obenherum stark wie ein Ochse. Es kann nicht Rachitis sein." Seine Stimme senkte sich. „Nein, das nehme ich Ihnen nicht ab."

„Wann ist es entwöhnt worden?"

„Vor etwa drei Monaten."

„Und was hat es seither zu essen bekommen?"

„Suppen, hat man mir gesagt, Haferschleim, Brei."

„Keine Milch?"

„Nicht viel. Es hatte genug Milch bekommen. Darin war ich mir mit Bella einig. Sie ist eine Verwandte von Florence, eine sehr vernünftige Frau. Wann werden Sie mit Sicherheit feststellen können, was die Ursache ist?"

„In etwa einem Jahr."

„In einem Jahr!“

„Vielleicht auch erst später. Diese Dinge sind schwer zu bestimmen. Es gibt viele derartige Fälle, aber meistens unter der ärmeren Bevölkerung. Wenn es Rachitis ist, könnte gute Ernährung helfen. Geben Sie ihm viel Eier und Gemüse, aber wenig Brot und keine Hafergrütze.“

Konrad seufzte tief und fragte: „Wenn es Rachitis wäre, könnte man es durch chirurgische Behandlung geradebiegen?“

„Was meinen Sie, ein eisernes Korsett?“ Die Stimme des Arztes klang verächtlich. „Das ist eine barbarische Methode. Stellen Sie sich vor, daß man Sie mit Lederriemen auf Eisen festschnallt und Sie nur einmal in der Woche losmacht, damit Sie Ihre Kleidung wechseln. Ich glaube, Sie würden es vorziehen, verwachsen zu bleiben, nicht wahr?“

Konrad wandte sich langsam um und sah das Kind an. Es lag da und gab Laute von sich, die sein Mißvergnügen darüber ausdrückten, daß man ihm so wenig Beachtung schenkte. Als es zu weinen begann, rief Konrad: „Kirsten!“, woraufhin sich sofort die Tür öffnete und sie hereinkam. Sie ging zum Tisch, hüllte das Kind in den weißen, wolligen Schal, nahm es in die Arme und eilte ins Nebenzimmer. Dieses Zimmer war geräumig und hübsch eingerichtet; auch hier brannte ein loderndes Feuer im Kamin, und außer einem Bett, einem Sofa und einem Sessel gab es einen Schreibtisch und ein Bücherregal. Kirsten legte das Kind in das kleine Bett, das neben ihrem eigenen stand; dann griff sie behutsam nach seinen krummen Beinen und begann, sie mit gleichmäßigen, sanften Bewegungen zu massieren. Nachdem das Kind eingeschlafen war, ging sie zum Sofa und setzte sich.

Kirsten hatte sich in dem Jahr, seit sie in dieses Haus gekommen war, sehr verändert. Sie war jetzt sechzehn, sah jedoch wie achtzehn aus. Die ausgezeichnete Nahrung, die sie zu sich genommen hatte, war ihr sichtlich gut bekommen; das magere kleine Mädchen von damals hatte sich zu einer blühenden jungen Frau entwickelt. Ihre Hüften waren rund, ihre Beine lang und wohlgeformt; aber ihr Gesicht zeigte die größte Veränderung: Ihre Wangen waren voll, ihre Haut hell und zart, ihre Lippen waren rot, und ihr Haar glänzte vom regelmäßigen Waschen und Bürsten; und ihr Auge, obwohl es immer noch zuckte, rutschte selten in den Winkel. Das letztemal war vor drei Monaten gewesen, als Miß Cartwright ihr gesagt hatte, daß das Kind nicht mehr gestillt zu werden brauchte; und nicht nur Miß Cartwright hatte es gesagt, sondern auch die Herrin selbst.

Die Herrin hatte sie in ihr Boudoir gerufen; sie hatte mit dem Rücken zu Kirsten am Toilettentisch gesessen, hatte mit ihren Parfümfläschchen gespielt und dabei gemurmelt: „Dein Dienst ist von morgen ab beendet, MacGregor; das Kind ist alt genug, um feste Nahrung zu sich zu nehmen. Miß Cartwright wird dir als Entschädigung den Lohn von vier Wochen im voraus bezahlen. Das ist alles."

Die Entlassung war so plötzlich gekommen, daß Kirsten einfach dastand und auf den elegant frisierten Kopf starrte, bis Miß Cartwrights Stimme sie aus ihrer Benommenheit riß: „Du hast gehört, was die Herrin gesagt hat." Daraufhin löste sich ihre Zunge, und sie stotterte: „Aber das kann ich nicht, noch nicht. Seine Beine, sie sind nicht in Ordnung. Ich ... ich glaube, es hat ... Rachitis, Ma'am."

„Es hat *was*?" In der Stimme der Herrin lagen Angst und Abscheu zugleich, und sie wandte sich mit einer ruckartigen Bewegung an Miß Cartwright. „Kümmre dich sofort darum! Wieso hast du das nicht gewußt?"

Zum erstenmal, seit Kirsten sie kannte, schien Miß Cartwright ihre kühle Gelassenheit zu verlieren, und ihr Gesicht nahm einen erschreckten Ausdruck an, als sie sagte: „Ich ... ich bin nie auf den Gedanken gekommen; sein Körper ist gut entwickelt und kräftig."

„Geh und vergewißre dich." In der Stimme der Herrin lag ein gebieterischer Ton, den Kirsten noch nie zuvor vernommen hatte, und Miß Cartwright gehorchte sofort. Aber als sie an der Tür angelangt war, wandte sie sich zu Kirsten um und sagte: „Du! Komm mit! Das ändert nichts an der Sache; du gehst morgen."

Im Kinderzimmer zog Kirsten auf Miß Cartwrights Befehl das Kind aus; und dort lag es, gesund und normal bis zu den Schenkeln hinunter, aber die Beine waren dünn, gekrümmt und scheinbar leblos. Miß Cartwright starrte Kirsten über die Wiege hinweg drohend an, als sie sagte: „Daran ist deine Nachlässigkeit schuld. Du hast es nicht genügend gestillt; Rachitis wird durch unzureichende Ernährung verursacht."

Kirsten vergaß plötzlich ihre Angst vor der Frau und erwiderte gelassen: „Ich habe es genügend gestillt! Sonst würde es weinen, das wissen Sie ganz genau. Es bekommt, was es braucht."

„Untersteh dich, mir zu widersprechen, Mädchen!" schrie Miß Cartwright. „Wenn ich sage, du hast es vernachlässigt, dann hast du

es vernachlässigt. Im übrigen braucht dies gar nicht Rachitis zu sein. Alle Babys haben krumme Beine, bis sie anfangen zu laufen. Aber wenn diese krummer sind als üblich, ist es deine Schuld. Ich habe dir immer wieder gesagt, du wickelst das Kind nicht stramm genug. Und zudem hast du es mehr als einmal in der Sonne liegen lassen. Leugne es nicht."

Sie leugnete es nicht, aber sie sagte: „Bitte, bitte, Miß Cartwright, lassen Sie mich hierbleiben, nur noch ein Weilchen, damit ich sehn kann, ob sie grade werden. Ich weiß Bescheid mit Kindern, die solche Beine haben."

Miß Cartwright hielt ihr die Kette mit dem Kruzifix entgegen, das sie um den Hals trug, und zischte: „Du hast darauf geschworen, Mädchen! Erinnerst du dich?"

In diesem Augenblick streckte das Kind die Hand aus, griff nach Kirstens Finger und zog ihn an die Lippen, um daran zu saugen. Es war wie ein Abschiedskuß, und es weckte zusammen mit einem tiefen Gefühl der Bindung zum erstenmal auch Kirstens Widerstand. Mit dem Rücken an den Tisch gelehnt, sah sie die furchteinflößende Frau trotzig an und sagte langsam: „Ich geh nicht! Ich geh nicht! Ich werde mit dem Herrn sprechen . . ."

Sie sah flüchtig, daß Miß Cartwright blitzartig auf sie zusprang, und in der nächsten Sekunde kämpfte sie um ihr Leben, zerrte verzweifelt an den Händen, die ihren Hals umklammerten. Ihr Rücken war über den Tisch gebeugt, aber der Schmerz an ihrer Wirbelsäule wurde von dem unerträglichen Schmerz in ihrem Hals ausgelöscht. Ihre Bemühungen, sich aus der Umklammerung zu befreien, wurden schwächer, dann wurde alles schwarz. Aber es konnte nur für eine Sekunde gewesen sein, denn als der Druck an ihrer Kehle nachließ, sah sie den Herrn und Miß Cartwright rückwärts durch das Zimmer taumeln, bis sie an die Wand stießen.

Als sie sich langsam, mit schmerzendem Rücken aufrichtete, sah sie, daß der Herr Miß Cartwright an den Schultern festhielt, und er fragte mit leiser, heiserer Stimme: „Warum? Warum?"

„Ich habe Neuigkeiten für dich", sagte Miß Cartwright dumpf. „Das Kind hat Rachitis. Durch ihre Schuld."

In dem Augenblick, da sie dem Herrn ins Gesicht sah, war Kirsten von Angst gepackt worden. Aber sein Zorn hatte sich nicht gegen sie gerichtet; er war ins Zimmer seiner Frau gestürmt und hatte sie mit Schimpfreden überhäuft. Die Milch der Amme sei gut, hatte er gesagt, aber es sei nicht die Milch der eigenen Mutter. Dann war er ins Kinderzimmer zurückgerannt und hatte Kirsten gesagt, sie müsse die Beine des Kindes morgens und abends massieren, und er werde sich persönlich vergewissern, daß sie es tat. So war von diesem Abend an nicht mehr von ihrem Fortgehen die Rede; aber von diesem Abend an war Miß Cartwright zu einem großen, schweigenden, stets wachsamen Teufel geworden, einem Teufel, den man fürchten mußte.

Und von diesem Abend an besuchte der Herr fast täglich seinen Sohn. Außerdem wurde das Kind während der folgenden Wochen von einer Reihe von Ärzten untersucht. Zwei von ihnen erklärten entschieden, der Junge habe Rachitis, und lächelten geringschätzig über die Theorie, daß Rachitis ausschließlich eine Krankheit der Armen sei; die Babys von manchen armen Leuten, erklärten sie, bekämen bessere Nahrung als die der Reichen, die nach einer frühen Entwöhnung mit Brei gefüttert wurden. Zwei andere Ärzte waren verschiedener Meinung: Einer sagte, es sei eine Art spinale Lähmung, die mit dem Alter des Kindes zunehmen werde; der andere meinte, es sei ein Leberleiden, daher der aufgeblähte Leib.

Der Erfolg von alledem war, daß die Herrin Wutanfälle bekam, und wenn das geschah, brüllte der Herr aus vollem Hals: „Du bist die Mutter des Kindes, Frau! Und wenn es sich als ein Vollidiot entpuppt, bist du trotzdem immer noch seine Mutter.“ In diesen Augenblicken verwandelte sich das Weinen der Herrin jedesmal in hysterisches Gelächter, und der Herr stürmte hinaus und überließ seine Frau Miß Cartwright.

Nach einer dieser Szenen hörte Kirsten ein Gespräch zwischen der Herrin und Miß Cartwright, das sie tief bedrückte, denn die Herrin sagte: „Dieses schielende Geschöpf hat uns völlig in der Hand.“ Worauf Miß Cartwright erwiderte: „Überlaß sie mir. Ich habe erfahren, daß sie diese Leute dort drüben auf dem Hügel besucht. Wenn der Augenblick gekommen ist, werde ich es Konrad wissen lassen, und er wird sie selbst an die Luft setzen, denn diese Flynns sind ihm ein Dorn im Auge.“

Das ganze Haus war sprachlos gewesen, als der Herr befahl, die Kinderzimmer in eine Zimmerflucht im Ostflügel zu verlegen. Das größte der drei ineinandergehenden Zimmer, sagte Konrad, sollte Kinderspielzimmer werden, das zweite rechts daneben Kinderschlafzimmer. Das dritte sollte als Schlafwohnzimmer eingerichtet werden, mit einem zusätzlichen Kinderbett, so daß das Kindermädchen das

Baby bei sich haben konnte, wenn es in der Nacht unruhig wurde.

Abgesehen davon, daß die Zimmer miteinander verbunden waren, führten sie alle auf einen breiten Korridor, auf dessen gegenüberliegender Seite das sogenannte Atelier lag, in dem der Herr Holz und Steinblöcke bearbeitete. Die Entdeckung des Ateliers war für Kirsten eine Überraschung gewesen, denn sie fand es erstaunlich, daß ein so wohlhabender und angesehener Mann wie der Herr den Wunsch hatte, wie ein Tagelöhner mit den Händen zu arbeiten.

Seit das Kind entwöhnt war, hatte Kirsten regelmäßig jede Woche einen halben Tag frei, und wie eine Taube, die nach Hause fliegt, lief sie geradewegs über den Fluß und den Hügel hinauf nach „Tarn Abode“, wo jeder einzelne, vor allem aber Colum, sie willkommen hieß, als ob sie zur Familie gehörte. Und Colum wartete auch Sonntag nachmittags bei den Schrittsteinen auf sie und brachte sie jedesmal dorthin zurück, bevor es dunkel wurde, was ihren Besuch manchmal recht kurz machte. Jetzt wurden die Tage allmählich länger. Bald würde der Frühling kommen. Kirsten hoffte, daß der Fluß nicht steigen und ihr am Sonntag den Weg versperren würde, denn es hatte die ganze Woche stark geregnet.

Sie saß jetzt da, blickte gedankenverloren ins Feuer und fragte sich, was sie getan hätte, wenn sie nicht Colum begegnet und von den Flynns so liebevoll aufgenommen worden wäre; dann wäre ihr Leben wirklich sehr einsam gewesen, denn sie war sich bewußt, daß sie in diesem großen Haus völlig isoliert lebte; nur der Herr sprach freimütig und ohne Hochmut mit ihr.

Der Herr war ein guter, freundlicher Mensch. Sie hatte den Herrn gern, o ja, sie hatte ihn sehr gern. Während sie ins Feuer blickte, meinte sie, sein Gesicht zu sehen, sein breites, kräftiges Gesicht, das ebenso wie sein Körper soviel Stärke ausstrahlte. Dennoch hielt sie den Herrn nicht für stark. Sie fühlte Mitleid mit ihm, und nicht nur, weil er getäuscht wurde – bei dieser Sache war sie selbst nicht ohne Schuld –, nein, das Gefühl, das sie hatte, glich dem Gefühl, das sie dem Kind entgegenbrachte. Sie wollte ihn beschützen, ihn lieben.

Sie stand vom Sofa auf, ging zum Kinderbett und blickte auf das Baby, das jetzt fest schlief; und sie dachte bei sich: Ich möchte wissen, was der Arzt gesagt hat. Wenn das Untersuchungsergebnis schlecht war, möcht ich wissen, wie es sich auf ihn auswirken wird. Sie dachte in diesem Augenblick nicht an das Kind, sondern an den Herrn.

Erst an dem Tag, an dem er den letzten der Ärzte zum Zug begleitet hatte, begann Konrad, übermäßig zu trinken. Er stieg am Bahnhof von Newcastle in seinen Wagen und befahl Art Dixon, ihn zu seinem Klub zu bringen, wo er innerhalb einer Stunde ein Quantum Whisky hinuntergoß, das einen weniger widerstandsfähigen Mann umgeworfen hätte. Dann kehrte er, immer noch mit festem Schritt, zum Wagen zurück und fuhr nach Hause.

Es war dunkel, als er dort eintraf. Beim Abendessen saß er an seinem üblichen Platz und lehnte jegliche Nahrung ab, ließ sich jedoch wiederholt sein Glas füllen. Florence, die am entgegengesetzten Ende des langen, von Silber funkelnden und mit Kerzen beleuchteten Tisches saß, warf hin und wieder einen bestürzten Blick auf Bella, die ihren üblichen Platz in der Mitte zwischen ihnen einnahm. Auf Florences letzten flehenden Blick hin machte Bella eine kaum merkliche Bewegung mit dem Kopf, dann widmete sie sich ihrem Essen und sah nicht mehr zu der Gestalt hinüber, die den Tisch beherrschte.

Aber Florence konnte die Augen nicht von dem Mann abwenden, der auch ihre Welt beherrschte. Sie erinnerte sich an das letztemal, als er so dagesessen und schweigend getrunken hatte; damals war das Kind drei Monate alt, und sie hatte ihn mit ihrer Kränklichkeit in Schach gehalten, hatte sie als Ausrede gebraucht, um seine Angriffe auf ihren Körper abzuwehren – denn als das betrachtete sie seine Umarmungen.

Während Florence jetzt ihren Mann über den Tisch hinweg ansah, befahl sie sich, an niemanden außer Gerald zu denken. Oh, wenn doch nur Gerald statt Konrads am oberen Ende des Tisches säße, denn wenn Konrad schon wegen der Diagnose des Arztes beinahe den Verstand verlieren konnte, wie würde er reagieren, wenn er jemals die Wahrheit erfuhr? Schon allein der Gedanke ließ sie schwach werden vor Angst. Ihre Augen wanderten jetzt langsam zu Bella, die ihren Lebensweg bestimmt hatte, und Haß stieg in ihr auf, so stark, daß er sie ihre Angst vergessen ließ. In diesem Augenblick haßte sie Bella mehr, als sie Konrad haßte, denn Bella hatte ihr das Kind einer Landstreicherin, einen Krüppel, aufgebürdet. Und wenn Konrad das jemals erfuhr, würde er sie töten, dessen war sie sicher.

Sie mußte fort ... fort von ihm und Bella. Sie konnte nur auf eine Weise fliehen: mit Gerald. Und Gerald würde bereit sein, mit ihr zu gehen. Sie mußte schlau sein und die nötigen Vorkehrungen treffen. Sie würde in Zukunft häufiger ihre Juwelen – die neuen

Juwelen – tragen. Auf diese Art konnte sie sich die Mittel verschaffen, um ihren und Geralds Lebensunterhalt zu sichern, denn gehörten die Juwelen nicht von Rechts wegen ihr?

Bella ihrerseits spürte ebenfalls eine gewisse Erregung. Endlich war der Augenblick gekommen, von ihrer Waffe Gebrauch zu machen, der Waffe, die sie zweifellos von diesem Geschöpf befreien würde, das nicht nur der Ärger ihrer Tage war, sondern ihre Nächte mit Gedanken füllte, die sie vor Angst erzittern ließen. In gewisser Weise, sagte sie sich, hing ihre ganze Existenz davon ab, daß sie das Mädchen so bald wie möglich loswurde.

Sie blickte zu Konrad hinüber. Er war betrunken, aber noch nicht so betrunken, wie er später am Abend sein würde ...

Seit Wochen brannte sie darauf, ihm zu sagen, wohin das Mädchen in seiner Freizeit ging; aber sie wußte, er würde zwar toben und schreien und dem Mädchen verbieten, zu dem Haus jenseits des Flusses zu gehen, doch letztlich würde er sich nachsichtig zeigen, denn diese verschlagene, schielende Hexe hatte es fertiggebracht, sein Vertrauen zu gewinnen. Sie konnte nichts Unrechtes tun; er behandelte sie mit einer Zärtlichkeit, wie ein Mann sie seiner Tochter entgegenbringen könnte. Nein, Bella wußte, es hatte keinen Sinn, das Mädchen der Treulosigkeit zu bezichtigen, solange Konrad nüchtern war; sie mußte warten, bis er genügend getrunken hatte; dann würde die bloße Erwähnung des Namens Flynn das Ihrige tun, ganz zu schweigen von der Mitteilung, daß das Kindermädchen seines Sohnes eng mit der Familie befreundet war, mit der er sich seit Jahren wegen des ummauerten Grundstücks stritt, das sich wie ein Krebsgeschwür in sein geheiligtes Besitztum fraß.

Sie fuhr in die Höhe, als Konrad vom Tisch aufsprang, seinen schweren Sessel packte und ihn mit solcher Wucht gegen die getäfelte Wand schleuderte, daß die Armlehne zerbrach. Nach dem Geräusch des splitternden Holzes herrschte einen Augenblick Stille im Raum. Konrad stand jetzt mit dem Rücken zum Feuer. Florence klammerte sich am Rand des Tisches fest, Bella saß wie gebannt da und wartete, was er als nächstes tun würde. Aber er lachte nur laut, dann drehte er sich auf den Fersen herum und ging taumelnd zur Wohnzimmertür.

Sobald er draußen war, stand Florence zitternd auf, und Bella lief auf sie zu, nahm sie bei der Hand und zog sie hastig durch die entgegengesetzte Tür. In der Halle flüsterte sie: „Geh auf dein Zimmer." Sie sagte nicht: Schließ dich ein, denn das war nicht nötig.

Sie wartete, bis Florence die Treppe hinaufgerannt war, dann ging sie ins Wohnzimmer. Konrad lachte, als er sie sah; es war ein dröhnendes, spöttisches Lachen. Er stützte sich mit der Hand auf eine Eichentruhe und sagte leise: „Liebe Kusine Bella, geh und tröste dein kleines Lamm. Weißt du, Bella" – er ging mit unsicheren Schritten zu einem Sofa und legte beide Hände auf die Lehne – „wenn du ihr nicht begegnet wärst, hättest du bestimmt geheiratet – du mußtest jemanden haben, den du verzärteln konntest. Vielleicht einen alten Mann, hm? Aber bei Gott!" Seine Stimme verlor jetzt den scherzhaften Ton und wurde bitter. „Er hätte dir mehr Befriedigung gegeben als deine kleine blasse Orchidee. Du bist stark, Bella, und weißt du was? Du bist die einzige Frau, der ich in diesem Land begegnet bin, die Verstand hat. In Schweden kenne ich zwei Frauen mit Verstand. Die eine ist meine Großmutter Knutsson; sechsundsiebzig ist sie, und sie hält sich noch kerzengerade, und ihr Geist ist klar wie Quellwasser; und ihre Schwester, meine Großtante Brigitta, ist genauso. Damals, als ich dich und Florence zum erstenmal gesehen habe, weißt du was? Wenn ich vernünftig gewesen wär, hätt ich dich geheiratet, nicht wahr, Bella?"

Er sah, wie ihre blassen Wangen sich röteten und ihre Augen dunkel wurden. Als er sich von ihr abwandte und taumelnd zur Tür ging, flüsterte sie heiser: „Warte. Ich weiß etwas über das Kindermädchen, was du wissen solltest. Sie tut Dinge hinter deinem Rükken, mit denen du bestimmt nicht einverstanden wärst. Sie geht regelmäßig in das Haus von Colum Flynn, jenseits des Flusses. Und soviel ich gehört habe, erzählt sie den Leuten dort alles, was hier im Haus geschieht."

„*Flynn! ... Dieser Bursche!* Sie geht dorthin?"

Bella nickte: „Ja, jedesmal, wenn sie frei hat."

Er blickte eine Weile auf den Boden, dann sah er wieder Bella an und sagte: „Du kannst sie nicht leiden, nicht wahr? Du hast dies alles erfunden. Du hast einmal versucht, sie zu töten ... O ja, das hast du." Er drohte ihr mit dem Finger. „Du hast dir das ausgedacht, um mich in Wut zu bringen."

„Nein, Konrad, glaub mir. Ich habe selbst gesehen, wie er sie über den Fluß auf deinen Grund und Boden begleitet hat."

Jetzt hatte sie den wunden Punkt getroffen. Dieser Colum Flynn, der die Stirn gehabt hatte, ihm gegenüberzutreten, der so hartnäckig seinen Anspruch auf das Land unten am Fluß verteidigte – dieser

Colum Flynn hatte es gewagt, den Fuß auf seinen Grund und Boden zu setzen, obwohl er es ihm verboten hatte. Bei Gott! Das würde er sich nicht bieten lassen. Er drehte sich um und ging mit unsicheren Schritten quer durch die Halle, die Treppe hinauf und den mit roten Teppichen belegten Korridor entlang. Als er zum Kinderzimmer kam, stieß er die Tür auf und trat ein.

Eine Kerze strahlte sanft in der roten venezianischen Nachtlampe neben dem Kinderbett, und in ihrem Licht blickte er auf das Kind hinunter. Das ursprünglich blonde Haar war dunkler geworden; die geschlossenen Augen glichen Mandeln; die Haut war zart und rosig; die vollen feuchten Lippen schienen zu lächeln. Sein Sohn war schön, jedenfalls der obere Teil von ihm. Er vergaß für einen Augenblick den Grund, weshalb er gekommen war, bis ein Geräusch aus dem Nebenzimmer ihn zur Verbindungstür taumeln ließ. Er stieß sie unsanft auf, und dort stand sie, die junge Verräterin, das Haar hing jetzt ohne Haube und Bänder lose herab, und sah ihn unschuldig überrascht an.

Als sie sagte: „Ja, Herr?", sah er, daß sie keine Angst vor ihm hatte; das Auge zuckte nicht. Frauen, ob jung oder alt, sie waren der Teufel in Person. Er würde sie alle verbrennen, und diese hier als erste, denn diese hier spielte die Unschuldige, und er war dumm genug gewesen, Zuneigung zu ihr zu hegen. Er hatte sich eingebildet, sie sei anders. Er hatte Mitleid gehabt mit dem verlassenen kleinen Mädchen, das an sein Land gespült worden war. Er hatte geglaubt, eine gute Herkunft in ihren Zügen und ihrem Gebaren zu entdecken. Und was war sie letztlich? Ein verschlagenes kleines Ding, das seinen Mantel nach dem Winde hängte und es mit zwei Seiten zugleich hielt! „Antworte mir ja oder nein – gehst du zu den Flynns jenseits des Flusses?"

„Ja, Herr."

Er war verdutzt über ihre ruhige Offenheit, aber er sah, daß ihr Auge jetzt zuckte. Aha! Seine Frage hatte sie erschreckt, nicht wahr?

„Warum?" schrie er. „Du kannst nicht zwei Seiten gleichzeitig die Treue halten. Sag mir, warum bist du dorthin gegangen? Wo hast du diesen Kerl kennengelernt?"

Kirsten sah, daß der Herr betrunken war. Sie sagte schlicht: „Colum Flynn hat mir das Leben gerettet. Er hat mich aus dem Fluß gezogen und mich hierhergebracht. Mr. Dixon hat ihm geholfen. Dann ging ich eines Tages am Fluß spazieren, hab ihn gesehn und ihm gedankt. Ich bin nicht hinübergegangen, Herr; er stand auf seinem eigenen Grund und Boden, und wir unterhielten uns über den Fluß hinweg. Dann lernte ich Dorry, seine Tante, kennen, und sie lud mich zu einer Tasse Tee ins Haus ein. Wissen Sie, ich kannte keinen Menschen und hatte niemanden, zu dem ich gehn konnte."

Die Erklärung war so offen und ehrlich, daß sie ihn trotz seiner Trunkenheit beeindruckte; er ließ sich aufs Sofa fallen und sah sie eine Weile schweigend an. Dann fragte er leise: „Du hast sie gern?"

„Ja, Herr. Sie sind die gütigsten Menschen, denen ich je begegnet bin. Und sie sind eine Familie ... eine glückliche Familie."

Er kniff die Augen zusammen. Der einzige Flynn, den er kennengelernt hatte, war der älteste Sohn, von dem er annahm, er lebe wie ein Schwein; denn er hatte gehört, daß er eine Seilerei betrieb und daneben auch Schweine hielt. Jetzt fragte er: „Gütig, sagst du? Ist dir in diesem Haus keine Güte entgegengebracht worden?"

„Doch, Herr."

„Hat man dich nicht gekleidet, beköstigt und gut bezahlt? Du bekommst mehr als eine Amme in London. Vier Shilling ist dort die Höchstgrenze, und du bekommst jetzt fünf, nicht wahr?"

„Ja, Herr." Ihr Auge zuckte jetzt erregt.

„Du weißt, daß ich diesen Mann und seine Familie nicht leiden kann", sagte er ein wenig ruhiger, aber immer noch streng.

„Ich habe es sagen hören, Herr."

„Warum hat dich das nicht davon abgehalten, ihre Bekanntschaft zu machen?"

„Das war nicht meine Angelegenheit, Herr."

„Nicht deine Angelegenheit, Mädchen! Wenn du bei mir in Stellung bist, ist alles, was in diesem Haus geschieht, auch deine Angelegenheit, und du hast mir die Treue zu halten. Ich bezahle dich für deine Treue. Komm her."

Sie ging auf ihn zu, bis ihr Rock seine Knie berührte, und er nahm ihre Hand zwischen seine Hände. „Ich will, daß du mir versprichst, nie wieder in das Haus dort zu gehen oder irgendwelchen Kontakt mit diesem Burschen Flynn zu haben."

Er sah, daß ihr Auge weit nach innen blickte, und hörte mit Erstaunen die Worte, die von ihren Lippen kamen. Sie widersetzte sich ihm auf eine Art, wie noch niemand es je zu tun gewagt hatte.

„Nein, Herr, das kann ich nicht. Sie waren so gut zu mir. Ich hab sie gern und würd ihnen nicht um alles in der Welt weh tun; und wenn ich nicht mehr hinginge, würd ich ihnen damit doch weh tun."

Plötzlich stand er hoch aufgerichtet vor ihr und fragte mit drohender Stimme: „Wenn ich dich an die Luft setzte, wohin würdest du gehn, hm?"

Sie zitterte am ganzen Körper, und sie wußte, wenn sie ihm wahrheitsgetreu antwortete, würde er noch wütender werden. Aber sie fühlte sich gezwungen, es zu tun, denn in dieser Frage zumindest brauchte sie ihn nicht zu täuschen, und so sagte sie flüsternd: „Ich würde zu ihnen gehn; sie wärn verletzt, wenn ich's nicht täte."

Sein Gesicht war jetzt dicht über dem ihren, und er starrte sie an. Abgesehen von seiner Großmutter und seiner Großtante Brigitta war dieses Mädchen das einzige weibliche Wesen, das ihm je die Wahrheit gesagt hatte. Er wußte, daß er besiegt war, und gleichzeitig drang durch seine vom Whisky benebelten Sinne etwas in sein Gehirn, das ihn jäh ernüchterte, und er trat zurück und sank wieder aufs Sofa. Dann streckte er die Hand aus und sagte: „Komm her, Mädchen." Sie ging zu ihm; er zog sie aufs Sofa hinunter und murmelte mit völlig veränderter Stimme: „Mein Sohn braucht dich. Du bist der einzige Mensch außer mir, bei dem er in diesem Haus jemals wird Schutz suchen können. Verstehst du mich, Mädchen? Wir beide brauchen dich."

Sie sagte: „Ja, Herr", obwohl sie ihn in Wirklichkeit nicht ganz verstand, bis seine Hand hervorkam, das Lid ihres rechten Auges herunterzog und es sanft streichelte. Dann begann sie zu zittern, und es war ihr, als ob sie viele Körper hätte, einen innerhalb des anderen, und das Zittern ging immer weiter hinunter bis zum innersten Kern.

Als er sich schweigend erhob und aus dem Zimmer taumelte, blieb sie still sitzen. Sie wollte weinen, ihren Kopf vergraben und weinen, wegen der Schuld, die sich in den letzten Augenblicken verdoppelt hatte. Nach einer Weile stand sie langsam auf und fing an, sich auszuziehen, und mit jedem Kleidungsstück, das sie ablegte, versuchte sie, sich von jenem anderen Gefühl für den Herrn zu befreien, das nichts mit dem Betrug an ihm zu tun hatte.

Sie holte einen Umhang aus dem Schrank und legte ihn sich über die Schultern. Dann nahm sie ein Buch von der Kommode, setzte sich auf den Teppich vor dem Kaminfeuer und begann zu lesen, wie sie es jeden Abend tat, ehe sie zu Bett ging. Dies war die Tageszeit, auf die sie sich immer am meisten freute, denn sie liebte Bücher.

Die Bibliothek des Hauses war von oben bis unten mit Büchern angefüllt; aber Kirsten wußte, daß man ihr niemals gestatten würde, eines davon anzurühren. Trotzdem würde es ihr nie an Lesestoff mangeln, denn die Flynns hatten fast fünfzig Bücher und dazu Dutzende von Nachrichtenblättern.

Das Buch, das sie jetzt auf den Knien hielt, war etwas Besonderes, ein Buch, das Colum sehr liebte; es war das Werk des Dichters Wordsworth. Colum konnte lange Gedichte von ihm auswendig aufsagen. Er hatte versprochen, daß er eines Tages, wenn das Kind größer war und sie sich einen ganzen Tag frei nehmen konnte, mit ihr über das Hügelland ins Seengebiet fahren würde, wo der Dichter gelebt hatte. Colum war wundervoll. Abgesehen von einem Fehler. Und es war seltsam, daß auch der Herr den gleichen Fehler hatte: den Haß, den die Liebe zu ihrem Land in ihnen hervorrief.

Es war auch seltsam, daß sie gerade bei diesem Gedanken auf die aufgeschlagene Seite hinunterblickte und las:

Wir sprachen offen, er und ich,
bald herzlich, gütig bald;
so wie ein Freund war er für mich,
obwohl ich jung, er alt.

Obgleich der Herr nicht alt war, schien sich der Vers auf ihn zu beziehen – auf die Art, wie sie mit ihm reden konnte, weil sie in Wirklichkeit keine Angst vor ihm hatte. Aber der nächste Vers paßte nicht:

Wir ruhten unter hohem Baum,
warm war das Moos und weich.
Ein Quell entsprang am Waldessaum
und flüstert' elfengleich.

Sie würden nie zusammen unter einer Eiche liegen.

„Nun, Matthew", sprach ich, „wollen wir
nicht zu des Wassers Klang
die alte Weise singen hier,
des Volkes Sommersang?"

Es war, als wenn die Worte erhört worden waren, denn jetzt drang von der anderen Seite des Korridors die Stimme des Herrn herüber, der laut grölte, wie Männer es tun, wenn sie taumelnd aus den Kneipen kommen. Als Kirsten ein lautes Krachen hörte, als ob der Herr einen seiner Steinblöcke durch den Raum geschleudert hätte, eilte sie ins Kinderzimmer, wo das Baby, vom Lärm geweckt, wimmernd in seinem Bettchen lag. Sie beugte sich hinunter und sagte leise: „Schon gut, schon gut, mein Liebling. Schlaf weiter."

Kurz darauf ertönte abermals ein ohrenbetäubender Lärm. Das Kind begann zu weinen; Kirsten nahm es auf, legte es an ihre Schulter und wiegte es, während sie liebevoll zu ihm sprach. „Ganz ruhig. Ganz ruhig. Sei lieb. Du brauchst keine Angst zu haben, es wird dir nichts geschehn."

Sie blieb noch eine Weile, beruhigende Worte murmelnd, neben dem Bettchen stehen; dann ging sie in ihr Zimmer und lauschte. Sie hörte, jetzt in größerer Entfernung, die Stimme des Herrn, die brüllend ein Lied nach dem anderen sang, und dazu die schwachen Klänge des Hammerklaviers im Wohnzimmer, denn er konnte wunderbar spielen. Traurig und beunruhigt ging sie zu Bett und lag eine Weile tief in Gedanken versunken da, ehe sie einschlief.

Sie wurde von einem Traum geweckt, in dem eine Stimme gegen einen Donnerschlag anbrüllte, und als sie die Augen aufschlug, sah sie den Herrn im Türrahmen stehen, in der Hand einen Kandelaber, dessen Licht auf ihr Gesicht fiel; starr vor Angst und Schrecken setzte sie sich auf; jetzt wußte sie, wovor sie Angst hatte. Er trug einen schwarzen Schlafrock und schwarze Lederpantoffeln an den Füßen, und wäre nicht sein blondes Haar gewesen, so hätte sie ihn für den Teufel in Person gehalten. Er schloß mit einem Fußtritt die Tür hinter sich und stellte, von einer Seite zur anderen schwankend, den Kandelaber auf den Kaminsims; und während Kirsten ihn beobachtete, schob sie sich im Bett weiter hinauf und preßte die Schultern fest an die Wand.

Jetzt stand er am Fuß des Bettes. In dem Halbdunkel wirkten seine Augen beinahe schwarz; sein rotes Gesicht glänzte vor Schweiß, und Kirsten sah, daß sein früherer Zustand im Vergleich zum jetzigen milde gewesen war.

Er ging langsam ums Bett herum und suchte mit den Knien Halt. Als er vornüber aufs Bett fiel und Kirstens Füße packte, stieß sie einen erstickten Schrei aus. Langsam schob er sich hoch zu ihr, bis sein Gesicht zum zweitenmal an diesem Abend dicht über dem ihren war. Während er auf sie hinunterblickte, schien er ein klein wenig nüchterner zu werden, denn er drehte sich um und setzte sich mit dem Rücken zu ihr auf die Bettkante. Dann begann er zu sprechen.

„Kirsten Mac... Greg...or, von jetzt ab..." Er wandte sich ihr zu. „Von jetzt ab hast du... einen Namen. Nicht Amme oder Dienstmädchen, nichts als Kirsten MacGregor... Weißt du warum? Bist die einzige, die keine Angst hat, die Wahrheit zu sagen. Ich geh zu den Flynns, hast du gesagt, komme, was da wolle, ich geh zu den Flynns... Sie können sagen, was Sie wolln, Master Konrad Knutsson, hast du gesagt, ich bleibe meinen Freunden treu. Behalt deine Freunde, Kirsten MacGregor; aber ich sage, hol ihn der Teufel. Er ist ein Dieb; er ist in meinen Besitz eingedrungen. *Meinen Besitz!*" Seine Stimme endete in einem Geheul; dann wurde er ruhig.

Er fuhr mit dem Finger Kirstens Wange hinauf zu ihrem Auge, dessen Pupille kaum noch zu sehen war. „Endlich hast du Angst vor mir." Dann sagte er leise: „Du glaubst, der Herr wird dich vergewaltigen? O nein, glaub das nicht... Das würd ich nie tun, nicht dich, die Adoptivmutter meines Sohnes. Denn das bist du, Kirsten. Seine eigne Mutter, sie hat das Kind nicht gewollt, niemals; aber jetzt, wo's sich gezeigt hat, daß seine Beine krumm sind, kriegt sie Zustände, wenn man nur davon spricht. Ihr eignes Fleisch und Blut. Kannst du dir das vorstelln? Aber du, Kirsten MacGregor – nein, nicht MacGregor, nur Kirsten –, du würdest dein Kind nicht verleugnen, selbst wenn es total verrückt wäre, nicht wahr?"

Er lag, auf den Ellbogen gestützt, quer über Kirstens Beinen, und sein Gesicht war nur wenige Zoll von dem ihren entfernt. „Du würdest niemals etwas verleugnen, was du geboren hast, nicht wahr? Nicht du, nicht das Mädchen, das für die Flynns eingetreten ist." Er starrte sie einen Augenblick schweigend an, dann flüsterte er: „Kirsten, ich bin zu dir gekommen, weil ich Trost brauche. Als ich gesehn hab, wie du seinen Kopf gestreichelt hast, hab ich gewünscht, es wäre der meine. Ich werd dir was sagen. Bella hat mich seit jeher haben wolln. Sie würde mich trösten, o ja. Aber möcht ich Bella haben? Huh!" Er stieß einen Ton aus, der wie ein tiefes, rasselndes Lachen klang. „Arme Bella, sie liebt mich. Ja, das tut sie." Dann legte er langsam den Kopf an Kirstens Brust, vergrub das Gesicht in den Falten ihres Nachthemds und bat leise: „Leg die Arme um mich, Kirsten. Ich brauche in diesem Augenblick deinen Trost nötiger als das Kind."

Als ihr Körper steif blieb, hob er das Gesicht und sah sie an. Dann legte er den Kopf abermals an ihre Brust und befahl: „Tröste mich, hab ich gesagt!"

Ihr Körper war steif vor Angst, aber es war nicht Angst vor dem, was er ihr antun könnte – niemand konnte ihr etwas antun, was so grauenvoll war wie das, was sie unter den Händen von Hop Fuller erduldet hatte. Sie hatte vielmehr Angst davor, daß er entweihen könnte, was er für sie verkörpert hatte. Aber jetzt, als er seinen Kopf an ihre Brust lehnte und nur die Bettdecke zwischen ihnen lag, kam er ihr vor wie all die Kinder, die sie kannte: Bob, Annie, Florrie, John, Mary, Ada, Millie, Peggy, Cissie und selbst Nellie; aber vor allem wie das Kind im Zimmer nebenan. Sie hob langsam den Arm und legte ihn behutsam, als ob sie eine Reliquie berührte, um seine Schultern, dann näherte sich ihre andere Hand langsam seinem Kopf und streichelte ihn. Plötzlich spürte sie, daß er weinte – nicht wie ein Betrunkener, sondern wie ein Mensch mit großem Kummer. Ihr Rücken schmerzte in der unbequemen Haltung, aber sie hörte nicht auf, ihn zu streicheln.

Wann er eingeschlafen war, wußte sie nicht, und sie wußte auch nicht, wann sie eingeschlafen war; sie wußte nur, als sie irgendwann während der Nacht aufwachte, lag er unter der Decke, dicht neben ihr; aber als sie beim Morgengrauen aufwachte, war er nicht mehr da. Und sie wußte zwei Dinge: erstens, daß er sie nicht angerührt hatte, und zweitens, daß sie ihn niemals verlassen würde, solange er sie bat, bei ihm zu bleiben. Diese Einsicht versetzte sie in eine tiefe Traurigkeit und flößte ihr auch Furcht ein. Vor ihrem inneren Auge erschienen die Gesichter von Colum Flynn und Miß Cartwright.

6

Das Land

Seit dem Abend, an dem Bella ihren Trumpf ausgespielt, wußte sie, daß sie nicht nur den Kampf verloren, sondern sogar einen Zustand heraufbeschworen hatte, der noch schlimmer war als der ursprüngliche; denn statt das Mädchen aus dem Haus zu jagen, war Konrad in ihr Zimmer gegangen und bis fünf Uhr morgens dort geblieben. Bella wußte genau, wie spät es gewesen war, denn sie hatte sich hinter dem Vorhang am Ende des Korridors versteckt und gewartet, bis sie ihn im Schein der schon fast niedergebrannten Kerzen endlich aus dem Zimmer kommen und zur gegenüberliegenden Tür taumeln sah. Dann hatte sie noch ein paar Minuten dort gesessen, bevor sie in ihr eigenes Zimmer ging, nicht um zu schlafen, sondern um die Lage zu überdenken.

Das Mädchen hatte jetzt im Hause Fuß gefaßt, und ihr Mittel war jetzt nicht mehr nur das Kind, sondern auch der Herr. Bella hatte von Anfang an gespürt, welche Anziehungskraft dieses Unglückswesen auf Konrad ausübte. Und sie fühlte sich erneut zutiefst gedemütigt. Für sie mit ihrem Verstand und ihrer Erziehung – denn sie stammte aus einer guten Familie – hatte er niemals auch nur das geringste Interesse gezeigt. Was hätte sie nicht darum gegeben, wenn er sie ein einziges Mal umarmt hätte. Eine Umarmung hätte ihren nach Liebe schmachtenden Körper zur Ruhe gebracht. Aber er hatte es vorgezogen, eine schielende Landstreicherin zu seiner Geliebten zu machen. Seit ihrem zwanzigsten Lebensjahr hatte Bella gewußt, daß es ihr Schicksal sein würde, von Verwandten abhängig zu sein. Sie war dreißig, als sie Florence unter ihre Fittiche nahm, nicht nur aus Liebe, sondern auch, um sich dadurch eine dauerhafte Existenz zu sichern.

Sie blieb im Dunkeln sitzen, bis es zu dämmern begann; dann zog sie sich aus, goß eiskaltes Wasser aus der Kanne ins Waschbecken und wusch ihren brennenden Körper von Kopf bis Fuß.

Kirsten war sich deutlich bewußt, daß sich ihre Stellung im Haus geändert hatte, und sie wußte auch, es war, weil der Herr in ihr Zimmer gekommen war. Der Herr! Seit jener Nacht war sein Bild ihr ständig gegenwärtig; nicht, wie er neben ihr geschlafen, sondern wie er spät am folgenden Tag vor ihr gestanden und sie wieder mit ihrem Namen angeredet hatte. „Nun, Kirsten“, hatte er gesagt, „was weißt du noch von der vergangenen Nacht?“ und als sie schwieg, fuhr er fort: „Ich kann mich an nichts deutlich erinnern, deshalb möchte ich dir eine Frage stellen. Habe ich dir irgendeinen Schaden zugefügt?“

Sie schüttelte langsam den Kopf, aber sie sprach immer noch nicht, und nach einer Weile sagte er: „Das ist gut so, und ich werde es auch nicht tun. Ich entsinne mich, daß du mich getröstet und damit meinem Toben ein Ende gemacht hast, und dafür bin ich dir dankbar. Sind wir Freunde?“

Daraufhin sah sie ihn an. Mit tränenerstickter Stimme murmelte sie: „Ach, Herr“, und er hatte ihr die Wange gestreichelt. Seine ganze Haltung hatte Güte ausgestrahlt. Aber wie konnte er dann kurz darauf so handeln, wie er es getan hatte? fragte sie sich bestürzt.

Als sie in der folgenden Woche über den Fluß gegangen war, hatte sie die ganze Familie Flynn in größter Erregung angetroffen. Sie hatten einen Brief von einem Anwalt in Newcastle erhalten, der ihnen mitteilte, daß sein Klient, Mr. Konrad Knutsson, Beweise in den Urkunden gefunden hätte, aus denen eindeutig hervorging, daß sich der Landbesitz, den sein Urgroßvater von Mr. Michael Flynn erworben hatte, bis zur Mitte des Flusses erstreckte; Mr. Flynn habe demnach mit der Errichtung der Mauer am Nordufer des Flusses widerrechtlich gehandelt.

Kirsten hatte kein Wort gesagt, während Colum wütend in der Küche auf und ab gegangen war. Erst als er sie zum Fluß hinunterbegleitete, verebbte sein zorniger Wortschwall, und er sagte verzweifelt: „Was soll ich tun ohne Geld? Anwälte kosten Geld."

Sie wußte, daß die Seilerei ihnen in letzter Zeit kaum etwas eingebracht hatte, und ihr erster Impuls war, ihm ihre Ersparnisse anzubieten, die jetzt fünfzehn Pfund betrugen. Eine Woche lang wurde sie hin- und hergerissen zwischen dem Wunsch, Colum ihr Geld zu geben, und dem Gedanken, daß sie sich gegen den Herrn stellen würde, wenn sie es tat. Aber bei ihrem nächsten Besuch jenseits des Flusses nahm sie die fünfzehn Pfund mit.

Die Flynns waren verblüfft. Dorry weinte; Elizabeth schüttelte den Kopf, während sie Kirstens Hände in den ihren hielt. Nur Colum blieb zurückhaltend. Er sagte: „Nein." Und er sagte immer noch nein, als sie zum Fluß kamen und er Kirsten auf die Schrittsteine half. Aber seine Augen blickten sanft, und die Berührung seiner Hand war zärtlich. Kirsten blieb stehen; ihre Augen schweiften zu der Stelle, wo die gelbe Deichsel immer noch aus dem Wasser ragte, und sie sagte: „Du willst dieses Geld nicht annehmen, weil ich dort drüben dafür gearbeitet habe, nicht wahr? Aber wenn ich dir Geld zeigen könnte, das niemandem gehört, würdest du es nehmen?"

„Geld, das niemandem gehört!" Er lachte. „Meinst du römische Münzen, die hin und wieder in dieser Gegend ausgegraben werden?"

„Nein." Sie deutete auf die gelbe Deichsel und sagte: „Ich bin beinahe sicher, daß dort drinnen ..."

Er sah sie überrascht an. „Du willst sagen, in der Deichsel des Wagens, mit dem du gekommen bist, ist Geld?"

Sie nickte. „Hop Fuller machte sich immer an der Deichsel zu schaffen, wenn er sich unbeobachtet glaubte. Ich nehme an, er hat sein Geld in einem geheimen Loch am Ende der Deichsel versteckt."

Er zog sie wieder ans Ufer und fragte ruhig: „Warum hast du es dann nicht rausgeholt? Du hast es nötiger gebraucht als wir."

Sie lächelte betrübt. „Ich bin damals runtergekommen, um genau das zu tun, und da sah ich, wie Barney die Deichsel über die Steine hier trug."

„Warum hast du nichts gesagt?"

Ihr Lächeln vertiefte sich. „Noch ehe ich etwas sagen konnte, hattest du sie in den Fluß geworfen. Oder etwa nicht?"

„Großer Gott!" Er ging zur Mitte des Flusses und blickte über das Wasser auf die Deichsel. Der Fluß war so gestiegen, daß er beinahe die Schrittsteine bedeckte, und er floß sehr schnell dahin. Colum kehrte ans Ufer zurück und sagte kummervoll: „Es ist der gefährlichste Teil dieser Strecke. Dicht bei der Deichsel ist eine tiefe, breite Spalte; das Wasser bildet dort einen Strudel, und der Sog ist sehr stark. Es wäre ein törichtes Wagnis, jetzt reinzugehn; sobald der Fluß ein bißchen gesunken ist, versuch ich's."

„O nein, nein!" rief sie. „Du könntest in die Tiefe gerissen werden wie dein Hund."

„Ich seil mich an. Du kannst mich vom Ufer aus festhalten."

„Aber du wirst's nicht versuchen, wenn ich nicht hier bin, nicht wahr?" sagte sie, die Hand auf seinem Arm.

Er erwiderte nichts, blickte ihr nur fest in die Augen. Die Pupille zuckte heute nicht, und er nahm ihre beiden Hände und sagte: „Kirsten, Mädchen, es ist ein komischer Augenblick, es zu sagen, und du könntest denken, es ist wegen dem, was du mir grade erzählt hast, aber du weißt, daß es nicht stimmt. Ich hab bis jetzt den Mund gehalten, weil du gutes Geld dort drüben verdienst und wir augenblicklich nur von der Hand in den Mund leben. Ich hab mir gesagt, ich will lieber noch ein Weilchen warten, bis ich sagen kann, daß es eine gesicherte Zukunft für uns gibt. Du weißt, was ich dich fragen will, Kirsten? Ich frag dich, willst du mich haben? Willst du mich später einmal heiraten?"

Sie wollte sich ihm in die Arme werfen und rufen: O Colum! Colum, ich werd dich heiraten, und mit Freuden, und ich dank dir tausendmal, denn ich hatte geglaubt, mit meinem Auge wird mich nie jemand haben wolln. Aber sie konnte ihn nur mit zitternden Lippen ansehen, denn sie wußte, wenn sie es ihm versprach, würde sie das Kind und den Herrn verlassen müssen, und sie wußte nicht, wer sie am meisten brauchte. Wenn sie es ihm versprach, würde das Band, das sie mit der „Abtei“ verknüpfte, sich durchzuscheuern beginnen und schließlich zerreißen. „Seile sind wie Menschen“, hatte Colum einmal gesagt. „Wenn Menschen nicht in Harmonie miteinander leben, reiben sie sich aneinander, bis das Band, das sie zusammenhielt, zerreißt. Das geschieht bei Freunden oder bei Mann und Frau.“ Dann hatte er gelacht und hinzugesetzt: „Unsre Familie macht Seile, die sich nicht durchscheuern.“ Und er hatte recht, denn es herrschte Harmonie in der Familie.

Sein Gesicht wurde finster, als er sagte: „Du zögerst.“

„O nein, Colum. Nur, das Kind braucht mich, weil seine Beine so schwach sind. Ich könnt's nicht verlassen, ich muß noch... noch eine Weile bei ihm bleiben.“

Er warf mit einem erleichterten Lachen den Kopf zurück, dann zog er sie an sich und fragte sanft: „Es ist nur das, nicht wahr? Nun, wie ich dir gesagt hab, es wird noch etwas dauern. Aber ich kann's ihnen dort oben doch sagen, nicht wahr? Denn sie wissen, wie's um mich steht, und nicht erst jetzt, sondern schon seit einiger Zeit.“

Sie blinzelte und schüttelte kaum merklich den Kopf. Er zog sie fester an sich. „Warum nicht? O Kirsten.“ Als er fühlte, wie ihr Körper steif wurde, lockerte sich seine Umarmung.

Kirsten lehnte sich ein wenig zurück und sah ihn an. Sie liebte ihn, o ja, das tat sie. Sie liebte ihn seit dem Tag, an dem er sie überrascht hatte, als sie die Juwelen vergrub; aber seine bloße Nähe erinnerte sie an jenen anderen Mann, der sich im Schlaf an sie geschmiegt hatte. Ihr Verstand rief ihr jetzt zu, daß sie nicht zwei Männer lieben könne, wobei der eine alt genug war, ihr Vater zu sein.

Sie küßte ihn rasch auf die Lippen, und dann schloß er sie fest in die Arme und schaukelte sie hin und her, wie sie es mit dem Kinde tat. Seine Lippen waren hart und warm, und er küßte sie lange. Als er sich schließlich von ihr trennte, standen sie einander gegenüber und lachten verlegen, und als er fragte: „Kann ich's ihnen also sagen?“, was blieb ihr da anderes übrig, als ihm zuzunicken?

Dann nahm er sie bei der Hand und sagte: „Komm jetzt, komm aufs Land des flachshaarigen Bullen. O Gott, wie ich diesen Mann hasse! Und noch mehr, weil du sein Geld nehmen mußt.“

An diesem Abend kam der Herr ins Kinderzimmer, beugte sich über das Bettchen und sah auf das Kind hinunter. „Aha! Da ist er, der große Bursche. Papa ist gekommen, dir gute Nacht zu sagen. Laß Papa deine Zähne sehn. Mach den Mund auf. Ah! Ah! Sieh mal." Er winkte Kirsten herbei und rief erregt: „Ein neuer! Siehst du den weißen Punkt?"

„Ja, Herr."

Er kitzelte den Jungen am Kinn, dann wandte er sich ab und fragte: „Seine Beine. Wie sehn sie heute aus?"

„Ich glaube, er bewegt sie ein bißchen besser, Herr."

„Glaubst du wirklich, daß sie sich bessern?"

„Ja, Herr, wirklich."

„Hast du es mit dem Gehen versucht?"

„Nein, Herr. Ich glaube nicht, daß sie kräftig genug sind, ihn zu tragen."

„Nun, sie brauchen Bewegung, um kräftig zu werden. Versuch, ihn laufen zu lassen."

„Gut, Herr."

Er ging zum Kamin und setzte sich, dann sagte er: „Bring deinen Stuhl herüber, und gib mir deine Hand." Als sie Seite an Seite saßen, ihre Hand in der seinen, sagte er, ins Feuer blickend: „Weißt du was, Kirsten? Mein Sohn wird dich als seine Mutter betrachten. Ist dir das klar?" Er wandte sich ihr zu. „Beunruhigt es dich?"

Sie schluckte, wie sie es immer tat, wenn sie spürte, daß ihr Auge flackerte.

„Warum?"

Das Wort war ein Befehl, ihm zu antworten, und sie stammelte: „Ich ... ich werde vielleicht ... eines Tages fortgehn müssen, Herr."

„*Fortgehn!* Du denkst immer noch daran, über den Fluß zu gehen, stimmt's? Sieh mich an, Mädchen." Sie sah ihn an; das rechte Auge war ganz nach innen gerichtet, und er hielt den Blick darauf geheftet, als er sagte: „Das ist etwas, wozu du nie imstande sein wirst – mich anzulügen; dein Auge verrät dich."

Sie konnte nichts erwidern, denn log sie ihn nicht dauernd an?

„Was bedeuten dir diese Leute überhaupt? Sie sind Seiler, Gesindel. Der Vater ist faul und lebt von der Arbeit seiner Frau und seiner Kinder. Sie sind Abschaum der Gesellschaft, alle miteinander ... So, was hältst du jetzt von den Flynns?"

„Das gleiche wie zuvor, Herr."

„*Mein Gott!* Ich wünschte, ich hätte solch eine Loyalität in meinem Leben kennengelernt." Dann nahm er ihre beiden Hände und bat:

„Bitte, verlaß uns nicht; wir beide brauchen dich. Hier ... hier im Haus herrscht Zwietracht, ein Haus voll Einsamkeit. Alles, was ich im Leben habe, ist mein Sohn. Alles, was ich mir für ihn wünsche, ist, daß er sicher gehen und seinen Verstand gebrauchen kann. Ich ... ich habe Pläne, Kirsten. Sobald er richtig sprechen kann, werd ich einen Hauslehrer für ihn anstellen, und er soll nicht nur ihn unterrichten, er soll auch dich unterrichten. Stell dir vor, du, Kirsten MacGregor, könntest eine gebildete Dame werden."

Als er sah, daß diese Aussicht ihr kein Vergnügen bereitete, stieß er ihre Hände fort. „Geh mir aus den Augen. Pack deine Sachen zusammen und verlaß uns. Los, geh!"

Sie rührte sich nicht, sondern sagte ruhig: „Es werden noch einige Jahre vergehn, ehe ich Sie verlasse, Herr."

Er hob langsam die Augen und sah sie an. „Einige Jahre, ist das dein Ernst?"

„Ja, Herr."

„Ah, gut" – er holte tief Luft –, „in einigen Jahren ... kann viel geschehn ... Hör zu, ich habe dir ein Buch mitgebracht, ein Buch über die Geschichte Schwedens. Es hat viele Bilder. Ich habe es auf dem Tisch neben der Tür liegenlassen; bring es her."

Als sie es ihm brachte, zog er sie neben sich aufs Sofa, dann legte er das Buch auf seine Knie und schlug es auf. „Es wird dir vielleicht anfangs nicht leichtfallen, es zu lesen", sagte er, „aber es zeigt dir, wie andere Völker leben. Dieser Teil hier" – er blätterte ein paar Seiten um – „handelt vom Riksdag; das ist eine andere Bezeichnung für Parlament, verstehst du?"

Sie nickte, aber in Wirklichkeit verstand sie es nicht. Was wußte sie von Parlamenten, hier oder anderswo? Sie wußte, daß die Königin mit ihrem Mann in London lebte; daß der Mann Albert hieß, daß er letztes Jahr eine Ausstellung in einem riesigen Glashaus veranstaltet hatte und daß die Leute aus der ganzen Welt herbeigeströmt waren, um sie zu sehen. Das hatte Mrs. Poulter ihr erzählt. Aber Parlamente? Sie wußte nichts über Parlamente und diesen Riksdag, über den der Herr sprach. Sie blickte auf das Buch. Große Worte sprangen ihr entgegen. Sie war stolz, daß sie die Gedichtbände lesen konnte, die Colum ihr lieh, aber sie konnte auf einen Blick erkennen, daß dieses Buch voll von fremden Namen war.

„Paßt du auf?"

„Ja, Herr."

Er blätterte eine Seite um, deutete auf das Bild eines Mannes, der eine Rüstung trug und schulterlanges schwarzes Haar hatte. „Das ist Karl der Zehnte", sagte er. „Man hat mir oft gesagt, wenn mein Haar so schwarz wäre wie das seinige, wär ich sein Ebenbild. Findest du das auch?"

Sie blickte von dem Bild des Kriegers auf ihren Herrn und schüttelte mit lachenden Augen den Kopf. „Nein, Herr."

„Er ist ein gutaussehender Mann."

„Mag sein, Herr; nur sein Kinn und der Hals sind viel zu dick."

Er besah sich abermals das Bild, dann nickte er. „Ja, ja, er ist da sehr füllig." Der Herr war in mancher Beziehung so jung; wie er jetzt stolz auf seine Vorzüge hinwies, wirkte er fast wie ein Junge.

Sie kam sich in diesem Augenblick sehr weise und erfahren vor, als sie erkannte, daß dieser Mann mit all seinem Reichtum und Einfluß eine Art von Bestätigung brauchte, die Colum niemals brauchen würde, und daß dieser Mann ihr Mitleid wecken konnte; und es war nicht das Kind mit seinen rachitischen Beinen, das sie hier festhielt, es war vielmehr sein angeblicher Vater. Mitleid ist wie eine Hemmkette.

Wie kam sie nur dazu, so etwas zu denken?

Sie fuhr erschreckt in die Höhe, als er sagte: „Du bist zerstreut." Dann stand er auf. „Du mußt schlafen; geh zu Bett." Er ging zur Tür und sagte von dort aus: „Gute Nacht, Kirsten."

„Gute Nacht, Herr", erwiderte sie. Und wieder kamen ihr jene seltsamen Worte in den Sinn: Mitleid ist wie eine Hemmkette.

Es WAR windstill, und die Sonne schien, als Colum langsam über den Kies ging. Er hatte sein Hemd und seine Stiefel und Strümpfe ausgezogen und die Hosen bis über die Knie hochgekrempelt. Um seine Taille war das Ende eines langen Seils gebunden, das von einer großen Rolle am Ufer durch Kirstens Hände lief.

Kirsten stand am Ufer und sah gespannt zu, wie er hineinwatete und behutsam zwischen den Felsen hindurchging; das Wasser reichte ihm nur bis knapp über die Knie, obwohl er bereits die halbe Strecke zur Mitte des Flusses zurückgelegt hatte. Dann war er plötzlich im Bruchteil einer Sekunde bis zu den Achselhöhlen im Wasser, und sie fühlte das Reißen der Strömung am Seil. Sie sah, daß er sich vorbeugte und nach einer vorstehenden Felsspitze griff. Die gelbe Deichsel schien nur eine Armeslänge von ihm entfernt zu sein, aber Kirsten schätzte, daß die Entfernung in Wirklichkeit mindestens vier Meter betrug. Das Seil straffte sich ruckartig in ihren Händen, als er zu schwimmen begann, und sie ließ es schneller laufen, wie er es ihr gesagt hatte.

Dann beobachtete sie in atemloser Spannung, wie er die Hand ausstreckte und nach der Deichsel griff. Im gleichen Augenblick sah sie zu ihrem Schrecken, daß die Strömung ihn herumriß und über die Felsen warf. Sie schrie: „Colum! Colum! Gib's auf!" Sie sah, daß sein Körper in dem schäumenden Wasser hin und her geschleudert wurde wie ein dünnes Holzbrett, das an einem Pfahl befestigt ist; aber er klammerte sich immer noch an die Deichsel.

Sie raste jetzt am Ufer entlang, ohne sich bewußt zu sein, daß ihre Hände vom Seil wundgerieben wurden; sie war sich nur mit Entsetzen bewußt, daß Colum am anderen Ende hilflos umhergewirbelt wurde, wie sie selbst einmal umhergewirbelt worden war. Was sie veranlaßte, um einen Baum herumzulaufen, der am Ufer stand, wußte sie nicht, sie lief zweimal herum; dann stand sie schwer atmend da und beobachtete, wie er, jetzt durch das Seil gesichert, sich mühsam seinen Weg zum Ufer bahnte.

Als er das seichte Gewässer erreichte, hatte er nicht die Kraft, sich aufzurichten; Kirsten verknotete das Ende des Seils, dann stürzte sie zum Rande des Wassers und ging mit Schuhen und ihrer ganzen Kleidung geradewegs hinein. Er war nur etwa drei Meter vom Ufer entfernt, aber selbst hier spürte sie den Sog des eisigen Wassers, denn sie wurde fast umgerissen. Sie packte ihn, und dann gingen sie stolpernd und taumelnd zum Ufer, ließen sich auf den Kies fallen und blieben keuchend dort liegen. Kirsten richtete sich als erste auf, und als sie Colum ansah, rief sie bestürzt: „Ach du lieber Gott!", denn die Haut auf seiner Brust war zerfetzt und blutig, und sein Daumen war eine breiige rosa Masse; der Nagel war abgerissen. Eine tiefe Schramme lief über sein Gesicht, und seine Füße sahen aus, als hätte man sie in rote Farbe getaucht.

„O Colum! Colum!" Sie umarmte und küßte ihn mit einer Hingabe, deren sie sich selbst nie für fähig gehalten hätte, und als er seine Arme ausstreckte und sie an sich zog, sanken sie beide auf den Kies und lagen eng umschlungen da. Dann murmelte sie, das Gesicht dicht über dem seinen: „O Colum, du hättest ertrinken können, und das alles für nichts."

Colum setzte sich langsam auf und sagte lächelnd: „Ja, alles für nichts." Er kam mühsam auf die Beine und ging zum Rand des

Wassers. Während Kirsten ihr feuchtes Taschentuch herausholte und es behutsam um seinen Daumen band, starrte er auf die großen Steine in der Mitte des Flusses. „Schau", rief er erregt, „die Deichsel ist verschwunden! Ich muß sie herausgezogen haben. Komm!" Er lief flußabwärts am Ufer entlang, und sie folgte ihm. Sie kamen zu einer scharfen Biegung, und kurz darauf stieß er plötzlich einen Schrei aus: „Da ist sie!" Das gelbe Deichselstück war breitseits an einer Felsengruppe mitten im Fluß hängengeblieben. Kirstens Protest war vergebens, denn Colum watete bereits, wieder bis zu den Achselhöhlen im Wasser, auf die Felsen zu; dann packte er das gelbe Holzstück und kehrte schnell zum Ufer zurück.

Er hob die Deichsel aus dem Wasser und hielt sie Kirsten hin. Die Schnörkel waren völlig weggewaschen. Kirsten ließ die Deichsel auf die Erde fallen, kniete sich hin und fuhr mit den Fingern an dem durchweichten Holz entlang, erst auf einer Seite, dann auf der anderen; und als es unter ihren Fingern etwas nachgab, hielt sie inne und sah Colum an, der ihr gegenüber kniete; seine Augen strahlten, und er schien seinen Schmerz und seine Erschöpfung vollkommen vergessen zu haben. „Hast du's?" flüsterte er.

Sie preßte die Finger auf die Stelle, aber die Feder, die jetzt verrostet war, funktionierte nicht. „Hier ist das lose Brett ... Hilf mir, es zurückzudrücken."

Sie schoben ihre Finger zusammen in den kleinen Schlitz; dann sprang plötzlich das lose Stück Holz zurück, und sie blickten auf eine Anzahl von kleinen Lederbeuteln.

„Los", flüsterte er heiser. „Sie gehörn dir."

Kirsten nahm rasch einen nach dem anderen heraus und ließ sie zwischen ihnen auf die Erde fallen. Es waren fünf im ganzen; vier schmale, etwas länger als ihr Zeigefinger; der fünfte war größer und ebenso breit wie lang. Sie hob diesen zuerst auf, und als sie den Knoten in der Schnur, mit der er oben zusammengebunden war, nicht lösen konnte, schob sie ihn Colum hin. Als er sich daranmachte, die Schnur aufzuknoten, drang Blut durch das Taschentuch um seinen Daumen und tropfte auf die ersten Münzen, die aus dem Beutel fielen. Es waren Silbershillings, und Kirsten machte ein enttäuschtes Gesicht. „Nur Shillings", sagte sie.

„Viele Shillings ergeben Goldstücke. Zähln wir sie."

„Nein. Laß uns erst sehn, was in den andern ist." Und als sie beinahe gleichzeitig die Schnüre von zwei weiteren Beuteln lösten, fielen aus beiden Goldstücke heraus. Mit glänzenden Augen machten sie sich an die anderen Beutel, aber diese enthielten nur goldene Zehnshillingstücke.

„Zähl sie. Die Goldstücke zuerst."

Sie hielt bei neunzehn inne, und er zählte einundzwanzig. „Vierzig Goldstücke!" sagte er im Flüsterton.

„Und das übrige. Und das übrige." Sie wühlte mit den Fingern in den Zehnshillingstücken, und sie zählten sie. In einem Beutel waren zweiundzwanzig, im anderen sechsundzwanzig – weitere vierundzwanzig Pfund. Dann zählten sie langsam das Silber. Es waren drei Pfund fünf Shilling in Silber; alles in allem siebenundsechzig Pfund fünf Shilling. Sie knieten lange da und sahen sich an, dann fielen sie sich in die Arme. Als sie sich, naß, wie sie beide waren, übermütig auf dem Gras herumwälzten, lachte sie, wie sie es noch nie zuvor getan hatte, wie nur ein Mädchen ihres Alters lachen konnte. Dann wurden sie beide ein wenig nüchterner, und Kirsten sagte: „Komm, laß uns nach Hause gehn und deine Wunden säubern. Hast du Schmerzen, Colum?"

Er lachte laut. „Bei all dem Geld?"

Er hatte sich, während er sprach, vom Boden erhoben, und jetzt stand er aufrecht da. „Worüber mach ich eigentlich soviel Geschrei? Es ist nicht mein Geld, es ist deins; und du hast's verdient, nach alldem, was du mit diesem Kesselflicker durchgemacht hast ... Aber wenn du einverstanden bist, nehm ich, sagen wir, zehn Goldstücke; das müßte die Anwaltskosten decken."

„Nein, nein." Sie stand vor ihm, die Hände auf seinen nackten Schultern. „Ich will nichts von dem Geld, Colum. Kauf Elizabeth und Dorry und den Kindern was davon. Sag selbst, was soll ich damit anfangen? Wenn ich's mit rübernehme, und es wird bei mir gefunden, gibt's eine Menge unnütze Fragerei; man kann dort drüben kein Geheimnis wahren." Doch im gleichen Augenblick, als sie das sagte, wurde ihr klar, daß es eine Lüge war, denn sie hatte ja Geheimnisse. Der Gedanke an das, was bei der Mauer vergraben war, verursachte ihr manchmal Alpträume. Aber jetzt fuhr sie fort: „Eines Tages, wenn wir unsern Hausstand gründen, werden wir Geld brauchen."

„Ja, du hast recht."

Sie sammelten das Geld ein, stopften es in die Beutel und waren im Begriff, sich auf den Weg zu machen, da drehte Colum sich rasch um, hob die gelbe Deichsel auf und sagte: „Ich werd sie bis zum Ende meines Lebens aufbewahren. Weißt du, was ich tue? Ich bau sie in den Deckel meines Sarges ein, wenn sich herausstellt, daß sie mir dazu verholfen hat, meinen Grund und Boden zu retten."

7

Auflösung

Im Frühling 1853 bereitete sich Konrad auf eine eilige Reise nach Schweden vor. Sein Großvater war gestorben – ganz plötzlich, hieß es in dem Brief. Da das Testament erst eröffnet werden sollte, wenn die ganze Familie versammelt war, betrachtete er es als seine Pflicht, sich so bald wie möglich dort einzufinden. Es war unter den schwedischen Angehörigen der Familie allgemein bekannt, daß Konrad der Lieblingsenkel des alten Vittor gewesen war und daß er einen beträchtlichen Teil von dem Vermögen des ehemaligen Eisenhüttenbesitzers erhalten würde.

Er wollte so schnell wie möglich drüben sein, denn noch nie zuvor hatte er sich unter einem derartigen finanziellen Druck befunden wie augenblicklich. Er mußte unbedingt erfahren, welchen Betrag sein Großvater ihm hinterlassen hatte. Die Welt war aus den Fugen geraten. Und zwei Männer, Russell und Palmerston, versuchten, den Premierminister zu einem energischen Vorgehen gegen Rußland zu zwingen, das die Türkei aufzuteilen beabsichtigte. Die allgemeine Unruhe war so groß, daß der Geldmarkt zusammengebrochen war. Der Kurssturz der Goldaktien war in der letzten Zeit, gelinde gesagt, beunruhigend gewesen.

Konrad hatte seit jeher eine tiefe Zuneigung zu seinem Großvater gehegt, und seine Überlegungen, was die Erbschaft betraf, schmälerten nicht seinen aufrichtigen Kummer über den Tod des alten Mannes.

Er blickte auf den anderen Brief in seiner Hand. Er war von seinen Anwälten, die ihm mitteilten, daß er den Prozeß gegen Daniel Flynn verloren hatte, daß die Klausel in der alten Urkunde sich nur auf ein von Michael Flynn erworbenes Stück Land bezog, das jetzt einen Teil des Parks bildete und sich nicht bis zum Flußufer erstreckte. Ihr bescheidener Ratschlag sei, die Sache ruhen zu lassen.

Konrad stieß einen leisen Fluch aus, dann stand er von seinem

Schreibtisch auf und ging ins Zimmer seiner Frau. Sie saß da und blätterte in einem Modejournal, und als sie seine Gegenwart bemerkte, hob sie die Augen und sah ihn an.

Sie hatte sich während des letzten Jahres sehr verändert. Es lag etwas in ihrem Ausdruck, was schwer zu definieren war; es war keine Verachtung, aber in ihrem Blick war auch keine Spur von Nervosität oder Angst zu erkennen.

„Ich fahre heute nachmittag nach Newcastle", sagte er ruhig. „Ich hoffe, einen Platz auf dem Schiff nach Schweden zu bekommen, das mit der morgendlichen Flut ausläuft. Mein Großvater ist tot. Ich habe es soeben erfahren."

„Oh!" Sie senkte zum Zeichen der Anteilnahme die Augenlider, dann fragte sie: „Bedeutet das, daß ich am Freitag nicht zum Ball der Miltons gehen kann?"

„Ich sehe keinen Grund, weshalb du es nicht tun solltest; dem Fest fernzubleiben wäre falsche Sentimentalität; du hast meinen Großvater ja nicht einmal gekannt."

„Kann ich meine Juwelen haben, ehe du fortgehst?" fragte sie.

„Natürlich." Ja, sie konnte die Kopien der gestohlenen Juwelen haben. Sie konnte diesen wertlosen Plunder gerne haben.

„Aber ich kann nicht ohne Begleitung zu dem Ball gehen ... Ich könnte Gerald übers Wochenende einladen."

Konrad mochte den jungen Burschen nicht besonders; aber andererseits hatte er auch nichts gegen ihn. Sollte sie ihren Gerald und ein paar Stunden harmloses Vergnügen haben. „Unter einer Bedingung: daß er weder Prince noch Boss reitet", sagte er. „Ich werde die entsprechenden Anweisungen geben." Damit verließ er sie.

Als er die obere Halle durchquerte, begegnete er Bella. „Sie will ihre Juwelen für den Ball der Miltons", erklärte er ihr. „Komm mit, dann gebe ich sie dir. Ich fahre heute nachmittag nach Newcastle und morgen von dort aus nach Schweden; mein Großvater ist gestorben."

Sie sprach erst, als sie in der Bibliothek angelangt waren. „Es tut mir leid", sagte sie. „Du hattest ihn sehr gern, nicht wahr?"

Er warf ihr von der Tür des Safes aus einen dankbaren Blick zu. „Ja, Bella. Als Kind habe ich seine Lebensweisheit eingesogen wie ein neugeborenes Fohlen die Muttermilch. Er war der Ansicht, daß ein Mann, der Land besitzt, wissen sollte, wie man es verwaltet und fruchtbar hält. Ich hatte große Hochachtung vor ihm."

Er nahm behutsam das Kollier und das Diadem aus den Etuis, hielt sie gegen das Licht, dann legte er sie wieder hinein und schloß die Deckel. Von den Tabletts wählte er nur vier Ringe aus; er legte sie auf ein Stück schwarzen Samt und gab sie Bella, die sie mit einem bei ihr ungewohnten Lächeln entgegennahm. Dann sagte er spontan: „Ich möchte dir etwas schenken, Bella. Ich habe dir nie ein wirkliches Geschenk gemacht." Er hielt ihr einen schweren Goldring mit zwei Halbkreisen aus Diamanten hin, von denen jeder eine Blume aus Rubinen umschloß. Sie nahm ihm den Ring aus der Hand und murmelte: „Ich danke dir. Aber du weißt, daß ich ihn nicht werde tragen können; wie sollte ich ihr das sagen."

„Tu, was du für richtig hältst, aber er gehört dir."

Er schloß den Safe, und sie fragte: „Wann wirst du zurückkommen?"

„In etwa drei Wochen. Es hängt vom Wetter und den Schiffen ab." Sie hatte auf den Ring geblickt, und er sagte jetzt ruhig: „Bella, laß im Ostflügel alles, wie es ist, ja?"

Sie hob die Augen und sah ihn scharf an, und er fühlte, wie ihm das Blut ins Gesicht stieg, als er sich im stillen sagte: Sie glaubt, es sei eine Bestechung. Vielleicht war das der Grund, weshalb er ihr den Ring geschenkt hatte – um zu erreichen, daß sie ein bißchen weniger hart Kirsten gegenüber und ein wenig sanfter seinem Sohn gegenüber war; und er fragte sich auch, ob er insgeheim die Hoffnung hege, daß Bella den Platz von Florence im Herzen des Kindes einnehmen würde? Nein, er bat Bella nicht, eine Ersatzmutter zu sein, er bat sie nur, in seiner Abwesenheit gut zu der jungen Kinderschwester zu sein, sie nicht zu drangsalieren, wie sie es früher getan hatte. Als sie zur Tür ging, sagte er mit fester Stimme: „Ich erwarte, bei meiner Rückkehr alles so vorzufinden, wie ich es verlassen habe, Bella, verstehst du?"

Sie drehte sich um und erwiderte: „Vielen Dank für dein Geschenk." Dann ging sie hinaus.

Er schüttelte den Kopf. Bella war eine rätselhafte Frau. Sie hatte mehr innere Kraft und Stärke als die meisten Männer, die er kannte, und sie war hart, unbeugsam, aber gleichzeitig loyal. Die Fürsorge, mit der sie Florence seit Jahren umgab, war der beste Beweis dafür. Aber warum haßte sie Kirsten so sehr? Das Mädchen war bar jeglicher Mittel in ihr Leben getreten, aber Bella verfolgte sie mit einem Haß, wie man ihn nur gegen einen Ebenbürtigen richtete.

Aber wenn man wirklich nur einen Ebenbürtigen hassen konnte, war dann dieser Emporkömmling Flynn ihm ebenbürtig? Oh, er schob die Frage beiseite. Er mußte Kirsten sprechen.

Oscar begrüßte ihn, als er das Kinderzimmer betrat, mit dem Ruf: „Papa. Papa." Er saß auf einem Teppich in der Mitte des Zimmers. Auf ein aufgeschlagenes Bilderbuch deutend, blickte er zu Konrad empor und sagte: „Pferde, Pferde." Dann kam er mühsam auf die Beine, ging mit unsicheren Schritten zum Fenster, deutete in Richtung der Ställe und rief: „Papas Pferde."

„Ja." Konrads Gesicht strahlte ebenso wie das des Jungen, und seine Augen blitzten Kirsten stolz an. „Papas Pferde."

Er ging zu Kirsten hinüber und sagte leise: „Hast du das gesehn? Seine Beine gewinnen an Kraft. Die Hauptsache ist jetzt, sie gerade zu bekommen." Er schwieg einen Augenblick, dann setzte er hinzu: „Ich fahre heute nach Schweden. Mein Großvater ist gestorben; es gibt Dinge, um die ich mich kümmern muß. Außerdem gibt es in Stockholm einen Arzt, der in Fällen wie diesem gute Arbeit leistet; ich habe vor, ihn aufzusuchen, und vielleicht kann ich ihn überreden hierherzukommen."

„Das mit Ihrem Großvater tut mir sehr leid, Herr."

Als er ihr ins Gesicht sah, durchflutete ihn ein Gefühl der Wärme. Sie war traurig, daß er fortging. „Ich habe Befehl gegeben", sagte er, „daß man dich in keiner Weise stören soll. Und außerdem" – sein Ton wurde jetzt strenger – „gebe ich dir einen Befehl, wenn ich dir sage, daß du den Jungen bis zu meiner Rückkehr nicht verlassen darfst, hast du mich verstanden?"

„Ja, Herr."

„Ich weiß nicht, wie lange ich fort sein werde, aber du wirst bei ihm bleiben, bis ich wieder im Hause bin." Damit würde er ihre Loyalität auf die Probe stellen, denn ihre Beziehung zu dem jungen Flynn beunruhigte ihn.

„Papa. Papa." Das Kind zog sich an seinen Beinen hoch, und als es auf den Füßen stand, deutete es auf eine Reihe von Holzklötzen auf dem Tisch und rief: „A ... B ... C ... D ..."

Konrad bückte sich und hob das Kind hoch. Der Junge legte die Arme fest um seinen Hals, und sein weicher Mund bedeckte das große, breite Gesicht mit flüchtigen, kleinen Küssen; dann rief er beglückt: „Papas Junge."

„Ja, Papas Junge." Er setzte das Kind auf den Boden. „Papa geht auf Reisen, verstehst du? Und du mußt ein lieber, braver Junge sein, bis er zurückkommt. Tu immer, was die Amme dir sagt." Und wieder fragte er: „Verstehst du?"

Das Kind sah ihn einen Augenblick mit offenem Mund an, dann nickte es: „Ja, Papa."

„Gut." Er streichelte die runde Wange und ging zur Tür.

„Auf Wiedersehn, Kirsten. Und denk daran, bleib bei dem Kind."

„Das tu ich, Herr, das tu ich."

Konrad war noch keine Stunde fort, da kam Bella ins Kinderzimmer. Noch nie hatte sie sich dort hingesetzt, und Kirsten war überrascht zu sehen, daß sie es jetzt tat, und auch, daß sie dem Kind die Hand hinhielt, um ihm auf die Beine zu helfen und es an ihre Knie zu ziehen.

Kirsten fragte sich wie schon oft zuvor, warum das Kind sich zu dieser verbitterten, strengen Frau so hingezogen fühlte. Es war ihr unerklärlich, aber von dem Zeitpunkt an, wo Oscar imstande war, Menschen zu erkennen, hatte er immer die Arme nach dieser hageren Gestalt mit dem mürrischen Gesicht ausgestreckt. Sie hatte ihn bis vor kurzem fast nie berührt; doch letzthin hatte sie, als wäre sie unfähig, der Versuchung zu widerstehen, zweimal die Hand auf seinen Kopf gelegt. Jetzt hörte Kirsten, wie der Junge die graugekleidete Frau mit Tante Bella ansprach. Dann sah Miß Cartwright Kirsten an und forderte sie auf, sich zu setzen.

Kirsten setzte sich auf den Rand eines Stuhles, sah in die dunklen Augen und bemerkte, daß ihr Blick nicht so kalt und hart wie sonst war; und auch die Stimme war nicht gebieterisch, als sie ruhig fragte: „Sag mir, willst du diesen jungen Flynn heiraten?"

Wollte sie Colum heiraten? Ja ... natürlich wollte sie das; es würde beglückend sein, für immer bei den Flynns leben zu können und ein Kind zu haben, das ihr gehörte. Sie blickte zu Oscar hinüber, der zu Füßen von Miß Cartwright saß und einen Turm aus Holzklötzen baute, und ihr wurde klar, daß dieses Kind niemals ihr gehören würde. Wenn sie ihn jetzt auf den Arm nehmen und mit ihm zum Tor hinausgehen könnte, würde er doch immer den Stempel des Hauses tragen. Er sprach bereits anders als sie. Er war bereits der kleine Herr, aber Colums Kind würde ihr gehören. Sie blickte abermals in die schwarzen Augen und sagte: „Ja, ich will ihn heiraten."

„Warum tust du's dann nicht? Liegt es daran, daß du nicht genügend Geld hast?"

Kirsten war im Begriff zu sagen, nein, das ist es nicht. Aber für Colum lag es tatsächlich am Geldmangel. Er hatte über die Hälfte des Geldes aus der Deichsel für den Anwalt gebraucht. Und sie selbst hatte Geld für Stoffe ausgegeben, aus denen für Elizabeth, Dorry und die Mädchen Kleider genäht werden konnten, und hatte Elizabeth hin und wieder ein Goldstück zugesteckt, wenn die Seilerei wenig einbrachte und die Ersparnisse in dem irdenen Krug auf dem Regal fast völlig geschwunden waren. Aber sie wußte, es lag nicht am Geld, was sie daran hinderte, Colum zu heiraten. Sie blickte auf das Kind, und als ob ihre Augen es angezogen hätten, kam es auf sie zugekrochen, griff nach ihrer steifen weißen Schürze und sagte: „Amme, spielen, spielen."

Sie legte den Arm um den Jungen, sah Bella an, und ihre Augen sagten: Da haben Sie die Antwort.

Bella verstand, was sie damit sagen wollte, wies sie aber sofort auf die Schwäche dieses Arguments hin, indem sie erklärte: „Er betrachtet dich als Amme; er würde dich nicht vermissen, wenn du fortgingst. Dafür würde ich sorgen. Ich verspreche dir ehrlich, ich würde gut zu ihm sein, denn er ist wirklich ein liebenswertes Kind."

Dies war eine neue, menschlichere Miß Cartwright, aber Kirsten mißtraute ihr immer noch und war mutig genug zu sagen: „Aber wenn ich heiraten würde, wäre ich ja nur drüben auf der andern Seite des Flusses."

Bella starrte in das schöne Gesicht. Wenn das Mädchen mit einem Mann verheiratet war, der Konrad haßte und den Konrad haßte, erst dann würde sie endlich Frieden finden. Denn falls das Mädchen noch im Hause war, wenn Florence tat, was sie offensichtlich vorhatte, würde Konrad, so sicher, wie die Erde um die Sonne kreiste, sich diesem Mädchen zuwenden. Und das würde unerträglich sein, selbst wenn sie meilenweit entfernt wäre, wenn es geschah, aber wenn sie es mitansehen mußte, würde sie sich vor Haß verzehren.

Bella hatte das Gefühl, daß sie um ihr Leben kämpfte. Wenn Florence wirklich hirnverbrannt genug war, mit Gerald davonzulaufen, war ihre eigene Stellung in diesem Haus in ernster Gefahr.

„Hier." Sie hatte die Hand tief in die Tasche ihres Kleides gesteckt und hielt jetzt einen kostbaren Ring auf ihrer Handfläche. „Du kannst ihn haben. Er ist sehr viel wert – zwei-, dreihundert

Pfund. Nimm ihn. Sag Mr. Flynn, er gehört mir. Ich werde eine Erklärung unterschreiben, daß ich ihn dir geschenkt habe. Es gibt einen Laden in Newcastle, wo du ihn verkaufen kannst. Ich gebe dir die Adresse. Dann kannst du heiraten, ehe der Herr zurückkehrt, denn er würde bestimmt versuchen, deine Ehe mit diesem Mann zu verhindern, weil schon von jeher Feindschaft zwischen ihnen geherrscht hat."

„*Nein.*" Kirsten war aufgestanden. „Ich will den Ring nicht. Und wenn ich morgen heiraten könnte, ich tät's nicht, ehe der Herr zurückkommt. Ich hab's ihm versprochen."

Bella hatte sich ebenfalls erhoben. Ihr Gesicht war bleich und starr, ihre Augen schimmerten matt wie Pech. Sie sagte fast bittend: „Mädchen, statt einer Feindin könnte ich dir eine Freundin sein."

Kirsten sah die hochgewachsene Frau mit tiefem Mitgefühl an, denn sie wußte, Miß Cartwright wollte sie nicht nur wegen ihrer Beziehung zu dem Kind loswerden; Miß Cartwright liebte den Herrn, und zwar mit einer derartigen Tiefe und Stärke, daß man Mitleid mit ihr haben mußte. Und sie hatte es in diesem Augenblick, aber gleichzeitig überkam sie ein Gefühl der Angst.

Miß Cartwright war jetzt mehr denn je eine Frau, die man fürchten mußte, denn diese Frau fürchtete Kirsten selbst wegen des Einflusses, den sie, wie Miß Cartwright glaubte, auf den Herrn hatte; um sie zu überzeugen, daß sie sich irrte, sagte sie daher rasch: „Sobald Colum ... Mr. Flynn bereit ist und mich bittet, ihn zu heiraten, gehe ich. Er wird mich erst förmlich darum bitten, wenn er alles in Ordnung hat. Es kann ein, zwei Jahre dauern, aber ich verspreche Ihnen, dann gehe ich."

Bella blickte starr in das zitternde Gesicht. Versprechen. Das Mädchen wußte nicht einmal, was das Wort bedeutete. Sie war in jeder Hinsicht unmoralisch. Ein Jahr! Zwei Jahre! Dieses Haus konnte in völliger Auflösung begriffen sein, noch ehe drei Monate vergangen waren, und bevor das geschah, mußte dieses Geschöpf endgültig und sicher jenseits des Flusses untergebracht sein; oder wenn das nicht gelang ... Nun, die Not würde ihr eine Lösung für ihr Problem eingeben. So oder so! Jetzt sagte sie: „Vielleicht änderst du deine Meinung. Besprich es mit dem jungen Mann; Männer sehen die Dinge anders." Sie steckte den Ring wieder in die Tasche; dann streichelte sie den Kopf des Kindes, ehe sie sich abwandte und ruhig hinausging, wie eine Freundin es hätte tun können.

Es WAR jetzt April, und der Frühling hätte sich zeigen sollen, aber die Knospen ruhten noch, und die Halme der Gräser waren steif von Frost. Eines Morgens sagte Rose, als sie ins Kinderzimmer kam: „Der Herr muß jetzt jeden Tag zurückkommen. Er ist seit über drei Wochen fort, und das Wetter war nicht schlecht für die Schifffahrt. Hoffentlich kommt er noch vor dem Schnee."

Kirsten blickte zum Fenster. Auf den Bäumen lag Sonnenschein. „Ich denke, die Schneestürme sind vorüber", sagte sie.

„Glaub das nur nicht." Rose ging zur Tür. „Es kann leicht im April noch Schnee geben. Genau wie im Spätherbst."

Nachdem sich die Tür hinter ihr geschlossen hatte, ging Kirsten zum Fenster. Es sah nicht nach Schnee aus. Sie würde gern einen Spaziergang machen. Es war jetzt sechs Tage her, seit das Kind zum letztenmal draußen gewesen war. Sie fragte sich, was Colum wohl denken mochte. Kam er zum Flußufer? Kam er über die Schrittsteine? Wagte er sich in den Park, um zum Haus hinaufzublicken? Es hatte keine Möglichkeit gegeben, ihm eine Nachricht zukommen zu lassen. Mr. Dixon, der einzige, den sie darum hätte bitten können, hatte bis gestern wegen seines Rheumas im Bett gelegen. Sie wünschte, der Herr wäre wieder zu Hause, und nicht nur, weil sie dann ausgehen konnte. Sie vermißte ihn. Komisch, wenn ihre Gedanken beim Herrn weilten, sah sie Colum vor sich, und wenn sie an Colum dachte, schien der Herr vor ihr zu stehen. Es war erschreckend.

Plötzlich öffnete sich die Tür, und Mrs. Poulter kam ins Zimmer. „Hallo, Mädchen", sagte sie. „Hast du alles, was du brauchst?"

„Ja, vielen Dank, Mrs. Poulter."

In diesem Augenblick kam auch Bella herein. Sie sagte nichts, sondern ging geradewegs auf das Kind zu, das sie ungestüm begrüßte, sich an ihren weiten Rock klammerte und ihre Beine umarmte.

„Es ist ein schöner, frischer Morgen." Bella sprach niemand direkt an, aber Mrs. Poulter antwortete: „Es sieht so aus, Miß; aber ich glaube, es wird Schnee geben."

„Schnee?" Bella wandte sich der Haushälterin zu. „O nein." Sie hob das Kind auf, ging zum Fenster und blickte hinaus. „Ein Jammer, daß es so kalt ist; er hätte ein bißchen an die Luft gehen können." Sie schwieg einen Augenblick, dann wandte sie sich an Kirsten und sagte: „Du bist lange nicht draußen gewesen; ich muß eine Nachricht nach Bywell schicken. Du kannst sie überbringen. Ich rechne es dir nicht als Freizeit an."

„Aber ... ich würde lieber ...“, stammelte Kirsten, während sie von einer der Frauen zur anderen blickte, und Mrs. Poulter, die annahm, daß sie sich Sorgen um das Kind machte, sagte beruhigend: „Der Junge wird gut aufgehoben sein; ich kümmre mich selbst um ihn. Ist es die Näherin, Miß Cartwright?“

„Ja; ich möchte, daß Miß Barker und ihre Tochter für einen Monat ins Haus kommen, um Alice in der Nähstube zu helfen.“

„Ja, ja.“ Mrs. Poulter nickte. Sie hatte Miß Cartwright erst heute morgen gesagt, daß die Kleider der Mädchen fadenscheinig waren. Erstaunlich, wie schnell sie sich diesmal der Sache annahm; für gewöhnlich ließ sie Monate vergehn, ehe sie für Hilfe in der Nähstube sorgte. Und so unterstützte Mrs. Poulter Bella jetzt nachdrücklich, indem sie sich an Kirsten wandte und sagte: „Das ist genau das Richtige; wenn du dich nicht unnütz aufhältst, kannst du vor Einbruch der Dunkelheit zurück sein.“

„Ich ... ich war noch nie in Bywell; ich weiß nicht ...“

„Nun, dann wird's Zeit, daß du es kennenlernst“, sagte Mrs. Poulter. „Noch nie in Bywell! Wo's doch dort zwei so schöne Kirchen und einen Dorfplatz gibt. Stimmt's, Miß Cartwright?“

„Ja, in der Tat; es ist sehr alt. Und du kannst es nicht verfehlen, brauchst nur immer die Landstraße entlangzugehn. Das Haus der Barkers ist das erste hinter der Brücke ... Geh und mach dich fertig.“

Es blieb ihr nichts anderes übrig, sie hatte einen Befehl erhalten und mußte ihn befolgen. Sie hörte sich fragen: „Wie lange werd ich brauchen?“

„Etwa eine Stunde hin und eine zurück. Stimmt's, Mrs. Poulter?“

„Ja, Miß Cartwright.“

Es war jetzt zwölf Uhr; sie konnte bis drei zurück sein, lange vor Einbruch der Dunkelheit. Sie senkte den Kopf und ging hinaus, um sich fertigzumachen.

Es WAR nichts Ungewöhnliches, daß Miß Cartwright nachmittags einen Spaziergang machte; sie ging, mit festen Schuhen und einem Umhang mit Kapuze angetan, bei jedem Wetter aus. An diesem Tag verließ sie das Haus gegen zwei Uhr, obwohl es, wie Rose und Mrs. Poulter vorausgesagt hatten, in dichten Flocken schneite. Sie kehrte um drei Uhr zurück, gerade rechtzeitig zum Essen, und um von Konrad wie von einem tobenden Bullen empfangen zu werden.

Der Herr war erwartet worden; aber als er das Haus betrat, waren alle überrascht, denn es war kein Geräusch von Wagenrädern und kein Klappern von Hufen auf der Auffahrt zu hören gewesen. Die Kutsche, die er in Newcastle gemietet hatte, war etwa eine halbe Meile vor dem südlichen Pförtnerhaus mit einem Achsenbruch liegengeblieben, und so hatte er den Rest des Wegs zu Fuß zurückgelegt.

Nachdem er eilig seinen Hut und Mantel abgeworfen hatte, war er die Treppe hinaufgestiegen und geradewegs ins Kinderzimmer gegangen. Er hatte leise die Tür geöffnet, in der Erwartung, auf die zweifache Freude zu blicken, die ihm noch blieb, denn seine Zukunft war bei seinem Aufenthalt in Schweden jeder Hoffnung beraubt worden. Und was begegnete seinem Blick? Die Haushälterin, die im Schaukelstuhl ein Nickerchen machte, während das Kind schlafend zu ihren Füßen, unmittelbar vor dem ungeschützten Feuer, lag.

Wo war *sie?*

Er stieß ein wütendes Gebrüll aus. Mrs. Poulter sprang mit einem Schrei vom Stuhl auf, und das Kind, ebenfalls von dem Gebrüll aufgeschreckt, öffnete erstaunt den Mund und rief laut: „Papa! Papa!“ Konrad nahm den Jungen in die Arme und fragte grimmig: „Wo ist sie, die Amme?“

„O Herr, Miß Cartwright hat sie mit einer Botschaft zur Näherin nach Bywell geschickt, weil sie so blaß aussah. Sie hat seit Ihrer Abreise kaum den Fuß vors Haus gesetzt.“

„Und wo ist Miß Cartwright?“

„Sie hat einen Spaziergang gemacht, Sir, aber sie müßte mittlerweile zurück sein ... ich ... ich werde nachsehn, Sir.“

„Bleiben Sie, wo Sie sind!“ Er stellte den Jungen auf die Beine und ging mit langen Schritten hinaus. Als er die obere Halle durchquerte, kam ihm Bella entgegen.

„Nun?“

Sie blickte in sein zorngerötetes Gesicht; dann sagte sie mit leiser, leicht zitternder Stimme: „Willkommen zu Hause. Ich ... ich habe einen Spaziergang gemacht. Willst du mich bitte entschuldigen? Ich möchte mir nur rasch die nassen Sachen ausziehen.“

„Einen Spaziergang bei diesem Wetter! Bist du von Sinnen? Und das Mädchen, du hast sie in diesem Schneegestöber nach Bywell geschickt?“

Bella kehrte ihm den Rücken zu, als sie sagte: „Es hat nicht nach Schnee ausgesehen, als sie fortging; die Sonne hat geschienen.“

„Ich hatte ihr ausdrücklich befohlen, das Kind nicht zu verlassen.“

„Ich wußte nichts von einem derartigen Befehl.“ Dann sagte sie, immer noch mit jenem seltsamen Zittern in der Stimme: „Ich muß mich jetzt umziehen; meine Füße sind feucht, und mir ist kalt.“

Er sah ihr nach, als sie sich entfernte, und er nahm an, daß ihre Füße mehr als feucht sein mußten, denn an der Rückseite ihres Umhangs hingen Klumpen von Schnee und Schlamm, als ob sie in einen Graben gefallen wäre. Aber der Schnee, obwohl er in dicken Flocken niederging, war im Park noch nicht tief genug für Wehen. Konrad vermutete, daß sie ausgeglitten und gefallen war, aber so etwas würde Bella niemals zugeben.

Er ging ins Wohnzimmer hinunter, wo Florence in einem tiefen Klubsessel vor dem Feuer saß. Sie sah ihn an und sagte: „Oh! Du bist zurück. Ich habe den Wagen nicht kommen hören.“

„Ich habe eine Mietkutsche genommen. Sie ist vor dem Tor zusammengebrochen.“

„Du reist, offenbar ohne jeden Zwischenfall, nach Schweden; du kommst aus Schweden zurück, und die Kutsche bricht kurz vor deinem eigenen Tor zusammen. Wie komisch!“

Sie machte sich über ihn lustig; wenn eine Frau sich über ihren Mann lustig machte, fand sie sich selbst wunders wie klug. Er dachte bei sich: Sie hatte sonst immer Angst vor mir, aber jetzt hat sie keine Angst mehr. Und er gab sich selbst die Antwort darauf, als er fragte: „Hast du Besuch gehabt?“

„O ja; Gerald ist gekommen, um mich zu dem Ball zu begleiten – du erinnerst dich, daß ich ihn darum gebeten hatte –, und er blieb – wie lange mag's gewesen sein ... fünf, sechs Tage.“

„Wann ist er abgereist?“

„Oh.“ Sie blickte zu der bemalten Decke empor. „Vorgestern. Oder war es am Tag davor? Was haben wir heute?“

Er beantwortete ihre Frage nicht, aber sie hatte die seine beantwortet. Gerald. Dieser bleichgesichtige Einfaltspinsel Gerald. Sie machte sich über ihn lustig, weil sie ein Liebesverhältnis mit ihrem Vetter hatte und annahm, er ahne nichts davon. Das kindliche, unschuldige Mädchen, das er geheiratet hatte, war zu einer dummen, verschlagenen Frau geworden. Aber das alles war im Augenblick weniger wichtig als seine finanzielle Lage. Wie würde sie reagieren, wenn er ihr sagte, daß seine Zukunft, und damit auch ihre, trübe aussah. Er hatte fest damit gerechnet, daß sein Großvater es ihm ermöglichen würde, alle finanziellen Schwierigkeiten zu überwinden, aber er hatte ihm außer seiner Lebensweisheit nichts hinterlassen, als ein Jagdhaus in den Bergen, meilenweit von jeder menschlichen Behausung entfernt und von dreißig Morgen unbebaubaren Landes umgeben; und für seinen Lebensunterhalt, verknüpft mit der Bedingung, daß er dort seinen Wohnsitz nehme, die Summe von einhundert Pfund im Jahr.

Einhundert Pfund im Jahr! Als diese Worte an sein Ohr gedrungen waren, hatte er geglaubt, er bekomme einen hysterischen Anfall wie eine Frau. Die große Masse des Vermögens war an Neffen und Nichten und wohltätige Stiftungen verteilt worden. Warum? Und der Geldmarkt war flauer denn je. Der letzte Teil seiner Goldaktien war unter den Wert von Zinnaktien gesunken. Außerdem hatte er Schulden in Höhe von etwa zwanzigtausend Pfund, angefangen von der Krämerrechnung und seinem Schneider bis zu fünfzehnhundert Pfund für seine letzten zwei Pferde – und zudem Spielschulden, die beglichen werden mußten, egal, was er dafür opfern mußte.

Noch vor einem Monat hatten zwanzigtausend Pfund ihm keine übermäßigen Sorgen bereitet. Sein Großvater hatte ihm früher wiederholt große Summen vorgestreckt und nicht ein einziges Mal gefragt, wofür sie waren. Und jetzt *einhundert Pfund im Jahr,* und nur, wenn er in dem Jagdhaus wohnte! Er konnte es nicht verstehen. Es war wie eine vorsätzliche Boshaftigkeit. Aber nein, sein Großvater war einer boshaften Handlung nicht fähig; er war ein kluger Mann gewesen. Ihm kam eine ungeheuerliche Vermutung in den Sinn, aber er schob sie schnell beiseite.

Es WAR neun Uhr am selben Abend. Das Haus war ein Lichtermeer; der Stallhof war ebenso hell mit Handlaternen erleuchtet. Es schneite immer noch, und der Schnee war jetzt tief, aber vom Hof zum Haus und die südliche Auffahrt hinunter zum Pförtnerhaus war er festgetrampelt.

Konrad kam mit einer Laterne am Sattel aus der Dunkelheit aufs Haus zugeritten und saß ab. Er blickte von der untersten Stufe aus zu seinem Butler hinauf, aber Slater schüttelte den Kopf und sagte: „Nein, Herr.“ Innerlich kochte Slater vor Wut. All dies Getue wegen einer schielenden Landstreicherin, die sich wahrscheinlich auf der anderen Seite des Flusses einen vergnügten Abend machte.

Auch Konrad hatte an das Haus jenseits des Flusses gedacht, aber alles, was er ausgekundschaftet hatte, schien zu beweisen, daß Kirsten nicht dorthin gegangen war. Die Tochter von Miß Barker in Bywell hatte gesagt, sie selbst habe Kirsten bis zur Brücke begleitet und gesehen, wie sie sie überquerte; hätte sie die Absicht gehabt, zu den Flynns zu gehen, wäre sie auf jener Seite des Flusses geblieben und der Straße längs des Hügelkamms gefolgt. Sie konnte nicht über die Steine zur anderen Seite zurückgekehrt sein, denn der Fluß war gestiegen, und es hatte den ganzen Nachmittag so stark geschneit, daß man kaum die Hand vor den Augen sehen konnte. Aber sie war auch nicht auf dieser Seite, denn sie hatten jeden Zoll von der Brücke bis zum Tor des nördlichen Pförtnerhauses durchsucht.

Er stampfte durch die Halle zur Bibliothek und rief Slater zu: „Bringen Sie mir heiße Suppe, und sagen Sie Dixon, ich will ihn sprechen."

Als Art Dixon eintraf, hielt Konrad eine Schüssel mit dampfender Fleischbrühe in der Hand. Er stellte sie nieder und fragte seinen Kutscher: „Sie sind mit den Flynns befreundet, Dixon?"

„Das stimmt, Sir; ich kenne die Familie seit meiner Kindheit."

„Ich möchte, daß Sie zwei der Stalljungen, Wallace und Stratford, mitnehmen und zu den Flynns hinübergehen und fragen, ob die Amme dort ist. Gehen Sie über die Brücke und die Straße am Hügelkamm entlang. Sie werden eine Weile brauchen. Nehmen Sie sich etwas Warmes aus der Küche mit. Wenn sie bei den Flynns ist und wohlbehalten, bringen Sie sie mit."

Dixon sah seinen Herrn an. Er war erst seit zwei Tagen wieder auf den Beinen und hatte immer noch schmerzhaften Rheumatismus im Rücken. An einem Abend wie diesem hinauszugehen würde sicherlich seinen Tod bedeuten. Er machte sich ebenso große Sorgen um das Mädchen wie alle übrigen, denn er hatte sie gern, aber der Herr ging wirklich zu weit. Er benahm sich, als ob es die Herrin wäre, die sich dort draußen im Schnee befand. Aber es war seine Pflicht, zu tun, was man ihm befahl. Er nickte und sagte: „Ja, Sir."

Es war halb drei nachts, als Art zurückkam. Jack Wallace und Billy Stratford mußten ihm die Stufen hinaufhelfen. Der Herr kam sofort in die Halle und fragte: „Nun?"

Art befeuchtete seine aufgesprungenen Lippen. „Sie ist nicht dort, Herr. Die Flynns sind sehr besorgt. Die Männer haben sich auf die Suche gemacht." Dann sank er in sich zusammen, und Konrad sagte zu den Jungen: „Bringt ihn zu Bett."

Konrad ging ins Wohnzimmer, wo Bella neben dem Sofa stand und nervös mit den Fingern auf die Lehne trommelte. Er musterte sie einen Augenblick, dann sagte er wieder, zum drittenmal, mit leiser, flehender Stimme: „Bella, ich bitte dich, sag mir, warum hast du sie dorthin geschickt? Solche Botengänge werden von den Stalljungen oder dem Küchenpersonal gemacht, nicht von einer Amme."

Bella ließ sich erschöpft in einen Sessel sinken, legte die Hände auf die Knie und trommelte mit den Fingern. „Ich kann dir nur immer wieder sagen, ich habe sie fortgeschickt, damit sie frische Luft bekommt." Sie sah ihn an, und er ging zum Kamin, legte die Arme auf den Sims und starrte in die Flammen.

Als er sich wieder umwandte, sah er zu seinem Erstaunen, daß er allein war. Er hatte sie nicht hinausgehen hören, aber das Zimmer war leer. Er hatte sich gezwungen gefühlt, Bella auszufragen, denn sie schien die einzige zu sein, die ihm etwas über den Verbleib seiner kleinen Kirsten, den Verbleib seiner Liebsten sagen konnte.

Falls er jemals an seinen Gefühlen gezweifelt hatte, so war diese Zeit vorüber. Inzwischen mußten sie für das ganze Haus offenkundig sein. Und wenn schon! Hatten sie nicht schon seit Monaten geglaubt, daß er zu ihr ging? Und warum hatte er es nicht getan? Er wußte keine Antwort darauf.

Es war drei Uhr am folgenden Nachmittag, und Konrad schlief in dem großen Ledersessel neben dem Kamin der Bibliothek, da berührte Mrs. Poulter sanft seine Schulter und sagte: „Herr! Herr!"

„Ja?" Er setzte sich kerzengerade auf. „Neuigkeiten?"

„Ja, Herr. Ein junger Bursche, einer der Flynns von der andern Seite des Flusses, er sagt, er hat eine Nachricht für Sie."

„Wo ist er?" Konrad war aufgesprungen.

„In der Halle, Herr."

„Holen Sie ihn herein." Er starrte auf die Tür, als wäre er im Begriff, sich mit einem Todfeind zu schlagen. Dann kam ein kleiner, magerer Junge in schweren Stiefeln, Kniehosen und einem kurzen Mantel herein. Seine Mütze wurde von einem langen Wollschal festgehalten, der um seine Ohren und seinen Hals geschlungen war. Sein Gesicht war blau vor Kälte, und seine Fingerspitzen, die aus den wollenen Fäustlingen herausragten, sahen blutleer aus.

Konrad sagte ruhig: „Komm her, Junge. Wie heißt du?", und das leise Stimmchen kam wie ein dünner Eiszapfen von den blaugefrorenen Lippen. „Barney Flynn, Sir."

„Du bringst eine Nachricht?"

„Ja, Sir; mein Papa sagt, ich soll Ihnen sagen, sie haben sie gefunden ... Kirsten."

„Geht es ihr gut?"

„Nicht gut, Sir; es geht ihr schlecht, sehr schlecht."

„Aber sie lebt?"

„Mein Papa sagt, grade noch."

Konrad fuhr sich mit der Zunge über die Lippen, dann fragte er: „Wann hat man sie gefunden?"

„Gegen elf Uhr. Auf der anderen Seite von unserer Mauer."

„Auf eurer Seite des Flusses?"

„Nein, Sir. 's war auf dieser Seite. Doug Fathers, der Mann, der die Rennhunde züchtet und in der Köhlerhütte lebt, seine Hunde haben sie gefunden, und er hat sie in die Hütte gebracht. Dann hat er meinen Papa auf der anderen Seite des Flusses gesehn und's ihm gesagt. Und unser Colum und mein Vater und Doug Fathers haben sie nach Hause getragen. Sie hat einen Schlag auf den Kopf bekommen, Sir; hat eine große Wunde an der einen Seite."

Konrad starrte auf den Jungen, als ob er ihn durch einen Nebelschleier sähe, dann sagte er ungeduldig: „Nun, sprich weiter."

„Doug Fathers sagt, wer immer das getan hat, muß angenommen haben, sie hätte Geld bei sich, und ist aus dem Gebüsch über sie hergefalln. Aber er sagt, er kann sich nicht erklären, warum sie sie bis runter zum Ende unsrer Mauer geschleppt und in den Graben gestoßen haben, es sei denn, sie haben gewußt, daß der geschmolzene Schnee sie den Fluß runterspülen würde."

Nach einer langen Pause sagte Konrad: „Wenn sie verletzt ist, braucht sie einen Arzt."

„Mein Papa hat schon dafür gesorgt; er ist selbst zu Dr. Percy gegangen, dem Arzt, der eine Meile oder so hinter Bywell wohnt."

Die Schwäche, die Konrad in den Beinen fühlte, zwang ihn, sich wieder in seinen Sessel zu setzen; erst jetzt fiel ihm auf, wie erschöpft der Junge aussah, und er sagte freundlich: „Du mußt müde sein. Bist du über die Brücke gekommen?"

„Ja, Sir."

„Wie lange hast du gebraucht?"

„Ich bin nicht sicher, Sir; ich bin um halb zwölf weggegangen."

Konrad blickte auf die Uhr auf dem Kaminsims und sagte: „Dreieinhalb Stunden! Du mußt dich ausruhen und etwas essen."

„Nein, vielen Dank, Sir."

„Nun, wenn du dich nicht ausruhen willst, mußt du wenigstens etwas essen, ehe du dich wieder auf den Weg machst. Sorgen Sie dafür, Mrs. Poulter."

Der Junge schüttelte nur den Kopf, als er sagte: „Nein, ich muß zurück."

Konrad stand von seinem Sessel auf. Er schob die Hand in die Tasche, holte ein Goldstück heraus und hielt es Barney hin.

Barney blickte auf das Goldstück, dann sah er Konrad an und sagte: „Nein, vielen Dank, Sir."

Konrads Stimme war streng, als er fragte: „Warum lehnst du mein Essen und mein Geld ab? Los, heraus mit der Sprache." Und nach einer kurzen Pause hörte er die leise Antwort: „Unser Colum sagt, ich soll nichts von Ihnen annehmen." Damit wandte Barney sich ab und ging hinaus, die überraschte Mrs. Poulter folgte ihm. Konrad, der allein zurückblieb, hatte das Gefühl, tatsächlich dem schwachen Schatten eines Feindes gegenübergestanden zu haben und von ihm besiegt worden zu sein. Sie war am Leben, aber sie war im Hause dieses Jungen. Und nicht einmal der Gedanke, daß sie an ihrer Verletzung sterben könnte, würde ihn über den Fluß zu jenem Schweinestall auf dem Hügel bringen.

In diesem Augenblick wurde die Tür aufgestoßen, und Florence kam herein. „Du solltest den Arzt holen lassen", sagte sie. „Bella hat hohes Fieber; sie muß sich gestern erkältet haben."

Konrad sah sie kühl an. „Wenn es nur eine Erkältung ist, braucht sie keinen Arzt." Dann setzte er in trügerisch ruhigem Ton hinzu: „Ich hoffe, du hast letzte Nacht gut geschlafen", worauf sie nach einem kaum merklichen Zögern erwiderte: „Ich schlafe immer gut."

„Ja; und bei dieser Gelegenheit noch besser als sonst, vermute ich. Deine Sorge um die Amme deines Sohnes war rührend; das Mädchen hätte tot sein können, und du hättest nicht mit der Wimper gezuckt."

Sie zog die schmalen, gewölbten Brauen hoch. „Hätte tot sein können? Hast du etwas Gegenteiliges erfahren?"

„Ja. Sie ist überfallen und mit einer klaffenden Kopfwunde zurückgelassen worden. Aber das ist für dich ja nicht von Bedeutung."

Einen Augenblick herrschte Schweigen, dann sagte sie: „Nein, das ist es nicht, Konrad, denn ich finde, du mißt dieser Sache genug Bedeutung bei, daß es für uns beide reicht."

Erstaunt über ihre Kühnheit starrte er sie an; sie wandte sich zur Tür und fragte im Hinausgehen: „Wirst du den Arzt holen lassen?", worauf er fast schreiend antwortete: „Wenn ich es für nötig halte."

Er wartete, bis sie draußen war, dann ging er die Treppe hinauf zu Bellas Zimmer, klopfte an und trat ein. Er sah sofort, daß sie krank war. Ihr Gesicht war aschfahl, und Schweißperlen standen auf ihrer Stirn. Er beugte sich über sie, und als sie ihm in die Augen blickte, sah er, daß sie unter irgendeiner Seelenqual litt. Wahrscheinlich, weil sie sich für das Verschwinden des Mädchens verantwortlich fühlte. Bella hatte einen starken, schroffen Charakter, aber unter ihrer rauhen Schale war sie sehr menschlich. Ja, das wußte er, denn sprach nicht ihre Liebe zu ihm, die sie nicht verbergen konnte, für die Stärke ihrer Gefühle? Er berührte ihre Stirn und sagte: „Es ist alles in Ordnung, Bella, du brauchst dir keine Sorgen zu machen. Man hat sie gefunden, und sie ist am Leben. Sie wird durchkommen." Obgleich er nicht wußte, ob Kirsten durchkommen würde, sagte er es im Brustton der Überzeugung, weil er annahm, daß es Bella beruhigen würde.

„*Nein! Nein!*" Sie hatte sich kerzengerade im Bett aufgerichtet und rief ein ums andre Mal verzweifelt: „*Nein! Nein! Nein!*" Dann sank sie ohnmächtig in die Kissen zurück.

Er blickte auf sie hinunter, aber er sah sie nicht, wie sie fast leblos dort lag, sondern wie er sie gestern die obere Halle hatte durchqueren sehen, den Umhang voll Schlamm und Schnee, als ob sie in einen Graben gefallen wäre. *In einen Graben!* Der Junge hatte gesagt, man hätte Kirsten in einem Graben gefunden. Allmächtiger Gott! Nein. Nein. O Bella, Bella!

8

Verzicht

Sie hatten ein kleines Zimmer hinter der Vorratskammer ausgeräumt und ein Bett hineingestellt, hatten Colums Federbett darauf gelegt und Kirsten eine Woche lang mit dicken Wolldecken zugedeckt. Unter sie hatten sie ein angewärmtes Backofenblech geschoben und an ihre Füße einen heißen Ziegelstein, beides in Flanellunterröcke gewickelt. Die Aufgabe, das Blech und den Ziegelstein jede Stunde zu erneuern, war Sharon und Kathie zugewiesen worden. Jedes Mitglied der Familie half bei Kirstens Pflege, aber Colum wachte die Nacht hindurch bei ihr, manchmal mit Elizabeth an seiner Seite, manchmal mit Dorry.

Erst am dritten Morgen, als sie die Augen geöffnet und seinen Namen gesprochen hatte, war er in den Arbeitsraum gegangen, hatte sich auf einen Haufen Rupfen fallen lassen und war in tiefen Schlaf gesunken.

Er ließ eine Woche vergehen, ehe er Kirsten fragte, woran sie sich erinnerte, und sie sah ihn an und gab ihm die Antwort, die sie allen zu geben beschlossen hatte. Sie sei, den Kopf gegen den Schneesturm gesenkt, den Weg oberhalb des Flusses entlanggegangen, sagte sie, da habe sie plötzlich einen Schlag verspürt. Danach erinnere sie sich an nichts mehr.

Am Tage war es leicht, nicht an das zu denken, woran sie sich erinnerte, denn es herrschte ein ständiges Kommen und Gehen in dem kleinen Zimmer. Sie hatten das Bett an eine Stelle gerückt, von der aus sie durch die Vorratskammer in die Küche blicken konnte, damit sie, wie Dorry sagte, bei ihnen war. Und genau das wünschte sie sich jetzt und für alle Zeiten, bei ihnen zu sein, sie niemals zu verlassen. Und sie war zu einem Entschluß gelangt, der die beste Lösung für alle war und der ihr vielleicht sogar das Leben retten würde, denn sie wußte, wenn sie in das Haus dort drüben zurückkehrte, würde diese schreckliche Frau abermals versuchen, sie umzubringen.

Es stimmte, sie war mit gesenktem Kopf gegangen, aber als die hochgewachsene, mit einem Umhang bekleidete Gestalt aus der Hecke sprang, hatte sie, eine Sekunde ehe der Schlag auf sie niederging, ruckartig den Kopf gehoben und hatte Miß Cartwrights Gesicht gesehen, das so weiß war wie der Schnee auf der Weißdornhecke.

Ihr Entschluß würde bedeuten, daß sie das Kind im Stich lassen mußte, aber sie wußte, daß es früher oder später sie im Stich lassen würde; im besten Fall würde er eine schwache Erinnerung an sie, seine Amme, haben. Aber wen würde sie mehr vermissen, das Kind oder den Herrn?

Bei Tag wurde die Frage durch Colums Liebe und Zärtlichkeit in den Hintergrund gedrängt, denn obgleich er sich zurückhaltend zeigte, wenn andere zugegen waren, nahm er ihre Hand und streichelte sie, wenn er mit ihr allein war; und einmal, als er glaubte, sie schliefe, hatte er den Mund in ihre Armbeuge gelegt. Bei Tag liebte sie Colum. So würde sie also hierbleiben. Nie wieder würde sie über die Schrittsteine gehen. Sie würde dem Herrn einen Brief schreiben und ihm sagen, es täte ihr sehr leid, aber sie fühle sich nicht wohl genug, um ihre Pflichten als Kinderschwester wiederaufzunehmen, und sie werde in ein paar Monaten Mr. Colum Flynn heiraten.

Kirsten drehte sich steif im Bett herum und blickte durch die offene Tür. Sie konnte Elizabeth an dem langen Tisch in der Küche stehen sehen. Elizabeth hob den Kopf und lächelte ihr zu. Kirsten fühlte sich ruhig, wenn sie bei Elizabeth war, irgendwie in Sicherheit. Jeder von den Flynns übte eine andere Wirkung auf sie aus.

Plötzlich stand Colum in der Tür zur Vorratskammer. Beim Eintreten mußte er den Kopf einziehen. Er stieß die Tür hinter sich zu und kam ans Bett.

„Geht's dir gut?"

„Ja, ja, danke."

„Ma sagt, du kannst morgen aufstehn. Wenn's schön ist, trag ich dich raus und setz dich auf die Mauer."

Ihr Lächeln vertiefte sich. „Oh, das wäre wunderbar. Vielen Dank, Colum."

Er sah sie einen Augenblick an, dann sagte er: „Dank mir nicht für alles. Wenn zwei Menschen sich nahestehen und noch näherstehen werden, bedankt sich der eine nicht fortwährend beim andern."

Er kniete nieder, nahm ihr Gesicht in die Hände und sagte sanft: „Du mußt vergessen, daß du von jemand abhängig warst. Selbst wenn ich mit dir nach Bywell und in die Kirche von St. Andrew gehe, sollst du nicht von mir abhängig werden. Es wird keine freiere Frau zwischen Prudhoe und Hexham geben, das versprech ich dir. Und wenn du mich eines Tages anbrüllst, dann lach ich dich aus. Und ja, ja" – er nickte ihr mit einem breiten Lächeln zu –, „dann werd ich dir danken, denn an dem Tag werd ich wissen, daß du frei von Angst bist." Er fuhr sanft mit dem Finger um ihren Mund herum und sagte: „Du bist scheu, nicht wahr? Wie ein kleines Maräuschlein."

„O Colum!" Sie lächelte. „Und was ist ein Maräuschlein?"

„Nun, es ist ein nettes, kleines Wesen, lieb, freundlich." Er flüsterte ihr ins Ohr: „Es ist gütig und hat ein Herz, größer als sein Körper." Er küßte sie auf den Mund, dann auf die Wange. „Wir gehn einmal spazieren, und ich zeig dir eins. Wir wandern übers

Moorland und folgen dem Fluß. Und ein andermal nehmen wir den Wagen und fahrn geradewegs zum Meer, oder wir überqueren eine der schönen Brücken in Newcastle und fahrn bis nach Cullercoats. Weißt du, daß die Fischer in Cullercoats Seile von mir auf ihren Booten benutzen? Ja, das tun sie."

Das Geräusch von eilig nahenden Füßen ließ sie den Kopf zur Tür wenden; sie wurde aufgestoßen, und Barney kam herein und sagte: „Art Dixon, er kommt den Hügel rauf."

Colum nickte, dann wandte er sich an Kirsten und sagte ruhig: „Du könntest den Brief schreiben, von dem du gesprochen hast. Art kann ihn mitnehmen."

„Ja, das tu ich." Sie folgte ihm mit den Augen, als er hinausging, und hörte ihn „Ma!" rufen. Dann sagte er zu Barney: „Geh und sag's Dorry; sie stopft Federkissen in der Scheune."

Kirsten hörte, wie seine Schritte sich über die Kopfsteine entfernten. Sie lag einen Augenblick still und gespannt da. Es war elf Uhr morgens. Um diese Zeit hatte Mr. Dixon keinen Ausgang; er mußte mit einer Nachricht gekommen sein. Sie setzte sich langsam im Bett auf und langte zu dem kleinen Tisch hinüber, auf dem Tinte, ein Federhalter und zwei Bogen billiges Briefpapier lagen, die Colum gestern vom Markt mitgebracht hatte.

Sorgfältig und mit gestochener Handschrift begann sie zu schreiben: „Lieber Herr." Sie kam nicht weiter als: „Ich schreibe diese Zeilen mit Bedauern und möcht Ihnen sagen", da hörte sie Colum und Mr. Dixon in den Vorratsraum kommen. Als sie Colums Stimme hörte, hob sie ruckartig den Kopf. „Was hast du gesagt, Art?" fragte er. Der Ton seiner Stimme erschreckte sie.

„Du hast gehört, was ich gesagt habe, Colum", erwiderte Art.

„Ja, ich glaubte dich sagen zu hören: ‚Sie ist nicht nur die Amme des Jungen, wenn du verstehst, was ich damit meine. Das ist der Grund, weshalb er sie zurückhaben will.' Das hast du gesagt, nicht wahr?"

„Ja, ganz genau."

Sie starrten einander schweigend an, als Dorry und hinter ihr Elizabeth hereingestürmt kamen, aber beide blieben wie angewurzelt in der Küchentür stehen. Und auch Dan blieb erstaunt auf den Steinplatten vor der Tür des Vorratsraums stehen. Dann fuhr Art fort: „Hör zu, Colum, ich bin nur ein Dienstbote und tu, was man mir sagt. ‚Geh rauf', hat er gesagt, ‚und sag ihr, wir brauchen sie hier. Und gib dies Mrs. Flynn für ihre Mühe.'" Art hielt Elizabeth ein Kuvert hin, aber im nächsten Augenblick flog es in die Luft, und als es an die niedrige Decke schlug, hörten sie alle das dumpfe Klirren von Münzen, ehe es hinter eine Seilrolle fiel.

Arts Gesicht zitterte, und seine Fäuste waren geballt. Er sagte leise: „Wenn ich jünger wär, Colum, würdst du das nicht mit mir machen und immer noch auf deinen zwei Füßen stehn."

„Ach Mensch, Art." Dan packte Art am Ärmel, als er sagte: „Es geht nicht gegen dich, Art, das weißt du doch."

„Halt den Mund! Und macht, daß ihr rauskommt, alle miteinander!" Colums wütender Blick wanderte von Elizabeth und Dorry zu seinem Vater. Die Frauen gingen leise in die Küche und schlossen die Tür hinter sich; Dan zog sich hastig über die Kopfsteine zurück.

Während sie einander ansahen, fragte Colum: „Wie lange?", und Art murmelte mit gesenktem Kopf: „Oh, ein Jahr oder mehr; seit der berühmte Arzt aus London für das Kind da war. Von da ab wurden die Kinderzimmer in den Ostflügel verlegt, wo er seinen Arbeitsraum hat. Aber, Junge, ich hatte geglaubt, du weißt es; solche Dinge steigen wie Nebel vom Tal auf und verbreiten sich. Wenn ich eine Ahnung gehabt hätte, hätt ich mich geweigert, seine Nachricht zu überbringen, ob er mich rausgeschmissen hätte oder nicht. Aber wohlgemerkt, ich mach ihr keinen Vorwurf; was bleibt so einem jungen Ding wie ihr schon andres übrig? Aber was ich dir gesagt hab, ist die reine Wahrheit. Ich würd dir so was nicht sagen –"

Er wurde von Kirsten unterbrochen, die, in eine Decke gehüllt, im Türrahmen stand; ihr rechtes Auge zuckte heftig, und ihre Stimme war dünn und hoch. „'s ist nicht wahr, 's ist nicht wahr, Mr. Dixon! 's ist nicht wahr, Colum! Colum, 's ist nicht wahr!"

Sie standen da und blickten sie an. Aus ihren Augen sprach tiefer Kummer; aber sie deuteten ihn beide auf verschiedene Art. Colum meinte, sie würde ihm weiter die Unschuld vorspielen, mit der sie ihn gefesselt hatte. Er wußte, schon von dem Tag an, an dem er sie am Flußufer geküßt hatte, verbarg sie etwas vor ihm. Sie hatte sich damals verhalten, als ob sie irgendwie ein schlechtes Gewissen hätte. Aber seither nicht mehr; seither hatte sie es sehr gut verstanden, ihn hinters Licht zu führen.

Art stand da, das Kinn vor Mitleid auf die Brust gesenkt, und murmelte: „Ich soll dir etwas ausrichten, Mädchen. Der Herr sagt, du wirst dort unten vermißt, und sie warten auf dich.“ Dann hob er leicht den Kopf und sah sie an, ehe er sich abwandte und hinausging.

Am ganzen Körper zitternd, wandte sich Kirsten mit einer flehenden Geste an Colum; aber er erwiderte ihren Blick mit einem Ausdruck des unverhohlenen Abscheus und knurrte: „War er bei dir im Bett?“

Das rechte Auge geriet ihr völlig außer Kontrolle. Einen Augenblick starrte sie ihn mit offenem Mund an. Sie wußte nicht, was Mr. Dixon gesagt hatte, und so sagte sie ihm die Wahrheit. Zögernd, stammelnd begann sie: „An ... an ... einem Abend. Er war betrunken. Ich schlief. Er kam herein. Er ...“ Sie fuhr sich mit der Zunge über die Lippen. „Er legte sich aufs Bett, aber Colum, ich schwöre bei Gott, er hat mich nicht angerührt. Er wollte nur, wie er sagte, ein wenig Trost ...“

„Oh, allmächtiger Gott! Was glaubst du, mit wem du sprichst? Komisch, nicht wahr? Du bist angeblich gewaltsam von dem Kesselflicker mitgeschleppt worden, aber du wußtest, wo er sein Geld aufbewahrte. Du hättest weglaufen können, nicht wahr? Aber du hast's nicht getan. Und dann der große Herr; er ist zu dir ins Bett gekommen. Und er wollte nur ein wenig Trost!“ Auf seinem Gesicht lag jetzt ein teuflisches Lächeln. „Du stehst da und sagst mir, daß er mit dir im Bett war, warm und behaglich unter der Decke, und er hat dich, jung und schön wie du bist, nur um Trost gebeten? Nun, geh runter zu ihm, er wartet auf dich, und gib ihm seinen Trost ... Los, geh. *Geh schon!*“

Er starrte auf ihr rechtes Auge und verzog den Mund, als er murmelte: „Ich muß verrückt gewesen sein.“ Dann wandte er sich von ihr ab, blickte jedoch noch einmal kurz über die Schulter und sagte: „Wart einen Augenblick.“

Er stieß die Küchentür auf, und wenige Augenblicke später kehrte er mit einem kleinen Lederbeutel zurück, den er ihr vor die Füße warf. „Hier, nimm das, und wenn ich meine Seele verkaufen muß, ich werd dir zurückzahln, was ich ausgegeben habe.“ Dann ging er auf den Hof hinaus, und Kirsten war allein.

Einen Augenblick lang glaubte sie, sie werde zu Boden sinken; zitternd lehnte sie sich an die Tür und starrte auf den Beutel zu ihren Füßen. Dann merkte sie, daß Dorry sie an den Schultern gefaßt hatte und sagte: „Nur ruhig, Mädchen, nur ruhig.“

NIEMAND kam zur Tür, um Kirsten und Dorry zu begleiten. Dorry hielt sie am Arm und führte sie sanft über den sonnenbeschienenen Hof. Es war schwer sich vorzustellen, daß der letzte Schnee erst vor drei Tagen verschwunden war. Sie waren am Fuß des Hügels angelangt, erst dann sprach Dorry wieder. „Er ist der verdammteste, halsstarrigste Kerl, den Gott je geschaffen hat. Wenn's dir ein Trost ist, wir glauben dir, Elizabeth und Dan und die andern."

Sie hatten den Fluß erreicht, und Dorry half Kirsten liebevoll über das mit Kieseln bedeckte Ufer zu den Schrittsteinen; aber dort blieb sie stehen und sagte: „Wenn's dir nichts ausmacht, Mädchen, geh ich lieber nicht rüber. Ich kann nicht über die Steine gehen. Glaubst du, daß du's allein schaffen wirst?"

Kirsten nickte, dann sagte sie heiser: „O Dorry, mir ist so elend zumute."

Dorry sah sie an, und Tränen liefen ihr über die Wangen. Weinend lagen sie sich in den Armen, während Kirsten murmelte: „Ich ... ich werd euch nie wiedersehn."

„Das ist schnell gesagt, Mädchen. Gott wird dich nicht verlassen. Er bringt's wieder in Ordnung. So, und jetzt geh, denn wir machen's uns nur beide unnütz schwer." Sie schob Kirsten zu den Schrittsteinen und dem Leitseil, dann sah sie zu, wie sie zum anderen Ufer hinüberging. Als Kirsten sich umdrehte und die Hand zum Abschied hob, tat Dorry das gleiche. So blieb sie stehen, bis Kirsten die Wiese überquert hatte und aus ihrem Blickfeld verschwunden war.

Tiefe Schatten lagen über dem Park. Kirsten weinte immer noch, aber sie wußte, sie mußte aufhören, ehe sie das Haus betrat. Die Sicherheit und Liebe von „Tarn Abode" waren für sie ein für allemal verloren. Ihre Zukunft lag in diesem Haus. Aber was für eine Zukunft? Sie blickte durch die Bäume auf die Spitze des Giebels, die rosig im Sonnenlicht schimmerte. Wenn sie erst wieder drinnen war, würde Miß Cartwright es ein drittes Mal versuchen und möglicherweise Erfolg haben.

Sie zitterte jetzt am ganzen Körper, aber ihre Tränen hörten auf zu fließen, als hätten die Gedanken, die ihr durch den Kopf schossen, sie gefrieren lassen. Was würde Miß Cartwright als nächstes versuchen? Sie hörte sich wimmern wie ein Kind, das von Angst gepeinigt wird. Was sollte aus ihr werden?

Sie überquerte den Hof, ging durch die Seitentür hinein und die

Hintertreppe hinauf. Als sie bei der Doppeltür ankam, die zum Ostflügel führte, hörte sie hinter sich die schnellen Schritte des Herrn auf den Fliesen. Sie wußte, er war am Ende des Ganges stehengeblieben und sah ihr nach. Sie hielt den Kopf gesenkt. Bald war er an ihrer Seite und führte sie am Ellbogen den Korridor entlang in sein Atelier. Er nahm sanft den Schal von ihren Schultern und sah ihr lange in die Augen, ehe sein Blick zu der Stelle an ihrem Kopf wanderte, wo das Haar abrasiert war. Er fuhr mit dem Finger die sieben Zentimeter lange Narbe entlang. Dann sagte er leise: „Es ist schön, dich wiederzusehen."

„Vielen Dank, Herr."

„Hast du uns vermißt, das Kind und mich? Hast du dich darauf gefreut, zu uns zurückzukehren?" Noch während er das fragte, wußte er, daß es unfair war. Er hatte aus Dixons Bericht genügend herausgehört, um zu erkennen, daß seine Bitte, sie möge zurückkehren, dort drüben eine Idylle zerstört hatte. Er beobachtete das Auge. Es zuckte heftig; dann sank ihr Kopf auf die Brust, und er wußte, daß sie weinte. Er führte sie zu einem Sessel neben dem Kamin und fragte: „Warum weinst du?"

Sie hob den Kopf und blickte ihn durch ihre Tränen hindurch an, und dabei erwachte eine Hoffnung in ihr: Wenn er an Colum schreiben und ihm sagen würde, daß das, was er gehört hatte, nicht wahr sei, würde alles wieder gut werden. Und als er sie jetzt fragte: „Was bekümmert dich? Komm, sag es mir", begann sie mit leiser Stimme: „Man erzählt schlimme Dinge über mich, Herr . . ., und Colum Flynn, er wollte mich heiraten, und dann hörte er davon, und er will nicht glauben, daß es nicht wahr ist."

Sie wollte fortfahren, aber seine scharfe Stimme brachte sie jäh zum Schweigen. „Schlimme Dinge?" sagte er. „Man hat dich beschuldigt, schlimme Dinge mit mir zu tun, ja?"

Ihr Blick begegnete dem seinen, und sie stand plötzlich regungslos vor ihm, als er ausrief: „Und dieser Dummkopf hat das geglaubt?" Dann beugte er sich vor zu ihr und sagte: „Das ist gut. Ich bin froh, daß er das annimmt. Und wenn du vernünftig wärst, Mädchen, würdest du auch sagen, daß es gut ist, denn es zeigt dir den Charakter des Mannes, den du heiraten willst. Er verurteilt dich auf ein dummes Geschwätz hin, während er, wenn er nur ein bißchen Verstand besäße, sich hätte sagen müssen: Was konnte sie tun, wenn sie bei diesem Bullen dort unten in Stellung war? Er trägt die Schuld. So ist es." Er beugte sich hinunter, bis sein Gesicht nur noch wenige Zentimeter vor ihr war. „Was hättest du tun können, wenn ich beschlossen hätte, dich zu nehmen, hm? Beantworte mir das. Und wäre es dir so sehr zuwider gewesen?"

Sie sahen sich jetzt schweigend an, und als er sich aufrichtete, sagte er in ruhigem, beherrschtem Ton: „Hör mir jetzt aufmerksam zu. Ich möchte dich haben. Verstehst du mich? Ich möchte dich haben. Aber ich kann dir nicht die einträgliche Stellung der Herrin anbieten, denn ich weiß nicht, wie lange ich noch imstande sein werde, dieses Haus zu halten. Wenn die Lage sich nicht bessert, kann es sein, daß ich schon bald wie ein Förster im schwedischen Bergland leben werde. Aber wenn ich Glück habe, dann möchte ich, daß du –" Mit einer schnellen Bewegung ließ er sich neben ihr auf die Knie fallen, legte die Arme um ihre Taille und murmelte: „– daß du meine Liebste wirst, Kirsten."

Kirsten blickte wie hypnotisiert in die Augen dicht vor ihr. Sie hatte schon immer gewußt, daß der Herr sich nach ihr sehnte, und auch sie hatte sich nach ihm gesehnt, aber nicht ganz auf die gleiche Art. Ihr Gefühl für ihn glich mehr dem, das sie einem geliebten Vater entgegengebracht hätte. Aber auch das stimmte nicht ganz. Tief in ihrem Inneren fühlte sie eine große Zärtlichkeit für ihn. Sie hatte ihn immer trösten wollen. Sie hörte Colums Stimme, die spöttisch sagte: „Er wollte nur ein wenig Trost!", und der Schmerz über einen Verlust, so unwiderruflich wie der Tod, durchzuckte sie. Die Jugendliebe war zerstört. Sie hatte bei Colum nie den Wunsch verspürt, ihn zu trösten, denn er brauchte keinen Trost. Sie hatte Colum als einen Beschützer betrachtet. Er hätte sie auf eine Art beschützt, wie der Herr sie nie beschützen könnte. Aber dann war da der Haß, den Miß Cartwright gegen sie hegte. Selbst wenn sie auf den Vorschlag des Herrn einging, Miß Cartwright würde es nie zulassen; sie würde ihr nach dem Leben trachten.

Als sie vor ihm zurückwich und ihn sanft an den Schultern zurückstieß, wurde sein Gesicht hart, aber er zwang sich ruhig zu sprechen: „Du hast doch keine Abneigung gegen mich, oder doch?"

„Nein, Herr, ich habe Sie sehr gern."

„Warum weichst du dann vor mir zurück?"

„Weil" – sie neigte den Kopf –, „weil ich ... Colum liebe."

Er erwiderte kein Wort, aber als sie die Augen hob, sah sie einen Ausdruck auf seinem Gesicht, der sie mehr schmerzte, als jeder

Wutausbruch es hätte tun können; als er aufstand und sprach, ließen seine Worte sie vor Erstaunen den Mund aufsperren. „Solange du hier bist“, sagte er, „wirst du dich innerhalb des Hauses ausschließlich im Ostflügel aufhalten. Ich habe Befehl gegeben, daß das Mädchen, Rose Miller, dich bedient und deine Räume sowie die Kinderzimmer sauberhält; im übrigen werden nur Mrs. Poulter, Harris und Bainbridge Zutritt zum Ostflügel haben, und Bainbridge wird dich aus einiger Entfernung begleiten, wenn du mit dem Kind in den Park gehst; es ist alles geregelt ... Komm jetzt und sag ihm guten Tag; es hat dich vermißt.“

Er wußte es. Der Herr wußte über Miß Cartwright Bescheid.

Benommen stand sie auf und ging an ihm vorbei quer über den Korridor zum Kinderzimmer, aus dem ihr Lachen entgegenklang. Als sie die Tür öffnete, blieb sie erschreckt stehen. Im Zimmer waren das Kind, Rose ... und Miß Cartwright. Das Kind lachte, aber es war nicht Rose, die mit ihm spielte, es war Miß Cartwright; sie hielt den Jungen in den Armen und warf ihn in die Höhe. Als sie innehielt, lehnte das Kind sich an sie und schlang die Arme um ihren Hals. Auf ihrem Gesicht lag ein Ausdruck, wie Kirsten ihn noch nie an ihr gesehen hatte. Sie sah aus wie eine ganz gewöhnliche Frau, die vergnügt mit ihrem eigenen Kind spielte. Hatte der Herr ihr nicht erst vor wenigen Augenblicken zu verstehen gegeben, daß Miß Cartwright ihr nie wieder gegenübertreten würde? Und trotzdem war sie jetzt hier und spielte völlig ungezwungen mit dem Kind.

Auch Konrad starrte verblüfft auf Bella. Noch nie hatte er sie so gesehen. Gehörte das alles zu dem neuen Ich, das sie ihm während der letzten Tage präsentiert hatte? Er wußte mit Sicherheit, daß sie diejenige gewesen war, die Kirsten niedergeschlagen hatte. Nach ihrem Aufschrei bei der Nachricht, daß das Mädchen am Leben war, hatte er bis tief in die Nacht dagesessen und nachgedacht und war schießlich zu dem Schluß gelangt, Bella ein für allemal das Betreten des Ostflügels zu verbieten.

Aber als er am folgenden Morgen ins Eßzimmer gekommen war, hatte er sich einer völlig normalen, ja sogar heiteren Bella gegenübergesehen, der nichts von einer Krankheit anzumerken war und die, ihm freimütig in die Augen blickend, erklärt hatte, wie froh sie sei, daß man das Mädchen gefunden habe. Sie war so ruhig und gelassen gewesen, daß er an seinem eigenen Wahrnehmungsvermögen gezweifelt hatte. Und als er sie von ihrer künftigen eingeschränkten Bewegungsfreiheit unterrichtete, hatte sie ihn abermals in Erstaunen versetzt, indem sie liebenswürdig erwiderte: „Wenn du es wünschst, soll es so sein." Aber jetzt hatte sie ihm Trotz geboten. Sie war gegen seinen ausdrücklichen Wunsch hierhergekommen und spielte mit dem Jungen, wie eine Mutter es hätte tun können.

Er wollte ihr gerade befehlen, das Kinderzimmer zu verlassen, da kam sie auf Kirsten zu und sagte freundlich: „Oh, da bist du ja. Es freut mich zu sehen, daß es dir wieder gutgeht. Bist du –"

Die Stimme des Jungen unterbrach sie. Er rief: „Amme! Amme!", lief auf Kirsten zu, schlang die Arme um ihre Beine, blickte zu ihr hinauf und fragte: „Bist du verreist gewesen?" Dann drehte er sich zu Konrad herum, umarmte ihn mit der gleichen Geste rückhaltloser Freude und rief: „O Papa! Papa! Tante sagt, wir gehn spazieren, und wenn ich brav bin, setzt sie mich auf ein Pferd." Das Kind wandte sich um und sah Bella an, und es war der Ausdruck seiner Augen, der Kirstens Herz durchbohrte.

Sie schloß für einen Moment die Augen. Sie hatte ihn sein ganzes kurzes Leben lang geliebt und betreut, aber sie konnte sich nicht erinnern, daß er sie jemals mit solcher Liebe angesehen hatte, wie er jetzt diese schreckliche Frau ansah. Sie hob den Kopf beim Klang von Bellas Stimme, die dem Herrn sagte: „Rose hat mich rufen lassen. Das Kind hat geweint; es brauchte Gesellschaft." Bella streichelte den Kopf des Jungen. „Wir machen unseren Spaziergang ein andermal." Dann wandte sie sich ab und ging hinaus; Konrad folgte ihr.

„Also, das ist doch wirklich die Höhe!" Rose kam auf Kirsten zu. „Hast du gehört, was sie gesagt hat? Sie hat gesagt, ich hätte sie rufen lassen. So eine Lügnerin! Wir haben gespielt wie zwei Kinder, da kam sie plötzlich reingeschneit. Ich war jeden Tag hier, um Mrs. Poulter abzulösen, und 's hat keinen Tag gegeben, an dem sie nicht hier aufgetaucht ist. Das Komische daran ist, daß der Junge sich auf ihr Kommen freut. Nun, ich muß gehn. Wiedersehn, Kirsten. Ich bin froh, daß du wieder da bist."

„Auf Wiedersehn, Rose."

Der Junge kam jetzt zu Kirsten, und während sie ihn in die Arme nahm, überlegte sie sich, daß sie besser so bald wie möglich hier fortgehen sollte, denn eine freundliche Miß Cartwright war viel gefährlicher als eine schroffe und zornige.

IM HAUS herrschte spürbare Erregung. Mrs. Ledge, die Köchin, versicherte in der Küche, sie mache sich keine Sorgen, denn sie könne jederzeit eine neue Stellung bekommen. „Aber keine so angenehme wie diese", warf Mary Benton, das erste Hausmädchen, ein. Rose war die einzige, die nicht allzu beeindruckt zu sein schien. Das Schiff sei noch nicht gesunken, erklärte sie. Der Herr sei in London, und ihr Vater sage, Männer wie der Herr könnten in London an einem Tag ein Vermögen verlieren und es am nächsten wiedergewinnen. Sie sollten abwarten, bis der Herr in drei Tagen zurückkäme. Slater und Mr. Harris hatten lange Unterredungen in der Anrichte. Der Herr, sagte Harris, sei am Ende seiner Weisheit angelangt. Die Aktien von zwei seiner Hauptgesellschaften seien dahingeschmolzen wie Schnee in der Sonne. Er sei der Meinung, daß der Herr hier alles verkaufen und nach Schweden gehen werde.

Nur die Herrin wurde nicht von der trüben Stimmung berührt, die über dem Haus lag; Florence hatte ihre eigenen Pläne, und es war jetzt nur noch eine Frage von Stunden, bis sie dieses Haus – und *ihn* – verlassen würde. Morgen um diese Zeit würde Gerald mit der Kutsche an der Zollschranke sein, und zwei Stunden später würden sie sich an Bord eines Schiffes befinden, das nach Schweden fuhr. Sie mußte lachen, wenn sie daran dachte, daß sie ausgerechnet in *sein* Land fliehen würden. Aber sie würden sich nicht lange in Schweden aufhalten. Gerald hatte alles bis ins kleinste Detail vorbereitet.

Jetzt stand sie vor einer reichverzierten Kommode, schloß eine Schublade auf und holte eine Schatulle heraus, in der die Juwelen lagen, die ihr und Gerald auf einige Jahre hinaus ein sorgenfreies Leben ermöglichen würden.

Als sie die Schatulle neben eine kleine schwarze Reisetasche stellte, blickte sie auf die Uhr und zählte die Stunden, die sie von der Freiheit trennten – es waren dreiundzwanzig. Das einzige, was ihr noch Sorgen bereitete, war das Wetter, denn es hatte in den letzten zwei Tagen stark geregnet. Wenn es nicht bald aufhörte, würde die Straße zur Zollschranke unbefahrbar sein. Aber sie hatten auch daran gedacht und waren zu dem Schluß gekommen, daß sie sich darauf einrichten mußten, notfalls zu Fuß bis Prudhoe zu gehen, wo sie einen Zug zum Hafen nehmen würden.

Während sie ein paar notwendige Kleidungsstücke in die Reisetasche packte, hätte sie am liebsten vor Freude zu singen angefangen, denn morgen würde sie wieder frei und jung sein wie ein Backfisch, der sie innerlich immer noch war.

Bella wußte nichts Genaues über Florences Pläne, aber sie nahm an, daß sie vorhatte, mit Gerald davonzulaufen; und der Gedanke versetzte sie nicht in Angst und Schrecken, wie er es noch vor einem Jahr getan hätte, denn jetzt hatte sie ihre eigenen Pläne. Selbst die Tatsache, daß der Haushalt vermutlich über kurz oder lang aufgelöst werden würde, beunruhigte sie nicht; im Gegenteil, das förderte ihr Vorhaben.

Nur noch ein Hindernis stand ihr im Weg, und sie machte sich daran, es langsam zu beseitigen. Das tat sie jetzt tagtäglich, wenn Konrad abwesend war.

Als Bella die Tür zum Kinderspielzimmer öffnete, blieb Kirsten, die im Begriff war, ins Schlafzimmer des Jungen zu gehen, im Türrahmen stehen und drehte sich um. Sie hielt ein Bündel Unterwäsche in den Armen, und Bella bemerkte, daß sie es fest an ihre Brust preßte. Sie war überrascht, als das Mädchen sagte: „Es wird Sie freuen zu hören, daß ich fortgehe, Miß Cartwright. Und ich hätte gern einen freien Tag, um meine Vorbereitungen zu treffen."

Bella sah auf die schlanke Gestalt vor sich. Das Gesicht des Mädchens war blaß, aber seine Augen blickten heute ruhig und klar, und Bella war aufs neue verblüfft über die zarte Schönheit seiner Züge. Mit kaum verhohlener Ungeduld fragte sie: „Wann willst du deinen freien Tag haben?"

„Morgen."

„Einverstanden. Wohin wirst du gehen?"

„Ich habe vor, mir eine Stellung in Newcastle zu suchen."

„Das ist sehr klug von dir."

„In Ihren Augen ist es das zweifellos, Miß Cartwright."

Bella spürte eine seltsame Unerschrockenheit, eine bisher ungewohnte Reife im Verhalten des Mädchens; es stand Bella jetzt wie eine Frau gegenüber. Vielleicht hatte die Reife ihr endlich Weisheit beschert. Aber wieviel Elend hätte vermieden werden können, wenn das Mädchen diesen Entschluß zwei Jahre früher gefaßt hätte. Bella holte kurz Luft, ehe sie sagte: „Das Kind wird dich nicht vermissen." Und Kirsten erwiderte: „Das weiß ich."

„Du solltest dich darüber freuen."

Kirsten sagte nichts darauf, sondern drehte sich um und ging, die Unterwäsche immer noch an die Brust gepreßt, ins Schlafzimmer des

Kindes. Bella sah ihr nach und stieß einen tiefen Seufzer aus. Gott sei Dank, es war beinahe vorüber, und sie würde nicht noch einmal in Versuchung geraten.

Spät am Nachmittag fuhr Konrad mit einem Mietwagen vor dem Hause vor und betrat, nachdem er den Kutscher reichlich für die Fahrt durch den strömenden Regen entlohnt hatte, die große Halle, noch ehe irgend jemand seine Ankunft bemerkte. Slater, der gerade aus der Bibliothek kam, beeilte sich, Konrad aus dem Mantel zu helfen, und sagte: „Wir haben Sie erst morgen erwartet, Herr. Die Herrin nimmt auf ihrem Zimmer eine leichte Mahlzeit zu sich, ehe sie einen Besuch macht, und Miß Cartwright hat gesagt, sie wird ebenfalls oben essen."

Konrad sah Slater an. Einen Besuch bei diesem Regen! Er hatte es noch nie erlebt, daß Florence bei Regen ausfuhr. Als er zur Treppe ging, bemerkte er: „Der Fluß steigt sehr schnell. Es sieht bedrohlich aus; weiter südlich sind eine Reihe von Feldern bereits überschwemmt. Ist irgendeine Nachricht von der Farm gekommen?"

„Bis jetzt noch nicht, Herr."

Konrad blieb stehen, eine Hand auf dem Treppengeländer, und sagte scharf: „Das ist eine grobe Nachlässigkeit. Schicken Sie sofort jemanden hinunter, und lassen Sie fragen, wie es dort aussieht."

„Jawohl, Herr."

Florence will einen Besuch machen! Für wen würde sie bei solchem Wetter das Haus verlassen? Als er sich selbst die Antwort auf diese Frage gab, war ihm alles klar. Nein, bei Gott!

Er öffnete die Tür zum Boudoir, und dort stand sie, ein langes blaues Reisecape über den Schultern. Sie trug eine kleine Kappe, die mit Bändern unter dem Kinn befestigt war, und braune Ziegenlederstiefel an den Füßen. Ein Paar Handschuhe mit breiten Stulpen lagen auf dem Tisch; daneben stand eine schwarze lederne Reisetasche und neben ihr eine mit Perlmutt verzierte Schmuckschatulle.

Während er langsam auf sie zuging, fragte er ruhig: „Du willst einen Besuch machen?" Sie erwiderte nichts, und er beobachtete sie, wie sie die Schmuckschatulle aufhob, sie in die Reisetasche steckte und das Schloß zuschnappen ließ. „Wen willst du besuchen?" fragte er, immer noch ruhig und beherrscht.

„Die ... Ramshaws." Sie sah aus, als sei sie im Begriff zusammenzubrechen.

„Ich kann mich nicht erinnern, daß wir irgend jemanden dieses Namens kennen."

„Es sind Leute, die ich bei meinem letzten Besuch in London kennengelernt habe."

„Oh!" Er hob leicht die Brauen und legte die Hand auf die Reisetasche. „Sie veranstalten offenbar ein großes Fest, wenn du es für nötig hältst, deine Schmuckschatulle mitzunehmen."

„Ich nehme immer meinen Schmuck mit, wenn ich jemanden besuche, das weißt du sehr wohl."

Er öffnete das Schloß der Reisetasche, aber sie hielt sie fest und schrie: „Nein! Nein! Rühr ihn nicht an, er gehört mir. Ich kann damit tun, was ich will. Du hast ihn mir geschenkt."

Konrad nahm die Schmuckschatulle heraus, öffnete sie und blickte auf die Kopien der Erbstücke, die seit vielen Generationen im Besitz seiner Familie gewesen waren. Er ließ das Diadem am Finger baumeln und sagte: „Man verschenkt keine Familienerbstücke. Die Juwelen waren für deinen Gebrauch bestimmt, solange du meine Frau bist. Was diese hier betrifft" – er schwenkte das Diadem hin und her –, „diese Juwelen, die du für dich beanspruchst, sind nur billige Imitationen der gestohlenen Originale, die ich nicht ersetzt habe, weil ich zu jener Zeit eine bessere Verwendung für das Geld hatte."

Sie wich vor ihm zurück und flüsterte: „Du lügst. Es sind keine Imitationen. Sag mir, daß es keine sind."

„Aber ich sage dir doch, daß es welche sind, meine Liebe." Er ging ruhig am Tisch entlang, während sie langsam zur Schlafzimmertür zurückwich. „Du würdest mehr Geld für die Kleidung bekommen, die du trägst, als für diesen Schund."

Sie schlug ihre Hände vor das Gesicht und schwankte vor und zurück. Dann schrie sie mit kreischender Stimme: „Du Teufel! Du fetter, häßlicher Teufel!"

Sein Ton war sanft, als er fragte: „Warum bist du so erregt? Ich werde dir sagen, warum. Du wolltest mit dem lieben Gerald davonlaufen, nicht wahr? Du hattest vor, von dem zu leben, was du für die Juwelen bekommen würdest. Du hättest ihn ausgehalten, wie seine liebe Mama es sein ganzes Leben lang getan hat." Er stützte sich auf den Tisch. „Du hattest es schon seit Monaten geplant, nicht wahr? Ich bin zu früh zurückgekommen. Nun, laß mich dir sagen, selbst wenn du mir entkommen wärst, ich wäre dir gefolgt und hätte dich zurückgeholt. Glaub ja nicht, daß ich mich von dir bloßstellen lasse. Eher würd ich dir die Kehle durchschneiden... Mein Gott!“ Abgrundtiefe Verachtung lag in seiner Stimme, als er rief: „Du würdest ohne die geringsten Bedenken fortgehn und dein Kind im Stich lassen! Vielleicht siehst du es nicht oft, aber du bist seine Mutter, und das wirst du auch bleiben.“ Er schüttelte jetzt den Kopf, als er hinzusetzte: „Gott allein weiß, wie du törichtes Weib so ein kluges Wesen wie ihn gebären konntest.“

Sie brach in ein schallendes, freudloses Gelächter aus, das wie das Gelächter einer Irren klang. „Hör auf, Frau! Hör auf!“ rief Konrad.

Als er langsam auf sie zuging, preßte sie sich gegen die Schlafzimmertür und schrie: „Er ist nicht aus meinem Leib gekommen! Und nicht aus deinem! Dein Sohn! Oh, ist das komisch, so komisch! Ich habe mich oft nachts vor Lachen im Bett gewälzt. Zuerst hatte ich Angst, du würdest es erfahren, und dann sagte ich mir: Wäre es nicht wundervoll, wenn ich es dir ins Gesicht schreien könnte? Und es ist wundervoll! *Wundervoll!* Dein Sohn! Du hast nie einen Sohn gehabt. Diese Mißgeburt dort drinnen“ – sie deutete in Richtung des Kinderzimmers –, „dein angeblicher Sohn, der ist oben auf dem Heuboden zur Welt gekommen, und deine liebe kleine Amme ist seine Mutter. Und ein Kesselflicker war sein Vater. Hörst du? Ein Kesselflicker! Mein Kind ist tot geboren worden, und ich bin froh darüber, ich bin froh. Es ist meins, das dort unten im Park begraben ist, nicht das ihre!“

In der Stille, die sich über den Raum legte, war kein Echo von dem ungeheuerlichen, tosenden Zorn zu hören, der wie Wasser durch einen geborstenen Damm sein Inneres überflutete. Er merkte nicht, daß die Tür sich geöffnet und jemand das Zimmer betreten hatte, er wußte nur, daß sie dies nicht erfunden haben konnte; was für einen Nutzen würde es ihr bringen? Sie mußte die Wahrheit gesagt haben, und wenn das so war, hatte er keinen Sohn. Es lag ein Fluch auf ihm. Er hatte keinen Sohn! Er würde niemals einen Sohn haben! Trotzdem schrie er: „Du bist eine Lügnerin, Frau! Du bist die größte Lügnerin der Welt!“

Er rührte sich nicht, bis er ihre Stimme hörte: „Frag Bella. Meine mütterliche Beschützerin hat die Kinder ausgetauscht und dir einen Sohn gegeben, um dich glücklich zu machen. Sie liebte dich so sehr, daß sie dir einen Sohn gekauft hat.“

Er sprang auf sie zu, und mit dem Gewicht seines Körpers, die Hände an ihrem Hals, drückte er sie zu Boden.

„Laß los! Konrad! Um Himmels willen!"

„Herr! Herr!" Jemand riß seine Finger vom Hals weg.

Als Bella Florence befreit hatte, half sie ihr auf, schob sie ins Schlafzimmer und rief: „Schließ die Tür ab!" Dann wandte sie sich um und sah, daß Slater und Bainbridge Konrad beim Aufstehen helfen wollten.

„Macht, daß ihr rauskommt!"

Die Männer folgten rasch seinem Befehl, und als die Tür sich hinter ihnen geschlossen hatte, stand er da wie ein Bulle, die Schultern nach vorn gebeugt, den Kopf gesenkt, als ob er zum Angriff übergehen wollte. Dann hob er langsam die Brauen und richtete den Blick auf Bella, und der Ausdruck seiner Augen war so schrecklich, daß sie unwillkürlich zurückwich. Aber noch ehe sie die Tür erreichen konnte, gruben sich seine Finger in ihre Schultern, und er stieß sie mit solcher Kraft an die Wand, daß ihr Kopf dagegen schlug und das Zimmer sich vor ihren Augen zu drehen begann. „Ist es wahr? Sag's mir, Bella!"

Panische Angst veranlaßte sie, es zu leugnen. *„Nein! Nein!"* Denn sie wußte, daß er in seiner gegenwärtigen Verfassung imstande war, sowohl sie als auch Florence zu töten.

„Warum hat sie dann etwas so Teuflisches gesagt?"

Seine Stimme klang wie Donner, und sie stieß keuchend hervor: „Verrückt."

Er sah sie mit einem verstörten Blick an, dann rief er: „Sie hat gesagt, du hättest das Kind von dem Mädchen gekauft."

Das Mädchen! Langsam nahm er die Hände von Bellas Schultern; dann war er mit einem Satz zur Tür hinaus; Bella wankte hinter ihm her und rief: „Warte, Konrad! Warte!" Als sie ins Kinderzimmer kam, sah sie, daß Konrad jetzt das Mädchen festhielt, wie er sie festgehalten hatte.

Kirsten war noch nicht länger als zehn Minuten im Haus. Sie hatte ihre nassen Sachen abgelegt und trockene Kleidung angezogen, während Rose ihr von den Possen des Kindes während ihrer Abwesenheit erzählte. Als Rose fort war, hatte sie trübsinnig vor dem Feuer gesessen, von Heimweh bedrückt, denn binnen einer Woche würde sie dieses Haus für immer verlassen. Ihre Augen waren von einem vertrauten Gegenstand zum anderen gewandert, bis sie an dem Kind hängengeblieben waren, das vor einem Haufen bunter Bauklötze saß; und während sie sich noch überlegte, daß sie es nun niemals sicher laufen sehen würde, wurde die Tür krachend aufgestoßen, und herein kam der Herr, in einer Verfassung, in der sie ihn noch nie zuvor gesehen hatte. Sie hatte ihn in blindem Zorn gesehen, aber dies war mehr als Zorn.

Als er sie an den Armen packte, stieß sie einen unterdrückten Schrei aus und starrte ihn mit großen Augen an, während er auf das Kind blickte, das erschreckt vor ihm zurückwich.

„Dieses Kind – von wem ist es?" Sein Gesicht wandte sich langsam dem ihren zu. „Sag mir sofort die Wahrheit, Mädchen, oder ich würge dich so lange, bis du sie mir sagst. Hast du dieses Kind zur Welt gebracht? *Sag es mir!*"

Ihr rechtes Auge flackerte wie wild. Sie sah jetzt über Konrads Schulter hinweg in das Gesicht von Miß Cartwright, das den gleichen Schrecken ausdrückte, den auch sie empfand, während sie ihr gleichzeitig etwas zu verstehen geben wollte, denn Miß Cartwright hatte die Hände wie im Gebet gefaltet; sie hielt sie vor ihr Gesicht und bewegte sie auf und nieder, und jede Bewegung flehte sie an, bat sie, ebenso wie die Augen über den Händen, die Wahrheit zu leugnen.

Sie hätte vielleicht nicht auf das Flehen der Frau reagiert, die versucht hatte, sie umzubringen, aber als sie so heftig geschüttelt wurde, daß ihre Zähne klapperten, und sie das verzerrte Gesicht des Herrn sah, wurde ihr klar, daß sie um ihrer aller willen, vor allem jedoch um seiner selbst willen, lügen mußte. Und so rief sie: „Nein! Nein, Herr! Meins ist gestorben. Es war zu schwach, um am Leben zu bleiben."

Die Hände, die ihre Arme umklammert hielten, lockerten sich. „Lügst du mich auch nicht an, Mädchen?"

„Nein, Herr."

Er ließ sie los, und sie taumelte zurück, sank auf den Stuhl am Fenster und schloß einen Moment fest die Augen. Als sie sie wieder öffnete, stand der Herr vor dem Jungen und blickte auf ihn hinunter. Und der Junge blickte zu ihm hinauf. „Papa!" Das Wort kam zögernd von seinen Lippen. „Ist Papa böse?"

Konrad hob das Kind auf und sah es aufmerksam an. War dies sein Sohn? Er musterte jeden Gesichtszug und verglich ihn mit seinen eigenen, aber er konnte nirgends eine Übereinstimmung entdecken. Seine Augen wanderten zu Kirsten, dann wieder zu dem Kind. Auch ihre Züge stimmten nicht überein, abgesehen vielleicht von der Form der Augen.

„Papa. Papa." Das Kind streckte die Arme aus. Konrad zog es an sich, und als der Junge seinen Kopf an ihn schmiegte, rief er im stillen: Er muß meiner sein, er muß!

Es war die Wertlosigkeit der Juwelen, die Florence veranlaßt hatte, sich solch eine niederträchtige Lüge auszudenken, einfach, um ihn zu verletzen. Was würde sie jetzt tun? Sie war zu sehr aufs Geld aus, um mit einem völlig mittellosen Liebhaber davonzulaufen; aber nach diesem Zwischenfall würde ein weiteres Zusammenleben, und sei es auch nur zum Schein, unmöglich sein. Doch woher sollte er die Mittel für zwei getrennte Haushalte nehmen? Und er würde für Bellas Lebensunterhalt sorgen müssen. Er mußte den gesamten Besitz verkaufen und hoffen, daß der Betrag, den er dafür bekam, den größten Teil seiner Schulden decken würde; und danach würde ihm wohl nichts anderes übrigbleiben als das Jagdhaus in Schweden.

Auf der Rückreise von London hatte er sich mit dem Gedanken abgefunden; er hatte sich sogar auf das neue Leben gefreut. Keine Verpflichtungen, außer denen des täglichen Lebens, und nur er und das Kind... und sie. Er blickte zu Kirsten hinüber. Die Pupille ihres rechten Auges war kaum noch zu sehen; sie war zutiefst beunruhigt. Seltsam, wie sein Leben sich verändert hatte, seit sie als Amme des Kindes ins Haus gekommen war. Aber – und dies war immer noch die Frage – war sie wirklich nur eine Amme gewesen? Der Junge war mit Rachitis geboren worden, und Rachitis war die Folge von Unterernährung. Es war lächerlich, sich vorzustellen, daß irgend jemand in seiner oder in Florences Familie an Unterernährung gelitten haben könnte. Er fuhr mit der Hand über die dünnen, krummen Beine des Jungen, dann ging er zum Fenster und sah hinaus. Der Regen hatte aufgehört, und die Sonne kam blaß zwischen den Wolken hervor, aber es ging jetzt ein starker Wind. Als er hinunterblickte, tauchte am Fuß der Stufen eine Gestalt auf; und gleichzeitig sah er den Wagen aus dem Hof kommen.

Sie ging tatsächlich fort. Ohne Mittel für ihren Lebensunterhalt ging sie fort. Sie bot ihm Trotz. Bei Gott! Er würde sich nicht ein zweites Mal zum Hahnrei machen lassen. Wenn sie sich trennten, würde er derjenige sein, der die Initiative ergriff. Er schob Kirsten das Kind zu, öffnete das Fenster, beugte sich hinaus und brüllte: „Florence! Bleib! Ich verbiete dir fortzugehn!"

Sie wandte ihm das Gesicht zu; es war blaß, ein wirrer Ausdruck lag auf ihren Zügen; dann sah er, daß sie zum herankommenden Wagen blickte, und er rief dem Kutscher zu: „Fahren Sie zurück in den Hof! Haben Sie mich gehört, Mann?"

Der Kutscher sah zum Fenster hinauf; dann machte er kehrt und fuhr in den Hof zurück.

Als Konrad wieder zu Florence blickte, lief sie, den Rock mit beiden Händen hochhaltend, die Auffahrt hinunter. Das Wimmern des Kindes und Bellas Protest folgten ihm zur Tür. Dann war er fort. Kirsten und Bella sahen sich schweigend an, bis dann Bella sich abwandte und hinauswankte.

Kirsten, die immer noch das weinende Kind in den Armen hielt, ging zum Fenster. Kurz darauf sah sie den Herrn die Auffahrt hinunterstürmen, aber er war binnen weniger Sekunden aus ihrem Blickfeld verschwunden.

Dann sah sie in der Ferne eine Gestalt quer durch den Park schießen. Es war die Herrin, deren wogendes Cape einer tiefhängenden, von der Sonne beschienenen Wolke glich. Aber warum war sie von der Auffahrt abgebogen? Vielleicht weil sie außerstande gewesen wäre, das Tor zu öffnen, ehe der Herr sie einholte, und sie Angst vor ihm hatte. Der einzige Fluchtweg, der ihr jetzt noch offenstand, war der Fluß, und der Fluß war im Steigen begriffen. Es würde ihr nie gelingen, die Schrittsteine zu überqueren. Großer Gott! Wenn der Herr sie einholte, was würde er tun?

Kirsten setzte den Jungen auf den Boden und rief ihm zu: „Bleib hier, bis die Amme zurückkommt!" Ohne auf seine Protestschreie zu achten, lief sie aus dem Kinderzimmer und stürmte die Hintertreppe hinunter. Dann rannte sie, die Röcke bis über die Knie gehoben, in rasender Eile durch den Rosengarten, am Teich vorbei und um die Treibhäuser herum. Schließlich kam sie zum Rand der Wiese, die zum Fluß hinunterführte. Und dort am anderen Ende war die Mauer, die die Grenze zwischen dem Besitz des Herrn und dem kostbaren Streifen Land der Flynns kennzeichnete. Dort waren die Schrittsteine, fast völlig überspült. In rasender Eile lief die Herrin über den wasserbedeckten Kies auf sie zu. Der Herr hinterher.

Kirsten sah, daß der Herr stehenblieb, und sie hörte über den Lärm des Windes hinweg seine Stimme: „Florence! Florence!" Ihr Blick wanderte zur anderen Seite des Flusses, und dort waren die Flynns. Dorry und Dan stiegen, einen großen Balken hinter sich herziehend, die Uferböschung hinauf. Und am Rand des Wassers fischten Barney und Sharon Trümmer aus dem Fluß. Ein Stück weiter unten am Ufer, gegenüber der Stelle, wo sie selbst sich befand, stand Colum, die Hosen aufgekrempelt, in dem wirbelnden Wasser und starrte wie gebannt auf die beiden Gestalten in der Nähe der Schrittsteine.

Kirsten sah, wie die Herrin nach dem Leitseil griff und den Fuß auf den ersten Schrittstein setzte, der noch nicht überspült war, aber als sie auf den zweiten Stein trat, wirbelte das Wasser um ihre Röcke.

„Florence! Komm zurück! Es ist alles in Ordnung!" Konrads Stimme war jetzt ein schriller Schrei. „Ich sag dir, es ist alles in Ordnung. Bleib stehn!"

Florence achtete nicht auf seine Worte, sondern machte den dritten Schritt. Konrad stand jetzt mit einem Fuß auf dem ersten Stein, aber er ging nicht weiter; er wußte, wenn er ihr näher kam, trieb er sie in den tosenden Fluß. Florence, die jetzt keine Angst mehr spürte, ging trotzdem vorsichtig weiter. Ihr Blick war nach unten gerichtet, während ihre Hände das Seil umklammert hielten, das sich gestrafft hatte und ihr jetzt mehr Halt bot; sie sah nicht, daß Dan Flynn und Barney am anderen Ende mit aller Kraft daran zogen.

Sie hatte gerade den mittleren Stein erreicht, da wirbelte ein Brett, das sich von einem treibenden Holzstoß gelöst hatte, gegen ihre Fußknöchel und stieß sie wie zwei Strohhalme vom Stein herunter. Auf Florences gellenden Schrei stürzte Konrad zu ihr hin, und es dauerte nur wenige Sekunden, bis er bei ihr war. Sie hielt sich immer noch krampfhaft am Seil fest, während sie in dem tosenden Wasser hin und her geworfen wurde.

In dem Augenblick, als Konrad sich, mit einer Hand das Leitseil umklammernd, vornüberbeugte und nach ihrer Hand griff, wälzte sich der Rest des Treibholzes über die Steine, schlug ihm von hinten gegen die Beine und riß sie beide mit.

Kirsten stand wie erstarrt da. Sie hörte weder den Wind noch das Tosen des Wassers; die Welt kam ihr verödet vor. Dann wurde die Stille von dem Lärm wilder Schreie zerrissen. Sämtliche Flynns schrien Colum zu, er solle zurückkommen, als er sich mühsam zur Mitte des Flusses durchzukämpfen begann. Ein Stück weiter flußaufwärts sah Kirsten für den Bruchteil einer Sekunde den Herrn und die Herrin, deren Hände immer noch vereinigt waren. Dann verschwanden sie in dem wirbelnden Schaum.

Sie bemerkte nicht, daß sie bis zu den Knien im Wasser stand. Als sie den Kopf des Herrn aus der dahinschießenden Masse von Holz und Trümmern auftauchen sah, schrie sie und deutete auf ihn. Aber die Flynns standen alle am Ufer und starrten auf Colum, der gegen den Strom zu schwimmen versuchte, aber schnell flußabwärts getrieben wurde.

Kirsten lief, so rasch sie konnte, das Ufer entlang, bemüht, ihn nicht aus den Augen zu verlieren. Als sie zur Biegung des Flusses kam, mußte sie innehalten; das Wasser hatte die Bäume erreicht. Aber sie konnte sehen, daß Colum gegen den Felsen auf der anderen Seite getrieben worden war, dem Felsen, an den er sich damals geklammert hatte, als er die Deichsel aus dem Wasser holte. Er hielt sich mit einer Hand an ihm fest, während er mit der anderen nach einer Gestalt im Wasser griff; und vom Ufer bis zum Felsen standen, einer neben dem anderen, Dan, Dorry, Barney und Sharon und bildeten, sich an den Händen haltend, eine lebende Kette.

Es schien, als ob die Kette selbst fortgespült werden würde, denn sie war nicht lang genug; aber dann sah Kirsten wie durch ein Wunder Kathie und Michael am Ufer auftauchen, und mit ihrer Hilfe gelang es den Flynns, Colum an Land zu ziehen, und er seinerseits zog eine schwere, schlaffe Gestalt hinter sich her.

Kirsten schloß die Augen, und als sie sie wieder öffnete, lagen am anderen Ufer Colum und der Herr Seite an Seite.

Und dann sah sie Elizabeth und Barney mit einer Trage aus Zeltleinwand von den Schrittsteinen her kommen. Wenig später zog ein Troß auf der gegenüberliegenden Seite an ihr vorüber. Elizabeth und Dan hielten jeder ein Ende der Stange, die vorne durch die Zeltleinwand lief, und an einer Seite der hinteren Stange waren Barney und Sharon, während Colum das andere Ende hielt. Kathie und Michael folgten ihnen, und keiner guckte über den Fluß. Es war, als ob sie niemals existiert hätte, sondern ein Geist wäre, der auf eine Szene blickte, die sich vor langer Zeit abgespielt hatte.

Sie ging am Ufer zur Wiese zurück, und als sie die umgestürzte Ulme sah, erkannte sie, daß sie schuld an allem war, was sich zugetragen hatte. Sie hatte einen Fluch über das Haus gebracht; sie hatte den Herrn und die Herrin getötet. Sie brachte Unheil, wie alle von ihr sagten, denn wäre sie nicht an diesen Baum gespült worden, so wäre nichts von alledem geschehen. Der Herr hatte sich einen Sohn gewünscht, und er hatte durch sie einen Sohn bekommen, und das

hatte ihn das Leben gekostet. O Herr, Herr! Mit einem leisen Klagelaut ging sie weiter.

Als sie vom unteren Rasen her zur Auffahrt kam, packte jemand sie plötzlich energisch am Arm; sie wandte sich erschreckt um und sah sich einer völlig aufgelösten Mrs. Poulter gegenüber, die zornig fragte: „Wo bist du gewesen, Mädchen?"

Ihr Atem stockte. „Der Fluß ... der Herr und die Herrin."

Mrs. Poulter schüttelte sie und sagte: „Kümmerst dich um andrer Leute Angelegenheiten statt um deine eigenen. Wenn Miß Cartwright das Kind nicht zufällig vom Korridorfenster aus gesehn hätte, wär's im Abflußgraben ertrunken. Läßt es einfach allein umherwandern ... Oh, geh mir aus den Augen, Mädchen! Geh in mein Zimmer; dort baden sie es, und wenn Miß Cartwright dir den Hals umdreht, werd ich sie nicht daran hindern."

Kirsten lief stolpernd durch die Seitentür und den halbdunklen Korridor zum Zimmer der Haushälterin. Als sie die Tür öffnete, sah sie in der Mitte des Zimmers eine Badewanne aus Zink, in der das Kind saß, und neben der Wanne knieten, jede auf einer Seite, Miß Cartwright und die Köchin. Sie hörten beide auf, das Kind zu waschen, und starrten Kirsten an. Das Kind wimmerte leise. Miß Cartwright sah zerzaust und schmutzig aus; die Vorderseite ihres Kleides war mit dem gleichen, dunklen, übelriechenden Schlamm bedeckt, der die Kleidung des Kindes, die auf einem Haufen am Boden lag, unkenntlich machte. Als Miß Cartwright aufstand und auf sie zukam, wich Kirsten einen Schritt zurück, dann lehnte sie sich an die Tür.

„Wo bist du gewesen? Weißt du, daß er nur durch einen glücklichen Zufall überhaupt noch am Leben ist? Ein paar Minuten später, und er wäre erstickt!"

Die Stimme schmerzte sie in den Ohren; sie konnte sie nicht ertragen. Das Kind war in Sicherheit – es saß dort in der Badewanne –, aber der Herr war tot. Doch Miß Cartwright sorgte sich nicht um den Herrn, nur um das Kind. Sie mußte es sehr lieben, daß sie es so vom Abflußgraben heraufgetragen hatte, der tief und kotig war, denn er führte den Überlauf aus der Senkgrube zum Fluß hinunter. Die Herrin ist im Fluß ... für immer.

„Die ... die Herrin ... im Fluß. Und ... und der Herr."

„Was? Sprich deutlich, Mädchen! Sprich deutlich!"

„Tot, ertrunken, im Fluß; die Herrin und der Herr."

Als sie langsam an der Tür hinunterglitt und Dunkelheit sie

umhüllte, klang die kreischende Stimme der Köchin in ihr nach: „Unglücksvogel! Unglücksvogel! Seit sie den Fuß in dieses Haus gesetzt hat, verfolgt uns ein böses Omen. Und jetzt ist der Tod über uns! O mein Gott! Der arme Herr, die arme Herrin!"

„DAS Leben ist seltsam", sagte Dorry, während sie das Mark aus einem Knochen kratzte. Sie sah über den weißgescheuerten Tisch hinweg zu Elizabeth hinüber, die Hühnerbrühe durchseihte. „Wenn ich dir vor ein paar Wochen gesagt hätte, daß der Herr der ‚Abtei' in einem deiner Betten liegen würde und daß ein Lord und sein Sohn nach Mitternacht an unsre Tür kommen würden, hättst du mich für verrückt erklärt. Ist's nicht so? Und doch ist's geschehn."

„Ja, es ist geschehn, Dorry."

„Weißt du, ich hab diesen Mann gehaßt, weil Colum ihn haßte." Sie lachte leise, dann fuhr sie fort: „Aber das Komische daran ist, 'Lizabeth, er ist liebenswert, findest du nicht?"

„Ja, du hast recht, Dorry, er ist liebenswert."

„Natürlich wär's denkbar, daß wir's nur vom Standpunkt der Frau aus sehn, denn so groß und kräftig er auch sein mag, er war drei Tage lang hilflos wie ein Kind. Aber die Männer, was glaubst du, wie sie ihn sehen?"

Elizabeth wischte sich die Hände an einem groben Handtuch ab und erwiderte nachdenklich: „Dan sagt sehr wenig, aber ich glaube, er ändert allmählich seine Meinung. Was Colum betrifft, nun ... er hat ihn zu lange gehaßt, um ihn anders zu sehn." Sie schöpfte Brühe in eine Schüssel, die sie auf ein geschnitztes Holztablett stellte und Dorry zuschob. „Hier, das wird wohl das letztemal sein, denk ich mir."

„Ja." Dorry nahm das Tablett und ging durch den kleinen Raum, in dem Kirsten gelegen hatte, in ein größeres Zimmer, wo Konrad neben einem grob behauenen Eichenbett saß. Er wandte ihr das Gesicht mit den ausgehöhlten Wangen zu, als Dorry das Tablett auf einen kleinen Tisch neben seinem Ellbogen stellte und sagte: „Hier, ein Schluck heiße Brühe wird Ihnen guttun vor Ihrer Fahrt. Es wird nicht mehr lange dauern, bis man Sie holt."

„Bitte, setzen Sie sich." Er lächelte schwach und deutete auf das Fußende des Bettes; Dorry setzte sich, und sie sahen sich an.

Tagelang war diese Frau jetzt wie eine Mutter zu ihm gewesen. Sie hatte ihn gewaschen und ihn gefüttert, als er noch zu schwach war, um alleine zu essen, und sie hatte mit ihm gesprochen. Ihr

Gespräch hatte sich im wesentlichen um eine Person gedreht, die für sie der beste junge Mann der Welt war, manchmal zwar störrisch, dickköpfig und nachtragend, aber alles in allem gut und tapfer. Sie hatte betont, daß er selbst dieser Tapferkeit sein Leben verdankte, und sollte er sich jetzt nicht dafür erkenntlich zeigen, indem er die Sache mit dem Mädchen in Ordnung brachte, denn hatte das arme Kind nicht geschworen, daß es unschuldig war?

Dorry glich irgendwie einer Hexe, aber einer gütigen, liebenswerten Hexe, die ihm ein Gefühl der absoluten Ruhe und Gelassenheit gab. Er konnte sich nicht entsinnen, je zuvor in seinem Leben bei irgend jemand dieses Gefühl gehabt zu haben. Als er sie jetzt ansah, empfand er eine zunehmende innere Einsamkeit; sie schien innerlich so reich zu sein; alle in diesem Haus schienen es zu sein. Sie waren arm, aber die Nahrung, die sie ihm brachten, war gut und kräftig; das Bett, das sie ihm gegeben hatten, bequem. Was ihn jedoch am meisten beeindruckte, war die Atmosphäre von Heiterkeit und Güte, die über dem Hause lag. Und sie waren nicht das ungebildete Pack, als das er sie bezeichnet hatte; alle, bis hinunter zu dem kleinen Jungen, konnten lesen. Aber vor allem würde er sich immer an diese Frau erinnern. Ohne irgendeine Überleitung fragte er sie jetzt: „Wäre er bereit, mit mir zu sprechen?"

„Möglicherweise."

„Würden Sie es bitte veranlassen? Der Wagen wird bald hiersein."

„Ich werd's versuchen." Dorry schob ihre schwere Gestalt zum Bettrand und stand auf; und als er ihre Finger mit den abgebrochenen Nägeln in seine breiten Hände nahm, tätschelte sie sie mit ihrer anderen Hand. Dann wandte sie sich von ihm ab und ging gelassen hinaus. Sie behielt ihren gemessenen Schritt bei, bis sie den Vorratsraum erreichte, aber dann stürmte sie mit überraschender Leichtfüßigkeit auf den Hof hinaus und rief: „Barney! Sharon! Michael! Kathie! Wo ist Colum?"

„Unten auf dem Flachsfeld."

„Lauft runter und holt ihn! Sagt ihm, er wird dringend hier oben gebraucht."

Als Colum fünf Minuten später eilig in die Küche kam und fragte: „Was ist los?", warf Elizabeth, die vor dem Geschirrschrank stand, ihm einen Blick zu, erwiderte jedoch nichts.

Dorry legte die Hände auf seine Schultern und sagte energisch:

„Hör zu. Vergiß jetzt deinen Trotz, und geh dort in das Zimmer. Er möchte mit dir sprechen."

Colum entzog sich murrend ihrem Griff. „Ich denke nicht daran!"

Jetzt ging Elizabeth auf Colum zu. „Colum", sagte sie, „bitte tu es. Er will dir etwas sagen."

Colum sah seine Mutter an. Es gab Zeiten, da vermochte ihre Ruhe ihn zu besänftigen. Als er jetzt die Bitte in ihren Augen las, konnte er es ihr nicht abschlagen. Die beiden Frauen warteten schweigend. Nach einem kurzen Zögern wandte er sich ab und ging durch den Vorratsraum zur Tür des Schlafzimmers. Er stieß sie heftig auf und blickte auf das Gesicht, das ihm zugekehrt war.

„Bitte kommen Sie herein", sagte Konrad. „Ich werde Sie nicht lange aufhalten."

Colum ging hinein und blieb neben dem Bett stehen.

„Ich werde Ihnen nicht dafür danken, daß Sie mir das Leben gerettet haben" – Konrads Ton war ruhig –, „denn um die Wahrheit zu sagen, ich bin nicht dankbar, am Leben zu sein. Aber das ist im Augenblick nicht von Bedeutung. Die Frage, die von Bedeutung ist, von mehr Bedeutung als selbst das Land ... und man kann sich kaum vorstellen, daß es etwas Wichtigeres als das geben könnte, finden Sie nicht auch ...?" Er wartete einen Augenblick, ehe er fortfuhr. „Aber wir wissen beide, daß es Dinge gibt, die einem teurer werden als Land ... Was das Mädchen angeht ..." Er blickte in das junge, harte Gesicht. Nicht ein Muskel bewegte sich in ihm. Und er fuhr fort: „Sie haben einen falschen Eindruck von ihr. Sie war nie meine Geliebte; ich bin nur einmal mit ihr in engere Berührung gekommen, und da war ich betrunken. Ich ging zu ihr, weil ich Trost brauchte; ich habe sie nicht mißbraucht. Sie hatte in dieser Beziehung nichts mit mir im Sinn, was keineswegs an mir gelegen hat. Selbst jetzt, da ich im Begriff bin, das Land zu verlassen, würde ich sie mit Freuden mitnehmen, wenn sie bereit wäre mitzukommen."

Es gab abermals eine kurze Pause, ehe er fortfuhr: „Sie haben keine Sympathie für mich, und trotz der Dankbarkeit, die Ihnen für Ihre Tapferkeit gebührt, ich auch nicht für Sie." Wieder wartete er auf irgendeine Reaktion, aber der junge Bursche auf der anderen Seite des Bettes blieb steif und stumm. Konrad spürte, daß er zornig wurde, und seine Stimme klang schroff, als er jetzt sagte: „Das Mädchen hat wegen seines schwachen Auges sein ganzes Leben lang gelitten." Er wandte den Blick von Colum ab und starrte in das Feuer, das im

Kamin brannte; und dabei kam ihm in den Sinn, wieviel mehr sie noch gelitten hatte, seit sie unter seinem Dach lebte.

Von dem Augenblick an, als er in diesem Bett aufgewacht war, war ihm alles klargeworden. Es war so, als blicke er kurz vor dem Tod auf sein Leben zurück, dessen verschlungene Fäden jetzt entwirrt waren; und in jenem Augenblick hatte er gewußt, daß der Junge das Kind des Mädchens und des Kesselflickers war und daß sein eigener Sohn unter dem kleinen Hügel zwischen den zwei Bäumen am unteren Ende des Parkes lag. Aber die Zukunft war im dunkeln geblieben. Er hatte tagelang nachgedacht, bis er Klarheit hineingebracht hatte, und während er das tat, hatte er sich ein neues Urteil über sich selbst gebildet, hatte seine Stärken und auch seine Schwächen ermessen und dementsprechend seine Zukunft geplant.

Er wandte sich um und sah Colum wieder an. Wenn sie das Kind zu diesem Mann brachte, wie würde er reagieren? Er würde sich damit einverstanden erklären, o ja, und er würde den Jungen aufziehen; aber bei seinem unnachgiebigen, harten Charakter würde das Kind ein Ärgernis für ihn sein, ein Hindernis, das zwischen ihm und dem Mädchen stand. Er würde es nicht fertigbringen, den Kesselflicker aus seinen Gedanken zu verbannen. Er würde sie nicht als ein Opfer der Umstände betrachten, sondern würde immer nur das Resultat dieser Umstände sehen; und zwar nicht nur ein Kind, das möglicherweise lebenslänglich ein Krüppel bleiben würde, sondern auch ein Kind, das drei Jahre lang in Luxus aufgezogen worden war und noch dazu im Hause eines Mannes, den er haßte.

Konrad war sich klar, welchen Weg er einschlagen mußte, nicht allein, um das Glück des Mädchens sicherzustellen, sondern auch, um sich vor künftiger Einsamkeit zu schützen. Eines wußte er mit Sicherheit: Er würde nie wieder heiraten. Daher würde kein Kind seinen Namen tragen, außer demjenigen, das ihn bereits trug.

Er sah, daß Colums Miene sich nicht verändert hatte, und er war ärgerlich auf ihn. Er hätte diesem halsstarrigen Burschen sagen mögen: In ein paar Wochen werden Sie und ich auf der gleichen Stufe stehen, wenn auch in verschiedenen Teilen der Welt, denn ich werde mit meinen Händen arbeiten, um leben zu können. Aber er wußte, daß Colum es ihm nicht glauben würde. So sagte er statt dessen: „Ich betrachte Sie als einen sehr tapferen Mann, und unter anderen Umständen hätten wir vielleicht lernen können, einander zu achten. Wir wissen, daß das so unmöglich ist. Aber was ich Ihnen über das

Mädchen gesagt habe, ist wahr; es ist ein anständiges Mädchen. Mehr kann ich nicht sagen."

Colum erwiderte nichts. Er drehte sich langsam um und ging hinaus.

Bella stand verblüfft da, während Konrad sich außerhalb der Mauer, die das seltsame Wirrwarr von Behausungen umgab, von den sieben Leuten verabschiedete, und ihr wurde klar, daß sie einen neuen Konrad sah. Nicht allein, daß seine äußere Erscheinung sich verändert hatte, es schien ihm auch leid zu tun, sich von dieser Familie, der ärmsten, die ihr je begegnet war, zu trennen.

Als sie und Konrad schließlich im Wagen saßen, war sie abermals verblüfft, daß sechs von den sieben Leuten ihm winkten und er zurückwinkte – der Vater Flynn hatte nicht die Hand gehoben, und der erwachsene Sohn war nicht zugegen.

Sie hatten eine kurze Strecke zurückgelegt, als er ihr ins Gesicht blickte und sagte: „Lord Milton hat mich besucht. Ich habe von ihm erfahren, daß ihr, du und der Junge, an Magenbeschwerden gelitten habt. Hast du dich vollkommen davon erholt? . . . Und er?"

„Er ist jetzt wieder ganz gesund. Und was mich betrifft, ich fühle mich viel besser." Der Wagen sank in eine Furche, und Konrad preßte den Arm an die Rippen. Bella beugte sich vor und fragte besorgt: „Hast du Schmerzen?"

Er lächelte matt. „Ich fühle mich ein wenig eingeengt. Ich bin bandagiert wie eine Mumie."

Als sie den Fluß überquerten, blickte er aus dem Fenster auf das Wasser, das sich über die Steine wälzte, und ein kalter Schauer überlief ihn. „Gibt es irgendwelche Neuigkeiten?" fragte er.

„Nein", erwiderte sie kurz, und dann setzte sie hinzu: „Es sind eine Menge Kondolenzbriefe gekommen."

Ja, das war zu erwarten gewesen, selbst von Leuten, die vermutlich ahnten, was sich abgespielt hatte. Milton hatte ihm erzählt, daß er am Tag nach dem Unglück den jungen Gerald Cartwright in Newcastle getroffen hatte, der betrunken wie ein Bierkutscher, aber tief bekümmert gewesen sei. Gerald habe Florence, ebenso wie sie alle, sehr gern gehabt, hatte Milton gesagt.

Ebenso wie sie alle? Er sah immer noch im Geist die Todesangst auf ihrem Gesicht, als sie ihm aus den Händen in den Strudel hinuntergerissen wurde, während er selbst von der Strömung fortgetragen und gegen einen Felsen geschleudert worden war.

„Lord Milton war gestern in der ‚Abtei'", sagte Bella. „Du hast dich entschlossen zu verkaufen?"

„Ja, Bella. Unser lieber Milton hat mir ein annehmbares Angebot für den Besitz gemacht, so wie er ist, mit Personal und allem, abgesehen von einigen Bildern und dem Silber. Ich werde diese Sachen nach London schicken, wo sie mehr bringen werden, als er zahlen will. Wenn das erledigt ist, gehe ich nach Schweden, und ich glaube nicht, daß ich jemals in dieses Land zurückkehren werde."

Das Schweigen, das darauf folgte, überbrückte eine lange Zeitspanne – die Zeit von dem Tag an, da sie sich zum erstenmal begegnet waren und Bella ihm Florence als Köder in die Falle gesetzt hatte, als sie erkannt hatte, daß sie nicht hoffen konnte, ihn für sich zu gewinnen. Und als Konrad jetzt in das unschöne, wartende Gesicht blickte, bezweifelte er, daß irgend jemand ihn je so geliebt hatte und so wenig dafür bekommen hatte wie Bella.

Vor einer Stunde hatte er diesem halsstarrigen Burschen gesagt, daß er, wenn er könnte, das Mädchen mitnehmen würde; aber das stimmte nicht. Seit er von der Schwelle des Todes zurückgekehrt war, hatte das Leben ihm ein anderes Gesicht gezeigt, und er wußte, daß er müde war; er war vor der Zeit alt geworden. Seine äußere Erscheinung würde immer den Eindruck von animalischer Lebenskraft erwecken, aber das war nur leerer Schein. Es hatte ihn in letzter Zeit Mühe gekostet, das Bild des flachsblonden Bullen lebendig zu halten. Er freute sich sogar auf die Zeit, wenn es nicht mehr nötig sein würde, Theater zu spielen, umherzustolzieren, zu befehlen und zu brüllen, sich selbst zu beweisen, daß es ihm nicht an Männlichkeit mangelte.

Wäre das Mädchen bereit gewesen mitzukommen, hätte er den Schein aufrechterhalten müssen, während er sich bei Bella ausruhen und sich von ihr umsorgen lassen konnte. O ja, Bella würde ihn umsorgen und sich glücklich schätzen, daß sie es tun durfte. Wie kam es, fragte er sich, während er sie ansah, daß starke Gemütsbewegungen, Gefühle der Liebe, abgrundtief und leidenschaftlich bis zum Wahnsinn wie die ihren, für gewöhnlich von einer unscheinbaren Hülle umschlossen waren, während Oberflächlichkeit und Eitelkeit herrlich ausgeschmückt daherkamen? Aber seltsamerweise hatte Bellas Aussehen ihn nie abgestoßen; es hatte ihn im Gegenteil eher irgendwie angezogen, mitsamt ihrem klaren Verstand, der, ebenso wie ihre Unbarmherzigkeit, einen fast männlichen Anstrich hatte;

und sie war weiß Gott unbarmherzig mit dem Mädchen umgegangen, war sogar entschlossen gewesen, es zu ermorden. Ihr Haß hatte die gleiche Tiefe erreicht wie ihre Liebe. Wie dem auch sei, von jetzt an würde sie seine Gefährtin sein, und sie wartete darauf, es von ihm zu hören. Er sagte ruhig: „Es ist klar, daß ich das Kind nicht allein betreuen kann; wärst du bereit, uns zu begleiten?"

Er sah, daß die Frage ihr schwer zu schaffen machte und sie mühsam schlucken mußte, ehe sie scheinbar gelassen erwiderte: „Das würd ich gern tun."

„Du weißt, daß ich kein Einkommen haben werde, abgesehen von den hundert Pfund pro Jahr und dem wenigen, was vielleicht übrigbleibt, wenn meine Angelegenheiten hier geregelt sind? Und ich muß dich darauf aufmerksam machen, daß das Jagdhaus nur mit dem Nötigsten ausgestattet ist; das Leben dort oben kann im Sommer sehr angenehm sein, im Winter aber ist es eine eisige Hölle. Vielleicht möchtest du es dir noch überlegen ..."

Sie hatte die Augen geschlossen und schüttelte zweimal den Kopf, und ehe sie die Augen wieder öffnete, sagte sie: „Nein. Nein."

„Gut." Er lehnte sich in die weichen Lederpolster zurück, und sie tat das gleiche. Es war, als hätten sie beide nach einer gefährlichen Reise eine Grenze überschritten und ruhten sich jetzt aus.

Der Wagen fuhr am Pförtnerhaus vorbei, als Konrad fragte: „Das Mädchen ... geht es ihm gut?"

„Ja, ganz gut. Sie geht morgen fort, um eine neue Stellung in Newcastle anzutreten. In einer Damenschneiderei, soviel ich weiß. Sie hat sie sich selbst gesucht."

„In einer Schneiderei?" Er kannte das trostlose Leben der Schneiderinnen, die zwölf Stunden am Tag in dunklen, stickigen Löchern hockten. „Warum kann sie nicht mit dem übrigen Personal im Haus bleiben? Milton kauft das Haus für den jungen Henry und seine Frau; und wenn die Natur ihren normalen Lauf nimmt, werden sie bald ein Kindermädchen brauchen."

Seine Augen ruhten auf Bella, und sie senkte die ihren, ehe sie sagte: „Lord Milton hat gestern ausdrücklich erklärt, daß man sie wegen ihres Auges nicht behalten wird; er ist sehr abergläubisch."

Konrad preßte die Hand an die Rippen, als er ausrief: „Der Teufel soll ihn holen, diesen gottverdammten, ungebildeten Dummkopf!"

Kurz darauf hielt der Wagen vor dem Haus, und nachdem der Kutscher ihm beim Aussteigen geholfen hatte, ging Konrad mit

Bella die Treppe hinauf und den Korridor entlang zu seinem Zimmer. Ehe er die Tür öffnete, drehte er sich zu ihr um und sagte: „Ich werde mich ein Weilchen ausruhen." Und sie murmelte: „Ja, tu das, Konrad." Als Bella sich allein auf dem Korridor sah, ging sie geradewegs ins Kinderzimmer. Das Mädchen stand in der Nähe des Fensters, das Kind spielte auf dem Teppich vor dem Kamin. Mit einem Freudenschrei stand der Junge auf und kam tapsig auf Bella zu; sie nahm seine Hände und hielt sie zärtlich fest, während sie Kirsten ansah und sagte: „Dein Herr ist wieder da. Ich habe ihm mitgeteilt, daß du morgen fortgehst. Er hat nicht den Wunsch geäußert, dich zu sehen. Hast du deine Sachen fertig?"

„Ja. Sie sind fertig."

„Auf dem Boden ist eine Reisetasche. Du kannst sie haben, um deine Habseligkeiten hineinzupacken. Ich werde Riley sagen, daß er sie dir bringen soll."

„Vielen Dank."

Nachdem sich die Tür hinter Bella geschlossen hatte, stand Kirsten eine Weile regungslos da. Der Herr war also wieder im Haus. Früher war er bei seiner Rückkehr sofort ins Kinderzimmer gekommen. Aber das war ein für allemal vorbei. Auch sie sah jetzt das Leben auf eine andere Art. Sie hatte sich völlig mit dem Gedanken abgefunden, am nächsten Morgen das Haus zu verlassen. Es war für sie wie eine Rückkehr zu ihren Anfängen, als ob dies alles nie gewesen wäre und sie wieder von Ma Bradley fortginge.

Sie hatte jetzt nicht mehr den Wunsch, ein Pferd und einen Wagen zu kaufen; tatsächlich hatte sie keinen Wunsch nach irgend etwas. Seit Tagen lebte sie in einem Zustand der Betäubung; sie war tieftraurig, und der Verlust von Colum, dem Kind und dem Herrn bereitete ihr unsägliche Schmerzen. Sie ging jetzt auf das Kind zu, und es blickte zu ihr hinauf und lächelte, als es ihr einen Hampelmann vorführte. Sie konnte die Stunden zählen, die sie noch mit ihm verbringen würde, und trotz ihres Kummers war sie froh, daß sie es verlor, denn das bedeutete, daß der Herr immer noch einen Sohn hatte.

Miß Cartwright hatte gesagt, der Herr habe nicht den Wunsch geäußert, sie zu sehen, aber sie mußte ihn noch ein letztes Mal sprechen.

Um halb acht brachte sie den Jungen zu Bett. Sie hielt ihn an sich gepreßt und küßte ihn, und er schlang die Arme um ihren Hals; dann legte er den Kopf zurück, sah ihr ins Gesicht und rief: „Wie komisch! Dein Auge hüpft wie ein Hampelmann." Sie drückte seinen Kopf rasch an ihren Hals, und als sie ihn losließ und ins Bett legte, sah er zu ihr hinauf und fragte: „Weinst du?" Worauf sie erwiderte: „Nein, ich weine nicht." Und sie weinte auch wirklich nicht. Selbst als sie glaubte, daß der Herr tot sei, hatte sie keine Träne vergossen; ihr Kummer war so groß, daß sie nicht einmal mehr weinen konnte. Sie deckte das Kind liebevoll zu, und es drehte sich mit einem zufriedenen Seufzer auf die Seite.

Als es acht Uhr wurde und der Herr immer noch nicht ins Kinderzimmer gekommen war, ging Kirsten in ihr Schlafzimmer, stieg auf einen Stuhl und holte aus dem obersten Fach des Schrankes ein kleines Bündel, das in eine weiße Serviette gewickelt war. Sie stopfte es in die Tasche ihres Kleides, dann ging sie über den Korridor und klopfte zweimal. Als Mr. Harris die Tür öffnete, sagte sie: „Könnte ich bitte einen Augenblick mit dem Herrn sprechen?"

„Der Herr ruht", erwiderte Mr. Harris leise.

„Lassen Sie die Amme hereinkommen, Harris."

Mr. Harris trat beiseite, und Kirsten ging ins Atelier und sah zum Kamin hinüber, wo der Herr in dem großen Ledersessel saß. „Komm näher und setz dich." Er deutete auf einen Sessel auf der anderen Seite des Kamins. Sein Ton war freundlich, normal. Dann sah er den Diener an und sagte: „Ich klingele, wenn ich Sie brauche."

„Ja, Sir." Der Diener ging hinaus, und sie waren allein. Kirsten sah, daß der Herr sich verändert hatte. Irgend etwas war in ihm erloschen. „Wie geht es Ihnen, Herr?" fragte sie, und er erwiderte: „Es tut noch etwas weh" – er klopfte leicht an seine Rippen –, „aber das geht sicher bald vorüber."

Dann sagte er: „Deine Freunde gefallen mir." Und er sah, wie das Blut in ihr Gesicht stieg, als er hinzusetzte: „Ich verstehe, weshalb du ihr Heim dem meinen vorziehst. Gewiß, sie sind arm, aber ihr Haus strahlt Glück und Frieden aus. Es tut mir sehr leid, daß ich dich jemals von dort zurückgeholt habe. Glaubst du mir das?"

Sie hob langsam den Kopf. „Ja, Herr."

„Ich habe gehört, daß du morgen fortgehst, um eine neue Stellung anzutreten. Ist es eine gute Stellung?"

„Sie wird genügen, bis ich eine bessere finde."

„Ich wünschte, daß ich dir als Ausgleich für alles, was ich dir schulde, ein eigenes Geschäft hätte einrichten können."

„Sie ... Sie schulden mir nichts, Herr." Die Worte brachen aus ihr hervor, und sie war im Begriff, ihnen weitere folgen zu lassen, aber er brachte sie mit einer Handbewegung zum Schweigen und sagte: „Sei still, ich weiß, was ich weiß."

„Herr."

Er sah sie fragend an. „Ja?"

„Ich möchte Ihnen etwas sagen, aber ich muß bei dem Tag anfangen, als ich in die Scheune gebracht wurde. Werden Sie zuhören?"

„Ja, ja, ich höre zu." Er lehnte sich im Sessel zurück. Und sie begann zögernd:

„Hop Fuller, der Kesselflicker, hielt sich immer längere Zeit in den verschiedenen Ortschaften auf, und er pflegte stundenlang herumzustreunen. Wir ... wir blieben nie in der Nähe von irgendwelchen großen Häusern. Manchmal entfernten wir uns drei oder vier Meilen von einem großen Haus, ehe wir haltmachten. Oft kam er erst spät in der Nacht von seinen Ausflügen zurück, und dann beugte er sich jedesmal über mich, um zu sehen, ob ich schlief. Und eines Tages fand ich heraus, warum er so geheimnisvoll tat. Ich beobachtete ihn, wie er sich an der Wagendeichsel zu schaffen machte. Er hatte dort drinnen eine Art Geheimfach angelegt. Die Deichsel war mit einer bunten Malerei verziert, und die Feder für den Deckel des Geheimfachs befand sich in der Mitte einer Blume."

Sie hielt inne und sah ihn einen Augenblick schweigend an. „Nun, sprich weiter", sagte er, und sie fuhr mit leiser Stimme fort: „Wir hatten uns vor dem Regen in eine alte Scheune geflüchtet, als die Flut kam. Sie schwemmte die Scheune fort, und wir hielten uns an der Deichsel fest. Ich sah, wie er ertrank, und danach erinnre ich mich an kaum etwas, bis ich in Ihrer Scheune aufwachte." Sie senkte jetzt die Augen. „An dem Morgen, als ich fortgehn wollte", sie schluckte schnell, „bot Mrs. Poulter mir die Stellung als Amme an. Später bin ich an einem meiner freien Nachmittage zum Fluß hinuntergegangen; da sah ich die Deichsel, die zwischen den Trümmern lag, und ich beschloß herauszufinden, was in dem Geheimfach war. Nach einer Weile fand ich die Feder und entdeckte drinnen drei schwarze Samtbündel, und als ich sah, was sie enthielten, bekam ich's mit der Angst zu tun. Und so vergrub ich sie bei der Mauer der Flynns und hab sie bis jetzt dort gelassen. Ich wußte, daß ich nichts damit anfangen konnte, und wenn ich sie heraufgebracht hätte, wär ich womöglich in den Verdacht geraten, Hop Fuller beim

Diebstahl geholfen zu haben. Denn kurze Zeit darauf, Herr, entdeckten Sie, daß Ihr Safe ausgeraubt worden war."

Sie zog das weiße Bündel aus der Tasche. Er beobachtete sie, wie sie den Knoten der Serviette löste, und dann hielt sie ihm drei mit Erde beschmutzte schwarze Samtbündel hin. Konrad nahm sie ihr behutsam aus der Hand, und als er sie öffnete, sah er in einem das Diadem, im zweiten die beiden Sterne und im dritten das Kollier.

Er blickte ein paar Sekunden staunend auf die Juwelen, dann wickelte er sie wieder ein, wiegte sie in den Händen und sagte ernst: „Ich werde sie als ein Geschenk Gottes betrachten, als eine Entschädigung, nicht für mich, sondern für jemanden, der uns beiden nahesteht. Komm." Er erhob sich langsam aus dem Sessel, steckte das Bündel in die Tasche seines Morgenmantels, nahm Kirsten am Arm und führte sie ins Kinderzimmer; und er hielt immer noch ihren Arm, als er neben dem Bett des Jungen stand und auf ihn hinuntersah. „Er ist ein schönes Kind, findest du nicht, Kirsten?"

„Ja, Herr", erwiderte sie mit zitternder Stimme.

„Ein Jammer, daß seine Beine so schwach sind, aber sie haben sich in den letzten Monaten erheblich gebessert. Was meinst du?"

Wieder das Zittern in ihrer Stimme. „Ja, Herr."

„Man sagt, Rachitis sei die Folge von Unterernährung."

Sie sahen immer noch das Kind an. Kirsten schwieg. Sie glaubte, eine Lawine auf sich zurollen zu sehen. Binnen weniger Minuten würde sie sie unter sich begraben.

„Ich habe mich oft gefragt, an wen er mich erinnert. Aber ich fand keine Ähnlichkeit in einem der Porträts, bis ich neulich auf eine Miniatur meiner schwedischen Urgroßmutter stieß, und dort entdeckte ich eine Ähnlichkeit in den hohen Backenknochen und den tiefen Augenhöhlen." Er wandte sich jetzt ihr zu, hob die Hand und fuhr mit dem Finger über ihre Brauen, dann ließ er ihn über einen Wangenknochen, ihr Nasenbein und den anderen Wangenknochen gleiten und sagte: „Du hast einen ähnlichen Knochenbau."

Im nächsten Augenblick lag sie an seiner Brust. Beide fühlten sich zueinander hingezogen. Sie standen eng umschlungen da, und in ihrer Umarmung drückte sich mehr als Liebe aus. Für Kirsten war die Lawine über ihren Kopf hinweggegangen und hatte sie unversehrt zurückgelassen. Sie wußte, der Herr zweifelte nicht mehr daran, daß dieses Kind das ihre war, und doch war er entschlossen, es als seinen Sohn zu betrachten. Und sie wußte auch, daß sie das, was sie in diesem Augenblick empfand, nie wieder für irgendeinen Menschen empfinden würde.

Für Konrad war es ein Augenblick großer Versuchung. Ein Wort, und sie würde mit ihm kommen, ein Wort, und sie würde ihm gehören. Sie war die leibliche Mutter seines Sohnes; er könnte sie zu seiner Frau machen. Aber wie er sich bereits gesagt hatte, er war müde und enttäuscht, und er konnte nicht länger vorgeben, jung zu sein. Die letzte Versuchung kam, als er sich sagte, daß diese Stimmung vorübergehen würde. Wenn er erst einmal die Sorgen und Verpflichtungen hinter sich gelassen und Zeit gehabt hatte, den Ausdruck der Todesangst in Florences Augen aus seiner Erinnerung zu löschen, würde er wieder jung werden.

Bella? Wenn er das Mädchen mitnahm, würde er Bella zurücklassen, und was erwartete sie dann? Der Tod, selbst wenn sie am Leben blieb, denn er wußte um Bellas qualvolle Liebe zu ihm. Er kannte Bella viel besser, als er das Mädchen kannte oder sie je kennen würde, denn sie hatte eine Zurückhaltung an sich, die vielleicht durch den Klassenunterschied zwischen ihnen hervorgerufen wurde. Aber es gab keine derartige Schranke zwischen ihm und Bella. Und Bellas Liebe kam seinen Bedürfnissen entgegen; sie verlangte nicht, daß er sich jugendlich gab; er konnte sich bei ihr ausruhen. Und Ruhe war das, was er sich wünschte, Ruhe, um zu sich selbst zu finden.

Er schob Kirsten sanft von sich, legte seine Hände auf ihre Schultern und sah sie an. Sie war blaß, ihr Auge zuckte, und auf ihrem Gesicht lag ein Ausdruck der Entsagung. Nichts von Glück oder Freude war zu entdecken, aber auch keine Spur von Tränen. Die Umarmung hatte für sie nichts anderes als ein Lebewohl bedeutet, und genau das hatte er ihr damit sagen wollen.

Seine Stimme war zögernd und leise, als er sagte: „Ich werde ihm dies hier geben“ – er klopfte auf seine Tasche –, „wenn er erwachsen ist. Oder vielleicht früher. Ich werde sehen, wann er es am nötigsten braucht. Und dann werde ich ihm die Geschichte erzählen, die damit verknüpft ist.“

Er wandte sich langsam ab, und sie ging mit ihm bis zur Tür des Kinderzimmers; dort beugte er sich vor, nahm ihr Gesicht in seine Hände, und sanft, wie er ein Kind geküßt hätte, küßte er sie. Ihre Lippen berührten sich nur eine Sekunde, aber das war fast eine Sekunde zu lang. Er riß sich von ihr los und lief rasch über den Korridor ins Atelier. Mit gesenktem Kopf ging er zu dem kleinen Schreibtisch in der Ecke. Aber ehe er zu schreiben begann, zog er an der Klingelschnur. Als Harris erschien, sagte er: „Geben Sie Bescheid, daß ich einen der Stalljungen mit einem Brief fortschicken will. Er kann schon ein Pferd satteln."

Am nächsten Morgen schien die Sonne, als Kirsten durch die Seitentür das Haus verließ. Sie schlug den Dienstbotenpfad ein, der an der Rückseite des Hauses entlanglief und auf halber Höhe in die Auffahrt mündete. Sie blickte nicht zurück. In ihr regte sich keinerlei Gefühl. Am vergangenen Abend im Kinderzimmer war ein Gefühl durch ihre Betäubung gebrochen, aber es war ein Gefühl, dessen Stärke sie erschreckt hatte, und es hatte sie bis spät in die Nacht hinein begleitet. Aber als sie beim Morgengrauen erwachte, war die Betäubung, wenn möglich, noch tiefer als zuvor.

Als sie zur Landstraße kam, stellte sie ihre Reisetasche auf den Grasstreifen und setzte sich darauf, bis sie den Wagen die Straße entlangkommen sah. Er hielt an, und der Fuhrmann rief: „Hallo! Wieder nach Newcastle?" Sie nickte. „Dann steig ein. Wir haben keine Zeit zu verlieren." Sie stieg ein und setzte sich hinten zwischen eine junge Frau, die einen Korb auf den Knien hielt, und einen Landarbeiter, der stark nach Kuhstall roch.

Im vorderen Teil des Wagens wurde eine lebhafte Unterhaltung geführt, aber die drei hinten sprachen nicht. Die Fahrt verlief ereignislos, bis sie die Brücke überquert hatten und beinahe in Sichtweite von Prudhoe waren; da blieb der Wagen plötzlich auf einer schmalen Straße kurz vor der Haltestelle stehen. Kirsten nahm keine Notiz davon; sie saß, die Tasche auf den Knien, mit gesenktem Kopf da und hielt mit einer Hand das Seil umklammert, das über die Rückseite des Wagens gespannt war und nur notdürftig Halt bot.

Sie achtete nicht auf den Mann, der neben dem Wagen herging, nicht einmal, als er am hinteren Ende stehenblieb. Erst als seine Arme schnell unter ihre Achseln griffen und sie unter dem Seil hindurchglitt, stieß sie einen überraschten Schrei aus. Ihre Tasche war auf die Erde gefallen, und er hob sie auf, während er sie mit dem anderen Arm festhielt.

Der Fuhrmann rief von vorne: „Du mußt die halbe Fahrt bezahln", aber sie war zu verblüfft, um seine Worte sofort zu begreifen. Bis sie in die Tasche griff, hatte der Fuhrmann schon sein Geld.

Sie stand wie betäubt da und sah dem Wagen nach, der polternd weiterfuhr. Erst als er um die Ecke bog und aus ihrem Gesichtsfeld verschwand, richtete sie den Blick auf Colum, der neben ihr stand und sich verlegen die Hände rieb. „Ich ... ich hab dich vermißt, glaub ich." Sein Lächeln war ein wenig unsicher.

Sie erwiderte es nicht, sondern sah ihn nur schweigend an.

„Ich war schon zu dem Wagen um sieben Uhr hier, aber du warst nicht drauf, und da hab ich ein Feuer gemacht. Möchtest du einen Schluck Tee?" Er ging an ihr vorbei den Grasstreifen entlang zu einem Loch in der Hecke.

Als sie durch das Loch schlüpfte, sah sie dort auf dem Feld seinen Wagen stehen und unweit davon, innerhalb eines kleinen Haufens von Ziegelsteinen, das Feuer, über dem an einem groben Dreibein eine schwarze Kanne hing. Sie beobachtete Colum, wie er die Kanne herunternahm und etwas von der Flüssigkeit in einen Zinnbecher goß. Als er ihr den Becher reichte, sagte er: „Er ... er ist frisch. Es ist die zweite Portion, die ich aufgegossen habe."

Als sie ihm den Becher nicht abnahm, sagte er ruhig: „Komm und setz dich." Er nahm sie am Ellbogen und führte sie zu einem flachen Stein, der von den Resten welkender Anemonen und frischen Glokkenblumen umgeben war.

Sie setzte sich auf den Stein, und ein Zittern lief durch ihren Körper. Dies war wieder eine Lawine, und sie wußte, daß sie diesmal nicht über sie hinweggehen würde. Ihr war, als ob ihr ganzer Körper anschwoll, und der Schmerz in ihrem Hals wurde unerträglich. Ihr Mund, ihre Nase, ihre Augen schienen zu zerspringen. Als sie sich ins Gras warf, entrang sich ihr ein klagender Schrei, der sie auseinanderzureißen schien. Sie hörte sich selbst, als ob sie jemand anderen hörte, wie sie schluchzte und ein ums andre Mal ausrief: „O mein Gott! O mein Gott!"

Ihre Tränen wurden für sie zu einem reißenden Strom, der sie forttrug. Sie war wieder im Fluß; sie sah, wie Hop Fullers Kopf gespalten wurde und das Blut hervorschoß; sie rang keuchend nach Luft, und dann legten sich zwei Arme um sie, zogen sie hinauf, und eine Stimme sagte: „Ruhig, Kirsten, ruhig. Um Himmels willen, beruhige dich. Hör auf, Mädchen, es tut mir leid. Es tut mir aus tiefster Seele leid. Ich habe dir geglaubt. Hör zu. Ganz ruhig, ganz ruhig. Hör zu. Ich hab dir damals geglaubt, aber ich war zu eifersüchtig, zu dickköpfig, um es dir zu sagen. Nachdem ich mich beruhigt hatte, wurde mir klar, daß ich ein Dummkopf war. Sie brauchten es mir nicht erst zu sagen. Hör zu, Mädchen, hör zu. Um Himmels willen, reg dich nicht so auf. Du weißt doch, ich liebe dich. Ich liebe dich so sehr. Das ist der Grund, weshalb ich's so schwergenommen habe, denn ich wußte, wenn ich dich nicht bekomme, wollt ich keine haben. Ich hatte vor runterzukommen; ich wollte zu dir kommen, ehrlich, das wollte ich, und dann bekam ich seinen Brief. Es war fast Mitternacht, als der Junge ihn brachte. Ich habe nicht geschlafen. Ich bin seit fünf hier unten.

Es wird schon alles gut." Er kniete neben ihr und hielt sie sanft in den Armen. Dann nahm er sie auf den Schoß, wiegte sie wie ein Kind und schüttete seinen ganzen Kummer aus, um ihren zu lindern. „Es war die reine Hölle, und alle, von Pa bis Michael, haben dauernd auf mir herumgehackt, was es noch viel schlimmer machte. Dorry am meisten von allen. O ja, Dorry. Ich war sonst immer Dorrys Liebling, das weißt du." Er drehte ihr tränenüberströmtes Gesicht zu sich herum. „Weißt du, daß sie mich jetzt nicht mehr ausstehn kann?" Er wartete auf irgendeinen Einspruch zu seiner Verteidigung, irgendeine Bewegung ihrer Lippen, die ein Lächeln andeutete, aber sie rang nur zitternd nach Luft.

„Ich bin ein dickköpfiges, verbohrtes Rindvieh. Das war ihr neuestes Urteil, und zwar erst gestern morgen ... O Kirsten, sag mir, daß du mir verzeihst. Sag's mir. Ich werd's wiedergutmachen; ich werd's mein Leben lang wiedergutmachen. Ich bau noch ein paar Zimmer an und mach uns neue Möbel." Er hielt inne und sah zu ihr hinunter, dann sagte er gebrochen: „Ich war ein gottverdammter, grausamer Dummkopf, aber von diesem Augenblick an werd ich meine Schuld abtragen. Weißt du, wohin wir von hier aus gehn? Wir gehn nach Bywell, um mit dem Pfarrer zu sprechen." Er wartete, aber sie sagte immer noch nichts. „Wir hängen das Aufgebot aus, und wir feiern eine Hochzeit, wie ‚Tarn Abode' sie seit Jahrzehnten nicht gesehn hat. Die Lage bessert sich allmählich. Ich hab letzte Woche drei gute Aufträge hereinbekommen, und ich werde eine Kuh kaufen. Und du wirst's nicht glauben, aber sie haben schon mit den Vorbereitungen begonnen. Dorry war heut beim Morgengrauen auf und hat von Spanferkeln und gebratenen Gänsen gesprochen, das heißt mit Ma, denn mit mir will sie nicht reden. Nicht, ehe du das Haus betrittst, sagt sie." Er schwieg und sah Kirsten an, und sie sah ihn an, und jetzt fragte er sanft: „Liebst du mich noch, Kirsten?"

Liebte sie ihn noch? Was war Liebe? Dieses seltsame, verwirrende, ekstatische Gefühl, das sie gestern abend empfunden hatte, als sie sich plötzlich in nie gekannte Höhen emporgehoben fühlte und der Herr alles für sie bedeutete – ihr Vater, ihr Geliebter, ihr Gott? Hätte der Herr in diesem Augenblick zu ihr gesagt: Komm mit mir, sie wäre mit ihm gegangen. Aber er war nicht wie ein Geliebter zu ihr gewesen. Sie hatte sich wie seine Tochter gefühlt. Und doch wußte sie, daß er sie liebte und daß sie ihn liebte.

Und jetzt sprach Colum zu ihr von Liebe und fragte sie, ob sie ihn noch liebte. Und die Antwort war vermutlich, ja. Aber wie konnte sie ihn lieben und so empfinden, wie sie es gestern abend getan hatte? Sie konnte es sich nicht erklären; sie wußte nur, daß ein Teil von ihr für Colum geschaffen war, daß jedoch ihre Liebe zu ihm eng an die zu seiner Familie gebunden war. Sie wünschte sich, ihr Leben lang bei ihnen zu sein, und nur durch Colum konnte sie das erreichen. Und als Entgelt dafür würde sie ihm alles geben, was sie zu geben imstande war, alles außer dem Geheimnis, das niemals enthüllt werden durfte; kein Gefühl des Vertrauens oder der sich vertiefenden Liebe durfte jene Tür öffnen, hinter der das Bindeglied verborgen war, das den Herrn und sie für alle Zeiten verband: ihr Sohn ... und der seine, nicht durch seinen Samen gezeugt, aber durch seine Liebe gewonnen.

„Liebst du mich, Kirsten?“

Als sie zitternd und schluchzend leicht mit dem Kopf nickte, zog er sie zu sich hinauf und küßte sie. Dann sagte er sanft, während er ihr das Gesicht trocknete: „Komm, trink jetzt einen Schluck Tee, dann machen wir uns auf den Weg zum Pfarrer, und von dort aus gehn wir nach Hause, denn sie können's nicht erwarten, daß ich dich heimbringe.“

Und jetzt sprach sie zum erstenmal. „Würde es dir was ausmachen“, fragte sie zögernd, „wenn wir heut nicht nach Bywell gingen? Ich“ – sie schob die Haare aus dem immer noch feuchten Gesicht –, „ich kann mich so nicht sehen lassen; ich ... ich möcht lieber direkt nach Hause gehn.“ Er kniete jetzt vor ihr und hielt ihre Hände fest an seine Brust gepreßt, als er murmelte: „Wie du willst, Mädchen. Ich bring dich direkt nach Hause, wenn du's möchtest, und mit Freuden. Ja, ich bring dich direkt nach Hause.“

Catherine Marchant

Catherine Marchant vermag nicht ohne Grund überzeugend die Heldinnen und ihre Lebensumstände zu schildern. Wie Kirsten MacGregor hat sie eine elende, vaterlose Kindheit im Norden Englands verbracht. Sie wurde 1906 in Tyne Dock bei Jarrow als uneheliches Kind einer Alkoholikerin geboren, wuchs als Katie McMullen bei ihrem oft betrunkenen Stiefgroßvater auf. Schon früh war Katie entschlossen, diesem trostlosen Leben zu entfliehen. Mit vierzehn Jahren verdingte sie sich in einem Haushalt. Nach Jahren harter Arbeit kaufte sie sich ein Haus in Hastings, einem alten, historisch bedeutsamen Badeort am Kanal, und baute es zu einem Altersheim aus. Catherine vermochte wie ihre energischen Heldinnen alle entsetzlichen Schicksalsschläge zu überwinden.

1940 heiratete sie Tom Cookson, und beide lebten glücklich in ihrem geliebten Hastings und sind erst vor wenigen Jahren nach Northumberland gezogen.

Tom ist pensionierter Lehrer und hilft Catherine bei den geschichtlichen Forschungen für ihre Bücher. Ihr elegantes Heim ist geschmackvoll ausgestattet mit Chippendale-Möbeln. Catherine sammelt schönes Porzellan und Silber, das sie in ihrem jahrelangen Dienst als Hausmädchen schätzengelernt hat.

Obwohl sie sich schon früh eine beachtliche Bildung angelesen hat, schrieb sie ihr erstes Buch erst 1950. Seitdem hat sie Kinderbücher, ihre Erinnerungen und mehr als zwanzig Romane veröffentlicht, viele davon unter ihrem Namen Catherine Cookson.

Doch der literarische Erfolg hält sie nicht davon ab, ein tätiges Leben zu führen. Sie steht um sieben Uhr morgens auf und beginnt einen vierzehnstündigen Arbeitstag. Sie versucht, sich beim Malen und Klavierspielen zu entspannen, doch kommen ihr diese Tätigkeiten oft als Verschwendung von Zeit vor, die sie zum Schreiben nutzen könnte. „Die Geschichten in meinem Kopf wollen niedergeschrieben werden", erklärt sie.

DER WEISSE HAI 2
Deutsche Buchausgabe: „Die weiße Bestie"
(Jaws 2)
Hestia Verlag, Bayreuth 1978

MRS. POLLIFAX AUF SAFARI
Deutsche Buchausgabe: „Mrs. Pollifax auf Safari"
(Mrs. Pollifax on Safari)
Wilhelm Heyne Verlag, München

OLIVER'S STORY
Deutsche Buchausgabe: „Oliver's Story"
(Oliver's Story)
Hoffmann & Campe Verlag, Hamburg 1977

AM ENDE DER FLUT
Deutsche Buchausgabe: „Am Ende der Flut"
(The Slow Awakening)
Franz Schneekluth Verlag, München

Die ungekürzte Ausgabe von
„Oliver's Story"
ist im Buchhandel erhältlich.
Die ungekürzte Ausgabe von
„Der weiße Hai 2"
ist unter dem Titel
„Die weiße Bestie"
im Buchhandel verfügbar.
Die ungekürzte Ausgabe von
„Mrs. Pollifax auf Safari"
wird in Kürze im Buchhandel erhältlich sein.